Knaur

A.

Von Joanna Hines sind außerdem erschienen:

Das fünfte Geheimnis
Das Lied der Brandung
Das verschlossene Zimmer
Die Frau auf dem Gemälde

Über die Autorin:

Joanna Hines wurde in London geboren. Seit über zwanzig Jahren lebt sie mit ihrem kanadischen Ehemann, mit Stieftochter, Tochter und Sohn in Cornwall. Dies ist ihr fünftes Buch.

Joanna Hines

Das Vermächtnis der Fremden

Roman

Aus dem Englischen von
Ruth Schrammeck

Knaur

Die englische Originalausgabe erschien 1997 unter dem Titel »Autumn of Strangers« bei Hodder and Stoughton, London.

Besuchen Sie uns im Internet:
www.droemer-knaur.de

Deutsche Erstausgabe Oktober 1999

Redaktion: Birgit Förster
Umschlaggestaltung: Agentur Zero, München
Umschlagabbildung: Bildkunst, Bonn / Johannes Larsen
Satz: Pinkuin Satz und Datentechnik, Berlin
Druck und Bindung: Clausen & Bosse, Leck
Printed in Germany
ISBN 3-426-61113-9

2 4 5 3 1

Für meine
Tochter Jessica

ERSTES KAPITEL

Es war ein typischer Nachmittag im Altweibersommer: Die blauen Schatten verschwammen ins Unendliche, und selbst die Insekten wirkten schläfrig. Blickte man von einem höhergelegenen Punkt auf das Dorf hinunter, so konnte man den Eindruck gewinnen, als treibe es wie eine Insel aus Dächern und gepflegten Gärten in einem blassen Meer abgeernteter Stoppelfelder und Wiesen. Die dumpfe Spätsommerhitze schien schwer auf den Tieren und Pflanzen zu lasten.

In solch einer flirrenden Ruhe kann einem das Zeitempfinden so manchen Streich spielen.

Lydia blickte von Ravens Beacon auf das Dorf hinunter und wünschte sich, dieser Nachmittag möge nie enden. Für den Abend drohte ihr eine Einladung zum Dinner im Herrenhaus: Unterhaltungen so steif und gestärkt wie die Servietten und eine Begrüßung, die ihr nur um so deutlicher vor Augen führen würde, daß sie nicht dazugehörte.

Die alte Dame, die Lydias Gastgeberin sein würde, beschäftigte sich zur selben Zeit überflüssigerweise mit ihrem erst eine Stunde zuvor fertiggestellten Arrangement aus Gartenwicken und Schleierkraut. Sie war jetzt in ihren letzten Lebensjahren, theoretisch wurde ihre Zeit also knapper, doch an Nachmittagen wie diesem hatte sie das Gefühl, als ertränke sie in einem Überfluß an Zeit.

Gar nicht weit von ihr entfernt flitzte ihre Tochter Caro er-

hitzt und gereizt von hier nach da; sie schien wie üblich alle Stunden des Tages schon längst verbraucht zu haben.
Nur der kleine Junge in dem Lastwagen, der gerade aus einem unruhigen Schlaf erwachte und etwas brüllte, damit man ihn über das Dröhnen des Motors hinweg hörte, befand sich noch in diesem beneidenswerten Alter, in dem man sich der Zeit nicht bewußt ist, weil sie sich im endlosen Jetzt der Kindheit verliert.
»Ist das der Ort, wo wir hinfahren?«
»Ja.«
»Wie heißt er?«
»Briarswood.«
Der Name sagte ihm gar nichts. Noch nicht.
Die apathisch in der Sommerhitze herumliegenden Hunde von Briarswood bemerkten die Invasion zuerst. Zu dem zarten, durchscheinenden Summen und Brummen gesellte sich plötzlich aus der Ferne ein tiefes Dröhnen, das sich, wie ein leise drohendes Sommergewitter, unaufhaltsam näherte.
Suzie bekam sie als erste zu Gesicht. Sie spazierte mit ihrem ältlichen Labrador Bumpkin die Straße entlang und hatte gerade erst festgestellt, daß der Tag einfach quälend langsam verstrich. Weil sie erst fünfzehn war, erzählten ihr die Leute ständig, daß sie noch ihr ganzes Leben vor sich hätte, und das war zwar sicherlich nett gemeint, nichtsdestotrotz eine grausige Vorstellung, fand sie es doch schwierig genug, auch nur einen einzigen Nachmittag herumzukriegen.
Noch während sie dies dachte, tauchten die Fahrzeuge auf dem Hügel auf.
Das Auto, das die Parade anführte, war einmal, vor sehr langer Zeit, rot gewesen; es zog mühsam einen altmodischen Wohnanhänger hinter sich her. Ihnen folgte, wie Suzie durch ihren blonden Haarschleier sah, ein Lastauto mit Fenstern an der Seite und einem seltsamen kleinen Kamin auf dem Dach.

Dahinter kamen ein Wohnwagen und ein kleiner Laster, der wiederum einen Wohnwagen im Schlepptau hatte. Immer mehr dieser alten Gefährte rollten über den Hügel.
Angst fuhr ihr den Rücken hinunter.
Als das rote Auto näher kam, hörte man Bremsen quietschen. Dann entdeckten die beiden Insassen Suzie, doch zeitgleich bekam auch ihr Hund – ein riesengroßes, wildes weißes Tier – Suzies Bumpkin zu Gesicht, was dazu führte, daß er sich wie von einem bösen Geist besessen laut bellend gegen das Armaturenbrett warf und der Fahrerin die Sicht nahm. Selbst über das Dröhnen des Motors und das Kläffen des Hundes hinweg konnte Suzie hören, wie die plötzlich sichtlose Fahrerin lautstark fluchte, wobei sie nur noch von ihrem Beifahrer übertönt wurde, der den Hund wieder unter Kontrolle zu bringen versuchte. Das Fahrzeug schlingerte auf Suzie zu, so daß Bumpkin seine Nackenhaare aufstellte und warnend knurrte; Suzie blieb wie angewurzelt stehen. Kurz bevor das Auto von der Straße abkam, gelang es den Insassen, den Hund zu überwältigen, und erneut tauchte das Gesicht einer Frau hinter dem Lenkrad auf. Das Fahrzeug kam knirschend zum Stehen. Sie hatten nur um Haaresbreite eine Katastrophe vermieden.
Der Beifahrer, ein umwerfend gutaussehender junger Mann, lehnte sich aus dem Fenster und rief Suzie zu: »Ist das der richtige Weg zu Ted Seddens Farm?«
Zum ersten Mal in ihrem Leben war Suzie zu erschreckt, um verlegen zu werden, und so brüllte sie zurück: »Geradeaus durchs Dorf und dann nach dem Feuerwehrhaus die erste links.«
»Danke!«
Das Grinsen, das sich auf dem Gesicht des jungen Mannes ausbreitete, hatte eine außergewöhnliche Wirkung auf Suzies Magen. Der Mann war sehr attraktiv, und sein dunkles Haar

war oben auf dem Kopf sehr kurz und an den Seiten lang. Im Vergleich zu ihm war seine Begleiterin recht unauffällig – wobei Suzie der Meinung war, daß im Vergleich zu ihm jede Person farblos erschienen wäre –, aber sie bedachte Suzie mit einem warmen Lächeln und hob den Daumen, bevor sie den Gang einwarf und wieder anfuhr. Der bleiche Hund bellte immer noch aufgeregt, doch galt dies jetzt dem Wohnwagen, der hinter ihnen herhüpfte und schwankte.

Mit laut aufheulendem Motor und eine beängstigend dunkle Abgaswolke hinterlassend, machten sie sich wieder auf den Weg, gefolgt von dem Wagen mit den komischen Fenstern und dem kleinen Kamin und dem übrigen Troß von altersschwachen, ächzenden Fahrzeugen.

»Du lieber Himmel«, dachte Suzie, als sie wieder allein am Straßenrand stand. »Und da habe ich gerade noch gedacht, in Briarswood würde sich nie etwas Interessantes ereignen.«

Als der ungewöhnliche Zug an den schmiedeeisernen Toren von Briarswood Manor vorbeikam, war Suzies Großmutter, die auf den Namen Veronica Jane getauft war, doch seit mehr als sieben Jahrzehnten bloß Twinks genannt wurde, wie sie selbst es formuliert hätte, »völlig aufgelöst«. Niemand wäre auf die Idee gekommen, daß dies so sein könnte, weil sie stets bewundernswert Haltung bewahrte, was es unmöglich machte, sich vorzustellen, die alte Dame, deren Gesicht einst sehr schön gewesen war und auch heute immer noch heitere Gelassenheit ausstrahlte, könne sich in einer Krise befinden. Twinks' Ehemann blieb diese Tatsache jedenfalls verborgen; er hatte während ihrer beinahe fünfzigjährigen Ehe ohnehin nie bemerkt, was Twinks tatsächlich fühlte.

Sie griff nach ihrer doppelreihigen Perlenkette, als handle es sich um Gebetsperlen, die sie beruhigen könnten. »Du hast Wyndham Sale eingeladen? Zu uns? Heute abend?«

»Ja.« George sah in seiner üblichen rauh-herzlichen Art zu ihr hinunter, und er hätte bestimmt in Hundemanier mit dem Schwanz gewedelt, wenn er einen gehabt hätte. Er war ein großer Mann, dem seine Jahre kaum anzusehen waren, wenn ihm auch die Jacketts ein wenig lockerer von den Schultern hingen als früher und er von allen möglichen lästigen Schmerzen geplagt wurde, die er vor anderen Menschen, einschließlich seiner Frau, jedoch nie gezeigt hätte. »Ich wußte doch, daß du dich freuen würdest«, fügte er hinzu.

»Freuen?« Twinks' Stimme war nicht mehr als ein mattes Echo. »Und warum bitte sollte ich mich freuen?«

»Ich wußte doch, daß du diesen Mann schon immer mal zum Abendessen einladen wolltest. Ich habe ihn zufällig auf der Straße getroffen. Es war die perfekte Gelegenheit.«

Ein seltsamer Glanz lag mit einem Mal in Twinks blaßgrünen Augen, doch ihrem Mann fiel diese Veränderung nicht auf. Einen Moment lang wußte sie nicht weiter. In letzter Zeit hatte sie den Eindruck gehabt, ihr Sichtfeld verenge sich, fast so, als würde sich eine Art geistiger Nebel über alles legen. Doch auch durch diesen Schleier hindurch konnte sie noch sehr deutlich erkennen, daß George wieder einmal ihre Pläne durchkreuzt hatte.

»Es wäre doch schön gewesen«, teilte sie ihm mit ernster Stimme mit, »es wäre sogar wünschenswert gewesen, ein bißchen vorgewarnt zu sein, George. Vielleicht hätte man dann auch eine richtige Dinnerparty organisieren und die Gäste und das Menü mit der notwendigen Sorgfalt auswählen können.«

»Genau.« George, der seine Kappe aufgehängt hatte, beugte sich vor, um seinen Hund Hamish zu streicheln, eine jüngere, rabenschwarze Ausgabe von Bumpkin. »Ich wußte ja, daß wir für heute abend schon Gäste eingeladen haben.«

»Caro und Suzie. Jim. Lydia Fairchild.« Twinks sprach diese

Namen aus, als ließe sie schmutzige Wäsche in den Wäschekorb fallen.
Davon unbeeindruckt begann George, Hamish kräftig trokkenzureiben. »Sehr passend, nicht wahr? Charmante Damen, familiäre Atmosphäre, also genau das, was der Mann nach dem Tod seiner Frau braucht.«
»Wyndham Sale«, Twinks betonte den Namen mit besonderem Nachdruck, »ist der neue Besitzer von Haddeley Hall.«
»Ein monströser alter Steinhaufen. Der arme Kerl. Ich frage mich, was er damit anfangen wird.«
Twinks spürte ein unangenehmes Gefühl in der Brust und entschloß sich deshalb zu einem taktischen Rückzug. Sie ließ George bei seinem Hund zurück und entfernte sich mit dem für sie typischen schwebenden Gang, den sie sich vor vielen Jahren angeeignet und seitdem nie wieder aufgegeben hatte. Auf dem Weg in den vorderen Teil des Hauses entschied sie sich für einen kleinen Umweg und schritt über die dicken Teppiche in den Salon, wo sich die trostreiche Bar befand. Nicht einen Augenblick kam ihr der Gedanke, sie könne vielleicht böse auf ihren Mann sein, denn wie George glaubte auch sie, daß sie wie füreinander geschaffen waren. Außerdem waren Zwistigkeiten vulgär. Ihr kam auch gar nicht in den Sinn, daß sie vielleicht unglücklich war; wie auch, wo es doch so vieles gab, für das sie dankbar sein mußte?
Ihr Glück war schließlich überall sichtbar: elegante Familienporträts an den Wänden, feine, von ihr geliebte Silber- und Porzellangegenstände in den Vitrinen, ganz zu schweigen von dem wunderbaren Flügel, der nun zwar kaum noch genutzt, aber immer noch regelmäßig poliert und gestimmt wurde. In ihrer Jugend war Twinks von ihren Musiklehrern aufs höchste gelobt worden, und als Erwachsene hatte sie im Klavierspiel einen Trost gefunden, der weit über die reine Freude am Spielen hinausging, doch vor etwa fünf Jahren waren ihre Fin-

ger so steif geworden, daß es keinen Sinn mehr hatte, diese Beschäftigung fortzuführen. Aber Twinks gestattete sich kein Selbstmitleid, denn sie hatte ja so viel anderes, das sie zu Dankbarkeit verpflichtete. Zu jener Zeit waren die ersten Nebelschwaden aufgetaucht.
Jetzt war sie sich nicht einmal mehr bewußt, daß Georges übereilte Einladung sie aufregte. Sie würde einfach Sandra anrufen und sie für eine Stunde früher als geplant bestellen. Mr. G. konnte ohnehin kurzfristig geholt werden. Dann mußte sie auch noch Caro anrufen, um sie auf die neue Situation vorzubereiten. Doch zuerst wollte sie sich einen kleinen Muntermacher genehmigen. Ein Schlückchen Sherry oder Gin ließ einen die Dinge einfach wieder klarer sehen, und wenn ihr Hausarzt davon gewußt hätte, hätte er sicherlich auch das ein oder andere Gläschen als medizinisch sinnvoll erklärt.

Kurz nach ihrem unerwarteten Nachmittagserlebnis schlenderte Suzie durch die Hintertür der Lodge, wo ihre Mutter gerade Unmengen von Pflaumen unter laufendem Wasser säuberte. Da ihr sehr daran gelegen war, nicht zu irgendwelchen Einmacharbeiten herangezogen zu werden, machte sie auf dem Absatz kehrt und setzte sich auf die Schaukel am Ende des Gartens, wo sie, ohne unliebsame Störungen befürchten zu müssen, in Ruhe an den Jungen mit den bemerkenswert dunklen Augen denken konnte.
Caro hatte Suzie kurz mit Bumpkin an der Hintertür auftauchen und ebenso schnell wieder verschwinden sehen, doch sie war so beschäftigt, daß sie kaum Zeit gehabt hatte, hallo zu sagen. Sie war am Nachmittag zufällig am Farmladen vorbeigekommen, vor dem sie diese wunderschönen lilaroten Victorias angelacht hatten, und sie hatte der Versuchung nicht widerstehen können, obwohl sie vor dem Abendessen im Herrenhaus noch unendlich viele Dinge zu erledigen hatte und

wußte, daß man Victorias umgehend verarbeiten mußte, weil sie sonst verdarben. Jetzt kochte sie die Früchte im Einmachtopf weich und hatte gerade den Zucker hinzugefügt, als das Telefon klingelte. Wie üblich hörte mal wieder niemand im Haus dieses verdammte Ding, und so blieb Caro keine andere Wahl, als sich ein Handtuch zu schnappen und sich auf dem Weg in den Flur hastig die Hände abzutrocknen. Als sie den Hörer abnahm, rief sie in die Stille des Hauses: »Schon gut, bin schon dran!« Als interessierte das überhaupt jemanden.

»Caro.«

Caros Stimme wurde leiser. »Oh, hallo, Mama.«

»Es gibt etwas Neues«, verkündete Twinks. »Dein Vater hat heute mittag zufällig Wyndham Sale getroffen und ihn zum Dinner eingeladen.«

Caro erfaßte den Ernst der Lage sofort. »Kannst du ihm nicht irgendwie absagen?«

»Wir werden es schon hinbekommen. Sandra meint, sie wird das Lamm strecken können. Sieh du bitte zu, daß Jim und Suzie präsentabel sind. Ich hoffe nur, die arme Lydia ist der Situation gewachsen.«

»Lydia ... oje.«

»Bemüh dich bitte, pünktlich zu sein. Wenigstens diesmal.«

Die Leitung war tot, noch bevor Caro einwenden konnte, daß ihre Familie immer pünktlich war.

Caro, die immer noch von dieser unberechtigten Spitze ihrer Mutter gekränkt war, klopfte an die Tür von Jims Arbeitszimmer, um ihm die Neuigkeit mitzuteilen, als in der Küche ein zischendes Geräusch ertönte. Mit einem Aufschrei rannte sie zurück und betrat die Küche gerade rechtzeitig, um miterleben zu können, wie die heiße Fruchtsoße im Topf explodierte, sich wie ein Lavastrom über den Topfrand und den Herd ergoß und sich schließlich fröhlich auf dem Fußboden ausbreitete.

Jim Lewis saß gerade vor dem aufgeschlagenen Buch auf seinem Schreibtisch, das er zwar ansah, jedoch nicht las. Er hatte das Klingeln des Telefons und die anschließende, erfreulich kurze Unterhaltung seiner Frau mitbekommen und aus ihrem ängstlichen Brave-Tochter-Tonfall geschlossen, daß sie mit Twinks sprach, es jedoch nicht für nötig befunden, sich einzumischen, bis schließlich ihr Verzweiflungsschrei ertönt war. Jim hatte sich über die Jahre so daran gewöhnt, daß Caro immerzu mit irgend etwas beschäftigt war, daß er es schon gar nicht mehr wahrnahm, es sei denn, in ihrer alltäglichen Hyperaktivität gab es, wie jetzt, Anzeichen für eine ernste Krise. Da er bereits vor langer Zeit zu der Auffassung gelangt war, daß ihr Leben unerträglich wäre, wenn sie beide mit der gleichen Ruhelosigkeit agierten, hatte er beschlossen, das Auge des Wirbelsturms zu sein. Diese Rolle hatte er mittlerweile so weit perfektioniert, daß manchmal die Gefahr bestand, er könnte völlig zum Stillstand kommen.

Jetzt erhob er sich gemächlich vom Stuhl, klappte das Buch zu und schlenderte in Richtung Küche. Dort blieb er einen Moment im Türrahmen stehen und begutachtete die Bescherung mit einem geübt nachsichtigen Lächeln. Caro kniete auf dem Fußboden und wischte hektisch die klebrige Masse auf, während es weiterhin rotbraun vom Herd heruntertropfte.

»Oje«, meinte er, »was für eine Schweinerei.«

Caro sah mit vor Anstrengung gerötetem Gesicht zu ihm auf. »Bei Mama herrscht Alarmstufe eins«, teilte sie ihm mit. »Papa hat völlig eigenmächtig Wyndham Sale für heute abend zum Essen eingeladen.«

»Wenn es weiter nichts ist. Ich hatte schon die Befürchtung, es hätte eine richtige Katastrophe gegeben – Mr. G. hätte seine Kündigung eingereicht oder so etwas. Ihr beide wolltet diesen Sale doch immer schon mal kennenlernen, seit er Haddeley Hall gekauft hat.«

Caro hatte keine Lust, Jim zu erklären, daß ein zusammengewürfeltes Familienabendessen wohl kaum der ideale Rahmen für die Einführung des neuen Besitzers von Haddeley Hall darstellte, deshalb sagte sie bloß: »Wir müssen unbedingt pünktlich sein. Mama möchte, daß wir um sieben dort sind.«
»Ich kann in fünf Minuten fertig sein.«
»Ich aber nicht. Und wir müssen schick aussehen.«
»Das tust du doch immer«, meinte ihr Mann.
Caro erwartete nie Komplimente, daher hielt sie in ihrem Wischen inne und sah ihn mit einem überraschten Lächeln an, das sie mit einem Mal wie verwandelt wirken ließ. Sie hatte ein nüchternes und offenes Gesicht und so gar nichts von der Weiblichkeit oder Eleganz, die stets die größten Qualitäten ihrer Mutter gewesen waren. Sie schob sich die Haare, die sie immer noch in dem langen Bobschnitt ihrer Jugend trug, hinter die Ohren und sagte: »O Jim.« Und nach einer kurzen Pause: »Sieh dir das nur an. Bin ich nicht ungeschickt?«
Aber wenigstens lächelte sie wieder. Jim hatte ihr schüchternes, entschuldigendes Lächeln immer sehr liebenswert gefunden, besonders wenn es ihm wie jetzt signalisierte, daß er wieder guten Gewissens in sein Arbeitszimmer zurückkehren konnte.
Bevor er ging, merkte er noch an: »Wenn du zuerst den Herd sauber machst, läuft nicht alles weiter auf den Boden.« Er bot ihr selten praktische Hilfe an; sie war in der Vergangenheit zu oft abgelehnt worden.

In dem vertäfelten Zimmer im Erdgeschoß von Haddeley Hall, das als Büro diente, telefonierte Wyndham Sale gerade gleichzeitig mit Minneapolis und Hongkong, und war sich der Aufregung, die seine Zusage ausgelöst hatte, gar nicht bewußt. Genaugenommen hatte er die Einladung sogar schon völlig vergessen.

»Idioten«, kommentierte er gelassen, als er auf eine Taste drückte und so die zeternde Stimme aus Minneapolis aus der Leitung warf. »Das ist ihr Problem. Das müssen sie selbst regeln.«

Dann wies er Hongkong an: »Ich will spätestens bis morgen die Zahlen haben, sonst kommen wir nicht ins Geschäft.« Die schrille Stimme am anderen Ende wechselte in die nächsthöhere Oktave, doch Wyndham sagte nur freundlich: »Das ist mein letztes Wort. Ich freue mich, morgen wieder von Ihnen zu hören«, dann wurde Hongkong auf die gleiche Weise zum Schweigen gebracht.

»Gut.« Wyndham wandte sich an seinen Sekretär, einen Mann unbestimmten Alters mit einer grellen lachsroten Krawatte: »Was steht als nächstes an?«

»Das war's«, erwiderte Mark. Was ihm an diesem Job am besten gefiel, war der ökonomische Arbeitsstil seines derzeitigen Chefs. Sale führte seine Geschäfte äußerst effizient und mit einem Minimum an Streß, weshalb man bei ihm von den Wutanfällen und Dramen verschont blieb, mit denen so viele Geschäftsleute ihre unersättlichen Egos fütterten. Wenn es notwendig war, konnte Sale absolut skrupellos sein, doch weil er immer so distanziert, ja beinahe entspannt war, bemerkten seine Geschäftspartner meist erst viel zu spät, in welcher Gefahr sie sich befanden.

»Sind Sie sicher?« Wyndham Sale sah gereizt auf seinen leeren Ablagekorb. Er selbst hielt es für den größten Nachteil seiner vielgerühmten Effizienz, daß er häufig nicht mehr genug zu tun hatte. Er warf dem Faxgerät einen hoffnungsvollen Blick zu, als wollte er es dazu bewegen, ein neues Problem auszuspucken.

Mark schob einige Papiere zusammen. »Ich dachte, wir könnten vielleicht auf ein Bier und einen Happen zu essen zum Pub runtergehen. Es ist ein sehr schöner Abend.«

»Ja?« Von dieser unerwarteten Information aufgeschreckt, erhob sich Wyndham Sale und schlenderte zum Fenster hinüber, wo er kurz die langen Schatten betrachtete, die die riesigen vereinzelten Eichen im Park warfen. Seine ehrwürdigen alten Eichen, seine sanft hügelige Parkanlage. »Tatsächlich.« Das plötzliche Eindringen der Natur schien ihn zu verwundern, doch während er den Blick über sein neu erworbenes Grundstück schweifen ließ, wurde ihm bewußt, daß die Aussicht etwas Kulissenhaftes hatte, fast so, als wäre sie gemalt. Die Leute behaupteten immer, die Natur habe etwas Beruhigendes, aber seit Annabels Tod empfand er Landschaften immer als eigenartig unwirklich und konnte in ihnen keinen Trost finden.

»Verdammt ruhig hier«, murmelte er. Die Arbeiter, die in der einstigen Orangerie ein zwölf Meter langes Schwimmbecken installierten, hatten bereits zusammengepackt und waren vor einer halben Stunde gefahren.

Mark beobachtete seinen Chef. Wyndham Sale war ein mittelgroßer, kräftiger Mann Anfang Vierzig, den man allerdings auch für jünger halten konnte. Er hatte angenehme, markante Gesichtszüge, die mehr verbargen, als sie preisgaben, und da es stets so schien, als müsse er seine Energie zügeln, weil es ihn ständig nach neuen Aktivitäten drängte, wirkte er nie farblos.

Mark bewunderte seinen Arbeitgeber und genoß dessen Gesellschaft, beinahe so, als hoffte er, ihm mit der Zeit immer ähnlicher und genauso reich und erfolgreich zu werden. Jetzt meinte er zu Wyndham: »In Briarswood soll ein indonesischer Abend stattfinden.«

»So?« Wyndham war alles andere als begeistert. Er fand die Aussicht auf einen Abend in Gesellschaft seines Sekretärs nicht gerade verlockend, wollte jedoch auch nicht allein sein. Zu seiner Erleichterung fiel ihm ein, daß er andere Verpflich-

tungen hatte. »Ein andermal, Mark. Ich soll heute abend in die High Society von Briarswood eingeführt werden.«
»Nein! So etwas Nobles gibt es hier?« fragte Mark, der seine Enttäuschung hinter einem Lächeln verbarg.
»Ja, anscheinend schon. Ich habe heute nachmittag bei der Kirche einen munteren alten Knaben getroffen. Er meinte, es wäre an der Zeit, mich mit den Einwohnern bekannt zu machen, und so hat er mich zum Abendessen eingeladen. George Cartwright, er wohnt im Manor.«
»In dem schönen Haus mit den Eisentoren? Ich habe es von der Straße aus gesehen.«
»Genau das. Ich befürchte, Sie werden also wieder allein trinken müssen, Mark. Vor morgen ist mit einer Antwort aus Mailand nicht zu rechnen, also war's das für heute. Ich werde mich jetzt fertig machen. Mein Gastgeber machte den Eindruck, als lege er großen Wert auf Pünktlichkeit, und deshalb will ich nicht zu spät kommen.«
»Genau, das wäre ungehörig«, stimmte Mark ihm zu.

Lydia Fairchild war schließlich diejenige, die sich verspätete. Pünktlichkeit gehörte zu den Tugenden, die ihr seit ihrer Ankunft in Briarswood anscheinend abhanden gekommen waren. Der Grund dafür war ihr völlig schleierhaft, denn sie konnte sich zum ersten Mal in ihrem Leben ihre Tage ganz nach Belieben einteilen; sie hatte keine Termine, keine Verpflichtungen und keinerlei Druck. Obwohl sie nur zehn Minuten von Rose Cottage zum Herrenhaus brauchte, kam sie doch unweigerlich zu spät.
Leider konnte sie ihrer Gastgeberin, die sicherlich beleidigt sein würde, schlecht erklären, daß sie ganz in die Beobachtung der Finken vertieft gewesen war, die sich auf den Disteln am Ende ihres Gartens niedergelassen hatten, und sie deshalb alles um sich herum vergessen hatte. Ebensowenig konnte sie

sich vorstellen, daß Twinks für ihre neueste Theorie Verständnis haben würde, der zufolge die Zeit auf dem Land anderen Gesetzen gehorchte, so daß sich Stunden völlig unberechenbar ausdehnten oder aber zusammenschrumpften.
Eigentlich hatte Lydia nur ein paar Tage oder bestenfalls eine Woche im Rose Cottage bleiben wollen. Ihr Besuch war nur als kurzer Erholungsurlaub geplant gewesen, als Möglichkeit, wieder zu sich selbst zu finden, um ihre Zukunft neu planen zu können. Das war nun mehr als zwei Monate her. Nicht daß sie je wirklich beschlossen hätte, ihren Aufenthalt zu verlängern; Lydia konnte sich ohnehin nur mit Mühe daran erinnern, wann sie das letzte Mal eine bewußte Entscheidung getroffen hatte. Es war eher so, daß der morgige Tag immer besser geeignet zu sein schien, sich mit schwierigen Problemen zu beschäftigen, als der heutige.
Mit was genau sie ein so langandauerndes Heute eigentlich herumbekommen hatte, war ihr ein weiteres Rätsel, zumal sie sich selbst immer für einen Menschen gehalten hatte, der unruhig wurde, wenn er nicht ausgelastet war. Vielleicht hatte sie diesen Ausflug aufs Land gebraucht, um sich von dem Trauma im Frühling zu erholen. Vielleicht. Dennoch schienen diese acht Wochen keinerlei Bezug zu ihrem übrigen Leben zu haben und waren deshalb auch nicht relevant. Als Städterin lernte sie gerade, auf die vielen kleinen Details auf dem Lande zu achten: darauf, wie die Hecken durch die heranreifenden Beeren mit einem ersten Hauch Rostrot und Lila überzogen wurden; darauf, wie sich die Schwalben auf den Hochspannungsleitungen sammelten und in unendlichen Variationen tschilpten, und nicht zuletzt auf die liebenswerten Distelfinken.
Als Lydia an diesem Nachmittag von einem Spaziergang zurückgekehrt war, hatte sie inmitten der üblichen ländlichen Geräuschkulisse einen neuen Laut ausgemacht. Er schien aus

der Gegend zu kommen, die die Ortsbewohner als »Senke« bezeichneten und die etwa vierhundert Meter von ihrem Häuschen entfernt lag. Sie hatte das Dröhnen von Motoren gehört und das Aufheulen durchdrehender Räder, war jedoch nicht übermäßig neugierig gewesen, weil sie mittlerweile lange genug auf dem Land lebte, um zu wissen, daß die Bauern allen möglichen seltsamen Aktivitäten nachgingen, nach denen man sich besser nicht erkundigte, weil das bloß ebenso langatmige wie komplizierte Antworten herausforderte, die letztlich nie besonders erhellend waren.

Danach hatte sie den Lärm in der Senke gar nicht mehr bemerkt. Die Distelfinken waren eingetroffen, und sie war mit ihrem Zeichenblock hinaus in den Garten gegangen. Wenn es ihr doch nur gelänge, diesen aufgeregten Angriff auf die Disteln festzuhalten. Lydia hatte immer sehr gut naturgetreu zeichnen können, und sie hatte von diesem Talent sehr profitiert, aber jetzt sehnte sie sich danach, über das reine Abbilden hinauszukommen und das Wesen der Dinge festzuhalten, denn das Herabstürzen und Gleiten der Vögel war einfach wunderbar. Und während sie sich dieser unmöglichen Herausforderung gestellt hatte, war ein weiterer Nachmittag verstrichen.

Lydia wußte, daß sie sehr viel Zeit dafür aufwendete, wichtigen Aufgaben aus dem Weg zu gehen, beispielsweise der, endlich ihr Leben zu ordnen oder Gordons Briefe zu beantworten.

Der letzte war am Morgen eingetroffen und lag auf dem Küchentisch; sie hatte ihren Kaffeebecher zum Beschweren darauf gestellt, so daß er bereits von braunen Halbmonden geziert wurde. Gordon hatte eine für einen Arzt bemerkenswert gut leserliche Schrift, aber Lydia hätte es vorgezogen, wenn sie undeutlicher gewesen wäre, denn seine Sätze steckten voller Vorwürfe: »... verstehe ja Dein Bedürfnis, allein sein zu

wollen, aber diese lächerliche Geheimniskrämerei dauert mittlerweile schon viel zu lange ...« und »... sicherlich können wir die ganze Sache wie vernünftige Erwachsene besprechen ...«
»Tja, nein, eigentlich nicht. Noch nicht, Gordon. Kommt nicht in Frage.«
Es bereitete Lydia keinerlei Probleme, brillante Antworten auf seine Fragen zu finden – doch leider nur in Gedanken. Wenn sie allein in ihrem baufälligen kleinen Häuschen saß, erklärte sie ihm immer wieder, was genau sie hier tat, warum sie ihm noch nicht sagen konnte, wo sie sich aufhielt, und weshalb ihre Schwester als Mittlerin fungieren mußte. Sie war eben bloß noch nicht dazu gekommen, ihre Gedanken zu Papier zu bringen.
Morgen. Morgen würde sie sich ganz bestimmt aufraffen und einen dieser »Laß-uns-das-wie-zwei-erwachsene-Menschen-besprechen«-Briefe schreiben, die Gordon so sehr schätzte.
Heute aber, vor der Ablenkung durch den Krach in der Senke und die Distelfinken, hatte sie sich mit der dringenden Frage beschäftigen müssen, was sie zum Dinner im Herrenhaus anziehen sollte. Da sie zwei Monate zuvor mit nur einem kleinen Koffer angekommen war, blieb ihr keine große Auswahl. Zugegebenermaßen hätte ihr die zurückgelassene Kleidung auch nicht viel weitergeholfen, weil sie ihre Kleidung stets entweder auf dem Flohmarkt kaufte oder aber ultramodernes Zeug, das man nach einer Saison schon nicht mehr tragen konnte. Wenn das einen leicht geschmacklosen Eindruck erweckte, um so besser: Lydia war groß, schlank und hatte markante Gesichtszüge, sie konnte einen Hauch von Vulgarität durchaus vertragen. Sie hatte sich schließlich für einen schwarzen Minirock und ein rotglänzendes, rückenfreies Oberteil entschieden, wobei der einzige Nachteil darin bestand, daß sie diese Kombination bereits bei ihren letzten bei-

den Besuchen im Manor getragen hatte – mal ganz abgesehen davon, daß diese Kleidung für ein Dinner im Herrenhaus völlig unpassend war.
»Ach, zum Teufel«, dachte sie, »es ist mir egal.«
Doch es war ihr nicht egal. Vielleicht hatte die feudale Atmosphäre in Briarswood ihr Selbstbewußtsein angegriffen, vielleicht lag es auch daran, daß George und Twinks sie beinahe mietfrei im Rose Cottage wohnen ließen, vielleicht hatte sie es auch einfach nur satt, immer die Außenseiterin zu sein. Caro, deren Grobknochigkeit und Rosigkeit durchaus attraktiv war, würde bestimmt etwas Klassisches tragen – beim letzten Mal war es ein einfaches, aber edles blaues Leinenkleid gewesen –, und was Twinks anbelangte, so war sie die eleganteste ältere Dame, die Lydia je kennengelernt hatte. Man konnte kaum glauben, daß sie bereits weit über siebzig war, so umwerfend sah sie noch in ihren fließenden Seidenchiffonblusen und den erlesenen cremefarbenen oder enzianblauen Kleidern aus. Nicht daß Lydia je der Typ für klassische Leinenkleider, geschweige denn Seidenchiffonblusen gewesen wäre. Gott bewahre.
Als ihr plötzlich bewußt wurde, daß ihr kaum noch Zeit blieb, um sich fertig zu machen, raste Lydia die schmale Treppe des Cottages hoch und riß sich Jeans und T-Shirt vom Leib, die sie den ganzen Tag getragen hatte. Sie ignorierte die Kleidungsstücke, die sie bereitgelegt hatte, und schlüpfte statt dessen in eine enganliegende schwarze Hose, eine dünne Spitzenweste und eine kurze Jacke. Dann fuhr sie sich noch einmal kurz mit dem Kamm durch ihr wirres dunkles Haar, legte ein bißchen Make-up auf und suchte und fand ihre Lieblingsohrringe, bevor sie barfuß den Grasweg hochrannte, der vom baufälligen Charme des Rose Cottage zu Eleganz und Komfort von Briarswood Manor führte.
Lydia verbrachte viel Zeit damit, Entscheidungen zu treffen,

die sie in letzter Minute wieder über den Haufen warf. Sie war der festen Überzeugung, daß das Leben völlig beliebig war, weshalb selbst die besten Pläne immer vereitelt würden, und die Erfahrung hatte sie gelehrt, daß harte Arbeit bloß zu Frustration und Enttäuschungen führte. Deshalb war es durchaus sinnvoll, eigenen Plänen zuwider zu handeln, wann immer sich die Möglichkeit dazu bot, um nämlich so das Schicksal zu überrumpeln.

Als sie durch das Törchen in den Garten des Herrenhauses getreten war, hielt Lydia einen Moment an, um in ein Paar Sandalen zu schlüpfen. Dann schlenderte sie über den weitläufigen Rasen zum Haupteingang und entdeckte auf dem Platz vor dem Haus neben Jim und Caros Range Rover einen ihr unbekannten Sportwagen.

Neugierig öffnete sie die Eingangstür und betrat das Haus.

ZWEITES KAPITEL

Zu Twinks' Entsetzen war es Suzie, die ihre Dinnerparty zum Entgleisen brachte. Während der ersten beiden Gänge hatte das Mädchen fast gar nichts zur Unterhaltung beigetragen, doch Twinks erwartete auch keine lebhafte Debatte von ihren Gästen und von ihrer Enkelin am allerwenigsten. Sie erwartete lediglich, daß man sich an die Regeln des Anstands hielt. Lydias befremdlicher Aufzug ließ in dieser Hinsicht natürlich einiges zu wünschen übrig, und während der Champignoncreme hatte es einen Moment der Irritation gegeben, als Lydia die unsinnige Behauptung aufgestellt hatte, die Menschheit ließe sich in zwei Kategorien einteilen, die der Nestbauer und die der Höhlenbewohner, und dann auch noch so taktlos gewesen war, Rose Cottage als den Archetyp der englischen Höhle zu bezeichnen. Jim hatte ihre Torheiten auch noch unterstützt, so daß Twinks sich schließlich zum Eingreifen gezwungen gesehen hatte. Doch abgesehen von diesem Fauxpas war die Unterhaltung mit so harmlosen Themen wie Hundehaltung – ein Lieblingsthema von George – oder Wyndham Sales Plänen für eine Haushaltshilfe dahingeplätschert. Im großen und ganzen war Twinks von Wyndham Sale recht angetan: Er hatte nichts Ungestümes an sich – ganz im Gegenteil –, und er besaß eine leise, aber dennoch autoritäre Stimme. Sie hatte einigen seiner Bemerkungen entnehmen können, daß Haddeley Hall trotz seiner Größe keineswegs sein Hauptwohnsitz war. Caro hatte den etwas peinlichen Augenblick entschärft, der entstanden war, als Wyndham seine verstorbene Gattin erwähnt hatte, indem sie ihrem Bedauern über den Tod seiner Frau Ausdruck verliehen hatte, so daß die übrigen Gäste nur noch zustimmend hatten murmeln müssen. Ganz wie es sich gehörte, hatte Wyndham bloß kurz genickt und sich knapp bedankt. Dann aber hatte Twinks Mr. G. gerade angewiesen, abzuräumen und das Dessert aufzutragen – eine Obsttorte mit Apfel und Marmelade, die Sandra immer in Reserve hatte –, als Suzie meinte, das Thema aufbringen zu müssen. Eigentlich trug George unfreiwillig die Schuld daran, denn er hatte versucht, das Mädchen in die Unterhaltung einzubeziehen, und sich nach Bumpkin erkundigt, was Suzie an ihren Nachmittagsspaziergang erinnert und zu ihrer Aussage geführt hatte.

»Was?« krächzte George.

»Was?« wiederholte Caro.

Suzie war so erschreckt, plötzlich in den Mittelpunkt des Interesses gerückt zu sein, daß sich die Röte doppelt so schnell wie gewöhnlich auf ihrem Gesicht ausbreitete.

Sie wiederholte: »Ich habe heute nachmittag so eine Art Hippie-Konvoi in Briarswood ankommen sehen. Ich glaube jedenfalls, daß es ein Hippie-Konvoi war.« Sie lächelte schüchtern, als ob sie dadurch das Gewicht ihrer Aussage mildern wollte.

»Wo?« wollte George wissen.

»Ja, wo?« echote Caro.

»In der Nähe von Bellings Wood. Sie fuhren in Richtung Dorf.«

»Ein Konvoi?« hakte Twinks verzagt nach.

Suzie nickte ihrer Großmutter über den langen polierten Holztisch mit den verschnörkelten Kerzenständern und den aus einer blau-weißen Schüssel quellenden Gartenwicken hinweg zu.

»Wie viele waren es?« wollte George wissen.
»Oh, ich weiß nicht, ich habe sie nicht gezählt. Etwa sechs, vielleicht auch etwas mehr. Es können auch zehn gewesen sein.«
»Zehn? Zehn Leute?«
»Na ja, Fahrzeuge eigentlich. Kleine Lastwagen und Busse und Wohnwagen. Aber es waren vielleicht auch nur sechs.«
Twinks richtete sich auf und lächelte ernst, so wie sie schon seit Jahren auf jegliche Art von Katastrophe reagierte. »Es ist kaum zu fassen«, meinte sie zu Wyndham, der zu ihrer Rechten saß und sich bislang nicht zu dem Thema geäußert hatte. Caro schaltete sich wie üblich vermittelnd ein: »Sie werden nur auf der Durchreise gewesen sein, Mami.«
»O nein«, widersprach Suzie, »das glaube ich nicht. Sie haben gefragt, wo Ted Seddens Farm liegt.«
Diese letzte Information veranlaßte ihren Großvater, sofort zu handeln. »Du lieber Himmel, der arme Kerl«, rief er. »Ich werde ihn sofort anrufen, um zu hören, ob er Hilfe braucht, um sie abzufangen. Was für eine gräßliche Geschichte. Wie gut, daß ich noch meine Flinte habe. Jim, geh nach draußen, und sieh nach, ob das Tor geschlossen und verriegelt ist. Seid ihr im Range Rover gekommen? Kluger Mann. Park ihn vorsichtshalber lieber vor dem Eingang.« Dann hastete er mit großen Schritten aus dem Zimmer, und sie hörten, wie er in der Eingangshalle nach Mr. G. rief.
Jim schenkte sich Wein nach. Er wandte sich an Georges leeren Stuhl. »Endlich ist die große Stunde des Range Rovers gekommen.«
»Ich mach das schon, kümmer dich nicht darum, Jim.« Caro hatte ihren Mann mit wachsender Besorgnis beobachtet. Jim trank selten viel und in Anwesenheit ihrer Eltern fast nie, aber wenn es doch dazu kam, war das immer unangenehm, vor allem für sie selbst. Aus welchem Grund er gerade heute trank,

war ihr völlig schleierhaft, aber nun entdeckte sie in seinen gewöhnlich so sanften Zügen eine alarmierende Unfreundlichkeit. Sein gerötetes Gesicht bildete einen häßlichen Kontrast zu seinem rotblonden Haar, und in seinen Augen zeigte sich dieses aufmerksame zynische Glitzern, das sie fürchten gelernt hatte. Caro hatte nie die richtige Methode gefunden, mit Jim in diesem Zustand umzugehen, und sie vermutete, daß ihre aufgesetzte Fröhlichkeit ihn nur zu weiteren Exzessen trieb, doch die Panik machte es ihr unmöglich, sich eine geeignete Strategie zurechtzulegen. »Du brauchst dich nicht darum zu kümmern, Liebling.« Sie strahlte ihn über den Tisch hinweg an und versuchte gleichzeitig, ihm mit einem verstohlenen Stirnrunzeln zu verstehen zu geben, daß er jetzt genug getrunken hätte.

Jim beobachtete die Gesichtsverrenkungen seiner Frau mit großem Interesse.

»Unsinn, Caro«, verkündete er. »Ein Mann muß seine Familie beschützen.« Dann stand er so rasch auf, daß er beinahe seinen Stuhl umgeworfen hätte, bevor er, wie sein Schwiegervater, den Raum verließ.

Caro hoffte, daß er sich ein wenig Zeit lassen würde und die frische Abendluft ihn wieder nüchtern werden ließ. Sie lächelte die im Zimmer Zurückgebliebenen an.

»Beruhige dich, Mama«, meinte sie zu ihrer Mutter, »ich bin sicher, die ganze Aufregung ist vollkommen unnötig.« Sie überlegte fieberhaft, wie sie das Thema wechseln könnte, doch Twinks hatte sich bereits Wyndham zugewandt und erzählte ihm einige der schrecklichen Geschichten, die sie in der Zeitung über die gräßlichen Angewohnheiten dieses fahrenden Volkes gelesen hatte. Blieb also nur noch Lydia. »Also nein«, meinte Caro zu ihr, »was für ein Wirbel.«

Lydia hob lediglich die Augenbrauen und sagte: »Ja, in der Tat«, weshalb Caro sich aus irgendeinem Grund dumm vorkam und sich ärgerte. Sie wußte nie genau, was sie von Lydia halten sollte. Am Anfang des Abends hatte sie befürchtet, Jims ehemalige Studentin würde sich in ihrem unpassenden Aufzug bestimmt deplaziert fühlen, und sie hätte sich sicherlich Vorwürfe gemacht, Lydia nicht darauf hingewiesen zu haben, welche Art Dinner das werden würde, wenn Lydia nicht so selbstsicher gewirkt hätte. Caro wäre ja lieber gestorben, als in diesem schmuddeligen kleinen Spitzenfetzen und der viel zu engen Hose herumzulaufen, doch ihr war nicht verborgen geblieben, daß Lydia die Situation recht gut meisterte; dabei war natürlich nicht ganz unerheblich, daß sie ihre gute Figur behalten hatte – ihre Kinderlosigkeit war da sicherlich hilfreich gewesen – und daß ihre Beine außergewöhnlich lang waren. Caro dagegen trug ein beigegestreiftes Kleid und ein Jackett, das sie vor einigen Jahren für eine Hochzeit erstanden hatte und das noch einigermaßen schick aussah, wenn auch der große Seemannskragen ihren Busen vielleicht ein bißchen zu stark betonte. Caro fand Lydias mangelnden Sinn für Kleidung verwirrend, denn sie war sich sicher, daß Jim ihr erzählt hatte, Lydia wäre mit einem Arzt verheiratet, und Arztfrauen waren doch immer so elegant.

Caro überlegte immer noch, was sie zu Lydia sagen konnte, als Jim ins Zimmer zurückkehrte. Soweit Caro sehen konnte, hatte die frische Luft nur einen Teilerfolg erzielt, denn er verkündete mit überlauter Fröhlichkeit, daß die Burg des Engländers nun sicher wäre. Lydia, die bei seiner Ankunft kurz aufgeblickt hatte, schob ihr Stück Kuchen auf dem Teller hin und her.

»Die Marmelade ist selbstgemacht«, erklärte Caro ihr redselig. »Das merkt man doch immer sofort, nicht wahr?«

Bei dieser Frage sah Lydia überrascht auf – in Gedanken war sie nicht bei der Marmelade gewesen – und bemerkte höflich: »Sie schmeckt jedenfalls köstlich«, was Caro zu einem dankbaren Lächeln veranlaßte. Jim schenkte sich Wein nach. Im Hintergrund war Georges Stimme zwischenzeitlich stetig lauter geworden, seit er den Telefonhörer abgehoben hatte, und verstummte nun plötzlich. Er wirkte bestürzt, als er ins Eßzimmer zurückkam, und ließ sich langsam auf seinem Stuhl nieder. »Ich kann es einfach nicht glauben«, sagte er entgeistert.

»Was?«

»Hast du Ted Sedden erreicht?«

George nickte. »Er läßt diese Leute auf seiner Farm bleiben. Es ist kaum zu fassen, aber er hat sie sogar *eingeladen.*« Die Neuigkeit löste bei den Anwesenden ungläubige Blicke aus. George fuhr fort: »Ich weiß, ich weiß. Der Kerl muß den Verstand verloren haben.«

»Warum, zum Teufel, hat er sie eingeladen?« wollte Jim wissen.

»Das weiß Gott allein.« George lockerte seine Krawatte. »Reine Boshaftigkeit, wenn du mich fragst. Er war doch glatt so unverfroren, mir zu sagen, daß er ein paar dieser Hippies auf irgendeinem Markt kennengelernt und ihnen angeboten hat – das muß man sich einmal vorstellen –, daß sie auf seinem Land kampieren könnten.«

»Für eine Nacht?« fragte Caro hoffnungsvoll.

»Von wegen.« Georges tiefe Stimme klang düster. »Den ganzen Winter über. So lange sie wollen. Er wollte sich nicht festlegen.«

»Das war's.« Twinks legte ihre Hände in den Schoß, und ihre Stimme klang ernst: »Das ist eine echte Katastrophe.«

»Ach, kommen Sie«, machte sich Wyndham bemerkbar, und da dies sein erster Beitrag zu dem Thema war, horchten alle auf. »So schlimm kann die Lage doch gar nicht sein. Es gibt doch bestimmt unendlich viele Möglichkeiten, wie man sie zum Weiterziehen bewegen kann.«

»Sehr richtig«, pflichtete George ihm bei, »aber leider braucht das seine Zeit, und bis dahin müssen wir auf der Hut sein. Lydia, Sie können heute nacht unmöglich allein im Rose Cottage bleiben, Sie übernachten besser hier.«
Lydia lachte auf. »Machen Sie sich keine Sorgen, mir wird schon nichts passieren.«
»Nein, nein«, beharrte Twinks, »wir würden vor lauter Sorge kein Auge zutun; Ted Seddens Hof liegt doch so dicht bei Rose Cottage. Bleiben Sie lieber hier.«
»Bitte« – Lydias Lächeln erstarb, als ihr klar wurde, daß die Einladung völlig ernst gemeint war –, »Sie müssen sich wirklich keine Sorgen um mich machen. Außerdem bestehe ich darauf, zu Hause zu übernachten.« Um von ihrer Renitenz ein wenig abzulenken, fragte sie Suzie: »Wie sahen sie eigentlich aus?«
»Oh.« Suzie runzelte die Stirn und schob die Haare hinter die Ohren. »Ich habe nur ein Pärchen gesehen. Das waren die, die nach dem Weg gefragt haben. Sie sahen irgendwie ... ungewöhnlich aus. Sehr schmutzig. Ein bißchen unheimlich, um ehrlich zu sein, aber auch irgendwie fröhlich.«
»Einfach grauenvoll«, hauchte Twinks.
»Lydia, wenn Sie schon nicht hierbleiben wollen«, schaltete sich George wieder ein, »nehmen Sie wenigstens eine Flinte mit. Sie brauchen gar nicht zu wissen, wie man sie bedient, wedeln Sie einfach damit herum, wenn Sie sich bedroht fühlen.«
Lydia starrte ihn entsetzt an. »Eine Waffe? Ist das Ihr Ernst?«
»Es ist wirklich das Beste«, erklärte ihr Twinks. »Sie haben ja keine Ahnung, wie diese Leute sind.«
Lydia schüttelte den Kopf. »Ich kann kaum glauben, was ich hier höre. Da erscheint eine Gruppe junger Leute in ein paar alten Wohnwagen, und schon führen Sie sich alle auf, als wäre gerade die Französische Revolution ausgebrochen. Das ist haarsträubend.«

Lydia wirkte immer besonders attraktiv, wenn sie etwas als ungeheuerlich empfand, gerade nach einigen Gläsern Wein. Wyndham und Jim betrachteten sie interessiert. Die dunklen Locken wippten um den Kopf, und ihre Augen blitzten, während sie die Anwesenden mit einer Mischung aus Fassungslosigkeit und Verachtung musterte. Weil sie deren Schweigen als Interesse für ihre Meinung fehlinterpretierte, fuhr sie fort: »Bis jetzt hat sie doch niemand auch nur zu Gesicht bekommen – abgesehen von Suzie natürlich –, und trotzdem verurteilt man sie, ohne zu zögern. Sie alle könnten doch erst einmal abwarten und sehen, wie sie sind, bevor Sie mit Waffen und Vertreibung anfangen.«
»Theoretisch mag das ja zutreffen«, stimmte Wyndham ihr zu, »aber in diesem konkreten Fall haben Sie wahrscheinlich unrecht. Ich habe immer wieder feststellen können, daß es besser ist, sich mit Plagen zu befassen, bevor sie lästig werden. Auf lange Sicht gesehen ersparen sich alle damit eine Menge Ärger.« Wyndham schien Lydias zornigen Blick zu genießen.
»Ihre Hunde«, warf Twinks ein, »reißen Schafe.«
Jim grinste. »Seit wann haltet ihr denn Schafe?«
Seine Schwiegermutter bedachte ihn mit einem strengen Blick. »Du solltest keine Scherze darüber machen, Jim. Briarswood ist ein kleiner Ort, und wenn ein Grundbesitzer leidet, sind alle betroffen.«
»Sehr richtig«, pflichtete George ihr bei.
»Trotzdem«, widersprach Jim, »betrachtet es doch einmal so: Ungewaschene wilde junge Leute sind der Fluch des modernen Landlebens, und jetzt ist eben Briarswood an der Reihe. Vielleicht sollten wir einfach dankbar dafür sein, daß wir bislang Glück gehabt haben. Wir werden sie eben ein Weilchen ertragen müssen.«
»So etwas solltest du nicht einmal denken«, sagte Caro ver-

ständnislos. »Warum sollte unser armes altes Briarswood sie ertragen müssen? Niemand will sie hier haben.«
»Niemand will sie *irgendwo* haben«, bemerkte Lydia.
»Dann sollen sie eben einfach verschwinden.«
»Wohin denn?«
Caro ignorierte die Frage. »Man fühlt sich so schrecklich hilflos«, klagte sie. »Es müßte ein Gesetz dagegen geben.«
»Aber das gibt es doch«, meinte Lydia. »Unmengen von Gesetzen.«
Twinks beugte sich zu Wyndham vor und raunte verschwörerisch: »Sie haben keine Toiletten. Und sie waschen sich nicht.«
»Das habe ich auch schon gehört«, sagte er mit einem Lächeln, denn immer noch weckte Twinks in Männern jeden Alters den Gentleman. »Ist das nicht entsetzlich?«
»O Herr im Himmel«, rief Lydia aufgebracht, »ich habe in meinem ganzen Leben noch keine so abenteuerlichen Vorurteile gehört.«
»Beruhige dich, Lydia«, wies Jim sie zurecht. »Deine Meinung ist unerheblich und interessiert niemanden. Du bist hier nicht unter Studenten.«
Lydia zuckte zusammen, als habe sie einen Schlag erhalten, dann sah sie ihn zornig an und sagte: »Ich hätte ja erwartet, daß wenigstens du meiner Meinung bist. Seit wann ist es unwichtig geworden, für die Rechte anderer Menschen einzustehen? Klär mich doch bitte auf, ich würde es liebend gerne wissen.«
Jim tat ihren Sarkasmus mit einem Achselzucken ab. »Du bist hier eine Fremde. Auf dem Land werden die Dinge anders gehandhabt – Briarswood ist eben anders. Misch dich nicht in Dinge ein, die du nicht verstehst.«
Lydia setzte an: »Ich glaube, ich verstehe sehr wohl einen Fall von –«, doch da mischte sich rasch Caro ein.

»Ach, laßt uns bitte nicht darüber streiten. Wir müssen doch zusammenhalten. Niemand hat etwas gegen einzelne Personen, Lydia. Ich meine, wir kennen sie ja nicht, genau wie Sie gesagt haben, und ich stimme Ihnen wirklich darin zu, daß man für andere eintreten soll, selbstverständlich. Diese Leute gehören bloß einfach nicht in einen Ort wie Briarswood. Sie wissen doch gar nicht, wie sie sich integrieren können. Ich bin mir sicher, daß sie unter ihresgleichen viel glücklicher wären. Auf richtigen Wohnwagenplätzen zum Beispiel.«

»Weniger Worte und mehr Taten«, forderte George. »Bitte entschuldigt mich, ich muß ein paar Anrufe erledigen und die Truppen mobilisieren.«

Während der ganzen Diskussion war Suzie immer tiefer in sich zusammengesunken. Noch nie zuvor hatte eine ihrer Äußerungen eine derartige Wirkung gehabt. Vielleicht hätte sie ein wenig Genugtuung verspürt, wenn nicht alle sie völlig vergessen hätten. Sie spielte mit einer Haarsträhne, und ihr Großvater tätschelte ihr freundlich den Kopf, bevor er das Zimmer verließ; er behandelte Enkelkinder und Hunde unterschiedslos mit den gleichen Gesten der Zuneigung. Eines Tages, dachte Suzie wütend, wird er mir noch einen Knochen anbieten.

Twinks war sich der angespannten, aufgeheizten Atmosphäre bewußt. Laute Stimmen wirkten immer schrecklich bedrükkend, ganz gleichgültig, welche Ursache sie hatten. Sie erinnerte sich an ihre erste und liebste Klavierlehrerin, Miß Finn, die ihr vorgeschlagen hatte, ein mitreißendes Duett zu üben, um den Lärm ihrer Eltern zu übertönen, als diese sich nicht weit von ihnen entfernt in irgendeinem Zimmer stritten. »Spiel, Veronica Jane, spiel, spiel! Die Musik wird dich nie im Stich lassen.« Twinks' Finger wanderten nervös über die polierte Oberfläche des Eßtisches, doch es gab für sie keine Musik mehr, die Trost hätte spenden können.

»Wir werden den Kaffee im Salon einnehmen«, verkündete sie, »und in Anbetracht der Umstände können wir uns wohl ein Schlückchen Brandy genehmigen.«
Wyndham, den das kleine Scharmützel zwischen Lydia und Jim kurzzeitig abgelenkt hatte, nahm an, daß der unterhaltsamste Teil des Abends nun wohl vorbei war und er das Eintreffen der Hippies gut als Entschuldigung nutzen konnte, um seinen Besuch abzukürzen, ohne daß jemand beleidigt war. Kaum hatte er seine Absicht kundgetan, lebte in Twinks und Caro die Sorge auf, Haddeley Hall stünde in der Gefahr, überwältigt zu werden.
»Ich hoffe, sie versuchen nicht einzubrechen«, sagte Twinks.
»Warum sollten sie das tun?« fragte Lydia ungehalten. »Sie sind Ted Seddens Gäste.«
»Vagabundierende Elemente«, stichelte Jim.
Wyndham erhob sich von seinem Platz Lydia gegenüber. Während sie den anderen die Stirn geboten hatte, war ihm ihr langer und äußerst attraktiver Hals aufgefallen. Jetzt entdeckte er außerdem ihre sehr schön geschwungenen Augenbrauen, von denen eine ein wenig höher lag als die andere, und die Intensität ihrer braungrünen Augen.
»Sie glauben, daß alle überreagieren«, mutmaßte er.
»Verdammt richtig, genau das tue ich.« Lydia fing seinen Blick auf, und es gab einen kurzen Augenblick der Übereinstimmung: Zwei Außenseiter bei einem Familientreffen, die vielleicht – vielleicht aber auch nicht – mehr miteinander gemein hatten als mit einem der Mitglieder der Heimmannschaft.
»Dann hoffe ich sehr, daß Sie Ihren jetzigen Optimismus nicht noch einmal bedauern werden«, sagte er unverbindlich. »Diese spezielle Gruppe mag sich ja als ein Bataillon von Heiligen erweisen, aber das würde mich doch sehr überraschen. Diese Leute haben einen schrecklichen Ruf, und wissen Sie, manchmal haben die Zeitungen ja auch einmal recht.«

Lydia starrte ihn weiterhin unbeirrt an, ohne ihren abschätzenden Blick durch ein Lächeln abzumildern. Während des Essens hatte sie ihm kaum Aufmerksamkeit geschenkt, weil sie in ihm bloß einen weiteren der nicht besonders interessanten Freunde der Cartwrights gesehen hatte. Jetzt stellte sie fest, daß Wyndham nicht nur reich, sondern auch intelligent war, und daß er ebensoviel Spaß an einer klugen Auseinandersetzung hatte wie sie; ihr wurde auch klar – und in diesem Moment erschien ihr das sehr plausibel –, daß sie ihn durchaus sehr attraktiv gefunden hätte, wenn er ihr Typ gewesen wäre. Doch so wie die Dinge standen, sagte sie lediglich: »Es ist immer noch besser, Menschen zu vertrauen und dabei hereinzufallen, als niemandem zu vertrauen.«

»Oh, bravo«, kommentierte Jim, »Lydia, die ewige Idealistin.«

Wyndham lächelte ihr zu und distanzierte sich so von Jims Bemerkung. »Wie ich bereits sagte, hoffe ich, daß Sie recht behalten und ich unrecht habe. Aber bis das entschieden ist, sollten Sie nicht alles als Unsinn abtun, was andere Ihnen sagen.«

»Richtig«, stimmte Jim ihm zu, »diese Leute haben schließlich nicht umsonst einen so schlechten Ruf.«

Caro lächelte angestrengt in die Runde, um ihre wachsende Verzweiflung zu verbergen. »Laßt uns jetzt einfach alle in den Salon gehen und einen Kaffee trinken. Wir sollten uns den Abend doch nicht völlig von diesen schrecklichen Menschen verderben lassen.«

Auf dieses Signal hin erhoben sich alle. Wyndham verabschiedete sich von Twinks und ging dann in die Eingangshalle, um sich bei George zu bedanken. Suzie, Caro und Twinks verließen das Zimmer gemeinsam. Als sie die Halle durchquerten, stolperte Twinks über einen Läufer, und Caro streckte den Arm aus, um sie zu stützen.

»Du lieber Himmel«, kicherte Twinks, als Wyndham an ihnen vorbeikam, »wie ungeschickt. Danke, Caro, mein Schatz, ich glaube, ich bin ein bißchen angeheitert.«

»O Mama.« Caros Zurechtweisung klang halbherzig. Niemandem stand ein leichter Schwips so gut wie Twinks, die dadurch noch weicher und femininer wurde. Ihre kleine Schwäche machte sie zugänglicher und liebenswerter. Niemand hätte Twinks am Ende eines geselligen Abends als »betrunken« bezeichnet, und Twinks selbst verfügte über einen reichhaltigen Wortschatz, um ihren Zustand zu umschreiben, ganz so, wie man Spitznamen für sein Lieblingkind hat: Sie war beschwipst, angesäuselt oder hatte einen im Tee. Nur die ungehobelteren und weniger privilegierten Menschen betranken sich.

Man hörte, wie Mr. G. den Teewagen mit dem Kaffee und den Tassen über die Steinfliesen in Richtung Salon schob. Jim war im Eßzimmer geblieben, um sich ein letztes Glas von Georges Rotwein zu gönnen. Lydia verharrte im Türrahmen, drehte sich dann und betrachtete ihn einen Moment lang.

»Du bist hier völlig anders.«

»Ich bin älter geworden. Wir haben uns alle verändert.«

»Du weißt, was ich meine.«

»Ja.«

Plötzlich waren der Zynismus und die Boshaftigkeit aus seinem Gesicht verschwunden, und er schien der Verzweiflung nahe.

»Die frühere Version war mir lieber«, meinte Lydia.

»Mir auch.«

»Warum dann dieser Wandel?«

»Das Leben ist nicht so einfach, wie du immer tust.«

»Da muß ich dir widersprechen«, erwiderte sie kalt. »Du hast es immer unnötig kompliziert gemacht.«

Jim hob sein Weinglas, trank jedoch nicht. Er schien gerade etwas sehr Bedeutsames sagen zu wollen, als Wyndham hinter Lydia auftauchte und erklärte, er hoffe, sie beide bald wiederzusehen. Und als er sich abwandte, machte Lydia sich auf den Weg in den Salon, um einen Kaffee zu trinken.

Entgegen ihrer sonstigen Gewohnheit brauchte Lydia in dieser Nacht lange, bis sie einschlief.
Zum ersten Mal seit ihrer Ankunft in Briarswood an einem warmen Nachmittag Anfang Juli war sie sich der Tatsache bewußt, daß Rose Cottage ein ganzes Stück von der Straße zurückgesetzt lag und keine Nachbarn in Rufweite wohnten. Sie gestand sich nicht ein, daß sie Angst hatte; sie war weiterhin der Meinung, daß alle anderen überreagiert hatten.
Trotzdem konnte sie nicht einschlafen.
Wie die meisten Stadtmenschen machte Stille sie mißtrauisch, und diese Septembernacht war so still, daß sie ihr eigenes Blut in den Ohren pochen hören konnte – oder was immer dieses innere Rauschen war, das ihr bislang nie aufgefallen war. Auf der Umgehungsstraße, fast drei Kilometer entfernt, brummte gelegentlich ein Laster vorbei. Dann herrschte wieder Stille – abgesehen von dem viel zu lauten Knacken, Knarren und Rascheln einer Nacht auf dem Lande. Bislang hatte sie diese Geräusche nie als störend empfunden, wenn sie abends in den tiefen Schlaf der Rekonvaleszenz gefallen war. Doch jetzt war das mit einem Mal anders.
Um sich abzulenken, konzentrierte Lydia sich auf die Ereignisse des Abends. Sie wußte längst, daß es schwierig war, gleichzeitig wütend zu sein und Angst zu haben, und sie zog die Wut vor. Sie erinnerte sich daran, wie Caro ständig ihre Kleidung beäugt hatte, als hätte sie einen schrecklichen Fauxpas begangen und wäre in einem Overall aus künstlichem Leopardenfell erschienen. Dieser Gedanke hellte ihre Stimmung augenblicklich auf: Vielleicht sollte sie sich ja für ihre nächste Einladung ins Herrenhaus einen besorgen – falls man

sie tatsächlich noch einmal dorthin einlud. Möglicherweise taten es auch eine Wildlederjacke mit Fransen und kniehohe Stiefel.

Nicht daß ihr unbedingt daran gelegen war, Caro zu verprellen oder gar George und Twinks, die beinahe übertrieben großzügig zu ihr gewesen waren und die sie außerdem mochte. Jeder mochte die beiden, denn sie besaßen viele bewundernswerte Eigenschaften wie Freundlichkeit, Mut und eine wirklich angenehme, altmodische Höflichkeit. Lydia hatte sie nicht kritisieren wollen, schließlich hatte sie von ihnen keine andere Haltung gegenüber den Hippies erwartet. Ihre ganze Verachtung galt Jim; von ihm hatte sie sich wesentlich mehr versprochen.

Sie hatte Jim vor über sechzehn Jahren als jungen Dozenten kennengelernt, dessen Ideen radikal genug gewesen waren, um bei den meisten seiner Studenten beliebt zu sein. Lydia war eine seiner intelligentesten Studenten gewesen; sie hatte Zeit und Energie für fast jede gute Sache außer ihrer eigenen Arbeit aufgebracht, und ihre engere Zusammenarbeit hatte begonnen, als sie gemeinsam den Protest gegen die Abschiebung eines afrikanischen Studenten organisiert hatten. Jetzt fragte sich Lydia, ob seine derzeitige Haltung als Tarnung gegenüber der Familie seiner Frau dienen sollte oder ob der idealistische junge Dozent vielleicht nichts als eine Pose gewesen war. Konnte sich jemand innerhalb von fünfzehn Jahren so stark verändern?

Nachdem man das Ritual des Kaffeetrinkens hinter sich gebracht hatte, war sie von Jim nach Hause gefahren worden, weil Caro und George in ihrer üblichen Besorgnis nicht zugelassen hatten, daß sie allein im Dunkeln über den grasbewachsenen Pfad nach Hause ging. Man hatte Jim angewiesen, dafür Sorge zu tragen, daß alles in Ordnung war, weshalb er gewartet hatte, während sie nach ihrem Haustürschlüssel gesucht hatte. Dann hatte er wissen wollen, ob ihr Telefon neben dem Bett stünde, und war gebührend entsetzt gewesen, als sie ihn darauf aufmerksam gemacht hatte, daß Rose Cottage überhaupt keinen Telefonanschluß besaß. Lydia fühlte sich durch seine demonstrative Fürsorge beleidigt, implizierte sie doch, daß sie nicht nur zu schwach, sondern auch zu naiv war, um der Gefahr zu begegnen, in der sie vermeintlich schwebte.

Und das ärgerlichste an diesem ganzen Hokuspokus war die Wirkung seines Verhaltens, denn als Jim endlich gegangen war und sie Hintertür und Haustür verriegelt sowie alle Fenster kontrolliert hatte, stellte sie fest, daß sie plötzlich verängstigt war. Anstatt daß sie sich sicherer fühlte, machte ihr das ganze Prozedere des Einschließens nur bewußt, welche Gefahren da draußen in der dunklen Septembernacht lauerten. Vielleicht hatte sie ja unrecht gehabt. Sie hatte sich in der Vergangenheit schon häufiger nicht auf ihre Menschenkenntnis verlassen können, und es war durchaus möglich, daß sie auch jetzt wieder falsch lag und die Leute, die Suzie gesehen hatte, genauso unangenehm waren, wie alle annahmen. Sie konnte Twinks und Caro wegen ihrer Ängstlichkeit wirklich keinen Vorwurf machen: Welcher vernünftige Mensch wünschte sich schon, plötzlich von lauter Fremden überrollt zu werden, die weder seinen Lebensstil noch seine Werte teilten. Vielleicht waren Ted Seddens Besucher ja nichts weiter als ein mit Drogen vollgepumpter Haufen von Außenseitern, die einen tiefen Groll hegten gegen Menschen wie sie, die in einem richtigen Haus lebte und augenscheinlich vom Schicksal begünstigt war. Vielleicht respektierten sie das Hab und Gut anderer Menschen nicht, ja, vielleicht respektierten sie andere Menschen generell nicht. Schließlich mußte doch irgend jemand für all die Kriminalität, die Überfälle und Einbrüche verantwortlich sein, von denen man ständig hörte –

warum also nicht sie? Und selbst wenn die Berichte über ihre Taten übertrieben waren, konnte ihre Unbeliebtheit, genau wie Wyndham gesagt hatte, doch durchaus begründet sein. Sie erinnerte sich an einen Vorfall während ihrer Hochzeitsreise mit Gordon vor vier Jahren. Sie waren eines Nachmittags in greller staubiger Hitze durch ein Bergdorf in Italien gewandert, das in völliger Verlassenheit dalag, weil sich die Einwohner vernünftigerweise zu ihrer Siesta hinter die von der Sonne ausgebleichten Fensterläden zurückgezogen hatten. Ein alter Hund war um die Ecke gebogen, und Lydia – über dieses Lebenszeichen erfreut – hatte ihn mit einem »*Ciao*, Hund« begrüßt und war hinübergegangen, um ihn zu streicheln. »Laß ihn, Lydia«, hatte Gordon ihr in seinem Der-Gesundheitsminister-warnt-Tonfall geraten, »er könnte Tollwut haben.« Doch sie hatte seine Warnung ignoriert und halb scherzhaft erwidert: »Du brauchst dir um mich keine Sorgen zu machen, Gordon. Wußtest du nicht, daß ich ein Händchen für Tiere habe?« Dann hatte sie sich hingekniet, um ihn zu streicheln, woraufhin der Hund die ihm verbliebenen Zähne in ihre Hand gegraben hatte.
Damals hatte sie die Sache heruntergespielt und Gordons Versuche, sie zu einer Tollwutimpfung zu bewegen, mit einem Achselzucken abgetan. Nach ihrer Rückkehr nach England hatte sie ihre Freunde dann des öfteren mit einer bildhaften Darstellung ihrer Unvorsichtigkeit unterhalten. »Ich habe ein Händchen für Tiere«, war seitdem Gordons Standardreaktion, wenn er der Meinung war, daß sie sich mal wieder auf ein riskantes Vorhaben einlassen wollte. Lydia hatte selbstredend immer als erste über sich selbst gelacht.
Aber das war eine andere Lydia gewesen, eine Lydia, die unerschütterlich darauf vertraut hatte, sich immer wieder aufrappeln zu können, wie schmerzhaft ihr Fall auch gewesen sein mochte; jemand, der wirklich geglaubt hatte, daß man die

Welt verbessern könnte, wenn man nur hart genug dafür kämpfte.
Was hatte sie nur zu dieser Art Frau werden lassen, die sich schon durch eine Abendgesellschaft einschüchtern ließ und dann die halbe Nacht wach lag, um zu lauschen, ob draußen auf dem Weg vor ihrem Haus Schritte zu hören waren?
Es war eine ganze Menge geschehen. Viel zuviel. Genau das hatte sie hier vergessen wollen.
»Sie haben schließlich nicht umsonst diesen schlechten Ruf«, hatte Jim gesagt.
Kurz bevor sie einschlief, geisterte ihr ein Satz durch den Kopf. Sie mußte ihn in einem alten Film gehört oder in einem Geschichtsbuch gelesen haben ... oder wo auch immer.
»Die Barbaren stehen vor der Stadt.«
Eine leichte Brise war aufgekommen und ließ die alten Fenster in ihren Rahmen klappern, und Lydia zog ihre Bettdecke dichter um den Hals. Als ob ihr eine Decke Sicherheit geben könnte.
Barbaren vor der Stadt: Diese Furcht war so alt wie die Menschheit selbst.

DRITTES KAPITEL

Kaum war Caro vor die Tür getreten, spürte sie auch schon die Spannung, die in der Luft lag.

Wann immer sie Zeit dafür fand, legte sie den halben Kilometer von der Lodge bis zu Peggys Laden in der Dorfmitte zu Fuß zurück, was nicht nur den Vorteil hatte, daß sie etwas Bewegung bekam, sondern auch, daß sie sich daran erinnerte, wie vollkommen Briarswood war. Besonders an einem so schönen Septembermorgen wie diesem mit seinen langen dämmerigen Schatten, wo alles so wunderbar frisch und klar roch und man spürte, daß der Herbst begann und sich alles im Wandel befand. Caro atmete tief durch und führte sich wieder einmal vor Augen, wie dankbar sie für all das sein mußte. Trotz der vielen Rückschläge und Sorgen hatten Jim und sie unglaubliches Glück gehabt, einen Ort wie Briarswood zu finden – oder vielmehr gerade in Briarswood unterzukommen, denn die Vorstellung war abwegig, daß irgendein anderer Ort den gleichen Charme besitzen könnte. Dies wurde ihr besonders intensiv bewußt, als sie an der Dorfkirche vorbeikam, wo Sir John Haddeley, der reiche Abenteurer aus der Zeit Jakobs des Ersten, der Haddeley Hall mit den Reichtümern aus den beiden Amerikas errichtet hatte, mit seiner Frau in marmorner Herrlichkeit bestattet war. Caro erlaubte sich eine kleine Rast, um das kristallklare Blau des Himmels und die Schönheit der beiden tiefgrünen Zedern, die im moosbewachsenen Kirchhof standen, in sich aufzusaugen. Ein paar

Dohlen hüpften um den Rand des Kirchturms herum. Wen konnte dieser Anblick schon kaltlassen?
»Haben Sie sie gesehen?« erkundigte Peggy sich bei Caro wie bei all ihren Kunden an diesem Morgen.
»Nein. Ich habe gehört, sie wären zu Ted Sedden gefahren.«
Peggy nickte. »Ja, in die Senke. Ich weiß ja nicht, wo das alles noch hinführen soll.« Peggy hatte einen breiten Birminghamer Akzent, und ihre Stimme war durch jahrelanges Rauchen sehr rauh geworden. Niemand wußte genau, wie alt sie war, und es wagte auch niemand, sie danach zu fragen. Man munkelte, sie wäre in ihrer Jugend in einer Tanzrevue aufgetreten, aber auch diesbezüglich traute sich niemand nachzufragen. Sie war eine hart arbeitende, großzügige, beeindruckende und beliebte Frau. Wann auch immer man den Einwohnern Briarswoods Sektiererei und Unfreundlichkeit gegenüber Fremden vorwarf, verwiesen sie triumphierend auf Peggy. Zwar hatte es einiges Gerede gegeben, als sie vor Jahren den Laden übernommen hatte, doch nun konnte man sich Briarswood gar nicht mehr ohne sie vorstellen.
»Die Polizei hat ihnen schon einen Besuch abgestattet«, berichtete sie.
»Du meine Güte, warum denn das?«
»Um sie im Auge zu behalten. Man wird auch besonders nach Drogen Ausschau halten. Ich frage mich wirklich, ob Ted geistig nicht langsam etwas nachläßt.«
»Das will ich nicht hoffen. Der arme Mann.«
»Also mir persönlich tut nur seine Frau leid. Die arme Norma wird ja nicht mehr ein noch aus wissen, und sie wird mal wieder die Hauptlast tragen müssen.«
»Hoffen wir einfach, daß sie bald weiterziehen.«
»Ich habe gehört, daß sie den ganzen Winter bleiben«, sagte Peggy düster. Sie wußte es sehr zu schätzen, daß sie das Dorf nicht nur mit Butter, Briefmarken und Last-Minute-Ge-

schenken versorgte, sondern auch für den Klatsch zuständig war. Ihr war klar, daß schlechte Nachrichten sehr viel mehr hergaben als gute. »Und wenn sie sich erst mal festgesetzt haben, wird es sehr schwer sein, sie wieder loszuwerden. Also, ich sage Ihnen, wenn eines meiner Enkelkinder so leben würde, ich würde ja vor Scham im Erdboden versinken!«

Caro verließ rasch den Laden und machte sich auf den Rückweg. Sie stellte fest, daß die Unterhaltung mit Peggy sie stark beunruhigt hatte, und zwar grundlegender, als es bei der allgemeinen Aufregung und Empörung des vergangenen Abends der Fall gewesen war. Sie empfand es nun mehr wie eine Art Schändung, wie eine Übelkeit im Magen. Eine finstere Macht hatte die Schönheit Briarswoods unterwandert. Vage Vorstellungen von Verbrechen, Drogen, Sex, lauter Musik und exotischer Kleidung kamen ihr in den Sinn. Plötzlich erschien ihr dieses Dorf, das sie so liebte, besonders verletzlich. All das, was sie sosehr schätzte und häufig als selbstverständlich betrachtete, konnte von dieser Gruppe unwillkommener Fremder zerstört werden. Es war einfach nicht fair. Sie hatte so hart für ihren jetzigen Zustand bescheidener Zufriedenheit gekämpft, und sie sah nicht ein, warum das alles plötzlich bedroht sein sollte.

Je näher sie ihrem Heim kam, um so schneller wurden ihre Schritte, bis sie schließlich beinahe rannte. Ihre bislang diffuse Sorge konzentrierte sich nun in der Angst um Suzie. Das Mädchen war für ihr Alter so unreif und verletzlich. Von ihren Töchtern schien ihre jüngste gegen die Gefahren des modernen Lebens am schlechtesten gewappnet. Caro war überglücklich gewesen, als Jim in den vorzeitigen Ruhestand getreten war und sie mit Suzie in deren schwierigen Teenagerjahren aufs Land hatten ziehen können, doch nun, siehe da, hatte der Fluch der Stadt sie sogar hier eingeholt. Sie konnte die Gefahr förmlich sehen, die wie giftige Dämpfe um die Mauern der Lodge waberte und in ihr heiliges Heim eindrang. Schon seit einiger Zeit hatte Caro vorgehabt, ein ernstes Gespräch mit Suzie zu führen und ihr nahezulegen, daß sie vorsichtig sein und keine Dummheiten machen sollte. Sie hatte das jetzt lange genug aufgeschoben. Noch heute morgen würde sie mit ihr sprechen.

Caro stieß die Haustür auf, ließ ihre Einkaufstaschen fallen und rief: »Suzie! Suzie, ich muß mit dir reden!«

Keine Antwort.

Caro kam der entsetzliche Gedanke, Suzie könnte vielleicht gar nicht zu Hause sein.

Sie klopfte an Jims Arbeitszimmer und trat ein, ohne auf ein »Herein« zu warten, so daß er von seinem Kampf gegen ein paar runde Außerirdische auf seinem Bildschirm hochschreckte. Sie bemerkte es gar nicht.

»Wo ist Suzie? Hast du sie gesehen?«

Jim beendete rasch das Computerspiel. Trotz seines leichten Katers brachte er eine Antwort zustande: »Da es erst zehn ist, erwarte ich gar nicht, unsere Tochter jetzt schon zu sehen. Sie scheint momentan ein unendliches Schlafbedürfnis zu haben, deshalb schlage ich vor, daß du erst einmal in ihrem Schlafzimmer nachsiehst, bevor wir die Polizei alarmieren.«

»Oh. Dann hast du sie nicht weggehen gehört?«

Er schüttelte den Kopf. »Ist irgendwas los?«

»Ja. Nein. Ich weiß es eigentlich noch nicht. Aber ich will mit ihr reden.«

Jim nickte, als wäre das eine exzellente Idee, und warf demonstrativ einen Blick auf das Buch, das aufgeschlagen neben seiner Tastatur lag. Caro kam sich ziemlich töricht vor, als sie leise die Tür hinter sich schloß und die Treppe hinaufstieg.

Und natürlich hatte er recht. Wie so oft. Es war zwar wunderbar, mit einem intelligenten Mann verheiratet zu sein, aber manchmal war sie es doch ein bißchen leid, immer diejenige

zu sein, die wegen irgendwelcher Kleinigkeiten in Panik verfiel.
Jedenfalls lag Suzie wie ein Baby unter ihrer Decke zusammengerollt in ihrem Bett. Ihr Mund stand halb offen, eine blonde Haarsträhne schlängelte sich über ihre Stirn, und ihre Wangen waren gerötet. Caro verspürte ein zärtliches Gefühl der Erleichterung, bis sie sich daran erinnerte, daß sie selber schon seit beinahe drei Stunden auf den Beinen war. Sie war wirklich froh, wenn in der nächsten Woche die Schule wieder begann. Es dauerte wie üblich Ewigkeiten, das Mädchen aufzuwecken, und da sie danach den Eindruck machte, als schliefe sie immer noch halb, beschloß Caro, ihre kleine Unterredung zu verschieben, bis Suzie ein wenig aufnahmefähiger war.
Als Caro die Treppe wieder hinuntergestiegen war und ihre Einkaufstaschen aufhob, die noch mitten im Flur lagen, dämmerte ihr, daß sie überhaupt keine Ahnung hatte, was sie ihrer Tochter eigentlich sagen wollte.
Bei Teenagern stand man oft vor dem Problem, wie man sie vor den entsetzlichen Gefahren des Lebens warnen sollte, ohne sie dadurch erst auf dumme Ideen zu bringen.

Twinks wurde von einer bösen Vorahnung ergriffen, als sie sah, wie George sich nach dem Frühstück auf den Weg machte. Er wirkte so alt und zerbrechlich und so furchtbar entschlossen, als er seinen Hut aufsetzte, nach der Schrotflinte griff und mit großen Schritten zur Garage stapfte. Ihr Vorschlag, er sollte doch zumindest warten, bis Jim oder Mr. G. ihn begleiten könnten, hatte ihm lediglich eine seiner schneidigen Antworten entlockt.
»Hör um Himmels willen auf, so ein Theater zu machen. Man muß den Stier bei den Hörnern packen. Ich kann ja nicht einfach dumm rumsitzen und zusehen, oder?«

Genau das hätte sie eigentlich vorgezogen, doch das äußerte sie natürlich nicht, sondern erwiderte lediglich: »Natürlich nicht, George. Trotzdem. Wenn du nur warten könntest –«
»Warum denn? Jim ist sowieso niemandem eine Hilfe, und Wyndham ist neu hier. Es hängt alles an mir. Ich muß den alten Sedden zur Vernunft bringen. Man kann ihm das doch nicht einfach durchgehen lassen.«
Selbstverständlich hatte ihm alles großen Spaß gemacht. Endlich konnte er den jungen Männern zeigen, wie mit einer solchen Situation umzugehen war, hatte er die Möglichkeit, zu vergessen, daß er beinahe achtzig war und Probleme mit der Prostata hatte sowie Arthritis in Hüfte und Knien.
Twinks ging zum Fenster des Salons und sah zu, wie er den BMW aus der Garage setzte und dabei ganz knapp den Granitblock und eine frischgepflanzte Magnolie verfehlte, bevor er die Einfahrt hinunterfuhr und vorsichtig auf die Straße einbog.
Twinks war viel zu angespannt, als daß sie bis zu seiner Rückkehr etwas mit sich hätte anfangen können, deshalb ging sie durch die Eingangshalle zum Salon. Instinktiv trat sie zum Flügel und fuhr mit den Fingern über das glatte Holz. Sie hatte überrascht festgestellt, daß sie häufig gerade die ersten Tonleitern am meisten vermißte, vielleicht weil sie jedesmal, wenn sie eine beherrscht hatte und endlich perlend leicht hatte spielen können, besonders stolz gewesen war. »Exzellent, Veronica Jane. Du hast ja so geschmeidige Finger.« In jenen Tagen hatte sie nur dafür gelebt, ein Wort des Lobes von Miß Finn zu ergattern; heutzutage mußte sie sich andere Formen der Bestätigung suchen. Sie hatte gerade die Tür der Bar wieder geschlossen und sich mit leicht geröteten Wangen aufgerichtet, als Sandra mit dem Kaminbesen und einem Staubwedel das Zimmer betrat.
»Ich bin Mr. Cartwright gerade in der Einfahrt begegnet«,

bemerkte sie gutgelaunt. »Wohin zieht es ihn denn schon so früh am Morgen?«
»Zu Ted Seddens Farm. Er ist der Meinung, daß er mit ihm mal ein Wörtchen über dieses fahrende Volk reden sollte.«
»Na dann viel Glück.« Sandra fegte auf allen vieren den Kamin aus; der Duft warmer Asche erfüllte den Raum. »Ich bin eben an ein paar von denen vorbeigegangen. Sie waren drekkig, und ihre Hunde sahen richtig bösartig aus. Ich würde nicht wollen, daß mein David sich mit denen einläßt.«
Twinks hob leicht das Kinn und beehrte Sandra mit einem würdevollen Lächeln. »Du lieber Himmel, ich würde nie meine Zeit damit vergeuden, mir über Mr. Cartwright Sorgen zu machen«, sagte sie sanft. »Er kann sehr gut auf sich selbst aufpassen.«
Nur ein leichtes Zittern ihrer Hände verriet ihre Unruhe, doch Sandra war viel zu beschäftigt, um es zu bemerken. Twinks kam es nicht einen Augenblick in den Sinn, daß sie ihre Sorgen Sandra oder einer anderen Person anvertrauen könnte, da sie sich schon vor vielen Jahren angewöhnt hatte, ihre Gefühle für sich zu behalten. Selbst wenn sie es gewollt hätte: Sie hätte nicht gewußt, wie sie Mitgefühl hätte wecken können.
Ohne zu wissen, wohin sie eigentlich wollte oder was sie zu tun gedachte, schritt Twinks aufrecht aus dem Salon und hinterließ bei Sandra ein perfektes Bild ihrer Arbeitgeberin.

Als Sandra ein paar Stunden später das Herrenhaus verließ, war George noch nicht zurückgekehrt, doch im Gegensatz zu Twinks machte sich Sandra keine Sorgen um den betagten Gentleman. Sie hielt Mrs. und Mr. Cartwright für gefeit vor den Sorgen und Nöten, mit denen sich gewöhnliche Sterbliche herumzuschlagen hatten, und diese offensichtliche Sonderstellung beeindruckte und irritierte sie.

Sie arbeitete gern im Manor und war froh über den zusätzlichen Verdienst. Sie konnte von Glück sagen, von ihnen eingestellt worden zu sein. Vor etwa zwei Jahren hatte sie ihr Vater, Mr. G., der bereits seit einigen Jahren als Butler, Gärtner, Chauffeur, also als Mädchen für alles, im Haus arbeitete, den Cartwrights empfohlen, und da dies in eine von Davids Arbeitslosenphasen gefallen war, hatte sie die Stelle sofort angenommen. Ihr Mann arbeitete für einen örtlichen Bauunternehmer und schien, obwohl er ein guter Arbeiter war, stets als erster entlassen zu werden, wenn es eine Flaute gab. In den Zeiten, in denen er Arbeit hatte, konnten sie so gerade eben die Hypothek für ihr Haus abzahlen und ihre Rechnungen begleichen, doch die Monate, in denen er arbeitslos war, waren von ständiger Sorge erfüllt. Sie bemühten sich, nicht über Geld zu streiten, doch manchmal ließ sich das nicht vermeiden. Jetzt aber hatte er beinahe ein Jahr lang durchgearbeitet, und ihre Schulden waren fast abgezahlt, so daß Sandra bereits Pläne zur Renovierung des Kinderzimmers schmiedete. Nach Weihnachten würde sie vielleicht sogar endlich eine ordentliche Einbauküche installieren lassen.

Sie trat durch das schmiedeeiserne Tor auf die Straße und blieb dort stehen. Ein Auto näherte sich, das sie sofort als Wyndham Sales identifizierte. Es war ein schnittiger, tiefliegender perlgrauer Wagen von einem ebenso exotischen wie exklusiven Hersteller. Der Wagen glitt an ihr vorbei in Richtung Dorf. Sie konnte einen kurzen Blick auf Wyndham Sale erhaschen, der genauso lässig-elegant und selbstbewußt aussah wie am Abend zuvor, als sie am Fenster der Vorratskammer seine Ankunft beobachtet hatte.

Sandra setzte sich wieder in Bewegung und war jetzt in wesentlich interessantere Themen als die Renovierung oder neue Küchenzeilen vertieft. Männer hatten sie immer attraktiv gefunden; sie hatte eine tolle Figur, und ihr Gesicht war

auch recht hübsch. Vor kurzem hatte sie im Fernsehen einen Film gesehen, in dem sich ein reicher Geschäftsmann mittleren Alters mit einem wesentlich jüngeren Ehepaar angefreundet hatte, das noch sehr verliebt war (wie sie und David), aber mit finanziellen Schwierigkeiten zu kämpfen hatte (eine weitere Parallele). Der wohlhabende Manager, der zufälligerweise extrem gut aussah (wie ihrer Meinung nach auch Wyndham Sale), hatte dem jungen Ehemann eine Million Dollar für eine Nacht mit dessen Frau geboten. Sandra hatte sich des Eindrucks nicht erwehren können, das wäre ein bißchen an den Haaren herbeigezogen: Der Millionär hatte nicht wie jemand gewirkt, der für Sex bezahlt. Aber Wyndham Sale hatte erst kürzlich seine Frau verloren und wollte sich vielleicht nicht die Mühe machen, eine Frau kennenzulernen, und da er gerade erst in Haddeley Hall eingezogen war, kannte er wahrscheinlich noch nicht allzu viele attraktive Frauen in der Gegend.
Eine Nacht entfesselter Leidenschaft, gefolgt von einem nicht enden wollenden Einkaufsbummel. Es war in vielerlei Hinsicht der perfekte Traum.

Wyndham Sale hatte Sandra nicht wiedererkannt, als sie auf den Grasstreifen neben der Straße ausgewichen war, wohl aber Lydia Fairchild, an der er kurz darauf vorbeifuhr. Sie trug Jeans, ein kariertes Hemd und eine Plastiktüte voller Einkäufe. Einen Moment lang erwog er, anzuhalten und ihr anzubieten, sie mitzunehmen, doch dann überlegte er es sich anders und trat aufs Gaspedal. Er war ohnehin schon zu spät dran für seinen Termin in der Stadt, und außerdem wußte er weder, wo sie wohnte, noch wollte er es überhaupt wissen. Sie war ihm am Abend zuvor als attraktive Frau aufgefallen, der er unter anderen Umständen zwecks Ablenkung durchaus den Hof gemacht hätte. Aber nicht jetzt. Seit Annabels Tod tendierte sein Interesse an anderen Frauen gegen Null: Irgendeine gemeine Ironie des Schicksals hatte aus dem untreuen Ehemann einen treuen Witwer gemacht. Die tote Annabel hemmte ihn in einer Weise, in der es die lebende Annabel nie geschafft hatte. An Lydia war ihm zuerst aufgefallen, daß die Haltung von Kopf und Hals fast wie die einer Tänzerin war. Annabel, die vor langer Zeit zur Ballerina ausgebildet worden war, hatte ihren Kopf auf die gleiche Weise gehalten. Doch Lydia hatte dunkles, lockiges Haar und einen kurzen Bobschnitt, während Annabels Haar braun und glatt und straff zusammengebunden gewesen war. Lydia hatte markante und attraktiv unsymmetrische Gesichtszüge, Annabels Schönheit hatte dagegen in ihrer Zartheit gelegen. Lydias Benehmen war sehr direkt, manchmal fast unverfroren, während Annabel immer kultiviert und zurückhaltend gewesen war.

Dieses Vergleichen irritierte ihn, doch irgendwie ließ es sich nicht vermeiden.

Der Tod seiner Frau hatte Wyndham in vielerlei, auch völlig unerwarteter Hinsicht getroffen. Sie waren fünfzehn Jahre verheiratet gewesen, doch schon nach den ersten Jahren hatte er keine besondere Verbindung mehr zwischen ihnen feststellen können. Sie war schön, und er war stolz auf sie. Es hatte ihm leid getan, daß sie so offensichtlich unglücklich gewesen war, aber er hatte es auf ihre Kinderlosigkeit geschoben, und sie hatte ihm nie widersprochen.

Auch während ihrer letzten Krankheit hatte Wyndham sich untadelig verhalten: Die besten Ärzte, die aufmerksamste Pflege und Ausflüge in die Oper und ihre Lieblingshotels, wenn sie kräftig genug war. Und sie selbst hatte bis zum Ende ihre Würde bewahrt.

»Wirst du mich vermissen?« hatte sie ein paar Wochen vor ihrem Tod gefragt.

»Natürlich werde ich das«, hatte er ihr sanft geantwortet,

doch anschließend hatte er sich gefragt, ob das wirklich stimmte. Und am Tag ihrer Beerdigung war er zwar traurig gewesen, aber er hatte sich gleichzeitig von einer Last befreit gefühlt.

Erst in den Wochen nach ihrem Tod hatte ihm ihre Abwesenheit Schwierigkeiten bereitet. Nicht daß er sie bewußt vermißt hätte. Manchmal fragte er sich, ob die Symptome vielleicht nur zufällig zeitgleich eingesetzt hatten: Er hatte Schlafstörungen und verlor an Gewicht. Gelegentlich hatte er Schwierigkeiten, sich zu konzentrieren.

Doch er war entschlossen, das durchzustehen. Er riß sich von diesen Gedanken los: Haddeley Hall in Briarswood war das idyllische Fleckchen, das er zu seinem neuen Heim machen wollte.

Als er aus dem Dorf fuhr, entdeckte er auf der Straße vor sich ein kleines Grüppchen von Leuten, bei denen es sich um diese Hippies handeln mußte. Es waren etwa ein halbes Dutzend junger Leute in schmuddeliger Kleidung und mit verlausten Hunden, die gut als Komparsen in einem Film über die irische Hungersnot durchgegangen wären. Sie zogen mitten auf der Straße einen Handkarren hinter sich her.

Froh darüber, von seinen quälenden Gedanken abgelenkt zu werden, drückte Wyndham kräftig auf die Hupe und trat beherzt aufs Gaspedal, so daß alle in der von ihm beabsichtigten Panik auseinanderstoben und er nur ganz knapp den Handkarren und einen großen, hellen und extrem lebhaften Hund verfehlte.

»Wohin willst du denn damit?«

Caro stürzte sich auf Suzie, als diese gerade mit einem Stapel Bücher aus ihrem Schlafzimmer kam.

»Ich räume bloß auf«, murmelte Suzie.

Caro sah auf den Buchrücken des obersten Bandes. »Oh, das

sind ja die ganzen Pippa-Bücher. Wie du die geliebt hast. Es sind ja so nette Geschichten, nicht wahr?«

»O Mama.« Suzie war gekränkt. »Das ist doch schon Jahre her.« Nicht einmal vor ihrer Mutter würde sie zugeben, daß sie erst vergangene Woche in einem Anflug von Nostalgie heimlich *Ein Palomino für Pippa* gelesen hatte. Sie stand Todesängste aus, wenn sie daran dachte, daß Caro diese Macke Mina gegenüber erwähnen könnte.

Mina war Suzies Sandkastenfreundin und kam demnächst zu Besuch. Sie lebte immer noch in der Stadt, in der Jim früher unterrichtet hatte. Mina war intelligent und gebildet und wahrscheinlich bereits mit fünf Jahren den *Pippa*-Büchern entwachsen. Und Mina hielt mit ihrer Verachtung nicht hinterm Berg: In ihrem Wortschatz kamen auf ein Wort der Zustimmung mindestens zwanzig der Geringschätzung.

Während Suzie ihr Zimmer aufräumte und alles wegschaffte, was Mina Anlaß zu vernichtender Kritik geben könnte, überlegte sie, daß die ganze Arbeit vielleicht umsonst war, weil Mina schon vor Ewigkeiten versprochen hatte, sie besuchen zu kommen, doch jedesmal in letzter Minute abgesagt hatte. Und Suzie konnte ihr dies nicht einmal zum Vorwurf machen: Beim ersten Mal hatte Mina es vorgezogen, zu einem Rave in einer baufälligen Brauerei zu gehen, beim zweiten Mal hatte ein wirklich guter Freund eine Überdosis Heroin genommen, weshalb Mina ihn auf der Intensivstation besuchen mußte, und beim letzten Mal hatte sie lieber mit einigen Freunden zur Küste trampen wollen, um ein paar Nächte am Strand zu verbringen. Kein Wunder, daß Briarswood nicht die höchste Priorität hatte.

Daher war es auch kein Wunder, daß sich Suzies Vorfreude mit ein wenig Nervosität mischte. Die Freundschaft zwischen ihr und Mina hatte immer auf ihrer Gegensätzlichkeit beruht, doch Suzie befürchtete, daß sie mittlerweile vielleicht gar kei-

ne Gemeinsamkeiten mehr hatten. Während sie selbst ihre Zeit damit verbrachte, Bumpkin auszuführen und untätig herumzulungern, hatte Mina sich in ein wesentlich aufregenderes, exotisches Leben katapultiert. Was konnte ihr Briarswood schon bieten, das mit den Skandalen und Dramen ihrer Heimatstadt hätte konkurrieren können?
Trotzdem wollte Suzie dafür sorgen, daß wenigstens ihr Kinderzimmer sie nicht verraten würde, und deshalb auch die Zensur: Pippa und ihre vielen interessanten Pferdefreunde mußten definitiv verschwinden. Doch wie einer Süchtigen war es Suzie unmöglich, sie ins Gästezimmer zu verbannen, ohne noch einmal einen kurzen Blick hineinzuwerfen, und so war sie schon nach wenigen Minuten wieder in diese andere Welt eingetaucht. Pippa war ihr heimliches Laster, richtig peinlich, mindestens so peinlich wie diese unaussprechlichen Dinge. All das Aufzäumen und Abreiben und Zureiten. In ihrem tiefsten Inneren wünschte sich Suzie oft, wie die stupsnasige fröhliche Pippa mit den beiden frechen Zöpfen zu sein. Pippa flog immer mühelos über Hecken und Bäche, gefolgt von ihrem treuen Schäferhund, und löste alle Probleme fast wie durch Zauberei. Aus Suzies Reitversuchen war dagegen nie besonders viel geworden: Sie hatte zu spät damit angefangen und war außerdem völlig untalentiert. Doch in ihren Träumen ritt sie stets wie ein Champion.

Caro saß an ihrem Schminktisch und hantierte mit Cremetiegeln und Puder. Eine innere Unruhe nagte an ihr wie Zahnschmerzen. Sie konnte Suzie in ihrem Zimmer herumfuhrwerken hören, was sie sehr befürwortete, doch da sie bald losfahren mußten, um Mina abzuholen, hieß das, daß ihre kleine Unterredung noch einmal aufgeschoben werden mußte. Es bestand sogar die Gefahr, daß dieses Gespräch das gleiche Schicksal ereilen würde wie all die anderen ernsten Unterhaltungen, die Caro mit ihrer Tochter hatte führen wollen, für die jedoch irgendwie nie der richtige Zeitpunkt gewesen war. Es lag nicht daran, daß Suzie immer so beschäftigt gewesen wäre. Ganz im Gegenteil bereitete es Caro unendlichen Kummer, wenn sie sah, wie das Mädchen durch das Haus schlich, als trüge sie die gesamte Last der Welt auf ihren Schultern, obwohl sie es doch ganz offensichtlich so gut hatte. Suzie hatte ein sicheres Zuhause, ihre Eltern waren glücklich verheiratet, und ihre Mutter sorgte immer dafür, daß das Teewasser bereits kochte, wenn sie von der Schule heimkam. Das war etwas anderes als bei diesen armen Schlüsselkindern, von denen man immer hörte, oder diesen Kindern aus zerrütteten Familien, denen nicht die geringste Aufmerksamkeit geschenkt wurde. Trotzdem ...

Es war nicht mehr zu übersehen, daß Suzies so lange verzögerte Pubertät im Anmarsch war. Nicht zum ersten Mal wünschte sich Caro, die nächsten Jahre einfach überspringen zu können und dann ihrer Jüngsten hinterherzuwinken, wenn sie zur Universität ging, auf die Sekretärinnenschule, zu ihrer ersten Stelle, in eine frühe Ehe – egal wohin, solange sie nur wegging. Caro fing sich gerade noch rechtzeitig. Es war nicht richtig, diese letzten kostbaren Familienjahre hinwegzuwünschen. Suzie war erst fünfzehn und würde deshalb erst in etwa fünf Jahren richtig ausziehen, und dann war Caro bereits *sechzig*. Sie konnte sich einfach nicht zu diesem Gespräch aufraffen, das war das Problem. Schließlich hatte sie diese ganze Pubertätsgeschichte bereits dreimal durchgemacht, und das war nun wirklich genug. Pollys Pubertät war ein langatmiges Melodram gewesen, Kates eine von der hochnäsigen, sarkastischen Sorte und Emilys die Variante mit dem wütenden Türenknallen. In einem Sommer, als die drei Mädchen alle zur gleichen Zeit einfach völlig unmöglich gewesen waren, hatte eine Freundin sie mit der Aussage erschreckt: »Jetzt dauert es nicht mehr lange, Caro, und dein Leben gehört wieder dir selbst.« Es war dieses »wieder« gewesen, das sie aus der Fassung gebracht hatte, denn es unterstellte eine glückliche Zeit der Unabhängigkeit, in der sie ihr Leben selbst bestimmt hatte. Aber Caro war sich ziemlich sicher, daß es eine solche Zeit nie gegeben hatte. Falls doch, mußte es ihr irgendwie entgangen sein. Und während sie damals noch über dieses »wieder« nachgegrübelt hatte, war sie mit Suzie schwanger geworden. Sie war natürlich völlig begeistert gewesen, nachdem sich der erste anfängliche Schock gelegt hatte. Verständlicherweise hatte es einige tränenreiche Momente gegeben, aber das waren, wie ja jeder wußte, die Schwangerschaftshormone gewesen. Jim hatte sich anfangs ein wenig seltsam verhalten, aber in dem Augenblick, als Suzie dann auf der Welt war, hatte sie jeder sofort geliebt. Ihr kleines blondes, blauäugiges, spätgeborenes Baby. Die Leute hatten ihr gesagt, ein Baby im Alter würde einen jung halten, aber sie war in jener Zeit meist viel zu beschäftigt gewesen, als daß sie sich darüber hätte Gedanken machen können, ob sie noch jung war oder bereits hundert. Es hatte keinen Sinn, sich unnötig aufzuregen: Man machte einfach weiter und dabei das Beste aus allem.

Caro legte die Wange in die Hand und betrachtete ihr Spiegelbild. Ein breites, redliches Gesicht sah ihr traurig entgegen, ein Gesicht, das in seiner Jugend wegen seiner blühenden Lebendigkeit attraktiv gewesen war mit dem typisch englischen rosigen Teint und einem entwaffnend offenen Ausdruck. Mittlerweile hatte es sich zu einem Gesicht entwikkelt, das eine Art angenehmes Wohlwollen ausstrahlte, ein Gesicht, dem die Leute entnahmen, daß sie sich danach sehnte, Verkaufsstände beim Kirchenbasar zu organisieren oder die Haustiere der Nachbarn zu versorgen, wenn diese im Urlaub waren. Es war das Gesicht eines Menschen, der sich mit allem arrangierte.

Aber manchmal, selten natürlich, fühlte sie sich völlig ausgelaugt davon, immer aus allem das Beste zu machen. Sie hätte es sich nie träumen lassen, daß sie einmal Mitte Fünfzig sein und sich immer noch damit herumschlagen würde, den Schein zu waren. Sie wußte, daß es von ihren Eltern außerordentlich entgegenkommend war, sie in der Lodge wohnen zu lassen, und das Haus war auf seine Art auch sehr schön, doch änderte dies nichts an der Tatsache, daß es für drei Personen nur ein Bad und kein Eßzimmer gab.
Caro richtete sich sehr gerade auf und betrachtete ihr Spiegelbild mit gerunzelter Stirn. Jetzt wäre sie doch beinahe in Selbstmitleid verfallen, ja schlimmer noch, ihre Gedanken hätten sich sogar fast gegen Jim gerichtet, und das ging nun wirklich nicht.

Caro hatte Mina zuerst gar nicht erkannt, wie sie Jim später berichtete, als die Mädchen bereits warm zugedeckt in ihren Betten lagen. Mina hatte ihr wunderschönes schwarzes Haar in einem ganz abscheulichen Rosarot gefärbt und so viel Make-up aufgelegt, daß man kaum noch ihr Gesicht darunter erkennen konnte, und außerdem hatte sie einen alten Rock getragen, der aussah, als stamme er vom Flohmarkt. Aber hinter all dem steckte Gott sei Dank immer noch die gleiche alte Mina, die nach wie vor ein kluges Köpfchen war und redete wie ein Wasserfall.
Nachdem Mina Caro herzlich umarmt hatte, waren sie und Suzie sich in die Arme gefallen wie zwei lange getrennte Schwestern.
»Wo ist denn dein Koffer, mein Schatz?« hatte Caro gefragt.
»Och, ich reise mit leichtem Gepäck.« Mina hatte die Schulter gehoben, an der eine gewebte Tasche hing, in der, wie Caro entsetzt feststellen mußte, bestenfalls ein paar Unterhosen und eine Zahnbürste Platz hatten.

»Suzie kann dir ja bestimmt etwas von ihren Sachen leihen.«
»Ich trage immer die Klamotten von anderen«, hatte Mina gekichert. »Da muß man nicht soviel waschen. Das hier ist Ruperts T-Shirt, und der Rock gehört Mami.«
»Wie geht es Jean denn? Ich habe sie seit Ewigkeiten nicht mehr gesehen.« Caro hatte schon die Heckklappe des Range Rovers öffnen wollen, als ihr einfiel, daß Mina ja gar kein Gepäck hatte.
»Gut. Sie läßt euch übrigens alle herzlich grüßen.« Mina war auf den Beifahrersitz gestiegen, und Suzie hatte sich in die Mitte der Rückbank gesetzt und sich vorgebeugt, damit sie mitreden konnte. »Seit die Scheidung durch ist, geht es ihr schon viel besser.«
»Wann war denn das?«
»Och, irgendwann im Mai.«
»Himmel, das ging aber schnell.«
»Na ja, sie waren sich ja einig und wollten alles so zivilisiert wie möglich über die Bühne bringen.«
»Das ist gut.« Caro hatte den Bahnhofsparkplatz verlassen und sich in den spärlichen Nachmittagsverkehr eingefädelt. »Sehr vernünftig.«
Mina hatte weitererzählt: »Ich meine, klar, es war ja anfangs ziemlich hart für Mami, aber jetzt, wo alles irgendwie endgültig ist, kommt sie damit viel besser klar. Sie trifft jetzt schon wieder Freunde und gewinnt langsam auch ihr Selbstvertrauen zurück.« Minas Schulmädchensopran hatte einen ziemlich ordinär klingenden Akzent angenommen, wie Caro fand, so als wäre sie in einer ärmeren Gegend von Südlondon aufgewachsen. Caro machte das Fernsehen dafür verantwortlich.
»Die arme Jean, nach all den Jahren.«
»Hm. Sie sagt, sie ist jetzt richtig froh darüber, weil sie dadurch gezwungen wurde, Bilanz zu ziehen, und es hat ihr die

Möglichkeit gegeben, noch einmal ganz neu anzufangen. Sie will bald wieder ins Berufsleben einsteigen.«

»Das ist schön. Und wie geht es deinem Vater?«

»Oh, es geht ihm gut. Und ich verstehe mich ganz gut mit Sonia. Manchmal ist es fast so, als hätte ich eine ältere Schwester, und wir lachen viel zusammen. Ich bin ziemlich oft bei ihnen.«

»Und wie läuft es so in der Schule?«

»Gut. Es geht erst nächste Woche wieder los, aber es ist wirklich ziemlich einfach. Ich habe schon ein paar Prüfungen für die mittlere Reife hinter mir, und die anderen Kurse werden sowieso nach mündlicher Mitarbeit benotet. Ich habe schon überlegt, ob ich mein Abi in Naturwissenschaften machen soll, aber ich bin mir noch nicht sicher.«

»Toll, Naturwissenschaften! Und wie ist es Rupert ergangen? Er muß doch jetzt die Ergebnisse seiner Abiturprüfungen haben, oder?«

»Hm, na ja. Es gab einiges an Chaos mit dem Examen«, hatte Mina gekichert. »Das war nicht sein Fehler, darüber sind sich alle einig, aber er hat deshalb nicht so gut abgeschnitten, wie eigentlich zu erwarten gewesen wäre. Ich meine, alle waren sich sicher, daß er drei Einser bekommt, aber dann hat er *gar keine* Noten bekommen, weil die Schule auf eine Klausur das falsche Datum geschrieben hat und deshalb gar keine bewertet wurde. Jean meint, die Schule sollte etwas unternehmen, aber das tun sie ja nie. Deshalb wird er wahrscheinlich Nachhilfe nehmen und im November die Prüfungen wiederholen und dann ein Jahr ins Ausland gehen. Sie wissen schon, irgendwas Soziales in Afrika. Oder Indien. Irgendwo da.«

»Aufregend.«

Suzie hatte den Neuigkeiten über Rupert besonders aufmerksam gelauscht. Er sah ganz anders aus als seine Schwester: Er war groß, blond und träge, während Mina klein, dunkel und sehr quirlig war. Suzie hatte sich für Rupert interessiert, seit er ein kastanienwerfender Achtjähriger gewesen war, der sich, wenn sie bei Mina zu Hause vor dem Fernseher gesessen hatten, heimlich von hinten an sie herangeschlichen und an ihren Zöpfen gezogen hatte.

»Wow, Landluft. Genau was ich brauche. Die Stadt ist ätzend.«

Da Caro sich über Minas Begeisterung gefreut hatte, war sie der Meinung gewesen, sie könnte über diese etwas seltsame Ausdrucksweise hinwegsehen.

Als sie sich Briarswood näherten, hatte Mina aus dem Fenster geschaut. Zwei junge Leute, der eine mit geschorenem Kopf, der andere mit Dreadlocks, waren in die Richtung von Ted Seddens Farm gegangen. »Neue Nachbarn?« hatte sie sich erkundigt und den Hals verrenkt, um sie weiter im Auge behalten zu können.

Caros Gesichtsausdruck hatte sich augenblicklich verändert. »Ja, ist es nicht entsetzlich? Sie sind gestern hier aufgetaucht. Aus irgendeinem Grund hat sich dieser Bauer in den Kopf gesetzt, sie auf einem seiner Felder kampieren zu lassen. Kannst du dir das vorstellen? Das ist natürlich reine Boshaftigkeit, weil er sich da für seine Rente einen gräßlichen Bungalow hinsetzen wollte, wogegen verschiedene Dorfbewohner mit Recht Einspruch erhoben haben. Aber die jungen Leute werden bald wieder weg sein. Mein Vater hängt schon seit dem Morgengrauen am Telefon und versucht, etwas dagegen zu unternehmen. Sie können einfach nicht hierbleiben, es ist wirklich unmöglich.«

»Ja, das kann ich mir vorstellen.« Mina hatte Suzie verschwörerisch zugeblinzelt. »Briarswood wacht also endlich auf, was?«

»Mina hat sich ja so gut auf die neue Situation eingestellt«, meinte Caro zu Jim, als sie abends zu Bett gingen. »Ich hatte schon befürchtet, sie und Rupert könnten Schaden nehmen, aber Jean und Bob scheinen alles wirklich gut geregelt zu haben. Mina ist ein so nettes Kind, auch wenn sie ihr Haar so albern gefärbt hat. Ich war schon immer der Meinung, daß sie einen guten Einfluß auf Suzie ausübt. Sie ist so lebhaft und interessiert.«

»Komm, Sooz, hüpf rein, wir haben genug Platz. Wie zwei Lesben. Huch, paß auf meine Titten auf. An der Schule ist diese schreckliche Lesbe, die uns manchmal in Werken unterrichtet, und die war richtig geil auf mich. Sie hat mir immer Einser und Zweier gegeben, selbst wenn ich richtig schlechte Arbeiten abgegeben habe. Sie hat darauf bestanden, mich Wil-hel-mi-na zu nennen, nur damit sie sich jede Silbe auf der Zunge zergehen lassen konnte. Puh, die ist mir auf die Nerven gegangen, also bin ich an den Tagen einfach nicht zur Schule gegangen. Die haben das noch nicht mal gemerkt, also bin ich öfter weggeblieben. Wenn du meine Meinung wissen willst: Schule ist sowieso reine Zeitverschwendung. Anschließend findet man doch sowieso keinen Job, also warum soll man sich anstrengen, nur um hinterher bei Tesco an der Kasse zu sitzen? Nein, danke. Irgendwann kam dann so eine blöde Kuh vorbei, um sich bei Mami zu beschweren, aber die machte da gerade eine ihrer Sehen-Sie-nicht,-daß-mein-Mann-mich-wegen-einer-Jüngeren-verlassen-hat?-Psychodrama-Phasen durch, deshalb hatte die Alte nicht viel Freude mit ihr. Dann kam ein Typ vom Jugendamt, so ein junger, der toll aussah, jedenfalls fand das Mami, und dann sind sie ein Liebespaar geworden, und jetzt benimmt sie sich, als hätte sie gerade das Geheimnis der ewigen Jugend entdeckt oder so was Ähnliches. Sie geht ständig aus und hat seit Monaten, nicht mehr gekocht. Nicht daß ich mir viel aus Essen mache, aber Rupert ist einmal richtig durchgedreht und hat sie ange-

schrien, daß er ja nichts dagegen hätte, wenn sie nicht kochen wolle, aber ob sie nicht gelegentlich wenigstens mal was *einkaufen* könne. Da ist sie völlig ausgeflippt und hat ihn als Parasiten beschimpft, und sie hätte genug davon, daß ihr alle ihre Energie rauben würden und daß sie endlich auch mal ihr eigenes Leben führen müsse. Der ganze übliche Scheiß, aber irgendwie hat sie auch recht. Rupert ist allerdings anderer Meinung. Er war eine Zeitlang richtig durchgeknallt, aber er hat auch ziemlich viele Drogen genommen und war meistens völlig daneben. Zu zwei seiner Prüfungen ist er erst gar nicht hingegangen. Mami will, daß er Nachhilfe nimmt, aber sie hat kein Geld, und Dad macht jede Menge Schulden, damit er sexy Sonia nach Prag und wer weiß wohin einladen und ihr rote Spitzenunterwäsche kaufen kann, die überall an den unmöglichsten Stellen Löcher hat – iih, er ist ja so ein Schleimer geworden, und Rupe sagt immer bloß: »He, was ist denn schon dabei?« Huch, Vorsicht, ich muß mal über dich klettern, Sooz. Ich habe so eine Infektion, wo ich immer pinkeln muß. Als ich beim Arzt war, hat er mir bloß ziemlich bescheuerte Fragen über meine Sexualpartner gestellt, und ich dachte, he, du fieser alter Sack, ich bin erst fünfzehn, und es geht dich gar nichts an, mit wem ich ins Bett gehe. Und als er dann meinte, er müßte mich untersuchen, war ich wie der Blitz draußen, bevor er sich mir auch nur nähern konnte. Nicht mit mir. Entschuldigung, Sooz, war das dein Knie?«
»Nein, nein, ist schon in Ordnung.«
Suzie hörte, wie Mina rasch über den Flur zum Badezimmer tapste. Sie hatte sich auch gefragt, wie es bei Mina wohl mit »Sexualpartnern« stand, aber nicht gewußt, wie sie danach fragen sollte.

VIERTES KAPITEL

»Wenn dieser Scheißkerl noch mal auch nur einen Fuß auf mein Grundstück setzt, lasse ich die Hunde auf ihn los!«

Norma Sedden war entsetzt. Sie hatte mit angehört, wie ihr Mann mit George Cartwright gesprochen hatte, und konnte seine Wut nachvollziehen, trotzdem fürchtete sie die Folgen seines Verhaltens. Ted hatte zwar damit gerechnet, daß die Ankunft der Hippies Wellen schlagen würde, aber eine solch vehemente Reaktion hatte er wirklich nicht erwartet. George Cartwright war nur einer von vielen Honoratioren des Dorfes, die es für notwendig befunden hatten, ihm die Meinung zu sagen. Norma war verzweifelt. Eigentlich war es immer ihr einziger Wunsch gewesen, geliebt zu werden, doch da sie einen Mann geheiratet hatte, der sich nicht um die Meinung anderer scherte, war sie ständig damit beschäftigt, die Wogen zu glätten. Glückliche Momente erlebte sie nur, wenn sie ihre Arbeitskleidung ausziehen und in einen Rock schlüpfen konnte, um mit ihren Freundinnen einen Kaffee zu trinken, bei einem Wohltätigkeitsbasar zu helfen oder an einer der anderen Dorfaktivitäten teilzunehmen. Doch jetzt befürchtete sie wieder einmal, daß man sie für das Verhalten ihres Mannes verantwortlich machen würde, und das ertrug sie einfach nicht länger.

Norma sagte ihm allerdings nicht, was sie dachte, denn im Gegensatz zu George Cartwright wußte sie, daß ihr Mann

Widerstand geradezu genoß. Er würde auch mit dieser Sache fertig werden, so wie er mit allen anderen Problemen fertig geworden war, die sich ihm im Laufe seines Lebens als Bauer gestellt hatten, angefangen bei der Betriebsprüfung des Finanzamts bis hin zum Ausbruch der Hühnerpest. Er kletterte einfach ins Führerhaus seines Massey Ferguson und tat so, als wäre nichts geschehen. Es gab schließlich genug Arbeit, und so beschäftigte er sich einfach damit, sein knapp fünf Hektar großes Feld auf und ab zu fahren, während das Radio Liebeslieder spielte und ihn über Verkehrsstaus auf Straßen informierte, die er nie zu sehen bekommen würde.

Als Norma Sedden sich später nach Briarswood wagte, machten die Gerüchte bereits die Runde im Dorf.

So viel Klatsch hatte es nicht mehr gegeben, seit dieser junge anglokatholische Hilfspfarrer mit der pensionierten Lehrerin durchgebrannt war, die gut seine Mutter hätte sein können. Man erzählte sich, daß die neun Fahrzeuge, die Suzie am Freitagabend gesehen hatte, nur die Vorhut gewesen waren, da die New-Age-Hippies immer mit mindestens fünfzig Personen unterwegs waren. Die übrigen mußten jeden Augenblick eintreffen. Sie planten eine Rave-Party, und das bedeutete mindestens eine Woche lang ununterbrochen laute Musik. Die Hippies hatten ihre letzte Lagerstätte verlassen müssen, weil dort Diphtherie ausgebrochen war. Unter den jungen Leuten gab es vier vorbestrafte Kriminelle, von denen einer aus dem offenen Vollzug geflohen war, bevor er seine Strafe abgesessen hatte, und der befand sich nun auf der Flucht. Sie besaßen eine Reihe gefährlicher Waffen wie etwa Jagdmesser. Der Anführer der Gruppe war ein berüchtigter Drogendealer. Einer ihrer Hunde hatte bereits ein Kind zerfleischt, doch sie hatten das Tier verschwinden lassen, damit die Polizei es nicht einschläfern lassen konnte.

Die ortsansässigen Bauern und Grundbesitzer hatten rasch und einfallsreich auf diese Krisensituation reagiert. Am Samstag mittag, nur zwei Tage nach Eintreffen der Fahrzeuge, waren sämtliche Tore in einem Fünf-Kilometer-Radius um Briarswood verbarrikadiert, um die erwartete Invasion zu stoppen. Vor einigen Einfahrten stapelten sich riesige Heuballen und schwarze Plastiksäcke mit Silofutter, vor anderen standen große Erntemaschinen. Manche Bauern hatten ein oder zwei Felsblöcke vor ihr Tor gerollt oder rasch einen Haufen Kies bestellt. Einer von ihnen hatte seine Düngemaschine mit Gülle gefüllt, und sie stand jetzt in Position, um damit jeden Hippie zu bespritzen, der es wagte, seinen Hof zu betreten. Allen Jugendlichen war verboten, sich Ted Seddens Farm auch nur zu nähern, und die kleinen Kinder mußten in der Nähe ihrer Wohnhäuser bleiben. Peggy vom Tante-Emma-Laden war hin und her gerissen zwischen der Angst vor den Hippies und dem Bewußtsein, daß ein paar zusätzliche Einnahmen ihrem rückläufigen Geschäft ganz guttäten. Schließlich entschloß sie sich zu einem Kompromiß: Sie würde den Hippies das Betreten ihres Ladens nicht grundsätzlich verbieten, aber nicht mehr als zwei gleichzeitig hereinlassen, damit sie die Leute im Auge behalten konnte.

»Ich habe schon genug Verluste durch Ladendiebstahl«, erklärte sie Norma Sedden, die diese Aussage persönlich nahm und sich sofort für Peggys wirtschaftlichen Niedergang verantwortlich fühlte.

Jim saß an seinem Schreibtisch und versuchte krampfhaft, sich zu konzentrieren.

Sein Arbeitszimmer in der Lodge war ursprünglich das Eßzimmer gewesen, doch als sie vor knapp einem Jahr eingezogen waren, hatte Caro darauf bestanden, es zu seinem Büro umzufunktionieren, was zeigte, wieviel ihr an seiner Karriere lag. Er selbst wäre schon mit einem der beiden Schlafzimmer völlig zufrieden gewesen, sie aber hatte nichts davon hören wollen. Auch wenn das hieß, daß sie nicht nur ihre Mahlzeiten in der Küche einnehmen, sondern dort auch ihre Gäste empfangen mußten, und er wußte, daß das in Caros Augen eine gesellschaftliche Schande war, die mindestens ebenso schwer wog wie die Beschränkung auf ein einziges Badezimmer. Jim freute sich einerseits zwar, daß sie seine berufliche Weiterentwicklung unterstützte, andererseits machte es ihn aber auch wütend, vor allem jetzt, wo seine Karriere definitiv beendet war. Selbst wenn er seinen Computer in einer Bibliothek von der Größe eines Tennisplatzes aufstellte, würde sich an dieser Tatsache nichts ändern.

Caro sah die Dinge allerdings anders. Sie betrachtete seinen vorzeitigen Ruhestand im vergangenen Jahr – eigentlich war er aufgrund drastischer Kürzungen in seinem Fachbereich entlassen worden – als eine Etappe in seiner Karriere, die sich zu seinem Vorteil entwickeln konnte, wenn Jim seine Karten nur richtig ausspielte. Nichts konnte sie von dem Glauben abbringen, daß er gerade an einer wichtigen Arbeit saß, nach deren Veröffentlichung Ordinarien aus ganz Großbritannien anrufen würden, um ihm eine Stelle anzubieten: die lang ersehnte Professur!

Arme Caro, sie wäre so gerne eine Professorengattin geworden. Er fand es ziemlich lächerlich, daß sie so großen Wert darauf legte – weil es ihr aber so wichtig war, wurde es für ihn nun fast ebenso bedeutend.

Seiner Meinung nach hatte er auch ohne Professur eine kometenhafte Karriere durchlaufen. Sein Vater war Angestellter der Stadtverwaltung gewesen und sein Großvater Bahnhofsportier, und Jim schätzte sich ausgesprochen glücklich, sein Berufsleben mit Büchern, anregenden Ideen und durchaus interessanten Menschen verbracht haben zu dürfen. Doch jedesmal, wenn er das Caro zu erklären versuchte, fand sie seine Bescheidenheit nur niedlich und äußerst typisch für ihn, behauptete jedoch, er wäre es sich schuldig, seine Fähigkeiten ganz auszuschöpfen. Es wäre wesentlich einfacher gewesen, ihre Erwartungen zu ignorieren, wenn sie eigennützig gewesen wären, doch das waren sie nicht. Caro gehörte glücklicherweise nicht zu den Frauen, die versuchten, sich selbst durch die beruflichen Erfolge ihrer Ehemänner ins Rampenlicht zu rücken. Nein, sie wollte um seiner selbst willen das Beste für ihn, weil sie eine loyale Ehefrau war und loyale Ehefrauen sich eben so verhielten.

Jim konnte hören, wie sie im Haus umherlief. Sie war gerade damit beschäftigt, Stühle und Beistelltischchen im Wohnzimmer hin und her zu schieben, und erkundigte sich bei jemandem, wahrscheinlich bei Suzie oder Mina, was sie von den verschiedenen Möglichkeiten hielt. Seit ihrem Einzug in die Lodge hatte Caro immer wieder die Möbel umgestellt, und es bestand wenig Hoffnung, daß dies bald ein Ende haben würde, denn das Haus war für den Eindruck, den Caro eigentlich erzielen wollte, viel zu klein. Trotzdem arbeitete sie unbeirrt weiter daran, weil sie der Überzeugung war, wenn sie etwa die Anrichte nur um ein paar Zentimeter verschieben und die Stehlampe beiseite rücken würde, dann könnte das Haus wie durch ein Wunder doppelt so groß wirken.

Jim runzelte die Stirn und versuchte, sich auf das vor ihm liegende Blatt Papier zu konzentrieren. Caro und er schienen Dimensionen völlig unterschiedlich wahrzunehmen. Es faszinierte ihn, wie die Lodge je nach Sichtweise mal größer und mal kleiner wurde. Nach einem Besuch bei seiner verwitweten Mutter beispielsweise, die seit über fünfzig Jahren in einem winzigen Reihenhaus lebte, wirkte ihr eigenes Heim riesig und luftig, doch schon nach wenigen Stunden im Herrenhaus schrumpfte es auf die Größe eines winzigen Puppenhauses zusammen. Und da sie mehr Zeit im Herrenhaus verbrachten als in der Fidelity Row, herrschte meist jenes klaustrophobische Gefühl vor – ein Gefühl, für das Jim sich irgendwie verantwortlich fühlte. Wenn er mehr verdient hätte …

Seit ihrer Hochzeit hatte sein Gehalt, das er bis dahin als beinahe unangemessen hoch empfunden hatte, ihre Ausgaben nicht mehr decken können. Man konnte Caro keine Verschwendungssucht vorwerfen, schließlich wägte sie jede Neuanschaffung genau ab und gab beinahe nichts für sich selbst aus, und dennoch hatte ihre Haushaltskasse mehr als dreißig Jahre lang Monat für Monat im Minus gestanden. In seiner Verzweiflung hatte Jim erst heimlich ein oder zwei Kredite aufgenommen, dann eine zweite Hypothek. Und danach war der Immobilienmarkt zusammengebrochen.

Deshalb hatte ihre Zukunft, als er seine Stelle aufgeben mußte, wirklich finster ausgesehen. Zu diesem Zeitpunkt hatten George und Twinks ihnen angeboten, nahezu mietfrei in der Lodge zu wohnen. Trotz der offensichtlichen Nachteile dieses Arrangements hatten Jim und Caro doch keine andere Wahl gehabt, als zuzustimmen. Caro betrachtete es als vorübergehende Lösung; Jim hatte sich jedoch mit dem Gedanken abgefunden, daß dies die Endstation war.

Doch selbst in der Lodge blieben ihre Kosten unverändert hoch. Allem Anschein nach brauchten sie zwei Autos, da sie ja nun auf dem Land lebten, und eines der Fahrzeuge mußte ein Wagen mit Allradantrieb sein, wiederum aus dem Grund, daß sie auf dem Land lebten, obwohl die Straßen, soweit Jim das beurteilen konnte, auch nicht schlechter waren als in der Stadt und sie ihre Zeit nicht damit verbrachten, Heuballen durch die weite Heidelandschaft zu halb verhungerten Schafen zu karren. Er hatte seine Meinung jedoch für sich behalten, da er ohnehin nicht erwartete, daß sie auf ihn hören würde;

schließlich war Caro auf dem Land groß geworden und wußte deshalb mehr über derartige Lebensnotwendigkeiten als er. Und Bumpkin war ein entschiedener Befürworter des Range Rovers; er war jedesmal beleidigt, wenn er in Jims Metro mitfahren mußte.

Durch das halb geöffnete Fenster drangen Stimmen herein – es waren Suzie und Mina, die gerade über den Rasen zum Tor schlenderten. Er betrachtete sie einen Moment lang und fragte sich nicht zum ersten Mal, was sie sich überhaupt noch zu sagen haben konnten, doch er hatte bereits vor langer Zeit eingesehen, daß es besser war, wenn er es gar nicht erst erfuhr. Die Gespräche zwischen Jugendlichen schockierten ihn meist eher durch ihre Banalität als durch ihre Anstößigkeit. Trotzdem, es war schön, Suzie halbwegs zufrieden zu sehen. Von allen seinen Töchtern erinnerte sie ihn am meisten an Caro zum Zeitpunkt ihres Kennenlernens: Sie besaß die gleiche schlaksige Unbeholfenheit, die er immer wesentlich attraktiver gefunden hatte als eine perfekte Haltung, das gleiche glatte, dunkelblonde Haar, das ihr immer in die Augen zu fallen drohte, das gleiche zurückhaltende, bezaubernde Lächeln.

Nicht daß Caros Lächeln, ob nun zurückhaltend oder nicht, in letzter Zeit häufig zu bewundern gewesen wäre. Der Statusverlust, der mit ihrer Rückkehr ins elterliche Haus einherging, noch dazu in voller Abhängigkeit und mit leeren Händen, hatte die Sorgenfalten um Mund und Augen tiefer werden lassen und sie zu einer noch leidenschaftlicheren Fürsprecherin ihres begabten Mannes gemacht.

Und vielleicht hatte sie sogar recht. Vielleicht war dieser Artikel ja der Anfang seiner akademischen Renaissance.

»... Den Wegelagerern fielen in der gesellschaftlichen Mythologie des achtzehnten Jahrhunderts zwei Rollen zu: Zum einen dienten ihre Festnahme, der Gerichtsprozeß und schließlich die Bestrafung der Stabilisierung sozialer Werte und Normen, zum anderen bot sich in Gestalt ihres Einfallsreichtums und der Heldenhaftigkeit ihres Widerstandes ein Ersatzventil für das unterdrückte Volk ...«

Jim war unzufrieden mit diesem Satz. Er war irgendwie zu umständlich. Lydia hätte ihn bestimmt sofort auseinandergenommen. Damals, als er noch ein junger Dozent für Sozialgeschichte gewesen war, hatte ihm gerade ihre schnelle Auffassungsgabe gefallen, doch heutzutage empfand er ihre Argumente meist nur noch als irritierenden Angriff und kaum mehr als willkommene Herausforderung. Vielleicht hatte er sich doch stärker verändert, als ihm bewußt war. Das war ein alles andere als beruhigender Gedanke.
Er runzelte die Stirn, schob seinen Stuhl zurück und ging zum Fenster hinüber. Suzie und Mina waren nicht mehr zu sehen. Seine Auseinandersetzung mit Lydia, zwei Abende zuvor, hatte einen schlechten Nachgeschmack hinterlassen. Ganz offensichtlich war sie der Auffassung, er hätte die Ideale, die er ihr einst vermittelt hatte, einfach aufgegeben, ein wirklich lächerlicher Gedanke. Er hatte sie vielleicht ein wenig modifiziert, damit sie in die heutige Zeit paßten, aber daran war doch nichts auszusetzen. Er hatte keine Zeit für Verbohrtheit. Was hätte es außerdem bringen sollen, mit George und Twinks zu streiten? Lydia sollte eigentlich verstehen, daß die angeblich Privilegierten ebensoviel Toleranz verdienten wie die Außenseiter einer Gesellschaft. Sie sollte sich mal bewußtmachen ...
Plötzlich ärgerte er sich darüber, daß er nun schon im Geiste mit Lydia stritt, und so beschloß er, Rose Cottage einen Besuch abzustatten, um die Auseinandersetzung von Angesicht zu Angesicht zu führen.

»Komm, wir schauen sie uns mal an.«
»Wen?«
»Die Hippies natürlich.«
»Oh.« Suzie dachte kurz über den Vorschlag nach. »Warum?«
»Ist doch besser, als rumzuhängen, oder?«
»Hm.«
»Vielleicht verkaufen sie uns ja ein bißchen Dope.«
»Wir könnten auch etwas anderes unternehmen.«
»Was denn zum Beispiel?«
»Ach. Du weißt schon ...«
»Komm schon, Suzie. Du weißt doch, wo sie kampieren?«
»Natürlich weiß ich das.«
»Dann komm. Wir können uns zur Tarnung Blätter ins Haar stecken. Wir haben schon seit Jahren nicht mehr Birnam Woods gespielt. Es macht bestimmt einen Heidenspaß.«
»Na gut.«
Suzie führte Mina über den malerischen Weg zur Sedden-Farm, denn sie hoffte, daß sie vielleicht doch noch auf eine brillante Idee käme, wie sie ihre Freundin mit weniger gefährlichen Spielen unterhalten konnte, oder daß Mina vielleicht die Lust verlieren würde weiterzulaufen und zur Lodge zurückkehren wollte, doch leider geschah nichts dergleichen.

Lydia saß mit angezogenen Knien auf der Schwelle von Rose Cottage, und das Haar fiel ihr ins Gesicht. Sie bot ein Bild äußerster Konzentration, wie sie so damit beschäftigt war, ihre Fußnägel grellrot zu lackieren. Sie trug ein dünnes Sommerkleidchen in einem besonders giftigen Grünton. Ihr war nicht bewußt, daß sie beobachtet wurde, und so saß sie selbstvergessen in beinahe kindlicher Anmut da.
Jim erhaschte zufällig einen Blick auf sie, als er sich von der Straße entlang der Hecke Rose Cottage näherte. Ihm schoß

der Gedanke durch den Kopf, daß Caro nie im Leben direkt an der Schnellstraße etwas derart Intimes getan hätte. Sie hätte sich auch nie in dieser vulgären Eleganz gekleidet.
»Hallo, Lydia.«
»Verdammt, jetzt bin ich abgerutscht.« Mit gerunzelter Stirn betrachtete sie ihren Zeh und warf Jim nicht einmal einen flüchtigen Blick zu. Sein Schatten fiel auf ihre nackten Beine. Er setzte sich neben sie auf die Schwelle.
»Mein Gott, was für eine abscheuliche Farbe«, sagte er.
»Ich weiß – ist sie nicht großartig?«
»Sieht aus wie ein Vampir-Scherzartikel.«
Ihr schien seine Bemerkung zu gefallen, denn ihre fünf roten Fußnägel winkten ihm zu. Dann steckte Lydia den kleinen Pinsel in das Fläschchen zurück, griff mit der linken Hand nach ihrem linken Fuß und sagte, immer noch, ohne ihn eines Blickes zu würdigen: »Ich nehme an, du bist gekommen, um dich für dein idiotisches Benehmen neulich zu entschuldigen.«
»Überhaupt nicht«, erwiderte er forsch, obwohl er genau das vorgehabt hatte. »Wenn du unbedingt wieder aufs hohe Roß –«
»Und was für ein verdammt einsames hohes Roß das war. Zumindest von dir hatte ich eigentlich Unterstützung erwartet.«
»Ich hätte dich ja vielleicht auch unterstützt, wenn du nicht so einen kindischen Unfug erzählt hättest«, verteidigte sich Jim.
»Großartig, daß gerade du das sagst.«
Stille trat ein.
Jim gab sich die Note »verbesserungswürdig« für seine friedensstiftenden Fähigkeiten. Lydia schien völlig auf ihre Fußnägel konzentriert zu sein.
»Das ist doch alles eine Frage der Einschätzung«, hörte er

sich sagen, »eine Frage dessen, was zu einer bestimmten Zeit an einem bestimmten Ort angemessen erscheint. Grundsätzlich bin ich nicht der gleichen Meinung wie George und Twinks, trotzdem respektiere ich ihr Recht, diese Meinung zu vertreten, und würde es als Mißachtung ihrer Gastfreundschaft betrachten, und nebenbei sogar als völlige Zeitverschwendung, einen Streit vom Zaun zu brechen.«

»Klar, und in der Zwischenzeit«, sagte Lydia, die nun bei ihrem letzten Zeh angelangt war, »darf George jeden Grundbesitzer in der Umgebung dazu bringen, den armen Hippies das Leben schwerzumachen, und den Farmer und seine Frau dazu nötigen, sie rauszuschmeißen.«

»Meinst du ›arm‹ im Sinne von mittellos oder ›arm‹ im Sinne von bedauernswert? Wenn du je Ted Sedden begegnet wärest, wüßtest du, daß selbst ein ganzes Bataillon von Georges Kaliber ihn zu nichts zwingen könnte. Womit wir wieder beim Thema ›angemessenes Verhalten‹ wären: Georges Familie lebt schon seit Ewigkeiten in Briarswood, Caro und ich dagegen erst seit einem Jahr, und du, meine Liebe, bist lediglich zu Gast hier. Weder du noch ich sind daher in der Position, sie belehren zu können –«

»Das ist doch bloß eine Ausrede!«

»Nein, das ist eine Tatsache. Als Historiker sammle ich zuerst alle Fakten, bevor ich irgendwelche voreiligen Schlüsse ziehe.«

»Quatsch.« Lydia ballte die Faust um das Nagellackfläschchen und sah aus, als wolle sie es gleich quer durch den Garten schleudern. Doch sie versuchte, sich zu beherrschen, atmete langsam aus und stellte das Fläschchen wieder ab. »Das ist völliger Blödsinn, und das weißt du ebensogut wie ich.« Sie lehnte sich auf ihre Ellbogen und streckte die Beine in die Sonne. Dann wandte sie sich ihm zum ersten Mal direkt zu, und Jim war über den Zorn in ihren Augen erschrocken.

»Wenn etwas falsch ist, dann ist es immer und überall falsch.«

»Okay«, gab Jim unerwartet nach, »laß uns das Thema einfach vergessen.« In diesem Moment, in der Sonne vor Rose Cottage, beschäftigten ihn Lydias Füße weit mehr als das richtige oder falsche Verhalten irgendwelcher Außenseiter. Er verspürte das Verlangen, mit ihren wackelnden Zehen »Das ist der Daumen ...« zu spielen, unterdrückte diesen Impuls jedoch.

Sie warf ihr Haar zurück. »Nur wenn du zugibst, daß du dich wie ein Vollidiot aufgeführt hast.«

Er grinste. »›Voll –‹ ist doch ein bißchen übertrieben, findest du nicht? Könnten wir uns vielleicht nur auf ›Idiot‹ einigen?«

»Ich würde dir ja einen Drink oder eine Tasse Tee anbieten, aber meine Zehennägel müssen erst trocknen.«

»Gut.« Sie saßen einen Moment lang schweigend da, dann erkundigte Jim sich vorsichtig: »Geht es dir gut hier, Lydia?«

»Wenn du ›gut‹ sagst«, imitierte sie seinen Tonfall, »meinst du dann ›gut‹ im Sinne von zufrieden sein oder ›gut‹ im Sinne von gerade so zurechtkommen?«

»Beides.«

»Ich komme zurecht, denke ich. Zufriedenheit wäre unter diesen Umständen ein bißchen zuviel verlangt.«

»Hast du irgendwelche Pläne?«

»Natürlich. Jeder braucht Pläne. Ich habe da noch dieses scheußliche Orange, das ich ausprobieren möchte. Aber was danach kommt, ist schwer zu sagen.«

»Entschuldige, ich hätte nicht fragen sollen. Ich hatte bloß Angst, du könntest dich hier vielleicht langweilen oder würdest unruhig werden ...«

»Oh, das trifft ja auch beides zu. Beinahe ständig. Ich bin unruhig und will trotzdem nirgendwo hingehen, und ich langweile mich und will doch nichts tun. Es ist wirklich erbärmlich.« Auf einmal klang ihre Stimme belegt. Dann richtete sie sich auf und fuhr in einem völlig anderen Ton fort: »Wie steht es denn mit dir, Jim, wie kommst du mit dem Leben in der finstersten Provinz zurecht?«

»Pssst, nicht so laut.« Jim tat so, als suche er den Horizont ab, um sicherzugehen, daß die Luft rein war. »Wenn einer der Eingeborenen hört, daß du Briarswood als finsterste Provinz bezeichnest, kann ich für deine Sicherheit nicht mehr garantieren.«

Zum ersten Mal an diesem Nachmittag lächelte sie und zog eine Augenbraue hoch, eine Geste, an die er sich noch gut erinnern konnte. Seit der Zeit, als sie seine Lieblingsstudentin gewesen war, hatte sie sie anscheinend noch perfektioniert.

»Gefahr? Hier?«

Er nickte. »Man könnte dir Hausverbot im Laden erteilen.«

»Nein!«

»Man könnte dir den Zutritt zum *Bird In Hand* verweigern. Oberst Brinshaws Borderterrier könnte dich auf offener Straße ignorieren –«

»Das ist entsetzlich, ich würde es nicht ertragen!«

»Man könnte dich aus dem Frauenverein ausschließen.«

»Ich bereue. Ich nehme alles zurück. Mehr verkrafte ich nicht. Laß mich also meine Frage umformulieren: Wie hast du dich in dieser ländlichen Idylle eingelebt, in diesem paradiesischen Ort, diesem hübschen Eckchen unserer königlichen Insel, diesem gesegneten Fleckchen?«

»Ach, eigentlich ziemlich gut. Ich schreibe gerade an einem Aufsatz für ein Buch über Geächtete in der englischen Geschichte.«

»Tatsächlich?« In Lydias Lächeln schlich sich plötzlich ein Hauch von Bösartigkeit.

Jim war sich der Ursache sofort bewußt, deshalb sagte er leichthin: »Ich bin mir sicher, daß dich dieses Thema faszinieren würde, Lydia. Ich konzentriere mich überwiegend auf ein oder zwei berühmt-berüchtigte Wegelagerer des achtzehnten Jahrhunderts und zeige, daß sie gleichzeitig sowohl gefürchtete Bösewichte als auch Volkshelden waren. Ich untersuche, in welchem Maße eine seßhafte und recht statische Gesellschaft ein Ventil braucht, in Form von Menschen, die ihren Regeln zuwiderhandeln.«

»Das wird ja immer besser«, meinte Lydia hämisch. »Zweifellos wirst du die Dummheiten dieser früheren Menschen in deinem typischen Stil distanzierter Belustigung wiedergeben. Dürfen wir vielleicht sogar auf einen Vergleich mit der heutigen Zeit hoffen?«

»Nur wenn mir das relevant erscheint. Und ja, Lydia, ich sehe durchaus die Ironie der Situation. Trotzdem hielte ich es für romantisches Geschwafel, wenn man zwischen einem Schurken des achtzehnten Jahrhunderts von der Intelligenz und dem Witz eines Tom Fanshaw und den kümmerlichen Figuren im Tal Parallelen herstellen wollte.«

»Diese Aussage beruht selbstverständlich auf Beobachtung. Ich nehme an, du warst in der Senke und hast sie persönlich kennengelernt.«

»Ich denke nicht, daß das notwendig ist.«

»Was ist denn aus deinem ach so geliebten Respekt vor den Fakten geworden, Jim?«

»Ich wollte damit doch bloß sagen –« Jim riß sich gerade noch rechtzeitig zusammen. Er war kurz davor, wütend zu werden, sehr wütend sogar, und das wollte er um jeden Preis vermeiden. Dieser Besuch war schließlich ursprünglich als Friedensmission gedacht gewesen. Er sagte sehr ruhig: »Aber wir verschwenden unsere Zeit. Wir streiten uns um Begriffe. Also, sind deine hübschen Zehennägel jetzt trocken? Und was noch wichtiger ist: Hast du noch Bier im Haus?«

»Du weißt doch, daß ich eine verarmte entlaufene Ehefrau

bin. Ich führe kein Bier.« Auch Lydia zwang sich zu einem neutraleren Umgangston. »Aber sie sind tatsächlich trocken, und wenn du artig bist, mache ich dir eine Tasse Tee. Ich halte dich trotzdem noch für einen Idioten, Jim. Für einen Vollidioten.«

»Verdammt, wir hätten Ferngläser mitbringen sollen.«
Suzie, Mina und Bumpkin standen am Rande eines kleinen Wäldchens, das zu dem Bach hinunterführte, der die Grenze von Ted Seddens Farm markierte. Im unteren Teil des Feldes hinter dem Bach standen verschiedene Fahrzeuge herum – Wohnwagen, Laster und Kleinbusse in den unterschiedlichsten Stadien des Verfalls. Ein paar merkwürdig gekleidete Gestalten lungerten in der Sonne herum oder wanderten zwischen den Wagen umher. Ein halbes Dutzend Hunde tollte wild durch die Gegend. Suzie erkannte den schneeweißen Hütehund wieder, der Bumpkin vor zwei Tagen so angebellt hatte, und sie wurde noch ängstlicher.
»Ich wünschte, wir hätten Bumpkin zu Hause gelassen. Er fängt bestimmt gleich an zu bellen oder macht sonst irgendwas Dummes. Platz, Bumps! Denk nicht mal ans Atmen!«
Bumpkin ließ sich auf dem blätterbedeckten Waldboden nieder und schaute ergeben zu ihr auf. Dann schoß ihm anscheinend irgendein Gedanke durch den Kopf, denn er drehte sich um und begann, sich mit der Hinterpfote heftig am Hals zu kratzen. Seine Halskette rasselte laut.
»Hör doch auf, Bumpkin. *Bitte*«, zischte sie.
»Wir müssen näher ran«, sagte Mina. »Ich kann nicht richtig sehen.«
»Ach, wirklich nicht?« Suzie heuchelte Überraschung. »Ich kann sehr gut sehen.« Sie wünschte sich nichts sehnlicher, als in ihr sicheres Zuhause zurückzukehren. Die Szene, die sie beobachteten, hatte etwas Beunruhigendes, so als sähen sie auf

einen alten Britenstamm hinunter. Beim Spionieren kam sie sich wie ein Feind vor.

Da entdeckte sie die Frau mit den dunklen Haaren, die die Prozession mit dem roten Wagen angeführt hatte. Sie trug einen bunten Rock und ein schwarzes, ärmelloses T-Shirt, und irgend etwas an ihren Haaren war seltsam. Sie tauchte aus einem der Wohnwagen auf, dessen Räder bereits so tief eingesunken waren, als hätte er schon jahrelang auf dem Feld gestanden und würde sich von dort nie wieder wegbewegen lassen. Sie blickte sich um und rief nach jemandem, wobei es aus dieser Entfernung unmöglich war, ihre Worte zu verstehen. Sie formte mit den Händen einen Trichter und rief erneut, dann ging sie zu jemandem hinüber, der in der offenen Tür eines kleinen Busses saß. Er schüttelte den Kopf.

»Wir müssen näher ran.«

»Ich bleibe hier.«

»Wir können auf dem Bauch nach vorne robben wie ein Kommandotrupp.«

»Ich bewege mich hier nicht weg. Oh, sieh nur.«

Der weiße Hund näherte sich dem Bach, gefolgt von dem dunklen, gutaussehenden jungen Mann, der Suzie bereits am Tag ihrer Ankunft aufgefallen war. Mina griff nach Suzies Arm und tat, als wäre sie entsetzt. »O nein! Sie haben uns entdeckt!«

Suzies Angst war alles andere als gespielt. »Laß uns gehen.« Sie befürchtete, Bumpkin könne sie verraten, doch glücklicherweise hielt er den Kopf gesenkt und fixierte einen großen schwarzen Käfer.

»Unsinn, Suzie. Wir werden runtergehen und uns vorstellen. Er sieht doch ganz süß aus.«

»Ich dachte, du könntest nichts erkennen«, zischte Suzie. »Ich habe ihn schon mal gesehen, und er ist überhaupt nicht süß. Du weißt doch gar nichts über ihn. Er könnte gefährlich sein.

Er könnte verrückt sein, wegen der vielen Drogen, die er genommen hat. Er wird wütend sein, wenn er merkt, daß wir spioniert haben. Er könnte –«

»Jetzt stell dich nicht so an.« Minas Hand lag immer noch auf Suzies Arm. »Guck mal, an dem Hund ist irgend etwas merkwürdig. Er scheint zu humpeln.«

»Sieht aus, als wäre der arme Kerl verkrüppelt. Was hat er denn da am Hals?«

»Sieht irgendwie grün aus.«

»Vielleicht ist es Farbe.«

»Warum sollte irgend jemand einen verkrüppelten Hund grün anmalen?«

»Es könnte doch eine Krankheit sein. Du weißt schon, Wundbrand oder so was. Offensichtlich kümmern sie sich gar nicht um ihn.«

Der weiße Hund hatte den Bach überquert, und der junge Mann folgte ihm gerade. Er trug ein größeres Werkzeug bei sich. Die beiden Mädchen konnten Zweige knacken hören, als er den Wald betrat, dann kläffte der weiße Hund ein-, zweimal, so daß Bumpkin den Käfer vergaß und zu knurren begann.

»Ich verschwinde hier«, sagte Suzie.

»Warte, er gräbt ein Loch. Vielleicht will er da Drogen verstecken oder – oh!« Mina drehte sich um, und auf ihrem Gesicht lag ein Ausdruck des Entzückens. Sie flüsterte: »Gut, laß uns abhauen. Er ist in den Wald gekommen, um aufs *Klo* zu gehen!«

Kichernd stolperten sie den Hang hinauf, der vom Bach wegführte. Bumpkin trottete mit erhobenem Schwanz neben ihnen her.

Am Rand des Wäldchens, kurz vor dem Zauntritt, der in ein Stoppelfeld führte, blieben sie stehen. Neben dem Feldweg stand ein kleiner dunkelhaariger Junge mit einem schmalen,

verdreckten Gesicht. Er hielt einen spitzen Stock in der Hand und starrte sie an.
»Hallo«, grüßte Suzie ihn nervös.
»Verpiß dich«, sagte der Junge.
Mina lächelte ihn an. »Fick dich doch ins Knie«, entgegnete sie, dann kletterten die beiden Mädchen über den Zauntritt und rannten kichernd nach Hause.

Nachdem Jim gegangen war, setzte Lydia sich an den Küchentisch und versuchte, den Brief vom Vortag zu Ende zu bringen. Er war an ihre Freundin Charlotte gerichtet, die auf Menorca ein Meeresfrüchte-Bistro führte. Charlotte wollte, daß Lydia sie im Winter besuchte, um ihr dabei zu helfen, die Wände mit Fischmotiven zu dekorieren. Lydia hatte einmal eine Zeitlang für eine Dekorationsfirma gearbeitet, und sie wußte, daß ihr diese Aufgabe bestimmt Spaß machen würde; bis zu diesem Zeitpunkt allerdings hatten sie ihre Trägheit und Entscheidungsunfähigkeit in Briarswood festgehalten. Sie kam bis zu dem Satz »Schick mir weiterhin Deine Rezepte – ›Kalamares für Kaledonier‹ läßt mir schon das Wasser im Munde zusammen–«, dann war ihr Kopf plötzlich ganz leer, und die Buchstaben schienen auf dem Papier zu verschwimmen. Ein nur allzu vertrauter Zorn durchfuhr sie, aber sie versuchte, ihn zu ignorieren. »Ich könnte mir vorstellen, daß Du mit Deinen Kochkünsten ganz neue Wege beschreiten wirst«, zwang sie sich weiterzuschreiben. »Was hältst Du von ›Oktopus für –‹«, doch dann legte sie angewidert ihren Stift beiseite. Sie konnte sich nichts dergleichen vorstellen. Eigentlich konnte sie sich gar nichts vorstellen. Das einzige, woran sie denken konnte, war die Ungerechtigkeit des Lebens.
»Zum Teufel mit Jim«, sagte sie, und der Klang ihrer Stimme betonte die Stille des Hauses noch. »Er sei verflucht, verflucht und noch mal verflucht.«

Sie stand auf und stürmte in den Garten hinaus. »Verflucht«, schleuderte sie den Bäumen und dem Himmel entgegen.
Er hatte einen weiteren offensichtlichen Versuch unternommen, ihr weiszumachen, daß seine Ansichten im Grunde genommen immer noch die waren, die sie einst miteinander geteilt hatten. Sie hatte darauf mit wütender Empörung reagiert.
»Nimm doch nicht alles so persönlich, Lydia«, hatte er gesagt, bevor er gegangen war. »Du verlierst deinen Sinn für das rechte Maß.«
»Aber es *ist* eben eine persönliche Sache«, hatte sie ihm erklärt. »Ich weiß, wovon ich rede. Für dich sind das alles nur bequeme Theorien.«
Dann hatte sie ihm, bevor er hatte nachfragen können, was sie damit meinte, die Tür vor der Nase zugeschlagen.
Was wußte Jim schon.
Sie wußte es. Hatte es schon lange gewußt.
»Ach, zum Teufel mit ihnen allen«, murmelte sie, zog ein Paar ausgelatschter Turnschuhe an und ging die Straße hinunter, die von Briarswood und somit von jeglicher menschlicher Behausung wegführte.
Sie stammte aus einer ziemlich durchschnittlichen Familie. Mutter, Vater, eine ältere Schwester und ein jüngerer Bruder. Lydia hatte sich immer schon als Außenseiterin gefühlt. Schon in jungen Jahren hatte sie andere Fernsehprogramme, andere Musik und andere Bücher gemocht. Sie hatten sie für einen Snob gehalten, und Lydia hatte ihnen geglaubt und war deswegen unglücklich gewesen. Sie hatte von Flucht geträumt. Und dann hatte sie Grace kennengelernt. Graces Vater arbeitete in der Filmindustrie. Graces Heim war voller Bücher, und an den Wänden hingen abstrakte Gemälde. Bei Grace ging es beim Abendessen laut zu, man stritt, lachte und beschimpfte einander und gab Lydia das Gefühl, herzlich willkommen zu sein. Lydia, die damals zwölf Jahre alt gewe-

sen war, wäre sofort zu Grace gezogen, wenn sie es gedurft hätte, und ein paar Monate lang hatte sie auch mehr oder weniger dort gewohnt.
Eines Morgens hatte Grace dann in der Schule gefehlt. Die Lehrer hatten gesagt, ihre Eltern hätten sie aus der Schule genommen; ihr Vater wäre in irgendwelchen Schwierigkeiten, aber Genaueres wollte niemand sagen. Lydia kehrte krank vor Sorgen nach Hause zurück. Sie versuchte, bei Grace anzurufen, aber man hatte den Hörer danebengelegt. Am nächsten Tag hatte es in allen Zeitungen gestanden. Lydias Familie hatte zwar versucht, es vor ihr zu verheimlichen, doch sie hatte auf dem Heimweg eine halbe Stunde in einem Zeitungsladen verbracht und zehn verschiedene Varianten derselben Geschichte gelesen: Man beschuldigte Graces Vater, Minderjährige verführt zu haben, die er mit Versprechungen von Ruhm und Reichtum zu sich nach Hause gelockt haben sollte. Man hatte ihn verhaftet, und ihm drohte eine jahrelange Gefängnisstrafe. Als Lydia an jenem Abend in der Badewanne lag, klingelte es an der Tür, und Lydia wußte sofort, daß es Grace war. Klatschnaß und nur mit einem Handtuch um den Körper, war sie die Treppe hinuntergerannt, doch da war die Haustür bereits wieder verschlossen gewesen, und sie hatte gerade noch gehört, wie ein Taxi wegfuhr. Ihr Vater hatte ihr den Weg versperrt.
»Die werden wir wohl nicht mehr wiedersehen«, hatte er zufrieden zu Lydias Mutter gemeint. »Ich habe sie sowieso nie leiden können.«
»Was hast du zu ihr gesagt?« hatte Lydia geschrien.
Sie hatten Grace erzählt, Lydia wolle sie nicht mehr sehen. Daraufhin hatte Lydia verzweifelt versucht, Grace zu erreichen, aber die Familie hatte an einem geheimgehaltenen Ort Zuflucht gesucht. Zwei Tage später hatte Lydia in den Zeitungen gelesen, daß die dreizehnjährige Tochter des Beschul-

digten Schlaftabletten genommen hatte und ins Krankenhaus eingeliefert worden war. Sie war gerade noch mit dem Leben davongekommen. Lydia hatte ihren Eltern nie verziehen. Und was noch schlimmer war: Sie hatte auch sich selbst nie wirklich vergeben. Auch wenn sie damals erst zwölf Jahre alt gewesen war, hätte es doch eine Möglichkeit geben müssen, sich über die elterlichen Verbote hinwegzusetzen und Grace zu sagen, daß sie immer noch ihre Freundin war. Damals freilich hatte sie keinen Ausweg gesehen. Sechs Monate später hatte man Graces Vater in allen Punkten freigesprochen, doch da war die Familie bereits weggezogen. Wie Graces Mutter es nach dem Freispruch in einer Zeitschrift formuliert hatte: »Es war ein Alptraum, aber jetzt wissen wir wenigstens, wer unsere wahren Freunde sind.«

Lydia gehörte nicht dazu.

Im Teenageralter war sie sehr schwierig gewesen, weil sie sowohl ihre Eltern als auch sich selbst für das Geschehene bestrafte. Sie wollte nur fliehen, verachtete alle und lernte, so viel sie konnte. Mit dem Weggang zur Universität war ihr schließlich die Flucht gelungen, dann jedoch brach sie kurz vor dem Examen ihr Studium ab. Später erhielt sie einen Platz an einer Kunsthochschule, aber auch dieses Studium beendete sie nicht. Wie eine Blechbüchse, die an den Schwanz einer Katze gebunden ist, verfolgte sie ständig das Gefühl der Wertlosigkeit. Sie konnte sich Erfolg nicht zugestehen. Jedesmal, wenn sie gerade auf einem Gebiet erfolgreich war, fand sie einen Grund, um die Richtung zu ändern. Sie sehnte sich nach diesen Neuanfängen, verspürte den Drang, sich immer wieder neu zu beweisen.

Außerdem war sie ständig pleite. Sie war stets davon überzeugt, daß sie es nicht wert war, tatsächlich Geld zu haben. Wenn sie etwas verdiente, ging sie verschwenderisch damit um, gab es einfach aus, ohne etwas für die Steuern zurückzu-

legen, so daß sie jedesmal, wenn dann der Steuerbescheid kam, in eine finanzielle Krise stürzte.
Jetzt erschien es Lydia manchmal, als habe dieser Drang zur Flucht nie nachgelassen. Nach wie vor wurde sie getrieben von der Kraft und dem Zorn, die sie damals vor ihrer erdrükkenden Familie hatten Reißaus nehmen lassen.
Lydia hatte sich ein ganzes Stück von Briarswood entfernt, ohne auf den Weg zu achten, und als sie stehenblieb, sah sie ein Straßenschild, auf dem eine Entfernung von fünfeinhalb Kilometern bis zum Ort angezeigt war. Sie war eine ganze Weile bergauf gegangen und konnte nun, wenn sie zurückblickte, das Dorf beziehungsweise Teile des Dorfes erkennen, Ziegeldächer und reglose grüne Baumkronen in der Nachmittagssonne. Sie stellte fest, daß sie Hunger hatte und vor allem sehr durstig war. Sie fragte sich, wie es wohl wäre hierherzugehören – oder wie es wäre, überhaupt irgendwo hinzugehören.
In ihrer Jugend hatte sie die Leidenschaft und den Drang besessen, die zur Flucht nötig gewesen waren. Sie setzte sich müde ins Gras neben dem Weg und schlang die Arme um die Knie. Jetzt erschien es ihr unwahrscheinlich, daß sie je einen Ort finden würde, der ihr ein Gefühl von Heimat vermittelte.

FÜNFTES KAPITEL

An jenem Abend ertönte heftiges Gelächter aus dem Zimmer der Mädchen. Mina hatte zwischen Suzies Schulbüchern *Pippas Ponytage* entdeckt.

»Oh, das ist ja zum Schreien! Hör dir das an, Suzie – ›Donnerwetter, Mrs. Turvey, die Sandwiches waren aber prima!‹ *Prima*! Nein, und hier sagt sie, der Kuchen wäre ÜBERIRDISCH. Wo hast du das Buch bloß gefunden, das ist ja zum Wegwerfen!«

Suzie hatte ihr Gesicht vor Scham abgewandt. »Oh, ich glaube, meine Schwester Polly hat die früher gelesen.«

»Ja, das paßt zu ihr. Ich kann mir gut vorstellen, wie die dämliche Polly das nur so verschlungen hat. O nein, hör dir das an: ›Pippa wies sie zurecht: „Wenn du dich nicht besser um Blaze kümmerst, wird jeder den schaurigen Abgrund in dir sehen.“‹ *Den schaurigen Abgrund!* Suzie, das ist erstklassig!«

»Ich weiß.« Suzie gab vor, sich vor Lachen zu kugeln. Sie wäre lieber von einer Herde Ponys zu Tode getrampelt worden, als daß sie zugegeben hätte, noch vor wenigen Wochen von *Pippas Ponytage* gefesselt gewesen zu sein. Warum um alles in der Welt hatte sie das verflixte Buch bei ihrer Aufräumaktion nicht entdeckt? Jetzt würde sie das ewig zu hören bekommen.

»Sieh nur, diese dusselige Kuh hat Unmengen solcher Bücher geschrieben.« Amüsiert las Mina die Liste der Veröffentlichungen vor: »*Ein Pony für Pippa*, *Pippas Ponyabenteuer*, *Pippa und das perfekte Pony, Pippa prescht zum Sieg* – die Frau hat's aber mit den Ps, was? Das sind ja die reinsten Zungenbrecher. *Pippas Pony pichelt plötzlich Pferdepipi!*«

Diesmal war Suzies Lachen echt. Wie lächerlich das alles klang! Ihr war plötzlich klar, daß sie die Bücher nur gemocht hatte, weil sie so unfreiwillig komisch waren.

»Was hältst du davon?« Mina hüpfte begeistert auf ihrem Bett auf und ab. »*Pippas Pony platzt der Pelz!* oder *Pippa promeniert zum Ziel!*«

»Hahaha!« Suzie hielt sich den Bauch. Sie lachte so sehr, daß es schon weh tat. Sie hatte seit Ewigkeiten nicht mehr so gelacht.

Später wollte Mina wissen: »Du hast nicht zufällig noch mehr davon?«

»Ich glaube nicht, aber ich kann ja mal nachsehen.«

»Kann ich das hier mitnehmen? Rupe wird sich in die Hose machen vor Lachen.«

»Nimm nur«, meinte Suzie ohne Bedenken. Die Pippa-Bücher waren sowieso für sie gestorben.

Obwohl es für Caro haufenweise Mehrarbeit bedeutete, genoß sie insgeheim Sandras freie Tage, weil sie dann die Küche im Herrenhaus für sich allein hatte. Sie liebte das gesamte Haus, doch in vielerlei Hinsicht war sie in der Küche am glücklichsten, dieser gemütlichen Mischung aus altmodischem Charme und moderner Zweckmäßigkeit. Ein schwerer Gasherd hatte den alten Küchenherd ersetzt, während die viktorianischen Schränke und die Anrichte erhalten geblieben waren, ebenso wie die Steinfliesen und der riesige Tisch, dessen Kiefernplatte sich nach mehr als einem Jahrhundert zu einer wunderschönen hellen Maserung abgenutzt hatte. Es gab eine große, kühle Speisekammer, einen praktischen Allzweckraum und mehrere begehbare Schränke, und von der enormen Spüle in der Spülküche hatte man einen phantastischen Blick über die gepflegten Rasenflächen bis hin zum Kräuter- und Obstgarten.

Wahrscheinlich weil ihre Eltern ihnen einen riesigen Gefallen damit taten, sie beinahe mietfrei in der Lodge wohnen zu lassen, hielt Caro an der Überzeugung fest, daß ihre Eltern nicht in der Lage waren, für sich selbst zu sorgen, und an Sandras freien Tagen bestimmt verhungert wären, wenn sie nicht für sie gekocht und sie zu ordentlichen Mahlzeiten genötigt hätte. Twinks und George hatten nichts dagegen, sie in diesem Glauben zu lassen, und nach etwa einem Jahr unter Caros Pflege war ja auch etwas Wahres dran.

Nachdem sie Hamish gefüttert hatte, stellte Caro den Hack-Kartoffel-Auflauf und die Apfelcharlotte auf dem Küchentisch bereit und deckte beides mit einem Fliegennetz ab.

Ihre Eltern waren, wie immer zu dieser Tageszeit, im Salon, George trank einen Whisky Soda, und Twinks nippte an einem Gin Tonic.

»Das Abendessen steht auf dem Küchentisch«, verkündete Caro. »Schiebt es nachher einfach noch einmal zehn Minuten in den Ofen.«

Normalerweise hätte Caro George und Twinks jetzt ebenso langatmige wie komplizierte Anweisungen für das Aufwärmen eines jeden Gerichts gegeben, um dann nach Hause zu sausen und dort mit der Vorbereitung für das Abendessen ihrer eigenen Familie fortzufahren, doch an diesem Abend lag ihr etwas Wichtigeres auf dem Herzen.

»Papa, du mußt mir versprechen, daß du nicht mehr auch nur in die Nähe von Ted Seddens Farm gehst. Zumindest nicht allein. Ich verstehe nicht, was du dir dabei gedacht hast.«

»Na, na, Caro, ich mußte dem Kerl doch mal die Meinung sagen.«

»Aber es hätte alles Mögliche passieren können.«

»Ich war nicht in Gefahr. Ich hatte doch mein Gewehr dabei.«
»Himmel, um so schlimmer. Was wäre denn gewesen, wenn du den Hippies zufällig begegnet wärest?«
George, der schon zu Beginn ihrer Unterhaltung erstaunlich selbstzufrieden ausgesehen hatte, machte nun einen noch selbstgerechteren Eindruck. »Wer sagt denn, daß ich ihnen nicht begegnet bin?«
»Was!«
»Es gab nur ein kleines Scharmützel, nichts, womit ich nicht hätte fertig werden können.«
»Das hast du mir ja gar nicht erzählt.«
»Du hast auch nicht danach gefragt.«
»Was ist denn passiert?«
»Ich bin auf ein paar dieser schrecklichen Weiber gestoßen. Sie haben gerade Wasser geholt oder so etwas. Ich hab noch nie zwei entsetzlichere alte Vetteln gesehen. Ich habe ihnen aber ganz schön den Marsch geblasen. Jetzt wissen sie wenigstens, worauf sie sich gefaßt machen können, wenn sie sich je auf meinen Grund und Boden wagen.«
»O Papa, was hast du denn gesagt?«
»Hm. Ich kann mich an den genauen Wortlaut nicht erinnern.«
»Ich hoffe wirklich, sie haben dich nicht bedroht.«
George runzelte die Stirn. »Verdammt unflätig. Und sie rochen abscheulich.«
Twinks hatte sich erhoben, um sich einen weiteren Drink einzuschenken. Sie trug einen leichten Wollrock in einem weichen Enzianblau und einen Kaschmirpullover in einem dunklen Hyazinth, der die Blässe ihrer Perlen und ihres Haares betonte.
»Es hat keinen Sinn, deinen Vater von etwas abhalten zu wollen, was er sich nun einmal in den Kopf gesetzt hat, Caro-

Liebling«, sagte sie und tat die Besorgnis ihrer Tochter mit einem kurzen Lachen ab. »Er tut immer nur, was ihm paßt, das war doch schon immer so. Glücklicherweise weiß er, wie man Resultate erzielt.«

»Na, wir wollen's hoffen. Du liebe Güte, Mama, das ist aber ziemlich viel Gin.«

»Mir ist die Hand ausgerutscht. Nein, laß nur, es ist schon Tonic drin, deshalb kann ich es nicht mehr zurückgießen. Ich werde das meiste wahrscheinlich gleich wegschütten.«

Caro überlegte angestrengt, ob sie vielleicht noch etwas vergessen hatte, etwas, wodurch sie ihre Eltern vielleicht noch ein Weilchen vor ihrer sonstigen Isolation bewahren konnte, doch ihr fiel nichts ein.

»So, wenn ihr jetzt wirklich alles habt, was ihr braucht, mache ich mich lieber mal auf den Weg. Die Horde zu Hause wartet auch noch auf ihre Fütterung. Papa, versprich mir, von jetzt an nicht mehr vorzupreschen, um die Hippies allein zur Rede zu stellen.«

»Ich bin nicht vorgeprescht«, wandte George beleidigt ein und fügte dann stirnrunzelnd hinzu: »Trotzdem müssen wir irgendeine andere Möglichkeit finden, um Druck auf den Kerl auszuüben; auf die Stimme der Vernunft will er ja anscheinend nicht hören. Und für die Zwischenzeit habe ich noch ein, zwei kleine Überraschungen für diese Zigeuner geplant, falls es ihnen je einfallen sollte, hierher zu kommen.«

»Du lieber Himmel, was denn für Überraschungen?«

Er lächelte nur. »Das wirst du schon noch früh genug erfahren.«

Es war ein so schöner Tag gewesen, vielleicht sogar der letzte Sommertag des Jahres, deshalb war Caro zu Fuß zum Herrenhaus gegangen, obwohl sie dadurch fünf Minuten Zeit verlor und zu Hause doch in Arbeit erstickte. Nachdem sie die

Einfahrt hinunter und quer über den Rasen zum Seitentörchen geeilt war, erlaubte sie sich den Luxus einer kurzen Pause. Das Herrenhaus lag malerisch im letzten Licht der untergehenden Sonne, und Caro spürte, wie sich ihr Herz zusammenzog. Die Fenster des oberen Stockwerks schimmerten bronzefarben, und über den gestreiften Rasen breiteten sich die Schatten aus wie vergossene Tinte.

Natürlich würde ihr älterer Bruder William, der nur selten zu Besuch kam, das Herrenhaus nach Georges Tod erben. Er würde auch die Lodge und Rose Cottage sowie ein paar andere Gebäude bekommen, die schon immer zum Herrenhaus gehört hatten. Es war, wie George sagte: Es gab keinen Grund, alles aufzuteilen. William arbeitete für eine Handelsbank. Er hatte eine Exfrau namens Felicity und drei erwachsene Kinder und jetzt auch eine neue Frau, Laura, deren Familie Immobilien in Norfolk besaß. Er und Laura hatten zwei Jungen im Vorschulalter. Ihnen gehörte ein Haus in Richmond und ein Landhaus in der Normandie; Felicity hatte das Haus in der Nähe von St. Alban behalten, wo sie und William gelebt hatten. Das war natürlich mit hohen Ausgaben verbunden, und Laura beschwerte sich stets darüber, wie knapp sie bei Kasse wären. Wenn George starb, würden William und Laura die fünf Häuser in Briarswood übernehmen, und Jim und Caro würden ihre Mieter werden. Manchmal stieg in Caro durchaus ein eigentümliches Gefühl auf, wenn sie daran dachte, doch sie zog es gar nicht erst in Betracht, wirklich böse darüber zu sein. William war schon immer anders behandelt worden als sie, aber sie hatte ihn über alles geliebt, und weil sie diejenigen, die sie liebte, gerne glücklich sah, war es schon in Ordnung so. Sie hatte nie Zeit für dieses ganze Frauenbewegungszeug gehabt – im wahrsten Sinne des Wortes keine Zeit, denn als das gerade in Mode gewesen war, hatte sie mehr als genug mit ihren drei kleinen Mädchen zu tun gehabt, ne-

benbei ein Auge auf Jims Karriere geworfen und dafür gesorgt, daß sie trotz seines lächerlichen Gehalts ein gemütliches Zuhause hatten. Da war ihr keine Zeit geblieben, zu irgendwelchen Treffen zu rennen und herumzujammern, wie es einige der Professorenfrauen getan hatten. Ihr fehlte jegliches Verständnis für diese Frauen, die einem ein schlechtes Gewissen einreden wollten, wenn man seine Weiblichkeit genoß. Wenn überhaupt, so löste die Ungleichheit zwischen ihren eigenen und den Zukunftsaussichten ihres Bruders nur ein undeutliches Gefühl des Versagens in ihr aus. Wenn sie im Vergleich zu William so schlecht abschnitt, dann war das vermutlich ihre eigene Schuld. Obwohl sie manchmal der Meinung war, er und Laura könnten sich ruhig mehr um George und Twinks kümmern.
In diesem Augenblick freilich, als sie über die herrlichen Rasenflächen hinweg die Hausfassade betrachtete, an der sich einige der Glyzinenblätter bereits zu diesem hübschen Buttergelb verfärbten, empfand sie hauptsächlich Liebe und Stolz. Das Herrenhaus repräsentierte all das, was das Beste und Wichtigste im Leben war: Beständigkeit, ein Sinn für die Vergangenheit, und dafür, wie man Sachen richtig anging. Twinks und George ermöglichten es ihr, sich als Teil dieser Tradition zu fühlen.
Der Weg vom Seitentor zur Dorfstraße war stets wie ein Schock, weil man in die moderne Welt katapultiert wurde: Die Wohnsiedlung am Rande des Dorfes, die weniger als achthundert Meter entfernt vorbeiführende Hauptstraße und eine Handvoll geschmackloser Bungalows. Und die Lodge selbst, die ein ziemlich häßlicher Kasten war.
Caro entdeckte auf der Straße vor sich zwei Personen, die sie sofort als Hippies identifizierte. Sie hatten grauenhaftes Haar, trugen schlabberige Hosen und schwere Stiefel und wirkten, da auch noch zwei magere Hunde neben ihnen her-

sprangen, ziemlich bedrohlich. Caro war erleichtert, daß sie schon fast bei der Lodge angelangt war und nicht mehr an ihnen vorbeigehen mußte. Sie trugen etwas bei sich, das verdächtig nach mehreren Paletten Bier aussah. Unter gewöhnlichen Umständen wäre sie jetzt beunruhigt gewesen; da sie aber noch unter dem friedlichen Einfluß des Herrenhauses stand, taten ihr die beiden beinahe leid. Die Ärmsten, wahrscheinlich würden sie in ihrem ganzen Leben keinen Fuß in solch ein Gebäude wie ihr Herrenhaus setzen; sie hatten gewiß nicht das Glück gehabt, in einem solchen Zuhause groß zu werden, und hatten bestimmt auch nicht so wundervolle Eltern wie George und Twinks. Es mußte schrecklich sein, nicht mit dem hohen Lebensstandard aufzuwachsen, wie sie ihn immer für selbstverständlich gehalten hatte. Wahrscheinlich empfanden sie sogar schon die armselige alte Lodge als herrschaftliches Haus.
Sie brachte sich schnell im Haus in Sicherheit. Sie hatte schreckliche Geschichten über Obdachlose und Hausbesetzer gehört, die einfach irgendwo eindrangen und mitnahmen, was ihnen gefiel. Plötzlich hatte sie Angst bekommen, die beiden Hippies könnten vor ihr ins Haus schlüpfen und ihr ihr Recht streitig machen.

Vorsichtig sog Suzie den Rauch ein. Sie hatte zwar schon einoder zweimal richtige Zigaretten geraucht, doch Minas Selbstgedrehte waren um einiges stärker.
»Was hältst du von dem Idioten?« Mina hob die Hand an die Stirn, um ihre Augen vor dem gleißenden Sonnenlicht zu schützen, und lehnte sich in die Kissen zurück. Sie hatte ein rundes Gesicht, dessen kindliche Pausbacken sich auch mit noch soviel Make-up nicht kaschieren ließen. Glücklicherweise fanden ihre Rauchexperimente auf der Hollywoodschaukel statt, die sich außer Sichtweite des Hauses und, was wesent-

lich wichtiger war, außer Riechweite von Caros empfindlicher Nase befand.

»Ich frage mich, ob er zur Schule geht«, überlegte Suzie laut. Ihr Ausflug zur Senke lieferte viel Spekulationsstoff.

»Das glaube ich nicht. Jedenfalls hat er kein Benehmen.«

»Hm.« Suzie zog ein weiteres Mal an der Zigarette. Ihr wurde langsam übel, aber das wollte sie sich auf keinen Fall anmerken lassen. Sie hatte auch keine Lust, einen Kommentar zu Minas Reaktion auf den Jungen abzugeben. Sie war davon überzeugt, daß man kleine Jungs nicht beschimpfen sollte, egal wie unverschämt sie auch gewesen sein mochten, weil man dadurch ein schlechtes Vorbild abgab. Ihr war jedoch nicht entgangen, daß es zwischen Mina und dem Jungen etwas Verbindendes gab, wovon sie mit ihrer ewigen Freundlichkeit ausgeschlossen war.

»Um den Hund mache ich mir ja viel mehr Sorgen«, bemerkte Mina.

»Ich weiß. Er war ganz verkrüppelt und grün. Es ist schrecklich.«

»Er hat bestimmt eine furchtbare Krankheit, Faulbrand oder so was, und sie sind zu geizig, ihn zum Tierarzt zu bringen.«

»Es ist wirklich grausam.«

»Wir sollten was unternehmen, um ihm zu helfen.«

»Hm.«

»Wir müssen eine Möglichkeit finden, ihn zu retten. Das sind ganz offensichtlich keine guten Hundehalter.« Mina dachte eine Weile nach und meinte dann bestimmt: »Ich glaube, wir werden ihn entführen müssen.«

»Was?«

»Das ist die einzige Möglichkeit. Wir müssen das arme Tier da wegholen, bevor es an seinen schlimmen Verletzungen stirbt.«

»Wir können doch nicht einfach einen fremden Hund kidnap-

pen, Mina. Du bist verrückt.« Suzie kicherte, wünschte sich kurz danach jedoch, sie hätte es lieber gelassen, weil sie merkte, welche Auswirkung das Rauchen auf ihren Magen hatte.
»Wir können ihn aber auch nicht einfach seinem Schicksal überlassen.«
»Warum rufen wir nicht beim Tierschutzverein an, die wissen doch bestimmt, was zu tun ist. Wir geben so eine Art anonymen Hinweis.«
Mina sah entsetzt aus: »Das ist so hinterlistig, als würde man hinter dem Rücken anderer Leute Lügen über sie verbreiten. Wir müssen ganz offen für den Tierschutz eintreten. Das Problem ist nur: wie?«
Suzie kannte Minas Vorliebe für gewagte Pläne noch aus früheren Zeiten. Neun von zehn Male blieben sie bloße Theorie ... doch da war ja immer noch das zehnte Mal, vor dem man auf der Hut sein mußte. Ihr Magen kribbelte nervös. Möglicherweise lag es aber auch nur am Rauchen.
»Vielleicht können wir ihn einfach weglocken«, schlug Suzie wenig begeistert vor. »Wir binden einen Knochen an eine Schnur, wedeln damit herum und versuchen, ihn so in den Wald zu locken.«
»Die Witterung verliert sich im Wasser. Wir müßten etwas mit einem ganz starken Geruch verwenden, so was wie Leber. Dann könnten wir ihn zum Tierarzt bringen.«
»Das könnte funktionieren«, meinte Suzie, die insgeheim froh darüber war, daß dieser Plan so weit hergeholt war, daß selbst Mina ihn nicht in die Tat umsetzen würde.
»Ist alles in Ordnung, Sooz? Du siehst irgendwie grün aus.«
»Klar.« Sie brachte nur diese eine Silbe heraus.
Als sie sich hinter der *cupressus leylandii* übergab, fragte sich Suzie, ob Mina vielleicht noch etwas anderes in den Tabak getan, es jedoch nicht für nötig gehalten hatte, ihr das zu sagen.

Am Sonntag regnete es. Es regnete so heftig, daß Mina eine Ausrede erfand, um in die Stadt zurückkehren zu können, und da Suzie keine Idee hatte, wie sie ihren Gast an einem verregneten Tag auf dem Land unterhalten konnte, war sie darüber in erster Linie erleichtert. Die Leute begannen, ihre Wintersachen hervorzukramen, und Bumpkin hinterließ nach jedem Spaziergang dicke, matschige Pfotenabdrücke im Haus. Man sah die neuen Bewohner der Senke kaum, und das Wenige, was man von ihnen mitbekam, war nicht besonders vertrauenerweckend.

Am Montag morgen regnete es immer noch, und Lydia entdeckte drei neue undichte Stellen in der Decke ihrer Anbauküche. Vielleicht um das Geräusch des Regens zu übertönen, der auf das gewellte Plastikdach trommelte und in die verschiedenen Töpfe und Schalen auf dem Fußboden tropfte, schaltete sie das Radio ein und hörte eine bekannte Stimme.

»Hallo, Vera. Hier spricht Dr. Gordon. Ja, Vera, das Problem muß Ihnen ja peinlich sein, und ich kann gut verstehen, warum es Ihnen schwerfällt, darüber zu reden. Ich möchte Ihnen dafür danken, daß Sie das Thema angesprochen haben.« Lydia stöhnte und machte eine Grimasse in Richtung des Radios. Die Stimme fuhr fort: »Sie sind von etwas betroffen, das wir Mediziner als Streßinkontinenz bezeichnen. Üblicherweise geht das eher mit Niesen oder Husten einher, aber es gibt eine Reihe von Frauen wie Sie, Vera, die auf dem Höhepunkt des Geschlechtsaktes … in dieser Form die Kontrolle verlieren –« Lydia ließ einen Schrei los und schleuderte ein Brotkügelchen in Richtung Radio. »Selbstverständlich ist das sehr unangenehm, aber sie sind mit diesem Problem auf keinen Fall allein, Vera. Jedenfalls nicht in dieser Hinsicht!«

»Bah«, rief Lydia. »Laß doch die arme Frau in Ruhe!«

»Nein, Vera, bedauerlicherweise gibt es dafür noch kein Heilmittel, aber es gibt ein, zwei Dinge, die Sie vielleicht einmal ausprobieren könnten, weil sich das Problem dadurch ein wenig –«

Lydia beugte sich vor und drückte auf den Ausschalter, so daß nur noch das stetige Prasseln der Regentropfen zu hören war. »Vielen Dank, Dr. Gordon Fairchild, das war wirklich genug für einen Tag.« Sie zündete sich eine Zigarette an. Komischerweise stieg schon beim bloßen Zuhören der starke Drang in ihr auf, sich eine Zigarette anzuzünden und sich all den selbstzerstörerischen und kindischen Instinkten hinzugeben, die ihm immer so fremd gewesen waren.

Sie hatte das Radio nur deshalb eingeschaltet, um sich daran zu erinnern, warum sie sich hier in diesem zugigen, undichten, einsamen kleinen Häuschen befand und nicht in Dr. Gordon Fairchilds robustem viktorianischen Haus in Südlondon. Die Stimme ihres Mannes war wie geschaffen fürs Radio: klangvoll und gelassen und mit einem leichten schottischen Akzent, der so beruhigend wirkte. Dr. Gordon, der Rundfunkarzt, der sich so engagiert und einfühlsam um all die Probleme kümmerte, die in einem Gespräch von Angesicht zu Angesicht zu peinlich waren. Wie durch ein Deodorant fürs Ohr wurden all diese unappetitlichen, dunklen kleinen Geheimnisse seiner Hörer durch seine Stimme sterilisiert. Es erstaunte Lydia immer wieder, daß viele Menschen anscheinend erst vor einem Millionenpublikum ein Geständnis ablegen mußten, um ihre Probleme lösen zu können. Merkwürdig, daß es Privatsphäre nur noch vor einem riesigen Publikum gab. Natürlich würde Vera (das war nicht ihr richtiger Name) nicht in die Praxis ihres Hausarztes stürmen, um dort ihre Probleme im Computer speichern zu lassen, so daß alle sich darüber lustig machen konnten. Der Moment, in dem der Ratschlag über den Äther ging, konnte durchaus eine Wende in Veras Leben (das war nicht ihr richtiger Name, aber ihre Freunde und Nachbarn mußten doch ihre Stimme wiedererkennen?) und dem Leben

ihres leidgeprüften Mannes bedeuten. Keine Frage, Dr. Gordons Programm befriedigte ein nationales Bedürfnis.
Er hatte aber nicht nur eine tolle Stimme, er war auch ein in traditionellem Sinne attraktiver Mann. Er war ein Mann, der eine anständige Frau und eine Familie verdient hatte. Lydia rutschte unruhig auf ihrem Stuhl hin und her. Jedesmal, wenn sie sich Gordons Sendung anhörte, wurden ihre Schuldgefühle reaktiviert, doch es war nicht der Drang nach Selbstbestrafung, der sie dazu brachte, seine dreimal wöchentlich ausgestrahlte Sendung einzuschalten. Vielleicht wollte sie nur seine Stimme hören und wissen, daß er trotz allem weitermachte, gesund und produktiv war, und daß er alles unversehrt überstanden hatte. Vielleicht wollte sie sich auch vor Augen führen, was sie zurückgelassen hatte und warum. Es war beinahe ein Luxus, diese ungeheuer weise und beruhigende Stimme zum Schweigen bringen zu können. Welche Erleichterung, Dr. Gordons ruhigen und wohlüberlegten Worten *nicht* zuhören zu müssen. Die Erleichterung war so groß, daß sie sie beinahe körperlich spüren konnte.
Sie lächelte vor sich hin und schaltete dann das Radio wieder ein. »... wirst das früher oder später mit deiner Mutter besprechen müssen, Gavin ...« Klick, und weg war er. Sie war seiner klebrigen, nicht enden wollenden Vernunft entkommen.
Sie lehnte sich auf ihrem wackeligen Stuhl zurück und lauschte auf den Regen. Sicherlich gab es etwas Produktives und Sinnvolles, das sie an einem solchen Morgen hätte tun sollen, doch sie hatte keine Ahnung, was es wohl sein könnte. Ihr Brief an Charlotte in ihrem Mittelmeerrestaurant lag unter einem zur Hälfte gelesenen Taschenbuch und einigen leeren Briefumschlägen begraben. »Tintenfisch für die Tadellosen«, schrieb sie, bevor sie wie üblich ins Stocken geriet. Sie bemühte sich ja noch nicht einmal ernsthaft.

Jim hatte auf dem Weg nach Edleston bei ihr vorbeigeschaut, um ihr auszurichten, daß George eine Firma damit beauftragt hatte, Fensterschlösser bei ihr einzubauen, und um nachzufragen, ob sie irgend etwas aus der Stadt brauchte. Sie hatte es verneint und sein Angebot abgelehnt, ihn trotzdem zu begleiten – um ein bißchen rauszukommen, was, wie sie wußte, nur eine Umschreibung dafür war, daß sie nicht im Rose Cottage herumhängen und gar nichts tun sollte.

Sie hätte eigentlich malen sollen. Die Herausforderung, etwas Sinnvolles zu tun, war doch Anreiz genug. Es hatte schließlich keinen Sinn, darüber nachzugrübeln, wie ihr Leben hätte weiter verlaufen können, das an jenem 15. Mai geendet hatte, noch bevor es überhaupt richtig angefangen hatte.

Nicht zum ersten Mal kam es ihr in den Sinn, daß sie vielleicht immer noch die aktuelle Mrs. Gordon Fairchild wäre, wenn sie nicht diese Fehlgeburt gehabt hätte.

Gordon hatte seine eigene Trauer beiseite geschoben, um sie besser unterstützen zu können. Natürlich hatte sie damit gerechnet, daß sie eine gewisse Trauer verspüren würde, aber mit diesen plötzlichen, völlig irrationalen Wutausbrüchen hatte sie nicht umgehen können. Und Gordon hatte zu jenem Zeitpunkt mit all seinen Mitleidsbekundungen nur noch Öl ins Feuer gegossen. Wie um alles in der Welt hätte sie weiterhin herumschreien und Sachen durch die Gegend werfen können, wo er doch so verdammt vernünftig blieb? »Nein, nein, Liebling, wein du ruhig, dann wirst du dich besser fühlen ... nicht daß es einen Grund gäbe, warum du dich besser fühlen *solltest*, so habe ich es nicht gemeint, jedenfalls jetzt noch nicht. Keiner versucht, dich dazu zu bringen, zu ... Oje, vorsichtig, Schatz ... Na ja, nicht so schlimm, es war ja nur eine alte Blumenschale ... Ja, ich weiß, daß es eine Antiquität war, du hast ganz recht, na gut, ein Erbstück, wenn du so willst ... aber sie ist doch längst nicht so wichtig wie ...«

Lydia schüttelte den Kopf wie ein Cockerspaniel, der Wasser in die Ohren bekommen hat. Hätte sie seine Stimme in ihrer Erinnerung doch genauso leicht ausschalten können wie das Radio.

Gordon hatte verständnisvoll reagiert, weil er davon ausgegangen war, daß sie um ihr Baby trauerte, aber ihr Schmerz war wesentlich tiefer gegangen. Die Fehlgeburt hatte ihre schlimmsten Befürchtungen über sich selbst bestätigt: Ein grundlegender Makel haftete ihr an, und sie konnte einfach nichts zu Ende bringen. Nicht einmal diese grundlegendste aller weiblichen Aufgaben konnte sie bewältigen: Nachwuchs in die Welt zu setzen.

Sie war Jim an einem Junimorgen auf der Tottenham Court Road über den Weg gelaufen, und sie hatten zusammen Kaffee getrunken. Seltsamerweise war er mit ihr in ein Café in Heals gegangen, das er traditionell bei Londonaufenthalten mit Caro besuchte. Dort, inmitten der gediegenen Frauen, hatte Lydia ihn – soweit es ihr möglich war, ohne ihre Tasse gegen die Wand zu schleudern oder in lautes Schluchzen auszubrechen – auf den neuesten Stand gebracht. Jim hatte geflucht und gemeint: »O Lydia, das ist ja fürchterlich.« Nach einer Weile hatte er wissen wollen: »Warum machen einen Tragödien bloß immer so wütend?« Und obwohl Lydias beinahe körperlicher Schmerz dadurch nicht geringer geworden war, hatte sie doch gespürt, daß sich etwas verändert hatte.

Sie hatte erwähnt, daß sie einen Tapetenwechsel brauchte. Er hatte Rose Cottage ins Spiel gebracht. Als sie Gordon von ihrem Vorhaben berichtet hatte, war er furchtbar verständnisvoll gewesen, obwohl er eigentlich nur ungern in einem Haus allein gelassen werden wollte, in dem es ein überflüssigerweise mit Häschen und Blümchen tapeziertes Zimmer gab, und das hatte ihr bestätigt, daß sie die richtige

Entscheidung getroffen hatte. Und dafür haßte sie sich nur um so mehr.
Jetzt war sie sich nicht mehr sicher, ob überhaupt irgendeine Entscheidung jemals wirklich richtig war. Sie hatte jedenfalls nicht das Gefühl, wieder gesund zu sein. Ihre Trauer hatte sich lediglich in einen dumpfen Schmerz verwandelt. Sie befand sich in einer seelischen Einöde, die weder Gesundheit noch Krankheit bedeutete. Gordon hätte zweifellos gesagt, daß es sich um eine Station auf dem Wege der Besserung handelte, doch glücklicherweise mußte sie ihn das nicht tatsächlich sagen hören.
Sie war vor dem armen Gordon geflüchtet. Aber wohin jetzt?

»Ich mache mir Sorgen um Lydia«, sagte Jim am Abend zu Caro.
Caro blickte von ihrer Inneneinrichtungszeitschrift auf. »Warum? Was hat sie denn?«
»Ich mußte heute morgen bei ihr vorbeischauen«, erklärte Jim, »weil George wollte, daß ich mit ihr einen Termin vereinbare, zu dem der Handwerker die Fenstersicherung einbauen kann. Er ist besorgt um ihre Sicherheit. Es schien soweit alles in Ordnung mit ihr zu sein; ich kann es nicht so genau erklären. Und das Dach von Rose Cottage leckt ganz fürchterlich.«
»Dann sollte sie es mal reparieren lassen.« Caro umkringelte eine der Kleinanzeigen. Es war eine Firma, die Imitate altmodischer Vorhanghalterungen produzierte. Sie würden mehr Licht in diese entsetzlich winzigen Räume lassen und gut zu den Vorhängen passen – das hoffte sie zumindest.
»Aber, Caro, sie hat doch gar kein Geld.«
Caro warf ihm über den Rand ihrer Brille hinweg einen strengen Blick zu. »Und? Sie wohnt doch dort ohnehin praktisch mietfrei und kann wohl kaum von meinen Eltern verlangen,

daß sie nur wegen ihr eine Generalrenovierung anleiern. Ich hoffe wirklich, daß sie sich nicht als eine dieser schrecklichen Mieter entpuppen wird, die nie mit irgend etwas zufrieden sind.«

»Du weißt genau, daß Lydia nicht so ist. Sie hat es ja nicht mit einer einzigen Silbe erwähnt. Aber während ich da war, konnte man die ganze Zeit hören, wie der Regen durch das Küchendach hereinströmte.«

»Außerdem verstehe ich nicht«, Caro schob ihre Brille hoch und umkringelte eine weitere Anzeige, »warum sie so tut, als hätte sie kein Geld. Ihr Herr Doktor muß doch ein Vermögen verdienen.«

»Vielleicht will sie ja nicht von ihm ausgehalten werden, solange sie getrennt von ihm lebt.«

Er konnte sehen, daß Caro über diese Möglichkeit aufrichtig verblüfft war. Lydias Bemühen um finanzielle Unabhängigkeit erschien ihr affektiert und inkonsequent, denn schließlich nahm sie sehr bereitwillig die Hilfe von George und Twinks in Form einer billigen Miete an. Warum sollte sie dann das ablehnen, was ihr Mann zu geben bereit war?

»Haben sie sich getrennt?« wollte Caro wissen. »Ich dachte, sie hätte lediglich einmal alleine Urlaub machen wollen.«

»Ich glaube, sie brauchte mehr Raum für sich.«

»Ich dachte, sie hätten ein großes Haus in Dulwich.«

»Darum geht es doch nicht.« Jim spürte ihr wachsendes Unverständnis für Lydias Situation und fügte hinzu: »Ich glaube, sie ist depressiv. Wahrscheinlich ist das eine ganz normale Reaktion nach einer Fehlgeburt.«

»Es ist doch kein Wunder, daß sie depressiv ist, wenn sie den ganzen Tag nur herumsitzt und heult!« echauffierte sich Caro, die häufig Ursache und Wirkung verwechselte. »Jeder würde depressiv werden, wenn er nichts zu tun hätte. Sie sollte mit der Grübelei aufhören und mehr unternehmen. Sie schien Wyndham neulich ja ziemlich beeindruckt zu haben. Vielleicht sollten wir die beiden mal zum Abendessen einladen.«

»Warum gerade ihn? Wir kennen ihn doch kaum.«

»Na ja, Jim, er lebt schließlich in Haddeley Hall, und es ist ja nur normal, daß wir früher oder später zu jedem, der in Hall wohnt, soziale Kontakte knüpfen.«

»Ich fand ihn nicht besonders sympathisch.«

»Auch wenn ich mir nicht vorzustellen wage, wie er sich dabei fühlen wird, in der Küche zu essen. Er hat ein gigantisches Eßzimmer in Haddeley Hall.«

»Ich kann jederzeit für ein Weilchen aus dem Arbeitszimmer ausziehen«, bot Jim ihr an. »Du könntest den Eßtisch dort hineinstellen.«

»Ach, Jim, mir würde ja nicht im Traum einfallen, dich so zu stören. Wenn ich alles einen Tag vorher vorbereite, könnte ich die Arbeitsflächen in der Küche freiräumen, damit es nicht so sehr nach Arbeit aussieht.« Zu Jims Erleichterung befanden sie sich jetzt auf vertrautem Terrain. Es hatte ihn geärgert, daß Caro Lydias undichtes Dach als einen Versuch interpretiert hatte, Geld aus George und Twinks herauszupressen, und Lydia nahm er übel, daß sie sich in den Sommermonaten im Rose Cottage nicht hatte aufmuntern lassen. Er fühlte sich deprimiert, wenn er sich vorstellte, Lydia könnte vielleicht ewig dort bleiben. Als er ihr damals Briarswood als Zufluchtsort vorgeschlagen hatte, war er davon ausgegangen, daß sie zum jetzigen Zeitpunkt längst wieder zu ihrem verlassenen Ehemann zurückgekehrt wäre. Er stimmte mit Caro darin überein, daß Lydia nicht gerade viel unternahm, um ihre Lage zu verbessern.

»Ich werde mal mit ihr reden«, meinte Caro später, während Jim und Bumpkin um eine Entwurmungstablette kämpften. »Vielleicht kann sie ja an der Schule aushelfen. Ann Robertson sucht noch eine Aushilfe bei den Leseanfängern. Das wäre viel besser, als nur herumzusitzen und vor sich hin zu brüten.« Aber wegen des Regens und weil eins zum andern kam, schaffte Caro es nicht, Rose Cottage einen Besuch abzustatten, und so konnte Lydia noch ein paar Tage länger vor sich hin brüten.

SECHSTES KAPITEL

Liebe Caro,
tausend Dank für die wunderschönen Tage auf dem Land. Das viele gute Essen und die frische Luft waren genau das, was ich gebraucht habe! Ich kann es kaum erwarten, Euch alle wiederzusehen. Mama läßt Euch herzlich grüßen und meint, Ihr sollt mal vorbeischauen, wenn Ihr das nächste Mal in der Stadt seid.
Alles Liebe,
Mina

Liebe Suzie,
bist Du schon vor Langeweile gestorben, oder hast Du den armen Hund entführen und vor seinem schrecklichen Schicksal erretten können? Seit meiner Rückkehr habe ich noch nichts von Mama gehört. Wahrscheinlich amüsiert sie sich mit Rupes Freunden in Wales, die blöde Kuh. Übrigens, vielen Dank, daß Du uns mit Pippa bekannt gemacht hast. Ich hatte schon Angst, Rupe würde umkommen vor Lachen, als ich ihm das Buch gezeigt habe, und er läßt Dich fragen, ob Du nicht bitte, bitte, BITTE, mehr davon auftreiben kannst? Er will einen Fanclub gründen. Was hältst Du von: *Pippa prügelt ein perverses Pony*? Du kannst uns jederzeit besuchen kommen, wir haben reichlich Platz und viel Spaß, jetzt wo Mama nicht den ganzen Tag lang hier rumjammert.
Bis bald,
Mina

Lydia verließ gerade mit einer Dose Sardinen, einem kleinen Laib Brot, einer Flasche Koch-Sherry und zehn Zigaretten den Laden, als sie beinahe mit Caro zusammengestoßen wäre. »Hallo, Caro, wie geht es Ihnen?« fragte sie automatisch und wollte weitergehen, aber Caro blieb stehen und rief: »Ach, Lydia! Mit Ihnen wollte ich gerade sprechen!«

»Ja?« Lydia brachte ein mäßiges Lächeln zustande.

»Ich habe gerade mit Ann Robertson in der Schule ein Schwätzchen gehalten. Sie sucht händeringend nach jemandem, der ihr beim Lesenachhilfeunterricht der Kleinen helfen kann, und da habe ich sofort an Sie denken müssen.«

»An mich? Warum denn gerade an mich?

»Weil Sie so gut mit Kindern umgehen können, Lydia!« Caro wußte, daß sie ihre Mission viel zu schnell angegangen war: Eigentlich hatte sie das Gespräch ganz beiläufig auf das Thema bringen wollen, aber diese zufällige Begegnung war ihr wie ein Geschenk des Himmels erschienen, so daß sie mit ihrem Anliegen sofort herausgeplatzt war. Als sie sah, daß Lydias Lächeln einem verschlossenen, eisigen Blick wich, wußte sie sofort, daß sie einen Fehler begangen hatte. Irgendwie schaffte Lydia es immer, daß Caro sich unbeholfen und plump vorkam, was ihr gleichzeitig unerklärlich war –, schließlich war Lydia überhaupt nicht imposant, und deshalb gab es also gar keinen Grund, warum Caro hätte eingeschüchtert sein sollen. Außerdem versuchte sie nur, ihr zu helfen. Sie riß sich zusammen: »Ich bin mir sicher, daß es Ihnen Spaß machen wird, wenn Sie erst einmal angefangen haben. Auf diese Weise kann man ja so gut neue Leute kennenlernen. Ich würde es auch selbst machen, wenn ich Zeit dazu hätte. Gehen Sie doch einfach mal bei der Schule vorbei, und fragen Sie nach Mrs. Robertson. Sie werden sie bestimmt mögen. Sie ist so begeisterungsfähig.«

»Das ist wirklich nicht meine Welt, Caro«, erwiderte Lydia kalt.

»Aber das können Sie doch erst wissen, wenn Sie es ausprobiert haben. Kleine Kinder können einen ja so gut auf andere Gedanken –« plapperte Caro ungerührt weiter. Lydia betrachtete sie mit zunehmender Abneigung. Sie entdeckte einen kleinen Make-up-Fleck auf Caros Nase. Lydia hatte sofort gemerkt, daß Caro sie bloß dazu bringen wollte, sich zusammenzureißen und aufzuhören, sich selbst zu bemitleiden. Und das nahm sie ihr wirklich übel.
Caro endete gerade: »Und sie müssen unbedingt zu uns zum Abendessen kommen. Wie wär's mit Freitag? Nichts Besonderes, nur ein familiäres Abendessen in der Küche.
Lydia fuhr sie an: »Soll mich das auch auf andere Gedanken bringen?«
»Wie bitte?«
Caro war so überrascht, daß sie einen Moment lang schwieg. Sie mußte Lydia irgendwie verletzt haben, auch wenn sie das gar nicht beabsichtigt hatte. »Ich wollte Sie nicht –« Sie brach ab, weil sie sich nicht für etwas entschuldigen konnte, von dem sie nicht einmal wußte, was es war.
»Schon gut, Caro, ich komme sehr gern zum Abendessen. Nur was das Unterrichten angeht, bin ich mir noch nicht so sicher.«
Caro runzelte die Stirn und überlegte weiter, woran ihr Unternehmen wohl gescheitert war. Dann schaute sie auf und nahm die beiden Hippies wahr, die sich gerade dem Laden näherten. Beide trugen schlabberige Sweatshirts und weite Hosen. Der Mann hatte stacheliges braunes Haar, und das dicke rote Haar der Frau war zu einem Pferdeschwanz zusammengebunden. Ein dünner, elend aussehender Hund sprang neben den beiden her, und sie kamen mit großen Schritten näher und vermieden jeglichen Blickkontakt. Caro legte ihre Hand auf Lydias Arm und zog sie beiseite, als die beiden an ihnen vorbeigingen und den Laden betraten. Der

Hund blieb draußen und schnüffelte an der Mülltonne herum.
»Sehen Sie sich das einmal an. Die haben ja überhaupt kein Benehmen. Die haben ja noch nicht einmal gegrüßt!«
Lydia löste ihren Arm aus Caros schützendem Griff. »Das haben wir doch auch nicht«, machte sie Caro aufmerksam.
»Haben Sie sie gerochen? Pfui, je eher die weg sind, desto besser.«
»Warum? Sie haben Ihnen doch gar nichts getan.«
»Noch nicht. Für Sie mag das ja alles gut und schön sein, weil Sie im Rose Cottage so abgeschieden sind, aber alle anderen sind schon ganz krank vor Sorge. Na, aber mein Vater meint, er wisse jetzt, wie man Ted Sedden unter Druck setzen kann. Mit ein bißchen Glück werden wir sie bald wieder los sein.«
»Tja, dann sollte ich mich wohl beeilen, ich hatte nämlich vor, ihnen mal einen Besuch abzustatten.«
»Wem?«
»Den Hippies.«
»Aber warum denn das?«
»Nur als freundliche nachbarschaftliche Geste. Und um herauszufinden, was der ganze Wirbel eigentlich soll.«
»Was, Sie wollen einfach so dort hingehen und sich vorstellen?«
»Wenn es sein muß. Das ist zwar ein bißchen unhöflich, aber schließlich werde ich sie wohl kaum bei einem geselligen Abendessen kennenlernen, oder?«
Caro öffnete den Mund, um Lydia zu widersprechen, klappte ihn dann jedoch verschwörerisch wieder zu, als das Pärchen den Laden verließ. Sie bedachte die beiden mit einem Blick, dem zu entnehmen war, wie zwielichtig sie sie fand. Die beiden trugen eine Plastiktüte voller Einkäufe bei sich.
»Hallo«, grüßte Lydia freundlich.
Das rothaarige Mädchen sah aus, als hätte sie diese Bemer-

kung erschreckt, aber als ihr klar wurde, daß Lydia sie gegrüßt hatte, grinste sie und erwiderte: »Hallo«, bevor sie an der Seite des Mannes, der weder einen Ton gesagt noch sie angeschaut hatte, davonging.

»Immerhin eine Erfolgsquote von fünfzig Prozent«, stellte Lydia zufrieden fest.

Caro fand das gar nicht komisch.

»Sie sind doch verrückt, diese Leute einfach besuchen zu wollen. Versprechen Sie mir wenigstens, daß Sie vorher jemandem Bescheid geben.«

»Warum?«

»Falls Ihnen etwas zustoßen sollte.«

»Was glauben Sie denn, was die tun werden? Mich entführen?«

»Lydia, die Leute tun für Drogen einfach alles. Die Drogen machen sie verrückt, das liest man doch immer wieder. Tragen Sie besser keinen Schmuck, und nehmen Sie kein Geld mit. Lassen Sie Ihre Handtasche zu Hause.«

»Ich besitze keine Handtasche. Hören Sie, Caro, Sie brauchen sich um mich keine Sorgen zu machen.« Dann grinste sie plötzlich und fügte hinzu: »Ich bin dafür bekannt, daß ich gut mit Tieren umgehen kann.«

»Was?«

»Ach, das war nur ein kleiner Insider-Witz.«

»Sie dürfen dort nichts anfassen. Die haben alle möglichen Krankheiten.«

»Caro, ich gehe bloß zu Ted Seddens Farm und fahre nicht den Limpopo einmal rauf und wieder runter. Hören Sie auf, sich Sorgen zu machen.«

Aber später, als sie sich auf dem Nachhauseweg befand, begann Lydia selber, sich Sorgen zu machen. Warum hatte sie Caro bloß gesagt, sie hätte vor, die jungen Leute zu besuchen? Bis zu dem Zeitpunkt war sie gar nicht auf die Idee gekommen, etwas Derartiges zu unternehmen. Doch nun mußte sie es auch zu Ende bringen. Aber wie sollte sie das nur anstellen? Sollte sie etwa zum erstbesten rostigen VW-Bus gehen, an die Tür klopfen und sich dem Bewohner mit den einfachen Worten vorstellen: »Hallo, ich heiße Lydia Fairchild und dachte mir, ich komme euch mal besuchen, um mit eigenen Augen zu sehen, ob ihr wirklich ein Haufen psychopathischer, kleptomanischer, drogensüchtiger und mordender Ausgeflippter seid, wie alle behaupten.« Sie konnte sich wirklich eine bessere Beschäftigung vorstellen. Daran war nur diese verflixte Caro schuld.

Caro fuhr mit einem Glas Marmite und einem halben Pfund Butter für George und Twinks im Range Rover zum Herrenhaus hoch. Anschließend wollte sie zur Lodge zurückrasen, um rechtzeitig zu Suzies Heimkehr aus der Schule zu Hause zu sein. Sie zerbrach sich immer noch den Kopf darüber, warum Lydia plötzlich so bissig geworden war. Caro war eine großherzige Frau und fand den Gedanken, sie könnte jemanden ungewollt beleidigt haben, einfach unerträglich.
Da fiel ihr eine mögliche Erklärung ein: Sie stöhnte laut auf. Wie hatte sie nur so taktlos sein können? Da hatte sie tatsächlich die Arbeit mit Kindern in den höchsten Tönen angepriesen, wo sich die arme Frau doch gerade von ihrer Fehlgeburt erholen sollte. Ach, die arme Lydia. Wie dumm und linkisch Caro auf sie gewirkt haben mußte. Kein Wunder, daß Lydia so zornig gewesen war.
Ihre Wangen brannten vor Scham, und Caro schwor sich, daß sie beim Abendessen am Freitagabend alle Register ziehen würde, um ihren Patzer wiedergutzumachen.

Wegen der starken Regenfälle am Anfang der Woche war der Pfad, der hinter Ted Seddens Farm entlangführte, ziemlich matschig. Lydia, deren linker Stiefel kürzlich knapp über dem Absatz gerissen war, suchte sich vorsichtig einen Weg durch die Pfützen. Die Luft war feucht und roch herbstlich. Gemäß ihrer Angewohnheit, ihren einmal gefaßten Plänen grundsätzlich zuwiderzuhandeln, machte sich Lydia, die sich eigentlich entschlossen hatte, mit ihrem Besuch bei den Hippies noch ein Weilchen zu warten, schon am folgenden Tag auf den Weg in die Senke. Da es so viele überzeugende Gründe gab, nicht dorthin zu gehen, war ihr klar, daß sie sofort handeln mußte, bevor die Zweifel ihre Wirkung zeigen konnten. Briarswood hatte eigentlich ein ruhiger Hafen für sie sein sollen, in dem sie ungestört ihre Wunden lecken konnte: Es war doch gerade Zweck der Übung, sich *nicht* einzumischen. Sie lief Gefahr, eine Tür zu öffnen, die sie dann nicht mehr würde schließen können. Welche Erwartungen würde sie mit ihrer Freundlichkeit in den Hippies wecken? Kein vernünftiger Mensch wollte freiwillig in einem verrosteten Wohnwagen leben, der bar jeglicher moderner Annehmlichkeiten war. Selbst wenn die sanitären Einrichtungen im Rose Cottage primitiv waren, stand ihre Überlegenheit gegenüber einem Eimer eiskalten Wassers völlig außer Frage. In ihrem Kopf tauchte ein Bild auf, das alles andere als beruhigend war: Ungewaschene Hippies schlängelten sich, je ein Handtuch über den Arm geworfen, bis zu ihrer Haustür die Treppe hinunter. Und wenn sie dann erst einmal geschrubbt und sauber waren, wie könnte Lydia sie dann wieder in ihre feuchten, unbehaglichen Wohnwagen zurückschicken? Wahrscheinlich würden sie auf ihrem Sofa übernachten wollen. Sie sah ihren Fußboden bereits von schmuddeligen Schlafsäcken übersät. Mal angenommen, es würden plötzlich Sachen verschwinden? Das meiste im Rose Cottage gehört ihr ja noch nicht einmal, weshalb sie bei ihrem Auszug alles Fehlende ersetzen müßte, und bei ihrer derzeitigen finanziellen Lage wäre sogar der Neukauf eines elektrischen Wasserkochers oder eines Toasters eine katastrophal hohe Ausgabe.

»Jetzt sei nicht blöd«, wies sie sich zurecht, »warum sollte jemand, der mitten auf einem Feld wohnt, einen Wasserkocher wollen? Oder einen Toaster?«

In ihrem Kopf ertönte eine Stimme, die erstaunlich nach Caros klang: »Selbstverständlich, um die Sachen zu versetzen und Drogen davon zu kaufen. Für Drogen würden die alles tun.«

Lydia zögerte. Sie hatte mit Briarswood nichts zu tun, und die Hippies gingen sie nichts an. Sie tat das jetzt doch nur aus reiner Dickköpfigkeit. Was wollte sie denn damit überhaupt beweisen?

Aber sie machte sich gar nicht erst die Mühe, diese Frage zu beantworten. Selbst wenn sie von den völlig falschen Motiven getrieben wurde, na und? Niemand war so anfällig für ein herausforderndes »Wetten, du traust dich nicht« wie Lydia. Sie hatte Caro gesagt, daß sie die Hippies besuchen wollte, und deshalb würde sie es auch tun. Sie wollte nicht, daß Caro sie für einen Feigling hielt. Für eine schlappe Heulsuse, na gut, aber nicht für einen Feigling.

Sie gelangte zum Tor am Ende des Weges und blieb stehen. Sie war angekommen.

Ihr erster Eindruck war der, daß es sich um eine Mischung aus Schrottplatz und Pfadfinderlager handelte. Die überall auf dem Feld verstreuten Autos, Last- und Wohnwagen wirkten baufällig: Man konnte sich kaum vorstellen, wie sie damit überhaupt heil hierhergekommen waren, geschweige denn, daß sie je wieder so verkehrstüchtig sein würden, um den Platz verlassen zu können.

Bei genauerer Betrachtung ließen sich in dem Chaos jedoch Anzeichen einer Ordnung entdecken: Neben einigen Fahrzeugen stapelte sich fein säuberlich Brennholz, Rauch stieg aus dem einen oder anderen behelfsmäßigen Schornstein auf, und offensichtlich hatte man den Versuch unternommen, eine gemeinsame Feuerstelle zu errichten, indem man aus dünnen Zweigen eine Art Pyramide gebaut hatte, von der ein großer Kochtopf über der schwarzen Asche hing. Die herumstreunenden Hunde waren allerdings weniger ermutigend.

Lydia versuchte, die Erinnerung an einen gewissen Nachmittag in einem toskanischen Bergdorf beiseite zu schieben, unterdrückte ihr Unbehagen und öffnete dann das Tor. Sie sah sich nach dem Mädchen mit den roten Haaren um, das sie am Tag zuvor vor dem Laden gegrüßt hatte, aber es war nirgends zu sehen. Lydias Beklommenheit blieb, doch sie kämpfte dagegen an. Einige sehr große Hunde mit glattem Fell sprangen auf sie zu, um sie zu beschnuppern. Ihr fiel auf, daß die Tiere gar nicht bellten.

Da kam eine junge Frau mit langem braunen Haar auf sie zu. Sie hatte ein unscheinbares Gesicht und wirkte weder abweisend noch besonders freundlich.

»Hallo«, grüßte Lydia. Die Frau sah sie ruhig an, sagte jedoch nichts. »Ich dachte mir, es wäre höchste Zeit, endlich mal vorbeizukommen, um mich vorzustellen.«

Die Frau wartete.

»Ich bin wohl ihre nächste Nachbarin. Ich wohne im Rose Cottage auf dieser Seite des Dorfes.«

Die Frau sagte immer noch nichts.

Lydia entschuldigte sich verunsichert: »Ich hoffe, es stört Sie nicht, daß ich hier einfach so hereinschneie.«

»Natürlich nicht.« Die junge Frau war offensichtlich zu einer Entscheidung gelangt. »Wir bekommen hier nur äußerst selten freundlich gesonnenen Besuch. Möchten Sie eine Tasse Tee?«

»Gern, wenn ich Sie nicht störe.«
»Nein, überhaupt nicht. Kommen Sie rein.« Die junge Frau schenkte ihr ein unerwartetes, breites Lächeln, bevor sie zu einem grün-weißen Wagen voranging, vor dem ein paar Kisten als behelfsmäßige Treppe zusammengeschoben waren. Lydia bemerkte, daß es eines der Fahrzeuge war, aus dessen Kamin Rauch aufstieg.
Während sie der Frau folgte, spürte Lydia, wie sie ein Gefühl des Triumphes durchzuckte: »Lydia Margaret Mead«, dachte sie in dem seriösen Tonfall eines Fernsehsprechers, »die unerschrockene Anthropologin, hat erfolgreich die erste Barriere überwunden, um das Vertrauen des scheuen samoanischen Nomadenvölkchens zu gewinnen.«
Das Innere des Wagens war eine Mischung aus Verfall und Ordnung. Vor den Fenstern hingen Patchworkvorhänge, und eine gestickte Decke lag auf dem Bett, das den hinteren Teil des Wagens einnahm und teilweise von einem gebatikten Laken verdeckt wurde. Vier Glasbehälter mit selbstgebrautem Wein standen unter einem der Fenster, und auf einem Regalbrett befand sich neben ein paar zerlesenen Taschenbüchern eine blühende Geranie. Zudem hatte sich ein beachtlicher Teil von Ted Seddens Grund und Boden auf dem Fußboden verteilt, und in einer roten Plastikschüssel stapelte sich das schmutzige Geschirr. Ein gutaussehender Junge mit langem schwarzen Haar und das rothaarige Mädchen, dem Lydia bereits begegnet war, saßen nebeneinander auf etwas, das wie eine zusammengerollte Matratze aussah. Ihre Kleidung war nicht allzu sauber, aber davon abgesehen roch es im Wohnwagen nur nach Holzfeuer, Herbstmatsch und dem schweren, süßlichen Geruch, an den sich Lydia noch aus ihren eigenen Tagen des Haschrauchens erinnerte.
Die Frau stellte die beiden vor: »Das ist Terry und das hier Kate.«

Alle grinsten sich zu und sagten: »Hallo«, dann nannte Lydia ihren Namen.
»Und ich bin Hopi«, stellte sich ihre Gastgeberin vor.
»So wie dieser besonders friedliche Indianerstamm?«
»Genau.« Erneut leuchtete auf Hopis unscheinbarem Gesicht ein breites Lächeln auf. »Meine Eltern hassen diesen ganzen Prestigekram seit jeher, sie können ihn überhaupt nicht ausstehen.«
»In diesem Fall«, dachte Lydia, »müssen sie bei der derzeitigen Situation ihrer Tochter ja vor elterlichem Stolz beinahe platzen.« Terry und Kate waren auf der Matratze zusammengerückt, und Lydia ließ sich in die entstandene Lücke sinken. Hopi zog eine alte Teebüchse vom Regal.
»Teebeutel?« fragte sie. »Oder hätten Sie lieber Earl Grey?«

Während sie an ihrem Becher Earl Grey nippte, erfuhr Lydia ziemlich viel über Hopi und Kate, allerdings sehr wenig über Terry. Nachdem sich die jungen Leute sicher waren, daß sie keine Geheimagentin der »Bürgerwehr Briarswood« war, erzählten sie ihr von ihrem Leben im Camp und den Gründen für ihre Lebensweise.
Hopis Eltern waren Folkmusiker, die während Hopis Kindheit ein recht unstetes Leben geführt hatten. Hopi erzählte stolz, daß sie schon herumreiste, seit sie ein kleines Baby war, und daß sie sich gar kein anderes Leben vorstellen könnte. Ihre Schulbildung war zwar nicht besonders umfassend, doch was die Dinge betraf, die wirklich zählten, hielt sie sich für weitaus klüger als viele Menschen mit Examen und Qualifikationen, die immer völlig aufgeschmissen waren, sobald es um etwas Praktisches ging. Hopi hatte eine tiefe, sanfte Stimme, und ihr Gesicht wäre wohl unscheinbar gewesen, hätte sie nicht diese wunderschönen dunklen Augenbrauen besessen. Ihre Bewegungen waren langsam und bedächtig, und sie

wirkte wie ein recht nachdenklicher Mensch. Lydia konnte sich gut vorstellen, wie ihre Eltern an ihrer Wiege hartnäckig Protestlieder gesungen hatten.
Wie Terry hatte auch Kate mehrere Ohrringe in jedem Ohr, darüber hinaus allerdings auch noch ein oder zwei in der Nase. Sie war nicht so ernst wie Hopi. Sie erzählte Lydia, daß sie in einem riesigen Sozialwohnungsviertel am Rande Manchesters aufgewachsen war und es gehaßt hatte. Sie war mit ihrer Mutter und ihren Brüdern ganz gut ausgekommen (anscheinend war ihr Vater verschwunden, als sie noch ein Baby war, und seitdem nie mehr gesehen worden), hatte ihr Zuhause, die Straße, ja die gesamte Umgebung jedoch gehaßt, seit sie sich erinnern konnte.
»Überall nur Gewalt und Diebstahl«, schimpfte sie, »kleine Kinder konnten da nicht mal zum Spielen rausgehen. Abends ist man auf den Straßen nicht sicher. Ich besuche meine Mutter ein-, zweimal im Jahr, und jedesmal werde ich sofort nach meiner Ankunft krank. Man kann in ihrer Wohnung nicht richtig atmen, so stickig ist es da, und der Fernseher läuft die ganze Zeit. Das ist, als wär man im Knast.«
»Ja«, bestätigte Hopi, »ich habe vergangenes Jahr eine Tante besucht, die in einem Haus mitten auf dem Land lebt, und sie und ihr Mann haben da alles, was sie brauchen. Es ist schrecklich«, fuhr sie fort, und beschrieb dann das Haus ihrer Tante in einem Tonfall ungläubiger Schockiertheit. »Das ist, als wären die beiden in einer luftdichten Kiste eingeschlossen. Alles, was sie über die wirkliche Welt wissen, haben sie aus dem Fernsehen. Ihr Haus ist wie eine virtuelle Realität. Man glaubt, man würde leben, dabei ist es nichts als eine Illusion.«
»Hier im Camp ist immer etwas los«, bemerkte Terry.
Kate nickte zur Bestätigung. »Man kann kommen und gehen, wie es einem paßt, und jeder im Camp ist dein Freund. Wir

helfen uns gegenseitig aus. Du mußt nie deinen Kram wegschließen, du bist nie einsam. Es ist klasse …«

»Aber was ist denn mit Leuten, die Ärger machen? Wie sorgt ihr dafür, daß das Camp nicht von Leuten vereinnahmt wird, die nicht so denken wie ihr?«

»Das gibt's nicht«, erklärte Kate im Brustton der Überzeugung. »Alle hier teilen unsere Weltsicht.«

Hopi fügte hinzu: »Weißt du, wenn wir anfingen festzulegen, wer zu uns gehören darf und wer nicht, wären wir ja genauso schlimm wie all die Leute, die uns daran hindern wollen, auf ihrem exklusiven Fleckchen Land zu bleiben. Wenn Leute frei sind und mit Respekt behandelt werden, dann respektieren sie dich auch. Das ist toll.«

Lydia hatte einige Schwierigkeiten, diese Informationen zu verdauen. Sie war zwar davon ausgegangen, daß die Gerüchte in Briarswood übertrieben waren, aber sie hatte weder erwartet, Earl-Grey-Tee angeboten zu bekommen, noch mit solch überbordender Begeisterung für diese Lebensweise konfrontiert zu werden.

Schließlich sagte sie ein wenig ratlos: »Aber gibt es denn nichts, das ihr an eurer Lebensweise *nicht* mögt?«

Hopi dachte ernsthaft über diese Frage nach, Kate antwortete jedoch sofort: »Ach, der Streß, den uns die Leute machen, kann einen schon ziemlich runterziehen. Einen Tag, nachdem wir hier angekommen sind, ist so ein alter Knacker mit einem Gewehr aufgetaucht und hat uns beschimpft und bedroht und mit der Knarre rumgewedelt. Dabei wollten Hopi und ich bloß oben bei der Farm Wasser holen, und da marschiert er da rum und regt sich so auf, daß wir schon dachten, der hat vielleicht einen Anfall oder kriegt gerade einen Herzinfarkt oder so was. Also hab ich zu ihm gesagt: ›Passen Sie auf, was Sie mit dem Gewehr anstellen, Alter, das ist schließlich kein Spielzeug.‹« Hopi und Terry grinsten breit, während Kate

ihre Geschichte erzählte. »›Sie könnten jemanden damit verletzen. Sie könnten sich in den Fuß schießen, und was dann?‹ Puh, da ist der richtig ausgeflippt. Er fing damit an, sich über unsere Hunde aufzuregen, und meinte, daß man sie einschläfern lassen sollte. Und dabei hatte er so einen dicken, ekligen schwarzen Hund bei sich, und da hat Hopi ihn ganz ruhig und freundlich gefragt: ›Und was haben sie da bei sich? Einen vierbeinigen Papagei?‹ Da ist er so richtig ausgerastet, deshalb dachten wir uns, daß wir ihn lieber allein lassen, bevor er spontan explodiert oder so was.«
Hopi und Terry bogen sich vor Lachen. Hopi erholte sich als erste. »Alle glauben immer, daß wir klauen«, sagte sie, »das deprimiert mich manchmal ganz schön.«
»Genau«, stimmte Kate ihr zu. »Kaum sind wir aufgetaucht, kommen die örtlichen Langfinger auch schon aus ihren Löchern gekrochen. Für die ist dann die Jagdsaison eröffnet, weil sie ja wissen, daß man uns die Schuld in die Schuhe schieben wird.«
»In manchen Geschäften werden wir nicht mal bedient«, fügte Hopi hinzu, »und das ist wirklich ungerecht, weil wir immer bezahlen.«
»In den Pubs ist es das gleiche«, sagte Terry. »In die meisten Pubs dürfen wir nicht mal rein, wenn die wissen, daß wir zu den Hippies gehören. Wenn man in einen neuen Ort kommt, wo sie es noch nicht wissen, bedienen sie einen problemlos. Oder wenn man mit Freunden kommt, die nicht durch die Gegend ziehen. Aber wenn sie einmal wissen, daß du auch umherziehst, vergiß es.«
»Das ist nicht gerecht«, sagte Kate.
»Das ist Diskriminierung«, sagte Hopi. Aber keiner von beiden schien sich viel daraus zu machen.
Lydia hatte Mühe, alle Informationen zusammenzufügen. Sie erinnerte sich daran, wie Jim gesagt hatte, »sie haben nicht

umsonst einen so schlechten Ruf« und fragte: »Was glaubt ihr denn, warum die Leute so unfreundlich zu euch sind?« Kate meinte sofort: »Daran sind die Medien schuld – die Zeitungen und das Fernsehen. Sie erfinden so viele Geschichten über uns. Die ganze Zeit regen sie sich nur darüber auf, daß wir Leute entführen und Babys fressen und so etwas. Die Leute müssen uns alle für Satanisten oder durchgeknallte Hexen halten –« Bei dem Gedanken an ihren diabolischen Ruf bogen Terry und Hopi sich erneut vor Lachen. Kate amüsierte sich offensichtlich köstlich. »Sie verbreiten nur Lügen. Mittlerweile reden wir nicht mehr gern mit den Reportern, weil sie nie das drucken, was wir sagen, sondern immer nur die schlechten Dinge.«

»Als wären wir alle Kannibalen«, rief Terry.

»Und dann regen sich die Leute darüber auf, daß wir so schmutzig wären und daß wir keine Toiletten hätten und einfach überall hinmachen würden. Aber das stimmt gar nicht, denn wir sind immer sehr sorgsam, und außerdem sind wir schließlich nicht diejenigen, die die Umwelt mit Chemikalien verdrecken und riesige Supermärkte mitten auf die Wiese stellen.«

»Oder Straßen bauen, die niemand haben will«, fügte Terry hinzu. »Und ständig massenhaft Bäume fällen. Das tun wir nicht. Wir leben in Einklang mit der Natur.«

Hopi war wieder nachdenklich geworden. Sie runzelte die Stirn und sah Lydia sehr direkt an. »Das spielt alles eine Rolle«, sagte sie ruhig. »Aber ich glaube, eigentlich hassen uns die Leute, weil wir anders sind.«

Jemand tauchte im Türrahmen des Wohnwagens auf. Es war der Mann, den Lydia am Tag zuvor mit Kate beim Laden gesehen hatte. Er wirkte älter als die anderen, etwa Ende Zwanzig, Anfang Dreißig, und hatte ein schmales, ernstes

Gesicht und tiefliegende Augen. Sein Haar war lang und wirr, und auf seinen Wangen stand ein kurzer Bart. Er trug eine kleine, dünnrandige Brille, die ihm das Aussehen eines Radikalen aus dem neunzehnten Jahrhundert verlieh, eines Menschen, der ein Komplott gegen den Zar ausgeheckt haben könnte und dafür in Ketten nach Sibirien geschickt worden war. Oder jemand, der in einem Dachkämmerlein an Tuberkulose litt.

»Hallo, Mal«, sagte Kate. »Das ist Lydia. Sie lebt in dem Cottage am anderen Ende des Feldes. Sie ist vorbeigekommen, um zu sehen, ob wir wirklich so schrecklich sind wie unser Ruf.«

Terry, der sich immer noch amüsierte, fügte hinzu: »Wir haben sie gebeten, bei Vollmond wiederzukommen, weil wir dann ein paar Babyopfer darbringen würden.«

Mal grinste bei Terrys Bemerkung. »Hallo, Lydia«, begrüßte er sie so förmlich, daß sie sich zum ersten Mal, seit sie den Wohnwagen betreten hatte, unwohl fühlte, beinahe so, als sollte sie eigentlich aufstehen und ihm die Hand schütteln. Sie hielt sich gerade noch rechtzeitig zurück: Solch eine Höflichkeitsgeste wäre in diesem Landstreicherlager lächerlich gewesen.

Deshalb sagte sie lediglich: »Hallo, Mal«, und lächelte. Sie hatte den Eindruck, seit ihrer Ankunft ziemlich viel gelächelt zu haben, denn um ihren Mund herum machte sich diese ungewohnte Bewegung so langsam bemerkbar.

Mal erkundigte sich: »Hat irgend jemand Saul gesehen? Ich dachte, er wäre bei dir, Kate.«

Kate warf ihr Haar nach hinten, und auf ihrem fröhlichen, sommersprossigen Gesicht zeigte sich plötzlich so etwas wie Verärgerung, aber Lydia hatte den Eindruck, daß sie sich vor ihrem Gast kein Anzeichen von Disharmonie erlauben wollte. »Das war er auch«, sagte sie tonlos, »aber dann ist ihm

langweilig geworden, und er ist wieder verschwunden. Ihm wird schon nichts passiert sein.«
Hopi meinte besänftigend: »Saul geht oft in den Wald.«
Lydia nahm an, daß sie über einen der Hunde sprachen.
Mal wirkte alles andere als beruhigt. »Ich werde mal nachsehen«, meinte er und verabschiedete sich von Lydia mit einem »Bis bald«.
»Ich sollte mich auch mal wieder auf den Weg machen«, meinte Lydia. »Ich habe euch schon genug Zeit gestohlen.«
»Mach dir um uns keine Sorgen«, beruhigte Kate sie. »Wir haben alle Zeit der Welt.« Sie kicherte. »Das heißt natürlich, nur wenn wir nicht gerade arbeiten.«
»Ihr arbeitet?« Die Frage war heraus, bevor Lydia sich versehen hatte. Ihr war sofort klar, wie unhöflich das klang, aber niemand schien sich daran zu stören.
»Natürlich«, sagte Kate. »Alle gehen einfach davon aus, daß wir Schmarotzer sind, aber wir arbeiten ziemlich hart, wenn wir Arbeit finden können. Im Frühjahr fahren wir nach Cornwall runter, um beim Blumenpflücken zu helfen, und von da aus nach Lincolnshire oder Somerset zur Ernte. Mal und der Bauer haben miteinander abgesprochen, was hier auf der Farm zu erledigen ist, sozusagen als Miete. Wir melden uns nur arbeitslos, wenn wir müssen, also wenn wir keine Arbeit finden können.«
»Und im Camp gibt es immer massenhaft zu tun«, ergänzte Terry. »Autos reparieren und so was. Holzhacken. Ich hasse es, den ganzen Tag nur untätig rumzusitzen.«
»Es ist schwer, so zu leben, wie wir es tun«, meinte Kate. »Das würden nicht viele Menschen aushalten. Ich würd ja gern mal sehen, ob die Leute, die immer darüber meckern, wie faul wir sind, ein paar Wochen so leben könnten wie wir.«
Lydia dachte einen Moment darüber nach und erhob sich dann mit dem Gefühl, für diesen Nachmittag genügend

Überraschungen erlebt zu haben. »Danke für den Tee. Es war schön, euch alle kennenzulernen. Es hat so viel Gerede im Dorf gegeben, daß ich gern meine eigenen Erfahrungen machen wollte.«
»Ich bin froh, daß du das getan hast«, sagte Hopi ernst. »Wenn sich mehr Leute die Mühe machen würden, mit uns zu sprechen, wären sie uns nicht immer so feindlich gesonnen.« Sie stand ebenfalls auf. »Ich werde dich zum Tor bringen.«
»Komm jederzeit wieder vorbei«, Kate blieb bis zum letzten Augenblick fröhlich. »Es findet sich immer jemand, der dir eine Tasse Tee macht.«
»Ja, bis dann«, stimmte Terry zu.
Kaum hatten Lydia und Hopi den Wagen verlassen, konnte man hören, wie drinnen Bierdosen geöffnet wurden. Lydia fand es amüsant, daß Kate und Terry sich ihrer Repräsentantenrolle so bewußt gewesen waren, daß sie sich in ihrer Anwesenheit aufs Teetrinken beschränkt hatten. Froh darüber, daß sie sich von ihrer Furcht vor den Hunden nicht hatte abschrecken lassen, marschierte sie geradewegs auf ein Grüppchen Tiere zu, wurde jedoch von Hopi am Arm zurückgezogen.
»Bei einem oder zwei von ihnen sollte man vorsichtig sein.« Hopi zog sie von einem stämmigen Mischling weg. »Gewöhnlich sind sie ganz friedlich, aber Fremden gegenüber können sie manchmal ein bißchen unberechenbar sein.«
Lydia wollte schon erwidern, sie hätte ein Händchen für Tiere, besann sich dann jedoch eines Besseren.
Hopi fuhr fort: »Streitereien machen sie ganz wild, und sie hassen Prügeleien und Gewalt.«
»Prügeleien?« dachte Lydia, »Gewalt?« Dann war vielleicht doch nicht alles so friedlich im Tal.
Mal saß auf den Stufen zu seinem Laster, und neben ihm stand

ein Junge, der sein Sohn sein mußte: Er hatte das gleiche schmale, sensible Gesicht, die gleichen tiefliegenden, grübelnden Augen. Das gleiche dichte, dunkle Haar. Nur ihr Gesichtsausdruck unterschied sich: Der kleine Junge hatte einen finsteren Blick.

»Oh, gut, du hast Saul gefunden.«

Lydia war nicht der Meinung, daß das unbedingt ein Grund zur Freude war, denn abgesehen davon, daß er so finster dreinblickte, ärgerte der Junge auch gerade einen großen weißen Hund, indem er ihm einen Keks entgegenhielt und schnell wieder wegzog, sobald der Hund danach schnappte.

Mal beobachtete das Kind. Dann sagte er: »Mach das nicht, Saul, das ist nicht nett. Es würde dir auch nicht gefallen, wenn man dich die ganze Zeit ärgern würde.«

»Mir wär das egal«, sagte das Kind und zog ein weiteres Mal den Keks weg. Lydia biß die Zähne aufeinander.

Mal sagte: »Gib ihm den Keks, und dann kannst du mir dabei helfen, den Motor zu reparieren.«

»Nein«, weigerte sich Saul, gab dem Hund jedoch trotzdem den Keks und folgte Mal in den Wagen.

Hopi sagte, wie eine Gastgeberin, die sich für ein exzentrisches Familienmitglied entschuldigt: »Saul hat früher mit seiner Mutter in einer Sozialwohnung gelebt. Er wohnt erst seit ein paar Monaten bei Mal.«

»Gibt es viele Kinder im Camp?«

»Momentan sind es bloß drei.«

»Gehen sie zur Schule?«

»Manchmal. Das hängt von der Schule ab.«

Sie waren am Rande des Feldes angekommen.

»Bis dann«, sagte Hopi, und ihr unscheinbares Gesicht erstrahlte erneut in diesem breiten, einnehmenden Lächeln. »Ich bin wirklich froh, daß du vorbeigekommen bist.« Dann drehte sie sich um und ging.

Lydia warf einen letzten Blick in die Senke, bevor sie sich auf den Weg in Richtung Dorf machte. Die Sonne versank gerade hinter drohenden, zinngrauen Wolken und verbreitete ein orangefarbenes Licht, das einen Sturm anzukündigen schien. Die kleine Ansammlung aus Wohnwagen und Lastern, aus deren Schornsteinen Rauch aufstieg, wirkte zwischen den Hecken und dem Wald, der hinter dem Bach begann, eigentümlich idyllisch. Es war eben doch kein Schrottplatz oder ein Pfadfinderlager. Eher ein lustiges Zigeunerdorf.

Man hörte das abendliche Singen der Vögel und eine leichte Brise, die durch die Blätter fuhr, aber dann ertönte unvermittelt das wütende Knurren und Bellen einiger Hunde. Darauf folgte ein Schwall von Drohungen und Beschimpfungen, als mehrere Personen sie zur Ruhe bringen wollten.

»Wie kommt es bloß«, fragte sich Lydia, als sie den matschigen Weg hoch und an Ted Seddens Farm vorbeiging, »daß man seinen Illusionen nie länger als ein paar Sekunden nachhängen darf?«

Dann wurde ihr allerdings bewußt, daß sie seit über einer Stunde nicht mehr an Dr. Gordon Fairchild oder ihr Unglück gedacht hatte … und zumindest dafür war sie den Hippies dankbar.

SIEBENTES KAPITEL

George war so begeistert von seiner Idee, daß er Twinks und Sandra die Treppe ins Schlafzimmer hinauf folgte. »Ich verstehe gar nicht, warum ich nicht schon früher darauf gekommen bin!« keuchte er. »Ein brillantes Mittel, um Ted Sedden unter Druck zu setzen.«

»Wie denn das, Schatz?«

»Wyndham Sale natürlich.«

»Was hat denn Wyndham mit Ted Sedden zu tun?«

Twinks interessierte die Antwort eigentlich gar nicht, fragte aber nach, weil sie darauf brannte, endlich mit Sandra ihre Kleider aussortieren zu können, und wußte, daß man George, wenn er sich in einem solchen Zustand befand, erst zuhören mußte, damit er Ruhe gab.

»Borwick Farm!« rief er. »Sie gehört zum Haddeley-Besitz. Ted Seddens Tochter und sein Schwiegersohn haben sie schon seit Jahren von Wyndham Sale gepachtet. Sale muß Seddens Schwiegersohn also nur zu verstehen geben, wie er über diese Zigeuner denkt. Ich bin mir sicher, daß der Pachtvertrag zur Verlängerung ansteht, und Sedden wird sich die Sache noch einmal überlegen, wenn er will, daß seine Tochter ihren Hof behält. In der Hinsicht wird es keine Probleme geben. Und Sale schien ja ein vernünftiger Mann zu sein. Er wird das gerne machen.«

»Wunderbar, George. Ich wußte doch, daß dir etwas einfallen würde.«

George hatte eigentlich auf größere Begeisterung gehofft, ganz offensichtlich war jedoch mehr Lob nicht zu erwarten. Twinks hatte bereits die Türen ihres Wandschranks geöffnet, und Sandra war neben ihr in Position gegangen.

»Ja dann«, meinte George, »werde ich ihn direkt mal anrufen.«

»Wunderbar«, meinte Twinks erneut, und als seine Schritte die Treppe hinunterpolterten, sagte sie zu Sandra: »Ach, Männer. Was für ein Theater. Kommen Sie, Sandra, dann sehen wir mal nach, ob Ihnen etwas davon paßt.«

Das Ausrangieren war mittlerweile zu einem Ritual geworden, das sie zweimal jährlich durchführten. Gegen Ende Mai sortierte Twinks gewöhnlich ihre Winterkleidung aus, und im September waren die Sommersachen dran. Sandras Anwesenheit war zu einem wesentlichen Bestandteil dieser Aktivität geworden.

»Das ist ein hübsches Kleid, Sandra, aber ich glaube nicht, daß ich es noch einmal tragen werde.« Twinks hatte ein Hemdkleid aus Batist aus dem Schrank genommen, das mit einem feinen Muster aus winzigen blauen und goldenen Blüten bedruckt war. »Es ist wunderbar kühl bei heißem Wetter. Es gibt nichts, das die Haut so gut atmen läßt wie Batist. Ich bin mir sicher, daß Sie tausend Gelegenheiten finden werden, es zu tragen.«

Sandra starrte das Kleidungsstück ungläubig an. »Es ist sehr schön, Mrs. Cartwright, aber –«

»Ich würde es ja Caro vererben, aber sie ist viel zu groß. Es wird Ihnen sehr gut stehen, Sandra.«

»Das ist wirklich sehr großzügig von Ihnen, Mrs. Cartwright, aber es wird mir nie im Leben passen.« Und bei diesen Worten richtete Sandra ihre Schultern auf, wodurch der Teil ihres Oberkörpers vorgeschoben wurde, der ganz offensichtlich verhinderte, daß Sandra Twinks' Kleidung tragen konnte.

»Aber wir haben die gleiche Größe«, beharrte Twinks auf ihrem Standpunkt. »Und Sie können immer noch die Säume rauslassen, falls es notwendig sein sollte.« Sie senkte leicht den Kopf, wie ein kleines, elegantes Vögelchen, das Körner aus einer Schale pickt, und untersuchte das Kleidungsstück, das sie gerade in der Hand hielt. Triumphierend erklärte sie dann: »Genau wie ich dachte. Sehr großzügige Säume. Bei diesem Hersteller kann man sich doch immer darauf verlassen, daß er großzügige Säume läßt. Ach ja, das hier habe ich zur gleichen Zeit gekauft.« Sie legte ein zweites Kleid aufs Bett. Es war in matten, zartwolkigen Blau- und Grautönen gemustert und zweifellos wunderschön. »Mit diesen beiden Kleidern werden Sie immer etwas Passendes für besondere Gelegenheiten haben – Gartenpartys und ähnliches. Fühlen Sie nur einmal den Stoff, Sandra, ganz leicht. Und genau Ihre Farbe.«

Sandra sah die beiden Kleider traurig an. Ihre Beobachtungsgabe und ihr gesunder Menschenverstand sagten ihr ganz zweifelsfrei, daß sie ihr nie passen würden, aber sie erlag bereits der beinahe mütterlichen Intimität, die in Mrs. Cartwrights rosafarbenem Schlafzimmer entstanden war. Sandra war noch ein Teenager gewesen, als ihre Mutter gestorben war, und sie hatte anschließend für ihre beiden jüngeren Brüder sorgen müssen, deshalb hatte sie solche intimen Momente immer vermißt. Also gestattete sie sich jetzt einen Moment lang den Luxus, Twinks' Tochter zu spielen, eine elegante und kultivierte Frau in Designerkleidung. Und flachbrüstig.

»Es hilft nichts, Mrs. Cartwright –«

Twinks hatte jedoch bereits etwas Neues aus dem Schrank gezogen: ein winziges Ding aus gestrickter Seide, das in Sandras Augen schmutzigbraun war, von Mrs. Cartwright jedoch als »taupe« bezeichnet wurde.

»Das paßt wirklich zu allem.« Bei diesen Worten strich

Twinks sanft über den Stoff, und sogar ihre Worte klangen zärtlich. »Es paßt so gut unter Sommerjacketts. Sie werden feststellen, daß Sie es gar nicht mehr ausziehen wollen.«
Sandra wußte mit absoluter Bestimmtheit, daß sie es gar nicht erst über den Kopf bekommen würde, hatte jedoch aufgegeben zu protestieren. Twinks reagierte ohnehin bloß irritiert, wenn sie sie weiterhin darauf aufmerksam machte, daß ihr Brustumfang, wenn sie auch die gleiche Größe hatten, doppelt so groß war wie der ihrer Arbeitgeberin, und daß das Unmögliche eben nicht möglich war, ganz gleichgültig wie großzügig die Säume sein mochten. Da war es wesentlich leichter, einfach das Spiel mitzuspielen und es zu genießen.
Erst als sie mittags das Herrenhaus verließ und ihre Neuerwerbungen in ein paar ausgebeulten, eleganten Plastiktüten nach Hause trug, stieg in Sandra das Gefühl auf, übervorteilt worden zu sein. Was sie wirklich aufbrachte, war das Wissen, daß diese nutzlosen Geschenke Mrs. Cartwrights Ausrede dafür waren, ihren Lohn so niedrig zu halten. »Mein Personal bleibt ja immer jahrelang bei mir«, hatte Sandra sie einmal zu einem Besucher sagen hören. »Sandra würde wahrscheinlich umsonst für mich arbeiten, wenn ich es zuließe. Sie ist ja so glücklich über die Kleidung, die ich ihr vermache.«

Caros Dinnerparty am Freitag abend in der Lodge war nur ein halber Erfolg. Sie hatte das Essen eigentlich am Vortag zubereiten wollen, damit am eigentlichen Tag Zeit blieb, ihre kleine Küche in einen Raum zu verwandeln, den man, im vorteilhaften Schein der Kerzen, für so etwas wie ein Speisezimmer halten konnte. Aber weil sie den neuen Besitzer von Haddeley Hall – das schließlich eines der imposantesten Häuser Englands war – unbedingt angemessen bewirten wollte, hatte Caro beschlossen, eine Reihe wunderbarer Rezepte auszuprobieren, die sie in einer Zeitschrift entdeckt hatte. Diese hatten sich allerdings als wesentlich arbeitsaufwendiger herausgestellt, als es zunächst den Anschein gehabt hatte, und deshalb war Caro noch am Freitagmittag damit beschäftigt, zu dünsten, mixen und anzubraten, was dazu führte, daß sie sich abends hektisch und erschöpft fühlte.

Glücklicherweise schienen weder Lydia noch Wyndham das zu bemerken, weshalb sie Jim und Suzie ein Weilchen die Stellung halten lassen konnte, während sie die letzten Vorbereitungen in der Küche traf.

Es war Caro nie leichtgefallen, ein mehrgängiges Menü herzuzaubern und gleichzeitig auch noch ganz die entspannte, unterhaltsame Gastgeberin zu bleiben. Hätten sie ein Eßzimmer besessen, hätte sie wenigstens Sandra für diese Gelegenheit verpflichten können, doch sie konnte von der armen Frau wohl kaum erwarten, daß sie hinten auf der Veranda wartete, während alle aßen. Und natürlich wurde die Illusion, daß es sich bei dem Zimmer um etwas anderes als eine Küche handelte, völlig zerstört, sobald sich die benutzten Teller auf den Arbeitsflächen aufzutürmen begannen.

Auch das Essen selbst war nicht so überwältigend, wie sie es sich erhofft hatte: Die eigentlich knusprige Hülle des Lachs *en croute* war sowohl weich als auch zäh geworden, und die Avocados hatten sich widerlich braun verfärbt, obwohl sie literweise Zitronensaft darauf geträufelt hatte. Dann fing Jim auch noch mit seinem ärgerlichen Sermon von »Es geht doch nichts über gutbürgerliche Küche« an und lobte nicht ein einziges ihrer Gerichte. Außerdem führten er und Lydia, während Caro sich noch mit dem Lachs abmühte, eine extrem alberne Unterhaltung über das unvergleichliche Erlebnis, Fish and Chips aus Zeitungspapier zu essen. Selbst Wyndham beteiligte sich nach einem Weilchen daran und behauptete ausgerechnet, daß die einzigen Fish and Chips, die wirklich gut waren, in einem obskuren Schnellimbiß in Hull zu finden wären.

Lydia irritierte Caro allerdings am meisten. Obwohl dieser Abend nur ihretwegen stattfand, hatte sie sich überhaupt keine Mühe gegeben. Sie war in etwas aufgetaucht, das stark nach einem Männeroberhemd aussah, und trug dazu schwarze Leggings und Schnürschuhe. Als Caro gemeint hatte, es würde nichts Besonderes werden, hatte sie nicht erwartet, so wörtlich genommen zu werden: In Zukunft würde sie vorsichtiger sein müssen. Und dann, gerade als Caro sich endlich bei einer Tasse Kaffee zu entspannen begann, verkündete Lydia lautstark, daß sie endlich die Hippies unten im Tal besucht hätte.

»Wirklich?« fragte Suzie. »Wie waren sie denn?«

»Ziemlich schmuddelig. Sehr freundlich. Definitiv harmlos.«

Suzie war neugierig. »Hat es denen denn nichts ausgemacht, daß Sie einfach so reingeplatzt sind?«

»Nein, gar nicht. Sie waren sehr gastfreundlich und meinten, es wäre eine Schande, daß sich nicht mehr Leute die Mühe machten, selbst herauszufinden, wie sie wirklich sind. Wenn man bedenkt, wie stark sie unter Beschuß stehen, waren sie überraschend fröhlich.«

»Pffff«, kommentierte Caro, die mittlerweile sehr irritiert war. »Sie werden nicht mehr lange fröhlich sein.«

»Wieso nicht?«

»Mein Vater hat eine Möglichkeit gefunden, wie man Ted Sedden zur Vernunft bringen kann. Und das ist auch richtig so, wenn Sie meine Meinung wissen wollen.«

»Und wie will er das anstellen?« erkundigte sich Lydia.

Sie hatte ihre Frage an Caro gerichtet, doch es war Wyndham, der sie beantwortete. »Ich könnte vielleicht etwas damit zu tun haben. Ted Seddens Schwiegersohn ist anscheinend einer meiner Pächter, und George und eine Reihe anderer Anwohner haben mich gebeten, meinen Einfluß zu nutzen.«

»Erpressung?« fragte Lydia.

»Also wirklich!« empörte sich Caro.
Wyndham lächelte. »An Erpressung ist gar nichts auszusetzen«, meinte er, »wenn sie einer guten Sache dient.«
Wenn Lydia jemanden so musterte, wie sie es gerade bei Wyndham tat, nahmen ihre Gesichtszüge eine habichtartige Strenge an. »Und? Werden Sie es tun?«
»Ich sehe keinen Grund, warum ich es nicht tun sollte«, erwiderte er gelassen. »Bislang hat mir niemand einen Grund genannt, warum ich es bleiben lassen sollte.«
»Ich könnte das schon«, wandte Lydia ein. »Ich könnte Ihnen jede Menge Gründe nennen.«
»Zum Beispiel?«
Aber da mischte sich Caro ein: »Oje, ich wünschte, ich hätte das Thema nicht aufgebracht. Laßt uns doch bitte nicht streiten«, und weil sie dabei so unglücklich klang, suchte man sich unverzüglich einen anderen Gesprächsstoff.
Später, als ihre Gäste gingen und Caro sich bereits mit der Tatsache abfand, daß ihre Verkuppelungsversuche nicht schlechter hätten laufen können, fragte Wyndham Lydia: »Kann ich Sie nach Hause fahren?«
»Nein, danke, es ist ein so schöner Abend. Ich werde den Spaziergang genießen.«
»Na, das war's dann wohl«, dachte Caro.
Da schlug Wyndham jedoch vor: »Warum machen Sie nicht einmal einen Spaziergang nach Haddeley Hall? Ich will das Haus renovieren lassen und könnte Ihren Rat gebrauchen.«
Worauf Lydia antwortete: »Natürlich. Ich sehe mir gerne alte Häuser an«, was für Caro eine weitere Überraschung war, da sie Lydia nicht für einen Menschen gehalten hatte, der sich für Inneneinrichtung interessierte.
»Morgen nachmittag?«
»Ja, ich freue mich schon darauf.«
Dann hatte Lydia Wyndham angelächelt, und auf einmal hat-

te Caro sehen können, daß sie, trotz des viel zu großen Männerhemdes, den Schnürschuhen und dem unordentlichen Haar, eigentlich recht attraktiv aussah. Diese Entdeckung machte sie, aus irgendeinem unerfindlichen Grund, einen Moment lang unruhig.

Sandra warf den Seidenfummel auf ihr Bett.
»Und was, bitte, soll ich wohl damit anfangen?«
David hob das Kleidungsstück hoch. »Was ist das denn?«
»Taupe«, erklärte Sandra angeekelt. »Soll man angeblich unter Jacketts tragen. Ich würde das Ding nicht mal über den Kopf ziehen können.«
David legte es sich auf den Kopf. »Dann benutze es einfach als Kopfbedeckung.«
»Ach, sehr witzig.«
»Es läßt sich ein bißchen dehnen.«
»Zerr nicht so daran herum, sonst verliert es seine Form. Gib schon her. Guck, es bedeckt nicht mal meine Vorderseite.« Sie hielt das Stoffstückchen vor ihren ausladenden Busen, um es ihm zu demonstrieren, und begann dann schon wieder zu lächeln.
»Ich weiß nicht«, meinte er aufmunternd, »es bedeckt zumindest eine Hälfte. Wenn du es an einer Seite aufschneidest, könntest du es über einer Brust tragen wie eine Amazone. Du sähest umwerfend aus, wenn du die andere freiließest.«
»Ja, klar, genau das Richtige für Briarswood.«
Sandras Verärgerung schwand, während sie sich eine Reihe weiterer Einsatzmöglichkeiten ausdachten, von denen einige so gewagt waren, daß sich die Modenschau ziemlich rasch in einen Striptease verwandelte, und sie sich, bevor sie sich versahen, auf dem Schlafzimmerfußboden liebten, während die Kinder hinten im Garten spielten.
»Na ja«, meinte Sandra, als sie fertig waren und sie ein tau-

bengraues Damenhemdchen von Davids Hinterteil pflückte, »ich schätze, da hat die alte Ziege doch noch etwas Gutes bewirkt.«

Und am folgenden Tag packte sie Twinks' Kleidung zurück in ihre Plastiktüten, um sie nach Edleston in einen Secondhandladen zu bringen.

»Und? Wie gefällt es Ihnen?«

»Sind Sie auf Komplimente aus?«

»Ich habe bloß eine Frage gestellt.«

»Das Haus selbst ist wunderschön, das wissen Sie doch.«

Wyndham nickte. Haddeley Hall war zweifelsfrei ein prächtiges Gebäude. Es lag in einem im achtzehnten Jahrhundert angelegten Park und war etwa zweieinhalb Kilometer von Briarswood entfernt. Das Anwesen war von einer hohen Mauer umgeben, und an der Zufahrt befanden sich zwei große Tore, von denen aus eine Baumallee zum Haus hinaufführte. Es war ein verzaubertes Haus in traumhafter Lage; aber kaum hatte Lydia den Fuß über die Schwelle gesetzt, fand ihre Verzauberung ein abruptes Ende. Eigentlich hatte sie Wyndham fragen wollen, was er in bezug auf die Hippies zu unternehmen gedachte, aber dann war sie so entsetzt über die Innengestaltung von Haddeley Hall, daß sie es völlig vergaß. Irgendein ehemaliger Besitzer hatte das Innere des Hauses gestaltet und dabei seiner Vorliebe für dunkelgrüne Lackfarben gefrönt sowie Tapeten verklebt, die jeder viktorianischen Leichenhalle zur Ehre gereicht hätten. Das Haus wirkte so düster und bedrückend wie ein Mausoleum. In ein oder zwei Zimmern hatte man mit der Renovierung begonnen; wie Wyndham jedoch erklärte, waren alle Arbeiten eingestellt worden, nachdem man die Krankheit seiner Frau diagnostiziert hatte. Sie war nicht mehr kräftig genug gewesen, um die Arbeiten selbst überwachen zu können, und es hätte sie zu sehr aufgeregt, wenn Fehler begangen worden wären, die sie nicht rechtzeitig entdeckt hätte. Er hatte sie in ihr ruhiges Londoner Haus gebracht und alle Arbeiten an Haddeley Hall einstellen lassen. Nach ihrem Tod hatte Wyndham sich dann auf seine Arbeit konzentriert und das Haus ignoriert, weshalb es jetzt halb Baustelle und halb verwinkelter Kaninchenbau war, mit dunklen, leeren Räumen, die unter einer schweren, grünen Farbschicht erstickten, über der die halbfertige Verkabelung lag. Lediglich der Speisesaal und Wyndhams Arbeitszimmer, die ihr gezeigt wurden, sowie das Hauptschlafzimmer, das sie nicht zu sehen bekam, waren fertiggestellt worden. Der Rest befand sich in schrecklichem Chaos.

»Da ist aber ziemlich viel zu tun«, bemerkte Lydia.

»Das ist Ihnen also aufgefallen.«

Sie hatten nun einen der Räume im Obergeschoß erreicht, der wie alle anderen dunkel gestrichen und tapeziert und, bis auf ein paar Umzugskisten in einer Ecke und einer Kommode, völlig leer war.

Aber die Nachmittagssonne strömte herein und hinterließ goldene Pünktchen auf den Eichendielen. Wyndham hockte auf dem Rand der Kommode nahe des Kamins. Er war, wie Lydia annahm, so gekleidet, wie man es an einem Ort wie Haddeley Hall wahrscheinlich als leger empfand – mit einer ordentlichen Bundfaltenhose und einem hellgelben Kaschmirpullover.

Er war größer, als sie ihn von ihren bisherigen Treffen in Erinnerung hatte, und insgesamt wesentlich eindrucksvoller. Sie fragte sich, ob er zu jenen Männern gehörte, die sich nur auf ihrem eigenen Territorium wirklich wohl fühlten. Er hatte die ebenmäßigen Gesichtszüge, die man so häufig bei Söhnen schöner Frauen fand, besaß gleichzeitig allerdings eine Intensität, die äußerst maskulin war.

»Annabel hat jahrelang nach dem richtigen Haus gesucht. Als sie mich herbrachte, wußte ich sofort, daß es das Richtige ist.« Schon wieder Annabel. Seine verstorbene Frau tauchte so häufig und selbstverständlich im Gespräch auf, daß Lydia beinahe vergessen hätte, daß sie tot war, und sich bereits fragte, ob sie ihr wohl in der riesigen Eingangshalle begegnen würden, wo sie vielleicht gerade ein paar Blumen in einer der Stehvasen arrangierte oder von einem Spaziergang mit den Hunden zurückkehrte.

»Ich kann verstehen, warum Sie sich in das Haus verliebt haben«, meinte sie.

»Ja, es hat das, was Immobilienmakler als ›Potential‹ bezeichnen.«

»Ja, in der Tat«, stimmte ihm Lydia zu.

Er nickte. »Das hat uns auch so angezogen. Haddeley Hall ist von unglaublicher Schönheit und hat viel zu lange in seinem Dornröschenschlaf gelegen.«

»Dann sind Sie also der Prinz, der vorbeikommt und es mit einem Kuß ins Leben zurückholt?«

»Mit einem Kuß und einem Scheckheft.«

»Wo liegt denn dann das Problem? Engagieren Sie einfach einen Innenarchitekten, die kriegen so etwas prima hin, und damit ist die Sache erledigt.«

»Wenn man Innenarchitekten anstellt, verliert man die Kontrolle über die Dinge. Als Annabel noch lebte, waren wir ein hervorragendes Team, aber jetzt –«

»Ich verstehe. Ihre Frau hatte die künstlerische Begabung, und Sie haben das nötige Kleingeld bereitgestellt.«

»Ganz im Gegenteil. Annabels Urteil war gelegentlich einfach entsetzlich; sie war zu den scheußlichsten Geschmacksverirrungen in der Lage. Aber sie hat immer gute Denkanstöße geliefert. Meine eigenen Ideen haben sich oft aus ihren Anregungen entwickelt. Seit es diesen Dialog nicht mehr gibt,

finde ich es ...«, er zögerte kurz, bevor er den Satz beendete, »finde ich es nicht mehr so einfach.«
»Welche Meinung setzte sich denn gewöhnlich durch?«
»Meine.«
»Immer?«
»Immer.«
»Das nennt sich Dialog?«
»Es hat zu den richtigen Entscheidungen geführt, und nur darauf kam es an.«
»Hm.«
Lydia war nachdenklich. Es erschien ihr extrem herzlos, wie Wyndham die Rolle seiner Frau beschrieb, aber ihr kam langsam der Verdacht, daß es ein Fehler war, sich ein vorschnelles Urteil über Wyndham Sale zu bilden. Was seine nächste Frage umgehend bestätigte.
»Würden Sie mir helfen, Lydia? Sie haben doch gerade gesagt, daß Sie Erfahrung mit Inneneinrichtung haben.«
So wie er die Frage stellte, klang das nicht gerade nach einer Bitte um Hilfe. Lydia meinte leichthin: »Sie möchten, daß ich etwas vorschlage, damit Sie mir sagen, wie falsch ich liege und Sie dann Ihre eigenen Ideen umsetzen können?«
Er lächelte. »Vielleicht. Aber möglicherweise gefallen mir Ihre Ideen ja auch. Warum probieren wir es nicht einfach mal aus, um zu sehen, was dabei herauskommt?«
Lydia beschloß, daß es das Vernünftigste wäre, es einfach als ein Spiel zu betrachten. »In Ordnung«, stimmte sie zu und ging dann zum Fenster hinüber, um von dort aus das Zimmer eingehend zu studieren. Sie wußte, daß dieses Angebot ein Geschenk des Himmels war, und kaum hatte sie sich der Aufgabe gewidmet, überschlug sich ihre Phantasie geradezu. Nachdenklich meinte sie: »Es wäre einfach, auf Nummer Sicher zu gehen und alles seiner Entstehungszeit gemäß einzurichten, also Antiquitäten hereinzustellen und so etwas, aber

ich finde, daß das eine Schande wäre. Zimmer wie dieses verlangen nach einer dramatischeren Lösung. Verwegen und theatralisch, beinahe so, als handele es sich um ein Bühnenbild. Aber ein sehr karges und minimalistisches.«
Sie legte eine Pause ein. Wyndham betrachtete sie nüchtern.
»Reden Sie weiter.«
»Das Zimmer darf auf keinen Fall vollgestellt wirken. Es braucht klare und einfache, aber starke Konturen. Nehmen Sie zum Beispiel«, sie schritt durchs Zimmer, während sich ihre Ideen konkretisierten, »diese Fenster. Sie sind schon für sich genommen perfekt. Fast alles, was man mit ihnen anstellen könnte, würde sie entwerten. Aber wenn man davon ausgeht, daß Sie wahrscheinlich so eine Art Sichtschutz haben wollen, und sei es auch nur, um nicht auf dem Präsentierteller zu sitzen, was könnte man dann tun? Fensterläden würden passen oder auch sehr schöne Vorhänge. Aber das wäre alles zu naheliegend. Wie wäre es mit einer ellenlangen Stoffbahn aus einem richtig aufsehenerregenden Material – vielleicht sogar sehr grell –, die einfach nur über einer Seite aufgehängt wird und sich dann, weil sie viel zu lang ist, auf dem Fußboden sammelt? Alles weitere könnte dann ganz minimalistisch gehalten sein. Ein einzelnes Bett in der Raummitte oder eine Wäschekommode. Sonst nichts.«
Sie hielt inne. Sie hätte noch wesentlich länger weiterreden können, verspürte allerdings auf einmal Widerwillen, Wyndham so bereitwillig Ideen zu liefern, die er auseinandernehmen konnte. Sie wartete auf seine Kritik, doch es kam keine.
»Ein Himmelbett?« wollte er wissen.
»Nein, viel zu naheliegend. Vielleicht ein orientalisches oder, was noch besser wäre, etwas Modernes. Sie wüßten sofort, was es sein muß, wenn Sie es sähen.«
»Und die Wände?«
»Also, Sie müßten zunächst die Tapeten runterholen. Dann

ein einfacher Anstrich. Keine Bilder, keine Mätzchen. Ich würde ja zu einer dieser altmodischen trüben Farben tendieren, zu einer hellblauen Leimfarbe oder etwas in der Art. Dadurch würde man die Aufmerksamkeit auf das Holzpaneel lenken, das ja schon für sich ein Kunstwerk ist. Natürlich müßten erst diese widerlichen Farbschichten abgezogen werden, damit man sieht, in welchem Zustand sich das Holz befindet.«

»Wie entschieden Sie sind, Lydia Fairchild.«

In seinen Worten lag keinerlei Ironie. Lydia war erregt. Bis zu diesem Zeitpunkt hatte sie völlig vergessen, wieviel Spaß ihr früher ihre Arbeit als Inneneinrichterin gemacht hatte. Doch wie bei allen anderen Anstellungen auch, hatte sie immer einen Grund gefunden zu gehen, sobald sie genug gelernt hatte, um mit ihrer Tätigkeit auch Geld verdienen zu können. Aber sie sagte bloß: »Ich kann sozusagen alles und nichts.«

Er musterte sie eindringlich, doch Lydia konnte seinen Gesichtsausdruck nicht interpretieren.

Rastlos kehrte sie zum Fenster zurück. »Etwas fehlt noch.«

»Und das wäre?«

»Ich bin mir nicht sicher, es läßt sich nicht so einfach sagen. Aber ich glaube, es sollte etwas Modernes sein, beispielsweise ein Teppich mit einem geometrischen Muster oder ein völlig unpassender Spiegel. Vielleicht auch etwas Primitives.«

Während sie schwiegen, fragte sich Lydia, ob sie wohl eine erfolgreiche »Annabel« abgegeben hatte, und wartete darauf, daß er ihr haarklein darlegen würde, was an ihren Vorschlägen alles nicht stimmte.

Schließlich meinte er: »Wann können Sie anfangen?«

»Was?«

Wyndham gab sich nicht die Mühe, die Frage zu wiederholen, weil er wußte, daß sie ihn genau verstanden hatte. Er

meinte: »Annabels Tod hat für eine ganze Weile alles ins Stocken gebracht, aber jetzt kann ich es gar nicht mehr erwarten, wieder anzufangen. Die Innendekorationsfirma steht schon seit Monaten in den Startlöchern. Sie müssen nur noch die Anweisungen geben.«
Lydia war von ihrer Reaktion auf seinen letzten Vorschlag überrascht. Sie hatte das Zimmer beim Pläneschmieden gedanklich bereits so in Besitz genommen, daß sie die Vorstellung, ein Trupp Fremder könne hereinmarschieren und das schöne Holzpaneel mit Brennern traktieren, beinahe als schockierend empfand. Deshalb sagte sie: »Ich habe überhaupt kein Talent zum Delegieren, ich bin eher der praktische Typ.« Unbewußt strich sie mit der Hand über die rauhe Farbe. »Ein Raum muß wachsen, er entwickelt ein Eigenleben. Nur wenn man Schritt für Schritt vorgeht, weiß man, wie der nächste aussehen muß.«
»Dann also einverstanden: Übernehmen Sie die Arbeit. Ich werde Sie selbstverständlich dafür bezahlen.« Dann zuckte er leicht mit den Achseln, bevor er hinzufügte: »Geld ist nicht das Problem.«
»Nur dieses Zimmer?«
»Zunächst, ja.«
»Ich weiß nicht. Meine Pläne für die nähere Zukunft sind zur Zeit ein wenig ungewiß.«
Sie kehrte ans Fenster zurück und blickte auf den Park hinaus. Wyndhams Diener führte gerade zwei sehr energiegeladene, schwarz-weiße Cockerspaniel spazieren, aber offensichtlich gab es einen Interessenkonflikt. Die Hunde wollten in vollem Tempo über den Rasen jagen, Miguel jedoch nichts anderes, als an einem Baum lehnen und eine Zigarette rauchen. »Lydia Fairchild«, wies sie sich zurecht, »verschwende auch nicht einen einzigen Gedanken an ein so verrücktes Unterfangen. Du hast ursprünglich nur ein paar

Tage in Briarswood bleiben wollen und willst jederzeit abfahren können. Und was ist mit Charlotte auf Menorca? Ein Mann wie er wäre ein furchtbarer Arbeitgeber, und das weißt du genau.«
»Sie müßten mich allerdings stundenweise bezahlen. Eine Arbeit wie diese kann man nicht unter Zeitdruck erledigen.«
»Lassen Sie sich Zeit, soviel sie wollen.«
Sie wand sich ein bißchen und hielt sich in Gedanken einen strengen Vortrag, gab dann jedoch auf und meinte: »Ich müßte Ihnen sieben Pfund die Stunde berechnen.«
»Zehn«, sagte er entschieden, »und einen Bonus bei Beendigung der Arbeiten, wenn sie gelungen ist.«
Lydia spürte eine aufgeregtes Kribbeln, aber auch eine gewisse Anspannung. Sie hatten einen Vertrag geschlossen, der über die reine Renovierung dieses Zimmers hinausging. Es gab eine gewisse Spannung zwischen ihnen – aber vielleicht existierte sie auch bereits seit ihrem ersten gemeinsamen Abend im Herrenhaus. Sie wandte sich einer der Umzugskisten an der Wand zu und zog eine Bahn schimmernden Stoff heraus.
»Wie kommt es, daß sie so viele Stoffe hier herumliegen haben?«
»Annabel hat sich immer gern die neuen Farben und Muster angesehen. Unsere Fabrik schickt sie uns zu.«
»Sie haben eine Fabrik?«
»Mehrere.«
»Hier?«
»In Hongkong und Singapur. Mein Großvater hat mit diesem Geschäft angefangen, und mittlerweile besitzen wir fünf.«
»Wir?«
»Nein, nur noch ich.«
Er antwortete locker und entspannt auf ihre Fragen. Er wür-

de nie unbeabsichtigt mehr preisgeben, als er wollte. »Sind alle Stoffe so schön wie dieser?«

»Schauen Sie selbst.«

Sie zog eine Bahn klatschmohnrote Seide heraus, schlang sie sich um die Schultern wie ein flammendes Banner, ging dann zum Fenster, legte dort den Kopf in den Nacken und drehte ihn leicht, damit die Sonne auf ihr Haar und das Gesicht fiel. »Und, wie sehe ich aus?«

Er blickte ihr direkt ins Gesicht. »Ich würde Sie viel lieber ohne Kleider sehen.«

Sie erstarrte, ihre Hände hielten noch die Seide fest, dann drehte sie sich langsam um, und ihre Blicke begegneten sich. »Sind Sie immer so direkt?«

»Manchmal. Wenn man mit mir flirtet.«

Er hatte recht. Irgendwann, nachdem sie diesen Raum betreten hatten, war ein Teil des schützenden Panzers, der sie als Mrs. Gordon Fairchild und somit für andere Männer unantastbar ausgewiesen hatte, von ihr abgefallen. Sie spürte eine erste Regung sexuellen Interesses, antwortete ihm jedoch tonlos: »Nein, danke.«

Er nickte beinahe unmerklich: »Wie Sie wünschen.«

»Ich werde die Renovierung übernehmen«, erklärte sie, während sie die Seide von den Schultern zog, »aber das ist auch alles.«

Eine winzige Veränderung machte sich um seine Augen herum bemerkbar, fast die erste Gefühlsregung, die sich auf seinem Gesicht zeigte: Es war Verärgerung. »Es war nie die Rede davon, daß es einen Zusammenhang gibt.«

Jetzt war Lydia an der Reihe, sich bloßgestellt zu fühlen. Sie begann, sehr sorgfältig die Seide zusammenzufalten.

»Behalten Sie den Stoff, er steht Ihnen.«

»Danke, aber ich würde ihn ja doch nie tragen. Ich bin nicht wirklich ein Seidentyp.«

»Menschen verändern sich.«
Erneut bemerkte Lydia eine Nervosität an sich, die alles andere als unangenehm war. Vielleicht hatte Caro recht gehabt: Sie hatte sich lediglich gelangweilt. Ein bißchen Arbeit, ein unterhaltsamer Flirt, und auf einmal hatte sie das Gefühl, daß es sehr einfach sein konnte, sich wieder zu erholen. »Ich werde vielleicht mal die Kiste durchsehen, um festzustellen, ob irgend etwas davon zum Fenster passen würde.« Lydia wollte die Unterhaltung wieder auf neutrales Terrain bringen. »Sie haben da einige wunderschöne Stoffe.«
»Ich werde veranlassen, daß man Ihnen auch die anderen schickt. Je greller, desto besser?«
»Toll.«
»Mein Sekretär Mark wird dafür sorgen, daß Sie Ihr Geld erhalten und eventuelle Auslagen erstattet bekommen. Unglücklicherweise bin ich häufig auf Reisen.«
Lydia lächelte. »Caro wird sich über dieses Arrangement freuen. Sie versucht schon seit Ewigkeiten, mich dazu zu bewegen, öfter auszugehen und etwas zu unternehmen.«
»Caros Meinung interessiert mich nicht im geringsten. Ich halte sie für eine bemerkenswert einfältige Person.«
Zum zweiten Mal an diesem Nachmittag war Lydia schokkiert, und zwar nicht über das, was er sagte, sondern wie er es sagte. Das war nicht bloß kalt, es war grausam. Auf was, um alles in der Welt, ließ sie sich da ein? Abgesehen davon, daß er ziemlich reich und selbstbewußt zu sein schien, wußte sie gar nichts über Mr. Wyndham Sale. Ach ja, und daß seine Frau vor kurzem gestorben war. Wie? Vielleicht hatte er sie ermordet? Vielleicht war er so oft auf ihrer Meinung herumgetrampelt, daß sie irgendwann einfach aufgegeben hatte? Lydia verstand nicht, warum sie sich in Wyndhams Gegenwart so wohl fühlte. Hatte sie ihr Instinkt für den falschen Mann unfehlbar zu Briarswoods ureigenstem Psychopathen geführt? Vielleicht

sollte sie den Schaden lieber möglichst gering halten und ihm sagen, daß sie es sich anders überlegt hätte und doch nicht für ihn arbeiten wollte. Aber dann fuhr sie mit der Fingerspitze über den Abschluß der Wandverkleidung und sah durch das Fenster in das Septemberlicht hinaus, das auf die großen Eichen im Park fiel, und wußte einfach, daß sie es sich nie verzeihen würde, wenn sie bei einem Projekt wie diesem kniff, noch bevor es überhaupt begonnen hatte.

»Reden Sie nicht so über Caro. Sie ist eine liebenswürdige Frau.«

»Zweifellos.« Er sah auf seine Uhr und meinte: »Ich fahre Sie ins Dorf zurück. Wir haben eine Konferenzschaltung für fünf Uhr anberaumt.«

»Lassen Sie nur, ich werde den Spaziergang genießen.«

Als sie nach Briarswood zurückfuhren, erinnerte sich Lydia an den zweiten Grund ihres Besuches.

»Haben Sie schon entschieden, was Sie in der Sache mit Ted Seddens Schwiegersohn unternehmen wollen?« fragte sie ihn. »Werden Sie ihn unter Druck setzen, damit er die Hippies wegschickt?«

»Ich bin noch nicht dazu gekommen.«

»Werden Sie es tun?«

Er schaute sie nicht an. »Ich sehe keinen Grund, warum ich es nicht tun sollte.«

»Wie wäre es mit Erpressung?« fragte Lydia fröhlich. »Was wäre, wenn ich damit drohe, etwas ganz Schreckliches mit ihrem Holzpaneel anzustellen?«

Wyndham lächelte nicht. »Genau wie Sie«, merkte er an, »lasse ich mich nicht auf einen Kuhhandel ein.«

»Wie kann ich Sie dann dazu bringen, Ihre Meinung zu ändern?«

»Sie könnten ja einfach darum bitten. Die wenigsten Leute kommen noch auf diese Idee.«

Sie ließ eine kurze Pause entstehen, bevor sie leichthin sagte: »Bitte tun Sie nicht, worum George Sie gebeten hat.«
»Na gut, dann werde ich es nicht tun. Jedenfalls nicht grundlos.«
Die restliche Strecke legten sie schweigend zurück. Lydia spürte, daß die Zeit, die Wyndham an diesem Tag für sozialen Umgang vorgesehen hatte, nun abgelaufen war. Sie hatte außerdem den Eindruck, daß er mit dem Verlauf des Nachmittags sehr zufrieden war und ihn ihre Abfuhr keineswegs getroffen hatte. Vielmehr hatte sie das seltsame Gefühl, daß sie sich hinsichtlich eines vorher von ihm ausgeklügelten Plans ganz richtig verhalten hatte.
Ein seltsames Gefühl, aber nicht unbedingt ein unangenehmes.

Suzie stieg am Spätnachmittag im Zentrum von Briarswood aus dem Schulbus. Etwa sieben andere Schulkinder stürzten gleichzeitig heraus, aber wenn jemand die Szene beobachtet hätte, wäre er nicht auf die Idee gekommen, daß sie mit einem von ihnen bekannt war. Zu dieser Jahreszeit waren die beiden Erstkläßler besonders auffällig: Ihre neuen Schuluniformen entsprachen bis ins kleinste Detail den Vorschriften, und ihre Ranzen waren noch nicht abgenutzt durch ständiges Fallenlassen, Hinterherziehen und Daraufsitzen. Die älteren Schüler demonstrierten ihre Verachtung für Schuluniformen dadurch, daß sie jede Gelegenheit nutzten, die Regeln zu unterwandern – indem sie andersfarbige Socken wählten, das Haar zu lang (oder zu kurz) trugen oder Röcke oder Hosen anhatten, die zwar blau, aber eben nicht marineblau waren und so weiter, in einer schier endlosen Variation kleiner Rebellionen.
Alle bis auf Suzie. Caro hatte von Anfang an klargestellt, daß sie eine Abweichung von den geforderten, rigorosen Maßstä-

ben nicht duldete. Suzies flehentlicher Aufschrei: »Aber, Mama, das tun doch alle!« hatte ihre Mutter in ihrer Härte nur bestätigt. Was Caro anbelangte, war der entscheidende Punkt, daß Suzie eben nicht wie alle anderen war, und selbst wenn ihre Tochter unangenehm auffiel, so mußte man sich ja nur mal das Gesindel ansehen, daß jeden Tag aus der Schule strömte, um zu begreifen, daß gar nichts dagegen einzuwenden war, im Gegenteil.

Es bekümmerte Caro sehr, daß ihre Töchter allesamt staatliche Schulen besucht hatten, aber bei der unseligen Allianz von Geldmangel und Jims Prinzipien war ihr keine Wahl geblieben. Außerdem ließ Jim keine Gelegenheit aus, sie daran zu erinnern, daß die öffentlichen Schulen den älteren drei Töchtern sehr gut getan hatten. »Ja«, dachte Caro, »aber das waren ja auch ganz andere Umstände.« Zum einen hatte es in den Universitätsstädten, in denen sie gelebt hatten, hervorragende öffentliche Schulen gegeben, und zum anderen waren auch viele von Jims Kollegen seiner Meinung gewesen, so daß es genügend wohlerzogene Kinder aus gutem Hause gegeben hatte, mit denen ihre Töchter Umgang pflegen konnten. Und Polly war immer so schön gewesen, daß sie die Schützenhilfe, die eine Privatschule mit sich brachte, nie gebraucht hatte: Ihr Gesicht war, im wahrsten Sinne des Wortes, ihr Kapital gewesen. Kate war immer sehr intelligent gewesen, und Jim hatte ihr ständig Neues beigebracht. Und Emily hatte einmal gemeint, wenn Caro es wagte, sie auf eine Privatschule zu schicken, würde sie so lange ganz schreckliche Dinge tun, bis man sie rauswarf, was Jim, aus unerfindlichen Gründen, zum Schreien komisch gefunden hatte.

Aber Suzie war ganz anders. Caro machte sich Sorgen um Suzie. Sie war weder je besonders gut in der Schule gewesen noch sonderlich kontaktfreudig. Selbst als sie noch in der Stadt wohnten, hatte Suzie nicht viele Freunde gehabt, und

Caro sah ganz deutlich, daß hier auf dem Land ein richtiger Mangel an netten Kindern herrschte. Meist grämte sie sich freilich nur im stillen: Wegen ihrer entsetzlichen Armut war jede Abhilfe unmöglich.

Suzie blieb die Haltung ihrer Mutter natürlich nicht verborgen, und manchmal stellte sie fest, daß sie sie sogar teilte. Pippa war anscheinend, in den kurzen Intervallen, die ihr zwischen den Siegen bei den Ponyrennen blieben, auf eine schicke Mädchenschule gegangen, in der die Lehrerinnen alle Miß Soundso hießen und streng, aber gerecht waren. Das verhieß viel mehr Spaß als die Schule, die sie selbst seit dem letzten Jahr besuchte. Ihr Vater meinte immer nur, es würde besser werden, sobald sie erst einmal ihren Platz dort gefunden hatte, aber momentan fühlte sie sich wirklich ziemlich fehl am Platz.

Und erschöpft. An manchen Nachmittagen hatte sie kaum die Kraft, sich die achthundert Meter von der Bushaltestelle bis zur Lodge zu schleppen. Ihre Mitfahrer stürmten immer geradewegs in den Laden, um Chips, Süßigkeiten und Limonade zu kaufen, aber Suzie wußte, daß Caro bereits neben dem Wasserkessel stand und mit dem Blick auf die Uhr auf ihre Rückkehr wartete.

Suzie wünschte sich eine Menge Dinge, die wohl kaum je wahr werden würden, aber was sie sich beinahe täglich wünschte, war, daß Caro einmal nicht mit einem strahlenden Lächeln in der Küche auf sie wartete, um sie mit einem ängstlichen »Hattest du einen schönen Tag, Suzie?« zu begrüßen. Was für ein Genuß es wäre, nur ein einziges Mal unbemerkt ins Haus schlüpfen zu können, sich etwas aus dem Kühlschrank zu holen und sich dann im Wohnzimmer eine Weile vor den Fernseher zu lümmeln, bevor sie der Inquisition ins Auge sehen mußte.

»Na, wie war es in der Schule?«

»Ach, danke, Mama, es war okay.«
»Hast du etwas Interessantes gelernt?«
»Hm. Eigentlich nicht.«
»Was hast du denn dann gelernt?«
»Nicht viel.«
»Bringen sie euch nichts Vernünftiges bei? Vielleicht sollte ich mal mit deinem Vater über Nachhilfeunterricht sprechen.«
»Nein, laß doch, Mami. Du brauchst dir keine Mühe zu machen. Die Schule ist wirklich in Ordnung.«
»Dann verstehe ich nicht, warum du dich weigerst, mir etwas darüber zu erzählen.«
»Es ist eben einfach nicht besonders interessant, das ist alles.«
Suzie wußte instinktiv, daß sie Caro gegenüber lieber nicht erwähnen sollte, daß Dawn Roper, neben der sie eine Zeitlang in Geographie gesessen hatte, Weihnachten ein Baby erwartete, noch daß ein Junge aus der Achten der Schule verwiesen worden war, weil er den Hausmeister mit einem Messer bedroht hatte, oder daß ihnen eine lange Moralpredigt über die Gefahren des Klebstoffschnüffelns gehalten worden war. Suzie hätte ja nicht einmal gewußt, wie man das macht, selbst wenn sie es hätte tun wollen. Sie dachte, daß Mina diese Geschichten bestimmt wunderbar dramatisch dargestellt hätte, aber Suzie fand die Schule einfach nur anstrengend. Wenn sie eine gute Freundin gehabt hätte, wäre das vielleicht anders gewesen. Es lag auch nicht daran, daß die andern sie nicht mochten oder ausgrenzten oder so was: Sie schienen meist nur einfach nicht zu bemerken, daß sie überhaupt da war.
Etwa zweihundert Meter vor der Lodge wurden ihre Schritte unkoordiniert, wie immer, wenn sie verlegen oder schüchtern wurde. Einer der Hippies, der dunkelhaarige Junge, der sie am ersten Tag nach dem Weg zu Ted Seddens Farm gefragt hatte, kam ihr entgegen. Neben ihm ging – oder vielmehr

humpelte – der große weiße Hund, den er unter Kontrolle hatte bringen müssen, der, den Mina unbedingt hatte entführen wollen.

Sie zog die Schultern hoch und rückte ihren Schulranzen zurecht. Sie merkte, wie sie rot wurde. Diese Unfähigkeit, an jemandem auf der Straße vorbeizugehen, ohne sich in ein Häuflein alberner Verlegenheit zu verwandeln, konnte es einem richtig verleiden, auch nur einen Schritt vor die Tür zu setzen. Wohin sollte sie denn mit ihrem Blick? An ihm vorbeisehen konnte sie nicht, weil er dann ja vielleicht glaubte, sie starre ihn an; sie versuchte es damit, nach links zu blicken, als habe sie in einem der Vorgärten gerade etwas absolut Fesselndes entdeckt, aber schon nach einigen Schritten erschien ihr das komisch und steif, so daß sie den Kopf wieder nach vorn drehen und vor sich auf den Boden starren mußte. Es war ja schon schlimm genug, wenn jemand ganz Gewöhnliches wie Mr. G. oder Lydia auf einen zukam, aber wenn es dann auch noch einer dieser Hippies war und ein junger männlicher Hippie obendrein, war beinahe alles aus. Auch ohne ihn richtig anzusehen, wußte sie, wie durch eine Art Osmose, daß er trotz seiner komischen Kleidung wirklich gut aussah mit seinen schmalen Hüften und den langen Beinen und den sanften braunen Augen. Selbst Mina hatte ja gesagt, er wäre süß, und Mina war in bezug auf das andere Geschlecht eine viel größere Autorität als Suzie.

Da war bereits das nächste Dilemma in Sicht: Der Hund, der wie ein großes helles Schaf aussah und nicht mal angeleint war, sprang in seiner seltsamen, dreibeinigen Art voraus, um sie zu begrüßen. Wenn sie sich jetzt vorbeugte, um ihn zu streicheln, kam sein Herrchen vielleicht auf die Idee, sie wolle mit ihm reden, aber wenn sie den Hund nicht beachtete, würde es aussehen, als möge sie keine Tiere. Außerdem hatte sie Lydias Aussage, daß die Hippies durchaus freundlich sein

wollten und vielmehr die Dorfbewohner abweisend waren, sehr beeindruckt.
Mittlerweile war der Hund bei ihr angekommen und der junge Mann nur noch wenige Meter von ihr entfernt. Sie blieb einen winzigen Augenblick stehen und beugte sich vor, um den Hund zu streicheln. Eigentlich mußte sie sich gar nicht so sehr vorbeugen, da es ein großer Hund war, eine Art Collie, nur viel weißer als die meisten Collies. Und der große grüne Fleck, der ihr und Mina aufgefallen war, als sie die Hippies aus dem Wald beobachtet hatten, war zu einem matten Khaki verblaßt.
Die Stiefel des Jungen waren jetzt auf ihrer Höhe angekommen und hatten angehalten. Suzie richtete sich auf und sagte ein wenig distanziert: »Hallo«, dann machte sie sich erneut auf den Weg. Als sie an ihm vorbeiging, glitt ihr Blick schnell über sein Gesicht, aber so, daß sich ihre Blicke nicht trafen. Ihr fiel auf, daß er einen wirklich komischen Haarschnitt hatte, oben ganz kurz und an den Seiten lang, und daß sein Haar sehr dunkel war, fast wie das eines Inders oder eines Spaniers. Er hatte auch winzige Silberringe in den Nasenflügeln und haufenweise Ohrringe. Doch trotz dieser Eigentümlichkeiten sah er sogar noch besser aus, als sie anfangs geglaubt hatte.
Sie hörte, wie er »Hallo« zu ihr sagte, dann »Komm, Misty« zu dem Hund, und dann hörte man wieder seine Schritte.
Suzies Herz hämmerte, als sie die letzten Meter zur Lodge zurücklegte. Ihr war der Schweiß ausgebrochen, weil sie befürchtete, einen absoluten Idioten aus sich gemacht zu haben, weil sie ihn überhaupt angesprochen hatte, oder vielleicht sogar einen noch größeren Idioten, weil sie nicht genug mit ihm geredet hatte. Vielleicht hätte sie ihn gar nicht ansehen sollen, vielleicht hätte sie ihn auch richtig ansehen und ganz entspannt und freundlich und welterfahren mit der Situation umgehen sollen.

Neben diesen panischen Gedanken bemerkte sie allerdings auch eine kribbelnde Aufregung im Bauch. In ihrer Phantasie veränderte sich die Szene bereits. Sie hätte vielleicht richtig lässig und selbstbewußt »Hallo, das ist ja ein schöner Hund« gesagt, und er hätte darauf vielleicht geantwortet: »Sie mag dich, das merke ich ihr an. Sie heißt übrigens Misty. Ich wollte gerade mit ihr spazierengehen«, worauf Suzie möglicherweise erwidert hätte: »Bist du schon mal oben auf Raven's Beacon gewesen?« Dann übersprang sie die nächsten linkischen Zwischenstationen, und da waren sie dann, nur sie beide, und genossen den Ausblick von Raven's Beacon, während Misty und Bumpkin glücklich in der Nähe herumtollten. Der gutaussehende Junge hatte seinen Arm um ihre Schultern gelegt. Sie hatten sich geküßt.

Das erhebende Glücksgefühl, das Suzies Tagtraum produzierte, wurde von Caros fröhlichem: »Hallo, Suzie, hattest du einen schönen Schultag?« abrupt beendet, und Suzies schillernde Seifenblase zerplatzte sofort.

ACHTES KAPITEL

Als George von der Schnellstraße abbog und das gewohnte Straßenschild: »Briarswood 4 Meilen« sah, war er erleichterter, als er es sich selbst eingestehen wollte. Auch das Autofahren auf einer Schnellstraße gehörte zu den Aktivitäten, die er zwar seit mehr als einem halben Jahrhundert als selbstverständlich betrachtete, die jedoch, da er sich nun seinem achtzigsten Lebensjahr näherte, sichtlich problematischer wurden. George machte die Schnellebigkeit des modernen Daseins dafür verantwortlich. Er selbst fuhr immer noch mit der gleichen Höflichkeit, die er schon in seiner Jugend kultiviert hatte, als die Straßen noch erfrischend leer gewesen waren, Motoren auf steilen Hängen zu kochen begonnen hatten und Beifahrer sich in Decken und Kopftücher hatten hüllen müssen, weil es so kalt gewesen war. Nun waren alle ständig in solch einer wahnsinnigen Eile, daß sie jedwede Höflichkeit verloren hatten. George wurde konstant angehupt, und häufig ballten andere Fahrer die Faust oder beschimpften ihn, ohne daß er sie provoziert hätte. Er gestattete sich nie, zurückzuschlagen, auch wenn es manchmal doch recht schwer war, würdevolles Schweigen zu bewahren. Wenn er ehrlich war, mußte er zugeben, daß ihn die Aggression und Geschwindigkeit der anderen Fahrer nervös machte, aber er hätte es nicht ertragen, das Autofahren aufzugeben, jedenfalls jetzt noch nicht. Das wäre bloß ein weiterer Nagel in den Sarg seiner Selbstachtung gewesen. Eine Vorahnung auf die Schrecken, die ihn noch erwarteten.

Georges Erziehung hatte ihn gelehrt, sich jeder Herausforderung tapfer zu stellen, und da bildete das Alter keine Ausnahme. Aber er war nicht stolz auf seinen Gleichmut: Er war vielmehr so sehr Teil von ihm, daß er sich weder über seine Wehwehchen hätte beklagen noch der jungen Dame in dem kleinen blauen Auto, das am letzten Kreisverkehr links neben ihm gewartet hatte, einfach den Weg hätte abschneiden können, ganz gleichgültig, wie laut diese Rüpel hinter ihm auf ihre Hupen drückten, ihm beim Überholen Beschimpfungen zubrüllten und dadurch beinahe einen schlimmen Unfall verursacht hätten.

Er hatte schon seit Jahren Probleme mit seinen Fuß- und Handgelenken, und seit kurzem machten ihm auch die Knie zu schaffen; manchmal war der Schmerz so stark, daß er für Sekunden völlig vergaß, wo er war und was er gerade tat. Und nun kam auch noch dieses entsetzliche Stechen – oft auch mehr als nur ein Stechen – in seiner Brust hinzu.

Er runzelte die Stirn und ermahnte sich, nicht so schwächlich zu sein. Man wollte ja schließlich nicht einer dieser Kerle werden, die schon beim ersten Wehwehchen zum Onkel Doktor rannten. Wenn man ihn nur in Ruhe ließ, erholte sich der Körper schon von ganz alleine wieder.

Nun war er beinahe wieder zu Hause. Er mußte mit sich selbst gesprochen haben, da Hamish, der auf dem Beifahrersitz saß, in freudiger Erwartung den Kopf hob und durch die Windschutzscheibe hinausblickte.

»Du bist ein guter Junge, Hamish.« George nahm die linke Hand vom Steuer und legte sie auf den dunklen Schädel des Labradors. Es waren die Hände eines alten Mannes mit vor Arthritis geschwollenen Knöcheln und Venen, die wie graue Wollfäden durch die Haut drückten.

Das Älterwerden war eine trostlose Angelegenheit. Dieser neue Schmerz in seiner Brust war eine besonders ärgerliche Geschichte. »Mach einfach das Beste daraus, Hamish«, sagte er. Georges Hund erhielt häufig Ratschläge, die eigentlich die Probleme seines Herrchens betrafen.
Gerade als George sich vorstellte, wie er sich einen schönen Drink einschenken würde, sobald er wieder zu Hause war, entdeckte er eine so abscheuliche Szene, daß er es gerade noch fertig brachte, seinen BMW einigermaßen unter Kontrolle zu halten.

Sie waren schon seit einigen Stunden im Wald. Anfangs hatten sie es einfach nur genossen. Gedämpftes Sonnenlicht war durch das Blätterdach der Birken geblitzt, und gelegentlich hatte die milde Brise eine Handvoll orangeroter Blätter kreiselnd zu Boden geschickt. Kate hatte Brombeeren gesucht, Hopi hatte sich auf einen umgefallenen Stamm gesetzt und gemütlich eine Zigarette geraucht, und Malcolm hatte ein paar unglaubliche, cremefarbene Pilze entdeckt, die aus einem Stamm wuchsen, und überlegt, ob sie wohl eßbar waren. Hopi hatte gemeint, er solle sich doch ein Pflanzenkundebuch aus der Bücherei ausleihen, denn auf dem Land gab es jede Menge kostenlose Nahrung und nicht nur Brombeeren, die alle kannten. In der Zwischenzeit hatte Kate die Erfahrung gemacht, daß die Holunderbeeren nicht schmeckten und Schwarzdorn sogar noch saurer war als Zitronen. Dann hatten sich alle ein Weilchen neben Hopi auf den Baumstamm gesetzt und ein Schwätzchen gehalten, bevor sie sich schließlich an die Arbeit begeben hatten. Nach etwa einer halben Stunde hatten sie einen ganz ordentlichen Haufen Holz aufgestapelt, den sie in Mals Wagen verfrachten wollten.
»Verdammte Scheiße«, sagte Kate plötzlich, als sie von ihrer Arbeit aufsah. »Und was jetzt?«

Malcolm und Hopi gesellten sich mit den Ästen, die sie in den Armen hielten, zu ihr.
»O nein«, stöhnte auch Hopi auf, »nicht schon wieder der.«
»Kennt ihr ihn?« wollte Malcolm wissen.
Kate und Hopi warfen einander einen Blick zu. »Klar«, meinte Kate, »das ist Psycho-Opi.«
Mal sah einen großen, wohlproportionierten Mann aus dem Auto steigen, der sich, obwohl er bereits weit über siebzig sein mußte, sehr aufrecht hielt und ohne Stock ging. Er trug ein Tweedjackett, eine Wollhose und polierte Straßenschuhe. Er wirkte im Moment nicht gerade wie ein Mann, der in Frieden mit der Welt lebt.
»Was, zum Teufel, glaubt ihr, was ihr da macht?« brüllte er. »Verlaßt augenblicklich mein Grundstück.«
Durch seinen strengen Tonfall in Alarmbereitschaft versetzt, schob ein großer schwarzer Labrador den Kopf aus dem Beifahrerfenster und sah zu.
»Wir wußten nicht, daß das –«, setzte Mal an.
»Ihr bildet euch wohl ein, ihr könntet euch hier einfach bedienen, was? Ihr glaubt wohl, ihr hättet das gottgegebene Recht dazu, wie? Legt das verdammte Holz weg, bevor ich die Polizei rufe! Wie könnt ihr es wagen!«
»Schon gut, schon gut.« Mals Atmung hatte sich beschleunigt, doch er legte die Holzscheite, die er in den Armen hielt, auf den Boden. »Es gibt keinen Grund –«
»Das ist ja nicht zu fassen!« George entdeckte den Holzstapel, der neben dem alten Lieferwagen lag, was seine Wut neu entfachte. »Ihr verdammten Barbaren, ich werde euch lehren, einfach mein Holz zu stehlen, ich –«
Kate zog ihre Wollmütze über ihr wirres rotes Haar und ging in Kampfstellung. »Ach, zum Teufel noch mal, halt endlich dein Maul!« schrie sie. »Wir wußten ja gar nicht, daß das dein blödes Holz ist. Du kannst es behalten, wenn es so verdammt

wertvoll ist. Es liegt doch bloß hier rum und verrottet. Hier, nimm schon!« Sie marschierte mit ihren Holzscheiten zu dem BMW hinüber, wo sie sie auf den Fahrersitz legte.
»Daß du mir ja nicht das Auto anfaßt, du freche Göre!«
»Da!« Kate war überzeugt davon, daß sie noch lauter brüllen konnte als er. »Behalt deinen Scheiß! Ich hoffe, daß du dich selbst in Brand steckst und bei lebendigem Leibe verbrennst, du mieser alter Scheißer!«
George, der es nicht gewöhnt war, von Frauen angeschrien zu werden, legte eine schwache Hand auf die Brust und klappte einen Moment lang sprachlos den Mund auf und zu.
Nun war Hopi der Meinung, daß es Zeit war, sich einzumischen. In ihrer ruhigen Art erklärte sie: »Wir haben nur aufgehoben, was auf dem Boden herumlag. Wir sind davon ausgegangen, daß es sowieso niemand haben will.«
Mal blinzelte zweimal. Mit einer nervösen Handbewegung schob er seine Brille hoch. Sein Gesicht war weiß geworden und sah verkniffen aus. Weil er sich sosehr darum bemühte, sich unter Kontrolle zu halten, klang seine Stimme äußerst angespannt, als er beschwichtigend ergänzte: »Wir hatten nicht vor, Unfrieden zu stiften, wir –«
»Macht schon, runter von meinem Grund und Boden.« George hatte sich von dem Schock erholt, von einer rothaarigen Vagabundin mit drei Nasenringen angebrüllt zu werden. Seine Ängstlichkeit war jetzt verflogen und, als er ihre Beschwichtungsversuche bemerkte, dem Gefühl des Triumphes gewichen. Herrisch kündigte er an: »Falls ich jemals einen von euch wieder hier antreffe, rufe ich die Polizei, und dann werde ich auch mein Gewehr mitbringen, ich –«
»Ach, Mist«, meinte Hopi, als sie in ihrem Lieferwagen davonfuhren, »schade um das viele schöne Holz.«
»Ja«, stimmte Kate ihr verärgert zu, »der blöde alte Knacker. Ich wette mit euch, der hat sowieso 'ne Zentralheizung.«

Nur Mal, der mit weißen Knöcheln das Lenkrad umklammerte, sagte keinen Ton.

Am frühen Abend konnten Kate und Hopi bereits über den Vorfall lachen.
»Darf ich dir etwas von meinem Gras anbieten, freche Göre?«
»Oh, vielen herzlichen Dank, altes Haus, ich bin so frei.«
Mal konnte sie in Hopis Wohnwagen hören. Hopi spielte Gitarre, und Kate versuchte, auf einer irischen Flöte zu spielen, was so schief klang, daß die Hunde zu heulen begannen und die beiden Mädchen immer wieder vor Lachen abbrechen mußten. Sie komponierten ein Lied mit dem Titel »Die Ballade vom zornigen Mann«.
Mal beneidete sie, da ihm gerade nicht nach Lachen zumute war. In seiner Brust ballte sich eine Wut zusammen, gegen die er machtlos war. Er hatte bereits mehr als eine Flasche Wein getrunken, doch immer noch griff der Ärger seine Innereien an wie eine ätzende Säure. Er war außerdem wütend auf sich, weil er Wein trank, denn seit Saul bei ihm eingezogen war, hatte er sich bisher mit dem Trinken sehr zurückgehalten. Aber nun war es mit seiner Selbstbeherrschung vorbei.
Wenn es eines gab, das er haßte, so waren es Aggressionen. Wenn er wütende Stimmen hörte, hatte er das Gefühl, als würde ihm ein Messer im Herz umgedreht. Er haßte jede Art von Streit. Er wollte einfach nur in Einklang mit der Welt leben, aber manchmal war das gar nicht so einfach.
Er goß sich noch einen Becher Wein ein und drehte sich eine Zigarette. Seine Hände zitterten. Er hatte lange, schlanke Hände – Künstlerhände, wie seine Mutter stets mit zaghaftem Stolz zu sagen pflegte. Am anderen Ende des Lasters war Saul endlich in dem kleinen Bett eingeschlafen, das Mal ihm vor sechs Wochen eingerichtet hatte. Sein einziger Trost war,

daß Saul, der am Morgen das erste Mal zur Schule gegangen war, diese Szene im Wald nicht hatte miterleben müssen. Mehr als alles in der Welt wollte Mal seinen Sohn vor jeglicher Brutalität schützen. Niemand würde je die Hand gegen seinen Jungen erheben, und niemand würde ihn anbrüllen. Bei dem Gedanken daran, zu was er fähig wäre, wenn irgend jemand Saul je verletzen würde, merkte Mal, wie ihm eigenartig schwarz vor Augen wurde. Alle Gedanken waren wie ausgelöscht.

Es gab wenig Ähnlichkeiten zwischen dem gutgekleideten älteren Herrn in dem weißen BMW vom Nachmittag und Malcolms Vater, Stanley Fraser. Sein Vater war Handelsvertreter und trug billige Anzüge über bügelfreien Hemden, war klein, stämmig, laut und gesellig. Und er war ein Tyrann. Beide Männer waren Tyrannen. Mal verachtete, verabscheute und haßte Tyrannen aus tiefstem Herzen.

Er hatte bereits die zweite Weinflasche fast geleert, trotzdem hatte sich sein Zorn kein bißchen verflüchtigt. Er ging nach draußen und schloß sorgfältig die Tür hinter sich, damit er den schlafenden Jungen nicht weckte. Es war eine klare Nacht, und am Himmel glitzerten die Sterne. Er hörte Gelächter aus Hopis Wagen dringen, roch den Duft der Holzfeuer und den frischen Abendtau. »Frieden«, dachte er, »leb in Frieden mit der Welt. Leb in Einklang mit allem. Laß dich nicht von einem alten ungehobelten Kerl ärgern. Atme langsam durch. Entspann dich.«

Es half nichts. Der Zorn hämmerte in seiner Brust. Trotz aller guten Vorsätze spürte er einen überwältigenden Drang, um sich zu schlagen und etwas zu zerstören. Er wollte diese Kompanien alter Männer, Väter, Lehrer, Polizisten und Grundbesitzer, die hinter jeder Ecke auf ihn lauerten und ihm alles verleideten, verprügeln und verletzen. Er wollte diesen schrecklichen Schmerz loswerden. Er wollte gleichzeitig to-

lerant und friedlich sein. Er wollte sich nicht so fühlen wie jetzt.
Hinter ihm ertönte ein unverständlicher Angstschrei, und Mal war in Windeseile an der Seite seines Sohnes. Sauls Augen standen offen, und seine Stirn war schweißverklebt.
»Saul, was ist denn?«
Das Kind starrte ihn aus dunklen, blicklosen Augen an. »Die Dreckskerle unten, das Waschbecken zerbrochen ...«
»Was?«
»Is doch ganz klar, Blödmann«, murmelte der Junge, drehte sich um und schlief schon wieder.
Mal zog die kleine Bettdecke über ihm zurecht. Er überlegte, ob er den Traum seines Sohnes wohl deuten konnte, gab jedoch nach einer Weile auf. Er hätte Saul gern etwas vorgesungen, so wie er es bei Hopi gesehen hatte, oder ihm eine Geschichte erzählt, weil das den Jungen vielleicht beruhigt hätte, aber er hatte kein Talent fürs Singen oder Geschichtenerzählen. Daher sagte er nur: »Das klang jetzt aber ein bißchen wirr, Saul«, und beschloß, ein Weilchen bei ihm sitzen zu bleiben.
In Zeiten wie diesen, wenn Saul schlief, fühlte sich Mal ihm so nah, daß es ihm beinahe unheimlich war. Wenn Mal ganz ehrlich war, mußte er zugeben, daß der wache Saul etwas problematischer war, denn er war frech und schwierig und kannte Hunderte von Möglichkeiten, wie er ihn auf die Palme bringen konnte. Schlafend war er jedoch ganz anders – unschuldig und verletzlich. Plötzlich überfiel Mal das seltsame Gefühl, der Junge in dem selbstgebauten kleinen Bett unter der gestreiften Bettdecke wäre er selbst als Kind. Er hatte das gleiche schmale Gesicht, blaß und ängstlich sogar noch im Schlaf, die gleichen tiefliegenden, dunkel geränderten Augen, den gleichen störrischen Ausdruck um den Mund. Es hatte nie einen Zweifel daran gegeben, wer Sauls Vater war.

Mal hatte Sauls Mutter vor etwa sieben Jahren auf einem Festival in Hereford kennengelernt. Sie war mit einem Mann zusammengewesen, der sie in schöner Regelmäßigkeit verprügelt hatte, und als das Festival zu Ende gegangen war, war sie bei Mal eingezogen, und sie waren einige Monate zusammen herumgereist. Angie war eine sanfte, leicht verloren wirkende Person, die unter depressiven Stimmungen litt, und nach einer Weile hatten sie beschlossen, wieder getrennte Wege zu gehen. Sie hatte die Tendenz gehabt, alle möglichen Drogen zu nehmen, die ihr gerade in die Finger kamen und bereits zu diesem Zeitpunkt sogar gelegentlich Crack, während Mal dagegen eine immer klarere Vorstellung davon entwickelt hatte, wie er sich sein Leben im Wohnwagen vorstellte, und harte Drogen gehörten nicht dazu.

Im folgenden Jahr war ihm zu Ohren gekommen, daß Angie eine Frühgeburt gehabt und das Sozialamt ihr und ihrem Freund wegen des Kindes eine Wohnung vermittelt hätte. Er war davon ausgegangen, daß ihr neuer Freund der Vater des Kindes wäre – ohne auf die Idee zu kommen, daß Angie vielleicht schwanger gewesen sein könnte, als sie sich getrennt hatten. Seitdem hatte er ein paar Freundinnen gehabt, und vor einem Jahr war er dann mit Kate zusammengekommen. Eigentlich hatte er Angie zu diesem Zeitpunkt schon völlig vergessen gehabt.

Dann war er Ostern zufällig einem alten Freund namens Scottie begegnet, der nebenbei bemerkt hatte: »Dein Junge ist dir ja wie aus dem Gesicht geschnitten, Mal. Siehst du ihn häufig?«

Dieses Gespräch hatte Mals gesamtes Leben verändert, auch wenn er noch sechs Wochen gebraucht hatte, bis er sich dazu entschieden hatte, das Kind sehen zu wollen, und danach zwei weitere Monate verstrichen waren, bevor es ihm gelungen war, Angie ausfindig zu machen. Kate war von Anfang an strikt dagegen gewesen. »Das hat doch gar nichts mit dir zu tun, Mal. Viele Kinder haben dunkles Haar und braune Augen. Du kannst dich nicht für alle verantwortlich fühlen.«

»Ich will sie ja nur besuchen«, hatte er gemeint, »mehr nicht.«

Angie lebte außerhalb von Coventry in einer Wohnsiedlung im vierten Stock, und Mal überfiel sofort dieses nur allzu bekannte klaustrophobische Gefühl, als er die trostlose Betonwelt der Siedlung betrat. Er sagte sich dennoch, daß es so furchtbar nun auch wieder nicht war und es wesentlich schlimmere Orte gab, an denen ein Kind aufwachsen konnte, und daß er ja wohl kaum erwartet haben konnte, daß das Sozialamt für Angie und ihr Baby eine schöne elegante Doppelhaushälfte gefunden hatte, wo doch so viele Familien eine Wohnung brauchten.

Angie war weder besonders überrascht noch erfreut, Mal zu sehen. Sie machte den Eindruck, als habe sie schon seit ziemlich langer Zeit nichts mehr wirklich überrascht oder gefreut. Sie hatte zugenommen, und ihr blondes Haar war strähnig, und sie wirkte generell so, als habe sie sich gehenlassen, seit sie das Leben im Wohnwagen hinter sich gelassen hatte. Obwohl ihre Wohnung auch nicht schlimmer war als Tausende andere, strahlte sie eine Atmosphäre muffiger Hoffnungslosigkeit aus, die er beunruhigend fand. Es schien, als wäre Angie wie ein weißer Fisch in brackigem Wasser gefangen, zu dem nie ein Strahl Tageslicht vordrang.

Er sah sich in dem schmuddeligen Zimmer um, während Angie sich in einen abgenutzten Sessel fallen ließ und sich eine Zigarette anzündete. Auf dem Fußboden saß ein Kleinkind. Es war ein kleines blondgelocktes Kind mit den blauen Augen seiner Mutter. Scottie hatte sich geirrt: Angies Kind war mindestens drei Jahre zu jung, um Mals sein zu können. Er

war richtig erleichtert und nahm sich vor, ein bißchen mit Angie zu plaudern und dann wieder zu gehen.
»Daß ich dich noch mal sehe. Was willst du?« begrüßte Angie ihn.
»Ich habe Ostern zufällig Scottie getroffen. Er meinte, du hättest ein Kind.« Mal setzte sich auf den einzigen anderen Stuhl im Zimmer und tätschelte dem Kind den Kopf. »Hübsches Kind«, meinte er. »Wie heißt es?«
»Vanessa«, erklärte sie. Das Kind reagierte gar nicht auf Mal.
»Du hast dir ganz schön lange Zeit gelassen, findest du nicht?«
»Scottie meinte, es gäbe da eine gewisse Ähnlichkeit«, Mal grinste verlegen, »deshalb dachte ich ... aber er muß sich –«
»Das ist verdammt richtig, die gibt's. Ist ja auch nicht verwunderlich, oder?«
»Aber ...«
»Sieh es dir doch selbst an.« Sie drehte leicht den Kopf, um ins Nebenzimmer zu schreien. »Saul! Komm, und begrüß den Mann!« Sie mußte ein zweites Mal rufen, bevor sie sich über dem hektischen Lärm des Zeichentrickfilms, der aus dem Fernseher nebenan drang, Gehör verschafft hatte.
Mal war übel geworden, als er Saul gesehen hatte. Was tat diese fünf Jahre alte Ausgabe seiner selbst an einem solchen Ort bei einer solchen Mutter?
Er erhob sich und begrüßte den Jungen. »Hallo, Saul.«
Das Kind starrte ihn lediglich an. Er hatte braunes Haar, das in femininen Wellen über seine Ohren fiel. Mal versuchte sich an einem, wie er hoffte, aufmunternden Lächeln und durchquerte das Zimmer. Dann sagte er noch einmal: »Hallo, Saul, ich heiße Malcolm.«
Aber als Mal die Hand hob, um sie ihm auf den Kopf zu legen, hatte Saul sich mit einer geübten Bewegung darunter weggeduckt und war in sein Zimmer geschossen, um sich dort

hinter dem Bett zu verstecken. Mal verspürte einen körperlichen Schmerz, als habe ihm gerade jemand eine Eisenstange in den Magen gerammt.

Weiß vor Wut wandte er sich an Angie: »Wer verprügelt ihn?«

Sie zuckte mit den Achseln. »Der kann ein richtiges Monster sein, der Kerl. Und frech wie sonst was. Ich weiß nicht, was ich machen soll, wenn er so unverschämt ist. Dann muß Dan ihn sich vorknöpfen.«

»Dan? Ist das dein Freund?«

»Ja. Irgendwie schon.«

»Und er schlägt Saul?«

»Das ist gar kein Grund, uns zu verachten, Malcolm Fraser. Du mußt dich ja nicht den ganzen Tag lang mit ihm herumschlagen. Saul ist hyperaktiv, das ist das Problem. Ich wollte den Arzt dazu bringen, ihm ein Medikament zu verschreiben, das ihn beruhigt, aber der hat sich auf nichts eingelassen. Die Sozialarbeiterin meinte, es wäre sowieso psychisch.«

»Sozialarbeiterin?«

Kalte Schauer rannen Mal den Rücken hinunter.

»Ja. Sie sagte, sie könnte mir Saul eine Weile abnehmen, mir eine Verschnaufpause ermöglichen, bis wir ein richtiges Haus bekommen. Sie wissen, daß ich nicht mit ihm zurechtkomme, nicht seit Vanessa auf der Welt ist. Saul schafft immer Probleme zwischen mir und Dan. Er kann richtig böse sein, ganz schlimm.«

»Du hast sie darum *gebeten*, daß sie dir Saul wegnehmen?«

»Es ist doch nur für eine Weile. Nur bis es mir besser geht.«

»Angie, wenn du ihn jetzt verlierst, wirst du ihn nie wiederbekommen, nicht in dem Zustand, in dem du bist. Als was arbeitet Dan denn?«

»Er ist Geschäftsmann. Einkauf und Verkauf, so was in der Art. Man kann davon leben. Dan ist schon in Ordnung, er hat

eben nur ein hitziges Temperament.« Bei dieser letzten Aussage hellte sich ihr Gesicht deutlich auf. Dann fügte sie hinzu: »Manchmal wird es ihm einfach zuviel. Dan kann nichts dafür, Saul bringt ihn immer auf die Palme.«
Mal konnte spüren, wie sich alles in ihm drehte, während Angie in ihrer flachen, tonlosen Stimme sprach. »Die Sozialarbeiterin meint, ich hätte postnatale Depressionen. Manchmal ist es hier wirklich schrecklich. Du weißt ja gar nicht, wie das ist.«
»Doch, ich kann es mir vorstellen.«
»Ja dann. Du bist schließlich sein Vater. Wenn du so ein verdammter Held bist, kannst du ihn ja zu dir nehmen!«
»Genau das werde ich vielleicht auch tun.«
Nichts hatte ihm ferner gelegen. Er hatte gedacht: »Das ist absurd, was mache ich hier eigentlich? Das hat gar nichts mit mir zu tun. Ich sollte einfach gehen.« Aber der Moment, in dem er hätte verschwinden können, war an ihm vorbeigeglitten, als er gerade nicht hingesehen hatte.
Jemand stand neben ihm; Saul fixierte ihn mit eiskaltem Blick.
»Bist du mein Papa?«
»Ich glaube, ja, Saul.«
»Mein richtiger Papa?«
Mal nickte. Er war der Verzweiflung nahe.
»Wohnst du in einem richtigen Haus?« wollte Saul von ihm wissen.
»Nein, Saul, aber ich habe ein richtiges Zuhause. Es ist halt einfach nur ein Laster.«
»Warum lebst du denn in einem blöden Laster?«
»Es gefällt mir. Ich mag die Freiheit.«
Das Kind musterte ihn durchdringend, und Mal fragte sich, ob Saul mit dem Begriff Freiheit wohl schon irgend etwas anfangen konnte.
»Kann ich mitkommen?«

»Um Urlaub zu machen?«
Saul runzelte die Stirn. »Um mit in deinem Laster zu fahren.«
»Das hängt davon ab.«
»Wovon?«
»Tja, deine Mutter will wahrscheinlich –«
»Sie sagt, ich bin nur eine verdammte Last.«
»Aber doch nur, wenn das auch stimmt, Schatz«, sagte Angie.
»Ich will mit dir fahren!«
»Na, dann geh.« Angie sah zu Vanessa hinüber, die gerade zu quengeln begonnen hatte. »Du kannst ihn ein Weilchen nehmen. Ich kann mich nicht um beide kümmern, nicht solange Dan auch noch da ist. Du wirst schon früh genug die Nase von ihm vollhaben. Sag nicht, ich hätte dich nicht vorgewarnt.«
Mal erhob sich. »Na dann, laß uns deine Sachen holen.«
Sein ganzes Leben lang hatte Mal sehr persönliche und triftige Gründe gehabt, die Bedeutung der Gene herunterzuspielen. Die Vorstellung, daß irgendein Teil von ihm auf den groben und gewalttätigen Stanley Fraser zurückzuführen wäre, war ihm immer zuwider gewesen. Aber er hatte vom ersten Augenblick an eine beinahe animalische Verbundenheit mit seinem Sohn verspürt. Kaum hatte Saul seine kleine, klebrige Hand in die seine geschoben, hatte Mal das Gefühl gehabt, daß sie aus einem Fleisch und Blut waren, und das hatte ihm plötzlich eine unsagbare Freude bereitet, die jedoch in Anbetracht der enormen Verantwortung, die er sich aufbürdete, beinahe sofort einer furchtbaren Panik gewichen war. Für dieses zerbrechliche, verletzte kleine Wesen, das ihm bis zu den Fingerspitzen ähnelte, war er nun verantwortlich. Fünf Jahre seines Lebens hatte er bereits verpaßt, und von nun an konnte er es sich nicht leisten, auch nur den kleinsten Fehler zu begehen.
Saul holte ein dreckiges, pinkfarbenes, seehundartiges Plüsch-

tier; wesentlich mehr schien er nicht zu besitzen. Mal ging ins Badezimmer und kehrte mit einer Kinderzahnbürste zurück. Vanessa hatte nun richtig zu schreien begonnen, weshalb Angie unter dem Sofa nach einem schmierigen Schnuller fischte, den sie dem Kind in den Mund zwingen wollte. Vanessa heulte nur um so lauter, und Angie wurde ungeduldig.

Mal wünschte sich ganz weit fort, fragte Angie jedoch: »Hast du noch die Telefonnummer meiner Mutter? Ruf sie an, wenn du mich erreichen willst. Sie weiß gewöhnlich, wo ich zu finden bin.«

»Klar.«

Saul wartete bereits mit abgewandtem Blick neben der Tür. Mal meinte zu Angie, daß sie in Kontakt bleiben würden und daß Saul, sobald es ihr wieder besser ginge, jederzeit zurückkommen könne, wenn er wolle …

Angie wirkte nicht besonders interessiert.

»Tja, dann bin ich mal weg.«

Angie begleitete sie zur Tür. Sie sah zu Saul hinunter, und zum ersten Mal zeigte sich ein Hauch von Zärtlichkeit auf ihrem Gesicht. »Bis dann. Du mußt jetzt ein braver Junge sein. Wir sehen uns bald wieder.«

Mal hatte seinen Laster am Rande der Wohnsiedlung geparkt, und sie waren gerade rechtzeitig gekommen, um zu verhindern, daß eine Gruppe Kinder die Seitenspiegel abmontierte. Saul kletterte wortlos auf den Beifahrersitz. Kaum war Mal neben ihm ins Führerhaus gestiegen, fiel ein Schatten über das Gesicht des Jungen. Er schaute einen Mann mit einem dünnen Pferdeschwanz an. Der Mann ging gerade über den Betonweg auf das Wohngebäude zu.

»Ist das Dan?«

Saul wandte die Augen ab und antwortete nicht.

»Na gut, dann los.«

Für Mal waren die schlimmsten Augenblicke die, in denen er

wußte, daß Saul Angie vermißte. Nicht, daß Saul das je zugegeben hätte. Er zeigte selten irgendwelche Gefühle. In den zwei Monaten, die sie bereits miteinander verbracht hatten, hatte Mal ihn weder lachen noch weinen sehen. Gelegentlich, wenn er enttäuscht oder verletzt war, wiegte er sich vor und zurück und stieß einen hohen, klagenden Laut aus. Als das zum ersten Mal geschehen war, hatte Mal kurz davor gestanden, einfach aufzugeben. Vielleicht war es falsch gewesen, das Kind aus seiner vertrauten Umgebung und von den ihm vertrauten Menschen wegzuholen; vielleicht brauchte Saul mehr, als selbst ein Vater ihm geben konnte.

Glücklicherweise war Hopi in jener Situation anwesend gewesen. Sie hatte bloß gemeint: »Zeig ihm, daß du ihn liebst, Mal. Das ist alles, was er braucht.«

Mal war sich nicht sicher gewesen, ob man das Gefühl, das er in jenem Augenblick für Saul empfunden hatte, wirklich als Liebe bezeichnen konnte, aber er hatte zumindest versucht, den Jungen zu umarmen. Saul hatte sich aus seinen Armen herausgewunden und Mal beschimpft, bevor er davongelaufen war.

»Er wird sich schon eingewöhnen«, hatte Hopi ruhig gesagt. »Mach dir keine Sorgen.«

»Woher weißt du, daß es klappen wird?«

»Er ist ja jetzt bei dir. Du bist sein Vater, und er hat nun ein richtiges Zuhause. Er kann es einfach nur noch nicht glauben.«

Kate war weniger optimistisch. Sie hatte, als sie bei Mal eingezogen war, beileibe nicht damit gerechnet, sich irgendwann einmal um einen kleinen Jungen kümmern zu müssen. Und erst recht nicht um einen kleinen Jungen, dem nichts mehr Freude zu bereiten schien, als einen Keil zwischen sie und Mal zu treiben.

Selbstverständlich tat ihr dieses Kind leid, aber sie war gleichzeitig der Meinung, daß er sich die meisten seiner Probleme

selber schuf. Sie hoffte nach wie vor, daß Mal bald genug vom Vaterspielen haben und Saul zu seiner Mutter zurückschicken würde, wo er schließlich auch hingehörte.
An dem Abend, an dem sie und Hopi die »Ballade vom zornigen Mann« komponierten, fand sie bei ihrer Rückkehr in den Wagen Mal auf dem Boden zusammengerollt, mit dem Kopf auf Sauls Bettdecke vor. Die Hände des Jungen, die selbst im Schlaf zu festen Fäusten geballt waren, berührten Mals Bartstoppeln. Kate fühlte sich ausgeschlossen und griff verärgert nach einem Schlafsack, um die Nacht in Hopis Wagen zu verbringen.

George war über den Vorfall im Wald dermaßen erregt, daß er vergaß, rechtzeitig zu bremsen, und deshalb beinahe Caros spätblühende Astern neben der Lodge überfahren hätte. Da Suzie bereits aus der Schule zurückgekehrt war, fand er Mutter und Tochter in der Küche vor, wo sie gemütlich Tee tranken und über die Ereignisse des Tages sprachen.
»Schnell, schnell, keine Zeit verlieren«, rief er, »Hol den Range Rover, Caro, beeil dich, sei ein braves Mädchen.«
»Was ist denn los, Papa? Ist dein Auto liegengeblieben?«
»Nein, nein, mit dem Auto ist alles okay. Ich muß zurück in den Wald und alles holen, bevor sie zurückkommen.«
»Wald? Welchen Wald? Jetzt setz dich endlich, Papa, dein Blutdruck wird schon sonstwo sein. Ich werde dir eine schöne Tasse Tee einschenken, und dann kannst du mir erzählen –«
»Ich hab keine Zeit für Tee, Frau, siehst du das nicht? Herr im Himmel, das ist ein Skandal. Ich habe gerade einen Haufen dieser entsetzlichen Hippies dabei erwischt, wie sie Holz aus dem Wald von Haddeley stehlen wollten. Stell dir diese Frechheit mal vor! Ich habe es ihnen aber ganz schön gezeigt.«
»Dann werde ich Wyndham anrufen. Es ist schließlich sein Wald. Soll er sich doch darum kümmern.«

Ein entzücktes Grinsen breitete sich auf Georges Gesicht aus. »Sie glauben, daß er mir gehört. Ich habe ihnen gesagt, das wäre mein Wald.«
»Warum hast du das denn nun schon wieder getan?« fragte Caro.
Suzie seufzte und ließ den Kopf auf die Hand sinken. Ihre Stirn war gerunzelt.
George antwortete vergnügt: »Ich dachte mir, das wäre die einfachste Methode, diesen Abschaum loszuwerden. Jetzt müssen wir es auch zu Ende bringen und das Holz aus dem Wald holen. Ist ein verdammt großer Stapel. Du kannst es ja nehmen, Caro.«
»Wir haben keinen Platz, Papa, es ist gerade welches geliefert worden.«
»Warum sollen wir denn das Holz bekommen und sie nicht?« wollte Suzie wissen.
George und Caro drehten die Köpfe, und Suzie konnte spüren, wie ihr das Blut ins Gesicht stieg, trotzdem insistierte sie: »Warum hast du ihnen gesagt, es wäre dein Land, Opa?«
»Eine Notsituation, Suzie«, erklärte George. »Man muß Leute wie die davon abhalten, sich an den Sachen anderer zu vergreifen. Ich konnte sie doch nicht mit einem Diebstahl davonkommen lassen.«
»Aber wenn wir jetzt hinfahren und es holen, ist das dann nicht auch Diebstahl?«
»Natürlich nicht. Sale ist unser Freund«, meinte George. »Das ist etwas ganz anderes.«
»Aber –«
Caro mischte sich ein. »Suzie, jetzt widersprich nicht andauernd, sei ein braves Mädchen.«
George starrte seine Enkelin in liebevollem Unverständnis an. »Kopf hoch, Suzie, du kannst uns helfen.«
»Nein«, sagte Caro entschieden, »sie hat sicherlich noch

Hausaufgaben zu machen. Ich werde mit dir das Holz holen, und dann werden wir es zu Wyndham bringen. Suzie hat recht, es gehört ihm.«

»Verdammtes Theater«, George wurde zunehmend eingeschnappter, daß man seinen Coup nicht zu würdigen wußte. »Ihr versteht beide nicht, worum es geht. Die Sache ist doch die, daß Sale ein vernünftiger Kerl ist und bestimmt nicht will, daß ein Haufen Aussteiger auf seinem Grund und Boden herumspringt und sich einfach an seinem Holz bedient. Das heißt nicht, daß er es selbst haben möchte. Es ist mir ein Rätsel, warum du das nicht verstehen willst.«

George und Caro zankten sich immer noch, als sie zur Garage hinausgingen und in den Range Rover stiegen. Caro kehrte einen Moment später wieder zurück, um zum Schutz ihrer Polster eine alte Decke zu holen. Suzie saß immer noch am Tisch und starrte trübsinnig ins Leere.

»Ist es in Ordnung, wenn du zwanzig Minuten allein bleibst?«

»Ich denke schon«, meinte Suzie und fügte dann hinzu: »aber es paßt gar nicht zu Opa, so geizig zu sein.«

»Jetzt übertreib nicht, Suzie«, wies Caro sie zurecht. »Wyndham wird sicherlich damit einverstanden sein, also mach dir darüber mal keine Gedanken.«

Es war ganz still im Haus, nachdem der Motor des Range Rovers in der Ferne verstummt war. »Es ist eine völlig andere Stille, wenn sich sonst niemand in einem Haus aufhält«, dachte Suzie. Wenn ihr Vater in seinem Arbeitszimmer anstatt irgendwo anders gearbeitet hätte, wäre das Haus genauso still gewesen, aber es hätte nicht so still gewirkt. Dieser Unterschied war ihr nie zuvor bewußt geworden.

Sie war auch noch nie auf die Idee gekommen, daß irgend etwas, was ihre Eltern oder Großeltern taten, nicht absolut richtig und gut sein könnte. Sie hatte sich so daran gewöhnt, daß immer sie diejenige war, die vergaß, die Badewanne sauberzumachen, oder die sich nicht rasch genug für Geschenke bedankte oder beim Abendessen etwas Falsches sagte, daß sie kaum Gelegenheit gehabt hatte, andere Menschen kritisch zu betrachten. Nicht daß sie die beiden gerade wirklich kritisierte, sie verspürte eher tief in ihrem Inneren das Gefühl, daß sich ihre Mutter und ihr Großvater in die falsche Richtung bewegten. Es war schon schlimm genug, selbst im Unrecht zu sein, aber jetzt stellte sie zu ihrer Überraschung fest, daß das Gefühl, die Menschen, die man liebte, täten etwas Falsches, beinahe noch schlimmer war.

NEUNTES KAPITEL

Ein grauer Wolkenschleier und der Geruch milder Herbstluft.

Lydia war früh aufgewacht und hatte ihr klappriges Schlafzimmerfenster geöffnet, um zuzusehen, wie sich das Morgenlicht über dem Himmel ausbreitete. Die Schwalben waren nirgends zu entdecken, und Lydia überlegte, ob sie sich bereits auf den Weg in den Süden befanden oder ob sie möglicherweise nur einen kurzen Testflug unternahmen. Sie stellte fest, daß auch die Distelfinken nicht da waren, und merkte, daß sie gar nicht wußte, ob Finken, wie Schwalben, ebenfalls Zugvögel waren oder ob sie, wie die treuen Rotkehlchen auf den Weihnachtskarten, tapfer dem Winter trotzten. Ein großer schwarzer Vogel, von dem sie annahm, daß es sich um eine Krähe handelte, krächzte mißbilligend von einem hohen Ast herunter. »Ja, du bleibst bestimmt hier«, dachte Lydia. »Du siehst nicht so aus wie jemand, der sich egoistisch in die Freuden des Südens flüchtet. Du wirst hierbleiben und dich in deinem Elend suhlen.« Der Vogel schwankte auf seinem Ast, breitete dann die Flügel aus und flog krächzend davon.

»Gut, dich sind wir los«, dachte Lydia und verschloß ihr Fenster vor der morgendlichen Kühle. Dann fiel ihr auf, daß auch sie, entgegen ihrer früherer Bedürfnisse, sehr gern dableiben wollte, wo sie war. Ihre chronische Rastlosigkeit war nahezu verschwunden, so daß sie sie beinahe völlig ignorieren konn-

te. Zudem hatte sie sich bereits eine Woche lang kaum gelangweilt.
Nicht, seit sie die Hippies besucht hatte; nicht, seit sie die Arbeit in Haddeley Hall aufgenommen hatte. Sie hatte gar nicht mehr gewußt, wie befriedigend es war, mit den Händen zu arbeiten. Selbst die Stadien der Renovierung, die andere als mühselig und anstrengend empfanden, machten ihr Spaß, zumal wenn diese Arbeit in einem Zimmer stattfand, das so schön und wohlproportioniert war wie das in Haddeley Hall. Von Mark hatte sie erfahren, daß es »Balduins Zimmer« genannt wurde, weil man dort gelegentlich ein Gespenst vor dem Kamin hatte vorbeihuschen sehen. Diese Ehre war ihr leider noch nicht zuteil geworden – sie bedauerte das, weil sie sich nach ein bißchen Gesellschaft sehnte, die über die kurzen Auftritte der beinahe stummen, portugiesischen Bediensteten hinausging, die in zweistündigen Intervallen ein Silbertablett mit Pulverkaffee und Keksen hereinbrachten.
Ein- oder zweimal hatte Lydia, nachdem sie ein paar Stunden das Holzpaneel bearbeitet hatte, auf dem Weg nach Hause in der Senke vorbeigeschaut. Sie konnte sich noch gut an ihre anfänglichen Ängste erinnern, zu große Freundschaftsbekundungen ihrerseits könnten dazu führen, daß sie von einer Lawine bedürftiger Sonderlinge überrollt würde. Wenn sie jetzt daran zurückdachte, fand sie es sehr amüsant, daß sich ihre Erwartung völlig ins Gegenteil gekehrt hatte. Denn nun war sie es, die die Gesellschaft der Hippies suchte, weil sie ihre unbeschwerte Gastfreundschaft und ihre gute Laune mochte. Und seit ihrer Arbeitsaufnahme in Haddeley Hall genoß sie es besonders, zwischen diesen beiden Welten, also dem einsamen, wyndhamschen Prunk und dem liebenswürdigen Chaos in der Senke, hin- und her zu wandern. Das ermöglichte ihr, sich weiterhin als Außenseiterin in Briarswood zu betrachten, die sich zwar überall wohl fühlte, trotzdem aber

nirgendwo dazugehörte. Da sie sich am Tag zuvor überlegt hatte, daß sie bei ihrem derzeitigen Arbeitstempo noch etwa einen Monat brauchen würde, um das Holz auch nur vorzubereiten, überlegte sie, ob sie nicht Hopi oder einen ihrer Freunde um Hilfe bitten sollte. Lydia fand die Idee faszinierend, diese beiden so verschiedenen Welten zusammenzubringen.

Den einzigen Nachteil an ihren derzeitig so glücklich getroffenen Umständen sah sie darin, daß sie das meiste davon Caro zu verdanken hatte, und Lydia hätte es aus vielerlei Gründen vorgezogen, nicht das Gefühl haben zu müssen, in Caros Schuld zu stehen.

Sie war noch immer mit der Frage beschäftigt, ob sie geradewegs nach Haddeley Hall gehen oder auf dem Weg dorthin Hilfe rekrutieren sollte, als die Kuhglocke vor ihrer Haustür einige Male schepperte.

Nachdem sie »Herein!« gerufen hatte, sprang Bumpkin ins Zimmer, der äußerst zufrieden wirkte. Lydia erwartete, daß Jim nach ihm den Raum betreten würde, und deshalb war sie recht überrascht, als sie Suzie sah.

»Hallo«, begrüßte Lydia sie, »hat denn die Schule nicht schon längst wieder angefangen?«

»Wir haben heute frei, weil die Lehrer eine Fortbildung haben. Ich hoffe, ich störe nicht.«

»Überhaupt nicht. Möchtest du einen Kaffee?«

»Nein, danke.« Suzie lächelte ihr unsicher zu. Dann schob sie eine Haarsträhne hinter das Ohr, vergrub die Hände in den Manteltaschen und blickte hoffnungsvoll in Richtung des erkalteten Kamins. Lydia bemerkte, daß Suzie das Alter erreicht hatte, in dem die Gesichtszüge langsam erwachsen wurden, der Gesichtsausdruck jedoch noch kindlich war. Darüber hinaus fiel ihr auf, daß Suzie deutliche Signale aussandte, mit einer ganz bestimmten Absicht gekommen zu sein.

»Setz dich, Suzie.«
Suzie setzte sich.
»Mach es dir bequem.«
Das war ersichtlich zuviel verlangt.
Suzie sah sich um. Das Zimmer war äußerst spartanisch eingerichtet mit Möbeln, die aus anderen Haushalten ausgemistet worden zu sein schienen. Lydias zarte Versuche, es etwas heimeliger zu gestalten, hatten bei einem Wildblumenstrauß in einem Marmeladenglas, einigen Postkarten auf einem Regal und Unordnung auf allen erdenklichen Abstellflächen haltgemacht.
Als Suzie Lydias Blick begegnete, merkte sie, daß diese sie beobachtete. Höflich sagte sie: »Es ist sehr schön hier, nicht wahr?«
»Mir gefällt's«, meinte Lydia. »Solange es nicht regnet.«
Suzie sah zu Bumpkin hinüber, der sich neben Lydias Stuhl niedergelassen hatte. Er blickte Lydia, die einen Kaffeebecher in der Hand hielt, aus treuen Augen an; die Erfahrung hatte ihn gelehrt, daß Kaffee häufig mit Keksen einherging.
Sex. Das Wort kam Lydia augenblicklich in den Kopf, als sie überlegte, welchen Anlaß dieser Besuch wohl haben könnte. Suzie war vorbeigekommen, weil sie etwas über Sex wissen wollte. Lydias Stimmung sank. Auch wenn sie ein wenig Mitleid mit Suzie verspürte, weil sie sich gut vorstellen konnte, daß Caro bei diesem Thema recht zugeknöpft war, war sie sich doch nicht sicher, ob sie so früh am Morgen die Kraft hatte, sich mit derartigen Teenagerängsten zu beschäftigen. Deshalb meinte sie: »Macht es dir etwas aus, wenn wir zehn Minuten Radio hören? Dr. Gordon Fairchild ist gerade dran, und ich höre ihn mir manchmal sozusagen zur Buße an.«
»Buße?«
»Ja, weil ich den Kerl geheiratet habe. Vielleicht auch, weil ich ihn verlassen habe, ich weiß es nicht so genau.«

»Oh, natürlich. Bitte lassen Sie sich von mir nicht abhalten. Oje, wir haben den Anfang verpaßt. Das ist meine Schuld. Es tut mir wirklich leid.«
»Ach, Quatsch, Suzie, so ist es doch viel besser. Glaub mir, wenn man erst später einschaltet, wird es wesentlich surrealer. Hör nur.«
Gordons Stimme mit dem schwachen schottischen Akzent sagte gerade: »... ganz normal, daß du mit deinem Bruder schlafen willst, Marigold, insbesondere wenn ihr nicht zusammen aufgewachsen seid. Weißt du, Marigold, es gibt ja so etwas wie ein Inzesttabu, aber weil du erst zwölf bist, ist es noch ein bißchen zu früh, um schon daran zu denken –«
Suzie starrte Lydia aus großen runden Augen an.
»Mann!« sagte sie.
Lydia lachte los. »Ja, das kann man wohl sagen.« Dann dachte sie: »Na, wenn das mal kein guter Anstoß war, um über die üblichen Teenagerprobleme zu reden.« Immerhin hatte Suzie keine Brüder.
»Gibt es diese Leute wirklich?« wollte Suzie wissen.
»Die Probleme gibt es durchaus, aber sie lassen sie manchmal auch von Sprechern vorbringen. Ich fand nicht, daß Marigold sehr echt klang.«
»Was für ein Name. Marigold.«
»Der war erfunden. Wahrscheinlich heißt sie Petunia oder so ähnlich.«
»Oder Blossom.« Suzie grinste Lydia an und freute sich darüber, daß sie zu dem Scherz etwas hatte beitragen können.
»So, das reicht für heute«, sagte Lydia. »Nach einer Weile wird es immer langweilig.«
»Er wirkt ja so verständnisvoll.« Suzie klang ein wenig traurig, als sie das sagte.
»Jetzt geht's los«, dachte Lydia.
Suzie sah Bumpkin stirnrunzelnd an, als könne sie den Hund

dadurch dazu überreden, ihre Sorgen für sie auszusprechen. Er wackelte entgegenkommend mit dem Schwanz. Lydia wurde langsam ungeduldig und fragte deshalb: »Liegt dir etwas auf dem Herzen, Suzie?«
»Na ja, irgendwie schon.« Sie rutschte unentschlossen auf ihrem Stuhl herum.
Lydia merkte, wie sich die vertrauten Worte »Würdest du gern darüber sprechen?« in ihrem Kopf formten, biß sich jedoch auf die Zunge. Sie hätte sich schließlich nicht die Mühe machen brauchen, den guten Doktor zu verlassen, nur um dann selbst mit seinen Lieblingsphrasen daherzukommen.
Suzie gab sich einen Ruck. »Haben Sie die Hippies seit Ihrem ersten Besuch noch einmal gesehen?«
»Ja, ein paarmal.«
»Sie sind doch nicht so schrecklich, wie alle behaupten, oder?«
»Nein, diejenigen, die ich kennengelernt habe, nicht. Ich kann natürlich nicht für alle sprechen. Warum?«
»Es ist nur ... na ja, wissen Sie, ich dachte bloß, ich meine, ich wollte ihnen Holz schenken.«
»Holz?« Lydia, die mit dem Thema Sex gerechnet hatte, brauchte ein Weilchen, bis sie sich nun auf Holz eingestellt hatte. Suzies Erklärungsversuche wurden durch ihre lobenswerte Hemmung behindert, sich ihrem Großvater gegenüber illoyal zu verhalten, aber schließlich konnte Lydia sich das Wesentliche der Ereignisse zusammenreimen.
»Wie kleinlich«, meinte sie dann.
»Ich weiß«, stimmte Suzie ihr unglücklich zu, »das habe ich auch gedacht, aber Mami und Opa sind anscheinend der Meinung, sie hätten sich richtig verhalten, weil sie die Hippies ja nicht mögen. Dabei ist es gar nicht typisch für Opa, so geizig zu sein. Sie wissen ja selbst, was für ein toller Mann er ist.«
»Gegenüber seinesgleichen.«

»Wie meinen Sie das?«
»Dein Großvater ist ein lieber Mann, aber gegenüber manchen Dingen ist er eben blind.«
»Ich finde, die Hippies sollten ihr Holz behalten dürfen. Es will ja sowieso niemand anderes haben. Mami hat versucht, es in Haddeley Hall abzuladen, aber einer der Leute, die bei Wyndham arbeiten, hat ihr gesagt, daß sie nur Eiche oder irgendein anderes besonderes Holz verbrennen, und der Holzschuppen im Herrenhaus ist voll. Jetzt stapelt es sich bei uns vor der Garage, und Mami beschwert sich jedesmal, daß es im Weg liegt, wenn sie den Range Rover raussetzt. Und es verrottet und ist schon ganz schimmelig. Ich finde die Vorstellung schrecklich, daß die armen Hippies frieren, nur weil wir ihr Holz haben. Das ist doch nicht gerecht.«
»Da hast du verdammt recht.« Lydia stellte fest, daß sie Suzie unterschätzt hatte. Das Mädchen hatte einen starken Gerechtigkeitssinn, und in Lydias Augen war das sehr viel wert. »Was sagt Jim denn dazu?«
»Ich weiß nicht. Ich wollte mit ihm darüber reden, aber dann hatte ich Angst, es könnte vielleicht so aussehen, als wollte ich Mama hintergehen.«
»Hm. Schwierig.«
»Ich dachte, daß Sie vielleicht eine Idee haben?«
»Ich?«
»Na ja, meine Eltern gehen heute nachmittag weg, und da dachte ich, Sie könnten vielleicht Ihren Freunden Bescheid geben, daß sie mit ihrem Transporter zur Lodge kommen können. Ich würde ihnen beim Beladen helfen und dann –«
»Suzie, wenn ein Haufen Hippies mitten in Briarswood auftaucht und vor eurer Garage Brennholz einlädt, wird man sie lynchen. Was meinst du denn, was passieren würde, wenn George zufällig vorbeikäme?«
Suzie sagte eine ganze Weile lang gar nichts. Dann meinte

sie: »Ich habe mich gefragt ... ich meine, ich will nicht aufdringlich sein, aber ... na ja, falls Sie noch mal in die Senke runtergehen ... ich meine, ich würde gern mitkommen und sie kennenlernen.«

»Klar.« Lydia war richtig erleichtert darüber, daß ihr eine frühmorgendliche Aufklärungsstunde erspart geblieben war, deshalb machte sie Suzie das Angebot: »Ich wollte sowieso heute morgen dort vorbeigehen, um zu fragen, ob mir einer von ihnen bei der Renovierung helfen kann. Warum kommst du nicht einfach mit?«

ZEHNTES KAPITEL

Suzie war bereits einige Male im Ausland gewesen. Sie hatte Frankreich, Spanien und Griechenland gesehen und viele interessante Dinge unternommen, aber in ihrem ganzen Leben war ihr noch nie ein Ort so fremd erschienen wie die Senke während ihres ersten Besuchs bei den Hippies. Das Camp war so seltsam und völlig anders als alles, was sie kannte, aber trotzdem hatte sie bereits nach kurzer Zeit das Gefühl, als wäre es der natürlichste Platz der Welt. Und das Unglaublichste daran war, daß dieser exotische Ort kaum mehr als einen Kilometer von ihrem Zuhause entfernt lag.

Sie war außerordentlich erleichtert, daß es niemanden besonders überraschte, sie zu sehen. Sie war auch froh darüber, daß Lydia den Vorschlag gemacht hatte, Bumpkin im Rose Cottage zu lassen. Denn im Camp gab es etwa ein halbes Dutzend Hunde, von denen einige nicht allzu freundlich wirkten, wenn sie auch nicht mehr taten, als an ihren Knien herumzuschnüffeln. Außerdem war sie froh, daß sie an diesem Tag Jeans und ein Sweatshirt trug; doch sogar diese Bekleidung wirkte im Vergleich zu der der Hippies sehr bieder.

Beschämt fiel ihr auf, daß sie irgendwie erwartet hatte, Szenen mitzuerleben, die Mina spöttisch als »ausschweifende Orgien« bezeichnet hätte – etwa Leute, die wie Zombies durch die Gegend wankten, weil sie so viele Drogen genommen hatten, und lauter Indizien dafür, daß es keine Toiletten gab. Aber so war es überhaupt nicht. Sie trafen zwar auf einen

Mann namens Biff, der ganz kurzgeschorenes Haar hatte, tätowiert war und ziemlich stark nach Bier roch, doch selbst der erwies sich als ganz nett. Er grinste ihr bloß freundlich zu, sagte »Hallo« und fragte dann Hopi, ob sie etwas aus Peggys Laden bräuchte, da er gerade ins Dorf gehen wollte, um Wurst und Tabak zu kaufen. Außerdem lernte sie Kate kennen, eine lebhafte, selbstbewußte Frau mit einer Stupsnase und rotblonder Mähne, und einen jungen Mann namens Frankie, der ein ovales Gesicht und einen sanften, verträumten Gesichtsausdruck hatte. Anfangs war sie zwar enttäuscht, weil Misty und ihr zigeunerhaft aussehendes Herrchen nicht dazusein schienen, ihre Enttäuschung war allerdings wie weggefegt, als sie Hopis Bekanntschaft machte.

Hopi war einer der wenigen Menschen, bei denen Suzie sich sofort unbefangen fühlte. Sie sah nicht aufsehenerregend aus, ganz im Gegenteil, aber ihre Augen waren sehr freundlich, und sie hatte dichte dunkle Augenbrauen. Wenn sie lächelte, leuchtete ihr ganzes Gesicht auf und vermittelte Suzie das Gefühl, etwas ganz Besonderes zu sein. Hopi strahlte irgendwie Zufriedenheit aus. Als sie ankamen, saß Hopi in der Sonne auf dem Boden und ließ sich gerade von Kate und einem anderen Mädchen namens Donna ihr Haar zu Hunderten von Zöpfchen flechten. Gelegentlich arbeiteten die beiden Mädchen eine Perle, ein Muschelstückchen mit einem Loch oder ein kurzes buntes Bändchen ein. Suzie fand den Anblick zuerst sehr seltsam und fühlte sich an Vögel erinnert, die sie einmal in einem Tierfilm gesehen hatte und die ihre Nester mit kleinen Glasscherben oder Federn dekorierten, um einen Partner anzulocken. Aber nach einem Weilchen sah sie es mit anderen Augen und fand, daß es schon sehr individuell war.

Lydia schien sich richtig zu Hause zu fühlen. Als sie ankamen, war sie geradewegs zu den drei Frauen hinübergeschlendert, hatte sich zu ihnen ins Gras gesetzt und dann Suzie vorgestellt, die sich ebenfalls, so lässig sie konnte, auf dem Boden niederließ. Nachdem sie ein Weilchen geplaudert hatten, fragte Lydia: »Hat eine von euch Lust, mir ein, zwei Tage zu helfen? Bezahlte Arbeit; das Geld gibt's bar auf die Hand.«

»Was denn für eine Arbeit?« wollte Kate wissen.

»Renovieren. Der Besitzer von Haddeley Hall hat mich gebeten, eines der Zimmer instand zu bringen, aber da die Vorbereitungsarbeiten ewig dauern, habe ich gedacht, daß mir vielleicht jemand beim Abziehen der Holzpaneele und Abreißen der Tapeten helfen könnte.«

Kate zog eine Grimasse. »Ich hasse Renovieren«, meinte sie. »Ich verziehe mich, sobald ich Farbe auch nur rieche. Ja, wenn es ums Zementmischen ginge ...«

»Wenn du bis morgen warten kannst, helfe ich dir gern«, bot Hopi an. »Heute habe ich nämlich einen Friseurtermin.«

»Das sehe ich. Morgen wäre prima, ich freue mich über jede Hilfe.«

»Und ich könnte ein bißchen Bargeld gebrauchen«, erklärte Hopi. »Donna hat in einem der Gebrauchtmöbelläden hier in der Nähe eine tolle Nähmaschine entdeckt. Es ist so eine alte fußbetriebene, und man wird sie wohl reparieren müssen. Es klingt, als wäre sie genau das, was ich brauche.«

»Nähst du viel?« erkundigte Suzie sich überrascht.

Hopi wandte sich ihr mit einem Gesichtsausdruck zu, der zu verstehen gab, daß ihr in ihrem ganzen Leben keine intelligentere Frage gestellt worden war. »Ich stelle unglaublich gern etwas her«, sagte sie, »besonders wenn man dafür Materialien verwendet, die sonst bloß weggeworfen würden. Es ist toll, aus dem Müll anderer Leute etwas Schönes herzustellen. Ich habe eine Freundin, die Sandalen aus alten Autoreifen macht. Sie sind richtig toll.«

»Gute Idee«, begeisterte sich Suzie, während sie sich vorzustellen versuchte, wie sie Caro erklären würde, daß sie gern ein Paar Sandalen aus alten Autoreifen hätte. Dieser Aufgabe war ihre Phantasie nicht gewachsen. Das Entrümpeln galt im Lewisschen Haushalt seit jeher als eine Tugend, und es gab kaum etwas, das Caro größere Befriedigung verschaffte.
»Du wärst überrascht, wenn du wüßtest, was manche Leute alles aus Müll herstellen können«, meinte Donna. »Ich hatte mal eine ganz tolle Halskette aus Dosenverschlüssen, aber die ist mir leider geklaut worden.«
»Dosenverschlüsse?«
»Von Bierdosen. Sie war klasse.«
Kate hatte in ihrer Arbeit innegehalten, um sich eine Zigarette zu drehen. Suzie fielen die schwarzen Ränder unter ihren Fingernägeln auf. »Wir sind wie Mistkäfer«, sagte Kate nun, die vom Müll anderer Leute leben. Verdammt nützlich, diese Mistkäfer. Sie räumen hinter allen auf.«
Donna protestierte. »Ich bin mit Sicherheit kein verfluchter Mistkäfer.«
»Au, du ziehst mir an den Haaren!« beschwerte sich Hopi.
»Entschuldige.«
»Es sieht bestimmt sehr schön aus, wenn es fertig ist«, wagte Suzie sich vor.
»Danke.« Hopi lächelte Suzie an, als zähle ihre Meinung mehr als die irgendeines anderen Menschen.
Donna lächelte ihr ebenfalls zu. »Wenn du willst, kann ich deins auch so frisieren. Lang genug ist es ja.«
Suzie schluckte, bevor sie darauf antwortete. »Das ist wirklich nett von dir, Donna, aber ich fürchte, meine Mutter würde tot umfallen.«
»Das kann ich mir gut vorstellen«, meinte Donna grinsend. »So sind Mütter eben. Aber du wärst überrascht, wenn du wüßtest, wie schnell sie sich meist wieder einkriegen.«

»Meine nicht«, dachte Suzie.
»Hopis Mutter ist da ganz anders«, sagte Kate. »Deine Mutter kann gar nichts schocken, stimmt's, Hopi? Wahrscheinlich war sie es sogar, die diese Frisur in England eingeführt hat.«
»Im Ernst?« fragte Suzie.
»Also über letzteres weiß ich nichts, weil sie jahrelang Afrolocken getragen hat, aber ansonsten hast du recht: Sie ist bestimmt nicht das, was man als typische Mutter bezeichnen würde. Ich stamme aus einer original Sechziger-Jahre-Hippie-Familie. Das macht mich wohl zu einer angepaßten alten Langeweilerin, weil ich die Familientradition aufrechterhalte. Meine kleine Schwester ist die wahre Rebellin, denn sie arbeitet fürs Finanzamt und spart mit ihrem Freund auf ein Haus, und erst dann wollen sie einen Termin für ihre Hochzeit festlegen. Meine arme Mama fragt sich ständig, was sie bloß falsch gemacht hat. Ach ja, und außerdem hat sie ihren Namen in Joan geändert.«
»Wie hieß sie denn vorher?« erkundigte sich Lydia.
»Blossom. Das ist doch ein viel schönerer Name, findet ihr nicht?«
Suzie und Lydia wechselten einen Blick und brachen in Gelächter aus. »Ich hoffe bloß, daß du keine Brüder hast«, meinte Lydia.
»Nein, es gibt nur mich und Blossom – Joan meine ich natürlich«, sagte Hopi, die nicht verstand, was so komisch war, aber dennoch mitlachte.
Eine kleine Gestalt hatte sich zu ihnen gesellt, die Suzie als das Kerlchen identifizierte, das Mina gegenüber so frech geworden war, und sie erinnerte sich voller Reue an Minas Beschimpfungen. Der Junge würdigte sie jedoch ohnehin keines Blickes.
»Also, wo ist mein Papa?« fragte er in anklagendem Tonfall

in die Runde. Er schien sie alle zusammen für die Abwesenheit seines Vaters verantwortlich zu machen.
Auf Kates sonst so fröhlichem Gesicht zeigte sich Verärgerung. »Du weißt genau, wo er hingefahren ist, Saul. Malcolm hat dich tausendmal gefragt, ob du mitkommen willst, und du hast jedesmal gemeint, er solle dich am Arsch lecken.«
Hopi reagierte verständnisvoller. »Ich denke, er wird bald wieder hier sein. Er ist mit Terry losgefahren, um eine neue Lichtmaschine für den Laster zu besorgen. Sie werden nicht lange brauchen.« Dann wandte sie sich Suzie mit einem Lächeln zu, das auch den Jungen mit einschloß. »Das ist übrigens Saul. Er hat heute schulfrei.«
»Hallo, Saul«, begrüßte Suzie ihn höflich. »Ich habe heute auch schulfrei.«
»Schule ist Scheiße«, verkündete Saul.
»Hm. Ich mag sie auch nicht besonders gern, aber ich denke, man muß eben hin.«
»Warum?« wollte Kate wissen. »Hier kann er so viel lernen – über Natur, wie man Autos repariert und wie man Dinge herstellt. Ist doch viel besser, als die Namen von allen Flüssen in Afrika zu lernen. Ich verstehe nicht, warum Mal unbedingt will, daß Saul zur Schule geht.«
»Ich glaube, er möchte, daß Saul beide Möglichkeiten hat, etwas zu lernen«, sagte Hopi beschwichtigend.
»Reine Zeitverschwendung, wenn du mich fragst«, beharrte Kate auf ihrem Standpunkt. »Ich habe in der Schule nie etwas gelernt, außer wie man blaumacht, ohne daß es auffällt. Die anderen Kinder hänseln ihn sowieso nur. Er ist ständig bloß damit beschäftigt, sich zu prügeln.«
»In welche Klasse geht er denn?« fragte Lydia.
»In die erste«, meinte Kate, fügte dann jedoch vage hinzu: »Glaube ich zumindest.«
Lydia wandte ihre Aufmerksamkeit wieder Hopis Haar zu.

Kate flocht gerade drei dünne Strähnen. Anders als bei Donna, die mit geschicktem Können arbeitete, glichen Kates Ergebnisse ausgefransten Seilen. Wenn sie fertig waren, würde es keinerlei Schwierigkeiten geben, jedes Zöpfchen einer der beiden zuzuordnen.

Saul murmelte böse vor sich hin und stieß mit seinem Stock nach unsichtbaren Feinden. Lydia stellte fest, daß sie seine einsame Streitlust nun irgendwie anrührend fand, und erinnerte sich an Caros Vorschlag, sie könne doch beim Leseunterricht der Kleinen aushelfen. Dann mußte sie über sich selbst lächeln: Zu ärgerlich, wenn sie letzten Endes doch Caros gutgemeinte Ratschläge befolgte.

Saul warf seinen Stock auf den Boden und sah grollend in Suzies Richtung. »Gehst du in die Schule?« wollte er wissen.

»Ja.«

»Bist du denn noch nicht erwachsen?«

»Nicht wirklich. Ich bin fünfzehn.«

»Mußt du hingehen?«

»Ich fürchte, ja.«

Saul schwieg ein Weilchen und musterte dieses viel zu groß geratene Schulkind. Dann verkündete er plötzlich: »Ich habe einen richtigen Papa.«

Suzie war sich nicht sicher, wie sie auf eine solche Aussage angemessen reagieren sollte, deshalb lächelte sie ihm nur freundlich zu und nickte. Saul blickte noch finsterer drein.

»Ich und mein richtiger Papa leben in einem Laster-Haus.«

»Ja? Das klingt toll.«

»Das ist wie ein richtiges Haus, nur eben ein Laster.« Saul schien besorgt zu sein, sie könnte ihn nicht richtig verstanden haben. »Das ist viel besser als ein Haus, weil man dann rumfahren kann und nicht immer am gleichen doofen Ort bleiben muß. Und ich hab mein eigenes, richtiges Bett. Das hat er extra für mich gemacht. Willst du es sehen?«

»Oje«, dachte Suzie, »wie peinlich.« Sie sagte: »Das ist wirklich nett von dir, Saul, ich würde es sehr gern einmal sehen, aber ich möchte nicht einfach in das Laster-Haus deines Vaters gehen, ohne ihn vorher um Erlaubnis zu fragen.«
Mit dieser subtilen Erläuterung konnte Saul gar nichts anfangen. Sein Stirnrunzeln vertiefte sich zu einem drohenden Blick. Weil Suzie befürchtete, sie könne vielleicht unbeabsichtigt einen Wutanfall provoziert haben, fügte sie rasch hinzu: »Aber ich bin sicher, wir können irgend etwas anderes Schönes machen.«
»Was denn?«
»Hm, laß mich nachdenken ...« Suzie überlegte fieberhaft. Sie wagte nicht, so etwas wie Malen oder Puzzeln vorzuschlagen, weil es in seinem Laster-Haus einen derartigen Luxus möglicherweise gar nicht gab, doch dann fiel ihr der Bach ein, der unten am Waldrand durch die Senke floß, und sie hatte eine Idee. »Wir könnten ›Pu-Stöcke‹ spielen.«
Saul reagierte mit Verachtung. »Bäh, was ist das denn?«
»Ach so ... Hilfe, ich dachte, das würde jeder kennen.« Suzie merkte, wie sie rot wurde. »Das hat Pu der Bär immer gespielt. Man spielt das mit Stöcken, und um es richtig zu spielen, braucht man eigentlich eine Brücke, aber wir könnten uns etwas anderes einfallen lassen. Pu der Bär hat das mit seinem kleinen Freund Ferkel immer gespielt.«
Kate kam Suzie zu Hilfe. »Pu der Bär ist eine Zeichentrickfigur, Saul«, erklärte sie. »Es gibt einen Film mit ihm.«
»Hm, eigentlich gab es zuerst das Buch.« Suzie konnte das nicht einfach so stehenlassen. »Es ist sogar ziemlich berühmt.«
»Ja«, sagte Kate, »aber es gab auch einen Film. Ich habe ihn gesehen, als ich klein war. Pu der Bär und dieser erbärmliche alte Esel.«
»I-Ah«, ergänzte Suzie automatisch. Ihr war nie in den Sinn

gekommen, daß es Kinder geben könnte, die vor dem Schlafengehen nicht Geschichten aus Pu der Bär vorgelesen bekamen. Hatte Saul vielleicht auch noch nie von Peter Hase gehört?

»Ich habe es gelesen«, meinte Hopi. »Vielleicht hatten wir auch nur die Märchenkassette. Ich glaube, Bloss und ich haben auch ›Pu-Stöcke‹ gespielt. Es hat ziemlich viel Spaß gemacht. Ich hatte das völlig vergessen.«

»Blödes Stockspiel.« Saul stach mit dem spitzen Ende seines Stocks auf den Holzscheit ein, auf dem Hopi saß. »Das ist was für kleine Kinder.« Suzie sah jedoch, daß er interessiert war.

Mit einem Mal veränderte sich etwas in seinem Gesicht, so daß er plötzlich, trotz seines nie ganz verschwindenden grimmigen Blickes, beinahe so aussah, als freue er sich. Ein alter Ford Cortina war hinter dem Tor zum Stehen gekommen, und zwei Männer stiegen aus. Suzies Herz schlug schneller, als sie feststellte, daß einer von ihnen der Junge mit dem weißen Hund war. Der Hund krabbelte hinter ihm aus dem Auto und begann, laut kläffend um ihn herumzuspringen. Mehrere Stimmen befahlen ihm, das Maul zu halten. Der zweite Mann war älter, trug eine kleine runde Brille und hatte einen Stoppelbart. Er ging zu Saul hinüber, der seine Freude verbarg, indem er seinen Vater gegen das Knie boxte und wütend sagte: »Du warst verdammt lange weg.«

»Du sollst nicht fluchen, Saul, ich habe dir schon oft gesagt, daß sich das nicht gehört. Wir haben auf dem Schrottplatz eine neue Lichtmaschine gesucht, du hättest mitkommen können. Hallo, Lydia, schön, dich wiederzusehen.«

»Hallo. Das ist meine Freundin Suzie.«

»Hallo, Suzie. Ich heiße Malcolm.«

Es war Suzie nicht entgangen, daß der weiße Hund und sein Herrchen am anderen Ende des Feldes verschwunden waren.

Sie hätte am liebsten den Kopf gereckt, um zu sehen, was sie dort machten, befürchtete jedoch, alle würden ihre Motive sofort durchschauen, und unterließ es daher.
Außerdem befürchtete sie, Saul könne sich an seine Absicht erinnern, ihr sein Laster-Haus zu zeigen, und wenn sie auch liebend gern eines dieser seltsam anmutenden Fahrzeuge von innen gesehen hätte, wollte sie doch nicht allzu neugierig erscheinen. Doch der Junge sagte bloß: »Dann komm jetzt endlich. Wir gehen dieses Stockspiel spielen.«
Suzie lächelte Mal verlegen an.
»Klingt gut.« Wenn Mal lächelte, wie jetzt gerade, wirkte sein Gesicht freundlich und zugänglich, und dann sah er sogar ziemlich gut aus, fand Suzie. Er fuhr Saul durchs Haar und meinte: »Du hast wohl ein Wunder vollbracht. Gewöhnlich ist er nicht so freundlich zu Fremden. Du kannst dich geehrt fühlen.«

Suzie war die Freude über dieses Lob bereits nach wenigen Spieldurchläufen vergangen, denn sie war zu dem Schluß gelangt, daß es sich keineswegs um eine Ehre handelte, sondern Saul sie lediglich als ein williges Opfer betrachtet haben mußte. Weil Suzie nirgends eine Brücke hatte entdecken können, hatte sie die Rennstrecke von einer Stelle des Baches, an der das Wasser schnell vorbeisprudelte, bis zu einer breiteren weiter unten, wo es beinahe zum Stillstand kam, festgelegt. Das hätte es eigentlich kinderleicht machen müssen, den Gewinner zu ermitteln, doch nachdem Saul das Grundprinzip des Spiels begriffen hatte, legte er einen erstaunlichen Drang an den Tag, unter allen Umständen zu gewinnen, weshalb er, sobald Suzies Stöckchen auch nur annähernd in Führung ging, stets eine neue Möglichkeit fand, es aufzuhalten. Entweder hinderte er es am weiterschwimmen oder aber er entfernte es einfach aus dem Spiel. Einmal

fand er ein Stöckchen, das seinem eigenen recht ähnlich sah, und rannte damit das Ufer entlang, um es noch vor ihrem kurz vor der Ziellinie ins Wasser zu werfen. Ein andermal, als ihr Stöckchen all seinen ausgeklügelten Strategien entkommen war und gewonnen hatte, behauptete er kurzerhand, es wäre seines. Und all diese Betrugsversuche führte er so souverän durch, daß jeder Pokerspieler vor Neid erblaßt wäre. Nach etwa fünf Minuten hatte Suzie es satt, immer nur zu verlieren, und dachte, daß es wirklich kein Wunder war, wenn ihn die anderen Kinder ständig ärgerten, falls er sich in der Schule genauso benahm. Sie fragte sich, wer wohl seine Mutter war. Sie glaubte nicht, daß es Kate war oder eine der beiden anderen, da keine der Frauen sich besonders mütterlich ihm gegenüber verhalten hatte, aber vielleicht erklärte das ja auch, warum er ein so schwieriger Junge war. Alles in allem war er nicht gerade ein gutes Aushängeschild für die Kindererziehung im Camp.
»Sechs zu null für mich«, schrie Saul. »Los, noch mal.«
»Es steht überhaupt nicht sechs zu null, weil du nämlich die ganze Zeit schummelst. Noch ein letztes Mal, und diesmal läßt du die Stöckchen in Ruhe, okay?«
Saul rannte mit einem Funkeln in den Augen zum Start zurück. Sie wählten ihre Stöcke.
»Eins, zwei drei – los!« sagte Suzie, aber Saul hatte sein Stöckchen bereits ins Wasser geworfen, noch bevor sie »eins« gesagt hatte, und jagte dann das Ufer entlang, um einen weiteren Sieg zu fingieren.
Ein wenig erschöpft folgte Suzie ihm.
»Hallo«, ertönte plötzlich hinter ihr eine Männerstimme.
Erschreckt schnellte Suzie herum und stand geradewegs vor dem Besitzer des weißen Hundes. Sie mußte so in ihr Spiel mit Saul versunken gewesen sein, daß ihr gar nicht aufgefallen war, wie er sich dem Bach genähert hatte. Der junge Mann

trug einen leeren Eimer bei sich, und der helle Hund stand hinter ihm.

»Oh, hallo.«

Aus der Nähe sah er sogar noch besser aus, als sie gedacht hatte. Er hatte hohe Wangenknochen, braune Haut und ganz außergewöhnliche mandelförmige Augen. Sein drahtiger Körper steckte in einem schwarzen T-Shirt, auf dem irgendein Spruch stand, dazu trug er eine weite Hose und einen breiten Ledergürtel. Suzie lächelte ihn schüchtern an und tätschelte dann dem Hund den Kopf.

»Hallo, Misty«, begrüßte sie ihn.

Misty wedelte mit ihrem flauschigen weißen Schwanz und schob dann, in dieser peinlichen Hundemanier, ihre Schnauze zwischen Suzies Beine. Suzie drehte sich weg und versuchte gleichzeitig, die Nase des Hundes mit der Hand wegzuschieben, eine Geste, die aussehen sollte, als klopfe sie ihm auf den Kopf, aber genau in diesem Augenblick ertönte Sauls Stimme vom unteren Ende des Baches: »Du hast schon wieder beschissen verloren!«

»Fluch nicht, Saul«, sagte Suzie zum ungefähr zwanzigsten Mal an diesem Nachmittag. Sie war zu dem Schluß gekommen, daß auch sie Saul zurechtweisen sollte, da sein Vater es ebenfalls tat.

»Neun zu null für mich!«

»Erinnerst du dich an die Abmachung? Wir zählen erst Punkte, wenn du gelernt hast, fair zu spielen«, erklärte Suzie ihm geduldig. »Sagen wir unentschieden.«

»Neunhundertneunundneunzig!« insistierte Saul.

»Was spielt ihr denn?« erkundigte sich der junge Mann.

»Ach, so eine Art Rennen, bei der man Stöckchen in einen Bach wirft.«

»Ach, so wie Pu-Stöcke. Das habe ich immer mit meiner Oma gespielt.«

»Wirklich?«
»Muß man das nicht unter einer Brücke spielen?«
»Ja, eigentlich schon, aber wir mußten improvisieren. Hast du als Kind auch die Bücher von Pu der Bär gelesen?«
»Ich glaube, ja.« Es klang recht unentschieden.
Suzie meinte: »Dein Hund ist jetzt kaum noch grün«, und dann errötete sie ein wenig, weil sie sich daran erinnerte, wie sie und Mina ihn beobachtet hatten, als er mit einer Schaufel in den Wald gestapft war, und wie sie geplant hatten, seinen Hund zu entführen.
»Es sah schrecklich aus, nicht wahr?« meinte er bestätigend. »Die arme alte Misty hatte die Räude. Anscheinend war sie in diesem Sommer ziemlich weit verbreitet. Hopi hat mir so ein Schwefelblumenzeug aus der Apotheke mitgebracht. Das muß man mit Spüli mischen, sonst lecken die Hunde es ab. Wahrscheinlich schmeckt es ihnen.«
»Und, funktioniert es?«
»Es dauert ein bißchen, aber dann wirkt es. Das ist doch besser, als diese ganze Chemie zu benutzen, die einem der Tierarzt verschreibt. Aber ihr Fell wird dadurch eine Weile lang grün.«
Suzie schämte sich. »Soviel zu Wundbrand«, dachte sie.
Saul hatte sich zu ihnen gesellt und zerrte an ihrem Ärmel. »Komm jetzt, wir müssen noch mal spielen.«
»Nein, Saul.« Wenn Suzie von Caro etwas gelernt hatte, dann, daß es wichtig war, streng und konsequent zu sein. »Das war wirklich das letzte Rennen.« Aus den Augenwinkeln sah sie, wie Lydia sich erhob und in ihre Richtung blickte. Ein Gefühl der Hilflosigkeit überkam sie, so als versuche sie, sich an Sand zu klammern, der ihr jedoch durch die Finger rann.
»Ich glaube, ich sollte jetzt mal gehen.« Die Worte klangen so endgültig. Ihr mußte doch noch etwas einfallen, das sie zu dem Mann sagen konnte. Vielleicht würde sie ihn nie wieder-

sehen, vielleicht würde sie nie wieder jemanden kennenlernen, der auch nur halb so interessant und sensibel und beeindruckend aussah. Da stand sie nun, hatte ihre einzige Chance, etwas zu sagen, das ihr gesamtes Leben verändern würde, und ihr Gehirn war völlig leergefegt.

»Ich habe dich im Dorf gesehen, oder? Wohnst du hier?«

»Ja, in der Lodge. Das ist der häßliche viktorianische Kasten an der Straße.« So beschrieb ihre Mutter Fremden das Haus immer, aber in dieser Situation klang das irgendwie nicht besonders passend. Sie merkte, daß ihr ganz schlecht wurde, weil sie sich so dämlich verhielt.

»Ach, ich dachte doch, daß ich dich schon mal gesehen habe«, sagte er mit einem Lächeln.

Suzies Herz setzte aus. Er erinnerte sich an ihr erstes Zusammentreffen. Vielleicht hatte sie ja doch irgendwie Eindruck auf ihn gemacht. Vielleicht war ihm etwas Besonderes an ihr aufgefallen, etwas, das bis zu diesem Augenblick allen anderen entgangen war. Vielleicht hatte er sich ebenfalls gefragt, ob er sie je wiedersehen würde. Allein der Gedanke, daß diese Möglichkeit bestünde, machte sie unfaßbar glücklich. Sie wünschte sich, dieser außerordentliche Moment möge nie vergehen, hatte jedoch solche Angst davor, wie üblich etwas Dummes und Falsches zu sagen, daß sie den Drang verspürte, panikartig zu flüchten.

»Hm, tja, ich glaube, ich gehe jetzt besser mal. Ich glaube, meine Freundin will weg.«

Er nickte. Es war einwandfrei ein freundliches Nicken. »Ja, dann bis demnächst mal«, sagte er und tauchte seinen Eimer in den Bach.

»Ja. Bis dann mal.«

Lydia und Suzie gingen gemeinsam bis zur Sedden-Farm. Suzie konnte vor lauter Aufregung gar nicht mehr aufhören

zu reden. Als sie zur Straße kamen, wo sich ihre Wege trennten, lachte Lydia über Suzies Begeisterung und meinte: »Jetzt fall nicht in das andere Extrem, Suzie. Nur weil sie nicht die Monster sind, die manche aus ihnen machen, heißt das noch lange nicht, daß sie lauter Heilige sind. Es sind bloß ganz gewöhnliche Menschen, so wie du und ich.«
»Ja, wahrscheinlich.«
Lydia entging nicht, daß Suzie alles andere als überzeugt war. Sie hob eine Augenbraue. »Wie ich sehe, hast du Terry kennengelernt.«
»Hm«, bestätigte Suzie, murmelte dann eilig »Auf Wiedersehen« und »Danke« und machte sich auf den Weg zurück zur Lodge, bevor Lydia ihr verräterisches Erröten bemerken konnte.
Terry. So hieß er also. Sie spürte, wie ein Kribbeln in ihr aufstieg und gegen ihre Rippen drückte. Terry.

ELFTES KAPITEL

Lydia dachte, daß sie noch nie zuvor einen so schönen Weg zur Arbeit gehabt hatte. Sie konnte verschiedene Routen wählen: Mitten durchs Dorf und dann über die Felder zum Park, oder durch die kleinen Seitengäßchen hinter der Kirche vorbei und über den Kricketplatz, oder, wie an diesem Morgen, die Hauptstraße entlang und dann die lange, baumgesäumte Zufahrt hinauf. Sie freute sich auf die Arbeit und dachte auf dem Weg über verschiedene Möglichkeiten nach, so daß sie ganz in Gedanken versunken war und das Auto erst bemerkte, als es vor ihr hielt.

Wie üblich saß Wyndham am Lenkrad: Er hatte Lydia erzählt, daß er es nicht mochte, tagtäglich von einem Chauffeur herumkutschiert zu werden. Sie ging um den Wagen herum zum rechten Fenster, das geräuschlos herunterfuhr. Wyndham sah zu ihr auf. Er lächelte nicht.

»Sie sind gewöhnlich um zehn bei der Arbeit«, sagte er kühl, »ich hatte schon befürchtet, es wäre Ihnen etwas passiert.«

»Wir hatten flexible Arbeitszeiten vereinbart, erinnern Sie sich noch?« Lydia ärgerte sich über die Rüge, die in seinen Worten lag. »Außerdem sind regelmäßige Arbeitszeiten ein Erbe der industriellen Revolution und der exakteren Uhrwerke, und beides hat der arbeitenden Bevölkerung wahrscheinlich mehr geschadet als geholfen. Ich halte mich an meinen persönlichen Rhythmus.«

»Ich danke Ihnen für die Geschichtslektion.«

Lydia grinste. »Ich habe meine Zeit heute morgen übrigens nicht verschwendet. Ich habe ein paar Hilfskräfte zusammengetrommelt, oder sagen wir, eine Hilfskraft.«
»Sie brauchen Hilfe? Das hätten Sie mir sagen sollen.«
»Es war nicht so dringend. Jetzt hat Hopi versprochen, mir ein paar Tage zu helfen.«
»Hopi?«
»Sie gehört zu der Gruppe in der Senke.«
Ebenso wie sein Schweigen sprach auch Wyndhams gewöhnlich so undurchdringliches Gesicht Bände.
»Sie werden sie mögen, Wyndham.«
»Da täuschen Sie sich«, stellte er fest, »aus dem einfachen Grund, daß ich sie gar nicht kennenlernen werde. Ich muß ein paar Tage in den Osten fahren und sollte wohl Mitte nächster Woche wieder zurück sein.«
Lydia wußte mittlerweile, daß Wyndham, wenn er sagte, er würde nach »Osten« fahren, nicht Edleston oder gar London meinte. Osten bedeutete Hongkong und Singapur.
Er fuhr fort: »Falls irgendwelche Probleme auftauchen, wenden Sie sich an Mark, er sollte Ihnen helfen können. Er weiß auch, wo er mich in dringenden Notfällen erreichen kann.«
»Es wird keine Probleme geben, Wyndham. Nicht mit Hopi.«
»Ich bin sicher, daß Sie wissen, was Sie tun.«
»Da haben Sie völlig recht.«
»Ich möchte allerdings, daß Sie mich in Zukunft fragen, bevor Sie irgendeine Entscheidung fällen, die mit der Arbeit an meinem Haus zusammenhängt.«
»Diese Entscheidung beeinflußt nicht die Arbeit, sondern lediglich die Dauer der Arbeiten.«
»Ich denke –«, setzte Wyndham an, brach dann jedoch ab und ließ seinen Gedanken unausgesprochen. Ein winziges Zeichen der Verärgerung huschte über seine Augen. Er legte die

Hand auf den Zündschlüssel und sah dann wieder zu ihr auf, und diesmal zeigte er ganz plötzlich und unerwartet dieses seltene, entwaffnende Lächeln. »Schluß mit der Fachsimpelei. Was halten Sie davon, nach meiner Rückkehr mit mir essen zu gehen?«
Nach dem bisherigen Verlauf ihrer Unterhaltung kam diese Frage für Lydia völlig überraschend, zumal er sie außerdem recht zaghaft äußerte, so als befürchte er, einen Korb zu bekommen. »Vermische nie Arbeit und Privatleben«, dachte sie. Es lagen bereits so viele katastrophale Affären mit Chefs hinter ihr, daß sie genug davon für den Rest ihres Lebens hatte.
»Ja, gern«, erwiderte sie und hoffte, daß ihre Worte angemessen unverbindlich klangen.
»Ich freue mich.« Plötzlich wurde er sehr ernst. »Dann auf Wiedersehen. Und arbeiten Sie nicht zuviel.«
»Da besteht keine allzu große Gefahr.«
Als er davonfuhr, fragte Lydia sich, weshalb sein Gesicht wohl plötzlich so verletzlich ausgesehen hatte. In Anbetracht seines befriedigten Gesichtsausdrucks bei ihrer Verabschiedung hegte sie nun den Verdacht, daß es wahrscheinlich nur eine Strategie war, die er mit den Jahren perfektioniert hatte, dazu gedacht, möglichen Widerstand zu besänftigen. Vielleicht wandte er diese Technik gelegentlich auch bei Geschäftspartnern an. Sie konnte sich vorstellen, daß sie in allen möglichen Situationen effektiv sein mußte.
Zu ihrer eigenen Überraschung stellte Lydia fest, daß sie es vorzog, sich Wyndham als einen manipulativen und weniger als einen ernsthaften Menschen vorzustellen, weil das wesentlich mehr dem Bild entsprach, das sie von ihrer Beziehung hatte. Mittlerweile genoß sie ihre distanzierten, unkomplizierten Begegnungen. Sie fand Wyndham auf eine katzenartige Weise ansprechend; sein Charme war ganz von der reservierten Sorte.

Nach dem emotionalen Morast ihrer gemeinsamen Jahre mit Gordon war Lydia nun für etwas Neues bereit. Sie redete sich ein, daß es Wyndham egal gewesen wäre, wenn sie abgelehnt hätte. Das hieß nämlich, daß sie ihn nicht verletzen konnte, und wenn sie das nicht konnte, mußte das doch im Umkehrschluß bedeuten, daß er auch ihr nicht weh tun konnte.

Als Wyndham auf die Schnellstraße kurz hinter Briarswood fuhr, legte er eine Bellini-Arie in den CD-Spieler und gestattete sich, ein paar Minuten über Lydia Fairchild nachzudenken, bevor er seine Aufmerksamkeit wieder wichtigeren Dingen zuwandte. Ganz unabhängig davon, ob sie noch seine Geliebte werden würde oder nicht, stellte er fest, daß er sich darüber freute, daß sie, wenn auch nur in sehr begrenztem Maße, an der Renovierung Haddeley Halls beteiligt war. Seine übrigen Angestellten waren loyal und effizient, aber sie konnten nicht einmal ansatzweise die Lücke füllen, die mit Annabels Tod entstanden war. Andere Quellen des Trostes oder der Ablenkung hatte es nie gegeben, weil Wyndham bereits seit Jahren gewissenhaft dafür gesorgt hatte, daß weder Familie noch Freunde in ihrem Leben eine Rolle spielten. Geschäftspartner hatte er im Überfluß, engere persönliche Beziehungen hingegen hatte er immer als kompliziert und zeitaufwendig empfunden und war deshalb der Meinung gewesen, man käme auch ohne aus. Er fühlte sich immer in den Beziehungen am wohlsten, in denen es auch finanzielle Verflechtungen gab. Deshalb fand er die Tatsache, daß Lydia auf seiner Gehaltsliste stand, durchaus beruhigend, auch wenn er sie in gesellschaftlichen Zusammenhängen kennengelernt hatte, bevor sie seine Angestellte geworden war.
Alles in allem hoffte er durchaus, daß Lydia seine Geliebte werden würde. Es wäre ein wichtiges Stadium in seiner Ge-

nesung, und diese lähmende Trauerphase zog sich nun wirklich schon lange genug hin. Lydia war äußerst energisch und respektlos, was er überaus attraktiv fand, und er wußte, daß es ihm Spaß machen würde, sie zu umwerben, in teure Restaurants auszuführen und sie in der Kleidung und dem Schmuck zu sehen, die er ihr kaufen konnte. Dann dachte er, daß es ihm vor allem guttun würde, ihre nackten Arme auf seinem Rücken zu spüren, sich an sie zu drücken und sich in ihrem Körper zu verlieren und dadurch die schmerzliche Leere auszumerzen, die seit mehr als einem halben Jahr an ihm fraß.

Ein völlig neuer Gedanke kam ihm in den Kopf: Vielleicht ging es ihm ja bereits länger als nur ein halbes Jahr so, vielleicht hatte diese Leere immer schon existiert und war ihm erst jetzt bewußt geworden. Diese Vorstellung war so unangenehm, daß er sie rasch als eine weitere dieser morbiden Spinnereien abtat, die ihn seit dem Tod seiner Frau quälten. Einfach lächerlich. Er nahm die CD aus dem Gerät, legte eine andere ein, auf der erfrischende Barockstreicher zu hören waren, und richtete seine Aufmerksamkeit auf sein späteres Geschäftstreffen und das angestrebte Ergebnis.

Für Caro war es ein Morgen seltenen Glücks gewesen.

Ein Ausflug nach London war allemal etwas ganz Besonderes: Da hatte sie Gelegenheit, durch die Geschäfte zu streifen, ihr Haar bei einem erstklassigen Friseur schneiden zu lassen und zu hören, wie es ihren Töchtern ergangen war. Oder in diesem Fall: wie es ihrer ältesten Tochter ergangen war. Kate und Emily arbeiteten beide in so unbedeutenden Orten wie Enfield und Wandsworth, Polly hatte jedoch glücklicherweise einen reichen Ehemann und verfügte also über viel Geld für ihre Freizeitgestaltung.

Um ein Uhr dreißig aßen Caro und ihre älteste Tochter in

einem edlen Restaurant nahe der Bond Street zu Mittag. Die erste Euphorie, die Caro durch den Morgen begleitet hatte, verblaßte allmählich, und an ihre Stelle trat eine kleine nörgelnde Ängstlichkeit, die sich in ihrem Magen bemerkbar machte. Um ihre Sorgen zu vergessen, hatte sie einen großen Sherry heruntergekippt, aber trotzdem ließ sich nicht verleugnen, daß dies ein richtig teures Unternehmen geworden war. Caro hatte vorgeschlagen, daß sie in einem der großen Kaufhäuser, John Lewis oder Dickins & Jones, einen Salat essen könnten, aber Polly hatte das alles mit einem lässigen »Ach, Mami, jetzt benimm dich doch nicht wie eine alte Schachtel« weggewischt, und das hatte sie in diese Luxusoase geführt. »Schließlich«, hatte Polly argumentiert, »haben wir nicht häufig die Gelegenheit für ein Treffen zu zweit. Da können wir uns ruhig einmal etwas Gutes gönnen.«

Caro gestattete sich die kleine Hoffnung, der letzte Satz könne vielleicht bedeuten, daß Polly die Rechnung teilen wollte, aber wie sie ihre Älteste kannte, war es besser, wenn das eine äußerst zarte Hoffnung blieb.

Polly war eine Tochter, auf die jede Mutter stolz sein konnte. Sie hatte von beiden Seiten der Familie die besten Eigenschaften geerbt: Jims schlanke Figur, Twinks' beeindruckend blaßgrüne Augen, Georges unbeschwerte Persönlichkeit und – dies rechnete Caro sich selbst an – eine recht praktische Ader. Der einzige kleine Nachteil bei einem Ausflug wie diesem war die Tatsache, daß Polly – was Caro jedoch stets sofort vergessen hatte, nachdem sie sich trennten –, ihrer Mutter gern das Gefühl vermittelte, sie wäre eine übergewichtige, leicht einfältige Cousine vom Lande. Auch diesmal war es nicht anders, obwohl Caro sich morgens mit besonderer Umsicht angekleidet hatte. Sie trug ein marineblaues Jackett, einen karierten Faltenrock und eine gerüschte Bluse und dazu ein Paar Pumps, von denen sie wußte, daß sie damit den ganzen Tag bequem durch die Geschäfte ziehen konnte. Um acht Uhr morgens hatte diese Garderobe Stil und zeitlose Eleganz ausgestrahlt, aber als sie nun zwischen diesen stecknadeldünnen Mädchen in der neutralen Designerkleidung saß, hatte sie das Gefühl, viel zu überladen und völlig fehl am Platz zu sein. Wie eine große, bunte Dahlie, die man zwischen elegante Weidenstengel gesteckt hatte.

Dazu kam auch noch das Problem, daß Caro nicht immer wußte, wie sie die Unterhaltung mit Polly in Gang halten sollte, da die schönen Augen ihrer Tochter bei jeder Erwähnung der neuesten Vorkommnisse in Briarswood tendenziell glasig wurden. Es war wesentlich einfacher, wenn sie gemeinsam einkauften, weil sie dann immer viel zu besprechen hatten. Polly hatte sich bereits ein Jackett für mehr als dreihundert Pfund gekauft, weil sie fand, daß es »ganz nützlich sein könnte und man nie zu viele Jacketts haben kann«, und Caro war von dieser sorgenfreien Haltung so beeindruckt gewesen, daß sie sich selbst ein auberginefarbenes Wollkleid geleistet hatte, von dem Polly gemeint hatte, sie solle so etwas viel öfter tragen. Es war ziemlich teuer gewesen – wenn auch Gott sei Dank nicht annähernd so teuer wie Pollys Jackett –, so daß Caro den Preis verdrängte, kaum daß sie ihre Kreditkarte aus der Hand gegeben hatte. Bis jetzt, als Polly ihr erklärte, daß sie dazu aber auch ein passendes Paar Schuhe bräuchte. Klassische Pumps würden den Effekt zerstören. Caros Unwohlsein wurde größer. Als sie beim Kaffee angelangt waren, stieg in Caro die Hoffnung auf, Polly würde ihr vielleicht anbieten, die gesamte Rechnung zu übernehmen, weil ihr Mann Angus schließlich ein wichtiges Tier im Filmverleih war, weshalb Polly sie sicherlich als Werbungskosten absetzen konnte. Caro hatte sich daran erinnert, daß sie Jim, als er sie morgens zum Bahnhof gebracht hatte, versprochen hatte, sparsam zu sein, woraufhin Jim mit einem erleichterten Lächeln gemeint hatte: »Ja, versuch das doch bitte, Schatz. Wir müssen ein wenig bescheidener leben.« Das war ein Anzeichen dafür gewesen, daß er auf einen seiner regelmäßigen Anfälle von extremer Sparsamkeit zusteuerte. Natürlich wäre es unverzeihlich banal gewesen, Polly mit diesem Umstand zu langweilen. Also sagte Caro: »Ich mache mir ein bißchen Sorgen um Suzie.«

Polly zog gerade eine Zigarettenschachtel aus der Tasche, und sofort erschien ein Aschenbecher auf ihrem Tisch. Caro war beeindruckt, welch klettenartige Aufmerksamkeit ihre älteste Tochter selbst bei dem abgebrühtesten Kellner provozierte.

»Ich nehme an, daß es mit ihrem Alter zusammenhängt«, fuhr Caro fort, »aber sie wirkt so interesselos. Und seit wir nach Briarswood gezogen sind, hat sie noch keine richtige Freundin gefunden. Sie läuft immer nur durchs Haus und bläst Trübsal.«

»Oh«, meinte Polly. Eine große schlanke Frau hatte das Restaurant betreten, und Polly fragte sich, wo sie wohl das schwarze Jackett mit der passenden Hose gekauft hatte.

»Manchmal wird mir der Altersunterschied so deutlich.« Caro runzelte die Stirn. »Dann merke ich, daß ich eine Mutter im fortgeschrittenen Alter bin, und wie schwierig es ist, auf der gleichen Wellenlänge zu bleiben.«

Pollys Blick glitt kurz über das Gesicht ihrer Mutter, und ihr »Hm« klang, als fände sie Caros tiefsitzenden Ängste berechtigt; dann legte sie den Kopf in den Nacken, um den Rauch in Richtung Decke zu blasen.

»Und jetzt scheint sie sich auch noch mit dieser ehemaligen Studentin von Papa angefreundet zu haben. Erinnerst du dich an sie?«

Polly schüttelte den Kopf. Sie beobachtete, wie ein untersetzter, häßlicher alter Mann sich über den Tisch hinweg mit der

Frau in dem aufsehenerregenden Hosenanzug zu streiten begann.

»Lydia Allen, du erinnerst dich bestimmt an sie. Sie hat Papa damals bei der Kampagne gegen die Ausweisung dieses armen Studenten geholfen. Tja, sie heißt jetzt natürlich Fairchild, weil sie mit dem Arzt verheiratet ist, der diese Radiosendung macht, nur daß sie ihn aus irgendeinem Grund verlassen hat und nach Briarswood gekommen ist. Ich denke, es geht ihr ganz gut, aber mir wäre es wirklich lieber, wenn Suzie ein paar Freunde in ihrem Alter finden würde.«

Polly musterte ihre Mutter plötzlich so intensiv, daß Caro sich fragte, ob ihr vielleicht ein Krümel an der Wange klebte. »Lydia Allen? Was macht die denn in Briarswood?«

Caro tupfte sich mit der Serviette die Wange ab. »Soweit ich weiß, macht sie gar nichts, außer sich über Rose Cottage zu beschweren, was ich ja ein bißchen dreist finde, wenn man bedenkt, daß sie beinahe kostenlos dort wohnt.«

»Dann magst du sie also nicht.«

»Ich kann nicht wirklich sagen, daß ich sie nicht mag. Ich halte sie bloß momentan für keinen besonders guten Einfluß auf Suzie. Sie ist einer dieser Menschen, die immer ganz deutlichmachen müssen, daß sie in allem anders sind. Wie zum Beispiel zu Ted Seddens Farm runterzugehen, um diese Hippies kennenzulernen, und dann so zu tun, als sollten alle ihrem Beispiel folgen.« Polly war schon wieder abgelenkt, trotzdem bemühte Caro sich weiter: »Das ist wirklich unsolidarisch, wenn man bedenkt, daß wir alle der Meinung sind, sie sollten zusammenpacken und sich einen anderen Platz suchen. Jedenfalls will ich nicht, daß sie Suzie Grillen in den Kopf setzt.«

Polly hörte die Sorge in der Stimme ihrer Mutter. »Wieso? Hat Suzie die Hippies denn auch besucht?«

»Du liebe Güte, nein!« lachte Caro. »Dafür ist sie viel zu vernünftig.« Polly drückte ihre Zigarette aus. »Weißt du, ich hatte überlegt, ob Suzie nicht vielleicht in den Herbstferien für einige Tage zu euch kommen könnte. Die Veränderung würde ihr sicherlich guttun.«

»Hm«, meinte Polly. Der Streit zwischen dem potthäßlichen Mann und seiner eleganten Begleiterin war gerade an einen interessanten Punkt gelangt. Sie fragte sich, ob er ihr wohl eine Ohrfeige geben würde oder ob sie ihm vorher ihr Glas Champagner ins Gesicht kippen würde. »Ich fürchte, das ist völlig unmöglich. Angus würde einen Anfall bekommen.«

»Ach, Schatz, es wäre doch bloß für die letzte Oktoberwoche. Ich dachte –«

»Und, o Gott, tut mir leid, mir ist gerade siedendheiß eingefallen, daß ja auch die Inneneinrichtungsleute nächste Woche anfangen, deshalb wird das Gästezimmer gar nicht frei sein. Vielleicht ein andermal. Ich bin sicher, du mußte dir um Suzie keine Sorgen machen.«

»Ja, wahrscheinlich hast du recht.«

Polly gratulierte sich innerlich, noch einmal davongekommen zu sein. Ihre anderen beiden Schwestern waren ganz in Ordnung, solange sie sie nicht allzu häufig sehen mußte, aber Suzie war praktisch eine Fremde für sie. Kurz bevor Polly das Haus verlassen hatte, hatte ihre Mutter mit wirklich schlechtem Timing und ohne jegliches Gespür für die Gefühle anderer sich noch einmal schwängern lassen. Das war für Polly, die gerade ihren ersten Freund mit nach Hause gebracht hatte, eine furchtbar peinliche Zeit gewesen, weil sich ihre Mutter, dick wie ein Wal, in abscheulich geblümten Umstandskleidern durchs Haus gewälzt und pausenlos über Sodbrennen beklagt hatte. Polly war so bald wie möglich in ihre eigene Wohnung gezogen, aber jedesmal, wenn sie an den Wochenenden nach Hause gekommen war, um sich ein bißchen umsorgen und bekochen zu lassen, hatte ihr das bloß schlaflose Nächte eingebracht und eine Mutter, die noch erschöpfter war, als sie selbst. Die ganze Sache war einfach unfair gewesen. Natürlich war Suzie ein süßes kleines Ding gewesen, und Polly hatte sie mit den Jahren sogar liebgewonnen – allerdings nie so sehr, daß sie Wert darauf gelegt hätte, Suzie ständig während der Ferien in ihrem Haus in Islington zu haben. Polly führte schließlich ihr eigenes Leben und wollte sich kein Bein ausreißen müssen, um für ihre jüngere Schwester die Ersatzmutter zu spielen. Zumal Angus in der erwähnten Woche auf Geschäftsreise ging und sie hoffte, Simon recht häufig sehen zu können. Polly warf einen Blick auf ihre Uhr; sie war wirklich ganz knapp entkommen.

Caro, die versuchte, sich ihre Enttäuschung nicht anmerken zu lassen, verstand den Wink ihrer Tochter. »Wir sollten uns wohl lieber mal auf den Weg machen.« Dann wartete sie einen kaum wahrnehmbaren Augenblick, bevor sie, weit fröhlicher, als sie sich fühlte, fortfuhr: »Dann bitte ich mal um die Rechnung, ja?«

»Mami, wie lieb von dir.« Polly ließ ihren Blick zum Kellner schweifen, der sofort angesprungen kam. Ziemlich enttäuscht bemerkte sie, daß das ungleiche Paar seinen Streit beendet zu haben schien, weshalb ihr Caros entsetztes Gesicht entging, als diese die Rechnung sah.

Polly lächelte ihrer Mutter freundlich zu. »Dann laß uns jetzt nach passenden Schuhe suchen.«

Caro wollte gerade sagen, daß sie das lieber auf ihren nächsten Besuch in London verschieben sollten, als es an einem der Tische in ihrer Nähe einen plötzlichen Aufschrei gab und ein Tumult ausbrach; mehrere Kellner wedelten einem häßlichen Mann mit Servietten über den Schoß.

»Oh, der arme Mann«, sagte Caro, »er hat seine Suppe verschüttet.«

»Er ist hier eben nicht unter seinesgleichen«, meinte Polly

mit einer gewissen Befriedigung, als sie aus dem Restaurant traten und sie ihre Mutter entschieden in Richtung der ultimativen Schuhe schob.

Sandra stand kurz davor zu kündigen. Sie ertrug es ja, herablassend behandelt zu werden, unterbezahlt und gelegentlich sogar überarbeitet zu sein – jedoch einem elektrischen Schlag zum Opfer zu fallen, war wirklich zuviel verlangt.

Sie hatte, wie stets Mittwoch morgens, im Salon Staub gewischt, und alles war wie immer gewesen, bis sie die Goldbronzeuhr berührt hatte, die auf der Anrichte stand. Als ihre Fingerspitze mit der verzierten Oberfläche in Kontakt gekommen war, hatte sie einen kribbelnden Stromstoß am Hinterkopf verspürt und war in die Luft gesprungen.

Twinks, die genau in diesem Augenblick das Zimmer betreten hatte, um nach ihrer Lesebrille zu suchen, hatte Sandras Abheben mit einigem Erstaunen beobachtet. »Was, um alles in der Welt, tun Sie da, Sandra?«

Es dauerte einen Moment, bis sie eine Antwort erhielt. Sandra legte eine Hand auf ihre sich stark hebende und senkende Brust und sank auf einen hellblauen Stuhl. »Die Uhr«, stieß sie schließlich atemlos hervor, »irgendwas stimmt nicht mit der Uhr.«

Pflichtbewußt ging Twinks hinüber, um sich die unschuldig tickende Uhr anzusehen. »Sie muß kaputt sein«, insistierte Sandra mit schwacher Stimme, »ich glaube, sie hat einen Kurzen.«

»Unfug, meine Liebe«, wies Twinks sie zurecht. »Das ist keine elektrische Uhr, sie stammt aus dem achtzehnten Jahrhundert. Ich nehme an, es waren bloß Ihre Nerven.«

»Aber ich weiß genau –«

Twinks hatte ihre zerbrechliche Hand auf die Anrichte gelegt und stellte sich gerade darauf ein, diesem Unsinn ganz unmißverständlich ein Ende zu bereiten. Sie hatte sich ihr ganzes Leben lang um die Dienstboten gekümmert: Um gereizte Köche, hysterische Mädchen, unehrliche Gärtner, anmaßende Chauffeure, und sie war immer mit ihnen fertig geworden. Heutzutage waren es meist die elektrischen Geräte, die die größten Probleme verursachten – kaputte Waschmaschinen beispielsweise –, aber selbst eine Zugehfrau wie Sandra, die lediglich morgens für zwei Stunden kam, benahm sich ab und an ein bißchen schrullig.

»Also hören Sie, Sandra –« Twinks brach abrupt ab. Sie hatte einen eigenartigen Draht entdeckt, der hinter der Uhr hervorkam, ein Kabel, das sie, soweit sie sich erinnern konnte, nie zuvor gesehen hatte. »Wie ungewöhnlich«, murmelte sie, »ich kann mir nicht vorstellen, was –«, und dann schwieg sie, während der Nebelschleier, der sie in diesen Tage so häufig umschloß, sich so weit aufzog, daß sie darüber nachdenken konnte, was genau ... »Warten Sie ein kleines Momentchen, meine liebe Sandra«, meinte sie dann sehr sanft und verließ den Salon. Sie durchquerte die Eingangshalle und betrat Georges Arbeitszimmer, ohne anzuklopfen. Ihr Mann, der gerade in einem Magazin einen Artikel über ein neuartiges Gerät las, mit dem man Maulwürfe fangen konnte, war über diese Störung wenig erfreut.

»Die Uhr, George«, sagte Twinks gelassen wie eh und je. »Was hast du mit der Uhr angestellt?«

George, den die Störung empörte, sagte sofort: »Kann ich nicht einmal in meinem eigenen –«, aber Twinks unterbrach ihn.

»Die arme Sandra hätte einen schlimmen Unfall haben können. Was hast du mit Tante Annes Uhr angestellt?«

»Ach so«, meinte George. »Ja.« Dann blieb er einen Moment reglos sitzen und wandte sich schließlich Hamish zu, um dessen Ohren zu kraulen. »Das hatte ich ganz vergessen.«

»Was hast du vergessen? Wirklich George, das ist unmöglich, das arme Mädchen ist richtig durch die Luft gesprungen.«
George erhob sich. »Nur ein kleines Versehen«, erklärte er. »Ich hätte die Anlage abschalten müssen, als ich heute morgen heruntergekommen bin. Es handelt sich lediglich um einige Vorsichtsmaßnahmen, die ich getroffen habe. Bei diesem Haufen unten im Tal kann man gar nicht achtsam genug sein.«
Eigentlich hätte er Sandra gerne dazu befragt, wie stark der Stromstoß gewesen war, als er jedoch sah, wie erschüttert sie war, gelangte er zu der Auffassung, daß es besser wäre, sich erst einmal zurückzuhalten.
Twinks sagte zu ihrer Dienstbotin: »Ich glaube, auf diesen entsetzlichen Schock haben wir uns erst einmal einen kleinen Brandy verdient, Sandra.«
Es bedurfte gleichwohl mehr als nur eines Brandys. Twinks mußte versprechen, Sandras Stundenlohn zu erhöhen, und George wurde dabei überwacht, wie er seine gesamte Anlage wieder auseinandernahm, was ihn in extrem schlechte Laune versetzte. Insgeheim war er der Meinung, daß Sandras Unfall ihm einen wertvollen Hinweis auf die maximale Stromstärke geliefert hatte, doch Twinks blieb ungewöhnlich hart und wollte nichts davon hören. Noch am selben Nachmittag setzte man sich mit einem Sicherheitsexperten in Verbindung, und so kam am nächsten Tag ein junger Mann ins Herrenhaus, um ihnen ein extrem kompliziertes internes Alarmsystem mit Infrarotsensoren zu empfehlen, das es, wie Twinks konsterniert klar wurde, zu einer außerordentlich komplizierten Angelegenheit machen würde, nachts für einen kleinen Nachttrunk hinunterzugehen. Damit sie nicht völlig unvorbereitet war, machte sie es sich fortan zur Gewohnheit, eine kleine Flasche Hochprozentiges unter ihrer Strickjacke oder ihrem Morgenmantel mit in ihr Schlafzimmer zu nehmen. Da

George ihren Bedürfnissen nicht immer Verständnis entgegenbrachte, versteckte sie die Flaschen in ihrer Schmuckschatulle oder zwischen den Feuchtigkeits- und Anti-Falten-Cremes in ihrem Kosmetikkoffer.
»Vorsicht ist die Mutter der Porzellankiste, Veronica Jane«, wie die liebe Miß Finn immer zu sagen gepflegt hatte.

ZWÖLFTES KAPITEL

Lydia zeigte Hopi Haddeley Hall.
Zu ihrer Überraschung mochte Hopi die schweren dunklen Farben und die höhlenartige Düsterkeit der endlosen Zimmerfluchten: Ihre Abneigung gegenüber Häusern erstreckte sich offensichtlich nicht auf riesige alte Herrenhäuser aus der Zeit Jakobs des Ersten.
In einem Zimmer, an dessen Tür zwar das Wort »Bibliothek« prangte, in dem sich jedoch nicht ein einziges Buch befand, rief Hopi: »Hier könnte man ja eine tolle Party feiern.«
Lydia grinste. »Irgendwie habe ich nicht den Eindruck gewonnen, daß Wyndham ein großer Partylöwe ist.«
»Was will er denn dann mit diesem riesigen Haus anfangen?«
»Ich weiß nicht.«
»Er muß seine Freunde einladen. Zum Alleinleben ist ein Haus wie dieses doch ziemlich einsam.«
Da Wyndham Lydia gegenüber nie irgendwelche Freunde erwähnt hatte, bemerkte sie jetzt: »Ich glaube nicht, daß es ihm etwas ausmacht, allein zu sein. Er hat mir einmal gesagt, er zöge schöne Dinge den Menschen vor.«
Hopi antwortete nicht darauf, und während sie ihre Führung fortsetzten, begann Lydia sich zu fragen, ob es ein Fehler gewesen war, Hopi darum zu bitten, ihr bei der Arbeit an Balduins Zimmer zu helfen. Bislang hatte ihr recht unterschiedlicher Lebensstil ihrer wachsenden Freundschaft keinen Abbruch getan, aber vielleicht hatte es ja auch daran gelegen,

daß all ihre bisherigen Treffen bislang auf Hopis Territorium stattgefunden hatten. Lydia hoffte, daß sie keine Probleme bekommen würden, da sie gerade heute sehr froh darüber war, Gesellschaft zu haben. Sie hatte in der Nacht zuvor sehr unruhig geschlafen, und obwohl sie sich nach dem Aufwachen nicht mehr an ihre Träume hatte erinnern können, spürte sie trotzdem noch ein vages Unbehagen, das sich in einem leichten Gefühl von Übelkeit niederschlug. Deshalb legte sie wert darauf, auf angenehme Weise abgelenkt zu sein. Aus irgendeinem Grund wollte sie heute nicht allein arbeiten müssen.

Zu Lydias Erleichterung fing sich Hopi wieder, sobald sie mit der Arbeit begonnen hatten. Sie war zwar keine schnelle, dafür aber eine sehr ausdauernde Arbeiterin und eröffnete Lydia zu deren Überraschung, daß sie eine begeisterte Anhängerin von Dr. Gordon Fairchilds Radiosendung war.

»Wir sind zu spät dran«, meinte Lydia, während ihr tragbares Radio den Raum mit dem gleichmäßigen Hämmern der Musik füllte. »Wir haben ihn verpaßt.«

»Er war heute gar nicht auf Sendung«, klärte Hopi sie auf, während sie an einer besonders hartnäckigen Farbschicht kratzte. »Ich habe vorhin schon Radio gehört.«

»Aber heute ist einer seiner Sendetage.«

»Es hieß, er wäre verhindert.«

Lydia merkte, wie sich ein Gefühl des Unbehagens in ihrem Magen zusammenballte. Sie überlegte, ob sie vielleicht seit ihrer Ankunft im Rose Cottage hellseherische Fähigkeiten entwickelt hatte und dieses eigenartige Gefühl darauf hindeutete, daß Gordon etwas zugestoßen war. Dann tadelte sie sich dafür, daß sie solchen Unsinn dachte, weil ihr Unwohlsein wohl eher darauf zurückzuführen war, daß sie etwas Verdorbenes gegessen hatte.

»Hast du zufällig am Montag seine Sendung gehört?« erkundigte sich Hopi. Geistesabwesend schüttelte Lydia den Kopf, und Hopi fuhr fröhlich fort: »Da hat so eine bedauernswerte Frau angerufen, die ihren Ehemann für einen heimlichen Schwulen hält. Sie muß wohl seit einiger Zeit Tabletten nehmen, durch die ihr blöderweise ein Schnäuzer wuchs. Ihren Mann hat das wohl richtig angemacht, und deshalb wurde ihr Sexleben so gut wie nie zuvor. Jedenfalls wollte sie zu einem Schönheitschirurgen gehen, um sich den Schnäuzer wegmachen zu lassen, aber ihr Mann wollte nichts davon hören.«

Die beiden lachten gerade schallend, als Mrs. Miguel wortlos eintrat und ein Tablett mit einer Kaffeekanne, einem Milchkännchen, zwei Tassen und einem Teller Kekse absetzte. Sie war eine sehr schöne und ebenso schüchterne Frau, die überhaupt kein Englisch zu sprechen schien; zumindest hatte noch nie jemand sie ein Wort Englisch, allerdings auch nicht Portugiesisch reden hören. Sie schien überhaupt keine Identität zu besitzen, und Lydia war es bislang noch nicht gelungen, ihren Vornamen herauszufinden.

»Du hast es hier aber gut«, meinte Hopi, während sie an ihrem dritten Keks knabberte. »Schokolade-Vollkorn, das sind meine Lieblingskekse. Ich finde, du solltest dir irgendwie einen Weg in Wyndhams Herz bahnen, damit er sich unsterblich in dich verliebt und du für immer hierbleiben kannst. Dann kannst du jede Menge tolle Partys schmeißen und all deine Freunde einladen.«

»Und ich könnte glücklich bis an mein Lebensende in meinem schönen Haus leben«, stimmte Lydia ihr zu, »und massenhaft Bedienstete einstellen und müßte mir nie, nie wieder Sorgen ums Geld machen.«

»Ist doch sowieso bloß reine Zeitverschwendung, sich um Geld zu sorgen«, bemerkte Hopi abfällig. »Du müßtest dich allerdings mal um diese Hausangestellte kümmern. Sie sieht aus, als hätte sie ganz schreckliches Heimweh.«

»Sie wirkt eher verängstigt. Vielleicht behandelt Mr. Miguel

sie ja mies. Ich finde, er sieht so aus, meinst du nicht auch? Und in einem Haus von dieser Größe könnte man ziemlich viel anstellen, ohne daß es jemand mitbekäme. Ihre Einliegerwohnung befindet sich hinten in dem modernen Teil des Hauses und ist Kilometer vom Haupttrakt entfernt.«
»Mir sind gar keine modernen Gebäudeteile aufgefallen.«
»Achtzehntes Jahrhundert. Wyndham bezeichnet das als den modernen Teil.«
Hopi kicherte. »Was bezeichnet er denn dann als alt?«
Sie nahmen ihre Arbeit wieder auf. Lydia erkundigte sich nach Hopis Privatleben, damit die Unterhaltung nicht versiegte.
»Hast du einen Freund?«
»Colin. Er ist allerdings gerade in Spanien. Zumindest glaube ich, daß er in Spanien und noch mein Freund ist. Aber da ich ihn seit Juni nicht mehr gesehen habe, könnte ich in beiden Fällen falsch liegen.«
»Du klingst nicht, als würde dir das viel ausmachen.«
»Tja, nun ... Colin hat seine guten und seine schlechten Seiten. Du weißt schon, er ist der Typ Mensch, der sehr, sehr nett ist, wenn er denn nett ist, und absolut schrecklich, wenn er böse wird.« Hopi versank ein Weilchen in ihren Gedanken, bevor sie loyal hinzufügte: »Aber ich vermisse ihn natürlich.«
Lydia fand das nicht besonders überzeugend. »Ich hätte gedacht, Mal wäre eher dein Typ.«
»Mal? Mal ist mit Kate zusammen.«
»Ich weiß. Aber sie scheinen nicht gerade viel gemeinsam zu haben.«
»Das Problem ist«, bemerkte Hopi nachdenklich, »daß Mal sich stark verändert hat, seit Saul aufgetaucht ist. Das hängt mit seiner Verantwortung als Vater zusammen, denke ich. Aber Kate ist immer noch die gute alte Kate, und sie versteht nicht so recht, was Mal überhaupt mit Saul will. Doch der Jun-

ge hat sich in den letzten Monaten so stark verändert, daß man ihn kaum wiedererkennt. Seine Mutter hat ihn ziemlich verdorben.«

»Wie ist sie denn so?«

»Ich habe nur noch eine ganz verschwommene Erinnerung an sie, obwohl ich sie vor Jahren mal auf einem Festival getroffen habe. Laut Mal ist sie ziemlich unfähig. Saul fängt gerade erst an, sich einzugewöhnen, dabei ist er schon seit drei Monaten bei uns. Anscheinend hat Angie gerade noch ein Kind bekommen.«

»Würdest du denn in ein Haus ziehen, wenn du ein Kind hättest?« Aus irgendeinem Grund brachte Lydia den letzten Teil ihrer Frage nur mit äußerster Mühe heraus, deshalb konzentrierte sie sich stirnrunzelnd auf ihre Arbeit.

»Auf gar keinen Fall. Die frische Luft ist viel gesünder. Ich finde, Häuser sind schlecht für Kinder, weil sie da so eingesperrt und isoliert sind – Igitt! Ich hätte ganz gern mal eine Familie, aber jetzt noch nicht. Was ich allerdings gar nicht verstehen kann, ist, warum Frauen wie Sauls Mutter immer neue Kinder in die Welt setzen und sich dann nicht richtig um sie kümmern. Aber Mal kriegt das wirklich gut hin.«

Lydia merkte, wie sich ihr Magen schmerzhaft zusammenzog, und hörte kaum zu, als Hopi auf Biff und dessen Kampf gegen seine verschiedenen Drogenabhängigkeiten zu sprechen kam, aber ihr fiel auf, daß Hopi mit großem Engagement sprach. Als es Mittag wurde, kam Lydia der Verdacht, sie hätte vielleicht eine Allergie gegen die Abbeize entwickelt, denn sie fühlte sich so unwohl, daß ihr die Arbeit immer schwerer fiel. Deshalb riß sie alle Fenster auf und verkündete: »Werkzeuge aus der Hand, es ist Mittagszeit!«

Hopi gehorchte sofort. »Was passiert denn jetzt?« Ihr Blick wanderte hoffnungsvoll zur Tür. »Kommt jetzt ein viergängiges Menü auf goldenen Tellern?«

»Das gibt's nur sonntags. Ich habe Butterbrote mitgebracht.«
»Tja, dann werde ich mich diesem spartanischen Leben wohl anpassen müssen«, meinte Hopi mit einem breiten Grinsen.
»Es könnte schlimmer sein«, tröstete Lydia sie. »Käse, Salat und –« Sie brach ab. Aus dem stetigen Radiogeplärre, das aus dem tragbaren Gerät in der Ecke kam, hatten sich einige Worte gelöst und in ihr Gehirn gebrannt.
Heute, am achten Oktober ...
»Oh, Scheiße ...«
Hopi warf ihr einen Blick zu. »Lydia, ist alles in Ordnung?«
Lydia hatte Hopis Frage zwar gehört, aber ihr fehlte die Kraft, sie zu beantworten, und außerdem war sie völlig irrelevant. Der achte Oktober ... Was sollte sie jetzt bloß tun?
Sie verschränkte schützend die Arme vor dem Bauch und lehnte sich gegen den Teil der Wand, an dem sie den Morgen über gearbeitet hatte. Sie sank in sich zusammen und glitt zu Boden.
»Tut mir leid«, murmelte sie, als sie mit angezogenen Knien auf dem Fußboden saß. »In ein paar Minuten geht es mir wieder gut.«
»Den Eindruck machst du aber nicht«, bemerkte Hopi, die sich neben sie hockte. »Du siehst schrecklich aus.« Lydia merkte, daß sie trotz allem erleichtert darüber war, Hopi jetzt in ihrer Nähe zu haben. »Was ist denn los?«
Lydia versuchte es ihr zu erklären. »Es ist heute ... es hätte heute sein sollen, aber das wird es nicht ...« Hopi legte Lydia den Arm um die Schulter, Lydia schüttelte ihn jedoch ab. »Nicht ... ich ertrage das nicht. Faß mich nicht an.«
Hopi wich ein Stück zurück. Nach einer kurzen Pause fragte sie: »Was hätte heute sein sollen? Kannst du es mir erklären?«
»Verdammt, das versuche ich doch gerade«, fuhr Lydia sie an, dann fügte sie hinzu: »Tut mir leid, Hopi, aber es ist ziemlich schwierig –« nein, es war nicht schwierig, es war völlig

unmöglich, die Worte auszusprechen. Sie versuchte es anders, räusperte sich und setzte erneut an: »Ich hatte im Frühjahr eine Fehlgeburt. Heute war ... heute hätte –« Dann versteckte sie ihr Gesicht hinter den Knien und legte die Arme über den Kopf.

»Ach so«, meinte Hopi nachdenklich und beendete dann den Satz für sie. »Heute hätte dein Baby zur Welt kommen sollen.« Dann fügte sie leise hinzu: »O Lydia, das ist schlimm.«

»Da hast du verdammt recht«, brachte Lydia unbeholfen hervor. »Und sei bitte so freundlich, mich nicht mit deinem Mitleid zu überschütten, ich glaube nämlich nicht, daß ich das ertrage.«

»Wer sagt denn, das du es ertragen sollst? Was ist falsch daran, einfach nur traurig zu sein?«

»Ach, halt den Mund, Hopi. Du fängst an wie Dr. Laß-es-alles-raus-Gordon-Fairchild zu klingen. Ich bin hier, weil ich dem entkommen wollte.«

Nach einer Weile meinte Hopi sachlich: »Wie du willst. Stört es dich, wenn ich schon mit dem Mittagessen beginne?«

»Mach ruhig«, kam die leise Antwort.

Als Miguel ihnen das nächste Mal ein Tablett mit Erfrischungen brachte, fand er seine schlimmsten Befürchtungen bezüglich der beiden Frauen bestätigt. Der Diener mißbilligte Hopi zutiefst. Er hatte von Mark, dem die beiden Neuankömmlinge auch nicht gefielen, erfahren, daß sie zu den Landstreichern gehörte, die ins Dorf gezogen waren, und er war äußerst schockiert, daß einer solchen Person der Zutritt in das Haus seines Arbeitgebers gestattet war.

Lydia stand am Fenster und sah mit einem Ausdruck tiefer Trauer in die Ferne; schlimmer noch: Er meinte sogar Spuren von Tränen auf ihren Wangen entdecken zu können. Nichts als Dramen, obwohl sie eigentlich hätten arbeiten sollen.

Nachdem sich die Tür wieder hinter seinem Rücken geschlossen hatte, leckte Hopi ihr Zigarettenpapier an, bevor sie fragte: »Tee? Es gibt doch nichts Besseres als ein Täßchen Tee, wenn man sich nicht gut fühlt.«
Dankbar für Hopis schnodderigen Tonfall, entfernte sich Lydia vom Fenster und ließ sich neben ihr nieder.
»Willst du eine Selbstgedrehte?«
»Nein, danke, aber ich nehme gern eine Tasse Tee.«
»Wie wäre es mit einem Sandwich? Ich habe dir ein halbes übrig gelassen. Sie waren sehr lecker.«
»Iß ruhig auf, ich habe keinen Hunger.«
Eine Weile lang saßen sie schweigend da. Aus dem Radio plätscherten Stimmen und Musik, aber Lydia und Hopi nahmen es kaum wahr. Schließlich stieß Lydia einen tiefen Seufzer aus und meinte: »Wir sollten uns wieder an die Arbeit machen. Ende der Aufregung, es geht mir jetzt wieder gut.«
»Lügnerin«, widersprach Hopi ihr freundlich, »du bist völlig neben dir.«
»Mag sein, aber es ist auch nicht wesentlich schlimmer als gewöhnlich.«
»Ich denke, für heute ist die Arbeit beendet.«
»Sei nicht blöd, wenn wir jetzt weitermachen, können wir diesen Teil heute noch fertigstellen.«
»Morgen. Oder übermorgen. Aber heute ist das etwas Anderes. Der heutige Tag ist für dich und dein Baby reserviert.«
»Herr im Himmel, Hopi, ich habe mich gerade ein bißchen besser gefühlt.«
Hopi schien sie nicht gehört zu haben. »Heute abend ist Vollmond. Perfekt.«
»Vollmond?« Entsetzt wandte sich Lydia ihr zu. »Bist du etwa so eine Art Hexe?«
»Nein«, meinte Hopi grinsend, »obwohl sich ein paar mei-

ner Freundinnen als Hexen bezeichnen und wirklich klasse sind. Ich hatte mal einen Freund, der Druide war, aber irgendwann wurde er irgendwie seltsam. Hast du je eine Trauerfeier für dein Baby abgehalten?«

»Natürlich nicht. Es war schließlich eine Fehlgeburt und da –«

»Dann glaube ich, daß es an der Zeit ist, sich zu verabschieden.«

»Und ich glaube«, sagte Lydia so fest sie konnte, »daß das eine schreckliche Idee ist.«

»Schade«, meinte Hopi nur.

Manchmal, wenn Lydia an diesen langen Oktobernachmittag zurückdachte, war es ihr peinlich, daß sie bei dieser sinnlosen Farce mitgemacht hatte, und manchmal war sie zornig darüber, daß Hopi sie in einer Zeit der Schwäche zu etwas gedrängt hatte, das sie nicht hatte tun wollen. Meistens spürte sie allerdings so etwas wie Erleichterung und Dankbarkeit.

Sie kehrten zuerst zum Rose Cottage zurück, wo Hopi sie dazu nötigte, einige Dinge zusammenzusuchen, die etwas mit ihrem verlorenen Baby zu tun hatten. Anfangs protestierte Lydia heftig, daß sie nichts hätte, aber dann entdeckte sie ein Foto ihrer Eltern, dann eine Terminvereinbarung für eine Kontrolluntersuchung im August, die sich aus irgendeinem unerfindlichen Grund noch in ihrem Portemonnaie befand, und schließlich eine Postkarte von ihrer Freundin Charlotte aus Menorca, auf der diese ihr zu ihrer Schwangerschaft gratulierte. »Du Glückliche«, hatte Charlotte geschrieben. »Ich habe vor, all meine unterdrückten Muttergefühle an Deinem Baby auszulassen, also bereite das Kind schon mal darauf vor, daß ich es völlig verziehen werde!« Auf der Karte war eine uralt aussehende Indianerin unter einem bunten Regenbogen

abgebildet, und darauf stand der Satz »Wir haben die Erde von unseren Kindern nur geborgt.«
»Was hältst du davon?« fragte Lydia. »Das muß doch ganz nach deinem Geschmack sein.«
»Sie ist wunderschön«, stimmte Hopi zu. Entweder war ihr Lydias Sarkasmus entgangen, oder sie ignorierte ihn absichtlich. Sie legte die Karte gemeinsam mit allem anderen in eine Zigarrenkiste, in der Lydia Briefe aufbewahrt hatte.
»Und was kommt jetzt?«
»Ich denke noch darüber nach«, sagte Hopi in ihrer sanften, eindringlichen Stimme, die Lydia einerseits auf die Palme brachte, andererseits jedoch auch beruhigte. »Im vergangenen Sommer hat meine Freundin Sasha im Camp ein Baby bekommen –«
»Im Camp? Ist das denn nicht gefährlich?«
»Sie hatte einen richtigen Wohnwagen, warum sollte das gefährlich sein? Krankenhäuser sind voller Bakterien, da kann man ernsthaft krank werden.«
Lydia nahm diese Aussage mit ungläubigem Schweigen auf, und Hopi fuhr fröhlich fort: »Sasha hatte eine sehr einfache Geburt, und die Hebamme war richtig toll. Anfangs war sie schon sehr kritisch und meinte immer nur, Sasha gehöre auf die Entbindungsstation und so weiter, aber nachdem sie uns ein paarmal besucht hatte, war sie richtig begeistert und brachte ganz viele Sachen für den Jungen mit. Er hieß Jade. Wir hatten in der Nacht eine richtig tolle Party in Sashas Wagen mit der Hebamme und allen, und am nächsten Tag haben Sasha und ich Jade das Camp und all die Dinge gezeigt, von denen wir dachten, daß sie ihm sicher gut gefallen werden, wenn er ein bißchen älter ist.«
»Phantastisch, Hopi«, meinte Lydia verärgert, während ihr die Tränen in die Augen stiegen. »Du verstehst es wirklich, andere Menschen aufzuheitern. Was hat das Ganze denn mit

mir zu tun? Vielleicht ist es dir ja entgangen, aber ich habe kein Kind, dem ich etwas zeigen könnte. Das ist doch der Knackpunkt bei der ganzen verdammten Sache.«

»Ich dachte, wir könnten jetzt ein paar Dinge holen, die du gern deinem Kind gezeigt hättest, und sie dann in die Kiste legen.«

»Und dann?«

»Dann müssen wir einen ganz besonderen, heiligen Ort finden, vielleicht eine Stechpalme, und da bestatten wir dann die Kiste des Babys.«

»Was ist denn an einer Stechpalme so außergewöhnlich?«

»Die alten Briten haben die Stechpalme als ein Symbol für Tod und Wiedergeburt betrachtet.«

Lydia stöhnte. »Bitte, Hopi. Ich weiß mit Sicherheit, daß es in meiner gesamten Familie nicht einen einzigen Druiden gegeben hat.«

»Hast du eine Schaufel? Falls nicht, können wir ja ins Camp runter gehen, um meine zu holen.«

Trotz ihrer vielen recht tief sitzenden Vorbehalte, stellte Lydia fest, daß sie ganz genau wußte, wo sie die Zigarrenkiste mit ihrem seltsamen Sammelsurium vergraben wollte: Auf dem Raven's Beacon, einem spärlich bewaldeten Gipfel, von dem aus man Haddeley Hall und Briarswood überblickte.

Während sie in die Senke hinuntergingen, frage Lydia gereizt: »Hopi, wie kommst du nur auf diesen Unsinn, eine Gedenkfeier an einem Geburtstag abzuhalten, den es nie gegeben hat?«

Da Hopi nicht sofort antwortete, fragte sich Lydia, ob sie sie mit ihrer Skepsis mittlerweile doch noch beleidigt hatte. »Macht nichts«, dachte sie, »dann können wir vielleicht auch den Rest dieses Psychodramas auslassen.« Aber sie war sich gar nicht mehr so sicher, ob sie immer noch kneifen wollte.

»Blossom und ich hatten einen kleinen Bruder«, unterbrach Hopi ihre Gedanken. »Er hieß Rowan und starb, als er sechs Wochen alt war. Es war schrecklich. Es ist ja schlimm genug, sein Kind zu verlieren, aber meine Eltern haben außerdem noch jede Menge Ärger mit den Behörden bekommen. Mama brachte mich und Bloss zu unseren Großeltern, wo wir eine Weile bleiben sollten, weil sie Angst hatte, wir würden sonst vielleicht in Pflege gegeben. Alle taten so, als wäre unser Lebensstil schuld an Rowans Tod und als wären meine Eltern verantwortungslos gewesen oder sogar Mörder. Dann wurde eine Autopsie durchgeführt, und man stellte fest, daß er irgendeinen Herzfehler gehabt hatte und auch gestorben wäre, wenn wir im Buckinghampalast gelebt hätten. Also sind wir zu Dad zurückgegangen; aber für Mami war das alles zuviel. Eine Zeitlang war sie richtig depressiv, und der Arzt wollte, daß sie Beruhigungstabletten oder Antidepressiva nimmt. Doch mein Vater hat an diese ganze Chemiescheiße nicht geglaubt, und an dem Tag, als Rowan ein Jahr geworden wäre, hat er einen Kuchen gebacken und ihm ein kleines Holzboot gebastelt. Dann brachte er Mama dazu, auch etwas zu suchen – ich glaube, es war eine Rassel. Danach schickte er Bloss und mich los, um ein paar Blumen zu pflücken. Anfangs dachten wir, es wäre ein Spiel, nur daß Mama so aufgewühlt war. Und dann haben wir so eine Art Geburtstagsfeier und Begräbnis in einem gefeiert, und Papa sagte etwas über Geburt und Tod und wie nahe sie beieinander lägen. Es kam mir damals irgendwie seltsam vor, aber von diesem Zeitpunkt an ging es Mama langsam besser. Wir haben noch jahrelang danach Rowans Geburtstag gefeiert. Ich schätze, deshalb bin ich auf die Idee gekommen.«
Lydia wandte sich Hopi zu und wollte schon einen beißenden Kommentar abgeben, da sah sie Hopis knallrote Nasenspitze und ihre feuchten Augen und überlegte es sich anders.

»Na ja«, gab sie nach, »vielleicht ist es ja doch gar keine so schlechte Idee.«
Den restlichen Weg legten sie schweigend zurück.
Gerade als Lydia sich mit der ganzen Sache anfreundete, stellte sie zu ihrem Entsetzen fest, daß etwa die Hälfte der Campbewohner teilnehmen wollte, wahrscheinlich, weil sie nichts Besseres zu tun und Lust auf einen Spaziergang zu Raven's Beacon hatten.
»Müssen die unbedingt mitkommen?« flüsterte sie Hopi zu. »Das wächst sich ja langsam zu einem richtigen Spektakel aus. Du hast mir nicht gesagt, daß du den Haufen hier auch mitnehmen willst.«
»Stört es dich?« Hopi war aufrichtig überrascht. »Mach dir keine Sorgen, es wird leichter sein, wenn mehr Leute dabei sind.«
Lydia drückte die Zigarrenkiste an sich und erwiderte nichts. Mittlerweile hoffte sie nur noch, daß keiner ihrer Bekannten aus Briarswood sie in diesem seltsam anmutenden Zug entdecken würde, der sich in Richtung Raven's Beacon bewegte. Sie hielten einmal an, damit Terry eine kleine Stechpalme ausgraben konnte, die Hopi am Wegrand entdeckt hatte, und Lydia bekam zufällig mit, wie Malcolm dem verwirrten Saul den Grund ihrer Expedition erklärte.
»Aber warum ist das blöde Baby denn gestorben?« fragte Saul.
»Gute Frage«, dachte Lydia, und vergaß Saul dann vollkommen, bis sie beinahe auf dem Gipfel des Hügels angekommen waren und sich etwas Spitzes in ihren Handrücken drückte.
»Au, Saul, das tut weh! Du solltest niemanden mit einem Stock weh tun.«
»Das ist für das Baby, du Dummkopf«, erklärte Saul. »Für deine Babykiste.«
»Ich glaube nicht –« setzte Lydia an, aber Saul unterbrach sie: »Die ist doch für alles, was es gern gemacht hätte, oder?

Ja, und ich hätte ihm mein Stockspiel beigebracht. Das ist ein tolles Spiel. Dein Baby hätte es verdammt klasse gefunden.«

»Oh«, seufzte Lydia. Sie war viel zu erschlagen von Sauls Wortwahl, als daß sie ihm direkt hätte antworten können, und so stapfte er mit dem für ihn so typischen grimmigen Gesicht zu seinem Vater zurück.

Sie waren auf der Spitze angekommen.

»Was hältst du davon?« Hopi wies auf einen Fleck hohes Gras auf der Lichtung.

»Schön«, meinte Lydia, »egal, wo. Das ist nicht so wichtig.«

»Eine gute Ortswahl, Lydia«, bestätigte ihr Malcolm.

»Und außerdem die perfekte Zeit«, bemerkte Kate, deren rotes Haar im strahlenden Sonnenlicht aufleuchtete.

Lydia sah sich um. Sie war so in ihre Gedanken vertieft gewesen, daß sie kaum etwas wahrgenommen hatte, aber jetzt stellte sie fest, daß die Sonne, die den ganzen Tag über geschienen hatte, riesig und golden über einigen Kumuluswölkchen stand. Ein Schauer lief ihr über den Rücken, und sie drückte die Zigarrenkiste fest an die Brust. Seit Sauls Stöckchen darin lag, schloß der Deckel nicht mehr richtig. Hopi gab Biff Anweisung, wo er das Loch graben sollte, und ein halbes Dutzend Hunde tänzelte aufgeregt und laut bellend um ein Brombeergestrüpp. Ihre Besitzer brüllten sie an, sie sollten nicht so laut sein.

Hopi stellte sich Lydia gegenüber an das Kopfende der frisch ausgehobenen Grube, und die anderen postierten sich so zwischen den beiden Frauen, daß in etwa ein Kreis entstand. Lydia fühlte sich definitiv unwohl. Sie überlegte sich, ob sie die vermaledeite Zigarrenkiste nicht einfach in das Loch legen und die anderen mit diesem Hokuspokus allein lassen sollte, mußte jedoch feststellen, daß ihr selbst der Gedanke, die Kiste aus der Hand zu geben, fast unmöglich war. Die Kiste war

wie festgewachsen. Ungläubig starrte sie auf den Deckel hinunter. »Mein kleines Havanna-Baby«, dachte sie, »besonders fein und extra lang, ich will dich nicht loslassen.«
Hopi hatte mit ihrer tiefen, ein wenig tonlosen Stimme zu sprechen begonnen. »Wir sind alle hier erschienen, um uns von Lydias Baby zu verabschieden, das eigentlich heute zur Welt gekommen wäre ...« Lydia blendete den Rest aus und konzentrierte sich darauf, nicht weinend zusammenzubrechen. Zu ihrer enormen Erleichterung dauerte es nicht lange, bis Terry anfing, langsam auf eine Trommel zu schlagen und irgend jemand eine traurige Melodie auf einem schrillen Kassettenrecorder abspielte. Ihr war klar, daß nun der Moment gekommen war, in dem sie ihre kleine Zigarrenkiste aufgeben mußte. »Je eher du es tust«, sagte sie sich, »desto schneller wird dieses ganze Theater beendet sein.« Sie rührte sich nicht.
Hopi beobachtete sie. Dann ergriff sie die Hände von Kate und Saul, die neben ihr standen, und sagte, »Wir gedenken jetzt alle der Menschen, die wir geliebt haben und die uns verlassen mußten.«
Lydia trat vor; dann lag die Kiste in ihrem flachen Grab, und sie sah durch einen Tränenschleier, wie Hopi und Biff es mit Erde füllten und die dürre kleine Stechpalme in den lockeren Boden setzten und festtrampelten. Malcolm warf ihr einen liebevollen Blick zu. Seine dunklen Augen waren voller Mitgefühl, und er kam zu ihr herüber, um sie zu trösten, aber sie wich ihm aus und sagte schnell: »So, das wär's dann. Ich danke euch allen.«
Der Kreis hatte sich aufgelöst. Einige riefen bereits nach ihren Hunden, als Kate plötzlich schrie: »He, toll, seht euch das mal an!«
Während ihrer seltsamen kleinen Zeremonie hatte sich die Sonne in eine kreisrunde, blutrote Scheibe verwandelt, die auf

einem dünnen Wolkenschleier thronte. Und hinter den Kaminen von Haddeley Hall stieg ein enormer, orangefarbener Mond auf, der ihr Licht reflektierte.

»Das ist wirklich phantastisch«, sagte Biff.

»Das ist bestimmt ein Omen«, meinte Kate. »So etwas habe ich noch nie gesehen.«

»Das ist der Herbstmond um die Tagundnachtgleiche«, erklärte Mal. »Das passiert jedes Jahr.«

»Aber nicht in der Stadt«, widersprach ihm Terry.

»Wie immer man das auch nennt, es ist jedenfalls ein Wunder«, erklärte Biff.

Hopi bemerkte mit einem Hauch von Selbstgefälligkeit in der Stimme: »Es gibt so viel Magie um uns herum. Wir nehmen sie bloß meist nicht wahr.«

Sie blieben noch ein Weilchen auf dem Hügel stehen und betrachteten den Nebel, der von den Bächen in den Tälern aufstieg, und die Rauchsäulen, die sich von einigen Häusern im Dorf und sogar von den in der Senke verborgenen Fahrzeugen hochkräuselten. Kaum war die Sonne allerdings hinter dem Horizont versunken, fiel die Temperatur sehr rasch.

»Und jetzt?« wollte Kate wissen.

Lydia wollte gerade sagen, daß es höchste Zeit für sie wäre, nach Hause zurückzukehren und ein heißes Bad zu nehmen, als Hopi fest entschlossen meinte: »Ich denke, jetzt sollten wir eine richtige Totenwache halten.«

»Eine Totenwache?« krächzte Lydia. »Haben wir denn nicht schon genug getan?«

»Ich finde«, sagte Hopi mit diesem unvermittelten, ansteckenden Lächeln, »daß wir uns jetzt richtig betrinken sollten.«

Kate stieß einen Freudenschrei aus. »Ich habe noch ein bißchen Alkohol im Haus.«

»Und ich habe einen Holunderbeerwein«, sagte Hopi, »der unbedingt getrunken werden muß.«

»Ich gehe zum Kiosk«, meinte Biff. »Er ist noch bis acht geöffnet.«

Na ja, dachte Lydia, warum nicht ... Sie stellte fest, daß sie sich gar nicht mehr so traurig, sondern überraschend wohl fühlte und gut einige Drinks gebrauchen konnte. Während sie mit dem Abstieg begannen, hörte sie, wie Saul sich quengelnd beschwerte, weil er nicht bloß Limonade wollte – sonst würde er umkehren und seinen Stock wiederholen.

DREIZEHNTES KAPITEL

Der Vollmondnacht folgte ein sonniger, klarer Morgen, und die Luft roch frisch und herbstlich. Jim und Bumpkin wanderten die Landstraße entlang von der Lodge zum Rose Cottage. In Momenten wie diesem fühlte Jim sich ganz und gar mit seinem Schicksal, dem erzwungenen Umzug aufs Land, versöhnt. Bumpkin war ja von Anfang an dafür gewesen.

Rose Cottage entsprach hundertprozentig dem Bild einer ländlichen Idylle: Kleine Fensterchen lagen unter dem steilen Dach, und ein wilder Rosenbusch, der sogar noch einige Blüten trug, rankte sich über der Tür entlang. Bei all den getrimmten Hecken und kurzgeschnittenen Rasenflächen Briarswoods war Rose Cottage nach Jims Auffassung eine erfreuliche Oase der Unordnung. Er stellte fest, daß es Häuser gab, zu denen dieses leicht derangierte Aussehen paßte. Wie zu gewissen Frauen. Er erinnerte sich an den Tag, an dem er Lydia beim Lackieren ihrer Fußnägel überrascht hatte, aber als er diesmal an ihrem Haus eintraf, war kein Lebenszeichen zu entdecken: Die Haustür war verschlossen und die Vorhänge zugezogen.

Aber es war bereits nach zehn, und Lydia stand gewöhnlich früh auf. Jim zog an der Kuhglocke, und Bumpkin kratzte an der Tür. Jim fragte sich bereits, ob Lydia vielleicht über Nacht weggefahren war – der Gedanke, nicht informiert worden zu sein, ärgerte ihn –, da hörte er Schritte die Trep-

pe hinunterkommen. Dann öffnete sich knarrend die Tür, und Lydia linste vorsichtig mit grauem Gesicht und in ein schlabberiges Sweatshirt und Leggings gekleidet in die Sonne hinaus.
»Lydia, ist alles in Ordnung? Du siehst ja grauenhaft aus.«
»O Jim, Komplimente schon zu so früher Stunde.« Ein Lächeln breitete sich auf ihrem Gesicht aus, dann zog sie schnell den Kopf ein und erklärte: »Ich glaube, ich habe es gestern abend ein bißchen übertrieben.« Ihre Stimme war kaum mehr als ein Krächzen.
»Soll ich lieber später wiederkommen?«
»Nein, nein, jetzt bin ich wach. Ich koche uns einen Kaffee.«
Jim folgte ihr ins Haus und schaute sich nach den Anzeichen des gestrigen Festes um, aber eigentlich sah das Wohnzimmer aus wie immer. Er fragte sich mit plötzlicher Besorgnis, ob Lydia vielleicht begonnen hatte, einsame Saufgelage abzuhalten, und machte sich Vorwürfe, daß ihm nicht schon längst aufgefallen war, wie einsam und unglücklich sie sein mußte. Er bemerkte einen Brief, unter dem in großer, deutlicher Handschrift, »Dein Dich liebender Gordon« stand und ging sofort zum Fenster hinüber, um hinauszusehen.
Lydia kehrte mit zwei Bechern zurück, reichte ihm einen und sank in einen der abgenutzten Sessel. Bumpkin begab sich neben eine angebrochene Packung Kekse, um ihr so zu verstehen zu geben, daß er nun bereit war, gefüttert zu werden.
»Das muß ja ein ganz schön wilder Abend gewesen sein.« Jim wandte sich ihr zu. »Was hast du denn getrunken?«
»Hm, ich weiß nicht mehr so genau. Es hat mit selbstgemachtem Wein und Bier angefangen, aber dann ist alles ein bißchen außer Kontrolle geraten.«
»Ich wußte gar nicht, daß du Wein braust.«
»Hopi«, murmelte sie, »Hopi hat den Wein gemacht. Ich war unten in der Senke.«

»Oh.« Jims Erleichterung darüber, daß sie nicht allein getrunken hatte, wäre größer gewesen, wenn er ihre Freunde für akzeptabler gehalten hätte.
»Man kann dir deine Vorurteile ansehen«, stellte Lydia fest.
»Ich wußte bloß nicht, daß du so dick mit denen befreundet bist.«
»Es war eine einmalige Sache. Eine Totenwache eigentlich.«
»Eine Totenwache? Ist jemand gestorben?«
Lydia runzelte die Stirn. Ihr stand plötzlich wieder vor Augen, wie sie alle in einem Kreis um ein Lagerfeuer herumgesessen hatten, und daß ihre Hände, Knie und ihr Gesicht gebrannt hatten, ihr Rücken jedoch eiskalt gewesen war, was sie an die Guy-Fawkes-Feiern aus ihrer Kindheit erinnert hatte. Sie dachte an die lächelnden, glücklichen und immer undeutlicher werdenden Gesichter, die im orangefarbenen Feuerschein aufleuchteten, und an ein Gefühl des Abschieds. Sie hatte eigentlich gar nichts dagegen, Jim davon zu erzählen, doch sie bezweifelte, daß er es mit ihren Augen sehen konnte. Normalerweise hätte sie seinen Zynismus geteilt, aber heute zog sie es vor, ihre Erinnerungen für sich zu behalten.
Deshalb sagte sie: »Nein, es ist niemand gestorben. Es war bloß ein Vorwand für ein richtig gutes Besäufnis.«
»Freut mich, daß du dich so gut amüsiert hast«, meinte Jim, sein Gesicht sagte hingegen ganz deutlich: »Bist du nicht schon ein bißchen zu alt für solche Dinge?«
Lydia beschattete ihre Augen mit der Hand. »Laß bitte dieses schulmeisterliche Gehabe, Jim. Das mag ja vielleicht mal attraktiv gewesen sein, aber jetzt ist es einfach nur noch störend.«
»Entschuldige.« Jim zog sich erneut ans Fenster zurück und summte schief. Lydia zuckte zusammen. Bumpkin starrte nach wie vor durchdringend auf den Keksteller und bedachte Lydia dann mit einem ergebenen Blick. Sie ignorierte ihn.

»Wie steht es denn mit den Bauernaufständen des achtzehnten Jahrhunderts?«
»Ich komme gut voran, danke, Lydia. Ich habe gerade damit begonnen, die Beziehungen zwischen den Aktivisten und den zeitgenössischen Theoretikern zu untersuchen, die moderne Grundsätze bürgerlicher Freiheit ausarbeiteten.«
»Sehr aktuell«, kommentierte Lydia trocken.
»Das bezweifle ich allerdings. Ich glaube kaum, daß deine schlappen Genossen unten im Tal ein Prinzip bürgerlicher Freiheit erkennen würden, selbst wenn es ihnen geradewegs ins Gesicht starrte.«
»Mag sein. Du solltest sie persönlich danach fragen. Warum kommst du nicht mal mit und lernst sie kennen? Du wärst vielleicht überrascht.«
»Ich habe kein großes Bedürfnis mehr nach Überraschungen«, sagte Jim, während er dachte, wie gut dieses zerzauste, lässige Erscheinungsbild zu Lydia paßte. Sie schob sich eine Haarsträhne aus dem Gesicht und gähnte.
»Ich brauche ein Bad.«
»Das ist etwas, was deinen neuen Freunden auch sehr gut tun würde.«
»Niemand ist vollkommen«, meinte Lydia, »aber vielleicht ist dir das ja noch gar nicht aufgefallen.«
»Dann überlasse ich dich mal deinem Bad.« Jim fragte sich, warum seine gute Laune so schnell verflogen war. Er ging zur Tür. »Komm, Bumpkin!« Der Hund schien seinen Blick nicht von dem Keksteller losreißen zu können. »Ach, Mist, jetzt hätte ich beinahe vergessen, warum ich überhaupt hergekommen bin. Vor unserer Garage liegt ein riesiger Stapel Brennholz. Wie er dahingekommen ist, das ist eine ziemlich lange Geschichte, aber die Sache ist die, daß wir ihn nicht brauchen. Gestern hat Caro den hinteren Kotflügel des Range Rovers eingedrückt, als sie den Wagen raussetzen wollte. Die Arme

war ganz außer sich. Jedenfalls dachte Suzie, du könntest das Holz vielleicht gebrauchen. Was meinst du?«

Lydia lächelte trotz ihrer hämmernden Kopfschmerzen. »O Jim, wie lieb von dir. Ich würde mich sehr darüber freuen. Aber ich weiß nicht, womit ich es abholen sollte.«

»Mach dir darüber keine Sorgen. Ich werde es dir nachher vorbeibringen. Suzie hat angeboten, mir zu helfen.«

»Das glaube ich gern«, dachte Lydia. »Gut gemacht, Suzie.« Und zu Bumpkins großer Begeisterung belohnte sie ihn zur Feier des Tages mit einem Bourbon-Sahne-Keks.

Da den Bewohnern des Camps Jims Weckservice nicht zuteil wurde, tauchten die meisten am Tag nach dem Vollmond erst gegen Mittag wieder auf der Bildfläche auf. Saul hatte ab halb zehn eine hartnäckige Kampagne gestartet, mit der er alle zum Aufstehen animieren wollte und ihnen auf die Nerven ging, doch er hatte nur bei seinem Vater Erfolg gehabt, und selbst das war nur ein Teilerfolg, denn Mal saß bloß auf den Stufen des Wohnwagens, hatte den Kopf in die Hände gelegt und war so gerädert, daß er sich nicht mal auf die Suche nach Kaffee begab.

Schließlich erkundigte Mal sich bei seinem Sohn: »Weißt du, wo Kate ist?«

Saul kniff die Augen zusammen. Er wußte haargenau, wo Kate steckte, aber nachdem er monatelang alles getan hatte, um seine verhaßte Rivalin aus dem Leben seines Vaters und ihrem Wagen zu vertreiben, wollte er nun nicht als Mittler fungieren.

»Nee«, meinte er. »Ich hab sie nicht gesehen.«

Mal seufzte. Saul hatte diesen verschlagenen Gesichtsausdruck, der gewöhnlich darauf hinwies, daß er log, aber Mal hatte einfach nicht die Kraft, geschweige denn die Bereitschaft, weiter nachzufragen.

Kate kam schließlich aus Biffs Wohnwagen. Das überraschte Mal zwar nicht, aber er merkte, daß er trotzdem wütend war. Gähnend und sich streckend ging sie zu ihm herüber, und ihr sonst so kerngesund aussehendes, sommersprossiges Gesicht wirkte eingefallen und grünlich. Darum bemüht, sich seinen Zorn nicht anmerken zu lassen, rutschte Mal ein Stückchen zur Seite, um sie vorbeizulassen.

»Ist noch Kaffee da?« erkundigte sie sich.

»Nein, er ist alle.«

»Dann sollte ich jetzt lieber mal meine Sachen holen.«

Er konnte hören, wie sie im Wagen herumwerkelte. Saul beobachtete alles genau aus der Distanz. Ein paar Minuten später tauchte Kate mit einem Schlafsack und einem Bündel Kleidungsstücke wieder auf.

»Das ist so ziemlich alles«, verkündete sie

Mals Herz schlug heftig, er nickte jedoch bloß und sagte ruhig: »Du kannst den Rest jederzeit abholen kommen.«

»Ja, bis dann.«

Kate zog mit ihrer Last ab. Mal ballte die Fäuste. Er versuchte, sich zu entspannen, aber um seine Brust lagen Stahlbänder, und sein Kopf hämmerte. Es war ein seltsames Ende für eine beinahe einjährige Beziehung. Er war sich nicht sicher, ob sie beide wunderbar zivilisiert und erwachsen damit umgingen oder ob das alles bloß schrecklich banal war. Eigentlich hatte sich die Trennung bereits seit Wochen abgezeichnet, vielleicht sogar schon, bevor Saul aufgetaucht war. Er beruhigte sich damit, daß es wenigstens keine Streitereien gegeben hatte, obwohl ihm langsam übel davon wurde, seine Gefühle so unter Kontrolle zu halten. Er sagte sich, daß es ihm völlig egal war. Da kroch eine kleine Hand um seinen Hals.

»Iih«, sagte Saul. »Mädchen sind so scheiße, stimmt's, Papa?«

»Du sollst nicht solche Ausdrücke gebrauchen«, murmelte

Mal automatisch, obwohl er ausnahmsweise geneigt war, seinem Sohn zuzustimmen. Dann fiel ihm allerdings ein, wie angespannt Lydias Gesicht gewesen war, als sie am Abend zuvor die kleine Zigarrenkiste an sich gedrückt hatte, und er dachte an Hopis sanfte Stimme, als sie sich von dem ungeborenen Kind verabschiedet hatte, und deshalb widersprach er. »Nicht immer, Saul, ganz bestimmt nicht.«

»Iih«, wiederholte Saul und kniff Mal ins Ohr. Obwohl er sich so schlecht fühlte, merkte Mal, daß der Junge auf seine ungelenke Art versuchte, ihn zu trösten, und so klopfte er ihm auf die Schulter. Saul schlug ihn aufs Knie. »Papa, ich hab Hunger!«

»Gut, dann gehen wir zum Laden und kaufen etwas zu essen.«

Die Totenwache, die sie alle mit solcher Begeisterung an dem Vollmondabend gefeiert hatten, war auch ein Katalysator für eine der regelmäßigen Umgruppierungen gewesen, die im Camp stattfanden. Kate zog bei Biff ein, und Stella, die seit Menschengedenken mit Biff zusammengewesen war, zog bei Andy ein. Hopi, die seit Colins Abreise nach Spanien allein gelebt hatte, war schockiert, beim Aufwachen Terry neben sich im Bett zu entdecken.

Weil ihr Schädel so pochte, fiel es ihr schwer, einen klaren Gedanken zu fassen. Trotzdem bemühte sie sich, so gut sie konnte, über diese Entwicklung nachzudenken, während sie mit dem Kessel Wasser aus dem Eimer neben der Eingangstür schöpfte. Hopi war sich ziemlich sicher, daß sich nichts Wesentliches zwischen ihnen verändert hatte – zumindest bis jetzt nicht. Soweit sie sich erinnern konnte, waren sie in der vergangenen Nacht zusammen ins Bett gefallen, weil sie sich nach Wärme und einer Art primitiver Nähe gesehnt hatten, und nicht wegen Sex. In der Verfassung, in der sie beide gewesen waren, wären sie dazu sowieso nicht in der Lage gewesen. Terry war mehr als zwei Monate lang Hopis Untermieter gewesen, genau seit dem Zeitpunkt, als er die Stadt verlassen hatte, um in ihrem Camp zu leben. Als Untermieter hatte er das Recht, in ihrem Wagen zu übernachten, bis er sich etwas Eigenes besorgt hatte. Im Gegenzug dafür mußte er kleinere Arbeiten wie Holzhacken und Wasserholen übernehmen. Mittlerweile hatte er sich ein Auto zugelegt, machte jedoch keinerlei Anstalten, sich nach einem eigenen Wohnwagen umzusehen.

Wenn er jetzt ihr Freund wurde, brauchte er natürlich kein eigenes Heim mehr. Aber war es das, was sie wollte?

Hopi legte die Hände um ihren Teebecher und machte es sich am Bettende gemütlich. Sie überlegte kurz, Terry aufzuwecken und ihm einen Becher Tee anzubieten, merkte dann jedoch, daß sie eigentlich gern noch ein Weilchen allein sein wollte. Außerdem schien er so entspannt, wie er so dalag, und er war wunderschön, wie eine Ikone. Er hatte die dichtesten, schwärzesten Wimpern, die sie je gesehen hatte, eine feingeschnittene Nase, hohe Wangenknochen und einen vollen Mund. Einen perfekten Mund. Hopi hatte in der Zeit ihres Zusammenwohnens kaum etwas über seine Familie in Erfahrung bringen können, und während sie ihn jetzt so betrachtete, fiel ihr auf, wie fremdländisch er aussah. Vielleicht hatte sie ja in all der Zeit ihren Wagen mit einem verkappten indischen Prinzen geteilt, einem Radscha vielleicht oder auch einem spanischen Flamencotänzer. Er mußte diese dunkelhäutigen, aristokratischen Gesichtszüge von irgendeinem exotischen Vorfahr geerbt haben.

Im Schlaf sah Terry sogar noch jünger aus, als er war, nämlich neunzehn oder zwanzig. Beinahe fünf Jahre jünger als sie. Hopi störte dieser Altersunterschied überhaupt nicht, im Gegenteil, sie fand ihn sogar außerordentlich angenehm. Terry war in vielerlei Hinsicht noch sehr unreif und hätte sich mit der Anpassung an das Campleben wahrscheinlich sehr schwergetan, wenn sie ihn nicht unter ihre Fittiche genommen hätte. Das war eine ihrer Angewohnheiten, andere unter ihre Fittiche zu nehmen; es war ihr beinahe unmöglich, einem Menschen zu widerstehen, der Hilfe brauchte oder litt. Ihre Mutter sagte ihr immer, das wäre ihre Achillesferse, aber Hopi hielt es nach wie vor für eine Tugend. Daß Terry wie ein kleiner, verlorener Junge wirkte, sprach sogar noch mehr für ihn als sein gutes Aussehen. Wenn Hopi sicher gewesen wäre, daß Terry sie wirklich brauchte, wäre sie vielleicht geneigt gewesen, ihn dazubehalten.

Aber es gab da ja schließlich auch noch Colin.

Hopi runzelte leicht die Stirn und zog die Bettdecke enger um die Schultern. Sie hatte Colin beinahe vergessen, aber offiziell war er noch ihr Freund. Es gab keinen Zweifel daran, daß er sie wirklich brauchte, was ihr auch gefiel, doch leider neigte er dazu, ihr seine Bedürftigkeit auf sehr destruktive Weise zu zeigen. Sie war sich sicher, daß er nichts dafür konnte. Und genauso sicher war sie sich, daß sie ihn mit der Zeit ändern konnte.

Trotzdem war sie vor allem erleichtert gewesen, als Colin plötzlich beschlossen hatte, sich einer Gruppe anzuschließen, die auf dem Weg nach Süden gewesen war, nach Spanien oder Frankreich, wo sie einige Monate verbringen wollten. Hopi hatte sich damit herausgeredet, daß sie England nicht verlassen könnte, weil es ihrem Vater nicht gut ginge. Mit diesem Argument hatte sie sehr gut verschleiern können, daß die Vorstellung, fernab von all ihren Freunden Colins heftigen und irrationalen Stimmungsschwankungen ausgesetzt zu sein, überhaupt nicht verlockend war. Außerdem waren die Freunde, mit denen er reiste, ihrer Meinung nach völlige Nieten, mit denen sie lieber nichts zu tun haben wollte. Seit sie nach Briarswood gekommen waren, hatte Hopi sich häu-

figer dabei ertappt, wie sie beinahe hoffte, Colin könne eine andere weichherzige Frau gefunden haben, an die er sich lehnen konnte, und daß er Hopi deshalb völlig vergessen hatte.
Terry erwachte. Selbst an einem Morgen wie diesem geschah das urplötzlich: In dem einen Moment schlief er noch tief und fest, doch schon im nächsten hatte er die Augen weit aufgerissen und war voll da.
Terry drückte die Finger gegen die Schläfen, während er sich aufsetzte und stöhnte.
»Möchtest du Tee?«
»Sicher. Gute Party – au.«
Hopi grinste. Terry hatte gerade die Tatsache registriert, daß er sich in ihrem Bett und nicht auf seinem Futon befand, der ordentlich zusammengerollt neben den Autositzen am anderen Ende des Wagens stand; es war recht amüsant, wie er verlegen den Blick abwandte.
»Keine Sorge«, beruhige Hopi ihn, »es ist nichts passiert.«
»Oh. Klar.« Sein Gesicht spiegelte zum größten Teil Erleichterung wider. Nein, sie mußte ehrlich zu sich sein: Es war reine Erleichterung.
Hopi kletterte vom Bett herunter, um ihm einen Becher Tee zu machen, und fragte: »Gibt es in deiner Familie indisches Blut, Terry?«
»Nicht daß ich wüßte«, meinte Terry und rollte sich langsam zur Seite, um auf dem Fußboden nach seinem Tabak zu tasten. »Mein Vater war Seemann. Meine Mutter hat mir gesagt, er wäre Italiener, aber meine Oma meinte, er wäre vielleicht Araber gewesen. Mama kannte sich mit Fremdsprachen nicht so gut aus.«
Hopi goß heißes Wasser in einen Becher. »Stört es dich nicht, daß du es nicht weißt?«
»Nein, nicht wirklich. Meine Oma hat immer gesagt, man ist,

was man aus sich macht. Alles andere existiert nur auf dem Papier.«
Hopi war in Gedanken versunken. Seine offensichtliche Erleichterung hatte sie ein klein wenig verletzt. Außerdem wurde ihr bewußt, daß Terry, auch wenn er wie ein verlassenes Kind wirkte, in seinem Innersten recht unabhängig, ja sogar abweisend und verschlossen war. Anscheinend hatte er nie gelernt, einem anderen Menschen zu vertrauen und war lieber auf sich selbst gestellt. Als er sich später mit Misty und der Schaufel auf den Weg in den Wald machte, sagte Hopi: »Es wird Zeit, daß du dir einen eigenen Wagen suchst, Terry. Du brauchst meine Hilfe nicht mehr.«
»Klar«, meinte Terry leichthin. Hopi hatte auch keine andere Antwort von ihm erwartet.

Es bereitete Terry an diesem Morgen einige Schwierigkeiten, seine Gedanken zu ordnen. An Tagen wie diesem war es manchmal ziemlich mühsam, sich daran zu erinnern, wer er war und was er eigentlich gerade vorhatte. Vielleicht lag das an all dem Zeug, das er während der Totenwache zu sich genommen hatte, vielleicht lag es aber auch daran, daß Hopi ihn aus heiterem Himmel nach seinem Vater gefragt hatte, noch bevor er eine Tasse Tee getrunken und eine Zigarette geraucht hatte. Normalerweise erfand er auf derartige Fragen immer eine Antwort, etwa, daß sein Vater ein reicher Inder gewesen wäre, der kurz vor der Hochzeit mit seiner Mutter bei einem Autounfall ums Leben gekommen war. Es mußte wohl Hopis unvorbereitete, direkte Frage gewesen sein, die ihn dazu gebracht hatte, die Wahrheit zu sagen. Er ärgerte sich über sich selbst; er hätte wenigstens sagen können, sein Vater wäre Kapitän und nicht bloß ein einfacher Seemann gewesen.
Jedenfalls machte es ihm gar nichts aus, daß Hopi ihm gesagt

hatte, er müsse sich jetzt selbst einen Wagen besorgen. Er war richtig schockiert gewesen, als er in Hopis Bett aufgewacht war, und hatte sich ziemlich schlecht gefühlt. Natürlich mochte er Hopi – alle mochten Hopi –, aber eben nicht so.

Die Luft hier draußen im Wald war so sauber, und es gab nur ihn und Misty. Reine frische Luft und über seinem Kopf ein Muster aus Ästen. Als er fertig war, schaufelte er das Loch wieder zu, lehnte sich gegen einen Baumstamm und zündete sich eine Zigarette an. Die glatte, feste Rinde drückte sich gegen seine Schultern und die Wirbelsäule, und nach einer Weile hatte er das Gefühl, als wären der Stamm und sein Rükken miteinander verschmolzen: Der Baum war er, und er wurde zum Baum. Einen Moment lang spürte er Panik in sich aufsteigen – was würde geschehen, wenn er versuchte, wieder aufzustehen? –, aber dann entspannte er sich. Bäume strömten gute Kräfte aus, das wußte er aus seinen Gesprächen mit Hopi und Mal. Und die Bäume hier im Wald waren etwas ganz anderes als die dürren, erbärmlichen, angepißten Exemplare auf dem Stück Ödland in der Nähe des Hauses seiner Großmutter, das ihm so etwas wie ein Zuhause gewesen war. Ein richtiges Zuhause, kein Heim wie das, in das er immer gesteckt worden war, wenn seiner Mutter mal wieder alles zuviel geworden war und seine Großmutter zu krank war, um ihn aufzunehmen. Ganz zu schweigen von einer Pflegefamilie, in der man ihm das Gefühl gegeben hatte, ein ganz armes Würstchen zu sein, und wo die älteste Tochter der Pflegemutter nachts immer in sein Zimmer gekommen war, um ihn zu fragen, wie sie in ihrem Wonderbra aussah und warum er denn nicht mal seine Hände dahin legte, man könnte den Effekt genau fühlen.

»Der Junge wird ständig herumgeschoben.« Die Stimme seiner Großmutter ertönte hinter einem Baum ganz in der Nähe. Nach einer durchzechten Nacht hörte er oft die Stimme sei-

ner Großmutter, und seit ihrem Tod vor etwa zwei Jahren waren das eine ganze Reihe gewesen.
Herumgeschoben werden. Er konnte spüren, wie die Energie des Baumes in sein Rückgrat floß. Dieser Baum war eine Stütze. Es war toll, ein Baum zu sein, da wurde man nie herumgeschoben. Er stellte sich vor, wie es wohl wäre, Wurzeln zu haben, Wurzeln, die tief ins Erdreich drangen und einen an einer Stelle festhielten. Er sah seine Stiefel an, die vor ihm ausgestreckt waren, und stellte sich vor, daß Wurzeln wie die Tentakel eines riesigen Kraken herauswuchsen und sich windend und krümmend in den Boden stießen.
Er schloß die Augen und lehnte den Kopf gegen den Baum. Als er die Augen wieder öffnete, spürte er, wie seine Seele hoch in die Baumkrone über ihm flog. Er war ein Eichhörnchen, ein flinker Vogel und konnte auf das armselige Leben auf dem Waldboden hinuntersehen, auf all diese krabbelnden Käfer und Würmer und diese beschränkten, an die Erde gefesselten Menschen.
Es war phantastisch. Er liebte das Landleben. Er hatte immer gern Naturfilme gesehen, nachdem er allerdings aus dem besetzten Haus ausgezogen war und sich den Hippies angeschlossen hatte, war die Stille und Weite des Landes um das Camp herum beinahe beängstigend gewesen. Wenn er ehrlich war, mußte er zugeben, daß er es wirklich beängstigend gefunden hatte. Hätte Hopi ihn nicht bei sich aufgenommen, hätte er wahrscheinlich nicht lange durchgehalten.
Eine helle weiche Schnauze schob sich unter seine Hand. Er hatte Misty bereits viel zu lange links liegen lassen. Terry schlang seine Arme um ihren breiten Hals und vergrub sein Gesicht in ihrem Fell, und Misty schob als Reaktion darauf ihre feuchte Nase in sein Ohr. Ein Wohlgefühl durchströmte ihn wie Wärme. Es hatte ihm nichts ausgemacht, als Hopi ihm gesagt hatte, er müsse ausziehen. Letztendlich schmissen ei-

nen die Leute immer irgendwann raus. Selbst seiner Oma war es irgendwann, nachdem sie erkrankt war, zuviel geworden. Man konnte sich auf andere Menschen eben nicht verlassen, jedenfalls nicht richtig. Misty war da anders; Misty würde ihn nie verlassen. Von Anfang an hatte es dieses feste Band zwischen ihnen gegeben. Es war einzigartig.
Während er Misty umarmte, bemerkte er, daß sich sein Rückgrat nun doch von dem Baumstamm gelöst hatte, und dann fiel ihm auf, daß er jetzt gut eine Tasse Tee oder Kaffee brauchen konnte.
Blätter stoben auf und wirbelten über den Waldweg. Terry war sich dessen bewußt, wie kompakt seine Hände und Füße waren, wie große Fleischklumpen, die an seinem Körper hingen, und er konnte auch den Schaufelgriff spüren, der in seine Schulter drückte, aber sein Geist war von diesen Empfindungen völlig losgelöst. Sein Geist war schwerelos; er besaß die Freiheit, mit den Blättern hin und her zu tanzen.
Terry hatte so etwas noch nie erlebt. Es war, als wäre er sein gesamtes Leben lang durch einen stockdunklen Tunnel gegangen und plötzlich ins grelle Sonnenlicht hinausgetreten. Er frage sich, ob er vielleicht gerade das erlebte, was die Leute als mystische Erfahrung bezeichneten, oder ob, und dieser Gedanke war noch unglaublicher, das, was er empfand, das war, was die Leute als Glücklichsein bezeichneten.
Bereits während er sich dieses Zustands bewußt wurde, verschwand er auch schon wieder. Terry kam in die Realität zurück, die Realität des Camps und die der Fremden, die sich gerade einen Weg durch die Wohnwagen bahnte. Nein, das war keine Fremde. Misty sprang zu dem Mädchen hinüber und wedelte großmütig mit dem Schwanz: Es war das Mädchen, das vor einigen Tagen mit Lydia dagewesen war. Es blieb stehen und spielte mit Mistys hellen Schmetterlingsohren, und weil sie sich vorbeugte, fiel ihr ihr blondes Haar ins

Gesicht und verbarg die Röte, die sich auf ihren Wangen ausbreitete. Dann lächelte sie Terry schüchtern an.
»Hallo«, sagte sie, während ihr Blick über sein Gesicht glitt und dann rasch weiterwanderte. »Ich habe ein paar Bücher für Saul mitgebracht. Eigentlich sind es bloß alte Bücher von mir, aber ich brauche sie nicht mehr. Er scheint nicht da zu sein.«
»Nein«, bestätigte Terry ihr, »ich habe ihn auch nicht gesehen.« Ihm fiel wieder ein, daß sie Suzie hieß.
»Oje.« Offensichtlich machte es sie nervös, daß sie Saul nicht finden konnte. »Ich dachte, ich könnte sie vielleicht Hopi geben. Für Saul, meine ich. Aber ich kann sie auch nicht entdekken.«
»Hast du in ihrem Wagen nachgesehen?«
»Ich weiß nicht, welcher das ist.«
»Ich bin gerade auf dem Weg dorthin.«
Suzie war sich nicht sicher, ob das heißen sollte, daß er nachsehen würde, oder ob er sie dazu einlud, ihn zu begleiten. Nach kurzem Schweigen fragte sie: »Kann ich mitkommen?«
»Natürlich.«
»Das ist furchtbar nett von dir. Ich hoffe wirklich, daß ich dir nicht auf die Nerven gehe.«
Terry antwortete nicht darauf, weil ihm einfach nichts dazu einfiel. Er ging zum Wohnwagen voraus, Suzie und Misty folgten ihm. Beim Reden hatte er gemerkt, daß er unbedingt etwas trinken mußte.
Er betrat Hopis Wagen, aber Suzie blieb auf der Stufe stehen, lugte hinein und meinte: »Oje, sie ist nicht da.« Dann wechselte sie die Bücher von einem Arm auf den anderen, als wären sie plötzlich zu einer schrecklichen Last geworden, und meinte: »Ich nehme an … Ich meine, würde es dir etwas ausmachen, sie Saul zu geben? Du mußt ihm ja nicht sagen, daß

sie von mir stammen, ich will nur, daß er sie bekommt. Ich meine, wo ich sie doch sowieso nicht mehr brauche.«

»Klar.«

»Oh, vielen Dank, das ist wirklich schrecklich nett von dir ...«

Terry war noch nie mit so viel Höflichkeit und Dankbarkeit überschüttet worden, und ihm kam der Verdacht, daß sie ihn verulken wollte. Aber eigentlich machte sie gar nicht den Eindruck. Der Kessel stand nun auf dem Feuer, und er fragte sie: »Möchtest du eine Tasse Tee haben?«

»Ja, das wäre toll. Ich meine, wenn es keine Umstände macht.«

»Schon in Ordnung.« Er hatte die Reste des Morgentees vor der Tür ausgeschüttet. »Du kannst ruhig reinkommen, wenn du magst.«

Suzie blieb zögernd im Türrahmen stehen. Sie versuchte, jedes Detail des Wageninneren aufzunehmen, ohne neugierig zu erscheinen.

Nach einem Weilchen bemerkte sie: »Es ist sehr heimelig, nicht wahr? Ist das deiner?«

»Nein, Hopis.«

»Oh.« Terry nahm die Enttäuschung in ihrer Stimme wahr, konnte sie sich jedoch nicht erklären.

»Ich wohne bei ihr.«

»Oh.« Noch größere Enttäuschung.

»Ich werde mir bald einen eigenen Wagen besorgen.«

»Oh.« Das war jetzt ein neutrales, vorsichtiges »Oh«.

Terry reichte ihr einen Becher Tee. Der Teebeutel schwamm noch auf der Oberfläche, und die Milch war auch nicht mehr ganz frisch, aber sie benahm sich weiterhin so, als täte er ihr einen riesigen Gefallen. Das war seltsam, denn sie hatte eine dieser Fernsehstimmen, die er gewöhnlich entsetzlich fand, weil sie ihn an Lehrer und Bürokratie im allgemeinen erinnerten, bei Suzie hingegen fühlte er sich ziemlich selbstbe-

wußt und wie etwas Besonderes, vielleicht weil sie soviel jünger war als er und ganz offensichtlich nicht sehr selbstsicher. Obwohl sein Kopf nach wie vor ziemlich hämmerte, brachte Terry ein schwaches Lächeln zustande. »Wir können uns ja in die Sonne setzen und zusammen Tee trinken.«
»Das ist eine tolle Idee.«
»Saul wird sich bestimmt über die Bücher freuen«, meinte Terry. »Es ist doch prima, kleinen Kindern beim Lesenlernen zu helfen.«
»O ja«, stimmte Suzie zu, »da bin ich ganz deiner Meinung. Ich meine, es ist doch so wichtig.« Als Terry sie aus seinen mandelförmigen Augen ansah, hätte Suzie ihm selbst zugestimmt, wenn er behauptet hätte, der Mond wäre ein riesiges Rad Käse.

Irgendwann Anfang Oktober überraschte Saul alle durch eine große Wandlung. Die beiden anderen Kinder des Camps hatten sich sofort in das Schulleben eingewöhnt, aber es hatte eine ganze Weile gedauert, bis sich Briarswoods widerspenstigster Schüler von den Freuden des Lernens verführen ließ, und als es dann soweit war, geschah das mit der Heftigkeit einer plötzlichen Liebe. Weder die erfahrene Lehrerin Ann Robertson noch Lydia, die seit kurzem an zwei Nachmittagen an der Schule aushalf, rechneten sich das als ihren eigenen Verdienst an. Obwohl sie ihr Bestes gegeben hatten, um Saul bei der Eingewöhnung in die fremde Umgebung zu helfen, wußten sie doch beide, daß die Veränderung allein darauf zurückzuführen war, daß sich Saul Hals über Kopf verliebt hatte.
Nicht in eines der selbstbewußten kleinen Mädchen in ihren weißen Blusen und blauen Schulpullovern, sondern in das Wendy-Haus.
Im September war Saul bestenfalls sporadisch aufgetaucht, und wenn es Mal einmal gelungen war, ihn dazu zu überre-

den, sich den rotwangigen Dorfkindern anzuschließen, hatte er immer am Rande der Aktivitäten gestanden. Als verstohlener Außenseiter war er um die Klasse herumgeschlichen wie ein Kuhdieb, der eine Herde umrundet, und war nur gelegentlich vorgestoßen, um sich schnell wieder mit einem Buntstift oder einem Spielzeug zurückzuziehen. Dieses Verhalten hatte zwar bei dem jeweiligen Besitzer zu Zornestränen geführt, doch ließen ihn die anderen Kinder, abgesehen von gelegentlichen Hänseleien und Keilereien auf dem Spielplatz und nach Schulschluß, generell meist in Ruhe.
Wenn ihm nichts anderes übrig blieb, ließ Saul alles über sich ergehen, und ansonsten widersetzte er sich störrisch den gutgemeinten Versuchen der Erwachsenen, ihn fürs Lernen zu begeistern. Er zog es vor, sich in der Leseecke zu verstecken oder neben dem Sandkasten, wenn dieser nicht benutzt wurde. Ein- oder zweimal war er zu der großen Sperrholzkonstruktion im hinteren Teil des Klassenzimmers geschlendert, weil ihn die kindergroße Türöffnung und die bemalten Wände faszinierten, das düstere Innere hingegen, in dem sich gewöhnlich ein paar geschäftige kleine Mädchen aufhielten, war für ein Kind, das so argwöhnisch mit neuen Erfahrungen umging, viel zu bedrohlich. Eines Nachmittags blickte Lydia von ihrer Arbeit auf und konnte ihn nicht entdecken, und weil sie befürchtete, er könnte einen weiteren Versuch unternommen haben, sich dem akademischen Leben zu entziehen, wollte sie schon Ann Robertson alarmieren, als sie das vertraute nasale Murmeln aus dem Wendy-Haus hörte. Sie näherte sich unauffällig, damit er sie nicht bemerkte, zog sich einen winzigen Stuhl heran und setzte sich.
»Tu das hierhin … niemand sieht das … so, das kommt dahin … das ist mein's, das darfst du nicht anfassen, verdammt, du bekommst das nicht … leg das so hin … da ist der Backofen … mach mal Pommes … so ist es gut …«

Lydia lächelte. Saul spielte so selbstvergessen im dämmrigen Bauch des Wendy-Hauses, weil er sich für unsichtbar hielt und deshalb auch in völliger Sicherheit wähnte. An diesem Nachmittag ließen sie ihn völlig ungestört. Gelegentlich lugte er durch das kleine Fenster hinaus und beobachtete die helle, laute Welt des Klassenzimmers. Vom Wendy-Haus aus konnte er zusehen, ohne mitmachen zu müssen; dort hatte er seinen Plastikherd und seine Töpfe und ein paar andere Spielzeuge, die irgendwelche Kinder dort zurückgelassen hatten. Er war ein Dachs in seinem Bau, ein Bär in seiner Höhle, ein Soldat in seiner Festung: Er war sicher. Als Brent und Jasmine, die beiden älteren Kinder des Camps, ihn um halb vier abholen kamen, war er immer noch dort.
Am nächsten Morgen kam er pünktlich und rannte geradlinig durchs Klassenzimmer, um als erster das magische Häuschen in Beschlag zu nehmen. Zu seinem ungeheuren Verdruß wurde er neben dem Naturkundetisch von Mrs. Robertson abgefangen, die sich die Sache durch den Kopf hatte gehen lassen. Freundlich, aber bestimmt erklärte sie ihm, daß jeder sich die Zeit im Wendy-Haus damit verdienen müsse, am Tisch zu sitzen und wie alle anderen zu arbeiten. Saul war so verzweifelt darum bemüht, seinen geheiligten Zufluchtsort wiederzubekommen, daß er dieser Vereinbarung mit wesentlich geringerem Widerstand zustimmte, als die Lehrerin erwartet hatte. Er wußte mittlerweile jedoch, daß die grauhaarige Frau mit der sanften Stimme trotz ihrer Freundlichkeit eine eiserne Gegnerin sein konnte, und so malte er eilig eine Reihe der Formen ab, die sie ihm in sein Schulheft geschrieben hatte, rutschte dann von seinem Stuhl und war wieder verschwunden. »Es ist zwar nicht viel«, dachte Mrs. Robertson, »aber es ist ein Anfang.« Später am Morgen setzte sie sich neben den schmalen Türeingang und überredete ihn dazu, ihr etwas aus einem der Bücher vorzulesen, die er auf dem Herd gefunden

hatte, und zu ihrer Freude stellte sie fest, daß er einfache Wörter bereits recht gut lesen konnte.
In der Mittagspause trat dann eine Delegation aufgebrachter kleiner Mädchen, unter denen sich auch Sandras pausbäckige Tochter Naomi befand, mit der unmißverständlichen Forderung an sie heran, wieder in *ihr* Wendy-Haus gelassen zu werden.
»Morgen«, versprach Mrs. Robertson ihnen, »aber heute überlassen wir Saul das Haus noch ganz allein, ja? Morgen teilen wir dann wieder.«

Suzie, die in der regenkalten Dämmerung von der Schule zurückkehrte, stellte fest, daß Caro zur Feier des Herbstes Apfel-Scones gebacken hatte. Und daß sie sich bereits Gedanken über die Herbstferien gemacht hatte.
»Hattest du einen schönen Tag, Schatz?«
»Ja, danke, Mami.«
»Ist irgend etwas Interessantes passiert?«
»Nein, nicht wirklich.« Suzie runzelte die Stirn. Da sie wußte, daß an diesem Punkt irgendeine belanglose Information von ihr gefordert war, fügte sie hinzu: »Ich habe die Seitenteile meiner Arbeitskiste repariert. Mr. Beasley war sehr zufrieden.«
»Deine Arbeitskiste?«
»Ach, du weißt schon, für WDT.«
»WD was?«
»Werken, Design und Technik, Mami. Ich habe dir das doch schon mal erzählt.«
»Tatsächlich? Es klingt wohl eben nur nicht wie richtige Schule. Aber das ist ja jetzt auch egal. Ich wollte dir erzählen, daß ich heute nachmittag Jean angerufen habe. Sie meinte, sie und Mina würden sich sehr freuen, wenn du sie in den Herbstferien besuchen kämest.«

»Warum hast du Jean denn angerufen?«
»Natürlich, um sie zu fragen, ob du zu ihnen kommen könntest. Ich wußte doch, daß du gern fahren würdest. Es ist viel schöner, die Herbstferien mit Freunden deines Alters zu verbringen ...« Ihre Stimme erstarb. Eine kurze Stille entstand, während Caro und Suzie insgeheim den Satz mit »als ständig faul im Haus herumzulungern« beendeten.
»Aber ich wollte –«
»Was denn, Schatz? Du hättest es mich wirklich wissen lassen können, wenn du bereits andere Pläne hast. Wie sieht das denn aus, wenn ich jetzt Jean noch einmal anrufen muß, um ihr zu sagen, daß du nicht kommen willst?«
»Das ist es doch gar nicht, Mami, es ist bloß ...«
»Was denn? Ich dachte, du wärst vor Freude ganz aus dem Häuschen. Jean meinte, Rupert wäre wahrscheinlich auch da.«
»Das macht mir nichts, aber –«
»Gut, dann ist es also abgemacht. Ich werde sie noch einmal anrufen und alles Genauere besprechen.«
»Nein, laß mich das machen, Mami. Wenn du immer alles für mich organisierst, sieht es so aus, als wäre ich noch ein Baby.«
Caro öffnete bereits den Mund, um Suzie zu sagen, sie würde das erledigen, weil Suzie doch nur die Daten und Zeiten durcheinanderbringen würde. Aber dann wurde ihr bewußt, daß das bei einem so unsicheren Mädchen wie Suzie der völlig falsche Ansatz war. Deshalb schloß sie ihren Mund wieder und nahm sich lediglich vor, die Absprachen ihrer Tochter noch einmal bei Jean zu überprüfen, wenn es soweit war. Suzies Stirnrunzeln war gräßlich: Aus irgendeinem Grund schien sie das alles schrecklich schwer zu nehmen.
Sie beendeten ihren Nachmittagstee in nachdenklichem Schweigen. Suzie zog sich mit der Entschuldigung zurück,

»Hausaufgaben machen zu müssen«, sobald ihr dies möglich war, ohne den Verdacht ihrer Mutter auf sich zu ziehen. Ihr war gerade erst der entsetzliche Gedanke gekommen, Caro könnte irgendwie von ihren beiden Besuchen in der Senke Wind bekommen haben. Vielleicht war der Anruf bei Jean Teil eines ausgeklügelten Plans, sie in den Herbstferien aus Briarswood wegzubekommen, damit sie den Hippies fernblieb.

Bereits die Möglichkeit einer solchen Katastrophe reichte, um Suzie in Verzweiflung zu stürzen. Ihr zweiter Besuch im Camp war ohne Frage die aufregendste und schönste Stunde ihres bisherigen Lebens gewesen. Sie hatte mit Terry auf der Treppe zu Hopis Wohnanhänger gesessen – eigentlich waren es nur zwei nebeneinandergestellte Kisten, aber sie gaben eine gute Sitzgelegenheit ab. Sie hatten zusammen Tee getrunken. Terry hatte ihr eine selbstgedrehte Zigarette angeboten, aber sie hatte abgelehnt, und so hatte er allein geraucht. Sie hatten sich unterhalten. Er hatte erzählt, daß sie am Abend zuvor eine Party gefeiert hatten, um Lydia aufzumuntern. Suzie hatte ihm etwas über sich erzählt, obwohl sie gedacht hatte, daß ihr Leben im Vergleich zu seinem schrecklich langweilig sein mußte. Ein- oder zweimal hatte sich Terry ihr zugewandt, um ihr einen Blick zuzuwerfen; er hatte die dunkelsten Augen, die sie je gesehen hatte, und jedesmal, wenn er sie angeschaut hatte, hatte Suzie gemerkt, wie ein Erdbeben in ihr stattfand. Das Aneinanderstoßen der Erdplatten des Sankt-Andreas-Grabens konnte gar nichts sein im Vergleich zu den Erschütterungen, die in ihrer Herzregion zu spüren gewesen waren. Dann war Lydia aufgetaucht, die wie alle anderen im Camp bis auf Terry, der ja so wunderbar braun war, blaß und eingefallen aussah, um Kate zu berichten, daß ihre Holzscheite nachmittags zum Rose Cottage gebracht würden, was allein Suzie zu verdanken wäre. Obwohl es sehr schön gewesen war, daß alle so nett und dankbar waren, war Suzies verdammte Schüchternheit zurückgekehrt, sobald sie festgestellt hatte, daß sie im Zentrum der Aufmerksamkeit stand. Deshalb hatte sie sich entschuldigt und war so bald wie möglich gegangen.

Seitdem hatte sie jeden Moment dieser Stunde mindestens tausendmal in Gedanken nacherlebt. Jedes Wort und jede Geste von Terry, das sanfte Lächeln, mit dem er ihr den Becher gereicht hatte, die Freundlichkeit, mit der er Misty behandelte, der Anblick seiner langen Finger, die mit Mistys Fell gespielt hatten, das kurze Aufblitzen brauner Haut durch den Riß in seiner Jeans knapp oberhalb des Knies, das alles mußte sie wieder und wieder allein in ihrem Zimmer genießen ... Gelegentlich gestattete sich Suzie die Vorstellung, wie diese langen, gebräunten Finger ihr Haar berührten, vielleicht sogar über ihre Wange strichen – und jedesmal wurde sie von einem solchen Entzücken überwältigt, daß es an ein Wunder grenzte, daß sie nicht sofort in Ohnmacht fiel.

Suzie lag auf ihrem Bett und hörte Radio, während Caro das Abendessen zubereitete. Eigentlich hatte Suzie massenhaft Hausaufgaben zu erledigen, es war ihr jedoch nicht einmal möglich, auch nur damit anzufangen: Ihre derzeitige Situation war einfach viel zu kompliziert. Natürlich würde sie Mina in den Herbstferien besuchen müssen, denn ein Abweichen vom Plan würde die elterlichen Antennen sofort in Alarmbereitschaft versetzen, und das war das letzte, was sie jetzt brauchen konnte. Aber sie hatte eigentlich damit gerechnet, wieder zum Camp gehen zu können, sobald sie einen Grund gefunden hatte, der nicht allzu weit hergeholt wirkte. Es wäre bestimmt ein bißchen seltsam, wenn sie Saul immer mehr Bücher brächte, aber sie hatte sich überlegt, daß sie vielleicht nur mal vorbeischauen könnte, um nachzufragen, wie sie Saul gefielen. Sie mußte irgendeinen Vorwand finden, um noch

einmal in der Senke vorbeigehen zu können. Falls sie Terry nicht bald wiedersah, war ihr Leben einfach nicht mehr lebenswert.
Ebenso unerträglich war die Vorstellung, daß ihre Mutter Bescheid wußte: Suzie wurde ganz schlecht vor Entsetzen, wenn sie nur daran dachte, daß die schönste Sache ihres ganzen Lebens den Argusaugen ihrer Mutter zum Opfer fallen könnte.

Etwas später an diesem Abend kämpfte Hopi sich durch den Graupelschauer zu der öffentlichen Telefonzelle am Bushäuschen. In ihrer Tasche steckte eine Telefonkarte, die ein monatliches Geschenk ihrer Mutter Zita war. Vor Jahren hatten Mutter und Tochter eine Abmachung getroffen: Zita hatte versprochen, sich keine Sorgen um Hopi zu machen, vorausgesetzt, diese rief an jedem ersten Freitag des Monats an. Vor einigen Jahren hatte Hopi es einmal vergessen: Zwei Tage später war die Polizei im Camp aufgetaucht, um auf Zitas Betreiben hin nachzusehen, ob es ihrer Tochter auch gutging. Nach dieser Begebenheit hatte Hopi das allmonatliche Telefonat nie mehr vergessen.
»Hallo, Mama.«
»Hallo, Hopi. Wie geht es dir?«
»Gut. Wir sind immer noch in Briarswood. Wir haben einen riesigen Nachschub an Brennholz, und der Bauer versorgt uns immer noch mit Wasser, es läuft also sehr gut. Wie geht's Jack?«
Als der Name ihres Mannes fiel, brummelte Zita nur vor sich hin und meinte dann: »Seine Lunge macht ihm ziemlich zu schaffen, und er ist deprimiert, weil er mir nicht bei der Arbeit helfen kann. Ich sage ihm ständig, er soll das faule Leben einfach genießen, solange er kann, aber das macht es nur schlimmer.«

»Arme alte Zita. Das klingt, als würde er dich in den Wahnsinn treiben.«

»Na ja, gemeinsam mit den Ziegen, den Hühnern und den Katzen kriegt er das schon ganz gut hin.« Hopis Eltern hatten vor knapp zehn Jahren etwa vier Hektar Land in windiger walisischer Hanglage erworben und versuchten seitdem autark zu leben.

»Soll ich kommen und dir ein Weilchen helfen?«

»Noch nicht. Ich sage dir Bescheid, wenn ich kurz vor dem Zusammenbruch stehe.«

»Tu mir den Gefallen, Mama, und gib mir schon vorher Bescheid, ja? Wie geht's Blossom?«

»Deine Schwester Joan – ich nehme mal an, daß du die meintest – schreitet von Erfolg zu Erfolg. Sie ist gerade befördert worden, und ihr Freund, du wirst es nicht erraten, wurde in den Rotary-Club aufgenommen.«

»O nein, wie schrecklich –«

»Ich weiß, aber ich konnte nichts dagegen machen. Ich will wirklich nichts mehr mit den beiden zu tun haben.«

»Mama, ich weiß ja nicht so recht, wie ich es dir sagen soll, aber ich denke darüber nach, mich ins Geschäftsleben zu stürzen.«

»Was?«

»Ja, ich habe eine richtig tolle Nähmaschine gefunden, so eine, die mit dem Fuß angetrieben wird. Ich will alte Hemden und Kleider aus Secondhandläden auseinanderschneiden und neue Kleidung daraus machen. So eine Art wiederaufbereitete Designerkleidung. Die kann ich dann nächsten Sommer auf Festivals und ähnlichen Veranstaltungen verkaufen.«

»Klingt toll, aber entwickle dich bloß nicht zu so einem Geschäftshai.«

»Da besteht wenig Gefahr.«

»Ach, übrigens, Hopi –« Ihre Mutter war offensichtlich bemüht, so beiläufig wie möglich zu klingen, wodurch Hopis Aufmerksamkeit augenblicklich geweckt war. »Colin hat bei mir angerufen. Er wollte wissen, wo du bist, und ich habe ihm gesagt, ich wüßte es nicht genau.«

»Dann ist Colin also aus Spanien zurück?«

»Er ist vor ein paar Wochen zurückgekehrt. Sie sind wohl irgendwo in Kent, glaube ich.«

»Hat es ihm gefallen?«

»Du weißt doch, daß Colin nie zugeben würde, daß es ihm irgendwo gefallen hat. Die Sonne war zu heiß, die Leute waren scheiße, das Essen war ungenießbar –«

»Klingt vertraut.«

»Soll ich ihm sagen, wo du bist?«

»Natürlich. Warum sollten wir das denn geheimhalten?«

»Du weißt, was ich von Colin halte. Er bringt nichts Gutes, Hopi. Es geht dir besser ohne diesen Psychopathen.«

»Er ist kein Psychopath, er hat bloß ein paar Probleme. Er kann manchmal ganz wundervoll sein.«

»Um diese Zeiten mache ich mir ja auch keine Sorgen.«

»Jetzt mach nicht so eine Panik, Mama, ich komme schon mit ihm klar.«

Am anderen Ende der Leitung ertönte nur ein zweifelndes »Hm«. Dann sagte Zita: »Du brauchst ja nicht. Ich kann ihm ohne weiteres sagen, ich wüßte nicht, wo du bist.«

»Das ist albern. Mach dir keine Sorgen, wir werden schon klarkommen.«

Nachdem sie allerdings den Telefonhörer wieder eingehängt und ihren dicken Schal vors Gesicht gezogen hatte, um sich vor dem Wind zu schützen, und dann die Hauptstraße von Briarswood entlang zur Abzweigung zu Ted Seddens Farm zurücktrottete, spürte Hopi, wie ihre Nervosität wuchs. Colin konnte witzig, charmant und mitleiderregend sein; er konnte ihr das Gefühl vermitteln, sie wäre die außergewöhnlichste Person auf der ganzen Welt. Manchmal. Wenn ihm danach war. Er konnte auch gemein, unehrlich und destruktiv sein und an einem Tag mehr Ärger verursachen, als es den meisten Menschen in einem ganzen Jahr gelang.

Es wäre Hopi nie in den Sinn gekommen, jemandem, der sie brauchte, den Rücken zuzukehren, aber ... Aber sie konnte nicht anders, als sich zu wünschen, Colin hätte in Spanien eine andere Schulter gefunden. Sie tröstete sich mit dem Gedanken, daß er Zita ja vielleicht nur um der guten alten Zeiten willen nach ihr gefragt hatte. Vielleicht war ihm die beschwerliche Fahrt nach Briarswood ja viel zu mühselig. Vielleicht würde er ja gar nicht in ihr Leben zurückkehren.

VIERZEHNTES KAPITEL

Es war ein klarer Morgen gegen Ende Oktober, und Lydia merkte bereits von weitem, daß in Haddeley Hall etwas anders war als sonst: Das Haus wurde für Wyndham herausgeputzt, und es war ein einziges Surren und Schwirren, Hasten und Hetzen. Mark war so damit beschäftigt, zehn Dinge auf einmal zu erledigen, daß er kaum Zeit für ein eiliges »Hallo, Lydia« hatte, als er an ihr vorbeilief und gleichzeitig über Handy Befehle erteilte. Sein Gesicht war beinahe ebenso grell wie seine Krawatte. Ein glatzköpfiger Florist kreierte mit zwei Assistenten und einer solchen Menge Blumen, daß sie einem Blumenverkäufer auf dem Markt mindestens eine Woche gereicht hätten, riesige Gestecke botanischer Extravaganz, in denen Artischocken und eigentümlich aussehende Orchideen eine herausragende Rolle spielten. Miguel beaufsichtigte die Aktivitäten in der Küche, und aus der Orangerie drangen Baugeräusche. Frauen, die Lydia noch nie zuvor im Haus gesehen hatte, halfen Mrs. Miguel beim Wienern und Polieren. Amüsiert schlenderte Lydia durch diese Hektik; Haddeley Hall wurde gerade in die prächtigste Baustelle Englands verwandelt. So wie die königliche Familie wahrscheinlich annahm, daß ihr Reich immer nach frischer Farbe roch, mußte Wyndham glauben, daß in seinem Heim der natürliche Duft von Bienenwachs und feuchten Blumen vorherrschte.

Ein wenig selbstgefällig stellte Lydia fest, daß ihre eigene Arbeit exakt im Zeitplan lag. Mit Hopis Hilfe hatte sie in der vorangegangenen Woche die Vorarbeiten abgeschlossen, und das Holzpaneel, das nun von seinen dicken, schweren Farbschichten befreit war, hatte jetzt einen wunderschönen hellen Farbton und wartete nur noch darauf, gewachst zu werden. Die Decke war in einem altmodischen Cremeweiß gestrichen, das wunderbar mit den Wänden harmonieren würde, wenn diese vollendet waren. Sie mußte nur noch die beiden blaugrünen Farbmuster an den Wänden fertigstellen, damit Wyndham sich nach seiner Rückkehr für einen Farbton entscheiden konnte. Während der letzten paar Tage hatte Lydia allein gearbeitet, und an diesem Morgen, als das gesamte Hauspersonal in heller Aufregung umherwirbelte, war sie besonders froh über ihre Einsamkeit, weil ihr das Zeit gab, in Ruhe über Wyndham nachzudenken, an den sie nach seiner Abreise vor drei Wochen kaum einen Gedanken verschwendet hatte.

Wyndham wurde für den kommenden Tag zurückerwartet. Lydia dachte nun darüber nach, aus welchem Motiv heraus er sie wohl angestellt hatte, und sie bezweifelte, daß dies lediglich wegen ihres Talents für Inneneinrichtung geschehen war, über das er zum Zeitpunkt ihrer Einstellung ohnehin gar nichts gewußt hatte. Und die Einladung zum Abendessen, die er kurz vor seiner Abfahrt ausgesprochen hatte, war wohl ebensowenig darauf zurückzuführen, daß er sich einmal in aller Ruhe mit ihr über Tünche und Farben unterhalten wollte. Zumindest war das sehr unwahrscheinlich. Sie glaubte nicht, daß sie sich über Gebühr schmeichelte, wenn sie davon ausging, daß Wyndham Sale an mehr als nur einer Arbeitsbeziehung interessiert war, und sie hatte das Gefühl, daß sie eine Strategie brauchte.

Während sie die dicke Farbe umrührte, mußte sie sich eingestehen, daß sie Wyndham Sale erstaunlich attraktiv fand, was die Sache verkomplizierte. Sie war überrascht darüber, weil er gar nicht dem entsprach, was sie als ihren »Typ« bezeichnet hätte. Darüber hinaus hatten sie, bis auf das Interesse an der Gestaltung alter Häuser, so ziemlich gar keine Gemeinsamkeiten, was nicht gerade eine gute Basis für eine Affäre war.

»Lächerlich«, wies sie sich zurecht, als sie den großen Pinsel in einen Farbeimer tauchte, »eine Affäre ist wirklich das letzte, was du jetzt brauchen kannst. Welchen Sinn hat es, dich wieder auf etwas einzulassen, wo du Gordon doch gerade erst entkommen bist?« Die Zeremonie auf Raven's Beacon hatte den Nebeneffekt gehabt, daß sie sich endlich einen Abend lang hingesetzt hatte, um Gordon einen Brief zu schreiben, in dem sie ihm erklärte, warum ihre Ehe jetzt endgültig beendet war. Zugegeben, sie hatte den Brief noch nicht eingeworfen, aber das war nur ein Versehen, nicht mehr als ein unbedeutendes Detail. Sie hielt sich schließlich bloß in Briarswood auf, weil sie allein sein und Raum für sich haben wollte, um endlich Klarheit zu finden. Wenigstens war sie nicht so ein hilfloses Frauchen, das immer einen Mann um sich brauchte, damit sie sich nicht unausgefüllt fühlte. Sie brauchte Wyndham nicht im geringsten, ja, sie mochte ihn nicht einmal besonders. Die ganze Idee war einfach absurd, sie würde dieses Zimmer fertigstellen und dann fortgehen, Briarswood ganz verlassen, denn hier gab es für sie nichts …

»Es sieht besser aus, als Sie es beschrieben haben.«

»Wyndham!«

»Habe ich Sie erschreckt?«

»Sie sollten doch erst morgen zurückkommen.«

»Mein Termin in London ist verschoben worden, deshalb bin ich direkt hergekommen.«

Er lachte. Er wirkte so glücklich wie ein Schuljunge, der unverhofft Ferien bekommen hat. So gut er auch Zorn oder Gekränktheit verbergen konnte, gegen aufrichtige Freude schien er kein Mittel zu haben, und sie ließ ihn plötzlich viel jünger aussehen, als er war, rotwangig und zerzaust. Das war nicht der Wyndham, den Lydia für den nächsten Tag zurückerwartet hatte. Er hatte eine große weiße Schachtel unter den Arm geklemmt, die gegen ihre Hüfte stieß, als sie zur Begrüßung die Wangen aneinanderdrückten. Verwirrt trat Lydia einen Schritt zurück, und sie war mehr als nur ein wenig verärgert.

»Wenn Sie mich vorgewarnt hätten, dann hätte ich die Muster rechtzeitig fertigstellen können.«

»Ach, das ist nicht so wichtig. Es ist doch offensichtlich, daß es das grünstichigere Blau sein muß.«

Und selbstverständlich, nachdem er es gesagt hatte, war es ganz offensichtlich, was Lydia irgendwie noch mehr verärgerte. Sie meinte: »Ich werde in ein paar Tagen fertig sein. Sie müssen nicht –«

Er schien sie nicht gehört zu haben, sondern unterbrach sie mit den Worten: »Ich habe uns für heute abend einen Tisch im *Mulberry Tree* reserviert. Es ist zwar nicht ganz so außerordentlich, wie alle immer behaupten, aber doch bei weitem das beste Restaurant in der Umgebung. Waren Sie schon einmal dort?«

Lydia hatte sich abgewandt, um die letzten Farbreste auf ihrem Pinsel an der Wand abzustreichen. Das war genau der richtige Moment, um diese nichtexistente Romanze, dieses ganze Getue um ein schmalziges Dinner bei Kerzenlicht, im Keim zu ersticken. Wyndham würde ja doch nur die Kellner herumkommandieren, um ihr seine Wichtigkeit zu demonstrieren, und einen Haufen Geld auf den Tisch blättern, damit er sie ins Bett bekam. Sie hatte das bereits so oft erlebt und beabsichtigte nicht, es schon wieder durchzuexerzieren: noch nicht, und vor allem nicht mit diesem Mann.

»Wyndham«, setzte sie an.

Doch er unterbrach sie schon wieder. »Hören Sie doch mal einen Augenblick auf zu arbeiten«, befahl er, »und sehen Sie her –« Er hatte die weiße Schachtel auf dem Tapeziertisch abgestellt und hob den Deckel, unter dem sich mehrere Lagen Seidenpapier befanden. »Ich mußte Ihre Größe schätzen.« Er zog ein Stück flammendroter Seide hervor, die in der Sonne glänzte. »Sehen wir doch mal, ob ich richtig gelegen habe.«

Es war die Seidenbahn, die sie sich bei ihrem ersten Besuch in Haddeley Hall bewundernd um die Schultern gelegt hatte, eine Geste, mit der das Ende des Gefühls verbunden war, Frau Gordon Fairchild und somit für andere Männer tabu zu sein. Der Stoff war nun zu einem kurzen Kleid mit einem geraden Schnitt und einem schrägen Dekolleté verarbeitet worden, das eine Schulter freigab und die andere durch Rüschen betonte. Es war aufdringlich, und es war großartig, und Lydia wußte sofort, daß sie es stilvoll tragen konnte. Sie ärgerte sich immer noch darüber, daß Wyndham sie so unvorbereitet erwischt hatte, und war sich bewußt, daß ihr Haar ungewaschen und mit Farbe besprenkelt war und daß sie die ganze Woche über in der gleichen Kleidung gearbeitet hatte. Doch sie legte den Pinsel weg.

Wyndham lächelte nun nicht mehr und hielt ihr das Kleid an, so daß seine Fingerkuppen ganz leicht auf ihren Schultern lagen. »Perfekt«, meinte er. »Ich muß mir selbst gratulieren. Eastern Promise Silks bringt im Frühjahr eine Kollektion von Abendkleidern heraus, und dies ist einer der Prototypen. Ich mußte die gesamte Fabrik nach einem Mädchen von Ihrer Statur absuchen, aber ich glaube, ich war erfolgreich. Werden Sie es heute abend tragen?«

In seiner Frage lag ein Hauch von Unsicherheit, der sie überraschte. Natürlich exerzierte er ein altes Ritual durch, doch ihm schien aufrichtig daran zu liegen, daß sie zusagte. Er war so schnell nach Haddeley Hall zurückgekehrt, weil er sie hatte wiedersehen wollen.

»Vorsicht«, warnte sie und schob ihn weg. »Sonst kommt Farbe darauf.«

»Werden Sie es tragen?«

»Selbstverständlich nicht«, dachte sie. »Jetzt sagt mir dieser Mann bereits, was ich anziehen soll. Das ist wirklich schon weit genug gegangen, es ist Zeit, eine Grenze zu ziehen.«

»Ja. Danke, Wyndham, es ist wunderschön.«

Sein Lächeln wirkte, als habe er bereits gewußt, daß sie zusagen würde, und damit war seine Unsicherheit so vollständig verschwunden, daß Lydia sich fragte, ob sie sie sich vielleicht nur eingebildet hatte. Er sagte ruhig: »Sie werden zauberhaft aussehen.«

Lydia spürte Nervosität in sich aufsteigen, die lange begrabene Freude, Objekt der Begierde zu sein, und sie fühlte ähnliche Gefühle in sich erwachen. Die ungewisse Aussicht auf ein Abenteuer.

Grinsend bemerkte sie: »Ja, wenn es mir gelingt, die Farbe aus meinem Haar zu waschen.«

Sein Blick glitt kurz über ihre dunklen Locken. »Ich bin noch nie mit einer getupften Frau ausgegangen«, kommentierte er entspannt, »es wäre zumindest etwas Neues.« Vorsichtig legte er das Kleid in die Schachtel zurück. »Sagen Sie Mark Bescheid, wenn sie soweit sind, dann wird er einen der Männer veranlassen, Sie nach Hause zu fahren. Und seien Sie um halb acht fertig. Ich habe den Tisch für acht reserviert.«

Peggy fühlte sich jedesmal unbehaglich, wenn Mrs. Cartwright in den Laden kam, weil sie stets an den Regalen vorbeiglitt, als bewege sie sich auf einem Laufband. Häufig wirkte sie völlig entscheidungsunfähig, beinahe so, als würde sie gern bleiben und ein Schwätzchen halten, wüßte jedoch nicht, wie sie das anstellen sollte. Gewöhnlich kaufte sie bloß ein paar Briefmarken oder eine kleine Flasche Schnaps, also Dinge, die sie nicht wirklich dringend brauchen konnte, zumal Mrs. Lewis mindestens einmal täglich vorbeikam, um Kleinigkeiten für das Herrenhaus zu besorgen. Trotzdem scheiterte Peggy stets kläglich, wenn sie versuchte, die alte Dame in eine Unterhaltung zu verwickeln.

»Guten Morgen Mrs. Cartwright, es ist kälter geworden heute, nicht wahr?« begrüßte Peggy sie mit ihrem unbeschwerten Birminghamer Akzent. Sie legte Wert darauf, zu all ihren Kunden freundlich zu sein, und da sie von Natur aus auf die Menschen zuging, erwartete sie auch herzliche Reaktionen.

Twinks, die in ihren großen Tweedmantel gewickelt war, schien von dieser Bemerkung verwirrt. Sie sah Peggy, die gerade mit der Wurstschneidemaschine beschäftigt war, aus ihren blaßgrünen Augen an und meinte unverbindlich: »O ja.«

Wie jeden Samstagmorgen holte Ann Robertson gerade Milch, Zeitungen und ein Viertelpfund Schinken ab. Die Lehrerin hatte ein angenehmes, doch unauffälliges Gesicht, und sie trug ihr glattes, leicht ergrautes Haar in einer kindlichen Frisur mit einem dicken Pony. Als sie sah, daß Mrs. Cartwright lautlos in Richtung der Snackabteilung schwebte, erkundigte sie sich: »Machen Sie noch Besorgungen für Halloween? Das hat sich ja sehr schnell bei uns durchgesetzt, finden Sie nicht auch?«

»Tatsächlich?« Twinks wirkte lediglich entgeistert und glitt an dem Regal mit dem Dosenfisch vorbei.

Peggy und Ann warfen sich einen Blick zu.

Während sie den Schinken einpackte, fragte Peggy die Lehrerin: »Bleiben Sie in den Herbstferien zu Hause?«

»Ja, ich habe mir vorgenommen, ganz faul zu sein und höchstens ein bißchen im Garten zu arbeiten.«

Twinks stand nun neben ihr. In der einen Hand hielt sie eine

kleine Flasche Brandy und in der anderen ein Päckchen Taschentücher. Ann lächelte sie warmherzig an: »Um diese Jahreszeit ist ja immer so viel im Garten zu tun, nicht wahr?«
Twinks stellte ihre Einkäufe auf der Theke ab. »Das ist alles.« Ihre gewöhnlich so gelassene Stimme klang ein wenig angespannt.
Als Mrs. Cartwright den Laden verlassen hatte, schüttelte Peggy den Kopf und bemerkte, daß sie doch sehr unhöflich gewesen wäre, doch Ann äußerte den Verdacht, Mrs. Cartwright wäre wohl ein wenig zerstreut oder vielleicht sogar schwerhörig, und sie hoffe, daß dies nicht auf den Beginn einer Altersdemenz hindeute.

Noch vor einem Monat hätte Suzie sich riesig gefreut, doch an diesem Nachmittag Ende Oktober war Minas Zuhause wirklich nicht der Ort, an dem sie sein wollte. Der Zug, der durch die dunkler werdende Landschaft ratterte, brachte sie immer weiter von Briarswood und der Senke weg. Und von Terry.
Seit jener Begegnung mit Terry vor etwa vierzehn Tagen, als sie auf der Stufe zu Hopis Wagen gesessen und miteinander geplaudert hatten, war es ihr nur noch ein einziges Mal gelungen, sich in die Senke hinunterzuschleichen. Am vergangenen Samstagnachmittag, als Caro ihre Eltern im Herrenhaus besucht hatte und Jim vor dem Gasofen eingeschlafen war, hatte Suzie sich aus dem Haus gestohlen und sich auf der Abkürzung über die Felder unaufhörlich überlegt, was sie zu Terry sagen würde. Doch schon kurz nach ihrer Ankunft war sie in tiefste Verzweiflung gestürzt, da sie ihn nirgendwo hatte entdecken können. Sie hatte nicht nachfragen wollen, wo er war, damit niemand den wahren Grund ihres Kommens erriet. Doch dann hatte Hopi den Tag gerettet, indem sie Suzie in ihren Wagen eingeladen hatte. Da an der Stelle, an

der zuvor die Matratze gelegen hatte, jetzt eine altmodische Nähmaschine stand, hatten sie sich nebeneinander aufs Bett gesetzt, wo sie von leuchtend bunten Stoffetzen umgeben waren, und Hopi hatte ihr von ihrem Vorhaben erzählt und ihr den langen Rock gezeigt, den sie aus blauen und gelben Stoffresten nähte.

Suzie war sich nicht so sicher gewesen, was sie davon halten sollte, deshalb hatte sie völlig aufrichtig gesagt: »Er ist sehr originell.«

»Das hoffe ich auch«, hatte Hopi erwidert. »Das ist eine wirklich umweltfreundliche Art, neue Kleider herzustellen, weil das alles alte Stoffe sind und die Nähmaschine keinen Strom braucht.«

»Hm.« Suzie hatte einen kleiner Fernseher bemerkt, der auf einem Regal am Fußende des Bettes stand. »Aber dafür brauchst du doch Strom.«

Hopi hatte gelächelt, doch ohne Suzie das Gefühl zu geben, sie wäre ein bißchen minderbemittelt, und ihr erklärt: »Er wird von einer alten Autobatterie betrieben, wenn sie dann mal aufgeladen ist. Aber ich will ihn sowieso Mal schenken, damit Saul sich Zeichentrickfilme ansehen kann. Ich selbst benutze ihn seit Terrys Auszug kaum noch.«

Terry war weg? Suzie hatte vor einem Abgrund tiefster Verzweiflung gestanden. Sie hatte ein buttergelbes Stück Stoff befingert und wie nebenbei bemerkt: »Ist Terry denn weggegangen?«

»Ja, er ist in Biffs Wohni eingezogen.«

»Wohni?«

»So nennen wir die industriellen Wohnwagen. Nachdem Kate bei Biff eingezogen ist, haben sie beschlossen, sich etwas Größeres zu besorgen, und sie haben einen kleinen Bus gefunden, den sie gerade auf Vordermann bringen. Der wird richtig toll. Terry hat sein Auto verkauft und zahlt Biff den

Wohnwagen in Raten ab. Es ist phantastisch, wie Terry jetzt allmählich zurechtkommt. Er ist sehr viel selbstbewußter geworden, seit er zu uns gestoßen ist.«
Suzies Atmung hatte wieder eingesetzt. Weil Hopi in ihrem Große-Schwester-Tonfall sprach, hatte Suzie sich zu fragen getraut: »War er vorher denn nicht selbstbewußt?«
»Du würdest ihn nicht mehr wiedererkennen, wenn du ihn damals gekannt hättest. Er hat ziemlich viel Ärger gehabt, seit seine Oma gestorben ist, meistens weil er Autos aufgebrochen und Spritztouren damit gemacht hat. Er würde keiner Fliege etwas zuleide tun, aber er war schon ziemlich wild.«
»Er wirkt aber sehr sanft«, hatte Suzie zu sagen gewagt.
Und Hopi hatte ihr zugestimmt.
Als Suzie gegangen war, hatte sie den neuen Bus entdeckt, der in einer Ecke des Feldes geparkt war. Er war in diagonalen lila-grünen Streifen, den Farben Wimbledons, gestrichen, und sie hatte sich gefragt, ob Biff und Kate vielleicht Tennisfans waren. Sie hatte die beiden für ihr alt-neues Heim beneidet, das sie renovieren konnten. Dann hatte sie überlegt, wie Terry wohl allein in seinem Wohnwagen zurechtkam. Vielleicht würde er sich ja über ein bißchen Hilfe freuen. Dieser Gedanke hatte zu einem betörenden Tagtraum geführt, in dem sie sich putzen, Wände streichen und Möbel verrücken sah und Terry von ihrer Tüchtigkeit und ihrer künstlerischen Begabung wahnsinnig beeindruckt war. Sie war sicher, daß es in der Lodge tonnenweise Sachen geben mußte, die man beschlagnahmen konnte, um aus Terrys Wagen die begehrenswerteste Unterkunft des gesamten Camps zu machen. Caro würde es nicht einmal bemerken, wenn sie ein paar alte, seit Jahren nicht mehr genutzte Vorhänge aus dem Schrank nahm …
Und da war sie nun und schleifte ihren Koffer voller Früchtebrot und Chutneys, die Caro unbedingt für Jean hatte einpak-

ken müssen, über den Bürgersteig, der zu Minas Haus führte. Mittlerweile wünschte sie sich doch, Caro hätte die Vereinbarungen getroffen, denn bei ihrer Ankunft am Bahnhof hatte niemand sie erwartet, und erst nach einer geschlagenen Stunde hatte sie sich schließlich in ein Taxi gesetzt, um zu Mina zu fahren. Hoffentlich erwartete man sie überhaupt schon und nicht erst eine Woche später. Vielleicht hatte man sogar schon in der Woche zuvor mit ihr gerechnet, was wirklich grenzenlos peinlich wäre.

Erst als Mina die Haustür öffnete, wurde Suzie erleichtert bewußt, wie nervös sie ihre Befürchtungen gemacht hatten. Minas Haar war kurzgeschnitten und das wenige, das übriggeblieben war, weißblond gebleicht. Sie hatte dunkellilafarbenen Lippenstift aufgelegt, und ihre blasse Haut war von Pickeln übersät. Sie schien weder überrascht noch besonders erfreut zu sein, Suzie zu sehen, und begrüßte sie lediglich mit einem lässigen: »Oh, hallo Sooz, wie geht's?«, was kaum die Stunde Wartezeit am Bahnhof wettmachte.

Suzie setzte ihren Koffer in dem vollgestopften Flur ab. »Herr im Himmel«, meinte sie, »der wiegt mindestens eine Tonne.«

Mina betrachtete den Koffer argwöhnisch. »Was ist denn da drin? Steine?«

»Nein, Chutney und ein Kuchen, den Mama Joan als Geschenk schickt.«

»Klasse, ich habe seit Ewigkeiten nichts mehr gegessen.«

»Ich hole ihn raus, wenn ich auspacke.« Suzie fragte sich, ob Mina ihr wohl ihr Zimmer zeigen würde.

»He, Rupe, Suzie hat einen Kuchen mitgebracht.«

»Super«, ertönte eine Männerstimme aus dem Wohnzimmer, »ich sterbe vor Hunger.«

»Na ja, er ist doch eigentlich für Jean. Meinst du nicht, wir sollten warten, bis sie zurückkommt?«

»Ach, sei nicht knickerig, Sooz, sie könnte noch tagelang wegbleiben.«
»Wirklich? Wohin ist sie denn gefahren?«
»Das weiß nur der Allmächtige. Yorkshire, glaube ich.«
»Wales«, ertönte erneut Ruperts Stimme. »Du weißt doch genau, daß sie Wales gesagt hat.«
»Läuft doch aufs gleiche raus«, murmelte Mina und hockte sich hin, als wolle sie Suzies Koffer gleich mitten im Flur auspacken.
»Laß, laß, ich mache das schon«, wehrte Suzie ab, die schon im Geiste vor sich sah, wie ihre sorgfältig gefaltete Unterwäsche für alle sichtbar im Flur ausgebreitet wurde. Sie mußte die Tatsache erst verdauen, daß sie offensichtlich in einem Haus zu Besuch war, in dem momentan kein Erwachsener wohnte. Sie nahm den Kuchen und die Chutneys aus dem Koffer, war sich jedoch nicht ganz sicher, ob das so ein kluger Schachzug war. Dieser Verdacht erhärtete sich, als Mina mit dem Kuchen ins Wohnzimmer eilte und damit begann, Stükke abzubrechen und an alle zu verteilen.
Suzie folgte ihr. Rupert lag auf dem Fußboden ausgestreckt und hatte seine nackten Füße in den Schoß eines Mädchens mit verfilztem braunen Haar gelegt. Er sah noch immer genauso aus, wie sie ihn in Erinnerung hatte: groß, sehr blond und hellhäutig, was sie immer schon sehr attraktiv gefunden hatte.
»Hallo«, grüßte Suzie ins Zimmer. Rupert grunzte bloß, und das Mädchen, das Suzie nicht vorgestellt wurde, würdigte sie nicht einmal eines Blickes. Nur ein Junge, der im Sessel herumlümmelte und einen großen Kopf und knubbelige Gesichtszüge hatte, war einigermaßen freundlich.
»Hallo, Suzie«, begrüßte er sie, »ich heiße Arnold.«
»Hallo, Arnold.«
Suzie hockte sich auf die Lehne eines unbesetzten Sessels und

sah zu, wie der Kuchen zerstückelt wurde. Sie fragte sich, was sie jetzt wohl tun sollte. Sie spürte so etwas wie Magenschmerzen im Bauch, so eine Art Vorahnung, daß die kommende Woche sich überhaupt nicht so gestalten würde, wie sie es erwartet hatte. Und sie konnte nicht anders, als sich zu wünschen, Jean möge nach Hause kommen.

»Danach habe ich ein paar Jahre für einen Antiquitätenhändler gearbeitet. Anfangs habe ich nur auf den Laden aufgepaßt, wenn er unterwegs war, aber nach ein, zwei Monaten hat er mich schon Restaurierungsarbeiten machen lassen.«
»Warum haben Sie denn damit aufgehört?«
»Er wurde wegen Unterschlagung festgenommen. Meine Menschenkenntnis war noch nie besonders gut.«
Lydia hatte entschieden, daß es, obwohl Wyndham ihr nie eine private Frage gestellt hatte, höchste Zeit war, daß er etwas über sie erfuhr.
»Dann habe ich etwa anderthalb Jahre lang einen Bioladen geführt, der einer Freundin von mir gehörte. Aber dann erkrankte sie an MS.«
»Das kann ja nicht gerade eine gute Empfehlung für ihre Produkte gewesen sein«, kommentierte Wyndham lächelnd.
»Sie hat die Ironie der Geschichte auch gesehen. Jedenfalls bin ich nach etwa einem Jahr ebenfalls krank geworden. Das ist doch kein Leben: den ganzen Tag lang Bohnen und Linsen abwiegen. Außerdem ist die Gewinnspanne absolut lächerlich.«
»Das werde ich mir merken müssen, damit ich nie in die Versuchung komme, auf dem Biomarkt einzusteigen.«
»Alles in Maßen.«
Lydia sagte letzteres recht überzeugt. Nach ihrem beinahe dreimonatigen Leben in der Einsiedelei – mit einem Speiseplan aus Tee, Toast und Mahlzeiten, die sich in maximal fünf-

zehn Minuten zubereiten ließen – waren die Spezialitäten der *Haute Cuisine* ein richtiger Schock für den Körper. Der Küchenchef des Mulberry Tree hatte, zusätzlich zu dem Angebot auf der Speisekarte, verschiedene kleine Häppchen gereicht: Zum Aperitif hatte es winzige Pizzen gegeben, auf denen Basilikum und Oliven bruzzelten, und fingerhutgroße Brioches, die mit geräuchertem Lachs und Kaviar gefüllt waren, und nachdem jetzt ihr Hauptgericht abgeräumt worden war und man schwungvoll zwei kleine Kelchgläser Zimteis vor ihnen hingestellt hatte, schwor sich Lydia, den Nachtisch ausfallen zu lassen.

Sie erinnerte sich an ihren ersten Abend mit Gordon: Er hatte sie zu einer Filmvorführung mitgenommen, die ein großer Arzneimittelkonzern für Ärzte organisiert hatte. Nach dem Film hatte er die Vorführerin mit einem Schwall von Fragen zu dem Medikament bombardiert, so daß diese schließlich hatte einräumen müssen, daß es, entgegen der angeblichen Wunderwirkung, recht unterschiedliche und unangenehme Nebenwirkungen hatte, die unter gewissen Umständen sogar zum Tod führen konnten. Die Frau hatte verwirrt den Saal verlassen, und alle hatten Gordon applaudiert. Und als sie später bei einem Imbiß in dem kleinen Bistro gesessen hatten, in dem Gordon gut bekannt war, hatte er ihr dargelegt, wie er sich die Rolle der Medien in der Präventivmedizin vorstellte. Wenn Gordon ihr erstes Treffen so inszeniert hatte, daß er dadurch sein hohes Ansehen und seine Hingabe für seinen Beruf demonstrieren konnte, so ließ Wyndham sie wissen, daß er nur das Allerbeste zu bieten hatte.

Und um ehrlich zu sein, nach diesen drei recht spartanischen Monaten im Rose Cottage war das Allerbeste äußerst verlokkend. Das rote Kleid paßte ihr perfekt, und sie fand die Tatsache, daß es heimlich für sie angefertigt worden war, ziemlich verführerisch. Sie hatte zu Hause ein Paar hochhackige

Sandalen gefunden, und so war ihr Auftritt im Restaurant befriedigend dramatisch ausgefallen. Wyndham war ein höchst kultivierter Begleiter: Lydia sagte sich, daß eine kurze Affäre zu diesem Zeitpunkt ihres Lebens genau das war, was der Arzt verordnete. Nun, damit war kein Arzt im besonderen gemeint – und hier dachte sie mit Schuldgefühlen an ihren Brief an Gordon, in dem sie ihre Ehe beendete, und den sie endlich an diesem Nachmittag eingeworfen hatte.

Als sie später in die frostige Nachtluft auf den Parkplatz hinaustraten, schwankte sie kurz auf ihren hochhackigen Schuhen, so daß Wyndham behutsam nach ihrem Ellbogen griff, um sie abzustützen. Seit dem höflichen Begrüßungskuß war das beinahe der erste Köperkontakt, den sie hatten, und Lydia spürte, wie ihr ein aufgeregter Schauer über den Rücken lief.

Sie blieb stehen und wandte sich ihm zu. In seinen Augen lag ein Lächeln, so als verliefe der Abend ganz nach Plan, und Lydia verspürte den Drang, die Zügel in die Hand zu nehmen. »Nun«, fragte sie ihn, »ist es jetzt Zeit, einen Pepys zu machen?«

»Das hängt davon ab, was ein Pieps sein soll.«

»Das ist kein was, sondern ein wer.«

»Also dann eben wer.« Sein Lächeln wirkte nachsichtig, während er darauf wartete, daß sie es ihm erklärte.

»Unser unsterblicher Tagebuchschreiber natürlich«, erläuterte sie unbekümmert, »Samuel Pepys. ›Und nun zu Bett.‹«

Wyndham zögerte. »Sind Sie immer so direkt?« Zu ihrer Befriedigung sah sie kurz Verärgerung in seinem Gesicht aufleuchten.

»Nur wenn man mit mir flirtet. Außerdem, was haben Sie denn erwartet, wenn Sie mich als scharlachrote Frau kleiden?«

Er entspannte sich plötzlich und erinnerte sich an ihre Un-

terhaltung an jenem ersten Nachmittag in Balduins Zimmer.
»*Touché*«, erwiderte er sanft. »Ich wollte gerade vorschlagen, daß wir bei einem Glas Cognac die Farbmuster besprechen, aber das wäre bloß eine List gewesen, um Sie nach Haddeley Hall zu locken.«
»Dann sollten Sie mir dankbar dafür sein, daß ich Ihnen diese Mühe erspart habe, Wyndham.«
Wyndham war altmodisch genug, um in Herzensangelegenheiten Abkürzungen zu verabscheuen, und so überlegte er kurz, sie nach Rose Cottage zurückzubringen und ihr brüsk eine gute Nacht zu wünschen. Doch sie war den ganzen Abend so außergewöhnlich begehrenswert gewesen, und jetzt erst recht, da Regentröpfchen wie Perlen in ihrem dichten dunklen Haar hingen und auf ihrem Gesicht dieser eigentümliche, unvergeßliche Ausdruck lag, der von einem Moment zum anderen von Trotz in Verletzbarkeit umschlagen konnte. Er beschloß, ausnahmsweise einmal den Vorteil zu sehen, der in ihrer Direktheit lag. Er strich ihr leicht mit den Fingern über ihre Wange, dann beugte er sich vor und küßte sie.
»Es ist schon lange her, seit ich das letzte Mal mit jemandem auf einem Parkplatz geknutscht habe«, bemerkte er, als er sich wieder von ihr gelöst hatte. »Nun gut, Lydia, dann laß uns einen Pepys machen.«
Während sie sich geküßt hatten, hatte sein Fahrer, der in der Nähe stand, diskret in die andere Richtung geschaut; nun öffnete er die Tür, und Lydia stieg ein. Sie lehnte sich in die hellen Polster zurück. Wyndham saß schweigend neben ihr, und sie hatte das Gefühl im Luxus zu schwelgen. Als das Auto von der Straße abbog und langsam die Zufahrt nach Haddeley Hall hochfuhr, drehte Wyndham sich ihr kurz zu. Seine Stirn war leicht gerunzelt, so als wolle er etwas sagen, doch dann griff er lediglich nach ihrer Hand und hob sie an die Lippen. Dann hielt das Fahrzeug vor dem Haus, Wyndham sagte dem

Fahrer gute Nacht und führte Lydia in die Eingangshalle, wo Miguel sie bereits erwartete und ihren Mantel in Empfang nahm. Der Diener benahm sich tadellos, doch Lydia konnte jeder Faser seines Körpers die Mißbilligung ansehen, als er rasch, den Arm mit ihrem Mantel ein wenig von sich gestreckt, so als befürchte er, sich daran anzustecken, in den hinteren Teil des Hauses verschwand.
Wyndham wandte sich Lydia zu und sah sie wortlos an. Sie wartete und war sich plötzlich der Größe und der Stille des Hauses bewußt. Er hob seine Hand, berührte sehr sanft ihre bloße Schulter und ließ seine Finger ganz zart über ihre Schlüsselbeine gleiten, bevor seine Hand ihren Nacken liebkoste. Dann zog er sie an sich und küßte sie erneut lang und ausgiebig. Lydia fühlte, wie der kalte, harte Panzer ihrer Rekonvaleszenzzeit von ihr abfiel und ihr sinnlicher Kern, der schon viel zu lang verschüttet gewesen war, sich in warmem Verlangen entfaltete, als Wyndham sich plötzlich wieder zurückzog.
Seine Hände lagen auf ihren Schultern, und er sagte lächelnd: »Mein liebe Lydia. Zuerst möchte ich dir noch etwas zeigen.«
In Lydia flammte Ärger auf, doch sie hielt ihn zurück. Da sie ihm draußen vor dem Restaurant mit ihrem Vorschlag die Initiative entrissen hatte, taktierte er nun, um sie wieder zurückzugewinnen. Sie hatte nicht die Absicht, ihm die Sache leichtzumachen. Deshalb beschränkte sie ihre Antwort auf ein lässiges: »Was denn?«
Als Antwort führte er sie einen Flur entlang zu einer der Treppen an der Seite des Hauses. Sie gelangten zu einem Treppenabsatz, den sie seit ihrem ersten Besuch nie mehr gesehen hatte. Wyndham öffnete eine Tür, die in einen kleinen, achteckigen Raum führte, und von dort aus ging es eine enge Wendeltreppe hinauf. Als sie schließlich oben ankamen, zitterte Lydia: Zum einen wegen der Kälte, weil dieser Teil des

Hauses nicht geheizt wurde, zum anderen jedoch auch vor Aufregung. Dieser Aufstieg erschien ihr wie der Anfang einer Geschichte, die mit einer Suche begann. Oben auf dem Gipfel befand sich vielleicht ein Tor zu einer magischen Welt oder auch – und bei diesem Gedanken mußte sie kichern – Mrs. Wyndham Sale, die gar nicht tot, sondern verrückt war, und in ihrem einsamen Turmzimmer vor der Öffentlichkeit versteckt wurde.

»Du frierst ja«, stellte Wyndham fest, als sie einen kleinen Raum betraten. Er zog sein Jackett aus und legte es ihr um die Schultern.

»Ich wußte gar nicht, daß es hier noch ein Zimmer gibt.«

»Das ist ein Privatraum«, lautete seine einzige Erklärung.

Bis auf zwei Holzstühle und ein riesiges Teleskop, das nach oben gerichtet war, wo es durch eines der hohen Fenster zeigte, die den Turm völlig umschlossen, war der Raum ganz leer.

»Alexander Fletcher hat ihn vor etwa hundertfünfzig Jahren als Observatorium gebaut. Er war ein Amateurastronom von beachtlichem Ruf. Ich glaube, man hat sogar einen Kometen nach ihm benannt. Dieses Teleskop ist bis auf ein paar moderne Feinheiten beinahe identisch mit dem, das er damals benutzt hat. Es ist erst vor wenigen Wochen hier eingetroffen.« Wyndham beugte sich vor, um durch die Linse zu sehen. »Es ist im Moment auf die Plejaden gerichtet. Weißt du, welche das sind?«

Lydia ging zum Fenster hinüber und sah in den Nachthimmel hinauf. »Ich bin ein Stadtmensch«, erklärte sie ihm. »Vorbeifliegende Jets waren die einzigen Lichter, mit denen ich groß geworden bin.«

Als er ihr den Sternenhaufen gezeigt hatte, der auch mit bloßem Auge sichtbar war, sagte er: »Sie werden auch als Siebengestirn bezeichnet, benannt nach den sieben Töchtern des Atlas. Jetzt sieh sie dir an.«

Als sie den gleichen Punkt am Himmel durch das Teleskop betrachtete, war sie überrascht, nicht sieben, sondern Dutzende heller Sterne zu entdecken. »Was für eine Schande«, bemerkte sie leichthin. »Man wird sie umbenennen müssen. Ich wußte gar nicht, daß du auch Astrologe bist.«
Wyndham hatte sich ans Fenster gestellt. »Astronom«, korrigierte er sie, »ich kann nicht die Zukunft in den Sternen lesen. Ganz im Gegenteil.«
»Was siehst du denn?«
»Nur die Nichtigkeit und Sinnlosigkeit unserer Existenz. Viele dieser Sterne sind schon vor Jahren explodiert, doch ihr Licht erreicht uns erst jetzt. Es ist gut, daran erinnert zu werden, wie unbedeutend wir sind.«
»Wie düster.«
»Überhaupt nicht. Es ist befreiend.«
»Befreiend? Von was?«
Er antwortete nicht. Lydia beugte sich vor, um noch einmal durch die Linse zu sehen, und versuchte dann, das Teleskop auf einen anderen Teil des Himmels zu schwenken. »Es läßt sich nicht bewegen«, stellte sie fest.
»Doch, aber das ist ein hochkomplizierter Prozeß«, klärte Wyndham sie auf. »Man kann es nicht einfach herumschwenken wie ein Fernglas.«
»Ich würde gern noch einen anderen Stern sehen.«
»Ein andermal.«
Lydia richtete sich auf. Wyndham lehnte mit vor der Brust verschränkten Armen am Fensterbrett. Sie konnte sehen, daß er ohne sein Jackett nun die Kälte des kleinen Raumes zu spüren begann. Sie stellte sich neben ihn und blickte nach oben in den strahlenden Himmel und dann in den tiefschwarzen Park unter ihnen.
»Sollen wir wieder hinuntergehen?« fragte er.
»Es ist wunderschön hier oben«, sagte sie. »Aber ich frage

mich wirklich, warum du daran erinnert werden möchtest, wie unbedeutend wir sind.«
Er zitterte jetzt. »Weil dadurch der Augenblick um so kostbarer wird. Nicht, weil er etwas bedeutet, sondern weil er das einzige ist, was wir haben.«
»Ich finde es trotzdem deprimierend.«
»Nur, weil du es nicht verstanden hast«, sagte er und küßte sie. »So, das ist genug Sternenguckerei für einen Abend. Mir ist verdammt kalt. Du kannst ja hierbleiben, wenn du willst, aber ich gehe jetzt wieder runter und trinke einen Brandy.«
»Was für eine hervorragende Idee. Hier, nimm dein Jackett zurück. Ich habe gar nicht bemerkt, wie kalt dir ist.«
Auf dem Treppenabsatz blieb Wyndham stehen und meinte: »Es gibt Brandy im Eßzimmer oder in meinem Schlafzimmer. Was wäre dir lieber?«
»Die gleiche Sorte Brandy?«
Er nickte. »Grande Champagne. Der beste.«
»Oh, natürlich. Welches Zimmer ist das wärmere? Du zitterst ja immer noch.«
»Das Schlafzimmer.«
Es wurde nur von der roten Glut eines Holzfeuers erleuchtet, die in das Dunkel hinausstrahlte. Als Lydia eine Lampe einschalten wollte, hielt Wyndham sie zurück. »Nein, laß es so.« Sie erinnerte sich nun daran, daß dies das einzige Zimmer war, das noch vor Annabels Erkrankung renoviert worden war, und plötzlich war sie sich der schemenhaften Möbel und Bilder sehr bewußt. Wyndham legte ein paar Scheite nach und schenkte aus einer Karaffe auf einem kleinen Beistelltischchen zwei Gläser Brandy ein. Er reichte ihr eins mit den Worten: »Laß uns auf den jetzigen Augenblick trinken.«
»Darauf trinke ich gern.« Sie nippte an ihrem Brandy und stellte dann ihr Glas ab. »Gibt es sonst noch etwas, das du mir zeigen möchtest?« fragte sie ihn.

Er schüttelte den Kopf und betrachtete sie aufmerksam. Sie nahm ihm das Glas aus der Hand und stellte es neben ihres. »Dann küß mich«, forderte sie ihn auf.
Er beugte sich vor und berührte spielerisch ihren Mund. Lydia schlang ihre Arme um seinen Rücken, und ihr Lippen öffneten sich begehrlich, während sie darum rang, ihr Verlangen so lange zurückzuhalten, bis sie sich sicher war, daß er sich nicht wieder von ihr lösen würde. Als er sich schließlich bewegte, so nur, um seine Hose auszuziehen und ein Kondom überzustreifen. Lydia ging auf das Bett zu, doch er hielt sie zurück: »Nein, hier.« Dann zog er sie hinunter, so daß sie vor ihm kniete, schob die rote Seide über ihre Schenkel und rollte mit ihr auf den weichen Läufer. Er stieß so heftig in sie, daß es sie zugleich erschreckte und erregte, doch auch jetzt war sie noch so sehr darauf bedacht, sich ihm nicht sofort hinzugeben, daß sie von ihrer eigenen Lust überrascht wurde, als kämpfe sie nicht nur gegen seinen, sondern auch gegen ihren eigenen Körper an. Selbst jetzt war noch etwas Kämpferisches im Spiel; als sie spürte, daß er seinen Höhepunkt erreichte, rollte sie sich rasch über ihn, so daß sie auf ihm saß, als er kam, und die Wellen seiner Lust pulsierten durch sie wie die Antwort auf ihre eigene.
Einen Moment lang lag er überwältigt da, als schliefe er. Dann öffnete er die Augen, sah zu ihr auf und stützte sich schließlich auf die Ellbogen, um sie abzusetzen. Seine Hand glitt zum Saum ihres Kleides, doch bevor er die Seide wieder über ihre Beine zog, beugte er sich vor, um die nackte Haut über ihrem Hüftknochen zu küssen. Er umschlang sie einen Moment lang fest, stand auf und sah lächelnd auf sie hinunter: »Danke, Lydia.« Dann fügte er hinzu: »Komm, und nun zu Bett«, und führte sie zu dem Kissenberg auf dem riesigen Himmelbett.

FÜNFZEHNTES KAPITEL

Caro brach in Tränen aus.

»Ich kann es nicht wieder zurückbringen, weil ich es bereits zweimal getragen habe.« Bei diesen Worten schluchzte sie laut auf. »Und die Schuhe auch nicht. Oh, ich wußte doch, daß ich nicht soviel Geld ausgeben sollte, ich wußte es einfach!«

»Warum, zum Teufel, hast du es dann nicht gelassen?« Jim war weiß vor Wut und sah sich erneut entsetzt die Kreditkartenabrechnung an. »Und über hundert Pfund fürs Mittagessen. Wie schafft man es bloß, zu zweit über hundert Pfund fürs *Mittagessen* auszugeben?«

»Genau das habe ich auch gesagt! Ich habe ja meinen Augen nicht getraut, als ich die Rechnung gesehen habe. Dabei haben wir kaum etwas gegessen, es ist empörend!«

»Es interessiert mich nicht die Bohne, wieviel du gegessen hast, Caro, mich interessiert bloß, wieviel du dafür auf den Tisch geblättert hast!«

»Sie sollten wirklich die Preise an der Tür aushängen. Es ist nicht fair, die Leute so zu verführen. Das ist ja fast Erpressung.«

»Ach, Scheiße. Niemand hat dich gezwungen, da reinzugehen.«

»Ich wollte doch bloß etwas Besonderes mit Polly unternehmen«, schluchzte Caro, die es verletzte, daß Jim so aufgebracht war. »Ich sehe sie doch so selten.«

»Polly? Polly ist ein wandelndes Bündel Banknoten, sie muß nicht von dir eingeladen werden. Caro, wir können uns so etwas einfach nicht leisten!«

»Oh, ich weiß, daß alles mein Fehler ist. Ich bin ja so schlecht in Geldangelegenheiten. Es ist alles so gräßlich. Ich wünschte, ich wäre nie hingefahren.«

»Das geht mir nicht anders«, bestätigte Jim böse. »Aber da du es nun einmal getan hast, müssen wir jetzt auch dafür bezahlen. Und wie um alles in der Welt sollen wir das schaffen?« Jim hatte alles rasch im Kopf durchgerechnet. »Ist dir klar, daß du an einem halben Tag die Hälfte unseres Monatseinkommens auf den Kopf gehauen hast?«

»Tatsächlich?« Ihre feuchten Augen blickten aufrichtig erstaunt. »Ist das möglich?«

»Natürlich ist das möglich, verdammt noch mal, sieh es dir doch selbst an!«

»Nein, nein, ich glaube dir ja. Ich würde es nicht ertragen. Ich werde eben einfach nie mehr nach London fahren. London ist schuld daran. Ich werde mich eben einschränken.«

»Ja?« Jim war immer noch wütend. »Dann erklär mir doch bitte mal, wie du das anstellen willst!«

Caro haßte es, wenn Jim sie so kalt und herablassend behandelte, da war ihr ja seine Flucherei noch lieber. Fieberhaft überlegte sie, wie sie ihm beweisen konnte, daß es ihr mit dem Vorsatz, von nun an weniger auszugeben, völlig ernst war, aber da ihre Ausgaben, soweit sie sehen konnte, ohnehin schon auf das mindeste beschränkt waren, fiel ihr keine naheliegende Lösung ein. Einen Moment später sagte sie: »Ich weiß. Ich werde den Metro anstelle des Range Rovers benutzen. Du hast schließlich selbst gesagt, er wäre sehr sparsam.«

»Phantastisch. Das sollte etwa zehn Pfund im Monat einsparen. Was noch?«

»Und ... ach, ich weiß es nicht. Ich werde mir etwas einfallen lassen.«
»Aber momentan, meine liebe Caro, hast du dafür gesorgt, daß wir so richtig in der Scheiße stecken.«
»Hör auf, Jim, ich ertrage es nicht, wenn du so redest.«
»Dann hör verdammt noch mal auf zu heulen. Das hat noch nie ein Problem gelöst.«
»Ja, es tut mir leid. Ich versuche ja ... Ich weiß, Jim, ich werde mir einen Job in einem Pub suchen – oder sonst irgendwo. Es muß doch etwas geben, das ich tun kann. Wenn ich einen Job hätte –«
Jim stöhnte auf. Er konnte sich schlecht vorstellen, wie Caro sich tapfer hinter die Bar des *Bird in Hand* stellte und Bier zapfte. Außerdem befanden sie sich schon wieder auf ausgetretenen Pfaden: Als ihn die Erinnerung an die Hunderte von Malen überfiel, die er Caro schon dafür gescholten hatte, zuviel Geld ausgegeben zu haben, wurde er von Zorn und Hoffnungslosigkeit übermannt. Vor Jahren hatte sie sich nach einem besonders erbitterten Streit, der sich an Schlafzimmervorhängen entfacht hatte, eine Putzstelle bei der Frau eines seiner Kollegen gesucht. Sie hatte genau zwei Tage überstanden, ihre Schmach und Schande hatte jedoch zwei Monate vorgehalten.
Caro verbarg ihr Gesicht in den Händen, und ihre Schultern bebten. »Ich versuche doch nur zu helfen.«
Jim haßte es, Caro in einem solchen Zustand zu sehen. Es hatte etwas Vulgäres, wenn sich eine Frau ihrer Statur und ihres Alters wie ein Schulmädchen aufführte. Falls dieses Verhalten Mitleid provozieren sollte, war es definitiv kontraproduktiv. Da er plötzlich befürchtete, er könne in seinem Zorn etwas sagen, das er später bereuen würde, erhob er sich rasch. Er knallte den Abrechnungsbeleg auf den Tisch zwischen die Frühstücksreste – eines von Caros »richtigen« Frühstücken

mit verlorenen Eiern, frisch gepreßtem Orangensaft und Marmelade in einem Porzellangefäß – und blaffte: »Ich gehe raus. Vielleicht können wir ja vernünftig darüber reden, wenn ich wieder zurück bin. Natürlich nur, falls du je in der Lage sein solltest, auch nur etwas annähernd Vernünftiges zu tun.« Er knallte die Hintertür zu und schloß dadurch Caros unüberhörbares Schluchzen aus, wobei er nur knapp Bumpkins Schwanz verfehlte, weil sich der Hund, der sich keinen Spaziergang entgehen lassen wollte, hinter ihm hinausquetschte. Dann stapften Mann und Hund rasch los und schlugen, ohne weiter darüber nachzudenken, automatisch den Weg zu Rose Cottage ein.

Lydia erwachte kurz vor Sonnenaufgang, lag jedoch bereits allein im Bett. »Verdammt«, dachte sie, dabei hatte sie doch als erste aufstehen und sich mit einem, »danke, bis dann« verabschieden wollen. Sie war sich jetzt schon sicher, daß in der Sache mit Wyndham derjenige die Oberhand behalten würde, der sich am wenigsten einließ, und ihr Instinkt sagte ihr, daß die Oberhand ziemlich wichtig sein würde. Außerdem verlangte es sie nicht sonderlich danach, in ihrem scharlachroten Kleidchen und den Schnürsandalen im düsteren Eßzimmer ein Morgen-danach-Frühstück einzunehmen und sich dabei von dem anmaßenden Miguel bedienen zu lassen.
Sie setzte sich auf und strich sich das Haar aus dem Gesicht. Es war seltsam, in einem Raum aufzuwachen, der so offensichtlich einmal Annabels Schlafzimmer gewesen war. Sie hatte beinahe das Gefühl, Wyndham zur Untreue verführt zu haben, obwohl das einfach lächerlich war, weil seine Frau ja seit fast einem Jahr tot war. Alle offenkundigen Spuren von ihr, also Fotografien oder persönliche Gegenstände, waren beseitigt worden, doch Lydia konnte ihren Einfluß überall spüren – in der matten, geschmackvoll gemusterten Tapete, in den

Vorhängen und dem Teppich, die die zarten Pink- und Grüntöne kontrastierten, und in dem mit einem Zweigmuster verzierten Batistlaken, den elfenbeinfarbenen Lampenschirmen und den Aquarellen in den Samtrahmen. Sie erinnerte sich daran, was Wyndham darüber erzählt hatte, wie in seiner Ehe Entscheidungen getroffen worden waren. Dieser konventionell feminine Raum spiegelte vielleicht seinen Geschmack wider und nicht den seiner Frau. In diesem Fall mußte er grauenhaft finden, was sie mit Balduins Zimmer anstellte.
»Gut«, dachte Lydia ein wenig unlogisch, »das geschieht ihm ganz recht.« Doch in dem Gedanken lag kein Groll. An diesem Morgen war sie Wyndham recht wohlgesonnen, wenn sie ihm auch ein wenig mißtraute. Ihre Liebesnacht war eine Überraschung gewesen. Vielleicht hatten sich Gordon und sie während der fünf Jahre ihres Zusammenlebens zu sehr aneinander gewöhnt – jedenfalls hatte sie vergessen, wie aufregend es war, unbekanntes Terrain zu erforschen und sich selbst ganz neu zu erfahren. Außerdem war Wyndham ganz anders gewesen, als sie erwartet hatte. Noch ein Grund mehr, entschied sie, umgehend zu verschwinden.
Sie ging ins Badezimmer, wo sie duschte und sich in einen riesigen weißen Frotteebademantel einwickelte. Sie konnte sich nicht entscheiden, ob sie wieder ihr klatschmohnrotes Kleid anziehen oder lieber Wyndhams Kleiderschrank nach etwas Neutralerem durchforsten sollte. Noch bevor sie zu einem Entschluß gelangt war, hörte sie seine Stimme auf dem Flur. »Danke, Miguel, ich nehme das jetzt«, und dann trat er mit einem großen Tablett ein, auf dem zwei Kaffeetassen und Frühstück für eine Person standen. Er wirkte sauber, adrett und tatkräftig und sah aus, als wäre er bereits seit Stunden auf. »Ich habe die Dusche laufen hören«, meinte er, »und dachte, du würdest vielleicht lieber hier oben frühstücken.«
»Wie umsichtig von dir.«

»Natürlich. Entschuldige bitte, daß ich dich allein gelassen habe. Der Jetlag – ich bin schon seit fünf Uhr wach.« Er schenkte Kaffee ein und reichte ihr die Tasse.
»Du liebe Güte, wann schläfst du denn dann? Nur Kaffee, danke.« Die Hände um die Kaffeetasse geschlungen, wanderte sie zum Fenster hinüber, um den vertrauten Ausblick auf den Park und die Bäume zu genießen, hinter denen man gerade eben noch Raven's Beacon im Morgenlicht erkennen konnte. Die Perspektive war ein klein wenig anders als die aus Balduins Zimmer, doch sie liebte diesen Anblick bereits. Sie sagte: »Ich möchte gleich zum Rose Cottage zurückfahren. Außerdem hast du sicherlich viel zu tun.«
Wyndham stellte sich neben sie. Er war ein paar Zentimeter größer als sie, und das erbarmungslose Morgenlicht betonte die kleinen Fältchen in seinem Gesicht ... doch selbst unter diesen Bedingungen war sein blasses, leicht flächiges Gesicht mit den feinen Gesichtszügen immer noch attraktiv. »Seine Mutter war wahrscheinlich sehr schön«, dachte sie, und doch hatte er nichts Weibisches an sich. Ganz im Gegenteil. Dann fügte sie hinzu: »Ich kann fühlen, wie ich mich mit jedem Augenblick mehr in eine graue Maus verwandle.«
»In Ordnung«, meinte er leichthin. »Ich werde dich fahren.«
»Danke. Meine Sandalen sind nämlich zum Wandern nicht besonders gut geeignet.«
Wyndham sah auf ihre nackten Füße hinunter und erkundigte sich: »Warum hast du eigentlich knallgrüne Fußnägel?«
»Das sind Designerfarben, Wyndham, die sind der letzte Schrei. So wie deine Wände es sein werden.«
»Sie sehen widerwärtig aus.«
»Vergangene Nacht hast du dich nicht über sie beschwert.«
»Nein.« Er zögerte, und sein Blick war nicht mehr auf ihre Füße, sondern auf die Haut über den Revers gerichtet, die knapp über ihrer Brust aufeinandertrafen. Dann sagte er glatt:

»An der letzten Nacht, meine liebe Lydia, gab es absolut nichts auszusetzen. Vergangene Nacht war ... etwas Besonderes.«
»Ich bin entzückt, das zu hören.«
»Und du?«
»Natürlich. Keine Beschwerden. Absolut keine.«
»Gut.«
Er legte seine Hände um ihre Taille und küßte sie. Sie war sich sicher, daß dies als höflicher Dankeskuß gedacht war, nichts Leidenschaftliches oder Romantisches, und so erwiderte sie rasch seinen Kuß. Er zog sich zurück, sah sie einen Moment lang aufmerksam an und schien dann etwas sagen zu wollen. Statt dessen lockerte er den Gürtel ihres Bademantels, ließ seine Hände über die warme Haut unter ihren Brüsten gleiten, und küßte sie erneut, diesmal wesentlich leidenschaftlicher. Die Art und Weise, wie sich sein kontrollierter Gesichtsausdruck von einem Moment auf den anderen auflösen konnte, war nur eine der Eigenschaften, die Wyndham so attraktiv machten.
Lydia trat zurück. »Ich werde mich anziehen«, lächelte sie ihm zu. »Gib mir fünf Minuten.«
Einen flüchtigen Augenblick lang war er wieder sehr distanziert. Lydia spürte, daß es ihm mißfallen hätte, wenn er sich gestattet hätte, sich von seinem Tagesplan, wie immer der auch aussehen mochte, ablenken zu lassen. Er erwiderte ihr Lächeln kühl. »Ich werde unten auf dich warten.«

»Arnold ist echt okay, Sooz, mal abgesehen von seinem sonderbaren Sinn für Humor. Manchmal kann er richtig eklig sein.«
»Ja?«
»Ja. Zum Beispiel schüttet er den Leuten was in ihr Glas. Solche komischen Scherze halt.«
»Damit sie betrunken werden?«

»Das schlimmste war, als er Acid in die Limo von einem Jungen gekippt hat – der ist richtig ausgeflippt. Er ist auf die Intensivstation gekommen, und anschließend mußten sie ihn in die Klapse stecken. Es ist nämlich schlimmer, wenn man nicht darauf vorbereitet ist, weißt du. Es war ziemlich unheimlich, und die Polizei hat alle endlos schikaniert.«

»Hat Arnold Ärger bekommen?«

»Er hatte einen ziemlichen Schock, aber niemand hat ihn verpfiffen. Nach einer Weile hat er sogar damit angegeben. Wie ich schon sagte, er hat ein paar seltsame Eigenschaften. Aber er kann schon lustig sein, und er hat eine tolle EC-Karte, was mehr ist, als man von den meisten Kerlen behaupten kann, die ich kenne. Sein Vater ist irgendein berühmter Schauspieler, ich glaube so ein Polizeiheld in einer Fernsehserie. Arnold sieht ihn nicht oft, aber er bekommt riesig viel Taschengeld. Also ich glaube ja, daß Arnold einen Komplex hat, weil die Mädchen nicht besonders scharf auf ihn sind. Er hat nicht gerade viel Sex-Appeal.«

»Oh.« Suzie hielt das für eine echte Untertreibung, war jedoch zu gutherzig, um es auszusprechen. Ruperts Freund Arnold hatte einen viel zu großen, avocadoförmigen Kopf und ein trauriges, herunterhängendes Hundegesicht. Sie blickte auf ihren Becher Pulverkaffee hinunter, dessen blasse, graubraune Oberfläche sie bedrohlich anglitzerte. Sie und Mina saßen an dem Kieferntisch in der Küche im Erdgeschoß. Rupert und wahrscheinlich mehrere andere Leute – Suzie hatte am Abend zuvor irgendwann den Überblick über das Kommen und Gehen verloren – schliefen irgendwo oben. Sie schob ihren Becher unberührt beiseite. Sie war sehr hungrig: Bis auf die Kuchenreste und ein paar Tassen Tee am vergangenen Abend hatte sie nichts zu sich genommen.

»Was meinst du, Mina«, sagte sie beiläufig, »warum gehen wir nicht in die Stadt und sehen uns die Geschäfte an?«

»Wenn du willst.« Mina klang nicht gerade begeistert.
»Wir könnten ja auch irgendwo ein Sandwich essen und eine Tasse Kaffee trinken«, fügte Suzie hinzu, und weil sie befürchtete, ihr Motiv für diesen Vorschlag wäre vielleicht allzu offensichtlich, sagte sie rasch: »In Briarswood vermißt man die Cafés.«
»Okay, aber es wird auf deine Rechnung gehen müssen. Ich bin völlig blank, bis Jean nach Hause kommt«, bei diesen Worten runzelte Mina die Stirn, »– und danach wahrscheinlich auch.«
»Geht schon in Ordnung, ich habe ja mein Ferientaschengeld. Wenn du magst, könnte ich auch ein paar Lebensmittel einkaufen.«
»Toll.« Minas Laune besserte sich. »Und da gibt es einen großartigen Nagellack, den ich gerne hätte.«
»Aber du hast doch kein Geld.«
»Wir klauen ihn einfach. Nagellack ist ganz einfach zu klauen. Ich kann dir auch welchen besorgen, wenn du willst.«
Suzie war sich nicht sicher, was sie von der ganzen Sache halten sollte.

Aus irgendeinem Grund war Lydia nach dem extravaganten Mahl im Mulberry Tree und dem Stückchen Croissant, das sie nach dem Aufwachen verzehrt hatte, richtig hungrig. Sobald Wyndham sie beim Rose Cottage abgesetzt hatte – er hatte nicht so gewirkt, als wolle er mit hineinkommen, und sie hatte ihn auch nicht gebeten –, hatte sie sich einen dicken Pulli übergeworfen und sich eine Kanne Tee und einige Scheiben Toast gemacht. Gerade als sie sich setzen wollte, um es sich gemütlich zu machen, traf Jim ein. Sie holte einen zweiten Becher und bat ihn, sich doch an den wackeligen Wohnzimmertisch zu setzen. Er sah aus, als wolle er am liebsten auf und ab tigern, und sie hatte keine Lust, sich ihr Früh-

stück durch sein mißmutiges Umhergelaufe verderben zu lassen.
»Habe ich irgend etwas falsch gemacht?« erkundigte sie sich, als er sie über den Toast hinweg grimmig anstarrte.
»Nicht daß ich wüßte, warum?«
»Du siehst ungefähr so fröhlich aus wie der Sensenmann.«
»Tut mir leid.« Er versuchte einigermaßen erfolglos, seinen Gesichtsausdruck zu verändern. »Ich habe finanzielle Sorgen.«
»Ach so. Dann behalte sie bitte für dich.« Sie ahmte Oscar Wildes Stimme nach und sagte leichthin: »Ich kann Sorgen nicht ausstehen, vor allem keine finanziellen an einem Montagmorgen.«
»Hm.« Er bedachte ihren Toast mit einem bösen Blick.
»Kennst du den mit der Schauspielerin und dem Stachelschwein?«
»Wie bitte?«
Lydia seufzte. Jim sah nicht so aus, als würde er sich durch Witze von seinen Problemen ablenken lassen. Zuerst Suzie mit dem Brennholz und jetzt Jim mit seinen Geldsorgen: Was hatte es nur mit alleinstehenden, arbeitslosen Frauen auf sich, daß sie Montagmorgens eine dermaßen große Anziehungskraft auf unglückliche Menschen ausübten?
»So schlimm, hm?«
»Es ist schon schlimm genug, weil ich jetzt eine niedrige Pension beziehe. Und es besteht keine Aussicht auf zusätzliche Einkünfte.«
Lydia sagte nichts.
»Mein Gott, am meisten deprimiert mich, daß es so ein verdammtes Klischee ist«, fuhr Jim fort. »Das Familienoberhaupt spricht bei Eintreffen der beschissenen Kreditkartenabrechnung regelmäßig ein Machtwort. Manchmal fühle ich mich wie die Karikatur des strengen viktorianischen Ehemanns.«

Lydia sagte immer noch keinen Ton.
»Aber ich glaube wirklich, daß Caro uns eines Tages in den Ruin treiben wird.«
Da Jim nun seine Frau ins Spiel gebracht hatte, erkundigte sich Lydia: »Können ihre Eltern euch denn nicht aushelfen?«
»Von wegen. George hat mir vor Jahren, von Mann zu Mann natürlich, bei ein paar Gin Tonics erklärt, daß er meine Position im Haushalt nie unterminieren würde, indem er sich einmischte. Was selbstverständlich bloß heißen sollte, daß er mir unter keinen Umständen je finanziell aushelfen würde.«
»Kann Caro ihnen die Lage denn nicht erklären?«
»Sie hat sie ein paarmal um Hilfe gebeten, und Twinks hat ihr einmal fünfzig Pfund gegeben. Und letztes Jahr hat uns George dann die Lodge angeboten, was wirklich nett von ihm war. Aber für Caro ist es natürlich eine besonders große Enttäuschung, in ihr Elternhaus zurückkehren zu müssen.«
»Es ist doch wahrscheinlich nur vorübergehend, sie wird doch irgendwann sehr wohlhabend sein.«
»Ihr Bruder William erbt das Ganze. Natürlich werden wir in der Lodge bleiben können.«
»Für mich klingt das aber verdammt unfair. Die arme Caro.«
Urplötzlich war Jims Zorn verpufft. Es schämte sich dafür, sich vor Lydia über Caro beschwert und darüber hinaus auch noch Caro zum Weinen gebracht zu haben, was völlig überflüssig gewesen war, da sich dadurch doch nichts änderte. Vor allem beschämte es ihn, Caro nicht so ein Einkommen bieten zu können, das ihr einen gelegentlichen Ausrutscher gestattet hätte. Er mußte sich bloß die Freunde ihres Bruders William ansehen, um zu wissen, daß George und Twinks einen Schwiegersohn mit ganz anderen Karriereaussichten erwartet hatten und nicht so einen mittellosen Aushilfsdozenten an einer jungen Universität, der keinerlei Familienerbe im Rücken hatte.
Lydia beobachtete Jim, während sie ihre zweite Scheibe Toast

mit Erdnußbutter aß. Plötzlich verstand sie, wie sehr ihn diese finanziellen Ängste plagten. Sein Zorn legte sich nun, und sie spürte, wie sehr es ihn erniedrigte, bereits im Pensionsalter zu sein und immer noch nicht für ein angemessenes Haushaltsbudget sorgen zu können.
Sie sagte: »Ich hätte ja gedacht, daß dir die Universität eine ordentliche Pension zahlen würde.«
»Das hängt davon ab, was du als ordentlich bezeichnen würdest. Es reicht jedenfalls nicht für Caros zügellose Einkaufstrips mit Polly. Ach, zum Teufel damit, ich werde einfach eine Bank ausrauben.«
»Ja, tolle Idee. Ich kann schon genau vor mir sehen, wie Caro vor dem Knast darauf wartet, dich besuchen zu dürfen.«
»Immer noch besser, als wenn sie sich einen Job als Barfrau sucht.«
»Das hat sie vor?«
»Sie hat etwas in der Art geäußert.« Jim merkte, daß er gar nicht mehr über Caro sprechen wollte. Er spendierte Bumpkin eine Toastrinde und meinte: »Ach, egal, es wird schon werden. Wie geht's dir denn?«
»Mir? Mir geht's gut. Sehr gut sogar.« Lydia war aufgestanden, um die Teekanne mit heißem Wasser aufzufüllen.
Jim lugte um die Tischkante herum und bemerkte: »Hübscher Rock. Und Sandalen. Ist ja nicht gerade der Jahreszeit angemessen.«
»Ich war gestern aus.«
»Oh.«
»Mit Wyndham.«
Jim versuchte die Tatsache zu verarbeiten, daß sie immer noch die Kleidung vom Vorabend trug, und Lydia, die sein Gesicht beobachtete, setzte sich wieder und erläuterte mit einem unerwarteten Lächeln: »Um genau zu sein, Wyndham hat mich erst kurz vor deiner Ankunft hier abgesetzt.«

»Oh.« Jim schwieg und bemerkte dann recht steif: »Ich hoffe, du hast dich gut amüsiert.«
»O ja, das habe ich. Danke der Nachfrage, Jim.«
»Mir war gar nicht bewußt, daß du so eng mit ihm befreundet bist.«
»War ich auch nicht. Er ist erst gestern aus dem Fernen Osten zurückgekehrt.«
»Dann ist unser Mr. Sale ja ein ganz schneller.«
»Sogar ziemlich stürmisch. Er hat mir auf seiner Reise dieses Kleid anfertigen lassen. Es paßt perfekt, sieh mal.« Sie stand erneut auf und hob den Pulli hoch. Die Arme über den Kopf gehoben, drehte sie sich langsam. »Er besitzt überall Seidenfabriken, und jetzt erweitern sie und bringen ihre eigene Kollektion heraus. Designerzeug.« Ihre Stimme drang gedämpft unter der Wolle hervor.
»Sehr schön, Lydia, du kannst dich jetzt wieder setzen.«
»Du magst ihn nicht, stimmt's?«
»Nicht besonders. Und du?«
»Ich weiß nicht.« Lydia ließ sich die Frage einen Moment durch den Kopf gehen, bevor sie gedehnt antwortete: »Ich bin gern mit ihm zusammen, zumindest für eine Weile. Ich würde nicht sagen, daß ich ihm besonders vertraue.«
»Ich habe gedacht, das wäre dir wichtig. Vertrauen.«
Lydia lächelte, als sie hörte, wie verstimmt er klang. Dann meinte sie: »Was mir in bezug auf Wyndham Sorgen macht, ist die Tatsache, daß ich beginne, all diese blöden Spielchen zu spielen. Ich habe so ein Verhalten immer verabscheut und seit meiner Teenagerzeit nicht mehr praktiziert, aber das Seltsame daran ist, daß ich es bei Wyndham irgendwie genieße.«
»Spielchen? Was für Spielchen?«
»Ach, du weißt schon, man versucht zu agieren, bevor der andere es tut, man bemüht sich, immer einen Schritt voraus zu sein. Man tut so, als wäre man nur schwer zu erobern.«

»So wie es sich anhört, kann es ja nicht allzu schwierig gewesen sein.«
Diesmal merkte sogar Jim, wie beleidigt er klang, und mußte, als er Lydias Belustigung bemerkte, ebenfalls grinsen.
Sie legte ihre Hand auf seine. »Mein lieber alter Jim, ich glaube, du bist eifersüchtig.«
»Jetzt nenn mich nicht lieber alter Jim, ich habe schon genug um die Ohren, ohne auch noch von dir wie ein tatteriges Fossil behandelt zu werden. Und natürlich bin ich eifersüchtig, verdammt noch mal. Ich glaube kaum, daß dein Mr. Sale jedesmal einen Herzinfarkt bekommt, wenn er seine Kontoauszüge sieht.«
»Ich schätze, er wird andere Dinge finden, um die er sich sorgen kann.«
»Gut. Auf daß er Magengeschwüre bekomme.« Jim zog seine Hand unter ihrer weg und erhob sich. »Doch bis es soweit ist, sollte ich wohl erst mal nach Hause gehen und einen weiteren Finanzplan ausarbeiten, an den sie sich wahrscheinlich gerade mal sechs Wochen halten wird. Wahrscheinlich sogar noch kürzer, wo doch Weihnachten vor der Tür steht. Was hast du denn heute vor?«
»Ich weiß nicht. Ich denke, ich werde mit der Renovierung in Haddeley Hall ein paar Tage aussetzen, und da Herbstferien sind, fällt auch die Lesenachhilfe aus. Vielleicht gehe ich ins Tal runter. Komm doch mit, dann kannst du sie mal persönlich kennenlernen.«
»Nein, danke. Warum willst du überhaupt dort hingehen?«
»Weil mir danach ist. Nach all dem Luxus im Mulberry Tree und in Haddeley Hall ist mir eine schöne Tasse Tee mit Hopi und ihren Freunden sehr willkommen.«
»Das ist doch nichts weiter als Slumtourismus«, stellte Jim voller Überzeugung fest.
»Man kann dir aber auch wirklich nichts rechtmachen, Jim.

Meine reichen Freunde magst du nicht und meine armen auch nicht. Was soll ich denn tun? Soll ich etwa den ganzen Tag hier herumsitzen und darauf warten, daß ich einmal im Monat zusammen mit dir und Caro zum Dinner eingeladen werde?«

»Na, zumindest Caro wird sich freuen. Das war mal einer ihrer erfolgreicheren Verkuppelungsversuche.«

»Tja, sag ihr, sie solle sich noch nicht zu früh freuen. Es ist wahrscheinlich nur eine kurze Affäre.«

»Glaubst du?« Und bei dieser Aussicht sah Jim, zum ersten Mal an diesem Morgen, tatsächlich fröhlich aus.

Am späten Nachmittag des gleichen Tages wußte Suzie immer noch nicht, was sie davon halten sollte. Sie war schon so lange Mina ergeben gefolgt, daß es einer immensen geistigen Anstrengung bedurfte, sie jetzt kritisch zu betrachten. Außerdem machte es durchaus Spaß, ohne Fahrschein von einem fahrenden Bus zu springen und dann in eine Seitenstraße zu rennen, während der Fahrer hinter einem her brüllte. Sie mußte auch zugeben, daß sie die Geschicklichkeit bewunderte, mit der Mina die Finger an den Lippenstift- und Nagellackreihen entlanggleiten ließ und dann genau den fand, den sie haben wollte, während sie gleichzeitig so aussah, als wäre ihre Aufmerksamkeit auf etwas völlig anderes gerichtet, wobei Suzie wußte, daß sie eigentlich nach Verkäufern und Kaufhausdetektiven Ausschau hielt. Doch als Mina vorschlug, daß sie das Café, in dem sie eine Tasse Kaffee und eine Folienkartoffel zu sich genommen hatten, ohne zu zahlen verlassen sollten, weil die Kellnerin gerade mit der Espressomaschine beschäftigt war und es also nicht bemerken würde, hatte Suzie nein gesagt und gemeint, daß das schon in Ordnung ginge und es ihr nichts ausmache zu bezahlen, und hatte dann, wie zur Entschädigung, ein großzügiges Trinkgeld zurückgelassen.

Und als Mina ihr ein paar Lidschatten anbot und meinte, sie hätte noch reichlich zu Hause, tat Suzie so, als wären das nicht ihre Farben. Es hätte schrecklich spießig gewirkt, wenn sie gesagt hätte, daß sie dieses Verhalten mißbilligte, doch sie wußte, daß sie mit Diebesgut nichts zu tun haben wollte – und selbst das erwies sich als schwierig.
Auf dem Heimweg machten sie in einem kleinen Supermarkt halt. Suzie kaufte ein paar vernünftige Sachen wie Milch, Eier, Brot und Käse, doch als sie nach draußen kamen, stellte sie erschrocken fest, daß Mina mehrere Schokoriegel und eine Packung Sahnemilchreis hinzugefügt hatte, die sie nicht bezahlt hatten.
Auf dem gesamten Heimweg war Suzie in schrecklicher Panik, weil sie erwartete, daß jeden Moment die schwere Hand des Gesetzes auf ihre Schulter niedergehen würde. Mina dagegen jubelte.

Caro gestatte es sich nicht, lange weiterzuweinen, nachdem Jim aus dem Haus gepoltert war. Es konnte ja jemand an der Tür klingeln, und sie wollte nun wirklich nicht mit verquollenen Augen und rotem Gesicht angetroffen werden. Außerdem wußte sie, daß Jim guten Grund hatte, wütend zu sein, und sie wollte einen wohldurchdachten Plan ausgearbeitet haben, wenn er zurückkam, damit sie sich gemeinsam hinsetzen und ein klärendes Gespräch führen konnten, wie schon so häufig in der Vergangenheit. Deshalb ging sie ins Badezimmer hinauf, wusch sich das Gesicht, schminkte sich neu und merkte, wie sie ruhiger wurde.
Doch die ganze Zeit über wurde sie von einem Gefühl der Mutlosigkeit geplagt. Nicht daß sie Jim auch nur einen Moment lang Vorwürfe machte, denn sie wußte ja, daß es allein ihr Fehler war, aber es war doch irgendwie schrecklich unfair, daß sie selbst in diesem Alter immer noch keinen sorglosen

Tag mit ihrer ältesten Tochter verbringen konnte, ohne sich am Ende wie eine Kriminelle zu fühlen. Die Straßen Londons waren voller Menschen wie sie und Polly, nur daß sie frei von diesen albernen Geldsorgen zu sein schienen. Natürlich hätte sie dieses auberginefarbene Kleid nie kaufen sollen, auch wenn es für die Qualität erstaunlich preiswert gewesen war, insbesondere wenn man bedachte, wie perfekt es saß. Aber damit hatte alles angefangen, das sah sie jetzt ganz klar: Danach waren die Schuhe und der passende Seidenschal hinzugekommen, und dann hatte sie es nur gerecht gefunden, wo sie eine so enorme Summe für sich selbst ausgegeben hatte, auch Polly ein kleines Geschenk zu machen. Außerdem hatte sie doch unmöglich ohne eine Aufmerksamkeit für Jim und Suzie nach Briarswood zurückkehren können. Doch offensichtlich hatte sich das alles fürchterlich summiert. Es erschien ihr nur so schrecklich unfair.
Manchmal verspürte Caro einen Hauch von Bitterkeit gegenüber der Universität, der Jims unglaubliches Talent völlig entgangen war. Noch häufiger machte sie sich selbst Vorwürfe, weil sie so gar nicht mit Geld umgehen konnte, doch meist war ihr Gefühl der Ungerechtigkeit beliebig und recht unspezifisch. »Es« war nicht fair – doch sie hatte sich nie die Zeit genommen, zu analysieren, wer oder was »es« war.
In der Vergangenheit hatte sie sich in ähnlichen Krisenmomenten in die unterschiedlichsten Geschäftsideen gestürzt, die letztlich immer mehr gekostet als eingebracht hatten. Sie wußte aus bitterer Erfahrung, daß sie ihr Einkommen nicht durch das Restaurieren alten Porzellans, als freie Journalistin oder durch die Aufnahme ausländischer Studenten aufbessern konnte. Doch jetzt hatten sich ihre Lebensumstände geändert: Zum ersten Mal seit beinahe fünfunddreißig Jahren konnte sie in Betracht ziehen, eine Arbeit außerhalb des Hauses anzunehmen. Suzie wurde im nächsten Jahr sechzehn, Jim

war meist zu Hause, und sie würde die Hausarbeit eben irgendwie dazwischenschieben müssen. Blieb bloß die Frage: Was für einen Job? Vor ihrer Ehe hatte sie kurzzeitig und nur bedingt erfolgreich als Sekretärin gearbeitet. Heutzutage waren ihre Kenntnisse natürlich völlig überholt, aber sie war sich sicher, daß es Kurse gab, die einen auf den neuesten Stand brachten. Sie würde natürlich einen Computer zum Üben brauchen ...

Nein. Definitiv nein. Kein Computer. Sie wies sich streng zurecht. Sie war fest entschlossen, diesmal nicht einen Pfennig auszugeben, denn schließlich war es ihr Ziel, Geld zu verdienen und nicht, welches auszugeben. Sie würde eben auf Jims Computer üben müssen, wenn er ihn gerade nicht brauchte. Sie könnte ja Arzthelferin werden oder in einem Büro arbeiten. Vielleicht könnte sie auch zu Hause für andere Leute Manuskripte abtippen.

Sie hörte, wie sich die Hintertür öffnete und wieder schloß, und dann sprang Bumpkin mit seinen dreckigen Pfoten durch die Küche. Sie bemerkte es kaum.

»Bist du das, Schatz? Ich habe nachgedacht.«

»Ich auch.«

Er trat in die Küche, und Caro schämte sich, daß er wegen ihr so müde und verhärmt aussah, doch zum Glück schien er nicht mehr wütend zu sein.

»Es tut mir leid wegen des Streits«, meinte er.

»Es war meine Schuld«, korrigierte Caro ihn. »Du warst zu Recht böse.« Nervös legte sie ihm die Hände auf die Schultern, und nach einem winzigen Zögern beugte er sich vor und drückte sie kurz an sich. »Setz dich, ich koche uns einen Kaffee. Ich habe eine Idee.«

»Ja?« Jim setzte sich an den Tisch und war bereit, ihr zuzuhören, auch wenn er keine große Hoffnung hegte, daß viel dabei herauskommen würde.

»Ja«, fuhr Caro fort, »ich glaube, du wirst überrascht sein.« Sie war mittlerweile eigentlich ganz gut gelaunt. Die Gespräche, die sie nach einem Streit am Küchentisch führten, waren oftmals ihre besten. Sie führten ihr immer wieder vor Augen, wie stark doch ihr Zusammenhalt war. Gelegentlich hatten diese Gespräche sogar in einem nachmittäglichen Abstecher ins Schlafzimmer geendet, auch wenn es, Jims Aussehen nach zu urteilen, heute keiner dieser Tage werden würde.
»Ich möchte nicht soviel Kaffee«, sagte Jim, »ich hatte schon … ach was, mach ruhig.« Er hatte plötzlich Schuldgefühle wegen seines Besuchs im Rose Cottage, nicht wegen der Sache an sich, sondern weil er sich bei Lydia über Caro beklagt hatte. Es regte ihn auf, daß das Bewußtsein seiner Untreue in ihm ein unangenehm zärtliches Gefühl für seine Frau verursachte, doch er hörte ihren Plan, sich Computerkenntnisse anzueignen, ruhig und aufmerksam an. Ihren Worten war deutlich zu entnehmen, wie ernst ihr damit war, diesen Plan durchzusetzen, und er konnte ihre Hoffnung einfach nicht im Keim ersticken, weshalb er seine Zweifel für sich behielt.
Vor Jahren, bevor Suzie auf die Welt gekommen war, hatte er sich gefragt, wie das Leben wohl wäre, wenn er eine Partnerin hätte, mit der er sich gleichberechtigt unterhalten könnte. Eine Frau, die die Feinheiten der Agrarpolitik des achtzehnten Jahrhunderts verstand oder sogar die politischen Reibereien an seiner Fakultät. Doch mittlerweile fand er bereits die bloße Vorstellung beunruhigend, zumal Caro stets so loyal war. Sie hatte nie auch nur angedeutet, daß sie vielleicht glücklicher gewesen wäre, wenn sie einen wohlhabenderen Mann geheiratet hätte.

SECHZEHNTES KAPITEL

Malcolm schob die Metalltruhe beiseite, so daß sie genau vor Sauls Matratzenende stand, dann hockte er sich auf die Fersen und kratzte sich am Kopf. Er steckte in einer Zwickmühle: Er konnte sich nicht entscheiden, ob er das Bücherregal links oder rechts des Schrankes aufstellen sollte. Irgendwie schien es nirgendwo richtig zu stehen. Ihm war durchaus bewußt, daß das grundlegende Problem darin bestand, daß es im Wagen einfach nicht genügend Platz gab. Während des Sommers war es gerade noch so gegangen, weil er, Kate und Saul die meiste Zeit draußen verbracht hatten, und Malcolm hatte angenommen, daß Kates Auszug zumindest den Vorteil hätte, daß er und Saul dann mehr Platz hatten. Doch da hatte Hopi ihnen auch noch nicht ihren Fernseher geschenkt, Saul hatte noch kein Spielzeug gesammelt oder Schuluniformen und Bilder mit nach Hause gebracht, und Mal hatte auch noch nicht den alten Schulschreibtisch samt Stuhl aus dem Gebrauchtmöbelladen mitgebracht, in dem Hopi ihre Nähmaschine gefunden hatte. Obwohl der Wagen so vollgestopft war, strahlte er nun eine gemütliche, anheimelnde Atmosphäre aus, die er zu Kates Zeiten nie besessen hatte. Die Wand über Sauls Bett war mit Bildern dekoriert, die er in der Schule gemacht hatte: die üblichen Blättercollagen, ein paar Kartoffeldrucke sowie Mals Lieblingswerk, eine Zeichnung mit dem Titel »Mein Haus«. Saul hatte diese Herausforderung gemeistert, indem er ein absolut traditionelles,

rechtwinkliges Haus mit jeweils einem Fenster rechts und links der Haustür, einem Steildach, Kamin und einem Gartenweg gemalt hatte. Darüber hinaus besaß sein Haus jedoch auch noch vier Räder. Mal hielt dies für einen hervorragenden Kompromiß zwischen Konformität und Realismus.
Als Lydia zu ihm stieß, hatte er das Bücherregal rechts des Schrankes aufgestellt und wollte es gerade zum dritten Mal auf die linke Seite schieben, weshalb er sich aufrichtig über die Unterbrechung freute.
»Was hältst du davon?« wollte er von ihr wissen.
»Ich glaube, daß du einen größeren Wagen brauchst«, antwortete Lydia. Sie saß auf Sauls winzigem Stuhl. »Einen größeren Laster mit Platz für Erwachsenenstühle. Ich fühle mich wie Alice im Wunderland.«
Mal grinste. »Na ja, ich habe kein Interesse daran, die gesellschaftliche Leiter hinaufzuklettern. Ein größerer Laster klingt mir ziemlich materialistisch.«
»Oh, ich habe nichts gegen Materialismus«, meinte Lydia, fügte dann jedoch wehmütig hinzu, »anscheinend habe ich bloß noch nicht rausgefunden, wie's funktioniert. Wo ist denn Saul?«
»Er ist mit Hopi losgezogen, um einen Kürbis zu besorgen. Es gibt welche im Laden. Im Moment ist er eine richtige Plage, weil er sich mindestens zehnmal am Tag darüber beschwert, daß er nicht zur Schule gehen kann.«
»Ann Robertson ist ganz begeistert darüber, wie gut er sich eingewöhnt hat.«
»Wie steht's denn mit den anderen Kindern?«
»Er hat immer noch nicht viel Kontakt zu ihnen, aber seit er seine Uniform hat, sticht er weniger heraus.«
»Komisch, nicht?« bemerkte Mal. »Ich hätte nie gedacht, daß ich Schuluniformen einmal gutheißen würde, aber in Sauls Fall ist das irgendwie demokratischer.«

Mal drehte sich gerade eine Zigarette. Lydia fiel zum ersten Mal auf, wie schön seine Hände mit den langen, schmal zulaufenden Fingern und den ovalen Fingernägeln waren. Wie Sauls, nur in Erwachsenengröße. Sensible Hände. Sie betrachtete sein Gesicht prüfend, die dünne Nase, die tiefliegenden Augen und seine vollen Lippen, die er jetzt leicht zusammengepreßt hatte, weil er sich konzentrierte. Auf einmal fand sie es seltsam, daß ihr nie zuvor aufgefallen war, wie attraktiv Mal unter seinem zotteligen Haar, dem ungleichmäßigen Bart und den mehrlagigen, ausgefransten Pullovern war. Er entsprach viel mehr dem Typ Mann, von dem sie sich früher angezogen gefühlt hatte, als der glatte, rosig-braune Wyndham. Lydia fragte sich, wie Mal wohl aussehen würde, wenn er der Besitzer von Haddeley Hall wäre. Es war überraschend einfach, sich ihn in einem teuren Anzug und einem maßgeschneiderten Hemd vorzustellen, aus dem seine wohlgeformten Hände hervorlugten. Ein annehmbarer Haarschnitt und ein zurechtgestutzter Bart, und Mal würde eine eindrucksvolle Figur abgeben, daran bestand kein Zweifel. Sie stellte sich vor, wie er sie in dem silbernen Auto abholte und zum Mulberry Tree fuhr, wo die Kellner sofort zu ihnen eilten. Sie malte sich aus, wie Twinks ihm ein Glas Sherry anbot. »Es ist ja so angenehm, freundliche Nachbarn zu haben«, würde sie vielleicht sagen.

Mal blickte, sich plötzlich ihres prüfenden Blickes bewußt, auf. Seine Augen schienen dunkler zu werden, als er zumindest einen Teil ihrer Gedanken von ihrem Gesicht ablas. Er bewegte sich leicht. »Willst du eine Selbstgedrehte?«

»Nein, danke.« Lydia lächelte träge. Sie hatte dieses Phänomen schon früher wahrgenommen: Am Ende einer Enthaltsamkeitsphase fiel einem das sexuelle Potential anderer Männer nämlich wesentlich stärker auf und nicht umgekehrt. Sie hatte sich bereits häufiger gefragt, ob Dornröschen nach all

den Jahren des Schlafes ein einziger Prinz wohl gereicht hatte.
Mal bewegte sich erneut unruhig, dann meinte er: »Es ist gut, daß wir den Winter über hier bleiben, denn dann kann Saul wenigstens die grundlegenden Dinge in der Schule lernen.«
»Werdet ihr im Frühjahr weiterziehen?«
»Davon gehe ich aus. Ted hat zwar nichts gesagt, aber man wird trotzdem unruhig. Du weißt schon, dann ist es Zeit weiterzufahren. Obwohl es mittlerweile ziemlich schwer geworden ist, irgendwo einen Stellplatz zu finden – und dieser hier ist toll.«
Lydia spürte einen Stich von Eifersucht. »Der Ruf der großen weiten Welt«, meinte sie.
»Tja, nur daß sie gar nicht mehr so groß und weit ist. Unsere alten Lagerplätze werden nach und nach gesperrt, was uns das Leben ziemlich erschwert. Außerdem mache ich mir auch mehr Sorgen um Streitereien, zum Beispiel, wenn Leute Steine durchs Fenster werfen.«
»Passiert so etwas denn?«
»Klar, gelegentlich.«
»Und die Polizei kann nichts dagegen unternehmen?«
Mal lachte auf. »Tja, ich habe mich einmal beschwert. Sie hatten mich angehalten, weil ich keine Steuerplakette hatte. Dabei hatten wir den Stellplatz bloß verlassen, weil jemand einen verdammt dicken Brocken durch Biffs Fenster geschmissen hatte. »Und wo waren Sie, als wir Sie gebraucht hätten?« habe ich den Polizisten gefragt, woraufhin der bloß meinte, wir wären an unseren Problemen selbst schuld, weil wir so lebten, wie wir leben.«
»Das ist ja eine Unverschämtheit.«
»Aber Alltag, da kannst du die anderen fragen. Wegen mir mache ich mir ja keine Sorgen, aber wegen Saul. Meine eigene Schulzeit war ein ziemliches Chaos, weil wir andauernd

umgezogen sind, und ich möchte nicht, daß Saul genauso herumgeschoben wird. Obwohl dieses Leben für ein Kind in vielerlei Hinsicht ganz toll ist. Ich habe mir in letzter Zeit häufig Gedanken darüber gemacht. Ein Kind zu haben, verändert einen in vielerlei Hinsicht – oh.« Mal verstummte, weil er sich plötzlich an den Grund für die Totenwache erinnerte.

Lydia sagte bloß: »Ja, das kann ich mir vorstellen. Vielleicht nehme ich doch eine Zigarette.«

Hopi kehrte zurück und war zutiefst empört über den Preis des Kürbisses. »Peggy hat ihn mir fünfzig Pence billiger gelassen, aber es ist trotzdem unverschämt teuer. Sie sind so leicht zu ziehen.«

»Peggy?« fragte Lydia nach. »Seit wann sprichst du denn die Ladenbesitzerin mit ihrem Vornamen an?«

»Ich weiß nicht. Seit ihr klargeworden ist, daß wir ihr nicht den Laden ausräumen werden, nehme ich an. Wir sind mittlerweile geschätzte Kunden.«

»Mach schon«, beschwerte sich Saul, der ungeduldig von einem Bein aufs andere wippte. »Wo bleibt mein Kürbiskopf?«

Nachdem Lydia gegangen war, half Mal Hopi mit dem Kürbis, und Saul mischte sich ständig ein und störte sie bei der Arbeit. Mal war gereizt, als Saul herumalberte und die feuchten Kürbiskerne in die Luft warf, aber Hopi schien unendlich viel Geduld zu haben.

»Verschwende die Kerne nicht, Saul«, schalt sie ihn. »Wir können sie trocknen und eine Kette daraus basteln oder sogar ein paar aufheben und nächstes Jahr unsere eigenen Kürbisse ziehen.«

Es schien Mal, als wäre in dem engen Laster etwas von der sexuellen Energie zurückgeblieben, die Lydia ausgestrahlt hatte. Er hatte Hopi immer schon gern zugesehen, wenn sie mit ruhigen, gleichmäßigen Bewegungen etwas erledigte und dabei ihre dunklen Augenbrauen konzentriert zusammenzog.

Als die Arbeit beendet war, der Kürbiskopf auf dem Fernsehgerät abgestellt und ein Kerzenstummel darin untergebracht war, legte Mal seinen Arm um ihre Schultern und lobte: »Er sieht toll aus, Hopi.«

Ihre Wangen röteten sich leicht vor Freude, und Mal spürte plötzlich das Verlangen, sie zu küssen.

Doch da schob sich Saul mit der Forderung zwischen sie: »Zündet jetzt die Kerze an!«

Mal merkte, wie Ärger in ihm aufstieg, doch Hopi meinte: »Na gut, Saul, es wird sowieso bald dunkel.« Als sie sich vorbeugte, um das Streichholz auszupusten, bemerkte sie ohne besonderen Anlaß: »Colin ist übrigens aus Spanien zurückgekehrt. Meine Mutter hat ihm meine Adresse hier genannt, er könnte jeden Tag auftauchen.«

»Oh.« Mal ließ sich auf Sauls kleinem Schreibtisch nieder, und sein Sohn wand sich zwischen seine Beine, damit er seinen Halloween-Kürbis besser anschauen konnte. »Ich dachte, er würde vielleicht den Winter über in Spanien bleiben.«

»Ja, das dachte ich auch, aber er scheint sich mit den anderen nicht so gut verstanden zu haben, und von den Spaniern hat er wohl sowieso nicht viel gehalten.«

»Das kann ich mir vorstellen.« Mal lächelte bekümmert.

Als Hopi zu ihrem eigenen Wagen zurückkehrte, überlegte sie, daß Mal wahrscheinlich Angst vor Colin hatte, und das aus gutem Grund. Colin konnte Mal jederzeit fertigmachen. Doch das war eine Schande, eine echte Schande.

Ausnahmsweise war Saul bereit, früh zu Bett zu gehen. Sie hatten einen neuen Kerzenstummel in den Kürbis gestellt, so daß seine Augen und der Mund mit den scharfen Zähnen von hinten beleuchtet wurden, was einen wunderbar gespenstischen Effekt hatte. Mal hatte alle anderen Kerzen ausgeblasen, weil er Saul nie mit brennenden Kerzen allein ließ, doch er hatte dieses eine Mal mit dem Kürbiskopf eine Ausnahme gemacht. Als Mal nach draußen ging, um eine letzte Zigarette zu rauchen, ließ das Öffnen und Schließen der Tür die zukkende orangefarbene Flamme hin und her tanzen. Es war unheimlich – Saul kroch tiefer unter seine Bettdecke und überlegte, ob er seinen Vater rufen sollte –, doch dann stellte er fest, daß diese Art von Angst irgendwie Spaß machte. Das war etwas anderes, als die panische Angst davor einzuschlafen, die häufig hinter seiner Weigerung steckte, zu Bett zu gehen, und die dazu führte, daß er morgens oft mit dunklen Rändern unter den Augen aufwachte. Seine Angst richtete sich nicht auf das Einschlafen selbst, sondern auf die Träume, die auf ihn lauerten, wenn er sich nicht mehr dagegen wehren konnte. Bittersüße Träume, in denen er wieder in der Wohnung bei seiner Mutter und seiner kleinen Schwester war; bedrückende Träume, in denen er in eine graue Kiste eingesperrt wurde, Alpträume, in denen er völlig grundlos verprügelt wurde.

Doch jetzt war er im Wagen bei seinem Kürbiskopf in Sicherheit, und sein Papa saß draußen auf der Treppe und redete mit Biff, während sie gemeinsam eine letzte Zigarette rauchten. Er konnte ein paar Hunde bellen und irgendwo ein Radio spielen hören, und helles Gelächter, das nach Kate klang, aber das war in Ordnung, weil sie jetzt seinen Wagen verlassen hatte und ihn nicht mehr bedrohte. Dann gab es Gebrüll, aber das war kein wütendes Brüllen, oder falls doch, so störte es ihn gar nicht sosehr, denn er fühlte sich sicher.

Sicher. Eine Art Mantra wiederholte sich in Sauls Kopf, während er sich seine Position im Herzen der Welt vor Augen führte. Sicher ... unter meiner Bettdecke, sicher in meinem Bett, sicher in meinem Laster-Zuhause, im Camp, auf dem Feld, im Dorf, auf der Erde, mitten im Weltall ... Sicher.

Suzie lag im Dachzimmer von Minas Haus wach. Ihr war übel vor Erschöpfung, doch jedesmal, wenn sie merkte, daß sie einzunicken drohte, riß sie sich wieder hoch. Jede Faser ihres Körpers sehnte sich nach der tiefen nächtlichen Stille von Briarswood und nach der Intimsphäre ihres eigenen Bettes. Es war nicht der Verkehrslärm, der sie störte – der konnte sehr beruhigend sein –, vielmehr waren es die Stimmen und Schritte im Haus selbst.

Mit weit aufgerissenen Augen versuchte Suzie völlig verkrampft nachzuvollziehen, wer gerade wo war und was er dort tat, doch da an diesem Abend so viele Leute gekommen und gegangen waren, war das ein hoffnungsloses Unterfangen. Rupert und ein Mädchen – Suzie nahm an, daß es wahrscheinlich Gail, das Mädchen mit dem geschorenen Schädel, war – schliefen im Nebenzimmer. Jedenfalls ging Suzie davon aus, daß sie jetzt schliefen. Zumindest hatte nun dieses entsetzlich peinliche Stöhnen, Japsen und Quietschen aufgehört, das eingesetzt hatte, kaum daß ihre Schritte auf dem Treppenabsatz ertönt waren. Danach hatte es noch ein wenig Gekicher und das Tapsen von Füßen gegeben, doch seitdem herrschte Stille. Während des Stöhnens und Grunzens hatte Suzie befürchtet, die beiden wüßten vielleicht nicht, daß sich jemand nebenan befand, was sie irgendwie zu einer heimlichen Lauscherin machte. Sie fragte sich, ob sie vielleicht, nachdem sie die ersten Geräusche vernommen hatte, sofort hätte anfangen sollen zu pfeifen, so wie man es tat, wenn man auf einer nicht abschließbaren Toilette saß, damit sie merkten, daß sie da war, aber dafür war es nun zu spät. Vielleicht war es ihnen auch egal. Nun, da es wieder ruhig war, quälte sie der Gedanke, wie widerlich der Lärm gewesen war. Kein bißchen zärtlich oder romantisch oder liebevoll, gar nicht so, wie sie es sich vorgestellt hatte. Suzie überlegte, daß etwas mit ihr nicht stimmen konnte, wenn sie so darauf reagierte.

Sie fragte sich, wo Mina jetzt wohl war. Sie hatten den gesamten Abend über kaum miteinander gesprochen, nicht seit Cass aufgetaucht war. Cass war Minas Schulfreundin, und sie war tränenüberströmt eingetroffen, weil sie sich mit ihrem Stiefvater, der Psychologe war, gestritten und er sie rausgeworfen hatte. Sie hatte eine fast volle Flasche Southern Comfort mitgebracht, die sie und Mina mehr oder weniger allein geleert hatten, während sie Videos geschaut hatten. Wahrscheinlich schlief Cass in Minas Zimmer.

Blieben noch eine Exfreundin von Rupert, die anorexisch oder bulimisch war – Suzie war sich nicht sicher, was genau – und die niemand besonders zu mögen schien, sowie ein paar Jungs, die nach Schließung der Pubs im Haus eingetrudelt waren und es sich vor dem Fernseher bequem gemacht hatten. Und Arnold.

»Ist es okay, wenn Arnold heute in deinem Bett übernachtet?« hatte Mina sie abends ganz nebenbei gefragt.

»Und wo soll ich schlafen?«

»Du kannst natürlich auch dort schlafen. Ach, Sooz –« und hier hatte Mina sie mit einem überlegenen Lächeln bedacht, »wenn man zusammen in einem Bett schläft, muß das doch nicht bedeuten, daß man auch Sex miteinander hat oder so was. Man teilt eben nur den Schlafplatz. Rupert und ich schlafen immer mit Freunden zusammen im Bett. Sie sind halt nur, na ja, Freunde eben.«

»Mir wäre es aber lieber, wenn er nicht bei mir im Bett schliefe.«

»Na, er kann ja wohl schlecht auf dem Fußboden schlafen. Weißt du, du bist hier nicht der einzige Gast im Haus«, hatte Mina darauf erwidert, und dann war sie eingeschnappt davongestürmt.

Jetzt hoffte Suzie inbrünstig, daß Arnold doch noch auf dem Fußboden schlafen würde, und es war ihr völlig egal, wie hart und unbequem das sein mochte. Jedesmal, wenn sie im Badezimmer Wasser laufen oder Schritte auf dem Treppenabsatz hörte, verkrampfte sie sich in der Erwartung, daß gleich die Tür aufgestoßen würde und Arnolds riesiges und völlig unattraktives Gesicht sie anstarren würde. Sie hatte keine Angst davor, daß er sie vielleicht vergewaltigen würde oder so etwas. Auch wenn sie eine fünfzehnjährige Jungfrau war, hatte sie doch das Gefühl, ihn abwehren zu können ... ihr graute mehr davor, wie absolut peinlich diese Situation werden würde. Arnold mit seinem traurigen Mondgesicht war einfach abscheulich und ekelhaft, und ihr wurde schon schlecht, wenn sie nur in seiner Nähe saß, während er eine Scheibe Toast aß. Mina hatte selbst gesagt, daß er seltsam war. Wer weiß, wozu ein Mensch in der Lage war, der anderen Leuten Drogen in die Getränke kippte? Vielleicht würde er ja irgendwas auf ihr Kissen geben, so daß sie kurz ohnmächtig wurde und nicht mehr in der Lage war, sich zu wehren ... es war ein richtiger Alptraum, und sie hätte in einem Sessel geschlafen, wenn es irgendwo im Haus einen Sessel gegeben hätte, der noch nicht belegt war.

Eine unheimliche Stille hatte sich im Haus ausgebreitet. In der Ferne schlug die Kirchturmuhr vier. Suzie hatte Hunger, und ihr Magen grummelte, doch sie konnte einfach nicht mehr gegen den Schlaf ankämpfen. Sie glitt –

Langsame Schritte ertönten auf der Treppe. Ein Krachen und ein leises Fluchen. Arnolds Stimme. Suzie zog ihr Nachthemd über die Knie und rollte sich ganz dicht an die Wand in die äußerste Ecke des Bettes. Jetzt war er im Zimmer. Sie konnte hören, wie er herumwankte, Schuhe und Hose auszog, dann sackte das Bett ein, und ein Körper fiel neben sie. Suzie, die sich in Richtung Wand zusammengerollt hatte, spürte ein Stechen in der Brust, weil sie nicht richtig durchatmete. Arnold warf sich ein- oder zweimal hin und her wie ein großer gestrandeter Fisch, so daß Suzie hilflos neben ihm auf und ab hüpfte. »Ach, Scheiße«, ertönte eine Stimme neben ihrem Ohr. Eine kalte Hand landete auf ihrer Hüfte. Suzie war darauf vorbereitet, zu schreien und zu kreischen, aus dem Bett zu springen, ihm die Nase einzuschlagen ... doch ihre Gliedmaßen waren wie gelähmt, und kein Laut drang aus ihrem Mund. Und dann begann er zu schnarchen.

Es war ein langsames, abgehacktes, rasselndes Schnarchen. Suzie wagte nicht mehr, sich zu bewegen, weil sie befürchtete, ihn dadurch möglicherweise aufzuwecken. Nach endloser Reglosigkeit hörte sie die Turmuhr fünf schlagen, eine weitere Ewigkeit, dann schlug sie sechs. Nur noch eine Stunde, dann konnte sie aufstehen. Aufstehen und eine Entschuldigung erfinden, um abzufahren.

Die Uhr schlug neun.

Durch das lange Liegen in der gleichen Stellung waren ihre Glieder schmerzhaft steif geworden, und so zwang sich Suzie dazu, sich außerordentlich vorsichtig zu strecken, ohne den immer noch schnarchenden Arnold zu wecken. Seine mittlerweile warme Hand war auf ihren Oberschenkel hinuntergeglitten. Sie konnte sie noch auf ihrer Haut spüren, als sie sich ankleidete. Ihr Kopf fühlte sich an, als würde er klappern, wenn sie ihn bewegte. Aber nach dem Duschen würde sie sich vielleicht wieder besser fühlen.

Auf dem Waschbecken im Badezimmer befand sich ein brauner Rand, der verdächtig nach Erbrochenem aussah. Jemand hatte einen halbherzigen Versuch unternommen, alles wegzuwischen, und Suzie wollte die Arbeit schon zu Ende bringen, da entdeckte sie, daß die Wasserhähne ebenfalls verschmiert waren. Würgend ging sie in die Küche.

Dort fand sie Jean vor, die ruhig eine Tasse Tee trank und einen großen Stapel Post durchsah.

»Hallo, Suzie«, sagte sie freundlich. »Sieh dir das an, nichts als blöde Rechnungen und Reklame. Wie geht's denn so? Caro hat mir schon erzählt, daß du vielleicht vorbeikämst.«

»Mir geht's gut – danke«, erwiderte Suzie automatisch. »Wann sind Sie denn nach Hause gekommen?«

»Vor etwa fünf Minuten. Ron hat eine Konferenz in London und hat mich auf dem Weg dorthin hier abgesetzt.«

»Oh.« Suzie hatte keine Ahnung, wer Ron war. Sie warf einen unsicheren Blick auf das Spülbecken, in dem sich das schmutzige Geschirr mehrerer Tage gefährlich auftürmte, doch Jean schien die ungewaschenen Teller und den dreckigen Fußboden überhaupt nicht zu bemerken. Sie wirkte auch nicht irritiert, als im Wohnzimmer wieder Leben in die Sesselschläfer kam, die sich Zigaretten anzündeten, hereinkamen, um sich einen Becher Tee oder Pulverkaffee zu holen, und dann zurückgingen und den Fernseher einschalteten.

Als Mina etwa eine Stunde später hereingeschlendert kam, warf sie ihrer Mutter einen nervösen Blick zu und meinte: »Oh, hallo, Mama. Du hättest uns wissen lassen sollen, daß du zurückkommst, dann hätten wir ein bißchen aufgeräumt.« Sie ging zum Spülbecken hinüber und begann, das Geschirr auf dem Abtropfbrett aufzustapeln.

»Macht nichts, du kannst das ja jetzt machen, während ich etwas Schlaf nachhole. Ich bin ziemlich erledigt.«

»Ich auch«, sagte das anorexisch-bulimische Mädchen, das hinter Mina hereingeschlichen war und sich ein Glas Wasser einschenkte.

Jean warf ihr einen verächtlichen Blick zu: »Du bist doch immer erledigt«, kommentierte sie. Suzie fand ein Trockentuch und stellte sich zu Mina an die Spüle. Wenn man bedachte, wie gut Jean alles aufnahm, war ihr unerklärlich, wieso Mina so verängstigt aussah.

»Oh, schön«, meine Jean, »es ist reichlich Milch da. Ich nehme ein Tablett mit hoch. Dann bis später.«

»In Ordnung, Mama.«
Gerade als Suzie den ersten Becher zum Trocknen entgegennahm, ertönte ein gellender Schrei von Jean. »Wer, zum Teufel, hat meine Nachtkerzenöl-Kapseln geklaut? Und die Vitamin-E-Tabletten! Ihr wißt doch, daß ich die brauche. Ihr nehmt euch einfach immer, was ihr wollt, und denkt nie an mich. Ihr seid ein Haufen Schmarotzer, der sich einfach an allem bedient, und mir laßt ihr absolut NICHTS!«
Es war, als hätte man auf einen Knopf gedrückt. Jean schrie geschlagene fünf Minuten aus vollem Halse so weiter, und die beiden Jungs und die Exfreundin duckten sich in die Sessel. Man hörte, wie die Haustür sich ein paarmal öffnete und wieder schloß. Mina kauerte über der Spüle und schrubbte wie eine Besessene, so daß Suzie kaum mithalten konnte. Sie sah so ängstlich und unglücklich aus, daß Suzie ihr zuflüsterte: »Macht nichts, ich kann ja von meinem Taschengeld neue Gesundheitspillen kaufen.« Doch Mina murmelte nur: »Blöde Kuh«, und schrubbte noch versessener als zuvor.
Jeans Tirade endete erst, als Rupert in ihr Zimmer schlurfte und seine Mutter mit seinem Brüllen und Fluchen übertönte. Jean hörte augenblicklich auf, umarmte ihn herzlich und schaltete den Wasserkessel ein, um Kaffee zu kochen.
»Laßt uns heute etwas Besonderes unternehmen«, schlug sie strahlend vor. Mina warf den Spülschwamm ins Abwaschwasser, setzte sich Jean gegenüber an den Tisch und begann, sich eine Zigarette zu drehen.
»Laßt uns Hamburger essen gehen«, schlug sie vor.
»Wir haben kein Geld, Schatz.«
Als Caro anrief, um mit Suzie zu sprechen, stritten gerade alle darüber, welchen Film sie ansehen sollten, und als Suzie den Hörer hochnahm, sprintete der letzte Gast der vergangenen Nacht, Arnold, an ihr vorbei zur Haustür.

»Ich verschwinde besser«, meinte er und wies mit seinem knolligen Kopf in Richtung Küche. Dann meinte er mit einem müden Grinsen zu Suzie: »Bis dann.«
»Ich hoffe nicht«, dachte Suzie und sagte dann als Antwort auf die Frage ihrer Mutter laut: »Ach, wir haben alles Mögliche gemacht. Einkaufen, ausgehen, was man eben so macht. Jean will nachher mit uns ins Kino gehen. Ja, Mami, natürlich geht es mir gut.«
Sie hatte ihrer Mutter eigentlich sagen wollen, daß etwas Unvorhergesehenes geschehen war und sie deshalb noch am Nachmittag nach Hause käme, aber was hätte sie schon anderes sagen können, wo Jean genau in diesem Moment aus der Küche kam?

»Suzie hat sehr viel Spaß bei ihrer Freundin Mina. Du erinnerst dich doch an Mina, nicht wahr, Mami? Das ist das nette Mädchen, dessen Vater jahrelang mit Jim zusammengearbeitet hat. Die beiden halten zusammen wie Pech und Schwefel. Mina ist ja so ein lebhaftes Mädchen, und sie tut Suzie so gut.«
»Das ist schön, meine Liebe.« Twinks saß wie immer sehr aufrecht in ihrem Ohrensessel. Ihre blassen Augen waren auf ihre Tochter gerichtet, als würde sie zuhören, doch Caro hegte so langsam ihre Zweifel daran. Twinks war nie der Typ Mutter gewesen, dem man sich anvertrauen konnte, und mittlerweile hatte man häufiger den Eindruck, sie höre gar nicht zu, wenn man ihr etwas erzählte.
Caro bemerkte heiter: »Es tut ihr gut, mal allein wegzufahren.«
George, der gerade einen Artikel über eine neue Erfindung las, mit deren Hilfe man Vögel vom Saatgut fernhalten konnte, blickte auf und bemerkte: »Ich verstehe ja nicht, warum du sie nicht auf eine anständige Schule schickst. Das bringt doch nichts, wenn sie dir ständig am Rockzipfel hängt.«

»Jim glaubt an die staatlichen Schulen, Papa.« Diese Diskussion führten sie bereits seit Jahren, weshalb keiner mehr die Energie besaß, mehr als ein kurzes rituelles Argument vorzubringen. Wie üblich wiederholte Caro ganz loyal Jims Meinung und erwähnte nie, was eigentlich der entscheidende Faktor war, daß nämlich eine Privatschule ihre finanziellen Mittel überstieg.

»Nur deine Schulbildung hat dich zu dem gemacht, was du bist, Caro«, merkte Twinks an.

Caro durchzuckte die kurze Erinnerung an Langeweile, schlechtes Essen, Frostbeulen und zankende Mädchen, und so antwortete sie vage: »Ja, wahrscheinlich, Mama.« Dann fuhr sie entschiedener fort: »Ach, übrigens, ich habe mich nach einem Computerkurs umgesehen. Es klingt unglaublich aufregend.«

»Computer? Warum denn das?«

»Hauptsächlich aus Interesse. Man fühlt sich ja wie ein Dinosaurier, wenn man so gar nichts darüber weiß. Und heutzutage kann man überhaupt keine Arbeit finden, wenn man nicht mit dem Computer umgehen kann.«

»Aber du suchst doch gar keine Arbeit«, machte Twinks sie aufmerksam.

»Vielleicht doch. Suzie wird bald das Haus verlassen, und dann werde ich eine Beschäftigung brauchen.«

Twinks sah sie verständnislos an. George meinte: »Warum? Du hast doch jetzt schon nicht genügend Zeit für alles, was du um die Ohren hast.«

»Nun –«

»Außerdem«, fuhr ihr Vater fort, »ist das doch lächerlich. In deinem Alter stellt dich doch niemand mehr ein, Caro. Junges Blut, das ist es, was sie heutzutage wollen.«

Caro blinzelte. Ihre Augen brannten. Manchmal fühlte sie sich, als wäre sie erst achtzehn. Verzweifelt meinte sie: »Ach ja, ich glaube ja nicht, daß sich etwas daraus ergeben wird, aber ich sollte es doch mal versuchen.«

Twinks blickte in ihr leeres Glas. »Solange du hin und wieder etwas Zeit für uns findest.«

Nachdem Caro gegangen war, meinte George: »Ist schon ein komisches Mädchen, unsere Caro. Verstehe gar nicht, warum sie sich mit Computern abgeben will, sie wird das doch sowieso nie verstehen. Sie scheint nie mit dem zufrieden zu sein, was sie hat. Gar nicht wie wir, nicht wahr, Twinks?«

Twinks murmelte eine unverbindliche Antwort. »Nein«, dachte sie, »sie ist überhaupt nicht wie ich. Ich bin mit meinem Leben immer völlig zufrieden gewesen. Wie hätte es auch anders sein können? Ich habe einen guten Mann, ein hübsches Zuhause und führe ein sorgenfreies Leben. Mein ganzes Leben lang bin ich glücklich gewesen.« Eine kleine Melodie plätscherte, von einem stechenden Schmerz begleitet, durch ihren Kopf. Sie erinnerte sich mit einiger Erleichterung daran, daß hinten im Vorratsschrank noch etwas Koch-Sherry stand und erhob sich abrupt.

Während Caro die kurze Strecke vom Herrenhaus zur Lodge zurücklegte, begann es zu regnen. Schwere Regentropfen klatschten gegen die Windschutzscheibe und verwandelten sich in schmierigen Dreck, als sie die Scheibenwischer einschaltete. Die Reaktion ihrer Eltern auf ihr neuestes Vorhaben hatte sie schrecklich ernüchtert, und am liebsten hätte sie aufgegeben, noch bevor sie überhaupt damit begonnen hatte. Aber die Frau in dem Zentrum für Erwachsenenbildung war so freundlich und zuvorkommend gewesen, und sie hatte es George und Twinks gegenüber auch nur erwähnt, weil sie sich wirklich darauf freute, damit anzufangen.

Das lag, sehr zu ihrer Überraschung, auch daran, daß sie Suzie vermißte. Sie hatte so viele Jahre auf den Zeitpunkt gewartet, an dem sie endlich wieder ihr eigener Herr sein würde, daß dieser kurze Vorgeschmack auf die Zukunft ein ziemlicher Schock gewesen war. Sie hegte die Befürchtung, daß es, da sie einen so großen Teil ihres Lebens als Mutter verbracht hatte, nun zu spät für sie war, irgend etwas anderes zu sein. Vielleicht wäre es einfacher, wenn sie und Jim mehr gemeinsam unternommen hätten, doch obwohl sie einander natürlich absolut ergeben waren, teilten sie eigentlich nicht so viele Interessen. Caro zählte schon die Tage bis zu Suzies Rückkehr. Jemand, um den sie sich sorgen und mit dem sie am Küchentisch ein Schwätzchen halten konnte.

Und überhaupt, es machte gar nichts, wenn George versuchte, ihre Begeisterung zu dämpfen, sie mußte schließlich Geld verdienen. Irgendwie reichte Jims Pension nie, und man mußte doch den Schein wahren. Sie hätte nicht im Traum daran gedacht, ihren Eltern zu erzählen, daß sie mit ihrem Einkommen nicht auskamen. Das hätte wie Kritik an Jim ausgesehen, und das ging nun wirklich nicht.

Der Regen kündigte sich im Rose Cottage zunächst als sanftes Klopfen auf dem Dach der angebauten Küche an. Bald, viel zu bald, wurde es dann von einem scharfen Pling begleitet, als das Wasser an verschiedenen undichten Stellen durch die Decke drang. Lydia holte Schüsseln und Töpfe, die sie an strategisch wichtigen Punkten in der Küche aufstellte, und kehrte dann zu ihrem Brief an ihre Freundin Charlotte auf Menorca zurück.

> *Rochen für die Reichen* klingt nach einer tollen Ergänzung Deiner Speisekarte. Ich freue mich, daß Dir meine Idee für *Tintenfisch für die Tadellosen* gefallen hat – ich denke, ein ordentliches Gittermuster aus Tentakeln käme bestimmt hervorragend an. Ich würde liebend gerne kommen und Dir bei der Renovierung des Restaurants helfen, damit es im Frühjahr fertig ist, doch ich

werde erst einmal abwarten müssen, wie sich alles hier entwikkelt. Ich gebe Dir aber ganz bestimmt bis Weihnachten Bescheid, damit Du nicht in der Luft hängst. Versprochen.
Seit meinem letzten Brief hat sich einiges ereignet. Ich bin irgendwie in eine sonderbare esoterische Zeremonie einiger New-Age-Hippies geraten, die hier in die Gegend gezogen sind. Eigentlich gar nicht mein Ding, aber trotzdem irgendwie wirkungsvoll. Sie hat an dem Tag stattgefunden, an dem Dein Patenkind geboren worden wäre, wenn es sich nicht gegen dieses dämliche Leben entschieden hätte. Doch das Wichtigste ist, und ich bin mir sicher, daß Du das sehr befürworten wirst, daß ich mich endlich hingesetzt, Gordon einen Brief geschrieben und darüber hinaus sogar abgeschickt habe. Ich habe ihm mitgeteilt, daß unsere Ehe zusammen mit dem Baby gestorben ist, zumindest für mich. Weiß der Henker, wie er es aufnehmen wird – obwohl ich glaube, daß er mittlerweile die Schnauze gestrichen voll hat von mir –, aber zumindest ist es jetzt vollbracht. Und ich scheine eine Art Beziehung mit dem örtlichen Großverdiener angefangen zu haben – erinnerst Du Dich daran, daß ich Dir erzählt habe, ich würde eines der Zimmer in seinem Haus renovieren? (In Deinen und meinen Augen ein ziemlicher Palast.) Ich möchte ja nur ungern käuflich erscheinen, aber es ist wirklich wunderbar, nach Monaten der Bescheidenheit stilvoll ausgeführt zu werden. Nicht zu vergessen das, was Deine Mutter als »geschlechtlicher Umgang« zu bezeichnen pflegte, was er ebenfalls vortrefflich beherrscht. Und gerade eben ist ein riesiger Strauß Orchideen an meiner Tür abgegeben worden, der ein kleines Vermögen gekostet haben muß. So schön sie auch sind, kann ich mir doch den Gedanken nicht verkneifen, daß das Geld besser in einen Handwerker zur Reparatur meines Daches investiert worden wäre. Wahrscheinlich wäre ein neues Dach auch nicht teurer gewesen als die Blumen. Ich sehe schon, die Rolle der ausgehaltenen Geliebten ist

nicht ganz so unproblematisch, wie ich ursprünglich dachte. Jedenfalls bin ich mir sicher, daß diese Romanze ein so kurzes Vergnügen sein wird, daß ich, noch bevor die Orchideen verblüht sind, schon zu Dir geflogen komme, um Dir bei der Gestaltung von *Seafood Selection* zu helfen. Engagier lieber schon mal einen Latin Lover, der mein gebrochenes Herz heilen kann.

Bis bald und alles Liebe,

Lydia.

SIEBZEHNTES KAPITEL

Suzie hatte endgültig die Nase voll.
Jean hatte den ganzen Vormittag verschlafen und war, als sie schließlich aufgestanden war, sofort aus dem Haus gegangen. »Sie rennt diesem widerlichen Kerl hinterher«, hatte Mina wütend gesagt. Über den Kinobesuch oder die Hamburger war kein Ton mehr verloren worden. Nachdem sie den ganzen Tag herumgehangen hatten, entschieden Mina, Gail und Rupert plötzlich, daß sie noch ausgehen wollten, und riefen deshalb Arnold an, der einzige Mensch mit Geld und einem Auto, den sie kannten, und sagten ihm, er solle sie abholen kommen. Alle gingen einfach davon aus, daß Suzie ihnen hinterhertrotten würde, was sie schließlich auch tat. Zumindest bis zu diesem Augenblick.
Sie waren in einer riesigen Disko, die extrem dunkel und sehr heiß war, und Mina, Rupert und Gail waren augenblicklich in der Menge der dürftig bekleideten Tänzer verschwunden und hatten Suzie und Arnold schüchtern in der Nähe des Eingangs zurückgelassen. Das gnadenlose Dröhnen des Basses schmerzte bereits in Suzies Ohren.
»Toller Laden!« schrie Arnold und legte ihr die Hand auf den Arm. Dann erkundigte er sich: »Alles in Ordnung?« Diese Frage klang beinahe nett.
»Ja«, antwortete sie automatisch, während sie sich unter seiner Hand wegduckte. Dann meinte sie: »Eigentlich bin ich ziemlich müde.«

Arnold fischte in seiner Hemdtasche herum und zog ein kleines Päckchen hervor. »Hier, nimm eine. Damit wirst du Mitte nächster Woche noch tanzen.«
»Nein, danke.« Sie hätte lieber nicht so spießig gewirkt; wahrscheinlich fand Arnold sie furchtbar langweilig. Doch dann war es ihr plötzlich egal. Ihr war egal, ob sie der einzige Teenager in Großbritannien war, der einen solchen Ort und diesen unmenschlichen Krach haßte. Ihr war egal, was alle von ihr hielten, sie wollte nur noch weg von hier, weg von Arnold, Rupert und Gail. Sogar von Mina.
Deshalb fügte sie hinzu: »Wenn du es wirklich wissen willst: Ich habe Kopfschmerzen und fühle mich schrecklich. Ich fahre zurück zu Mina. Kannst du das den anderen ausrichten?«
»Du gehst?« Es war schwer, über das Hämmern der Musik hinweg etwas zu verstehen.
Sie nickte.
Arnold sah sich um und meinte dann: »Du hast recht, die Disko ist Scheiße. Laß uns abhauen.«
Suzie wollte gerade protestieren, daß einer von ihnen Mina und Rupert suchen sollte, um ihnen zu sagen, daß sie gehen würden, doch dann wurde ihr bewußt, daß diese Höflichkeit völlig fehl am Platz war. Außerdem hatte sie überhaupt keine Ahnung, wo der Club eigentlich lag und wie sie zu Minas Haus zurückkehren sollte. Sie erinnerte sich auch daran, daß draußen vor der Diskothek ziemlich viele unheimliche Gestalten herumlungerten.
»Es wäre phantastisch, wenn du mich nach Hause fahren würdest.«
»Kein Problem.«
Arnold legte seinen Arm um ihre Schulter und schob sie in Richtung Ausgang.
Sobald sie im Auto saßen und Arnold ganz langsam und kon-

zentriert losgefahren war, begann er, ihr detailliert darzulegen, was in seinem Leben schief lief. Je trauriger seine Geschichte wurde, desto langsamer wurde das Fahrzeug, bis Suzie schließlich befürchtete, daß man sie wegen Verkehrsbehinderung anhalten könnte. Er erzählte ihr, daß er einsam und unglücklich und seine Mutter eine Schlampe wäre, die nie etwas für ihn getan hatte, und sein Vater ihn bloß mit Geld überhäufte, ihm jedoch ständig sagte, was für ein Versager er wäre.

Während Suzie noch überlegte, wie sie ihm taktvoll zu verstehen geben könnte, daß alles besser werden würde, wenn er nur aufhören würde, sich selbst zu bemitleiden und vielleicht mal etwas dagegen unternähme, hielt das Auto an.

»Da sind wir, Süße.«

»Wo sind wir?«

»Zu Hause.«

»Aber das hier ist nicht –«

»Ich habe eine Junggesellenwohnung im ersten Stock. Sehr schick. Komm, ich zeig sie dir.«

Im orangefarbenen Licht der Straßenlaterne wirkte sein breites Gesicht, das sich gerade an einem verführerischen Lächeln versuchte, mehr denn je wie das eines ermatteten Hundes.

Suzie begann: »Das ist wirklich sehr nett von dir, Arnold, aber ich dachte, du würdest mich bei Mina absetzen.«

»Das hier ist doch viel besser.« Sein knolliges Gesicht näherte sich, und Suzie konnte schon das Beifahrerfenster an ihrem Hinterkopf spüren.

»Nein«, sagte sie, so bestimmt wie möglich. »Ich will zu Mina zurückfahren. Jetzt. Bitte –«

»O Suzie –«

»Hör auf!« Doch bevor sie noch einmal »bitte« sagen konnte, kollidierte sein Gesicht mit dem ihren, und er begann, alle möglichen peinlichen Koseworte zu murmeln.

Suzie setzte zu der Erklärung an, daß sie seine Gefühle nicht verletzten wolle, aber wirklich nicht interessiert wäre, als seine nassen Lippen gegen ihren Mund stießen und sie ein solcher Ekel ergriff, daß sie ihm mit der Handfläche unter das Kinn schlug und mit aller Kraft dagegen drückte. Trotz seines Gewichts brachte er ihr keinen Widerstand entgegen und knallte mit der Schulter ins Lenkrad.

Er fluchte wie ein Droschkenkutscher und hielt sich das Kinn. »Du blöde Kuh, was sollte das denn?«

»Du wolltest ja nicht zuhören«, erklärte Suzie, die selbst überrascht darüber war, wie fest ihre Stimme klang. »Ich will dich nicht küssen, und ich will auch nicht deine Wohnung sehen. Ich will dich überhaupt nie mehr sehen. Ich gehe jetzt zurück zu Minas Haus. Laß mich in Ruhe!«

Dann tastete sie nach dem Türgriff und öffnete die Tür. Sie hatte Angst, daß er vielleicht versuchen könnte, sie aufzuhalten oder ihr zu folgen, doch als sie die Tür hinter sich zuschlug, hörte sie, wie er zu schluchzen begann. Sie konnte sich nicht daran erinnern, je einen Menschen zum Weinen gebracht zu haben, und einen Augenblick lang wäre sie beinahe schwach geworden und umgekehrt, um ihn zu trösten.

Da Herbstferien waren, brachte Sandra gerade die Kinder zu ihrer Mutter, als ein Fremder neben ihr anhielt. Sie wußte sofort, wer es war, als er zu sprechen begann.

»Können Sie mir sagen, wie ich zum Rose Cottage komme?«

Der Mann hatte ein breites, attraktives Gesicht und dichtes dunkles Haar. Er war Anfang Vierzig und wirkte stark und zielbewußt, ganz wie ein Mann, dem man die Leitung einer Expedition durch die Wildnis anvertrauen würde. Doch es war seine klangvolle, sonore Stimme, mit dem leicht schottischen Akzent, die seine Identität verriet. Seine Stimme und die Tatsache, daß er sich nach dem Weg zum Rose Cottage erkundigte.

Sandra strich sich übers Haar und wünschte sich, sie hätte ihre hochhackigen Stiefel und nicht die Gummistiefel angezogen. »Sie müssen Dr. Gordon Fairchild sein«, meinte sie dann. Ein warmes Lächeln breitete sich auf seinem Gesicht aus.

»Das bin ich in der Tat«, sagte er. »Wie Sie das erraten haben.«

»Tja, in Briarswood gibt es nicht so viele bekannte Persönlichkeiten.«

Bei dem Ausdruck »bekannte Persönlichkeit« wurde sein Lächeln noch eine Spur breiter. Naomi, die neben ihrer Mutter stand, fragte: »Warum sprichst du mit dem fremden Mann, Mami? Man soll doch nicht mit Fremden reden.« Sean suchte Kastanien. Später überlegte Sandra, was für eine Schande es war, daß ausgerechnet jetzt Ferien sein mußten und sie also die Kinder bei sich hatte, denn sonst hätte sie vielleicht gesagt: »Rose Cottage? Das ist schwer zu erklären, aber wenn Sie möchten, steige ich ein und zeige Ihnen den Weg.«

Doch statt dessen begann Naomi zu quengeln, daß sie endlich zum Laden gehen und Süßigkeiten haben wollte, und Sean war in Gefahr, sich seine saubere Hose dreckig zu machen, deshalb mußte sie Dr. Gordon Fairchild den Weg erklären, so gut es ging. Er lächelte dankbar und wies dann mit dem Kopf in Seans Richtung. »Ich glaube, ihr kleiner Junge hat sich etwas in den Mund gesteckt«, sagte er, »Sehen Sie lieber mal nach. Es besteht ja immer die Gefahr des Erstickens.« Und nachdem Sandre pflichtbewußt nachgesehen hatte, daß Sean nichts im Mund hatte und dies dem berühmten Doktor auch signalisiert hatte, fuhr er langsam davon. Während sie ihm hinterhersah, stellte sie mit einer gewissen Überraschung fest, daß er einen nicht allzu sauberen, sechs Jahre alten Renault-Kombi fuhr. Bloß ein Jahr jünger als Daves Astra und nicht besonders gepflegt. Von einem Radio-Doktor hätte sie doch etwas Eleganteres erwartet.

Langsam schwand die Dunkelheit hinter dem Zugfenster, der Himmel im Osten wurde heller, und dann war die Landschaft plötzlich von Licht überflutet. Suzie betrachtete das Schauspiel ehrfürchtig, als sähe sie zum ersten Mal in ihrem Leben einen Sonnenaufgang. Sie fühlte sich ganz anders als das Mädchen, das vor nur zwei Tagen mit einem von Früchtebrot und Chutney schweren Koffer die Reise in die andere Richtung angetreten hatte.

Sie hatte Ewigkeiten für den Heimweg gebraucht. In der ersten halben Stunde war sie so erleichtert gewesen, Arnold entkommen zu sein, daß sie sich keine großen Sorgen darum gemacht hatte, wohin sie ging, und dann hatte sie sich plötzlich an der Stelle wiedergefunden, wo sie und Mina am Tag zuvor vom Bus gesprungen waren. Als sie schließlich beim Haus angekommen war, hatten sich ihre Füße angefühlt, als wären sie auf das Doppelte ihrer normalen Größe angeschwollen.

Das Haus hatte im Dunkeln gelegen, und weil sie keine Schlüssel besaß, hatte sie durch eines der Fenster im Erdgeschoß hineinklettern müssen. Es hatte verlassen gewirkt – zumindest war wohl niemand mehr wach gewesen. Sie hatte gepackt, ein Taxi gerufen und dann Mina und Jean einen Zettel geschrieben, es wäre etwas dazwischengekommen und sie müßte nach Hause fahren. Dann hatte sie in der unheimlichen Nachtatmosphäre des Bahnhofs gewartet, bis der erste Zug nach Edleston fuhr.

Sie hatte keine Ahnung, was sie Caro erzählen sollte, war sich jedoch sicher, daß ihr schon etwas einfallen würde. Am besten würde sie zuerst zum Rose Cottage gehen und mit Lydia einen Kaffee trinken, damit sie nicht zu früh zu Hause eintraf – wenn Caro spitzbekam, daß sie mit dem ersten Zug angekommen war, würde sie das besonders argwöhnisch machen. Zu ihrem eigenen Erstaunen war sie kein bißchen verängstigt oder besorgt oder über das Geschehene verärgert – sie emp-

fand nur ein erhebendes Gefühl des Triumphes. Solange sie denken konnte, hatte Caro über jede ihrer Mahlzeit gewacht und darauf bestanden, daß sie sich ausgewogen ernährte und früh zu Bett ging. Suzie hatte immer angenommen, daß eine Abweichung von diesen strikten Regeln automatisch den körperlichen Kollaps nach sich ziehen würde: Schließlich fühlte sie sich selbst bei Einhaltung der Vorschriften meist müde und kränklich.
Jetzt hatte sie zwei Nächte hintereinander fast ohne Schlaf überstanden und seit Tagen keine richtige Mahlzeit mehr zu sich genommen. Sie fühlte sich dreckig und erschöpft, und ihr war übel, aber ihr Körper war noch funktionstüchtig. Und was noch wichtiger war: Sie hatte, vielleicht zum ersten Mal in ihrem Leben, eine eigene Entscheidung getroffen. Sie fühlte sich, als könne sie von nun an alles schaffen, einfach alles.

Der Strauß Rosen lag auf Lydias wackeligem Tisch. Über ihnen, in der einzigen Vase des Hauses, behaupteten Wyndhams Orchideen ihre milchweiß gesprenkelte Überlegenheit.
»Rosen, nein, wie schön, Gordon. Ich werde sie ins Wasser stellen.«
Gordon schien seinen Blick nicht von den Orchideen losreißen zu können. »Es sind nur Rosen«, meinte er, »nichts Besonderes.«
»Unsinn, du weißt doch, wie sehr ich Rosen liebe.«
»Du hast einen Neuen gefunden.«
»Es ist noch ein bißchen zu früh, um das zu sagen.«
»Zumindest einen Bewunderer. Ich werde dich nicht fragen, ob du mit ihm schläfst.«
Lydia bemühte sich erst gar nicht, ihre Verärgerung zu verbergen. »Das hast du gerade getan«, blaffte sie.
»Habe ich das? Ja dann ...«

»Du hättest nicht fragen sollen.«
Gordon nickte. »Dann heißt das, daß du es tust«, stellte er gelassen fest. »Ich hoffe, du fängst nichts an, das du später bereuen wirst. Ich mache mir wirklich Sorgen um dich, Lydia.«
Sie sah ihn nicht an. Schließlich sagte sie: »Alles, was in meinem Brief stand, war ernst gemeint, Gordon. Ich werde nicht zurückkommen.«
Er atmete tief ein. »Wir brauchen jetzt nicht darüber zu sprechen. Und du sollst natürlich auch nichts tun, wobei du dich unwohl fühlst. Du bist dein eigener Herr. Das warst du immer.«
»Ich weiß.«
»Mir ist jetzt natürlich klar, daß ich dich wohl eingeengt habe. Ich wollte dir lediglich über die Fehlgeburt hinweghelfen, aber offensichtlich war das etwas, das du allein bewältigen mußtest.«
»Ja.«
»Ich habe mich sogar manches Mal gefragt, ob du nicht insgeheim mir die Schuld gegeben hast.«
»Dir? Warum hätte ich dir die Schuld geben sollen?«
»Weil du vielleicht unbewußt geglaubt hast, ich als Arzt könnte dich behüten. Ich wollte das auch, wirklich, es hat bloß nicht sein sollen.«
Seine Analyse erschien ihr ein wenig zu weit zu gehen. Sie fragte ihn vorsichtig: »Was ist denn mit dir, Gordon, wie ist es dir ergangen?«
Er runzelte die Stirn. »Ich kann nicht gerade sagen, daß es leicht war, aber ich glaube mit einiger Gewißheit behaupten zu können, daß ich die schlimmste Trauerphase überwunden habe. All die Wut und die Desorientierung.« Eine Pause entstand, während der Lydia sich bemühte, diese Aussage zu verdauen. Sie konnte sich nur ganz vage vorstellen, wie Gor-

don wütend wurde. Er hatte sicherlich irgendwo gelesen, daß Wut ein wichtiges Element im Prozeß des Trauerns war, und deshalb wahrscheinlich einmal gegen den Papierkorb getreten und »Verdammt« gesagt. Sich Gordon desorientiert vorzustellen, war ungleich schwerer. Er sagte sanft: »Ich hoffe, daß ich jetzt angefangen habe, das Geschehene zu akzeptieren.«

»Dann hast du mich also nicht allzusehr vermißt?«

»Ich habe mich auf das Baby bezogen, Lydia. Natürlich vermisse ich dich noch, wie kannst du nur fragen? Ich habe jeden Tag an dich gedacht.«

»O ja, natürlich.«

»Ich bin vor Sorge fast verrückt geworden, weil ich doch nicht wußte, wo du warst. Du hättest mir wenigstens so weit vertrauen sollen, mir zu sagen, wo du hingefahren bist.«

»Ich hatte es ja vor. Ich habe es bloß immer wieder aufgeschoben.«

Er lächelte plötzlich. »Das klingt doch ganz wie meine Lydia«, sagte er zärtlich. »Tue nie heute, was du auch morgen noch erledigen kannst, nicht wahr? Du hast dich kein bißchen verändert.«

Wie Alice im Wunderland nach der Einnahme des Zaubertranks, spürte Lydia, wie sie zu schrumpfen begann. »Um ehrlich zu sein, ich habe mich sehr verändert.«

Lydia wartete darauf, daß er sagen würde: »Was auch immer geschieht, du wirst immer meine Lydia bleiben.« In dem Fall wäre ihre Unterhaltung beendet gewesen, noch bevor sie richtig begonnen hatte.

Statt dessen fragte er: »Was hast du denn die ganze Zeit gemacht? Es muß doch schrecklich einsam hier sein.«

»Überhaupt nicht«, log sie. »Ich bin schon immer gern allein gewesen und habe hier auch ein paar Freunde gefunden.«

»Du mußt dich doch trotzdem langweilen.«

»Du wärst überrascht, wenn du hören würdest, wieviel man auf dem Land tun kann.«
»Ja?« Er bedachte sie mit einem nachsichtigen Lächeln. »Sag mir nicht, daß du dich mit Einmachen und Kirchenbasaren beschäftigt hast.«
»Gar nicht mal so weit gefehlt. Ich habe in der Schule ausgeholfen und ... ach, so dies und das.« Sie verspürte nicht das Bedürfnis, ihre Arbeit für Wyndham Sale zu erwähnen.
Ihr Blick glitt, vielleicht wegen dieser Auslassung, zu dem Orchideenstrauß, und Gordons Augen folgten den ihren. Er bemerkte: »Natürlich, wir dürfen ja auch den geheimnisvollen Orchideenmann nicht vergessen.«
Lydia zuckte mit den Achseln.
»Wenn du jemanden gefunden hast, der dir etwas bedeutet«, erklärte Gordon, und an seiner Aufrichtigkeit konnte es keinen Zweifel geben, »freue ich mich wirklich für dich. Ich hoffe bloß, du weißt, was du tust. Du bist in der Vergangenheit so schrecklich verletzt worden, und es täte mir weh, so etwas noch einmal mitansehen zu müssen.
»Oh, ich bin jetzt wesentlich stärker.«
Diesmal war sein Lächeln betrübt. »Du erscheinst mir sehr verletzbar. Beinahe wie damals, als wir uns kennengelernt haben.«
Lydia merkte, wie ihr, völlig unerwartet, Tränen in die Augen stiegen. Im Rückblick war ihr erstes Treffen fast unerträglich romantisch gewesen. Sie war ziellos und ohne die ernsthafte Absicht, sich in den Fluß zu werfen, über die Hammersmithbrücke gelaufen und hatte vielmehr nur den unmöglichen Wunsch gehegt, daß ihr ein so direkter Ausweg offenstünde. Eine lange, komplizierte Affäre war gerade zu Ende gegangen, und da ihr Exgeliebter auch ihr Chef gewesen war, war sie nicht nur ihre Stelle losgewesen, sondern auch ziemlich abgebrannt und so gut wie obdachlos. Während sie die Brücke auf

und ab gewandert war, hatte sie sich gelegentlich ein paar sinnlose Tränen zugestanden. Und da war dieser dunkle Fremde erschienen, ein Jogger, aber eben eine Jogger, der zufälligerweise ein sehr bekannter Arzt war mit einer Schwäche für Frauen in Not, insbesondere dramatisch gekleideter und attraktiver Frauen in Not. Er hatte ihr ein Taschentuch und seine Unterstützung angeboten. Sie waren zusammen in einen Pub gegangen, wo Lydia ihm ihre traurige Geschichte erzählt hatte. Am nächsten Tag hatte er ihr Rosen geschickt.

»Lydia, ich weiß, daß es falsch ist, dich unter Druck zu setzen, aber hast du dir wirklich gut überlegt, was du tust? Wie kannst du fünf glückliche Jahre wegen eines Schicksalsschlages wegwerfen?«

Lydia konnte spüren, wie sie angesichts Gordons überwältigender Selbstsicherheit schrumpfte. »Ich weiß«, meinte sie. »Das kommt einem irgendwie verrückt vor, nicht wahr?«

Suzie hatte einen ihr unbekannten Wagen entdeckt, der auf dem Weg geparkt war. Bevor sie an der Kuhglocke zog, warf sie einen Blick durch das Fenster, wo sie Lydia in den Armen eines ihr unbekannten Mannes entdeckte.

»Und was mache ich jetzt?« fragte sie sich. Es war viel zu früh, um schon zur Lodge zurückzukehren, aber sie wollte auch nicht ihren Koffer durch ganz Briarswood schleppen.

Sie hatte ihr restliches Ferientaschengeld für ein Taxi aus Edleston ausgegeben, das außerdem bereits wieder abgefahren war. Plötzlich glücklich darüber, diese Übergangszeit verlängern zu können, versteckte Suzie ihren Koffer im Holzschuppen hinter Rose Cottage und nahm den Weg, der zu Raven's Beacon hinaufführte. Es war ein wunderschöner Morgen, und Suzie hatte beinahe das Gefühl, er gehöre ihr ganz allein, da sie seine Entstehung seit dem ersten Lichtstrahl im Zug mitverfolgt hatte.

Sie fühlte sich gar nicht mehr so müde und stieg mühelos den alten Viehweg zum Gipfel hinauf. Dort fand sie ein Fleckchen Gras, auf dem kaum Hasenkot lag, und dorthin setzte sie sich, um den Ausblick zu genießen und nachzudenken. Die Landschaft erstrahlte jetzt in warmen Herbstfarben: Haddeley Hall mit seinem grenzenlosen Park, das Herrenhaus mit seinen Gärten, die verstreuten Häuser von Briarswood selbst und die Kirche mit ihren beiden hohen Zedern. Suzie war sich sicher, daß es von einem so guten Aussichtspunkt wie diesem wesentlich leichter war, die Dinge richtig zu bewerten, und im Moment gab es wirklich einiges, über das sie nachdenken mußte.

Kurz darauf entschied sie, daß sie wahrscheinlich ebensogut, nur wesentlich bequemer, im Liegen nachdenken konnte. Und innerhalb weniger Sekunden war sie fest eingeschlafen.

Lydia schniefte und befreite sich aus Gordons schützenden Armen. »Ich sollte lieber die Blumen ins Wasser stellen«, meinte sie.

»Ach, Lydia, es bringt doch nichts, mir etwas vorzuspielen, ich sehe doch, wie unglücklich du bist.«

»Wirklich, Gordon, ich bin nicht unglücklich, und ich habe dir auch nichts vorgespielt. Ich weiß auch nicht, was über mich gekommen ist. Es ging mir gut, bis du hier aufgetaucht bist.«

»Ich nehme an, ich habe Gefühle in dir aufgewühlt, mit denen du dich noch nicht beschäftigen wolltest.« Er war ihr in die Küche gefolgt. »Meinst du nicht, es wäre besser, wenn du dich den Problemen stellen würdest?«

»Ich habe nicht die geringste Ahnung, welchen Problemen ich mich überhaupt stellen sollte. Verdammt!« Der Milchkrug, der neben der Spüle auf dem Fußboden stand, hatte über Nacht so viel Regen aufgefangen, daß etwas Wasser auf ihren Schuh schwappte, als sie ihn hochhob.

Gordon sah sich entsetzt um. »Warum sind all diese Töpfe und Pfannen voller Wasser?«

»Das Dach ist undicht. Wenn es stark regnet, brauche ich einen Regenschirm, um mir eine Tasse Tee kochen zu können.«

»Das ist ja unglaublich! Wer ist dein Vermieter? Ich werde mich sofort mit ihm in Verbindung setzen!«

»Nein, bitte laß das. Das mit dem Regenschirm war doch nur ein Scherz. Das Haus gehört einem älteren Ehepaar, den Eltern eines Freundes. Sie haben mir das Haus beinahe mietfrei überlassen.«

»Ach, Lydia, meine kleine Lydia. Diese Wohnung ist doch völlig heruntergekommen. Du läßt dich schon wieder ausnutzen. Du wirst krank werden. Wie fühlst du dich? Hast du irgendwelche Beschwerden? Halsschmerzen vielleicht?«

»Nein, Gordon, ich bin kerngesund.«

»Ich dachte doch schon, als ich reinkam, daß du ziemlich blaß aussiehst.«

»Wirklich, es geht mir gut.«

Da dieses Thema nichts hergab, wandte Gordon seine Aufmerksamkeit nun dem Küchendach zu. Er klopfte dagegen, schnalzte mit der Zunge und erklärte schließlich: »Ein halbwegs vernünftiger Dachdecker könnte das im Handumdrehen reparieren. Das ist keine besonders schwierige Arbeit, es sind nur einige Dichtungsleisten verrottet, das ist alles. Wo ist denn der nächste Baumarkt? Ich kann das ja erledigen, wo ich schon mal hier bin.«

»Gordon, nein.«

»Man wird ein paar Querstücke brauchen. Hast du ein Maßband? Es ist besser, wenn man es gleich fachmännisch herrichtet.«

»Gordon, ich habe dir gerade gesagt, ich möchte nicht, daß du das Dach reparierst! Da würde ich mir hier lieber eine Lungenentzündung holen. Ich würde lieber ertrinken.«

»Niemand kann so störrisch sein wie du – es ist wirklich bewundernswert.«
»Ich glaube, wenn du weiter so redest, als wäre ich ein flauschiges, rosafarbenes Bärchen, fange ich an zu schreien!«
»Warum? Nur weil ich angeboten habe, dir zu helfen? Betrachte es doch mal von einer anderen Warte aus. Wenn du mir nicht gestattest, das Dach zu reparieren, werde ich mir mehr Sorgen machen als je zuvor. Wenn ich es schon nicht für dich erledigen darf, kannst du es mich dann nicht für meinen eigenen Seelenfrieden tun lassen?«
Lydia schrie.
Und außerdem schmiß sie den Krug mit den roten Rosen auf den Fußboden, wo er in eine befriedigende Anzahl Einzelteile zersplitterte.
»Siehst du«, lächelte Gordon, »ich wußte doch, daß du unter einem schrecklichen Druck stehen mußt. Jetzt zeigt sich die ganze Anspannung. Ich habe mich ununterbrochen um dich gesorgt, weil du doch hier so allein bist und leidest. Du brauchst jemanden, der sich um dich kümmert. Du kannst nicht –«
»Nein, Gordon, das brauche ich nicht, darum geht es doch! Das ist der Grund, warum ich gegangen bin. Ich hatte es bis jetzt nur nicht ganz verstanden. Wahrscheinlich war das der Grund, warum ich dir nie geschrieben und mitgeteilt habe, wo ich bin.«
»Das ist schon in Ordnung, Liebling, es macht dir ja niemand Vorwürfe deswegen.«
Lydia schüttelte leicht den Kopf, so wie es Cockerspaniels tun, wenn sie Wasser ins Ohr bekommen haben. Sie fuhr fort: »Ich wußte, daß ich weg mußte, aber ich habe nicht wirklich verstanden, warum. Ich glaube, jetzt weiß ich es.«
»Du hast um das Baby getrauert, Liebling.« Gordon erklärte ihr das sehr geduldig. »Das haben wir doch beide getan. Ich

hatte geglaubt, wir könnten uns vielleicht gegenseitig trösten, aber –«

»Nein, genau das ist es ja. Du wolltest mich trösten, nie andersherum. Das war nicht gerecht.«

»Aber, mein Schatz, jetzt hör auf, das ergibt alles gar keinen Sinn.«

»Ach, halt den Mund, Gordon! Was ich sage, ergibt sehr viel Sinn. Jedenfalls versuche ich zumindest, mich mir selbst verständlich zu machen. Vielleicht wirst du es nie verstehen, aber ich muß wenigstens versuchen, es zu erklären.«

»Natürlich. Du weißt ja, daß ich dir zuhöre.«

»Tatsächlich? Manchmal frage ich mich, ob du es wirklich tust. Ich gebe ja zu, daß ich gerade ein kleines Tief hatte, als wir uns kennengelernt haben.«

»Na, das ist doch ein bißchen untertrieben, meinst du nicht?«

»Na gut, dann war ich eben am Boden zerstört, wenn du es so haben willst. Ich brauchte eine Krücke, und du warst wunderbar. Du warst liebenswürdig und verständnisvoll, hast mich unterstützt und warst generell eben ganz toll.«

»Schatz.« Er trat vor, um sie zu umarmen, doch sie wich zurück und hob abwehrend die Hände.

»Aber dann ist es mir besser gegangen, jedenfalls habe ich mich darum bemüht. Nur daß du weiterhin die Krücke sein wolltest. Du tust es jetzt schon wieder. Du versuchst, mich davon zu überzeugen, daß ich unglücklich und einsam bin und ein neues Dach brauche.«

»Aber es leckt, Lydia, selbstverständlich brauchst du ein neues Dach.«

»Aber darum geht es doch gar nicht! Es ist beinahe so, als bräuchtest du meine Schwäche, damit du Supermann spielen und ständig alles für mich erledigen kannst. Jedenfalls ist es damit nun vorbei. Ich habe ernst gemeint, was ich in meinem Brief geschrieben habe. Ich komme nicht zurück.«

Er versuchte zu lächeln, doch Lydia fügte mit einer ganz ungewohnten Kälte in der Stimme hinzu: »Nie mehr, Gordon.«
Er schien völlig verblüfft.
Es dauerte einen Moment, bis er sich wieder gesammelt hatte und meinte: »Ich hoffe, du begehst nicht gerade einen schrecklichen Fehler, Liebling.«
»Oh, wahrscheinlich tue ich das.« Sie lächelte trocken. »Das tue ich doch meistens, oder?« Gordon beugte sich stirnrunzelnd vor, um die Porzellanscherben und Rosen aufzuheben.
»Ich mache das schon«, sagte Lydia und kniete sich neben ihn.
Er wandte sich ihr halb zu, und plötzlich befanden sie sich sehr dicht nebeneinander, so daß sie gezwungen war, sich an die winzigen Details zu erinnern, die sie so angestrengt zu vergessen versucht hatte: Die goldenen Pünktchen in seinen braunen Augen, den Höcker auf seinem Nasenrücken, das kräftige Kinn und die dichten Bartstoppeln. Und ein Hauch von etwas anderem – Selbstzweifel oder Unsicherheit, sie würde nie erfahren, was es war –, das unter seiner Selbstsicherheit und seiner schier endlosen Sorge um andere lag. Dr. Gordon Fairchild war ein guter Mann, ein aufrichtig guter Mann, auch wenn sie sich gerade erst über ihn lustig gemacht hatte. Noch vor einem Jahr hatte sie geglaubt, er wäre der Mann, mit dem sie ihr restliches Leben verbringen wollte. Seit sie im Juli im Rose Cottage eingezogen war, hatte sie sich nur noch gestattet, sich an seine negativen Seiten zu erinnern, an die Gründe, warum sie ihn verlassen wollte. Jetzt wurde sie an all das erinnert, das sie verlieren würde: Das angenehme Gefühl, abends neben ihm einzuschlafen, seinen typischen Geruch und die Wärme seiner Arme. Sie erinnerte sich daran, wie gern sie ihm mit den Fingern durch sein dichtes, dunkles Haar gefahren war und seinen Kopf zurückgezogen hatte, damit sie ihn küssen konnte.
Sie sagte: »Es tut mir leid, Gordon, es tut mir aufrichtig leid. Es war nie meine Absicht, dich zu verletzen.«

Er schien einen Augenblick lang zu schwanken, doch dann zog er sich auf den erhabenen Boden seiner Unverletzbarkeit zurück. »Oh, ich werde schon damit zurechtkommen. Ich mache mir eher um dich Sorgen.«
»Ich weiß«, sagte Lydia, »und aus diesem Grund mußte ich auch gehen.«
»Früher hast du nie in Rätseln gesprochen.«
»Siehst du, Gordon, ich habe mich doch verändert.«

In Suzies Traum versuchte jemand, ihre Gesichtszüge mit einem rauhen nassen Schwamm wegzuwischen. Als sie die Hände hob, um ihr Gesicht zu schützen, verwandelte er sich in einen Pelzmantel. Sie öffnete die Augen und starrte in ein großes Hundemaul.
»Misty, was machst du denn hier?«
»Ist alles in Ordnung?« Das war eine vertraute Stimme. Suzie sah hoch und entdeckte Terrys Gesicht über sich. Da sie von der Sonne geblendet wurde, konnte sie seine Gesichtszüge nicht ausmachen, sondern nur sehen, daß das Licht sein dunkles Haar wie golden umrandet aussehen ließ. Und daß der Himmel strahlend blau war.
Sie setzte sich auf, verlegen darüber, schlafend an einem öffentlichen Ort angetroffen worden zu sein. »Ich muß eingenickt sein«, meinte sie entschuldigend.
»Ich dachte, du wärst vielleicht ohnmächtig geworden oder so was.«
»Nein, ich habe nur ein paar sehr lange Abende hinter mir.«
Er lächelte und setzte sich neben sie. »Ich gehe mit Misty oft hier hoch«, sagte er. »Es ist toll, nicht wahr? Hier haben wir die Zeremonie für Lydias Baby abgehalten. Wir haben auch eine Stechpalme gepflanzt, aber sie sieht nicht sehr glücklich aus. Ich glaube, sie geht gerade ein. Magst du eine Zigarette?«

»Nein, danke.«
»Tut mir leid, daß ich dich aufgeweckt habe.«
»Schon gut, ich sollte sowieso nicht hier sein.«
»Du machst blau, was?«
»Nein, wir haben Ferien. Ich bin zu einer Freundin gefahren, aber sie hat sich ziemlich verändert und ist mit ein paar wirklich komischen Leuten befreundet. Vielleicht bin ich ja auch seltsam, wenn ich sie nicht mag. Ich weiß es nicht so recht.«
»Wie denn komisch?«
»Ach, sie tun anderen irgendwelches Zeug in die Getränke und finden das witzig. Nehmen Sachen aus Läden mit, ohne dafür zu bezahlen.«
Terry nickte. »Ja, Teenager machen so eine Phase durch. Bis vor kurzem war ich selbst auch ziemlich rücksichtslos.«
»Wirklich?« Suzie wollte lieber nicht zu genau nachfragen, da sie sich an das erinnerte, was Hopi ihr über die Spritztouren erzählt hatte.
»Ja. Ich habe immer Scherereien gehabt. Aber ich habe mich ziemlich verändert, seit ich seßhaft geworden bin.«
Suzie fand es komisch, daß er von Seßhaftigkeit sprach, obwohl er doch in einem Laster, Bus, Wohnwagen oder was auch immer lebte.
»Eigentlich liegt es an Misty. Ich muß ja jetzt auch an sie denken.«
Als sie ihren Namen hörte, spitzte Misty die Ohren. Sie hatte besonders schöne Ohren, hell und flauschig, die Ohren eines gespenstischen Schmetterlings, und sie manövrierte sie mit der Geschicklichkeit eines erfahrenen Lotsen hin und her.
»Ja, sie ist ein sehr schöner Hund«, stimmte Suzie ihm zu. Und dann meinte sie, weil sie es schon ewig hatte wissen wollen: »Das mit ihrem Bein ist ja eine Schande. Was ist denn passiert? Hatte sie einen Unfall?«
Terrys Gesicht verdüsterte sich. »Nein«, meinte er. »Sie ist

in einem Schuppen gehalten worden, und der Besitzer hat sie mit einem Stück Draht um den Knöchel angeleint. Der Dreckskerl ist ein paar Tage weggefahren und hat sie einfach so zurückgelassen. Der Draht hatte sich so tief in die Haut gegraben, daß sie schon eine Blutvergiftung hatte, und der Tierarzt mußte ihren Fuß amputieren. Die Leute vom Tierschutzverein wollten, daß ich als Zeuge für die Anklage auftrete, aber es war ein bißchen ungünstig, deshalb konnte ich das nicht tun. Wenn ich dem Scheißkerl je begegne, weiß ich schon, was ich ihm sagen werde.«
»Oh.« Suzie riß bewundernd die Augen auf. »Du hast sie gerettet. Das ist toll.«
»Es hat sich so ergeben«, gab Terry bescheiden zu. Im stillen dachte er, wie er es oft tat, daß er und Misty aus dem gleichen Holz geschnitzt waren und daß sie sich deshalb auch so nahestanden. Die Leute sagten immer, wie schön Misty doch wäre, doch ihre Schönheit hatte sie auch nicht davor geschützt, mißhandelt und alleingelassen zu werden. Niemand hatte sich um sie gekümmert, bis er vorbeigekommen war.
Suzie spielte nachdenklich mit Mistys Ohren, und Terry kraulte ihren Hals. Misty schloß halb die Augen und genoß die Aufmerksamkeit, die ihr zuteil wurde. Suzies und Terrys Hände waren dich beieinander, doch sie berührten sich nicht. Nach einer Weile erkundigte sich Suzie: »Woher wußtest du denn, daß sie in dem Schuppen war? Bist du extra hingegangen, um sie zu retten?«
Terry blickte über die geschwungenen Dächer von Haddeley Hall zu der Hügelkette auf der anderen Seite des Tals hinüber. »Nicht ganz«, meinte er. »Die Umstände waren ein bißchen seltsam. Deshalb konnte ich auch kein Zeuge sein.«
»Seltsam? Weshalb?«
»Tja«, er runzelte die Stirn und bemühte sich, eine gute Geschichte zu erfinden, doch weil ihm keine überzeugende ein-

fiel, gab er auf. »Ich bin gelegentlich in Scheunen eingebrochen. Nicht oft, aber eben manchmal. Ich dachte, ich würde vielleicht etwas finden, das ich verkaufen könnte, Werkzeuge oder so was. Und da habe ich Misty gefunden.«

»Toll.«

»Das war zu der Zeit, als ich noch rücksichtsloser war.«

»Ja, ich verstehe.«

Als Suzies anfänglicher Schock nachgelassen hatte, stellte sie sich die Szene vor, und je mehr sie darüber nachdachte, um so witziger fand sie die Sache. Der Dieb wurde zum Retter. Alles war auf den Kopf gestellt. Sie mußte unfreiwillig loskichern.

»Ich weiß ja nicht –« Terry wandte sich ihr zornig zu, und seine Gesichtszüge waren plötzlich ganz starr, weil er sich verletzt fühlte.

Suzie versuchte, ihr Lachen zu unterdrücken, was es nur um so schlimmer machte. Dann prustete sie mit einer so ansteckenden Spontaneität los, daß Terry ebenfalls grinsen mußte. Suzie hielt sich den Bauch, ließ sich nach hinten fallen und lachte in den leuchtendblauen Himmel hinauf. Terry betrachtete sie eine Weile grinsend, sah, wie sich ihr blondes Haar wie der Fächer eines exotischen Vogels um ihren Kopf ausgebreitet hatte und daß ihr rosiger Mädchenmund weit geöffnet war, und bevor er sich's versah, hatte er sich neben sie auf den Rücken gelegt und lachte ebenfalls schallend.

ACHTZEHNTES KAPITEL

»Wir möchten Ihnen für die Bibliothek ein viktorianisches Ambiente vorschlagen«, sagte Miranda Foley in dem für sie typischen, kurz angebundenen, rechthaberischen Tonfall. »An diesen Mustern können Sie erkennen, welche Wirkung wir erzielen möchten.« Sie öffnete mit einer kunstvollen Gebärde den vor Wyndham liegenden Ordner und breitete die matten Grün- und Rosttöne der Tapeten-, Stoff- und Teppichmuster wie einen Fächer vor ihm aus.

Lydia mußte sich über den Tisch lehnen, um etwas sehen zu können. »Hübsch«, meinte sie, »aber vielleicht ein bißchen zu brav?«

Miranda Foleys schmale Nase wurde noch ein wenig spitzer, aber sie gab durch nichts zu erkennen, daß sie Lydias Bemerkung überhaupt gehört hatte. Zu Wyndham meinte sie: »Wir dachten an gedämpftes Licht mit einigen Punktstrahlern zum Lesen, Mr. Sale, und an Ledermöbel, natürlich nur einige erlesene, traditionelle Stücke.«

»Und an die Wände kommen Jagdbilder?« wollte Lydia wissen.

Auf Miranda Foleys Wangen breiteten sich zwei rote Flecken aus. »Wir dachten an eine Serie botanischer Zeichnungen. Der Raum spricht ja ganz offensichtlich für sich selbst.«

Wyndham betrachtete die Muster und warf dann Lydia einen Blick zu, die ihrerseits beinahe unmerklich die Augenbraue hob.

»Was meinst du, Lydia?« fragte Wyndham sie.
»Der Vorschlag ist ganz in Ordnung, nur daß die Bibliothek dann aussehen würde wie jede andere langweilige Bibliothek in einem großen alten Haus. Warum sollte man nicht einmal etwas anderes ausprobieren?«
»Und das wäre?«
»Hm ...« Sie lehnte sich zurück. »Wie wäre es beispielsweise mit Art déco? Ein riesiger Teppich mit unsymmetrisch angeordneten geometrischen Formen, diese komischen Lampen, die wie große Bonbons aussehen, und Sessel in grellen Farben.«
Man sah Miranda Foleys affektiertem Lächeln die Erleichterung an, als sie sich erneut an Wyndham wandte: »In einem Haus dieses Kalibers ist es selbstverständlich unerläßlich, seinen ursprünglichen Charakter nicht zu verfälschen. Haddeley Hall ist ein beinahe perfektes Beispiel für die Architektur aus der Zeit Jakobs des Ersten.«
»Ja und?« fragte Lydia. »Ich habe ja auch nicht vorgeschlagen, die Wände einzureißen oder Panoramafenster einzubauen. Und wer sagt überhaupt, daß eine Einrichtung in viktorianischem Stil besser zu einem Gebäude aus dem siebzehnten Jahrhundert paßt als Art déco?«
Miranda Foley schob den Ordner ein wenig dichter zu Wyndham. Er hatte bereits eine ganze Reihe davon vor sich liegen. »Sie werden sich die Muster wahrscheinlich in aller Ruhe ansehen wollen, Mr. Sale. Ich bin mir sicher, Sie werden einige Ideen entdecken, auf denen wir aufbauen könnten.«
Wyndham sammelte die Ordner zusammen und schob sie beiseite. »Das hängt alles davon ab, was Lydia denkt«, sagte er gelassen. »Ihre Meinung ist für mich von unschätzbarem Wert.«
Bei dieser Aussage wirkte Miranda Foley so irritiert, daß Ly-

dia beinahe Mitleid für sie empfand. Dieses morgendliche Treffen war aus einem Kompromiß heraus arrangiert worden, denn obwohl Wyndham behauptete, von Balduins Zimmer, das nun beinahe fertig war, begeistert zu sein, hatte er doch darauf aufmerksam gemacht, daß es bei Lydias derzeitigem Arbeitstempo mindestens drei Jahre dauern würde, bevor auch nur das oberste Stockwerk fertiggestellt war, und er wollte einfach nicht länger warten. Er wollte dort weitermachen, wo er nach Annabels Tod aufgehört hatte, und seine Vorstellungen für Haddeley Hall in die Tat umgesetzt sehen. Deshalb hatte er Lydia überredet, an dem Treffen mit der Innendekorateurin teilzunehmen, die man ihm nach Annabels Erkrankung empfohlen hatte.

Und Lydia ließ sich nicht zweimal bitten, denn nachdem sie gesehen hatte, wie ein Bruchteil des Hauses sich durch ihre eigene Arbeit verwandelt hatte, mußte sie feststellen, daß sie eine eifersüchtige Liebe zu dem Gebäude verspürte. Dieses Gefühl erstaunte sie, weil sie sich in der Vergangenheit weder besonders für ihre eigenen Wohnungen noch für die anderer Menschen interessiert hatte. Doch nun nahm sie leidenschaftlich Anteil an dem Schicksal von Haddeley Hall und konnte sich schon lebhaft vorstellen, wie es zu neuem Leben erwachte und wie man seine merkwürdige Schönheit mit etwas Phantasie und viel harter Arbeit steigern könnte. Und an diesem Prozeß wollte sie teilhaben.

Nachdem Miranda Foley sich verabschiedet hatte, und weil es ein so schöner Morgen war, gingen sie und Wyndham mit den beiden Cockerspaniels durch den Park spazieren. Der Weg führte sie zu einem sumpfigen Stück Land, auf dem sich einst, wie Wyndham den alten Aufzeichnungen des Hauses entnommen hatte, ein Zierteich befunden hatte. Felix und Zoe, seine beiden jungen Hunde, tobten im Schilf herum, bis sie über und über mit Schlamm bedeckt waren, und sie ignorierten Wyndham Befehle vollkommen. Als er ärgerlich wurde, klärte Lydia, die Miguel häufig beim Ausführen der Tiere gesehen hatte, ihn auf: »Das Problem liegt vielleicht darin, daß sie nur Portugiesisch verstehen.«

»Meinst du?« Wyndham wirkte einen Moment lang völlig verblüfft. »Wie sagt man denn auf Portugiesisch: ›Jetzt kommt endlich aus dem Matsch, ihr dreckigen Ferkel, bevor ich rüberkomme und euch eigenhändig den Hals umdrehe?‹«

»Keine Ahnung. Vielleicht sollten wir einfach mal einen Miguel-ähnlichen Tonfall ausprobieren.«

»Na, dann mach.«

Wyndham sah zu, wie Lydia mehrmals mit tiefer Stimme: »Felix! Zoe!« rief. Die Hunde hoben die Köpfe und kamen schließlich zu ihr getrottet.

»Erstaunlich«, meinte Wyndham. »Ich bin ein Fremder in meinem eigenen Heim.«

Dann schwieg er ein Weilchen nachdenklich und sagte schließlich: »Ich habe einen Landschaftsplaner kontaktiert, er wird nächstes Jahr mit der Arbeit hier beginnen. Bis zum Sommer wird es hier wieder einen Teich geben, und alles wird so aussehen, wie es sollte. Ich möchte, daß bis dahin auch die meisten Arbeiten am Haus abgeschlossen sind.«

»Die arme Miranda Foley«, meinte Lydia. »Meine Einmischung hat ihr nicht gerade gefallen. Ich nehme an, eine außerhäusige Geliebte genießt keinen hohen Status, insbesondere wenn man gerade seinen Klienten dazu zu bewegen versucht, eine Entscheidung zu treffen.«

»Das ist ihr Problem«, sagte Wyndham barsch. »Aber natürlich gäbe es eine sehr einfache Lösung für dieses Problem.«

»Und die wäre?«

»Heirate mich.«

Lydia war so perplex, daß sie stolperte und beinahe über ihre eigenen Füße gefallen wäre. »Was?«

Wyndham griff nach ihrem Ellbogen, um sie aufzufangen, meinte jedoch bloß: »Du hast gehört, was ich gesagt habe.«

»Noch mehr von diesen Scherzen, und ich werde mir ein Bein brechen.«

»Und wenn das gar kein Scherz war?«

Lydia zögerte nur den winzigsten Bruchteil einer Sekunde, bevor sie erwiderte: »Ich kann das wirklich nicht ernst nehmen. Außerdem bin ich zufälligerweise bereits verheiratet.«

»Ich hatte den Eindruck, der gute Doktor wäre abserviert.«

»Rein rechtlich nicht. Außerdem habe ich momentan genug von der Ehe.«

»Wie du willst.« Wyndham schob die Hände in die Hosentaschen und blickte über die verwilderte kleine Niederung und die weite Wiese zu der Baumreihe hinüber, die die Straße säumte. Dann meinte er: »Wie wäre es statt dessen mit einem Wochenende in Paris?«

»Ist das der Bonus, den du mir nach der Vollendung von Balduins Zimmer versprochen hattest?«

»So würde ich das nicht sagen. Ich möchte bloß gern mit dir nach Paris fahren.«

»Gut. Wann fahren wir?«

Als sie später zum Haus zurückkehrten, fragte Lydia: »Nehmen wir mal an, ich hätte der Heirat zugestimmt, was dann?«

Auf Wyndhams unbewegtem Gesicht zeigte sich keine Regung. »Nun, es hätte wohl eine lange Verlobungszeit gegeben. Und natürlich einen prächtigen Ring.«

Als Lydia wieder allein im Rose Cottage war, stellte sie überrascht fest, wie schnell sich die Idee einer Heirat mit Wyndham in ihrem Kopf festgesetzt hatte. Sie ging davon aus, daß seine Frage mehr ein Vorfühlen als ein ernstgemeinter Antrag gewesen war, fand die Vorstellung jedoch beunruhigend verlockend. Dann ließ sie sich die vielen Vorteile ihrer derzeitigen Situation durch den Kopf gehen. Was sie zu Haddeley Hall hinzog, war weniger das Geldausgeben als die Möglichkeit, ein einziges Mal in ihrem Leben eine Arbeit richtig zu machen und exakt die Atmosphäre zu kreieren, nach der das Haus verlangte. Sie wußte, daß Wyndham nicht so lange warten wollte, bis sie alles eigenhändig erledigt hatte, und weil sie bereits in mühevoller Handarbeit ein Zimmer allein fertiggestellt hatte, war sie sehr gern bereit, von nun an andere die praktischen Arbeiten ausführen zu lassen. Es war, als hätte man ihr eine riesige Leinwand und all die Materialien zur Verfügung gestellt, von denen sie nur träumen konnte, um damit das bedeutendste Bild ihres Lebens zu malen. Das und ein gelegentlicher Ausflug nach Paris – kein Wunder, daß sie sich so glücklich fühlte wie seit Monaten nicht mehr.

Als Wyndham in sein getäfeltes Büro zurückkehrte, fand er dort Mark vor, der gerade durch Miranda Foleys Musterordner blätterte.

»Was meinen Sie?« fragte Wyndham ihn.

»Wunderbar, die Frau hat einen exzellenten Geschmack. Ich finde ihre Ideen für die Bibliothek ausgesprochen gut.«

»Finden Sie sie nicht ein wenig zu konventionell?«

»Nicht im geringsten. Ich würde eher sagen, klassisch. Zeitlos. Zurückhaltende Eleganz.«

»Wie Ihre Krawatte?«

Mark grinste, befingerte den giftgrünen Knoten an seinem Hals und meinte: »Madame Foley hat mir dafür ein Kompliment gemacht.«

»Dann will ich mit Sicherheit nicht, daß sie mein Haus gestaltet. Vielleicht werde ich Lydia die Oberaufsicht übertragen.«

Mark war klug genug, keinen Kommentar dazu abzugeben. Er mißbilligte Lydia, die seiner Meinung nach in vielerlei

Hinsicht einen schlechten Einfluß auf seinen Arbeitgeber ausübte. »Da fällt mir ein«, bemerkte er, ohne das Thema wirklich zu wechseln, »daß ich eine Kopie des Pachtvertrages der Hazel Farm herausgesucht habe.«

»Hazel Farm?«

»Der Bauernhof, den der Schwiegersohn des alten Sedden gepachtet hat. Der Vertrag muß erneuert werden. Es wäre völlig unproblematisch, wegen eines kleinen Formfehlers abzulehnen, falls Sie einen neuen Pächter hereinnehmen möchten.«

»Warum sollte ich das wollen?«

Mark zögerte.

»Ach ja«, meinte Wyndham, »auf diese Weise sollen die Hippies vertrieben werden. Wer hat Ihnen das nahegelegt, Mark?«

»Alle wollen, daß sie verschwinden.«

»Alle? Sie sollten wissen, daß die Hippies auch ein paar Freunde haben. Unternehmen Sie erst einmal nichts, ich möchte mir momentan noch alle Möglichkeiten offenhalten.«

Mark widersprach ihm nicht. Es machte ihm nichts aus, den richtigen Augenblick abzuwarten, bis sein Arbeitgeber wieder vernünftig geworden war, und er nahm nicht an, daß er allzulange warten mußte. Hätte er von Wyndhams Heiratsantrag gewußt, wäre er vielleicht nicht so siegessicher gewesen.

Wyndham hatte seinen Heiratsantrag nur zur Hälfte scherzhaft gemeint; er hatte wissen wollen, wie es sich anfühlte, diese Worte auszusprechen. Ihm war bewußt, daß er erst nach Lydias Auftauchen aus dem Dunkel getreten war, das ihn seit Annabels Tod umgeben hatte. Einige Monate lang hatte er nicht mehr richtig funktioniert, doch da diese Phase nun hinter ihm lag, brannte er darauf, nicht nur mit den Arbeiten an Haddeley Hall weiterzukommen, sondern auch mit allem, was zum Leben dazugehörte. Er war nun lange genug allein gewesen, um zu wissen, daß ihm das nicht gefiel. Lydia dagegen gefiel ihm. Außerdem war er es leid, in einem Haus zu wohnen, in dem nicht einmal seine eigenen Hunde auf die englische Sprache reagierten.

Lydias Abfuhr störte ihn nicht im geringsten. Verhandlungen machten ihm Spaß, und er hatte schon häufiger festgestellt, daß ein dramatisches Eröffnungsangebot ein guter Anfang war, um eine Sache ins Rollen zu bringen. Weil er recht zuversichtlich war, daß er schließlich zum Erfolg kommen würde, war seine derzeitig größte Sorge lediglich, daß Lydia für das bevorstehende Wochenende nicht die passende Garderobe besaß.

»Verschwenden Sie keinen weiteren Augenblick, Lydia, Sie müssen ihn sich sofort schnappen. Er ist ein phantastischer Fang: wohlhabend, ungebunden und präsentabel. Er hat doch keine sonderbaren Angewohnheiten, oder?«

»Was meinen Sie damit?«

»Ach, Sie wissen schon, was ich meine«, sagte Ann Robertson ominös. Dann wurde sie fröhlicher: »Er ist der Traum einer jeden Frau. Ich bedauere ja nur, daß ich nicht zuerst da war.«

»Sie? Was ist denn mit Mr. Robertson?«

»Ja, was schon, das frage ich mich auch oft. Der Mann ist ein absolut hoffnungsloser Fall.«

»Das glauben Sie ja selbst nicht«, widersprach Lydia grinsend. Jeder, der die Lehrerin so über ihren Ehemann reden hörte, hätte den Eindruck haben müssen, sie und ihr Mann stünden kurz vor der Scheidung, doch Lydia hatte beobachtet, wie Anns Gesicht jedesmal entzückt aufleuchtete, wenn er unerwartet in der Schule anrief.

Sie waren nach dem Unterricht noch in der Schule geblieben, um sich die Requisiten und Kulissen für das Krippenspiel anzusehen und Defektes auszusortieren. Da nun die Herbstferien, Halloween und das Guy-Fawkes-Fest hinter ihnen lagen, richtete sich die gesamte Aufmerksamkeit der Grundschulklasse von Briarswood auf Weihnachten.

»Er hat mich zu einem Ausflug nach Paris eingeladen«, bemerkte Lydia, während sie einen beschädigten Stern untersuchte. »Der hier ist nicht mehr zu retten.«

»Hm, ein zweiter Biß in den Apfel, was für wunderbare Neuigkeiten. Bringen Sie ihn dazu, ein zweites Mal um Ihre Hand anzuhalten, und verpatzen Sie es diesmal nicht!«

Lydia hockte sich hin. »Wie soll ich das denn anstellen?«

»Ach, ich glaube nicht, daß ich Ihnen auf diesem Gebiet etwas beibringen kann. Versuchen Sie es mit den üblichen *Femme-fatale*-Tricks. Viel verführerische Unterwäsche, so etwas eben. Ich nehme an, es ist schon zu spät, auf unnahbar zu machen?«

»Ein klein wenig.«

»Macht nichts. Ein paar transparente Negligés, und Sie haben ihn an der Angel.«

»Das klingt, als sei er ein Fisch. Außerdem bin ich mir gar nicht sicher, daß ich ihn mir angeln will.«

»Jetzt seien Sie nicht albern, Lydia. Wyndham Sale ist ein hervorragender Fisch, ein frischer, erstklassiger Lachs, kein Hering oder gar eine Sprotte.« Hier fügte sie bedeutungsschwanger hinzu: »Nicht wie manche Männer, die ich jetzt anführen könnte.«

»War verführerische Unterwäsche auch beim Fang von Mr. Robertson maßgebend?« erkundigte sich Lydia. Ann bezog sich auf ihren Ehemann, wie eine Figur aus einem Jane-Austen-Roman, stets mit dem Nachnamen, und Lydia hatte diese Angewohnheit von ihr übernommen.

Ann zog eine Grimasse. »Socken und Pyjamas im Bett. Ich muß nicht extra erwähnen, daß wir in unserer Hochzeitsnacht

in Scarborough das Bett ganz prosaisch mit zwei Wärmflaschen geteilt haben.«
»Dann muß es sich um wahre Liebe handeln.«
»Keineswegs«, widersprach Ann starrsinnig, »es war sozusagen eine reine Vernunftehe.«
Lydia grinste. Die aufkeimende Freundschaft mit der Lehrerin war eine der unerwarteten Dreingaben ihrer Teilzeitbeschäftigung mit den Kindern. So weise Ann Robertson auch in bezug auf die ihr anvertrauten Kinder war, so wenig Ahnung hatte sie von dem, was sie selbst als »Herzensangelegenheiten« bezeichnete. Ihre Auffassungen und Ratschläge hätten geradewegs einem Frauenmagazin des neunzehnten Jahrhunderts entnommen sein können. Vielleicht lag es daran, daß sie eine schlichte, hart arbeitende Teenagerin gewesen war, daß sie Liebe und Romantik als einen Luxus betrachtete, der zum Leben anderer gehörte, aber nichts mit der tiefen Zuneigung und Partnerschaft zu tun hatte, die sie und Mr. Robertson seit zwanzig Jahren verband.
»Ich habe keine Negligés, weder transparente noch andere«, meinte Lydia nun. »Wenn ich so richtig darüber nachdenke, muß ich zugeben, daß mir grundsätzlich die passende Garderobe fehlt.«
»Lassen Sie umgehend etwas aus Dulwich schicken. Sie müssen doch Unmengen von verführerischer Kleidung zu Hause haben.«
Lydia kicherte. »Da muß ich leider passen: Ich habe nichts, das einem aufregenden Wochenende mit dem wohlhabenden Wyndham angemessen wäre. Außerdem will ich nie wieder nach Dulwich zurückfahren. Ich habe Gordon mitgeteilt, er könne alles verschenken.«
»Das klingt ja, als wären Sie immer noch ein bißchen in ihn verliebt.«
»Du lieber Himmel, nein.« Stirnrunzelnd kratzte Lydia mit

dem Daumennagel eine Farbnase von einem Palmwedel. »Vielleicht bin ich auch nie in ihn verliebt gewesen, sondern habe immer nur so getan als ob.« Dann versuchte sie, das Thema zu wechseln und meinte: »Was ist eigentlich mit Saul? Werden Sie es riskieren, ihm eine Rolle in dem Stück zu geben?«

»Alle Kinder erhalten eine Rolle«, sagte Ann entschieden. »Damit habe ich noch nie falsch gelegen. Saul hat während des letzten Monats unglaubliche Fortschritte gemacht, aber er ist nach wie vor sehr unsicher, wenn er zu eng mit den anderen Kindern zusammenarbeiten muß, deshalb kann ich ihn nicht zu den Engeln oder Schafen stecken.«

»Tja, aus ihm wird wohl nie ein Herdentier werden.«

»Und dieser finstere Blick. Es würde ihm schwerfallen, Andächtigkeit zu mimen, also kommt keine Rolle als Schäfer oder König in Frage.«

»Ein einsames Kamel vielleicht?«

»Ich dachte mir, ich probiere einmal aus, wie er sich als Herbergsvater macht. Das wäre so ähnlich wie im Wendy-Haus, und wir könnten sein natürliches Talent nutzen, Leute zu verscheuchen.«

Es war ein äußerst seltsames Gefühl.

Twinks hatte ihr kleines weißes Auto vorsichtig vor dem Dorfladen abgebremst und zog nun die Handbremse an. Dann schaltete sie die Zündung aus. Seit sie dieser schreckliche Nebel umschloß, hatte sie sich angewöhnt, alle Tätigkeiten mit der größtmöglichen Achtsamkeit auszuführen, damit ihr kein dummer Fehler unterlief. Sie öffnete die Tür, schwang die Beine hinaus und setzte die Füße fest auf den Asphalt. Dann hielt sie inne.

Eine eigenartig aussehende junge Frau hatte den Laden gerade mit einer Tüte Lebensmittel verlassen. Sie hatte unglaublich viele komische Zöpfchen, die ihr wie Schlangen über die Schulter fielen, und Ohrringe, wo keine sein sollten. Doch es waren nicht diese Absonderlichkeiten, die Twinks' Aufmerksamkeit fesselten: Es war ihr buntgescheckter, wallender Rock.

Twinks hatte nie zuvor etwas Derartiges gesehen, und doch erschien er ihr eigenartig vertraut. Einige der Stoffe in dem Patchworkrock erinnerten Twinks an andere Orte und andere Zeiten: Dieser zarte Batist mit den wolkigen Blau- und Grautönen war völlig identisch mit dem Kleid, das sie zur Taufe von Williams jüngstem Sohn getragen hatte. Und diese zartgelbe, geblümte Baumwolle hatte das gleiche Muster wie eine Hemdbluse, die sie ebenfalls in jener Zeit gekauft haben mußte. Schon beim Betrachten kehrte die Erinnerung an eine unvergeßliche Nokturne zurück, die sie an einem Sommernachmittag vor gar nicht allzu vielen Jahren gespielt hatte.

Twinks legte die Hand auf die Brust, als ob sie dadurch ihr hämmerndes Herz beruhigen könnte: Vor ihren Augen zog ihr ganzes Leben vorbei. Erst hatte sich ihr Sichtfeld so weit eingeschränkt, daß mittlerweile beinahe die gesamte Welt in gespenstischen Nebel gehüllt war, und jetzt auch noch das.

Die junge Frau war mit ihren schweren Stiefeln und diesem außergewöhnlichen, beunruhigenden Rock in großen Schritten davongestapft, doch es dauerte eine Weile, bevor Twinks die Kraft hatte, ihr Auto zu verlassen und die paar Meter zum Laden zu gehen.

Die erste Probe des Krippenspiels, die etwas später in jener Woche stattfand, war nur teilweise ein Erfolg. Saul hörte aufmerksam zu, als man ihm seine Rolle erklärte, und zog sich dann hinter die Sperrholzkulisse zurück, die die Herberge darstellte. Sandras Tochter Naomi sollte die Muttergottes spielen. Sie war ein stämmiges, behäbiges Mädchen, und man konnte sich darauf verlassen, daß sie über so belanglose Schwierigkeiten erhaben war, wie beispielsweise ein Joseph, der sich jedesmal, sobald er ihre Hand halten sollte, drei Finger in den Mund steckte und so tat, als müsse er sich übergeben. Die beiden Kinder stapften zur Herbergstür und klopften. Man konnte hören, wie Saul hinter der Kulisse vor sich hin murmelte. Sie klopften erneut.

Die Tür öffnete sich einen winzigen Spalt, und ein erbostes Gesicht lugte hervor. »Ja?«

»Können wir heute nacht hierbleiben?« fragte Joseph. »Maria erwartet ein Baby und –«

»Verpißt euch bloß von meiner Herberge«, sagte Saul drohend.

»O Saul!« Entsetzt hob Ann Robertson die Arme: »Auch wenn sie nicht bei dir in der Herberge unterkommen können, mußt du trotzdem höflich sein.«

Sauls Stirnrunzeln verstärkte sich, als er versuchte, diese Idee zu verarbeiten. Dann meinte er: »Okay, Miß.« Erneut bedachte er die beiden Kinder mit einem finsteren Blick und sagte, diesmal etwas sanfter: »Bitte verpißt euch von meiner Herberge.«

»Das reicht fürs erste«, beendete Ann die Probe. Naomi blieb stoisch mitten auf der Bühne stehen, und Joseph gesellte sich zu den Schafen und Engeln, die kichernd am Bühnenrand standen. »Ich glaube, wir werden für einige Teile ein Manuskript brauchen.«

»Method acting«, erläuterte sie Lydia am nächsten Tag nach Unterrichtsschluß aufgeräumt. »Der Junge hat sich mit ganzer Seele in seine Rolle geworfen, da wäre es doch eine Schande gewesen, ihn zu rügen.« Sie sah sich an, woran Lydia gerade arbeitete. »Ich sage das ja nur ungern, Lydia, aber Ihre Palme ist viel zu schön. Sie stellt meine vollkommen in den

Schatten, und die Leute werden glauben, die Kinder hätten sie gebastelt.«

»Von mir erfährt niemand etwas.« Lydia war gerade mit dem kleinen Affen fertig geworden, den sie oben auf ihrer Palme gemalt hatte. »Sind das Bananen- oder Kokospalmen?«

»Palmenpalmen. Ach, übrigens, ich habe etwas für Ihre Aussteuer gefunden. Es stammt aus einem Secondhandladen in Edleston, also schulden Sie mir nicht einen Penny. Sehen Sie nur, ist es nicht schön?«

Lydia öffnete das Päckchen mit einem unguten Gefühl, war dann jedoch wirklich entzückt. In Seidenpapier gebettet lag, wenn auch keine der beiden Frauen je seine Herkunft erraten würde, das austernfarbene Seidennegligé, das Sandra und ihrem Mann soviel Spaß bereitet hatte, als sie es einige Monate zuvor von Mrs. Cartwright erhalten hatte.

»Mr. Sale wird Sie nur einen Augenblick darin sehen müssen«, rief Ann triumphierend, »um hin und weg zu sein.«

»Tja, es ist definitiv durchsichtig«, meinte Lydia, die das Stückchen Seide vor die Brust hielt und vor Anns bewundernden Blicken durchs Klassenzimmer tänzelte.

»Lies vor!« Saul schob Terry das Buch in die Rippen. »Lies es so, wie sie es immer macht.«

»Ein andermal, Saul«, meinte Terry, »ich bin gerade beschäftigt.«

»Nein, bist du nicht«, widersprach Saul berechtigterweise. »Du machst gar nichts. Lies mir das Buch vor!«

»Ich hab dir doch gesagt, daß ich beschäftigt bin.«

»Du hast doch gerade selbst darin gelesen.«

Terry schnappte sich das Buch, schleuderte es in einem plötzlichen Wutanfall durch den Wagen und stürzte dann an die frische Luft. Sein Gesicht hatte sich gerötet, und sein Herz hämmerte. Er glaubte, seine Gedanken müßten ihm deutlich

auf die Stirn geschrieben stehen, und jeder, der ihn sah, würde sofort wissen, was ihm durch den Kopf ging. Eine Mischung aus Angst, Zorn und Scham brannte in ihm. Ja, es stimmte, er hatte sich eines der Bücher angesehen, die Suzie vorbeigebracht hatte, aber darin gelesen hatte er nicht. Jedenfalls nicht viel. Weil er es nämlich nicht konnte.
Terry hatte sich schon so oft dafür geschämt, daß er nicht lesen konnte. Die Erinnerung an seine Schulzeit war immer mit dem Gefühl von Panik verbunden und seinen Versuchen, dem Unterricht zu entkommen. Er hatte damals unzählige Strategien entwickelt, um sein Geheimnis für sich zu behalten, und einmal hatte er sich sogar die rechte Hand verletzt, damit die Wahrheit nicht ans Licht kam. Man hatte ihn angebrüllt und sich über ihn lustig gemacht, ihn als faul und dumm beschimpft, und dann hatte er angefangen blauzumachen und war schließlich gar nicht mehr in die Schule gegangen.
Als Suzie ihre alten Bücher vorbeigebracht und damit begonnen hatte, Saul daraus vorzulesen, waren Terrys Alpträume zu neuem Leben erweckt worden. Gleichzeitig war er auch fasziniert, weil er feststellte, daß er, wenn er in der Nähe der beiden saß, einige der Wörter erkannte. Ein paar Wörter wie »Stummelschwänzchen« oder »Mr. McGregor« waren ein einziger Buchstabensalat, doch wenn er hörte, wie Suzie sie aussprach, dachte er, daß er eines Tages vielleicht sogar diese meistern könnte. Gelegentlich gestattete er sich die schwache Hoffnung, daß es eventuell doch möglich wäre, die verlorenen Jahre aufzuholen, doch dieser Optimismus wurde durch die Angst gedämpft, Saul, Suzie oder jemand anderes könnte vielleicht über die Wahrheit stolpern. Wenn Terry auch nur andeutungsweise daran dachte, daß jemand erraten könnte, welch absurder Makel ihm anhaftete, verwandelte sich sein Gehirn in glühende Lava.
Er wollte stolz auf sich sein können und respektiert werden.

Er wollte sich einen Weg durch diesen finsteren Dschungel der Erwachsenenwelt bahnen. Doch wie konnte er das in Angriff nehmen, wenn er noch nicht einmal das einfachste Formular lesen, geschweige denn ausfüllen konnte? Die Kluft zwischen seinen Ambitionen und seinen derzeitigen Fähigkeiten war so groß, daß er sie nur in seiner Phantasie überbrükken konnte. Er würde allen zeigen, zu was er fähig war; alle würden überrascht sein. Er würde DJ oder ein Fernsehstar werden, ein berühmter Rennstallbesitzer, Filmproduzent oder Musiker. Einmal hatte er sich auf eine Stelle bei einer Hamburgerkette beworben. Man sollte ja nicht meinen, daß man lesen und schreiben können mußte, um runde Hackfleischscheiben zwischen zwei Brötchenhälften zu legen, doch auch dort hatte es eine unüberwindbare Hürde gegeben, die sich Anweisungen nannte: Eine ganze Seite Vorschriften und Firmenpolitik, die auswendig gelernt und aufgesagt werden mußte. Also hatte er ihnen einfach gesagt, er wäre Vegetarier und die Arbeit verstieße sowieso gegen seine Prinzipien, und sie hatten ihn angebrüllt, er würde ihre Zeit verschwenden.

Terry setzte sich in sein Auto. Misty kratzte an der Tür und wollte hereingelassen werden. Als er die Tür öffnete, sprang sie auf seinen Schoß und leckte ihm über das Ohr und den Hals. Da wich seine Wut urplötzlich einer überwältigenden Traurigkeit. Warum sollte er so tun als ob? Aus ihm würde doch sowieso nie etwas werden, er konnte ja noch nicht einmal ein Kinderbuch über blöde Hasen lesen. Er war erbärmlich und absolut nutzlos, und sowohl die Lehrer wie alle anderen, die sich immer über ihn lustig gemacht hatten, hatten von Anfang an recht gehabt. Er vergrub sein Gesicht tief in Mistys dickem Fell und drückte sie so dicht an sich, daß sie sich in seinen Armen wand. Nachdem er seinen Griff gelokkert hatte, wandte sie den Kopf und leckte ihm die Tränen von den Wangen.

Da klopfte jemand sachte ans Fenster.
»Ich bin's bloß«, sagte Hopi. »Kann ich kurz mit dir reden?«
»Klar, komm rein.«
»Alles in Ordnung?« erkundigte sie sich, als sie auf den Beifahrersitz kletterte.
»Ja. Ich glaube, ich reagiere bloß ein bißchen allergisch auf Hundehaare.« Seine Arme waren nach wie vor um Mistys breiten Hals geschlungen.
»Suzie war heute morgen wieder da«, meinte Hopi.
»Ja, sie hat ein paar Bücher für Saul vorbeigebracht.«
»Das ist schon das zweite Mal in dieser Woche.«
»Es scheint ihr hier zu gefallen«, stimmte Terry Hopi zu. »Ihrer Freundin Lydia auch.«
»Du meinst also nicht, daß es noch einen anderen Grund geben könnte?«
»Welchen denn?«
Hopi wandte den Kopf, um zu sehen, ob Terry tatsächlich nicht wußte, worauf sie hinauswollte. Sein Gesicht verriet nichts. Sie seufzte.
»Ich glaube, daß du einer der Gründe bist, warum sie herkommt.«
»Ich?« Terry wirkte aufrichtig überrascht. Ebenso aufrichtig war auch die Abneigung, mit der er auf ihre Vermutung reagierte. »Warum ich?«
»Na ja, du bist attraktiv, Terry, das mußt du doch wissen.«
»Oh.« Terry zog die Schultern hoch wie ein Spatz im Regen und versank ein bißchen tiefer in seiner Jacke. Hopis Kompliment schmeichelte ihm keineswegs: Attraktiv zu sein war für ihn kein Grund zum Stolz. Attraktiv zu sein hieß lediglich, daß man den Leuten aus den völlig falschen Gründen auffiel. Als Kind hatte man ihn unter anderem als Zigeuner und Paki beschimpft, aber Komplimente hatte man ihm nie gemacht.
»Ich vermute, daß Suzie sich in dich verliebt hat.«

»Oh.« Terry verschwand noch tiefer in seiner Jacke, aber er glaubte Hopi nicht ganz. Suzie hatte sich nicht wie jemand verhalten, der etwas von ihm wollte: Terry konnte das aus einem Kilometer Entfernung riechen. Trotzdem war der Gedanke deprimierend. Er schätzte Suzies Gesellschaft, denn sie war ein sehr sanfter und friedlicher Mensch. Trotzdem lauerte in seinem Hinterkopf das Schreckgespenst, wie sehr sie, Hopi und alle anderen ihn verachten würden, wenn sie wüßten, daß er noch nicht einmal das Fernsehprogramm in der Zeitung lesen konnte.

Hopi ahnte, daß Terry Kummer hatte, wußte jedoch nicht, weswegen. Daher meinte sie: »Es ist nicht deine Schuld, Terry. Niemand behauptet das. Aber wir müssen eben vorsichtig sein. Ich habe das alles schon x-mal erlebt. Kinder aus gutem Elternhaus beginnen, bei uns im Camp herumzulungern, und schon wird uns vorgeworfen, wir brächten sie vom Pfad der Tugend ab.«

»Wir können sie ja nicht davon abhalten, herzukommen«, machte Terry sie aufmerksam, »schließlich ist das ein freies Land.«

»Das hängt ganz davon ab, was du unter frei verstehst«, bemerkte Hopi mit einem schmerzlichen Lächeln.

Weil das Auto von innen beschlagen war, bemerkte keiner der beiden die Neuankömmlinge, bis jemand an das Beifahrerfenster klopfte. Hopi kurbelte das Fenster herunter und gab langsam den Blick auf einen Mann frei, der sie ansah. Er hatte große graue Augen, ein sensibles, nervöses Gesicht, mehrere Ringe in jedem Ohr und einen blonden Pferdeschwanz.

»Hallo, Hopi«, begrüßte der Mann sie. »Wie geht's denn so?«

Misty sprang auf Hopis Schoß und bellte aufgeregt. Diese Störung reichte aus, um die Aufmerksamkeit des Mannes kurz von Hopi abzulenken, und so sah er nicht, wie sich kurz ein

Schatten über ihr Gesicht legte. Dann hatte sie sich wieder gefangen und grüßte herzlich zurück. »Hallo, Colin. Schön, dich zu sehen. Wo hast du nur so lange gesteckt?«

Die Party, die man zu Ehren von Colins Rückkehr feierte, dauerte bis in die frühen Morgenstunden. Er hatte zwei Freunde mitgebracht, Barney und Flea, die er in Frankreich kennengelernt hatte. Colin hatte in Spanien für Hopi eine wunderschöne Seidenstola gekauft, und er sagte ihr so oft, wie schön sie darin aussähe, daß sie es schließlich beinahe selbst glaubte.

Nach etwa vier Monaten Trennung hatten sie viel zu bereden, und Colin war so amüsant, unterhaltsam, warmherzig und großzügig, daß Hopi, die ganz benommen war vor Aufregung und Glück, sich zu fragen begann, wie sie die Sommermonate nur ohne ihn hatte überstehen können.

NEUNZEHNTES KAPITEL

»Würdest du da nicht den Teufel mit dem Beelzebub austreiben?«
»Nur, wenn du Gordon als Teufel bezeichnen willst. Ich finde diese Charakterisierung nicht gerade schmeichelhaft.«
»Aber mit Wyndham als Beelzebub wärst du einverstanden?«
»Darauf muß ich ja wohl nicht antworten.«
»Na gut, aber was weißt du denn schon über Wyndham Sale?«
Lydia tat, als dächte sie intensiv über Jims Frage nach. »Hm, das ist ein schwerer Brocken. Laß mich nachdenken. Er besitzt mehr Häuser als irgendein anderer Mensch, den ich je kennengelernt habe. Er mag Schubert und haßt Mahler. Er kann Zigarren nicht ausstehen. Er mag Malt-Whisky und verabscheut Cocktails. Er wacht unglaublich früh auf und hält mindestens ein Nickerchen am Tag. Wie mache ich mich soweit?«
»Das sind doch Trivialitäten. Wie verdient er sein Geld?«
»Schnell.«
»Aber womit?«
»Unter anderem mit Seidenfabriken in Asien.«
Jim schwieg, als laste ein Wissen auf ihm, das er nicht aussprechen wolle.
Lydia bemerkte leichthin: »Soweit ich weiß, hat er seine Frau nicht umgebracht. Er wäscht auch keine Drogengelder. Und er quält in seiner Freizeit keine armen alten Damen. Wo liegt das Problem, Jim?«

»Du scheinst dich bloß ziemlich schnell auf ihn eingelassen zu haben.«

Lydia legte das Hemd aus der Hand, das sie gerade stopfte, und sah Jim an, der ihr auf der anderen Seite des Tisches gegenübersaß. Er wich ihrem Blick nicht aus, doch sein Lächeln wirkte unsicher. Lydia dachte, daß er zwar eine Menge von Büchern und Ideen verstand, doch so gut wie nichts über die Menschen und ihre Beweggründe wußte. »Wyndham und ich werden zusammen wegfahren. Nach Paris. Für ein Wochenende. Das ist wohl kaum Grund, die Inquisition wieder einzuführen.«

»Ich betreibe doch bloß Konversation.«

»Dann versuch's mit einem anderen Gesprächsthema. Wie kommst du mit deiner Arbeit voran?«

»Gut. Bis du zurück bist, werde ich wohl den ersten Entwurf fertig haben. Du kannst ihn lesen, falls es dich interessiert. Fliegt ihr im Privatflugzeug?«

»Ich glaube nicht, daß er eins hat. Aber sicherlich erster Klasse.« Sie biß den Faden durch und rollte neues Garn ab. »Welche Schlußfolgerungen hast du denn über die Wegelagerer des achtzehnten Jahrhunderts gezogen?«

»Das übliche. Notwendiges Ventil, ambivalentes Verhältnis seitens der Gesellschaft, Ablehnung bei gleichzeitiger Idealisierung und so weiter. Wo werdet ihr wohnen?«

»In irgendeinem schicken Hotel. Wyndham hat mir den Namen genannt, aber ich habe ihn wieder vergessen. Woran willst du als nächstes arbeiten?«

»Ich dachte mir, ich werde die Biographie eines der besonders aktiven Halunken darstellen, eines Mannes namens Jem Whitby von Lincolnshire. Hast du vor, dir die Sehenswürdigkeiten anzusehen, oder wirst du schon mit dem prächtigen Hotelzimmer zufrieden sein?«

»Jetzt hör endlich auf, Jim! Du wolltest mir eigentlich etwas über deine Arbeit erzählen, erinnerst du dich?«

»Entschuldige. Mein Interesse an deinem Vergnügen scheint eben größer zu sein.«

»Das geht dich verdammt noch mal gar nichts an!« Plötzlich war Lydia wütend. Jim wollte bereits zurückblaffen, wurde jedoch durch das wilde Scheppern der Kuhglocke daran gehindert. Die Haustür öffnete sich, und vier dick vermummte Gestalten kamen aus der Kälte hereingestapft. Beim Anblick ihrer Besucher leuchtete Lydias Gesicht auf; Jims verdüsterte sich.

»Hallo, ihr Lieben«, begrüßte Lydia sie entzückt. »Das ist Jim Lewis. Jim, das sind Hopi, Malcolm, Terry und Saul. Saul ist der Kleine.«

Jim nickte andeutungsweise in ihre Richtung. »Sehr erfreut«, sagte er äußerst kalt und förmlich.

»Kommen wir ungelegen?« wollte Hopi wissen. »Wir wußten nicht, daß du Besuch hast. Wir können das Dach auch morgen reparieren, wenn es dir lieber wäre.«

»Das Dach?« fragte Jim Lydia.

»Sie haben mir angeboten, die Löcher abzudichten. Jeder überflüssig gewordene Tropfbehälter erzielt einen Badepunkt pro Person.«

»Tauschhandel«, erklärte Mal hilfsbereit.

Jim drehte sich, um den Mann genauer zu betrachten, und war von dem, was er sah, keineswegs angetan. Glattes dunkles Haar, ein schmales Gesicht und mehrere Lagen Wollpullis. Jim erhob sich. »Ich wollte sowieso gerade gehen«, sagte er, doch Lydia schob ihn entschieden in den Sessel zurück.

»Ich hatte dir doch eine Tasse Tee versprochen, Jim. Außerdem habe ich dir meine Besucher schon ewig vorstellen wollen.«

Jim setzte bereits zu einem »Ein andermal vielleicht ...« an, doch Lydia unterbrach ihn mit den Worten: »Jim ist Historiker. Sein Spezialgebiet sind die Landunruhen des achtzehnten Jahrhunderts und die Rolle des Vogelfreien in der Gesellschaft, richtig, Jim?«

»Nicht ganz, denn zum einen bin ich im Ruhestand, und zum anderen –«

Mal hatte sich auf Lydias Stuhl niedergelassen. »Ich bin ein großer Bewunderer der Schriften Gerard Winstanleys«, meinte er ernst. »Er war seiner Zeit weit voraus, finden Sie nicht?«

Jim seufzte. »Was ist jetzt mit dem Tee, Lydia?«

Saul hatte sich breitbeinig vor Lydia aufgebaut. In seiner Nebelhornstimme verkündete er: »Du bist Joseph und klopfst an meine Tür.«

»Was?« fragte Lydia, die die letzten Schulproben verpaßt hatte.

Die Lautstärke des Nebelhorns wurde leicht erhöht, als Saul seinen Befehl wiederholte. Lydia warf Mal einen fragenden Blick zu, und er erklärte: »Sag einfach klopf, klopf, damit sparst du letztendlich Zeit.«

»Klopf, klopf«, sagte Lydia mutig.

Saul schob herausfordernd das Kinn vor: »Was wollt ihr?«

Lydia wandte sich Mal zu und erkundigte sich flüsternd: »Was will ich denn?«

Da mischte Hopi sich ein. »Meine Frau erwartet ein Baby«, sagte sie sanft, »und wir sind so weit weg von zu Hause. Dürfen wir heute nacht in Ihrer Herberge bleiben?«

»Tut mir leid«, diesen Teil sagte Saul mit äußerster Konzentration, »aber in meiner Herberge ist kein Platz mehr.«

»Oje.« Das war wieder Hopi. »Meine arme Frau ist sehr müde. Können wir denn nirgendwo bleiben?«

»Tja, es gibt noch den Stall hinter dem Haus. Da ist ein Ochse und ein Kamel drin, aber Sie können ein Bett im Stroh haben.«

»Oh, vielen Dank«, sagte Hopi.

»Keine Ursache«, meinte Saul mit einem bescheidenen Achselzucken. Dann wandte er sich an Jim. »Weißt du, was das war?«
»Ich könnte es wahrscheinlich erraten«, lächelte Jim.
»Ich bin der Herbergsvater«, erklärte Saul ihm nichtsdestotrotz. »Der Herbergsvater zu sein ist ganz wichtig. Ich muß den Text ganz genau lernen, weil es wichtig ist, daß man es richtig sagt. Soll ich noch mal?« Diese Frage richtete sich an Jim, der darüber hinaus auch noch das spezielle Angebot erhielt: »Du darfst diesmal auch Maria und Joseph sein. Du fängst an mit ›klopf, klopf‹, und du darfst auch auf den Tisch klopfen, wenn du willst.«
Auf Jims Gesicht lag sein allerfreundlichstes Lächeln. Er meinte: »Das ist wirklich nett von dir, Saul.«
»Saul, bitte nicht schon wieder«, bettelte Mal grinsend. »Wir hören schon seit Tagen nichts anderes mehr.«
»Na und? Ich muß den Text ja auch richtig können.«
»Mrs. Robertson, die Lehrerin, hat ihm diesen Text gegeben«, erklärte Hopi. »Sie läßt die Kinder gewöhnlich improvisieren, aber Saul hatte bei der Improvisation ein paar Probleme.«
»Das habe ich schon gehört«, sagte Lydia.
Saul wurde böse. »Ich hatte überhaupt keine Scheißprobleme«, donnerte er.
»Genau«, meinte Lydia.
Mal wies seinen Sohn zurecht, er solle nicht fluchen.
Jim ging erst eine Stunde später, als Terry, Mal und Hopi gerade darüber debattierten, wie man die undichten Stellen im Küchendach am besten reparieren könnte.
»Siehst du«, sagte Lydia, als sie Jim aus dem Haus folgte, um ungestört ein paar Worte mit ihm wechseln zu können, »ich wußte doch, daß du dich wieder einkriegen würdest, wenn du sie erst einmal kennengelernt hast.«

»Ich habe nie etwas anderes behauptet«, meinte Jim. »Erzähl mir doch lieber mal, was dein Liebhaber von deinen sonderbaren Freunden hält?«
»Wyndham? Er hat sie noch nie gesehen.«
»Dann versuchst du ihn also nicht dazu zu überreden, sich mit ihnen anzufreunden?«
»Nein, das versuche ich nur bei dir, Jim. Ich kann mir nicht vorstellen, wie Wyndham Hopi zur Brautführerin ernennt, du etwa?«
Jim horchte auf. »Brautführerin? Reden wir hier über eine Hochzeit?«
»Du weißt doch, wie schlecht ich als Orakel bin.«
Jim, dessen Blick eine Weile auf dem Holzstapel geruht hatte, fragte nun: »Hat dir jemand Holz geklaut, Lydia? Es müßte doch noch viel mehr da sein als das.«
»Ich glaube nicht«, erwiderte Lydia absichtlich recht vage.
»Dann mußt du ja rund um die Uhr Holz verbrannt haben. Ich dachte, du machst gar nicht so häufig Feuer.«
»Oh, ja, nun ... Wenn ich es mir recht überlege, könnte es sein, daß ich Hopi und Mal ein paar Scheite abgegeben habe. Caro braucht das allerdings nicht zu wissen.«
Jim grinste. »Mir fiele nicht im Traum ein, ihr davon zu erzählen. Ich glaube nicht, daß Caro die Ironie der Geschichte zu würdigen wüßte: Wyndhams kostbare Scheite enden doch noch unten in der Senke. Dann auf Wiedersehen, Lydia. Ich nehme an, ich sollte dir jetzt eigentlich viel Spaß in Paris wünschen, aber das wäre schrecklich verlogen von mir.«
»Sag es trotzdem.«
»Viel Spaß. In Paris. Lydia.«

Peggy kontrollierte die Zahlen ein drittes Mal. Immer noch dasselbe Ergebnis. Sie sah sich ihre zweite Liste an und stellte fest, daß auch die dort errechnete Gesamtsumme stimmte.

Ausnahmsweise wünschte sie sich einmal, sie wäre nicht mit einer solch gnadenlosen Genauigkeit gesegnet. Die beiden Summen zeigten ihr ohne jeden Zweifel, daß sich ihre Verluste durch Diebstahl im Vergleich zum Vorjahr mehr als verdoppelt hatten. Und bei dieser Höhe konnte sie in wenigen Monaten Konkurs anmelden. Ein gewisser Verlust durch Diebstähle war leider selbst in einem so kleinen Dorfladen wie ihrem unumgänglich, doch weil sie mit ihrer Kundschaft so vertraut war, empfand sie den Betrug als um so schlimmer. Welcher von ihren lächelnden Käufern, mit dem sie ein nettes Schwätzchen gehalten hatte, untergrub gerade ihre Bemühungen, über die Runden zu kommen?
Beinahe gegen ihren Willen wanderten ihre Gedanken zu den Neuankömmlingen in der Senke. Anfangs hatte sie mit dem Gedanken gespielt, ihnen umgehend Hausverbot zu erteilen, und sie hatte diesbezüglich wirklich keinen Mangel an gutgemeinten Ratschlägen gelitten. Doch sie war den Kompromiß eingegangen, immer nur zwei gleichzeitig in den Laden zu lassen, damit sie ihre Aktivitäten stets im Auge behalten konnte. In letzter Zeit hatte sie diesen Grundsatz jedoch häufiger vergessen. Die Hippies, die sie kennengelernt hatte, wie Hopi, Malcolm und Kate, waren ebenso ehrlich wie die Dorfbewohner, davon war sie überzeugt. Aber wenn der Schuldige nicht unter ihnen zu suchen war, wer war es dann?
Die Ladentür öffnete und schloß sich mit einem Klingeln und einem kalten Luftzug. Caro, die eine Wachsjacke und ein bunt gemustertes Kopftuch trug, kam hereingefegt und warf Peggy ein Lächeln zu, das noch hektischer wirkte als gewöhnlich.
»Du lieber Himmel«, japste sie, während sie durch die Regalreihen hetzte und Waren auswählte, die sie an der Kasse abstellte, »der Tag ist immer zu kurz, finden Sie nicht auch? Wie ich da auch noch den Kursus unterbringen soll, weiß ich

ja wirklich nicht. Ach, ich darf die Marmelade nicht vergessen.«
»Sie haben einen Kurs belegt?«
»Computer, ich habe mich gestern eingeschrieben. Ich hätte ja schon heute angefangen, aber Mama fühlt sich nicht gut, deshalb bin ich den ganzen Morgen im Herrenhaus geblieben.«
»Es ist doch nichts Schlimmes?«
»Eine leichte Grippe, glaube ich. Ach, und bitte eine halbe Flasche Brandy. Mama ist nicht davon abzubringen, einen Stollen zu backen, obwohl ich ihr gesagt habe, ich hätte bereits drei gemacht. Ältere Menschen können ja so starrsinnig sein.«
Caro und Peggy vertieften sich in eines ihrer regelmäßigen Schwätzchen über die Leiden älterer Menschen – Peggys Mutter lebte bereits seit Urzeiten bei ihr, und obwohl sie eine zarte Person war, schien sie doch unverwüstlich –, als es erneut bimmelte und Kate und Biff in den Laden schlenderten. Caro verdrehte die Augen und meinte zu Peggy: »Dann werde ich Sie nicht länger aufhalten, ich sehe, Sie haben alle Hände voll zu tun«, und verließ dann rasch das Geschäft, wobei sie beinahe mit den beiden großen dünnen Hunden kollidiert wäre, die sich beim Mülleimer herumtrieben.
Caro eilte in die Sicherheit des Range Rovers. Sie fand es empörend, daß sie nicht einmal fünf Minuten ungestört im Dorfladen plaudern konnte, ohne von diesen schmuddeligen Individuen gestört zu werden. Die arme Peggy tat ihr wirklich leid. Sie mußte sich jeden Tag mit ihnen herumschlagen.

Hopi legte ein Stück gestreiften Stoff über das karierte Material und steckte es sorgfältig fest. Sie arbeitete äußerst konzentriert, und spürte ein Gefühl wachsender Befriedigung. In dem Maße, in dem ihre Nähkünste sich verbesserten, wurde sie auch ehrgeiziger, doch das war ihr erster Versuch mit einer Jacke. Es sollte eine weit geschnittene Herrensommerjakke in einem Muster aus gestreiften und karierten Stoffen werden.

Es war sehr friedlich im Wagen. Colin saß im Schneidersitz auf dem Bett und klimperte auf seiner Gitarre herum. Er spielte wie ein Gott, und das war es auch gewesen, das sie als erstes an ihm angezogen hatte. Er war beinahe zwei Jahre auf der Musikhochschule gewesen, bevor er sein Studium aufgegeben hatte. Hopi erinnerte sich noch gut an ihre erste Begegnung auf einem Festival an einem Sommernachmittag. Colin hatte über seine Gitarre gebeugt auf dem Boden gesessen und war so in seine Musik vertieft gewesen, daß er die kleine Menge, die sich vor ihm versammelt hatte, gar nicht bemerkte. Es hatte sie fasziniert, wie er sich der Musik hingab, und erst danach waren ihr seine feinen, sensiblen Gesichtszüge und die großen grauen Augen aufgefallen. Als die Musik geendet hatte war einen Moment lang Stille eingetreten, bis jemand in der hinteren Reihe zu applaudieren begonnen hatte und andere eingefallen waren. Colin hatte überrascht aufgeblickt, geblinzelt und schließlich schüchtern gelächelt. Sein Blick war an Hopi hängengeblieben ... Und in diesem Moment hatte sie sich in ihn verliebt.

Sie schob die beiden Stoffflicken unter das Füßchen und begann zu treten. Die Nadel hüpfte mit einem zufriedenen Surren auf und ab und ließ eine Reihe von Stichen hinter sich zurück wie der Schweif eines Kometen.

Da schlug Colin mit der Faust auf die Gitarre und fluchte wie ein Droschkenkutscher. »Wie, zum Teufel, soll ich mich konzentrieren, wenn du so einen verdammten Krach machst? Jetzt hast du es kaputtgemacht.«

Hopi hörte augenblicklich auf. »Entschuldige, Col.« Sie wußte aus Erfahrung, daß sich aus seiner schlechten Laune schnell

ein riesiger Streit entwickelte, wenn sie ihn nicht beschwichtigte, und zwar je schneller, desto besser. »Ich werde das Stück später nähen. Mach weiter, Schatz, es klang gut.«
»Jetzt geht es nicht mehr.« Colin stieß die Gitarre von sich. »Und dabei hätte ich es beinahe hinbekommen.«
»Entschuldige.«
»Dann koch wenigstens Tee.«
Hopi legte ihre Arbeit beiseite und setzte den Wasserkessel auf. Sie ärgerte sich darüber, mittendrin aufhören zu müssen, führte sich jedoch vor Augen, wie schwierig es sein mußte, wenn man so empfindlich auf Geräusche reagierte wie Colin. Man hörte ja so viel über die Launenhaftigkeit von Künstlern, außerdem konnte sie durchaus verstehen, daß es unglaublich störend sein mußte, wenn neben einem eine Nähmaschine losratterte, während man gerade versuchte, ein schwieriges Stück zu erarbeiten. Sie kam allerdings auch nicht umhin, sich besorgt zu fragen, wann sie eigentlich die Zeit finden sollte, ihre Näharbeiten zu machen. Seit seiner Rückkehr schlief Colin einen Großteil des Tages, und es wäre gemein gewesen, ihn dann zu stören, doch wenn er wach war, saß er meist mit der Gitarre auf dem Bett, und dann ging es auch nicht.
Als der Tee fertig war, klopfte Colin auf den Platz neben sich. »Komm, setz dich zu mir, Hopi.« Niemand konnte so mit den Augen lächeln wie Colin.
»Nur noch eine Minute. Ich nähe eben das Stückchen zu Ende, während du deinen Tee trinkst.«
»Scheiß auf das Nähen!« Sein Zorn war erneut aufgeflammt. »Du mit deinen verdammten Stoffetzen. Das ist reine Zeitverschwendung.«
»Oh.« Unschlüssig blieb Hopi mitten im Wagen stehen. Sie schob sich eine Haarsträhne aus dem Gesicht. »Ich nähe eine Jacke«, erklärte sie ihm, »eine Männerjacke. Ich dachte, du würdest sie vielleicht gerne tragen.«

»Ich? Du machst wohl Witze. Ich würde nicht mal tot in dem albernen Ding gesehen werden wollen.«
»Sei nicht so verdammt gemein!« Die abfällige Bemerkung über ihre Handarbeit reizte sie mehr, als wenn er sie persönlich angegriffen hätte, und so fauchte sie: »Ich habe wirklich hart daran gearbeitet. Ich will im Sommer die Sachen verkaufen, ein kleines Geschäft ankurbeln. Es ist unfair, daß du so gemein bist, ich habe ziemlich viel Arbeit da reingesteckt.«
Colin glitt vom Bett, kam zu ihr herüber und legte ihr die Hände um die Taille. »Sei nicht böse auf mich, Hopi«, bat er. »Bitte, ich ertrag es nicht, wenn du böse mit mir bist. Sie wird bestimmt toll aussehen, ich habe doch nur Spaß gemacht. Ich habe mir schon immer eine gestreift-karierte Jacke gewünscht. Das ist wie eine Tarnung, findest du nicht? Wie bei einem Zebra. Wirst du mich auch noch wollen, wenn ich wie ein Zebra aussehe?«
Hopi lächelte, und ihre Wut löste sich in Luft auf. Colins Hände waren unter ihren Pulli geglitten und streichelten nun über ihre Brüste. Sie schloß die Augen. Er begann, ihr Kinn zu küssen und dann ihren Mund. Das war der Teil von Colin, den sie, mehr sogar noch als sein Gitarrenspiel, in den Sommermonaten seiner Abwesenheit vermißt hatte. Meist fühlte sie sich seinen Stimmungsschwankungen hilflos ausgeliefert und war kaum in der Lage, ihre Gedanken so weit zu ordnen, daß sie sich überlegen konnte, wie sie mit ihm umgehen sollte. Er konnte sie innerhalb weniger Sekunden zur Raserei treiben und sich dann, sobald sie soweit war, ihre Beziehung für beendet zu erklären, Hunderte von Varianten einfallen lassen, die zwischen ihnen herrschenden Spannungen aufzulösen, und eine war schöner als die andere.
»Warte eine Minute, Colin«, sagte sie, »laß mich erst die Tür abschließen.«
»Erwartest du Besuch?« erkundigte Colin sich argwöhnisch.

»Nur ganz jungen«, erwiderte Hopi, während sie den Riegel vorschob.
Als sie ihre Jeans auszog, trommelten kleine Fäuste gegen die Tür, und eine unverkennbare Stimme rief: »Klopf, klopf, du darfst die Jungfrau Maria sein.«
»Das werde ich zu verhindern wissen«, meinte Colin grinsend und hockte sich hin, um Hopis warmen Bauch zu küssen. Und als das Donnern an der Tür hartnäckiger wurde, fügte er hinzu: »Wenn der Balg so weitermacht, breche ich ihm beide Arme.«
»Komm später wieder, Saul«, rief Hopi, »ich bin gerade beschäftigt.«
Man konnte hören, wie ein kleiner Stiefel gegen die Tür trat, doch dann zog Saul ab. Als sie fertig waren und Hopi zufrieden neben Colin lag und überlegte, wie sie den Rest ihres Tages verbringen sollte, sagte Colin zu ihr: »Du bist toll, Hopi. Ich bin froh, daß ich zurückgekommen bin. Möchtest du einen Schluck Wodka?«
»Wodka? Seit wann hast du denn Geld für Wodka?«
»Ich habe heute morgen welchen mitgebracht.«
»Ich dachte, du wärst abgebrannt, bis dein Arbeitslosengeld durch ist?«
»Tja, man muß eben nur Mittel und Wege finden, Hopi. Es gibt immer einen Weg.«
»O Colin, du hast doch nichts im Laden geklaut? Peggy ist wirklich gut zu uns gewesen.«
»Ja, ja«, unterbrach Colin sie, »du brauchst das gar nicht so aufzubauschen. Du kennst mich doch, ich würde nie etwas von unseren eigenen Leuten nehmen. Für was hältst du mich denn, für einen Dieb? Hier, nimm einen Schluck.«
Hopi wollte schon ablehnen, doch die Harmonie ihres Schäferstündchens verblaßte bereits, und sie hatte einfach nicht die Kraft für einen weiteren Streit. Deshalb sagte sie bloß: »Na

gut, aber nur ein kleines Schlückchen. Und versprich mir, daß du nichts mehr aus Peggys Laden klauen wirst.«
»Pfadfinderehrenwort«, versprach Colin grinsend. »Wer ist diese Peggy überhaupt?«

»Sobald ich mein erstes Gehalt ausgezahlt bekomme«, sagte Caro entschieden, »gehen wir beide zusammen einkaufen, junge Dame! Deine Hose ist ja ein Skandal. Ist das nicht die, die wir im Frühjahr gekauft haben? Du siehst aus, als wärst du damit in einer Hecke hängengeblieben.«
»Hm.« Suzie setzte ein bewußt unbeteiligtes Gesicht auf, als sie sich am Frühstückstisch niederließ. Sie hatte einen ganzen Nachmittag darauf verwandt, ihren Jeans diesen authentisch abgetragenen Look zu verleihen, und war insgeheim begeistert über das Resultat.
»Ich verstehe gar nicht, wie sie in einen solchen Zustand geraten konnte.« Caro beugte sich vor, um einen Riß knapp über Suzies Knie zu inspizieren. »Also, die kann man wirklich nicht mehr unauffällig flicken. Hast du kein anderes Paar, das du anziehen kannst?«
»Ich mag die Hose aber«, meinte Suzie, »sie ist bequem.«
»Also, im Dorf kannst du sie jedenfalls nicht tragen«, erklärte Caro bestimmt, »sonst denken die Leute noch, du bist eine von diesen Hippies.«
Suzie wandte den Kopf ab und murmelte: »Ach, Mama, hör doch auf.«
Jim, der gerade die Post geöffnet hatte, sagte freundlich: »Ich habe vor kurzem einige von ihnen kennengelernt. Sie wirkten ganz nett.«
Suzie starrte ihren Vater mit großen runden Augen an. Seine Äußerung überraschte sie so sehr, daß sie nicht einmal bemerkte, wie ihre Mutter den Zeigefinger in das größte Loch ihrer Jeans schob und empört mit der Zunge schnalzte.

»Du hast die Hippies kennengelernt?« fragte Suzie, als sie sich gefangen hatte, und dann: »Laß das, Mama, das kitzelt.«
»Ja, bei Lydia. Sie hat sich mit ihnen angefreundet.«
»Diese Frau«, mischte Caro sich ein, »sie würde doch wirklich alles tun, um Schwierigkeiten zu machen.«
»Aber, Caro, die jungen Leute sind wirklich recht nett.«
Suzie mußte sich in Erinnerung rufen, daß sie weiteratmen konnte. Dann meinte sie, und sie hoffte, daß ihr Frage recht beiläufig klang: »Wie waren sie denn, Papa? Hast du viele kennengelernt?«
»Nur drei und ein Kind. Der Junge hat eine Rolle im Krippenspiel bekommen und war außer sich vor Freude. Ein ganz lustiges Kerlchen.«
»Hatten sie seltsame Namen?«
»Ja, das Mädchen heißt Hopi. Ich glaube, der Mann hieß Malcolm, und an den Namen des Jugendlichen kann ich mich nicht mehr erinnern. Er hat nicht viel gesagt. Aber er war sehr attraktiv.«
»Wirklich, Papa? Wie sah er denn aus?«
»Dunkles Haar, und die üblichen Eisenwaren in Ohren und Nase –«
»Ringe in der Nase, igitt! Ich frühstücke noch«, empörte sich Caro. »Mir wird schon schlecht, wenn ich nur daran denke.«
»Das verstehe ich nicht«, widersprach Suzie. »Ich meine, du regst dich ja auch nicht darüber auf, wenn man Löcher in den Ohren hat. Wieso soll das bei einem Körperteil in Ordnung sein und bei dem anderen nicht?«
»Jetzt sei nicht albern, Suzie, das ist wirklich nicht das gleiche.«
»Ich muß zugeben«, mischte Jim sich ein, der gerade entdeckt hatte, wieviel Zinsen er im vergangenen Monat auf seine Kreditkarte hatte zahlen müssen, weshalb er es für entschuldbar

hielt, Caro ein bißchen zu provozieren, »daß man die Vorteile ihrer Lebensweise durchaus sehen kann.«
Caro, die den Visa-Umschlag in der Post bemerkt hatte, beschränkte sich auf ein abfälliges Schnauben und stand auf, um die Teekanne aufzufüllen.
Jim lehnte sich zurück und fuhr redselig fort: »Keine Sorgen, keine Rechnungen, kein Streß damit, den Schein zu wahren. Viel frische Luft und gute Gesellschaft. Immer viel zu tun. Und ein sehr unmittelbares, handfestes Leben.«
»Ja, Papa, man kann wirklich verstehen, warum manche Leute so leben wollen, nicht wahr?«
Jim betrachtete seine Jüngste liebevoll. »Vielleicht sollten wir alles hinschmeißen und uns ins einfache Leben stürzen, was meinst du, Suzie? Ein hübscher glänzender Bus, ausreichend Platz für meine Bücher und abends eine gemütliche Pfeife – was will man mehr? Und sieh dir nur an, was wir zurückließen.« Er hob den Briefstapel und ließ die Briefe einzeln in die Hand schnappen.
Suzie kicherte. »Ich komme jederzeit mit dir«, bot sie an.
»Jetzt sieh nur, was du angerichtet hast«, ereiferte sich Caro. Sie wußte, daß Jim sie absichtlich reizte, konnte dem Köder jedoch nicht widerstehen. »Für dich ist das ja alles nur ein Scherz, aber die arme Suzie nimmt dich ernst. Ich wünschte, du würdest erst nachdenken, bevor du so etwas sagst.«
»Vielleicht mache ich ja gar keine Witze. Ich könnte mir durchaus vorstellen, auch mit weniger zufrieden zu sein. Was braucht man denn schon? Ein warmes, trockenes Plätzchen bei schlechtem Wetter, Freunde und einen Tapetenwechsel, sobald man sich zu langweilen beginnt – das ist doch sehr verlockend.«
»Wie kann man ohne ein Badezimmer glücklich sein? Außerdem will jeder vernünftige Mensch ein richtiges Dach über dem Kopf haben.«

»Das hängt doch auch von dem Preis des Daches ab«, wandte Jim ein.
»Außerdem«, fuhr Caro unbeirrt fort, »ist das doch, als wollte man die Uhr zurückdrehen. Diese Art von Leben geht doch gegen alles, wofür unsere Zivilisation steht. Da könnten wir ja direkt in die Steinzeit zurückkehren.«
»Als Historiker«, meinte Jim, »muß ich darauf aufmerksam machen, daß es in der sogenannten Steinzeit keine Kreditkarten gegeben hat.«
Caro errötete und gab sich augenblicklich geschlagen. Sie erhob sich und begann, den Frühstückstisch abzuräumen.
Suzie meinte: »Ich wette, es ist ziemlich gesund, so zu leben.«
Caro knallte die aufgestapelten Teller auf das Abtropfbrett. »Mir tun ja bloß ihre armen Eltern leid«, meinte sie. »Man würde doch vor Scham eingehen, wenn eines seiner Kinder anfinge, wie ein Tier zu leben.«
»Ja?« Suzie äußerte diese Frage kaum hörbar.
Jim zuckte mit den Achseln. Mittlerweile langweilte es ihn, Caro aufzuziehen. Er warf einen Blick zur Küchenuhr. »Ich sollte jetzt lieber mal in die Gänge kommen, wenn ich meinen Zug noch erreichen will.«
»Zug?« Suzie hatte eigentlich gehofft, mit ihrem Vater ein paar Worte unter vier Augen sprechen zu können.
»Papa fährt heute nach London«, erklärte Caro in dem leicht ehrfürchtigen Tonfall, mit dem sie sich stets auf die Arbeit ihres Mannes bezog. »Er muß recherchieren.«
»Ich fahre nach Collindale raus«, sagte Jim. »Die Fahrt dauert ewig, deshalb könnte es ziemlich spät werden. Ich werde kurz durchklingeln, um dir Bescheid zu geben, wann ich wieder da bin.«
»Noch mehr Banditen, Papa?«
»Gewissermaßen«, erwiderte Jim. Er hielt es für überflüssig zu erwähnen, daß der Bösewicht, für den er sich gerade inter-

essierte, keineswegs tot war. Dieser Bösewicht war äußerst lebendig.

Liebe Charlotte,
kennst Du diese Augenblicke, in denen alles so perfekt ist, daß man genau weiß, es kann unmöglich so bleiben, aber trotzdem würde man am liebsten die Uhr anhalten und für immer nur in diesem Moment leben? Tja, so einer ist das gerade. Es ist zehn Uhr morgens und unser zweiter Tag in Paris. Die erste Überraschung bestand darin, daß Wyndham hier im sechsten Arrondissement eine Wohnung besitzt, eine dieser wunderschönen Wohnungen aus dem neunzehnten Jahrhundert, die ganz aus schmiedeeisernen Balkonen, riesigen Doppeltüren und endlosen Fluren zu bestehen scheinen. Es gibt sogar eine Haushälterin/Köchin, deren Aufgabe den Großteil des Jahres über darin bestehen muß, auf die vage Möglichkeit hin, daß Wyndham für ein, zwei Tage hereinschneien könnte, alles in absolut perfektem Zustand zu halten. Hätte ich nicht schon eine Aufgabe, ich glaube, ich würde mich sofort für den Job bewerben. Wyndham ist bereits weg und tut, was Wyndhams zu dieser Stunde eben so zu tun haben – vielleicht überlegt er sich ja gerade neue und noch bessere Methoden, wie wir sein Geld auf den Kopf hauen können.
Für die Wyndhams dieser Welt ist Einkaufen übrigens etwas völlig anderes als für uns Normalsterbliche. Wyndham und ich ziehen nicht etwa durch die Antiquitätenläden oder wühlen uns durch Kleiderstangen, um dann in der Umkleidekabine zu verschwinden. Nein, die Antiquitätenhändler rufen ihn an, um ihn über ihre Bestände zu informieren, und manchmal bringen sie die Sachen auch her, damit er sie begutachten kann.
Kleidung einzukaufen macht sogar noch mehr Spaß. Bevor wir London verließen, hatte Wyndham dafür gesorgt, daß eine Frau uns ihre Kollektion zeigte, während wir entspannt bei

Kaffee und Champagner in einer Privatsuite saßen und begutachteten, was sie so herausgesucht hatte. Anfangs dachte ich, wir würden unseren ersten Streit bekommen, weil diese schreckliche Person eine Scheußlichkeit nach der anderen anschleppte, von denen Wyndham völlig angetan war. Meine Laune wurde immer mieser, und ich wurde immer deprimierter, weil die beiden mir das Gefühl gaben, ich wäre ein verzogenes Balg, das über seine Weihnachtsgeschenke meckert. Aber schließlich ist es mir doch noch gelungen, der Frau verständlich zu machen, daß sich mein Geschmack nicht plötzlich ändert, nur weil ich jetzt mehr Geld zur Verfügung habe, und da hat sie ein paar wirklich faszinierende Sachen ausgegraben. Also war Wyndham an der Reihe, beleidigt zu sein, aber nachdem ich die Sachen in verschiedenen Kombinationen anprobiert hatte, hat er sich ziemlich schnell wieder eingekriegt. Um ehrlich zu sein, das Ganze hatte eine ziemlich aphrodisierende Wirkung. Deshalb sind wir aus dem Laden und zurück in seine Wohnung gestürzt und hätten beinahe unseren Flug verpaßt. Warum sind Kleidung und Geld bloß so verdammt sexy? Char, hältst du mich für einen völlig hoffnungslosen Fall? Mir ist noch nie etwas Derartiges passiert, und ich habe auch nicht vor, mir das Maul dieses speziellen Gauls zu genau anzuschauen, jedenfalls noch nicht sofort. Außerdem hat Wyndham wunderschöne Zähne.
Das Seltsamste daran ist, daß ich auch ohne all das mit ihm zusammen wäre. Eine der Eigenschaften, die ich am meisten an ihm schätze, ist, daß er Langeweile noch weniger erträgt als ich. Gestern abend waren wir beispielsweise in einem Restaurant, das durchaus das beste der Welt sein könnte – woher sollte ich das schon wissen? –, und er erzählte mir von seinem Tag. Anfangs genoß er das alles sehr, das Menü und das Bestellen, aber dann wurde er schon während des ersten Gangs ganz zappelig, und gegen Ende des zweiten scharrte er bereit mit den Füßen,

weil er darauf brannte, zur nächsten Sache aufzubrechen – Nachtclub, Mondscheinspaziergang an der Seine, Besuch einer außergewöhnlichen Bar –, es scheint völlig gleichgültig, was es ist, solange man sich nur auf dem Weg zu etwas Neuem befindet. Zum ersten Mal in meinem ganzen Leben war ich diejenige, die manchmal gerne etwas länger geblieben wäre. Vielleicht heißt das ja, daß er sich schneller mit mir langweilen wird als ich mich mit ihm. Ich hoffe es allerdings nicht, denn dafür amüsiere ich mich viel zu gut. Charlotte, ich glaube, Du wirst Dir vielleicht doch jemand anderen suchen müssen, der Dir nach Weihnachten beim Renovieren Deines Fischlokals hilft.
Berauscht von Lust und schnödem Mammon,
Lydia.

ZWANZIGSTES KAPITEL

»Ich habe neulich deinen Vater kennengelernt.«

»Bei Lydia?«

Terry nickte. »Wir haben bei ihr vorbeigeschaut, um das Dach des Anbaus zu reparieren.«

»Ich habe mich schon gefragt, ob du auch dabei warst. Papa hat Hopi und Mal erwähnt, aber an deinen Namen konnte er sich nicht mehr erinnern.«

»Dein Vater ist ganz in Ordnung.«

»Er mochte euch auch, er hat es uns beim Frühstück erzählt. Mami hat sich ziemlich aufgeregt.«

»Warum das denn?«

»Ach, sie will, daß alle euch so grauenhaft finden wie sie.«

Als Suzie sah, wie verletzt Terry war, wünschte sie sich, sie wäre nicht so brutal ehrlich gewesen und erfand deshalb zum Trost eine kleine Lüge. »Papa fand, daß du sehr intelligent wirkst.«

»Ja?« Terrys permanenter Argwohn kämpfte gegen sein Bedürfnis an, ihrer Aussage Glauben zu schenken. »Er hat gesagt, er findet, daß ich intelligent aussehe?«

»Ja.« Weil Suzie sich nicht noch weiter in Unwahrheiten verstricken wollte, überlegte sie fieberhaft, wie sie das Thema wechseln könnte. Es war Sonntag nachmittag, und sie hatten zusammen mit ihren Hunden einen Spaziergang zu Raven's Beacon unternommen. Bumpkin und Misty hatten ihre ursprüngliche Rivalität überwunden und erforschten gerade ge-

meinsam ein Gestrüpp nahe des Gipfels. Aus Terrys und Suzies Position sah Misty wie eine leichte, schneeweiße Motte aus, Bumpkin wirkte dagegen mehr wie ein solider gelber Farbklecks. »Schade um Lydias Stechpalme«, bemerkte Suzie. Als Terry und sie am vergangenen Sonntag die braunen Blätter bemerkt hatten, hatte Terry gemeint, es läge vielleicht nur am Herbst, woraufhin Suzie ihn freundlich darauf hingewiesen hatte, daß Stechpalmen immergrüne Pflanzen waren.
»Hoffentlich bringt ihr das kein Pech«, sagte Terry.
Suzie kicherte. »Kann ich mir nicht vorstellen. Sie amüsiert sich gerade mit Wyndham Sale in Paris. Wenn das Pech sein soll, dann könnte ich auch mal welches gebrauchen.«
»Er gefällt dir wohl, wie?«
»Wyndham Sale?« Suzie merkte, wie sie bei dieser Frage rot wurde, obwohl ihr das mittlerweile kaum noch passierte, jedenfalls nicht bei Terry. »Natürlich nicht, er ist doch so *alt*. Aber Paris muß toll sein.«
Terry wollte gerade sagen, daß er selbst bereits einige Male in Paris gewesen sei, was zwar völlig erlogen gewesen wäre, allerdings den kleinen Notlügen entsprach, die er häufig erfand, um zu kompensieren, daß er nie in seinem Leben irgendwo gewesen war oder etwas Besonderes unternommen hatte, aber dann konnte er sich nicht dazu überwinden, Suzie zu belügen. Er wußte nicht recht, warum das so war. Er erinnerte sich daran, wie Hopi zu ihm gemeint hatte, Suzie wäre in ihn verliebt, weshalb er sie nicht ermutigen sollte, aber er war der Meinung, daß Hopi ausnahmsweise einmal unrecht hatte. Suzie war für ihn mehr wie eine kleine Schwester als eine potentielle Freundin. Terry hatte es sich immer toll vorgestellt, eine Schwester zu haben, jemanden, den man beschützen konnte und der immer zu einem hielt. Außerdem hatte er dieses Treffen nicht geplant: Anscheinend ergab es sich bloß immer zufällig, daß sie an Wochenenden nachmit-

tags mit ihren Hunden zu Raven's Beacon hochkamen – und es gab ja wohl kein Gesetz, das einem verbot, jemanden zufällig bei einem Spaziergang zu treffen.

»Was macht dein Vater denn?« erkundigte er sich nun.

»Er ist jetzt sozusagen in Rente, schreibt aber noch Artikel und forscht. Er hat früher an der Universität unterrichtet. Das heißt, erst war es eine Fachhochschule und dann eine Uni.«

»Das muß ein interessanter Beruf sein.«

»Ja, wahrscheinlich.« Suzies Zweifel rührten daher, daß sie sich hauptsächlich daran erinnerte, wie ihr Vater sich über den Papierkram beschwert hatte, und daß sich ihre Eltern ständig Sorgen ums Geld gemacht hatten.

»Das fände ich auch nicht schlecht«, meinte Terry. »Es muß doch toll sein, anderen Leuten etwas beizubringen.«

»Ich glaube, man verdient damit nicht soviel. Mein Großvater war Geschäftsmann und hat haufenweise Geld verdient. Natürlich«, fügte sie dann vage hinzu, »sollte man auch daran denken, daß einem der Beruf Spaß macht.«

»Das wär auch nicht übel«, meinte Terry. »Ich hätte nichts dagegen, Geschäftsmann oder so was zu sein.« Er begann, sich eine Reihe verschiedener Szenarien auszumalen: Terry, der unter respektvollen, bewundernden Blicken ein Bürogebäude betrat; Terry, der in einem teuren deutschen Auto vor der Lodge vorfuhr und von Suzies Vater begrüßt wurde; Terry mit einem Aktenkoffer voller Bücher und Unterlagen. Er fragte Suzie: »Und was ist mit dir? Was willst du denn später mal machen?«

»Ich habe nicht die leiseste Ahnung«, gab Suzie wahrheitsgemäß zu. Sie erinnerte sich an den Satz eines ihrer Lehrer: »Ich glaube, ich habe keine besonderen Begabungen.«

»Das darfst du nicht sagen«, protestierte Terry. »Wie wäre es denn, wenn du Lehrer würdest, so wie dein Vater? Nicht für Studenten, sondern für kleine Kinder wie Saul. Er findet dich richtig klasse, und er ist viel besser in der Schule, seit du ihm die Bücher gebracht hast.«

»Das ist schön.« Suzie strahlte einen Moment, bevor sie sagte: »Es ist seltsam, aber ich glaube nicht, daß ich Saul je habe lachen sehen. Er lächelt nicht einmal – jedenfalls würde ich das nicht als ein richtiges Lächeln bezeichnen.

Terry zuckte mit den Achseln. »Bevor er zu Mal gekommen ist, hat er wahrscheinlich nicht soviel zu lachen gehabt. Heutzutage kann das Leben für kleine Kinder ziemlich schwer sein.«

»Ist er denn jetzt nicht glücklich?«

»Doch, aber Hopi sagt, so was braucht seine Zeit. Er hat immer noch Angst, jemand könnte ihn zu seiner Mutter zurückschicken.«

»Ich würde ihn so gern lächeln sehen, nur ein einziges Mal. Ein richtig glückliches Lächeln.«

In dieser Nacht hatte Terry einen Traum, der ihn noch lange nach dem Aufwachen verfolgte. In dem Traum stand er am Fuß einer steilen Klippe, einem schier endlosen, glatten Felsen, der hoch über ihm aufragte, höher als alles, was er je gesehen hatte. Aus irgendeinem Grund fühlte er sich dazu gezwungen, die Spitze zu erklimmen, weil es dort oben jemanden gab, den er erreichen mußte, auch wenn er sich nicht sicher war, wer dieser Jemand war. Es war vielleicht seine Oma oder Suzie, vielleicht sogar Misty; er wußte nur, daß er dorthin gelangen mußte. Als er sich reckte, stellte er fest, daß der Stein so glatt war wie Marmor. Trotzdem begann er hochzuklettern, indem er sich wie ein Tier an der Oberfläche festklammerte. Seine Zehen fanden einen kleinen Vorsprung, seine Hand klammerte sich in einen winzigen Spalt, und er begann, sich langsam hochzuziehen. Da bröckelte der Stein weg, und er glitt wieder zu Boden, wobei er sich Hände und Knie aufschürfte, die zu bluten begannen. Er begann von neuem.

Den ganzen Morgen über bedrückte ihn der Traum so sehr, daß er sich schließlich auf die Suche nach Hopi machte. Er entdeckte sie beim Holzhacken ganz in der Nähe ihres Wohnwagens, und zu seiner Erleichterung war Colin nirgendwo zu sehen. Hopi hatte bereits einen beachtlichen Stapel Scheite zusammen und freute sich sehr über eine kleine Pause, eine Zigarette und ein Schwätzchen.

»Dieser Freund von Lydia«, meinte er wie beiläufig, »wußtest du, daß er früher an der Universität unterrichtet hat?«

»Suzies Vater? Ja, ich glaube, Lydia hat das mal erwähnt.«

»Man muß wahrscheinlich ziemlich klug sein für so einen Job und ziemlich viele Prüfungen bestehen.«

Hopi sah Terry scharf an, doch seinem Gesicht war nicht zu entnehmen, worauf er hinauswollte, deshalb meinte sie bloß: »Es ist viel Arbeit.«

»Es muß doch schwierig sein, zu wissen, wo man anfangen soll, ich meine, wenn man vorhätte, im Leben weiterzukommen.«

»Dafür gibt es Kurse«, erklärte Hopi ihm. »Meine Mutter hat so einen Vorbereitungskurs für die Uni besucht und war richtig gut, aber dann wurde mein Vater krank, und sie mußte aufhören. In Edleston gibt es auch so ein Zentrum für Erwachsenenbildung, ich bin ein paarmal daran vorbeigekommen. Jeder kann hingehen.«

»Man kann sich schon vorstellen, daß das interessant sein könnte«, sagte Terry, der ihrem Blick immer noch auswich. »Aber wir brauchen das ja nicht, so wie wir leben. Ich meine, wir haben ja alles hier, was wir brauchen. Man müßte dann ewig an einem Ort bleiben und in einem Haus oder einer Wohnung leben. Uns geht es doch viel besser.«

»Mag sein«, meint Hopi lächelnd, »aber warte erst mal bis Februar, wenn es wochenlang kalt gewesen ist und unablässig geregnet hat.« Bei diesen Worten entdeckte sie beim Tor eine

Gestalt, und ihr Lächeln erstarb. Automatisch erhob sie sich. »Es ist Zeit weiterzumachen«, sagte sie, während Colin das Feld überquerte, um sich zu ihnen zu gesellen. »Hi, Colin«, begrüßte sie ihn freudig, »kannst du mir mit dem Holz helfen?«

»Was wollte er?« Colin wies mit dem Kopf auf Terry, der ihm kurz zugenickt hatte, bevor er zu seinem eigenen Wagen verschwunden war. Mit großen beunruhigten Augen sah Colin sie an, während Hopi sich so viel Holz auflud, wie sie tragen konnte.

»Wir haben nur geplaudert«, meinte sie. »Wie ist es in Edleston gelaufen?«

»Verdammte Zeitverschwendung. Diese Typen haben meine Unterlagen verschlampt, das haben sie jedenfalls behauptet. ›Kommen Sie in einer Woche wieder‹ – und was, zum Teufel, soll ich bis dahin machen?«

»Ist doch nicht so schlimm, Colin, wir werden schon über die Runden kommen.« Hopi lächelte ihm beruhigend zu, doch Colin war viel zu aufgebracht, um ihre Freundlichkeit zu bemerken. Nachdem sie die Scheite sorgfältig auf einem Wellblech unter ihrem Wohnwagen aufgestapelt hatte und gerade den Rest holen wollte, griff Colin nach ihrem Arm.

»Worüber habt ihr beide geredet?«

»Nichts Besonderes, ich weiß nicht mehr. Ach, ich kann den Rest auch später holen. Warum trinken wir nicht zusammen eine Tasse Tee, und du erzählst mir genau, was in Edleston passiert ist?«

Colin folgte ihr in den Wagen. »Es gefällt mir nicht, daß er ständig um dich herumschleicht«, sagte er.

»Er schleicht nicht um mich herum.«

»Du redest immer mit ihm.«

Hopi versuchte, ihn zu beruhigen, während sie zwei Becher Tee zubereitete. Sie wußte, daß Colin sehr unsicher und deshalb auch so empfindlich war, weshalb er manchmal recht schwierig sein konnte. Er ertrug es nicht, sie mit irgend jemandem teilen zu müssen, was einerseits natürlich sehr schmeichelhaft war, andererseits aber auch ziemlich lästig sein konnte.

Da erschien Saul im Türrahmen und verlangte, daß sie sich mit ihm sein neues Lesebuch ansah. »Später, Saul, ich bin gerade beschäftigt«, vertröstete sie ihn, woraufhin Saul quengelnd zu wimmern begann und Colin den Jungen wüst beschimpfte.

»Du solltest nicht so mit ihm reden«, wies Hopi Colin zurecht, nachdem Saul sich mit einigen Flüchen auf den Lippen zurückgezogen hatte. »Das macht es nur noch schlimmer.«

»Na und, das ist doch nicht mein Problem, oder? Seit wann kümmerst du dich überhaupt so rührend um anderer Leute Kinder? Was ist zwischen dir und Mal gewesen, während ich weg war?«

»Jetzt sei nicht albern, Colin, Mal ist bloß ein Freund.«

»Alle sind ›bloß Freunde‹. Du hast erheblich zu viele verfluchte Freunde. Und was ist überhaupt mit dieser Frau, mit der du neuerdings so dick befreundet bist? Was läuft denn mit der?«

»Lydia?« Hopi brach in ungläubiges Gelächter aus. »Du kannst doch nicht ernsthaft auf Lydia eifersüchtig sein.«

Erst jetzt bemerkte Hopi, daß Colin sich für seine Enttäuschung auf dem Arbeitsamt mit einer Flasche Wodka entschädigt hatte. Und daß auch nur die leichteste Andeutung von Spott Salz in seinen Wunden war. Auch daß sich seine Eifersucht sogar auf ihre Näharbeiten erstreckte, denen sie soviel Zeit widmete, wurde ihr erst jetzt klar.

»Verdammte Scheiße, ich bin überhaupt nicht eifersüchtig!« brüllte er los. »Du mußt ja immer die Bienenkönigin spielen und hältst dich für verdammt toll. Du weißt nie, wann genug

ist. Sieh dir diesen Dreck an, diese Unordnung, die du mit deinem Scheiß schaffst –« Bei diesen Worten griff er an ihr vorbei nach der Jacke, an der sie morgens gearbeitet hatte.
Instinktiv sagte Hopi: »He, laß das«, und beugte sich vor, um ihm die Jacke wegzunehmen, aber er schubste sie beiseite, so daß sie seitwärts mit der Schulter gegen die Kante der Nähmaschine fiel und vor Schmerz aufschrie. Dann gab es ein reißendes Geräusch: Colin hatte die Jacke vom Kragen bis zum Saum aufgerissen.
»Hör auf, du Wahnsinniger!« Erneut versuchte Hopi, ihm die Jacke zu entreißen, aber da holte er wie beiläufig aus und schlug ihr so fest ins Gesicht, daß sie zu Boden fiel. Dann zerriß er die Jacke, bis nur noch winzige Teilchen davon übrig waren.
Als er fertig war, herrschte Stille. Colin stand zitternd in der Wagenmitte, während Hopi nach Luft schnappte und sich den Kopf hielt.
Schließlich brach Colin das Schweigen: »Jetzt sieh dir an, zu was du mich getrieben hast«, keuchte er atemlos. »Du weißt nie, wann du aufhören mußt. Du mußt mich ja immer bis aufs Blut reizen ...« Und als wolle er seinen Worten dadurch Nachdruck verleihen, ergriff er seinen vollen Teebecher und schleuderte ihn an die gegenüberliegende Wand. »Da!« schnaubte er. »Sag nicht, ich hätte dich nicht gewarnt!« Dann trat er die Tür auf und stürmte hinaus.
Er war so erhitzt, daß er nicht bemerkte, wer oder was in seinem Weg stand, und stürmte deshalb an Mal vorbei, der nicht weit vom Wohnwagen entfernt dastand. Mal hatte beobachtet, wie Colin angekommen und Terry gegangen war, und er hatte gesehen, wie Colin und Hopi im Wagen verschwunden waren und Saul wütend abgezogen war, nachdem man ihn abgewiesen hatte. Er hatte laute Stimmen und das Klirren von Geschirr gehört. Sein Zorn darüber, wie Colin Saul behan-

delte, steigerte sich erheblich, wenn er sich vorstellte, daß jemand Hopi anbrüllte. Ihm war schwarz vor Augen, und er spürte ein brennendes Gefühl in der Brust. Als er allerdings bei Hopi im Wagen war und sah, wie sie sich, neben der Nähmaschine zusammengekauert, den Kopf hielt und tief und schmerzhaft einatmete, verwandelte sich seine Wut in Besorgnis.

»Hopi, ist alles in Ordnung?«

»Mir ging's schon besser«, gab sie zu. »Colin war vielleicht in einer Laune – er hat sein Arbeitslosengeld nicht bekommen. Er hatte einen schrecklichen Morgen.«

»Deshalb muß er das noch lange nicht an dir auslassen. Er hat dich doch nicht geschlagen, oder?«

»Es ist alles okay, Mal, wirklich.« Sie brachte ein dünnes Lächeln zustande und kniete sich dann, um nicht die zerfetzten Stoffreste ansehen zu müssen, auf den Boden, wo sie begann, die Scherben einzusammeln. »Ziemliches Chaos, hm?«

Mal hockte sich neben sie, um ihr zu helfen, und erwischte dabei ein Stück Stoff. »Was ist das denn?«

»Das war die Patchworkjacke, die ich gerade genäht habe.«

»Colin?«

Hopi nickte, wagte jedoch nicht, zu sprechen.

»Das Schwein!« Mal hockte sich auf die Fersen und starrte sie an. »Dabei hast du dir soviel Arbeit damit gemacht.«

Hopi zuckte bloß mit den Achseln und hob einen Haufen Stoffetzen hoch. Sie schniefte. Mal streckte die Hand aus und berührte ihre Schulter. »Das Schwein«, wiederholte er. »Ich kann es nicht fassen. Dabei habe ich auch noch genau vor eurer Tür gestanden. Ich hätte ihn zurückhalten sollen.«

»Keine Sorge, Mal, wirklich, es geht mir jetzt wieder gut. Geh lieber, sonst regt er sich nur noch mehr auf. Es wird jetzt wieder eine Weile gutgehen, ich weiß, wie Colin ist.«

Sie erhob sich.

»Laß mich dir beim Aufräumen helfen.«
»Nein, ich mache das später.«
»Was hast du denn vor?«
Hopi dachte einen Moment über die Frage nach. Ihr Kopf schmerzte, ihr war übel, und sie fühlte sich ausgelaugt, aber sie wollte nicht, daß Mal bemerkte, wie schlecht es ihr wirklich ging. Sie wollte weg vom Wohnwagen, weg aus dem Camp. Sie wollte so viel Distanz wie möglich zwischen sich und Colin legen, nicht, weil sie sich vor seinem Zorn fürchtete, sondern weil sie seine Reue nicht ertragen hätte. Jedenfalls jetzt noch nicht. Sie sagte: »Ich glaube, ich werde zu Lydia gehen. Sie müßte gestern abend aus Paris zurückgekommen sein und schuldet mir noch ein Bad. Es geht schon wieder, Mal, du brauchst dir wirklich keine Sorgen um mich zu machen.«
»Colin ist ein Wahnsinniger.« Mal war keineswegs überzeugt. »Ich weiß nicht, warum du bei ihm bleibst.«
Hopi antwortete ihm nicht. Es hatte einmal eine Zeit gegeben, in der sie alle möglichen Entschuldigungen für Colin gefunden hatte: Er war unsicher, er war nervös, er konnte nichts dafür, er hatte viele Sorgen – doch er hatte sie nie zuvor geschlagen. Er hatte sie herumgeschubst und Gegenstände demoliert, er hatte gebrüllt und geschluchzt, Leute rausgeschmissen und ihr absurde Szenen gemacht. Aber er hatte sie nicht geschlagen. Niemand hatte sie je geschlagen, nicht so. Ihr war kalt, und sie fühlte sich sehr dreckig. Sie mußte raus aus dem Camp und bei Lydia baden. Bevor sie nicht diese entsetzlichen letzten Minuten abgewaschen hatte, konnte sie nicht klar denken. Deshalb sagte sie lediglich: »Ist schon gut, Mal. Es wird sich wieder einrenken.«
Sie hatte allerdings das Gefühl, daß eine Grenze überschritten worden war, und fühlte sich verwirrt und verängstigt, und ihre Stimme, die gewöhnlich so gelassen war, klang nun zitterig und unsicher.

Lydia war gerade zum Rose Cottage zurückgekehrt, um ihre Post abzuholen. Zwar war sie noch nicht offiziell in Haddeley Hall eingezogen, hatte jedoch in der vergangenen Nacht dort geschlafen, weil sie erst sehr spät aus Paris zurückgekehrt und beide einhellig der Meinung gewesen waren, daß sie so ihren Urlaub um einige Stunden verlängern könnten. Lydia wollte auch an diesem Abend wieder dort schlafen, weil Wyndham so eine Art Geschäftsessen vorgeschlagen hatte, bei dem sie endgültig festlegen wollten, welche Arbeiten in Haddeley Hall zuerst erledigt werden sollten. Lydia hatte ihre ursprüngliche Idee für die Bibliothek korrigiert und sich für etwas Nüchternes entschieden. Je länger sie darüber nachdachte, desto sicherer war sie sich, daß das gesamte Haus in dem romantisch-minimalistischen Stil gestaltet werden sollte, den sie bereits in Balduins Zimmer kreiert hatte. Am nächsten Tag würde sie dann Wyndham nach London begleiten, weil er zwei Eintrittskarten für Covent Garden besaß und sie eingeladen hatte, ein paar Tage in seiner Wohnung mit Ausblick auf den Hyde Park zu verbringen. Nach ihrer Rückkehr würde sie wahrscheinlich noch einige Nächte in Haddeley Hall bleiben, weil sie beschlossen hatten, eine kleine Dinnerparty zu geben. Es sollte nichts Großes werden, aber sie wollten das Fest dazu nutzen, ihre neue Beziehung bekannt zu geben und zu verkünden, daß Haddeley Hall sich nun vom Mausoleum in ein lebendiges Heim verwandeln würde.

Trotzdem blieb Rose Cottage, wie Lydia sowohl Wyndham wie auch sich selbst gegenüber betonte, ihre eigentliche Basis.

Unter ihrer Post befand sich, wie erwartet, auch ein Brief von Gordon. Er war voller Sorge um ihr Wohlergehen und schrieb nichts über seine Gefühle oder darüber, womit er sich die Zeit vertrieb. Dennoch meinte sie – hoffte es sogar ein wenig –, daß sein Tonfall eine neue Distanziertheit enthielt. Weil seine Besorgnis um sie beinahe unpersönlich wirkte, so wie die eines Arztes für seine Patientin, fragte sich Lydia, ob er jemand Neues gefunden hatte, um den er sich sorgen konnte. Und in diesem Moment wurde ihr bewußt, daß ihre Rücksichtslosigkeit nicht so sehr darin gelegen hatte, ihn zu verlassen, sondern vielmehr darin, ihm so lange nicht gesagt zu haben, daß diese Entscheidung endgültig war.

Sie machte es sich gerade bequem, um einen langen Brief von Charlotte über die neuesten Querelen mit ihren menorcanischen Bauarbeitern zu lesen, als Hopi eintraf. »Mist«, dachte Lydia, als das vertraute Gesicht im Türrahmen erschien, »gerade wo ich mal ein paar Minuten für mich haben wollte.« Sie wollte nicht nur allein sein, ihr erschien auch die Anstrengung zu groß, sich nach einem luxuriösen, champagnergetränkten Wochenende mit Wyndham wieder auf Hopis Wellenlänge einzustellen. Vielleicht lag es an diesen Gefühlen, daß ihre Begrüßung so überschwenglich ausfiel.

»Hallo, Hopi, komm rein. Wie geht's dir? Du hast Glück, mich anzutreffen. Ich würde dir ja gerne eine Tasse Tee anbieten, aber –«

»Danke, Lydia, aber ich bin eigentlich zum Baden gekommen.«

Lydia registrierte undeutlich, daß Hopi nicht so gelassen war wie gewöhnlich, schob diesen Gedanken jedoch beiseite und sagte betont heiter: »Oje, im Moment ist kaum heißes Wasser da. Ich könnte den Boiler anstellen, wenn du das möchtest, aber –«

»Ja, bitte«, unterbrach Hopi sie und schenkte Lydias deutlichem Zögern ausnahmsweise keine Beachtung.

Lydia ignorierte auch diesen Hinweis, daß etwas an Hopis Verhalten nicht stimmte, und sagte bloß: »Gut, ich schulde

dir mindestens zwei Bäder. Möchtest du etwas trinken, während das Badewasser warm wird?«
»Hast du etwas Alkoholisches?«
»Nein, tut mir leid.«
»Dann möchte ich nichts. Laß dich von mir nicht stören.«
Lydia versuchte es. Sie ließ Hopi mit der Zeitschrift im Wohnzimmer zurück, die sie bei ihrer Ankunft am Flughafen gekauft hatte, und beschäftigte sich in der Küche. Hopis Kummer wäre ihr möglicherweise völlig entgangen, wenn sie sich nicht in letzter Minute, als Hopi bereits im dampfenden Bad ihre Wollpullover ablegte, daran erinnert hätte, daß es oben keine frischen Handtücher mehr gab. Als sie die Badezimmertür öffnete, erwischte sie Hopi dabei, wie sie eine blaue Stelle auf der Schulter untersuchte, sich jedoch blitzschnell abwandte, als wolle sie sie verbergen.
»Das muß ja ziemlich weh getan haben«, bemerkte Lydia, als sie Hopi die Handtücher reichte.
»Hm«, meinte Hopi unverbindlich. Ihre Blicke begegneten sich kurz, bevor Hopi ihre Haare hinter dem Ohr hervorholte und ins Gesicht schüttelte, um eine weitere Prellung auf ihrem Kiefer zu verdecken.
Lydia blieb reglos stehen, und ihr wurde kalt. »Hopi, hat dir jemand diese Verletzungen zugefügt? Doch nicht etwa Mal.«
»Himmel, nein, Mal würde keiner Fliege etwas zuleide tun.«
»Dann war es also dein heimgekehrter Freund?« Hopi antwortete nicht, sondern verschränkte schützend die Arme vor der Brust. Lydia atmete tief durch. »Mensch, Hopi, bislang dachte ich ja immer, *ich* könnte Männer nicht gut einschätzen, aber selbst ich ziehe bei Gewalt eine Grenze. Okay, tut mir leid, ich werde dir keine Moralpredigt halten. Nimm erst mal ein richtig schönes Bad. Hier ...« Sie sah in den von Spinnweben bedeckten Schrank und holte eine kleine Flasche Badeöl sowie ein neues Stück Seife hervor. »Genieß es, und

nimm dir soviel Zeit, wie du willst.« Und mit diesen Worten zog sie sich zurück.
Hopi blieb über eine halbe Stunde im Bad, und als sie wieder nach unten kam, sah sie so rosig und verrunzelt aus wie ein Kleinkind, das nur noch auf seine Gutenachtgeschichte wartet. Lydia hatte allerdings genügend Zeit gehabt, um über alles nachzudenken, und war keineswegs in Stimmung für Märchen.
»Das war toll, Lydia, vielen, vielen Dank. Ich weiß ja, daß du beschäftigt bist, deshalb werde ich dich nicht –«
»O doch, das wirst du. Du geht nicht, bevor du mir nicht erzählt hast, was passiert ist. Ich kann genauso störrisch sein wie du, also versuch erst gar nicht, dich mit mir anzulegen. Außerdem schulde ich dir noch etwas, erinnerst du dich? Und damit meine ich nicht das Dach. Ich schulde dir noch etwas für diese seltsame Zeremonie auf Raven's Beacon. Also raus mit der Sprache: Was war los?«
»Colin hat sich bloß aufgeregt, mehr nicht. Er ist sehr nervös –«
»Das ist ja mal eine ganz neue Bezeichnung dafür.«
»Er wollte mir nicht weh tun«, versuchte Hopi Lydia ernsthaft zu erklären, unterbrach sich dann jedoch und fügte einen Moment später hinzu: »Ach, Scheiße, ich weiß es nicht. Vielleicht hat er es auch absichtlich getan. Vielleicht suche ich bloß Entschuldigungen für ihn.«
»Schmeiß ihn raus, Hopi.«
»Ich kann nicht.«
»Warum nicht?«
»Weil ... ach Gott, ich weiß es nicht. Vielleicht tut er mir einfach leid.«
»Er wird's überleben.«
»Außerdem ...«, Hopi drehte sich mit gerunzelter Stirn eine Zigarette, »außerdem mache ich mir Sorgen darüber, wie er

darauf reagieren könnte. Ich weiß ja, daß er mir nie weh tun würde, aber –«

»Hopi, er hat es gerade getan!«

»Ich meine, er würde nie richtig gewalttätig werden. Er macht eben gelegentlich Ärger. Es ist schwer zu erklären: Ich weiß nie genau, wie er reagieren wird.«

»Was meinst du damit?«

»Nun ja, seit er und seine Freunde Barney und Flea aus Spanien zurückgekehrt sind, hat sich die Atmosphäre im Camp völlig verändert. Vorher sind alle sehr gut miteinander ausgekommen, aber jetzt gibt es ständig Streitereien und Streß. Es ist nicht mehr so wie vorher.«

»Ihr werdet euch zusammentun und sie rausschmeißen müssen.«

»Das können wir nicht. Wir sind der Meinung, daß die Leute kommen und gehen können sollen, wie es ihnen paßt.«

»Hopi, das ist verrückt! Ihr braucht doch eine gewisse Kontrolle darüber, wer ins Camp kommt und wer nicht.«

»Nein, denn dann wären wir nicht anders als die Leute, die uns überall wegjagen wollen, verstehst du das denn nicht?«

Lydia schüttelte den Kopf. »Nicht, wenn das bedeutet, daß dir nichts anderes übrig bleibt, als bei einem Mann zu bleiben, der dich schlägt.«

»Es war das erste Mal.«

»Einmal ist genug.«

Als Hopi ins Camp zurückging, war sie gegen ihren Willen geneigt, Lydia recht zu geben. Doch es reichte nicht, zu wissen, worin das Problem bestand, danach zu handeln würde wesentlich schwieriger werden. Sie wußte, daß Colin mittlerweile wieder so bezaubernd und reuig sein würde, daß sie ein Herz aus Stein bräuchte, um seinen Versöhnungsversuchen zu widerstehen. Wenn er sich wie ein kleiner verlorener Junge aufführte, war er nahezu unwiderstehlich, zumindest für

Hopi, die sich selbst für ziemlich langweilig und gewöhnlich hielt und nie ihre Herzlichkeit und Wärme sah, von der andere sich sofort angezogen fühlten. Sie überlegte, daß es eine wunderbare Lösung wäre, wenn Colin sich dazu entschiede, ohne sie weiterzufahren. Aber bis es soweit war, blieb ihr keine Alternative, als das Beste aus der derzeitigen Situation zu machen.

EINUNDZWANZIGSTES KAPITEL

Da Wyndham das Menü ausgesucht hatte, das von Miguel und seiner Frau zubereitet wurde, konnte Lydia ihre gesamte Aufmerksamkeit der Dekoration des Hauses widmen. Es hatte sie nicht sonderlich überrascht, daß diese Dinnerparty die erste Gelegenheit sein würde, zu der Gäste nach Haddeley Hall eingeladen waren, auch wenn sie nicht wußte, ob das darauf zurückzuführen war, daß Annabel kurz nach dem Einzug der Sales erkrankt war, oder ob die beiden einfach für sich hatten bleiben wollen. Jedenfalls war das Eßzimmer aus diesem Grund noch nie benutzt worden – Wyndham bevorzugte es, im Frühstückszimmer zu essen, wenn er allein war –, und das gute Geschirr und die Gläser waren noch in Umzugskisten verstaut. Auch die Tischtücher, das Besteck und die Vasen mußten erst zusammengesucht und für den Anlaß hergerichtet werden. Für Lydia war das eine wunderbare Schatzsuche.

»Laß das doch Mrs. Mig machen«, meinte Wyndham, der gerade aus seinem Arbeitszimmer aufgetaucht war und Lydia in der Eingangshalle beim Abstauben einer riesigen chinesischen Vase antraf.

»Und mir dadurch den Spaß nehmen lassen?« fragte Lydia. Sie wußte haargenau, welchen Eindruck ihre Gäste haben sollten, sobald sie das romantisch beleuchtete Haus betraten.

»Es sind bloß Jim und Caro«, meinte Wyndham.

»Und George und Twinks«, ergänzte Lydia. Da sie mit dem

Abendessen ihre Beziehung öffentlich machen wollten, hatten sie beschlossen, das Dinner, bei dem sie sich zum erstemal getroffen hatten, in gleicher Besetzung nachzustellen – wobei keinem von beiden aufgefallen war, daß eigentlich auch Suzie dazugehört hätte.

»Trotzdem.«

»Du verstehst das nicht«, sagte Lydia, »ich tue das nicht für unsere Gäste, sondern für das Haus.«

Wyndham wollte schon weitergehen, um einige Unterlagen aus seinem Ankleidezimmer zu holen, blieb dann jedoch stehen, um Lydia einen Moment bei der Arbeit zu betrachten. Sie schob die Vase einige Zentimeter nach links, drehte sie dann um fünfundvierzig Grad, trat zurück, besah sich das Resultat und feuchtete dann ihren Finger an, um einen unsichtbaren Fleck zu entfernen. Sie trug einen hellen Pulli, der in eine abgeschnittene Jeans gesteckt war, und flache Schuhe. Wyndham ging zu ihr und legte ihr die Hände auf die Hüften.

»Heirate mich«, bat er.

Lydia warf ihr Haar nach hinten und grinste. »Was, jetzt?«

Er zog sie enger an sich. »Heute nachmittag. Sobald wie möglich.« Er küßte sie auf die Stirn und auf den Nasenrücken.

»Ich kann nicht.«

»Mist. Dann komm statt dessen mit mir ins Bett.«

Lächelnd lehnte sie sich an ihn. »Es ist doch interessant, wieviel Bewunderung Hausarbeit hervorruft, findest du nicht?«

»Wie bitte?« Er küßte gerade die kleine Vertiefung zwischen ihren Schlüsselbeinen.

»Selbst in unserer ach so emanzipierten Zeit erregt einen Mann tatsächlich nichts sosehr wie der Anblick seiner Liebsten mit dem Staubwedel in der Hand. Falls ich jemals wieder heiraten sollte, werde ich ein Hochzeitskleid tragen, das völlig aus Staub- und Geschirrtüchern genäht ist. Es wird eine Sensation sein.«

Wyndham wollte gerade eine sehr unfeine Bemerkung machen, die rein gar nichts mit Hausarbeit zu tun hatte und Lydia ihre chinesischen Vasen und Dekorationsbemühungen vergessen lassen sollte, als sich in der dunklen Nische neben dem kleinen Wohnzimmer etwas bewegte.

»Sie sollten sich einmal das Fax ansehen, das gerade aus Mailand gekommen ist«, sagte Mark in dem leicht aggressiven Tonfall eines Eindringlings. Er trug eine braunrote Krawatte, was stets ein schlechtes Zeichen war.

Wyndham unterbrach seine Beschäftigung nur so kurz, daß er murmeln konnte: »Verschwinden Sie, Mark, sehen Sie nicht, daß ich beschäftigt bin?«

»Bobo sagt, es gebe ein Problem mit der Lieferung der neuen Farben.«

Wyndham fluchte und gab Lydia nur sehr ungern frei. »Diese Dummköpfe. In Ordnung, Mark, ich komme sofort.« Und zu Lydia meinte er: »Versprich mir, daß du nicht weggehst. Ich würde dir unter anderem gerne die letzten Entwürfe der Landschaftsplaner zeigen.«

Mit einem glücklichen Lächeln wandte sich Lydia erneut der Vase zu, drehte sie um neunzig Grad und entdeckte einen weiteren Fleck. »Keine Sorge«, meinte sie, »ich hatte gar nicht vor, wegzugehen.«

Es tat Colin nicht nur leid, Hopi geschlagen zu haben, sondern er war so aufrichtig entsetzt über seine Tat, daß Hopi, als er an jenem Abend in ihren Armen weinte, beinahe davon überzeugt war, sein Gewaltausbruch wäre ein einmaliger Aussetzer gewesen, der sich nicht wiederholen würde. Er beteuerte, daß er lieber sterben würde, als sie noch einmal zu verletzen, schwor, daß sie die einzige Frau war, die ihm je etwas bedeutet, ja sogar die einzige Frau, die ihn je verstanden hatte, und daß er, wenn sie ihn jetzt fallenließe, entweder aus

Kummer sterben müßte oder sich umbringen würde. Diese Argumentation konnte Hopi zwar nicht völlig überzeugen, aber sie war zu weichherzig, um dem flehentlichen feuchten Blick seiner großen grauen Augen zu widerstehen. Nachdem er allerdings ein, zwei Tage permanent demonstriert hatte, daß er alles wiedergutmachen wollte, wurde Hopi sein Verhalten so lästig, daß sie ihn mehrfach bat, er möge einfach vergessen, daß es je geschehen war. Dazu war Colin jedoch offensichtlich nicht in der Lage. Sein Schuldbewußtsein, ihre Jacke zerrissen zu haben, war so groß, daß er beschloß, ihr dabei zu helfen, eine neue zu nähen, was dazu führte, daß er ihr ein paar weitere Stoffe ruinierte, weil er krumme Stücke daraus ausschnitt, während sie gerade auf der Farm Wasser holte. Und weil ihm sosehr daran gelegen war, ihr zu gefallen, brachte Hopi es nicht übers Herz, ihm zu sagen, daß man sie jetzt nur noch wegwerfen konnte.
Als sie jedoch eine kleine Flasche Rum im Wagen entdeckte, auf der ein Preisschild von Peggys Laden klebte, hatte sie keinerlei Skrupel, sein Schuldbewußtsein auszunutzen.
»Hast du die bezahlt?«
In Colins Augen zeigte sich Überraschung, daß sie eine solche Möglichkeit überhaupt in Betracht zog. »Woher sollte ich wohl soviel Geld haben?«
»Du hattest mir versprochen, daß du bei Peggy nichts klauen würdest.«
»Jetzt stell dich nicht so an, Hopi. Ich habe sie doch bloß mitgenommen, weil ich dir, nach allem, was du durchgemacht hast, eine Freude bereiten wollte.«
»Ich werde sie zurückbringen.«
»Sei nicht dumm.«
»Colin, ich werde sie zurückbringen.« Hopi ließ keinerlei Zweifel an der Unabänderlichkeit ihres Entschlusses.
»Du machst mir doch keinen Ärger, oder?«

Hopi seufzte. »Nein, Colin, ich verspreche es dir. Ich werde sie ins Regal zurückstellen, wenn niemand hinsieht.«
Colin schlug vor: »Laß uns doch jetzt ein Gläschen zusammen trinken. Wenn ich verspreche, nie wieder etwas mitgehen zu lassen, ist das beinahe das gleiche, als wenn du sie zurückbringst, oder?«
»Nein, Colin. Das ist nicht wirklich das gleiche.«
Als Hopi die Rumflasche in eine ihrer großen Jackentaschen steckte, wurde ihr bewußt, daß Colin ihr Vorhaben lediglich als eine überflüssige Geste betrachtete.
Auf dem Weg nach Briarswood mußte Hopi sich einige Male dazu zwingen weiterzugehen. Während sie mit Colin in der Sicherheit des Wohnwagens den Plan besprochen hatte, war ihr diese Lösung recht gut erschienen, nun hielt sie sie allerdings für ziemlich risikoreich. Es war ebenso wahrscheinlich, beim Zurückbringen von Waren erwischt zu werden, wie beim Stehlen selbst, und was sollte sie dann Peggy sagen? Sie hatte Colin versprochen, ihm keinen Ärger zu machen, wenn sie jedoch erwischt wurde, würde sofort klar sein, daß jemand sie geklaut hatte, und der Ruf aller wäre geschädigt. Hopi hatte es so satt, daß jedermann automatisch davon ausging, daß sie nur ein Haufen Gauner waren. Sie konnte wohl kaum ihre Unschuld beteuern, wenn sie wußte, daß in ihrem Wohnwagen gestohlene Waren gelagert wurden.
Peggy, die wie gewöhnlich hinter dem Tresen stand, begrüßte Hopi mit einem fröhlichen »Hallo« und widmete sich dann wieder Anns Erzählung über die Krippenspielproben. Darüber hinaus befand sich lediglich eine ältere Dame im Laden, die Hopi bereits ein- oder zweimal gesehen hatte: Sie war eine große, aufrechte und sehr elegante Person mit weißen Locken und einem Gesicht, das einst sehr schön gewesen sein mußte.
»Hallo«, sagte Hopi und lächelte der alten Dame freundlich

zu, die bloß entgeistert einen Schritt zurückwich. Hopi griff nach einer Tüte Chips und bewegte sich dann in Richtung der Alkoholregale.

»Eigentlich ist alles sehr gut gelaufen«, sagte Ann, »bis dann mein bestes Schaf von einem Engel in den Fuß gebissen wurde.«

Hopi ließ ihre Hand in die Tasche gleiten und umschloß den glatten Flaschenhals. Sie hörte Peggy in dem lauten Tonfall, den sie bei älteren, tauben oder leicht verwirrten Menschen anwandte, sagen: »Das war's, Mrs. Cartwright?« Hopi blickte sich verstohlen um, ob auch keine der drei Frauen zu ihr hinübersah, drückte sich dicht an das Alkoholregal und zog den Rum aus der Tasche.

»Herr im Himmel, jetzt sieh sich das mal einer an!« erscholl da Peggys Stimme durch den Laden. »Das glaube ich nicht!« Mit feuerroten Wangen ließ Hopi die Flasche in ihre Tasche zurückgleiten und schnellte herum, bereit, ein volles Geständnis abzulegen. Sie überlegte noch, ob sie alle Schuld auf sich nehmen oder ob sie einen Teil der Wahrheit erzählen sollte, als ihr mit einem Mal klar wurde, daß sie eine ganze Wagenladung Alkohol hätte abtransportieren können, ohne daß es jemandem aufgefallen wäre.

Peggy und Ann starrten die alte Dame an, die zwischen der Kasse und der halb geöffneten Tür stand. Sie hatte ihre bleistiftdünnen Beine breit auseinandergestellt und schwankte leicht, als ob die Zugluft sie gleich umpusten würde. Unter ihr auf dem Fußboden lagen eine Menge Waren: einige Dosen Lachs, eine kleine Flasche Brandy, eine Tüte Lakritze und ein paar Tütensuppen.

Peggy klang beinahe ehrfürchtig, als sie wiederholte: »Das glaube ich einfach nicht!«

Twinks schenkte ihr ein gütiges Lächeln und murmelte: »Sehr freundlich von Ihnen. Vielen Dank. Ich würde ja gern

bleiben und plaudern, aber … ich muß weiter.« Sie bewegte sich langsam auf die Tür zu.
»Einen Moment, nicht so schnell«, sagte Peggy. Als Twinks allerdings unbeirrt weiter in Richtung Ausgang schwebte, brüllte sie: »Verdammt noch mal, jetzt halte sie mal einer auf!« und eilte dann um den Tresen herum, bevor die Missetäterin verschwinden konnte.
Der Laden war so angelegt, daß Hopi als erste bei der Tür ankam, die sie fest verschloß, sich umdrehte und zu Twinks meinte: »Entschuldigen Sie, aber ich glaube, Peggy möchte mit Ihnen reden.«
Das Lächeln der alten Dame verlor seine Gütigkeit, und ihr Blick wurde hart und eisig. »Das ist wirklich äußerst lästig. Ich verstehe nicht, warum Sie all diese Sachen auf dem Fußboden herumliegen lassen. Jemand könnte darüber stolpern.«
Peggy hatte mittlerweile die Theke umrundet. Jahrelang war sie ihren Kunden gegenüber, egal, wie unfreundlich sie auch sein mochten, rücksichtsvoll und höflich gewesen, aber nun wuchs ihre Empörung über all die ihr entgangenen Einnahmen.
»Ich darf doch, Mrs. Cartwright«, setzte sie an und stürzte plötzlich vor, um Twinks Mantel zu öffnen, der einen großen Riß im Innenfutter oberhalb des Saumes preisgab. Die andere Seite war merkwürdig ausgebeult. Erstaunt trat Peggy einen Schritt zurück und wiederholte ein drittes Mal: »Das glaube ich einfach nicht.«
»Sind Sie jetzt fertig?« erkundigte Twinks sich höflich. »Das alles kommt mir wirklich sehr ungelegen.«
Einen Augenblick lang glaubte Hopi, Twinks würde mit ihrer unverfrorenen Mißachtung der Beweise davonkommen. Peggy und Ann starrten die alte Dame an, als wäre ihr gerade ein zweiter Kopf gewachsen, aber keine von beiden schien zu wissen, wie sie mit dieser Situation umgehen sollte. Twinks

wandte sich an Hopi: »Wenn Sie mich jetzt bitte entschuldigen würden, ich werde zu Hause erwartet.«
Peggy blinzelte ungläubig, und man konnte ihr anmerken, welche Anstrengung es sie kostete, sich aus ihrer Erstarrung zu reißen. »Einen Moment bitte, Mrs. Cartwright, Sie können nicht einfach gehen und so tun, als wäre nichts geschehen. Was ist denn mit den anderen Sachen? Lassen Sie uns doch mal sehen, was Sie noch in ihrem Mantel verborgen haben.«
»Oje, na gut, wenn es unbedingt sein muß.«
Twinks stand stocksteif mit einem Gesichtsausdruck geduldiger Langmut da, während Peggy weitere Flaschen und Dosen aus dem linken Mantelfutter holte und auf der Theke abstellte.
»Bitte beeilen Sie sich«, sagte Twinks, »ich habe nicht den ganzen Tag Zeit.«
»Es tut mir leid, Mrs. Cartwright«, sagte Peggy, »aber es muß sein.« Als sich allerdings Twinks' Diebesgut auf der Theke aufzutürmen begann, wurde ihr bewußt, wie albern ihre Entschuldigung war. »Obwohl ich eigentlich nicht weiß, weshalb ich mich bei Ihnen entschuldigen sollte. Haben Sie eine Ahnung, wie hart ich arbeiten muß, um auch nur die laufenden Kosten für den Laden zu decken? Sie kommen hier herein wie eine feine Dame und bedienen sich einfach, obwohl sie problemlos dafür bezahlen könnten. Noch mehr Alkohol! Sie haben sich ja einen hübschen kleinen Keller zugelegt. Und alles auf meine Kosten! Nein, ich finde das nicht richtig, und mir ist auch gleichgültig, wer Sie sind, ich behandle nämlich alle so, wie sie es verdienen, und wenn Sie mich bestehlen, rufe ich eben die Polizei. Ich führe hier schließlich keinen karitativen Verein für in Not geratenen Adel. Die Supermärkte und großen Discounter machen mir harte Konkurrenz. Ich werde sofort die Polizei rufen.«

Als das Wort Polizei zum zweiten Mal fiel, begann Twinks heftig zu zittern. Hopis erste Überraschung hatte sich gelegt, und nun tat ihr die zerbrechliche alte Dame unendlich leid. Instinktiv streckte sie den Arm aus, um Twinks zu stützen, denn mittlerweile zitterte sie so stark, daß es aussah, als würde sie gleich umfallen. Twinks klammerte sich mit einer blassen Hand an sie.

»Einen Moment, Peg«, bat Ann, »tun Sie nichts Voreiliges. Sind Sie sicher, daß Sie sofort die Polizei hinzuziehen wollen?«

»O ja, da bin ich mir verdammt sicher. Gott weiß, wieviel mir geklaut worden ist. Warum sollte ich mir das bieten lassen?«

»Ich sage ja gar nicht, daß Sie das tun sollten. Ich denke bloß, Sie sollten zuerst mit Mrs. Cartwrights Familie sprechen. Ich bin mir sicher, daß man Sie für Ihre Verluste entschädigen wird. Vielleicht wäre es für alle Parteien das Beste, diese Geschichte diskret zu behandeln. Ich weiß, daß das nicht gerecht ist, aber es sähe bestimmt schlecht aus, wenn es zu einer Gerichtsverhandlung käme. Ich sehe schon die Schlagzeilen vor mir: Alte Dame von skrupelloser Ladenbesitzerin schikaniert.«

Peggy fluchte. »Es gibt doch keine Gerechtigkeit«, sagte sie dann. »Gott weiß, wie lange das schon so geht.« Sie wandte sich an Twinks. »Wieviel haben Sie mitgenommen, Mrs. Cartwright? Wie lange stehlen Sie hier bereits?«

»Ich glaube«, sagte Twinks, »daß ich ein oder zwei Artikel versehentlich mitgenommen haben könnte. Bitte gestatten Sie mir, jetzt dafür zu bezahlen. Wenn Sie mir sagen, wieviel ich Ihnen schuldig bin ...« Sie klopfte sich auf den Arm und die Taille, als suche sie nach ihrer Handtasche. »Oje, ich scheine mein Portemonnaie zu Hause vergessen zu haben. Ich hoffe, Sie nehmen auch einen Scheck.«

»Schamlos«, urteilte Peggy, »einfach schamlos!«

Ann wandte beschwichtigend ein: »Vielleicht sollten Sie Mrs. Cartwright jetzt nach Hause gehen lassen, Peggy. Ich denke, das Beste wäre, wenn Sie mit ihrer Tochter sprechen. Sie kauft doch auch bei Ihnen ein, nicht wahr? Meiner Meinung nach braucht Mrs. Cartwright Hilfe.«

Diese Aussage beschrieb Twinks' derzeitigen Zustand äußerst präzise. Selbst nachdem Peggy widerwillig zugestimmt hatte, sie laufenzulassen, war Twinks noch nicht in der Lage, allein zu gehen. Es stand außer Frage, daß sie Auto fuhr.

»Und was jetzt?« rief Peggy aufgebracht. »Ich verlasse meinen Laden jedenfalls nicht, um sie nach Hause zu bringen. Schließlich ist sie an meinen großen Verlusten schuld.«

»Ich würde sie ja nach Hause bringen«, meinte Ann, »aber ich habe keinen Führerschein, und ich glaube nicht, daß sie laufen kann.«

»Ich werde ihren Mann anrufen, soll er sich doch darum kümmern.«

Bei diesen Worten zuckte Twinks erschreckt zusammen: »Nein! Nicht George! Sagen Sie es ihm nicht.«

Hopi bemitleidete Twinks nun sosehr, daß sie ihre Mithilfe bei der Vereitelung ihrer Flucht richtiggehend bedauerte. »Ich kann sie nach Hause fahren.«

Peggy und Ann sahen sie an. »Was für eine gute Idee«, bemerkte Ann herzlich.

»Warum nicht«, meinte Peggy. »Ich werde Mrs. Lewis anrufen.«

Twinks wollte sich mit einem »Wie freundlich von Ihnen« bei Hopi bedanken, konnte den Satz jedoch nicht zu Ende bringen, weil sie so stark zitterte. Hopi fiel plötzlich wieder die kleine Rumflasche in ihrer Jackentasche ein, und sie stand kurz davor, ein Schuldgeständnis abzulegen.

»Fahren Sie lieber mit, Ann«, meinte Peggy. »Mrs. Cartwright sieht aus, als würde sie gleich zusammenbrechen.

Die Schlüssel des kleinen Peugeots steckten noch im Zündschloß. Ann setzte sich auf den Rücksitz, während Hopi und Peggy Twinks auf den Beifahrersitz halfen und ihr den Sicherheitsgurt umlegten. Twinks leistete keinen Widerstand, sondern schien von den Geschehnissen völlig überwältigt.
»Keine Sorge, Mrs. Cartwright«, beruhigte Ann die alte Dame, »Sie werden im Nu zu Hause sein.«
Da Hopi sonst nur Laster und alte Autos mit defekten Kupplungen fuhr, hatte sie sich erst an die reibungslose Steuerung des Kleinwagens gewöhnt, als sie beinahe schon am Herrenhaus angekommen waren. Unter anderen Umständen hätte sie vielleicht vorgeschlagen, einen kleinen Umweg zu machen, um das Fahrgefühl genießen zu können, aber so hielt sie knapp fünf Minuten später auf dem Kiesweg vor dem Herrenhaus.
George öffnete ihnen die Tür. Er hielt eine Ausgabe des *Countryman* in der Hand und war über die Störung alles andere als erfreut, vor allem als er sah, daß seine Gattin auf zwei fremde Frauen gestützt nach Hause kam. Als ihm dann auch klar wurde, daß eine der beiden Frauen eine dieser entsetzlichen Xanthippen war, die Briarswood überschwemmt hatten, war er aufrichtig empört.
»Was, zum Teufel, haben Sie mit meiner Frau gemacht?« donnerte er los.
Ann hatte ursprünglich vorgehabt, Mr. Cartwright die Situation zu erklären, berichtete Peggy zehn Minuten später im Laden allerdings: »Ich habe es nicht übers Herz gebracht. Er sah so böse und unnahbar aus, daß mir seine arme Frau richtig leid getan hat. Kein Wunder, daß sie in einem solchen Zustand war! Wissen Sie, er könnte seiner Frau seit Jahren das Leben zur Hölle gemacht haben, ohne daß jemand davon wüßte, weil sie doch so abgeschieden in ihrem großen Haus leben. Es tut mir leid, Peggy, aber ich hatte plötzlich das Gefühl, wenn ich etwas sage, wäre das wie Petzen.«

»Was haben Sie ihm denn gesagt?«
»Ich habe erklärt, ihr wäre im Laden schlecht geworden und Sie hätten uns gebeten, sie nach Hause zu begleiten.«
»Dann werde ich ihre Tochter anrufen.«

»Es ist Peggy aus dem Laden«, sagte Jim vor der Badezimmertür. »Soll ich sie bitten, später noch einmal anzurufen?«
»Ja, bitte, Liebling.« Caros Stimme klang schläfrig.
Einige Minuten später klingelte das Telefon erneut. Jim eilte die Treppe hinunter, um kurz darauf neue Nachrichten an die Badezimmertür zu bringen.
»Das war dein Vater«, verkündete er. »Er meinte, Twinks könnte heute abend nicht mit nach Haddeley Hall kommen, weil ihr im Laden schlecht geworden wäre. Sie ist jetzt zu Bett gegangen.«
»Oh, die arme Mama. Geht es ihr gut?«
»Es klang, als wäre soweit alles in Ordnung. George meinte, sie hätte eine ihrer Pillen genommen und schliefe jetzt. Er wollte, daß du vorbeikommst und bei ihr bleibst, damit er heute abend ausgehen kann, aber keine Sorge, Caro, ich habe ihm gesagt, er soll nicht so ein egoistischer alter Knacker sein und sich einmal in seinem Leben selbst um sie kümmern.«
»O Jim, das hast du nicht getan!«
»Ich habe vielleicht nicht exakt diese Worte gewählt, aber inhaltlich lief es darauf hinaus.«
»Der arme Papa wüßte ja gar nicht, wie man sich um jemanden kümmert, selbst wenn er es wollte. Wir sollten lieber auf dem Weg zur Hall kurz bei ihnen vorbeisehen.« Das Geräusch von spritzendem Wasser verkündete, daß Caro beabsichtigte, ihr Bad zu beenden, um ihren Eltern zu Hilfe zu eilen.
»Laß doch, Caro. Suzie kann vorbeigehen, nicht wahr, Suzie?«

»Hm?«
Suzie saß auf ihrem Bett, hatte die Zimmertür jedoch aufstehen lassen. Sie versuchte gerade, die Neuigkeiten zu verdauen, von denen ihr die extrem aufgeregte Mina eben am Telefon berichtet hatte. Jean war mal wieder einige Tage weg gewesen, und in dieser Zeit hatte man Rupert aus seinem Nachhilfekurs verwiesen, weil er Drogen an ein paar japanische Schüler verkauft hatte. Arnold hatte seinen Wagen zu Schrott gefahren, und Mina hatte das Ende einer Schwangerschaftspanik mit einem Festmahl halluzinogener Pilze gefeiert und geglaubt, sie verwandele sich in eine Bongotrommel.
»Wie geht's dir denn, Sooz?« hatte Mina gefragt, nachdem sie eine halbe Stunde lang ohne Unterbrechung geredet hatte. »Ist dein Leben so langweilig wie eh und je?«
»Ja, das kann man wohl sagen«, hatte Suzie glücklich erwidert. Doch in Wirklichkeit waren ihre Tage ausgefüllt mit wunderbaren Gedanken an Terry. Solange die Möglichkeit bestand, ihm am Wochenende mit dem Hund zu begegnen, konnte sie sich nichts Schöneres vorstellen.
»Arme alte Sooz«, hatte Mina ausnahmsweise einmal mit einem Anflug von Mitleid gemeint, »in Briarswood passiert eben nie etwas.«

Caro trug das auberginefarbene Wollkleid, das sie bei ihrem Einkaufsbummel mit Polly erstanden hatte. Jim hatte ihr das Kompliment gemacht, daß sie sehr hübsch aussähe, was Caro äußerst lieb von ihm fand. Sie hoffte, daß dies ein Zeichen dafür war, daß der Ärger, den dieser Kauf verursacht hatte, nun vergeben und vergessen war. Sie selbst hielt den Kauf beinahe für gerechtfertigt, weil er ihr ermöglichte, sich jetzt für die Einladung nach Haddeley Hall angemessen elegant zu kleiden. Unglücklicherweise schienen sich, wegen der vielen Sorgen der vergangenen Wochen und der leckeren, herbstli-

chen Desserts um ihre Körpermitte ein paar neue Pölsterchen gebildet zu haben, weshalb sie, insbesondere wenn sie stand, darauf achten mußte, den Bauch einzuziehen, was ziemlich anstrengend war.
Lydia hatte natürlich ellenlange Beine und nicht ein einziges Gramm Fett zuviel. Caro versuchte, sich über Lydias neues Glück zu freuen, mußte allerdings zugeben, daß das wesentlich leichter wäre, wenn Lydia ein paar Kilo mehr auf den Rippen hätte und nicht ganz so strahlend attraktiv wäre. Wahrscheinlich kaufte Wyndham jetzt ihre Kleider – vorbei mit den engen Jeans und dünnen Spitzenwestchen –, wenn auch die Shorts und das schwarze Seidenjäckchen im Matadorstil, die Lydia an diesem Abend trug, nicht gerade das waren, was Caro gewählt hätte, wäre sie die Gastgeberin in Haddeley Hall gewesen. Trotzdem, die Teile des Hauses, die sie besichtigt hatten, waren wunderschön, das Essen war hervorragend, und der Wein floß in Strömen. Wenn Caro ganz ehrlich war, fand sie, daß er etwas zu anstandslos in Jims Richtung floß, dessen Gesicht bereits wieder diese Rosigkeit angenommen hatte, mit der sich einer seiner seltenen, doch häßlichen Anfälle von Boshaftigkeit ankündigte.
Sie lächelte ihm unsicher über die Kerzen hinweg zu, die in der Mitte des Eßtischs standen, und er zwinkerte verschwörerisch zurück, was Caro als ein ungutes Zeichen verstand.
»Ich war heute morgen in Edleston in diesem Zentrum für Erwachsenenbildung«, sagte sie betont fröhlich, da die Unterhaltung ein wenig stockte. »Ich mache jetzt einen Computerkurs. Mir ist aufgefallen, Wyndham, daß Ihr Büro ja mit jeder Menge Computerausrüstung ausgestattet ist. Für mich ist das natürlich völliges Neuland, aber wenigstens habe ich jetzt einen Anfang gemacht. Heute habe ich die Maus bezwungen.«
Diese Vorstellung brachte Lydia zum Lächeln, und sie konn-

te sich die Frage nicht verkneifen: »Beabsichtigen Sie, Jims Arbeiten zu tippen?«

»Nein, ich glaube nicht, daß er es ertragen würde, wenn ich mich in seine Arbeit einmische«, sagte Caro in ihrer entwaffnenden Aufrichtigkeit. »Ich dachte daran, mir eine Halbtagsstelle zu suchen. Heutzutage zählt ja jeder Pfennig, nicht wahr?«

Wyndham nickte, obwohl ihn diese Frage ganz augenscheinlich verwirrte.

Jim fragte sich, warum, zum Teufel, Caro unbedingt in dieser Runde auf ihre eingeschränkten finanziellen Verhältnisse zu sprechen kommen mußte. Hätte er sie nicht besser gekannt, wäre er auf die Idee gekommen, sie wolle ihn damit absichtlich ärgern. Er konnte spüren, wie seine Irritation von Minute zu Minute wuchs, und er mußte etwas dagegen unternehmen. Nicht daß er Wyndham seinen Reichtum geneidet hätte, weit gefehlt. Er verspürte keinerlei Bedürfnis, in einem Haus wie Haddeley Hall zu leben oder geschäftlich um die Welt zu jetten. Jim war höchst zufrieden mit seinen Büchern, seinem Arbeitszimmer und seinem Familienleben in der Lodge. Was ihn allerdings sehr wohl verbitterte, war die Wirkung, die Wyndhams Vermögen auf die Frauen hatte, die ihm etwas bedeuteten. Caro scharwenzelte um Wyndham herum wie eine verliebte Teenagerin, und Lydia setzte dem Ganzen die Krone auf, weil sie diesen bestenfalls mittelmäßigen Mann mit schmachtenden Blicken bedachte.

Lydia ermunterte Caro zum Weiterreden. »Wie mutig«, meinte sie. »Hatten Sie nicht ein wenig Angst davor, dort hinzugehen?«

»Ich hatte eine Heidenangst«, gab Caro zu, »zumal da ja wirklich alle sozialen Schichten vertreten sind. Ich habe heute morgen sogar einen dieser Hippies draußen herumlungern sehen, aber zum Glück ist er nicht hereingekommen.«

»Einer von denen aus der Senke?« wollte Lydia wissen. »Wie sah er denn aus?«
»Weiß der Himmel, für mich sehen sie alle gleich aus«, erklärte Caro. Lydia schien sich über diese Aussage zu ärgern, sagte aber nichts. Wäre Jim nicht so wütend gewesen, hätte er sich darüber gefreut, wie sehr sich die beiden Frauen darum bemühten, miteinander auszukommen. Er hatte stets gehofft, daß sie sich vielleicht einmal miteinander anfreunden würden, obwohl ihm bewußt war, daß sie nicht viel gemein hatten. Oder zumindest hatten sie das bis jetzt nicht gehabt. Die Unterhaltung war unvermittelt von Erwachsenenbildung zu Fragen der Inneneinrichtung gewandert, und er stellte fest, daß die beiden mit dem größtem Vergnügen über verschiedene Hersteller von antiken französischen Stoffen und Tapeten diskutierten. Er hörte Lydia sagen, daß sie vorhabe, bei einem sehr bekannten Landschaftsplaner in die Lehre zu gehen, um dem Park von Haddeley Hall gerecht werden zu können.
»Ach«, dachte er, »dann will sie also hier bleiben.« Er spürte, wie eine kalte Hand nach seinem Herzen griff. Vor Jahren war Lydia sein Protegé gewesen, und er hatte große Erwartungen in sie gesteckt. Und nun wollte sie ihr Leben damit vergeuden, das Geld eines reichen Mannes auszugeben. Durch einen Schleier aus Wut und Ekel bemerkte er, daß Wyndham ihn beobachtete.
Der andere Mann lächelte sardonisch. »Die Suche nach der perfekten Vorhangleiste. Aber wenn es sie glücklich macht …«
Plötzlich verabscheute Jim Wyndham. Für Wyndham war Lydia nicht mehr als eine Zierde, und selbst ihre außergewöhnliche Intelligenz war nur insofern wichtig, als sie ein gutes Licht auf den Mann warf, der mit seinem Reichtum ihre Zuneigung erkauft hatte. Das jedenfalls war Jims Meinung.
Wyndham nickte Miguel zu, der vortrat und Jims Weinglas nachfüllte. Wyndham lehnte sich zurück und ließ zufrieden

den Blick über den Tisch schweifen. »Welch ein Glück ich habe«, sagte er.

»Insofern man in diesem Zusammenhang das Wort Glück benutzen sollte«, erwiderte Jim höhnisch. Gleich darauf wünschte er sich, er hätte lieber den Mund gehalten. Eigentlich hatte er das Thema nicht aufbringen wollen, sondern irgendwann allein mit Lydia darüber sprechen wollen. Dann dachte er jedoch: »Ach, zum Teufel damit«, und war froh, daß er es angeschnitten hatte.

»Was könnte es sonst sein?« erkundigte Wyndham sich freundlich.

»Es ist bestimmt einfacher, wenn man sich nicht an die Regeln hält.«

Wyndham betrachtete einen Moment lang schweigend Lydias lebhaftes Gesicht und drehte sein Glas zwischen den Händen. Dann fragte er nach: »Und was genau wollen Sie damit sagen?«

»Das wissen Sie verdammt gut«, fauchte Jim.

»... sogar die Originalholzdruckformen benutzen«, sagte Lydia gerade, aber Caro hörte ihr nicht mehr zu. Die beiden Frauen brachen ihr Gespräch ab und sahen die Männer schweigend an.

»Sagen Sie es mir trotzdem«, insistierte Wyndham.

»Ich beziehe mich auf den Colet-Bericht.«

»Ist der nicht ein wenig veraltet?«

»Anscheinend nicht«, widersprach Jim ihm. »Der Informant, mit dem ich letzte Woche gesprochen habe, wußte zu berichten, daß sich die Lage in den letzten sieben Jahren nicht grundlegend verändert hat. Man hat lediglich ein paar Zwischenhändler eingeschaltet, damit es den Anschein hat, die Firma wäre unbeteiligt. Das perfekte Beispiel dafür, wie man völlig verantwortungslos Profit macht. Das legen die Beweise jedenfalls nahe.«

»Liebling, über was um alles in der Welt redest du da?« fragte Caro Jim, obwohl sie die Antwort eigentlich nicht hören wollte.

»Worum geht es hier, Wyndham?« wollte Lydia wissen.

»Anscheinend hat dein Freund Jim Detektiv gespielt. Er kann es kaum erwarten, dir zu erzählen, was er herausgefunden hat, ist es nicht so, Jim?«

»Jim?« wandte Lydia sich an ihn. Ihr Gesichtsausdruck gab deutlich zu verstehen, daß er ihr einen triftigen Grund nennen sollte, warum er einen solchen Wirbel verursachte.

Plötzlich stellte Jim fest, daß ihm die Sache Spaß machte. Er schnipste nach Miguel und wartete, bis dieser nachgeschenkt hatte. Er grinste. »Kindersklaverei«, verkündete er dann und machte eine dramatische Pause, bevor er fortfuhr, »Eastern Promise Silks, die Firma, die von unserem Freund und großzügigen Gastgeber Wyndham Sale geleitet wird, wurde vor einigen Jahren als eine der wenigen westlich kontrollierten Firmen entlarvt, die nach wie vor im Fernen Osten minderjährige Kinder arbeiten läßt. Kinder ab einem Alter von sage und schreibe fünf Jahren arbeiten dort bis zu sechzehn Stunden, und es ist zumindest ein Fall bekannt, in dem eine Achtjährige von einem übereifrigen Aufseher zu Tode geprügelt wurde. Und alles nur für ein paar Bahnen wunderschöner Seide.«

Die Stille, die Jims Rede folgte, wurde nur von Miguels leisem Türschließen durchbrochen, als dieser taktvoll das Zimmer verließ. Lydias Hand war zu dem Seidenkragen ihrer Jacke gewandert, und Caro suchte verzweifelt nach einer Möglichkeit, wie sie die Situation retten könnte. Schließlich sagte sie: »Du lieber Himmel, Jim, was für ein schlechter Zeitpunkt, um über Geschäfte zu reden. Ausgerechnet bei diesem schönen Abendessen. Ich bin mir sicher, daß es für alles eine sehr einfache Erklärung gibt. Es ist doch albern, voreilige Schlüsse zu ziehen und alles zu verderben –«

»Ist es das?« unterbrach Lydia sie mit plötzlicher Intensität. »Kannst du mir das bitte erklären, Wyndham?«
Wyndham strich sich mit den Fingerspitzen über das Kinn. »Ich dachte, du kennst mich besser, Lydia. Ich habe keinerlei Absicht, je mit einem von euch über meine Arbeit zu diskutieren. Niemals.«
»Ha!« Jim knallte triumphierend sein Glas auf den Tisch. »Ich wußte es doch!«
»Ach, jetzt halt doch den Mund, Jim«, fuhr Lydia ihn an.
»Oje.« Caro war ganz aufgelöst. »Ich bin mir sicher, daß wir wie Erwachsene darüber reden können. Es besteht überhaupt kein Grund für diesen Aufruhr. Ich schlage vor, daß wir einfach das Thema wechseln. Wir sind schließlich alle keine Experten, bis auf Wyndham natürlich, und er hat bereits gesagt, daß er über etwas anderes reden möchte.«
»Hör doch mit deinem verdammten Geplappere auf«, fuhr Jim sie an.
»Es ist nicht notwendig, so unhöflich zu werden«, wehrte Caro sich tapfer. »Ich denke lediglich, daß wir alle versuchen sollten, miteinander auszukommen und dieses schöne Dinner zu genießen, das Wyndham und Lydia so mühevoll –«
»Zu spät«, unterbrach Wyndham sie mit einem gefährlichen kleinen Lächeln. »Wissen Sie, ich bin jetzt sehr gespannt darauf, zu erfahren, weshalb Jim so urplötzlich an meinen Geschäften interessiert ist.« Er schwieg kurz, und sein Lächeln war alles andere als freundlich. »Es ist wegen Lydia, nicht wahr, Jim?«
»Wegen mir?« fragte Lydia.
Wyndham ignorierte sie. Er sprach mit der tödlichen Ruhe eines erfahrenen Anwalts. »Die Arbeitsbedingungen im Fernen Osten interessieren Sie doch nicht im geringsten, Jim. Sie handeln lediglich aus Eifersucht. Sie ertragen es nicht, Lydia mit mir glücklich zu sehen, weil sie früher einmal Ihre Ge-

liebte gewesen ist und Sie sie immer noch in gewissem Sinne als ihr persönliches Eigentum betrachten.«
»Du lieber Himmel«, rief Caro. »Jetzt wird es aber wirklich lächerlich.«
Wyndham fuhr in demselben ruhigen Tonfall fort: »Sie begehren sie nach wie vor, Jim, und das heißt, daß es sehr ernst gewesen sein muß und nicht bloß eine unbedeutende Affäre war. Wahrscheinlich hätte diese Beziehung beinahe Ihre Ehe zerstört, habe ich nicht recht?«
»Sie lügen, Sie Dreckskerl«, sagte Jim.
Wyndham lächelte.
»Jetzt reicht es aber wirklich«, sagte Caro entschieden. »Ich verstehe wirklich nicht, warum ...« Ihre Stimme erstarb, als sie die bleierne Stille zwischen Jim und Lydia bemerkte. Beide waren kreidebleich geworden.
Lydia hatte plötzlich das Gefühl, ein großer Abgrund habe sich vor ihr aufgetan und würde sie gleich verschlingen.
»Du hast es ihm erzählt«, warf Jim ihr vor.
Lydia widersprach: »Nein! Nein, er muß es erraten haben.«
»Was meinen Sie damit?« wollte Caro von Lydia wissen.
Lydia wandte ihren Blick ab.
»Das glaube ich nicht.«
Es herrschte absolute Stille am Tisch. Dann drang ein seltsam erstickter Laut aus Caros Kehle, und sie stieß ihren Stuhl zurück. Schwerfällig erhob sie sich und blickte sich mit panischen Augen um. Sie sah aus, als hätte sie völlig vergessen, wo sie war, und wüßte nicht, was sie nun sagen oder tun sollte.
»Das ist nicht wahr«, keuchte sie, »sag mir, daß es nicht wahr ist.«
Jim öffnete den Mund, um etwas zu sagen, brachte jedoch keinen Ton heraus. Lydia fluchte lautstark.
Caro schien von Minute zu Minute zu altern. Ihr Gesicht war

völlig leblos, als sie Jim einen gehetzten Blick zuwarf und hervorbrachte: »Ist es –? Hast du –? Und sie –?«
Hilflos hob Jim seine Hände. »Es ist lange her, Caro, es war noch vor Suzies Geburt. Bitte, ich kann dir alles erklären.«
»Oh!«
»Caro! Schatz! Warte!« Jim stand auf und trat einen Schritt auf sie zu, doch sie schrie unwillkürlich auf und stürzte zur Tür.
»Nicht, laß mich! Du bist widerlich. Komm mir nicht zu nahe. Du bist ein Monster, du –« Ihre Stimme hob sich zu einem Kreischen; sie preßte die Faust vor den Mund, um sich zum Schweigen zu bringen, und rannte dann aus dem Zimmer.
Wyndham hatte sich nicht gerührt und lächelte nach wie vor. »Soll ich dann nach dem Kaffee läuten?«
»Verdammter Scheißkerl.« Jim sank auf seinen Stuhl. »Warum, zum Teufel, haben Sie das getan?«
Wyndham zuckte mit den Achseln. »Ich hätte Sie warnen sollen, mich nicht herauszufordern, ohne auf die Konsequenzen vorbereitet zu sein. Ich habe es mir zu eigen gemacht, grundsätzlich härter zurückzuschlagen. Kaffee, Lydia?«
Lydia warf ihren Dessertteller mit einer solchen Wucht nach ihm, daß er sich schnell ducken mußte. Das Porzellan zerschellte an der Wand hinter ihm, dann folgte ihr Weinglas. Sie erhob sich und blieb sehr aufrecht stehen.
»Das hat Caro nicht verdient.«
»Glücklicherweise«, sagte Wyndham, »bekommt niemand von uns je, was er verdient.«
»Du bist unmenschlich«, sagte Lydia angeekelt. Sie wandte sich an Jim. »Und du? Willst du nicht mal nachsehen, wie es ihr geht? Ihr seid solche Idioten.«
»Und du, Lydia«, wollte Wyndham wissen, »bist du völlig unschuldig?«

Er sah ihr hinterher, als sie das Zimmer verließ, unternahm jedoch keine Anstalten, ihr zu folgen.

Caros Mantel hing noch in der Garderobe, aber die Haustür stand weit offen, und sie war nirgends zu entdecken. Fluchend trat Jim in die Novemberdunkelheit hinaus, um nach ihr zu suchen. Seine Wut auf Wyndham war der Gewißheit gewichen, daß die Geschehnisse der letzten zehn Minuten sein Leben von Grund auf verändert hatten.

»Caro! Caro, wo bist du?«

Er blieb reglos stehen und lauschte angestrengt nach einem unterdrückten Weinen oder sich entfernenden Schritten, die ihn zu ihr führen könnten. Er würde den Arm um sie legen und alles Erdenkliche tun, um sie zu trösten. Mehr als dreißig Jahre lang hatte er stets eine Möglichkeit gefunden, sie wieder zur Vernunft zu bringen. Plötzlich spürte er eine große Zärtlichkeit für sie. Arme Caro, das hatte sie nicht verdient. Verfluchter Wyndham.

Er sei verflucht, verflucht und noch einmal verflucht.

»Caro?«

Jemand schloß leise die Haustür hinter ihm, und vor ihm lag nichts als Stille und eine endlose Dunkelheit.

Das Auto stand noch auf dem Parkplatz, sie mußte sich also zu Fuß auf den Weg gemacht haben. Jim überlegte, daß sie in der kurzen Zeit nicht weit gekommen sein konnte, so daß er sie, selbst wenn er ganz langsam fuhr, noch einholen würde, bevor sie die Straße erreichte. Caro fühlte sich nachts sehr unwohl auf Landstraßen, deshalb würde sie bestimmt erleichtert sein, wenn er sie mitnahm. Selbstverständlich würde er sie um Verzeihung bitten, sie trösten und ihr alles erklären müssen. Er würde sich auch unzählige Male entschuldigen müssen.

Als er zum Range Rover hinüberging, merkte er, wie wacke-

lig er auf den Beinen war, und wünschte sich, er hätte nicht soviel von Wyndhams vergiftetem Wein getrunken. Er wünschte Wyndham einen langsamen, schmerzvollen Tod. Als er das Auto in drei sehr ungeschickten Zügen wendete, hörte er ein Krachen hinter sich und hoffte inbrünstig, daß er nun einen unersetzlichen Gegenstand zerstört hatte. Er blickte zum Haus zurück, wo gerade hinter einem der oberen Fenster ein Licht anging. Gewiß erklärte Wyndham Lydia gerade, warum sie dem Colet-Bericht keine Beachtung schenken sollte, und wahrscheinlich würde sie sich bereitwillig von ihm überzeugen lassen, um dann bis an ihr Lebensende glücklich und in Reichtum mit ihm zusammenzuleben. Doch die Zukunft der beiden war ihm gleichgültig, denn ihm drohte, Caro zu verlieren, die seit über dreißig Jahren der feste Angelpunkt seines Lebens gewesen war, und diese Vorstellung jagte ihm plötzlich schreckliche Angst ein. Seit Wochen hatte etwas Häßliches und Destruktives in ihm gegoren, doch nun war es schlagartig verschwunden, und lediglich eine ganz archaische Verlustangst blieb übrig.
Jim löste die Handbremse und fuhr im Schrittempo die Einfahrt hinunter.

Als Caro das vertraute Motorengeräusch des Range Rovers hörte, verließ sie, ohne recht zu wissen warum, die sichere, gekieste Zufahrt und rannte über die Wiese. In ihrer Brust stach ein brennender Schmerz, und sie schien von einem seltsam animalischen Hecheln verfolgt zu werden, das wie ein ekelhafter Gestank an ihr klebte und sich nicht abschütteln ließ. Erst nach und nach wurde ihr bewußt, daß ihr eigener Atem diese Laute verursachte.
»Caro!« Jims Stimme ertönte über dem Motor des Range Rovers, und sie war Caro derartig zuwider, daß sie die Hände auf die Ohren preßte, um sie nicht hören zu müssen, während

ihr die Tränen über die Wangen strömten. Sie versank mit dem Fuß im weichen Boden, stolperte und fiel in ein Dornengestrüpp. Auf einmal erschien es ihr zu anstrengend, sich wieder zu erheben. Wenn sie hier liegenblieb, würde sie vielleicht sterben, und alles wäre vorüber. Lydia und Jim, Lydia und Jim ... Oh, sie war so blind, so beschämend dumm gewesen. Fünfzehn Jahre lang war ihre Ehe nichts als eine Lüge gewesen, ja, ihr ganzes Leben war eine Katastrophe, und sie war völlig allein. Während Jim und Lydia, Jim und Lydia ... Alles in ihr wehrte sich gegen diese Worte, und sie mußte sich würgend übergeben.

Nach einer Weile befreite sie sich und stand mühsam auf. Sie war zwar schwach und zitterte, aber offensichtlich konnte nichts sie zerstören, es war einfach schrecklich. Sie machte sich wieder auf den Weg. Ein Graben tauchte auf, dann blieb ihr Kleid an einer Hecke hängen; sie stolperte und fiel noch zweimal, und als ihr Gesicht auf dem Boden lag, schrie sie der Erde ihre Verzweiflung entgegen, da sie wußte, daß niemand es je hören würde. Sie wünschte sich, die Erde möge sich auftun und sie verschlingen, damit alles endlich ein Ende hatte, aber tief in ihrem Innersten wußte sie, daß dies nicht geschehen würde. Sie war Caro. Ihr würde der Luxus eines Nervenzusammenbruchs immer verwehrt bleiben, sie würde nie aufgeben können. Mühsam rappelte sie sich auf und ging weiter. Selbst in diesem grauenvollen Moment, in der schwärzesten Stunde ihres Lebens, blieb ihr nur eine einzige Möglichkeit: Sie mußte nach Hause zurückkehren. Sie mußte versuchen, irgendwie mit dieser Sache fertig zu werden. Sie mußte Entscheidungen treffen und versuchen, mit dem Schmerz zu leben. Schließlich konnte sie nicht nur an sich selbst denken, es gab ja auch noch andere, die sie brauchten. Ihre Eltern. Suzie.

Und so traf sie kurz nach Mitternacht bei der Lodge ein, wo sie durch die Hintertür die Küche betrat. Sie konnte Jim im

Flur telefonieren hören, aber Suzie, die in Pyjama und Bademantel am Küchentisch vor einem Becher Kakao saß und mit einer Haarsträhne spielte, entdeckte sie zuerst.

»Mami! Wo bist du gewesen?«

Suzies Erleichterung über die Rückkehr ihrer Mutter verwandelte sich schnell in Entsetzen, weil Caro so zerkratzt und dreckig war und einen Riß in ihrem auberginefarbenen Kleid, zerfetzte Strumpfhosen und völlig ruinierte Schuhe hatte, so daß sie kaum wiederzuerkennen war.

»Es ist alles in Ordnung, Liebling«, gelang es Caro zu sagen, »mach dir keine Sorgen. Mami geht es gut.«

Dann brach sie zusammen.

ZWEIUNDZWANZIGSTES KAPITEL

»Wie hast du es erraten?«
»Es war schon am ersten Abend im Herrenhaus völlig offensichtlich.«
Lydia ging unruhig in Balduins Zimmer auf und ab und nahm Wyndhams Aussage kommentarlos hin. Nachdem sie aus dem Eßzimmer gerannt war, hatte sie gehofft, Caro irgendwo zu finden und sie trösten zu können, doch sie war weder in der Eingangshalle noch auf der Zufahrt zu sehen gewesen. Lydia hatte die Vorstellung nicht ertragen, ins Eßzimmer zurückzukehren, deshalb war sie hierher gegangen, in den einzigen Raum dieses riesigen Hauses, der irgendwie ihr gehörte. Sie hatte Jim nach seiner Frau rufen hören, und nachdem die Stille der Nacht das Motorengeräusch des Range Rovers geschluckt hatte, war Wyndham zu ihr gekommen. Seine Arme waren vor der Brust verschränkt, und er betrachtete sie emotionslos aus der Nähe der Tür, als wäre er bereit, sofort das Zimmer zu verlassen, wenn sie ihn darum bat.
Da sie nach einer Weile immer noch nichts sagte, erzählte Wyndham leise: »Meine Mutter und mein Vater haben in einem permanenten, aber gut verschleierten Kriegszustand nebeneinander her gelebt und ihre Unzufriedenheit unweigerlich an mir ausgelassen. Mir ist jetzt klar, daß ich deshalb als Kind gelernt habe, selbst auf die kleinsten Zeichen zu achten. So habe ich es mir angewöhnt, alles zu beobachten, ohne etwas von mir selbst preiszugeben. Vielleicht sollte ich ihnen

dankbar dafür sein. In meinem Beruf ist es immer hilfreich, mehr über andere zu wissen, als sie je von mir wissen könnten. Es ist zu einer Gewohnheit geworden.«

»Das ist eine äußerst destruktive Angewohnheit«, sagte Lydia. Sie bemerkte, daß Wyndham zum ersten Mal über sich selbst sprach, und sie fragte sich, ob er sie damit indirekt bat, ihn nicht zu sehr zu verurteilen. Sie war am Fenster stehengeblieben und sah in die Dunkelheit hinaus. Dann drehte sie sich um und fuhr mit dem Finger an der Wand entlang.

»Du weißt, daß ich gehen werde, nicht wahr, Wyndham?«

»Du wärst sowieso gegangen«, erwiderte er. »Ich hatte nichts zu verlieren.«

Aufrichtig überrascht wandte Lydia sich ihm zu. »Warum sagst du das?«

Er wich ihrem Blick nicht aus. »Weil wir beide gespielt haben. Diese ganze Geschichte war nichts weiter als eine Maskerade. Es ist mir heute nachmittag klargeworden, als ich dich bei den Vorbereitungen für das Dinner gesehen habe, und dann erneut, als du mit Caro über Stoffe gesprochen hast. Für sie war diese Unterhaltung real und wichtig, genau wie früher bei Annabel, du hingegen hast bloß eine Rolle gespielt. Seltsamerweise ist mir bewußt geworden, daß das auf mich ebenso zutrifft: Die Renovierung dieses Hauses, mein Bemühen, mich hier in die Gesellschaft einzuführen, die Beschäftigung mit Bäumen und Teichen und Hunden – das ist nichts weiter als ein Spiel.«

»Demnach haben wir zumindest diese Gemeinsamkeit«, bemerkte Lydia. Sie hatte das Gefühl, daß er sie von sich stieß, und selbst wenn sie die Entscheidung getroffen hatte, ihn zu verlassen, wollte sie doch nicht weggestoßen werden. »Außerdem liebe ich dieses Haus wirklich«, fügte sie hinzu. »Das war aufrichtig.«

»Aber es hätte nicht lange ausgereicht.«

Lydia ging weiter im Zimmer umher und strich dabei über die gemeinsam mit Wyndham ausgesuchten Gegenstände, über die von ihr liebevoll aufgetragene Wandfarbe und über das Holzpaneel, das sie so lange bearbeitet hatte, bis es matt schimmerte. Wyndham saß auf der Bettkante, lehnte sich gegen das Kopfteil zurück und betrachtete sie mit einem nach wie vor gleichmütigen Gesichtsausdruck.

»Du bist ein wirklich tiefgründiger Mensch, Wyndham«, bemerkte Lydia leichthin. »Ich glaube, ich habe dich von Beginn an unterschätzt.«

»Diesen Fehler machen viele.«

»Aber in geschäftlichen Dingen ist er nützlich?«

»Manchmal. In unserem Fall würde ich ihn als tragisch bezeichnen.«

Als er das Wort »tragisch« so sanft äußerte, blieb sie wie angewurzelt stehen. Sie drehte sich um und musterte sein Gesicht, trat dann einen Schritt auf ihn zu und blieb erneut stehen. Auf einmal fragte sie sich, weshalb sie so sicher gewesen war, daß dies das Ende all dessen bedeutete, was zwischen ihnen entstanden war. Sie hatten sich nicht richtig gestritten, es war nur ein häßliches Gerücht erwähnt worden, und dann hatte er Caro einen entsetzlichen Schlag versetzt – der armen, wehrlosen, wohlmeinenden Caro –, aber wog das schwerer als all die schönen Dinge, die sie miteinander erlebt hatten?

»Was ist mit diesem Bericht, den Jim angesprochen hat? Stimmt das mit den Kindern?«

Er tat ihre Frage mit einer fast unmerklichen Handbewegung ab. »Das ist unwichtig. Wenn du bei mir bleiben wolltest, könnte ich dir die Sache erklären und deine Befürchtungen zerstreuen, aber da du mich verlassen möchtest, wirst du vom Schlimmsten ausgehen.«

»Du bist so zynisch.«

Erneut machte er diese kaum sichtbare Geste.

»Was läßt dich so sicher sein, daß ich dich tatsächlich verlassen werde? Weil ich es gesagt habe?« wollte Lydia wissen.
»Nein. Ich weiß es, weil du eben so bist und dich immer so verhalten hast. Frag mich nicht, warum das so ist. Du erwartest von deinen Partnern Unfehlbarkeit und machst dich beim ersten Anzeichen von Schwäche aus dem Staub. Das war bei deinem Ehemann so, und wahrscheinlich ist es bei Jim nicht anders gewesen, auch wenn es mir ein Rätsel ist, weshalb du dich überhaupt von ihm angezogen gefühlt hast.«
»Er war mein Lehrer«, erklärte sie ihm, weil sie ein Gespräch über Jim der weiteren Analyse ihres Charakters vorzog. »Er war das, was die Amerikaner als einen Mentor bezeichnen. Ich war meinen Eltern entkommen, die ich verachtete, und er stand für eine Welt, in der Bücher, Ideen und Wahrheit vorrangig waren. Ich dachte damals, er würde an die Dinge glauben, die wirklich etwas bedeuten. Damals hat er sich leidenschaftlich für menschliche Schicksale und Ideale engagiert – aber seit dieser Zeit hat er sich sehr verändert. Ich dachte, er könnte mich lehren, wie man lebt. Ich war völlig vernarrt in ihn.«
»Und dann?«
»Dann hat sich herausgestellt, daß er, wie alle anderen auch, auf wackeligen Beinen steht. Angeblich war ich die große Liebe seines Lebens, und er wollte alles aufgeben, damit wir zusammensein könnten, doch dann wurde seine Frau schwanger. Sie hatten drei fast erwachsene Töchter, und da mußte Caro noch einmal schwanger werden. Ich habe mich oft gefragt, ob sie tief in ihrem Innersten vielleicht doch von der Affäre gewußt hat und ihre Schwangerschaft nicht wirklich ein »Unfall« war, wie sie behauptete. Jedenfalls brach Jim einfach zusammen. Er konnte nicht nur nicht damit umgehen, nein, dieser Mann, der angeblich auf alles eine Antwort wußte, brach zusammen wie ein kleiner Schuljunge. Es war er-

bärmlich. Also verließ ich ihn. Ich verließ Jim, ich verließ die Universität – ich verließ sogar für eine Weile das Land.«

»Ein ziemlicher Rundumschlag.«

»Wahrscheinlich hast du recht, Wyndham: Im Verlassen bin ich Weltmeisterin.«

Zum ersten Mal, seit er das Zimmer betreten hatte, lächelte Wyndham. Lydia blieb reglos stehen. Sie hatte das Gefühl, als sähe sie ihn zum ersten Mal richtig. Er war noch genauso anziehend wie an dem Tag, als er ihr bei George und Twinks aufgefallen war. Und ihre sexuelle Beziehung war so befriedigend gewesen, daß dadurch seine Behauptung, alles wäre nur eine Maskerade gewesen, lügen gestraft wurde. Mit jeder Minute, in der die Kluft zwischen ihnen größer wurde, begehrte sie ihn stärker als je zuvor. Vielleicht würde das Unerreichbare für sie immer das Attraktivste bleiben.

»Der Morgen ist der richtige Zeitpunkt, um zu gehen«, sagte sie.

Er nickte. Lydia streifte ihre Schuhe ab, während sie durch das Zimmer ging und sich dann neben ihm aufs Bett kniete. Als sie sich vorbeugte, um ihn zu küssen, hatte sie kurz den Eindruck, sein Gesicht entferne sich von ihr und schrumpfe. Sie schloß die Augen und küßte ihn fordernd. Sie wollte ihn in ihrem Körper verankern, nur für eine einzige Nacht.

Am nächsten Morgen würde sie ihn verlassen. Doch wenn es nach ihr ging, mußte es gar nicht so schnell Morgen werden.

Als Caro um sechs Uhr dreißig erwachte, hatte sie das Gefühl, kein Auge zugetan zu haben. Neben ihr im Bett war eine große Leere; Jim hatte, beinahe zum ersten Mal in ihrer Ehe, im Gästezimmer übernachtet. Sie stand auf und zwang sich dazu, sich zu waschen und anzuziehen. Ihr Gesicht fühlte sich wie betäubt an. Von nun an mußte sie bis an ihr Lebensende jeden Morgen mit der bleiernen Gewißheit aufstehen, daß ihr

Mann ihr untreu gewesen war und ihre Ehe über fünfzehn Jahre auf einem Betrug basiert hatte. Als sie gegen Mitternacht halb wahnsinnig nach Hause zurückgekehrt war, hatte sie Jims Bitte um eine Aussprache abgelehnt. Aber irgendwann in dieser unbarmherzig langen Nacht, während sie in Gedanken alle Einzelheiten ihrer Ehe durchgegangen war, hatte sie sich daran erinnert, daß Lydia die Universität nicht lange vor ihrer Entbindung Hals über Kopf und ohne einen klar erkennbaren Grund verlassen hatte.
Hätte sie damals Verdacht schöpfen sollen? War sie auch in dieser Sache, wie in so vielem anderen, einfach zu naiv gewesen? Ihr war nie auch nur in den Sinn gekommen, Jim der Untreue zu verdächtigen. Sie hatte stets geglaubt, sie und Jim hätten mit dem Uniklischee des Dozenten, der mit seiner jungen Studentin ins Bett geht, nichts zu tun. Ihre Ehe hatte auf Gegensätzlichkeiten beruht – Jim, sehr intelligent, aber aus einfachem Elternhaus, hatte sich von Caro angezogen gefühlt, die sich selbst nie für intelligent gehalten hatte, allerdings ihre gute Erziehung in die Waagschale hatte werfen können. Und Caro hatte gewußt, daß Jim trotz seiner radikalen Theorien zu Hause Traditionalist war: Es bedeutete ihm etwas, daß sie eine richtige Hausfrau und Mutter war. Sie hatte geglaubt, er wäre zufrieden.
Mehr als fünfzehn Jahre lang hatte sie sich getäuscht.
Während ihrer schlaflosen Nacht und bei ihren üblichen morgendlichen Aktivitäten hatte sie reichlich Zeit, sich vor Augen zu führen, wie dumm sie gewesen war. Jedes Bild und jedes Ereignis mußte aus dem Gedächtnis gekramt, abgestaubt und mit einer tödlichen Dosis Gift versetzt werden, bevor es wieder an seinen Platz zurückkam. Sie erinnerte sich jetzt wieder daran, wie fassungslos Jim gewesen war, als sie ihm von ihrer vierten Schwangerschaft erzählt hatte. Er hatte sie sogar gebeten – das hatte sie völlig vergessen –, eine

Abtreibung in Betracht zu ziehen. Sie war stets davon ausgegangen, daß er sich um ihre Gesundheit gesorgt hatte, ebenso wie sie in all der Zeit, in der Lydia am Rande ihres Lebens existiert hatte, immer davon ausgegangen war, daß Jim in der Uni unter Druck stand –, all diese Streitereien innerhalb des Fachbereiches hatte sie zwar nie richtig verstanden, sie hatte ihn aber dennoch stets unterstützt. Nun erkannte sie, daß die Sorge um seine Frau das Allerletzte gewesen sein mußte, das ihn damals beschäftigt hatte. Dumme, blinde, einfältige Caro. Ein weiteres Bild: Caro, die Jim das Baby reicht und ihm sagt, er solle für das Foto lächeln. Die Fotografie stand noch auf ihrem Nachttischschränkchen: der stolze Vater. Sie warf einen Blick darauf, wie sie es jeden Morgen tat, wenn sie das Schlafzimmer aufräumte. Sein Lächeln wirkte jetzt überhaupt nicht mehr stolz, sondern zurückhaltend, verschlagen, gequält ... Sie nahm das Foto aus dem Rahmen und begann es, schluchzend vor Wut, mit ihrer Nagelschere zu zerschneiden. Viel zu rasch war es vorüber. Mit der Nagelschere in der Hand ging sie zum Kleiderschrank hinüber und holte eines seiner Hemden heraus. Immer noch schluchzend kämpfte sie gegen das Bedürfnis an, es in Fetzen zu reißen. Da öffnete sich die Tür. Jim sah sie über ihr breites Ehebett hinweg an. »Caro, wir müssen miteinander reden.«
Sein Gesicht war aschfahl und eingefallen. Nur ein winziger Augenblick der Schwäche, und Caro wäre zu ihm hinübergegangen, aber eine verbitterte Wut nagelte sie an der Stelle fest.
»Reden? Du willst mir noch mehr Lügen erzählen? Wieso sollte ich dir zuhören? Wie kann ich dir je wieder glauben?«
»Bitte, Caro –«
»Lügner. Lügner, Lügner, LÜGNER!«
»Caro.«

Er trat einen Schritt auf sie zu, und sie hob die Nagelschere und wußte, daß sie sie ihm ins Herz stoßen würde, wenn er in Reichweite käme. Wenn es möglich war, einen Menschen mit einer Nagelschere umzubringen, dann hätte sie in diesem Moment einen Mord begehen können. Dieses Wissen war erschütternd.

Er setzte an: »Ich weiß, wie du dich fühlen mußt –«

»Verschwinde hier!«

Er wollte etwas erwidern, doch da öffnete sich Suzies Zimmertür, und ein Schatten huschte über den Treppenabsatz zum Badezimmer. Fluchend ging Jim hinaus, und dann hörte Caro leises, verschwörerisches Flüstern auf der Treppe.

Als die Schritte der beiden auf der Treppe verklungen waren, ging sie ins Badezimmer, wusch sich das Gesicht und trug etwas Make-up auf. Dann warf sie einen Blick in den Spiegel, aus dem ihr ein frisch bemalter Leichnam entgegenstarrte, und so wischte sie das meiste wieder ab. Sie ging hinunter. Die Tür zu Jims Arbeitszimmer war nur angelehnt, und Suzie, die sich allein in der Küche befand, sah in furchtsamem Schweigen zu ihr auf. Caro formte die Worte: »Es ist alles in Ordnung, Schatz, mach dir keine Sorgen, Mami geht es nicht so gut«, doch es gelang ihr nicht, sie laut auszusprechen.

»Soll ich dir Kaffee kochen, Mami?«

»Nein ... danke ... nicht jetzt«, war alles, was Caro zustande brachte.

Ziellos wanderte sie in der Küche umher. Was sollte sie jetzt tun? Es mußte doch eine Arbeit geben, die ihr dabei helfen würde, diesen ersten Morgen herumzubekommen, diesen ersten Morgen ihres lebenslangen Wissens, daß ihre Ehe nicht mehr als eine Illusion gewesen war, doch ihr fiel nichts ein. Sie öffnete die Tiefkühltruhe und holte drei Koteletts heraus, um sie für das Abendessen aufzutauen, und dachte dann, wie idiotisch das war, weil sie niemals ein Kotelett würde essen können, solange dieser staubtrockene Geschmack in ihrem Mund war.

Ihr Kopf hämmerte, und sie spürte einen stechenden Schmerz in der Brust. Es war ein so körperlicher Schmerz, daß ihr die Idee kam, man könne möglicherweise doch an einem gebrochenen Herzen sterben, und das waren die ersten Symptome. Lächerlich, sie würde nicht sterben. Auf einmal fühlte sie sich tatkräftig und selbstbewußt: Es war sinnlos, hierzubleiben und diesen Schmerz zu ertragen. Sie sollte lieber akzeptieren, daß ihr gemeinsames Leben mit Jim beendet war. Sie mußte ihn verlassen. Sie mußte sich eine Wohnung und eine Arbeit suchen und ein unabhängiges Leben führen. Sie konnte die Zukunft ganz deutlich vor sich sehen: Caro, die in einer schicken Londoner Wohnung lebte, ging jeden Morgen zu ihrem gutbezahlten Job und führte ihr eigenes Leben. Eine starke und kompetente Caro. Eine Caro mit einem neuen Freundeskreis aus lauter unabhängigen Frauen, die ausgefüllte und interessante Leben führten und gelegentlich einen Verehrer hatten. Dieses Bild tauchte kurz vor ihrem geistigen Auge auf, zerfloß dann jedoch zu Nichts. Die traurige Wahrheit war, daß sie einsam, unglücklich und arm sein würde. Sie brauchte sich nichts vorzumachen, ein Leben ohne einen Ehemann, und sei es auch nur Jim, wäre für sie unerträglich. Das hieß allerdings, daß sie mit ihm reden mußte. Sie mußte verständnisvoll sein und versuchen, ihm zu vergeben. Jetzt bot sich die Möglichkeit zu beweisen, daß ihre Liebe stark genug war, um selbst diesen vernichtenden Schlag zu überstehen.

Sie ging zu Jims Arbeitszimmer, blieb jedoch vor der Tür stehen.

»Caro?«

Ekel stieg in ihr auf und schnürte ihr die Kehle zu. Sie spürte,

wie gemeine Schimpfwörter, die ihr bislang nie über die Lippen gekommen waren, in ihr hochstiegen und aus ihr herausdrängten. Sie wollte gegen seine Tür donnern und Obszönitäten brüllen. Aber das ging nicht wegen Suzie. Immer gab es jemanden, auf den man Rücksicht nehmen mußte.
Rasch streifte sie ihren Mantel über, zog ihre Stiefel an und trat in die frische Morgenluft hinaus. Ja, sie wollte über die Vergangenheit reden, aber nicht mit Jim; noch nicht. Sobald sie durch das Gartentörchen getreten war, kam ihr ein klarer Gedanke: Lydia war die Person, mit der sie sprechen wollte. Überraschenderweise richtete sich ihr Zorn gegen Jim und nicht gegen Lydia. Sie konnte sich noch äußerst genau an die junge Frau erinnern, die einige Monate lang eine häufige Besucherin in ihrem Haus gewesen war. Damals war sie kaum älter als Polly und wesentlich weniger weltgewandt gewesen: Caro hatte gewußt, daß Lydia zu jenen Studentinnen gehörte, die sich vorübergehend in ihren jungen Dozenten verliebt hatten, und sie hatte diesen Mädchen nie einen Vorwurf daraus gemacht, daß sie sich von ihrem Mann angezogen fühlten, weil sie ihn schließlich selbst attraktiv fand. Allerdings hatte sie nicht eine Minute geglaubt, daß Jim auf diese Bewunderung reagieren würde. Ihm machte sie den Vorwurf und nicht Lydia.
Und Lydia würde ihr jetzt wahrscheinlich auch die Wahrheit über ihre Affäre erzählen, denn im Gegensatz zu Jim hatte Lydia keinen Grund, sie zu belügen.
Sie bog in den Weg ein, der zum Rose Cottage führte.

»Suchen Sie Lydia?«
Hopi bog um die Ecke des Rose Cottage, wo sie hinten beim Holzschuppen mit Mal eine Zigarette geraucht hatte. Als sie morgens aufgewacht und aus dem Wohnwagen getreten war, hatte sie feststellen müssen, daß über Nacht ihre letzten

Holzscheite verschwunden waren. Aus Fleas und Barneys Schornstein war eine verräterische Rauchfahne aufgestiegen, obwohl die beiden sich erst tags zuvor darüber beklagt hatten, daß ihnen das Brennholz ausgegangen wäre. Da Hopi sich bereits in der vergangenen Woche wegen der gleichen Sache mit den beiden gestritten und Barney und Flea sie wüst beschimpft hatten, wollte sie das nicht noch einmal wiederholen. Dann hatte sie gesehen, daß Mal gerade seine ebenfalls leere Holzkiste begutachtete, und war zu ihm hinübergegangen.

»Schon wieder Barney und Flea?« hatte sie ihn gefragt.

»Da bin ich mir sicher.« Mals Stimme hatte angespannt geklungen, wie immer, wenn er seinen Zorn unterdrückte. »Diese Schweine, sie machen einfach alles kaputt.«

»Da hast du verdammt recht. Aber es bringt nichts, sich mit ihnen anzulegen, es macht sogar alles nur noch schlimmer. Die beiden lieben es, sich zu streiten. Was hältst du davon, wenn wir mit dem Handkarren zu Lydia gehen und uns neues Holz holen? Sie hat gesagt, wir könnten uns jederzeit bedienen.«

Während Hopi diesen Vorschlag gemacht hatte, hatte sie überlegt, daß Colin sicherlich noch zwei Stunden schlafen würde. Sie hatte also reichlich Zeit, mit Mal das Holz holen zu gehen und wieder zurück zu sein, bevor er aufwachte, und das würde eine weitere Eifersuchtsszene verhindern. Nachdem die beiden dann das Holz aufgeladen hatten und Mal den Vorschlag gemacht hatte, daß sie doch noch eine Zigarette rauchen könnten, hatte Hopi nur zugestimmt, weil sie schnell überschlagen hatte, daß ihr noch reichlich Zeit blieb. Sie haßte diese feigen Überlegungen, wußte allerdings nicht, was sie sonst hätte tun sollen.

»Es ist toll hier, findest du nicht?« hatte Mal gesagt, als sie sich auf die behelfsmäßige Bank gesetzt und das Stück Wiese und das Gestrüpp betrachtet hatten, das den Garten von Rose Cottage ausmachte.

»Hättest du gern so ein Häuschen?« hatte Hopi sich erkundigt.

Mal hatte eine Weile darüber nachgedacht. »Es wäre eine gute Basisstation, in der man den Winter verbringen könnte. Ein toller kleiner Garten für Saul. Aber sobald der Frühling kommt, wird man wieder unruhig.«

»Manchmal denke ich, ich würde mich gern irgendwo niederlassen«, hatte Hopi nachdenklich gemeint. »Manchmal habe ich wirklich die Schnauze voll von Leuten wie Barney und Flea, die einfach auftauchen und alles verderben.«

»Und Colin«, hatte Mal in Gedanken hinzugefügt, laut jedoch bloß gesagt: »Ja, ich weiß, was du meinst.«

»Wenn man etwas Eigenes hätte, wäre es anders.«

»Seit Saul bei uns ist, frage ich mich, ob wir nicht auswählen müssen, mit wem wir zusammenleben wollen und mit wem nicht. Ich meine, wir sind erwachsen und wissen, an was wir glauben, aber für Saul vertreten die anderen genauso unsere Werte wie, sagen wir mal, Kate oder Biff. Ich möchte ihn an einem Ort großziehen, an dem ich Einfluß darauf habe, mit wem er Umgang hat.«

»Ich kenne ein paar Camps in der Art. Das Problem ist bloß, daß man dann genauso wird wie all diese traurigen Gestalten, die verhindern wollen, daß wir uns in ihrem ach so heiligen Dörfchen niederlassen und überall ›Betreten verboten‹-Schilder aufstellen. Ich habe erst kürzlich mit Lydia darüber gesprochen. Sie hielt uns für verrückt, weil wir einfach jeden kommen und gehen lassen, wie es ihm gefällt.«

»Sie hat nicht ganz unrecht.«

»Hm.«

»Wo ist Lydia überhaupt?«

»Ich nehme an, in Haddeley Hall.«

In diesem Moment waren Schritte vor der Haustür erklungen. Die Tür hatte gerappelt, die Kuhglocke gescheppert, und dann hatte man eine kultivierte weibliche Stimme sagen hören: »Ach, verdammt. Wo ist das blöde Weib denn jetzt schon wieder?«

Anfangs war Hopi nicht klar, daß die Frau mittleren Alters in der marineblauen Jacke und den Stiefeln Suzies Mutter sein mußte. So wie Caro die Hippies kaum auseinanderhalten konnte, war es für Hopi schwierig, die Frauen im Dorf einzuordnen.

»Suchen Sie Lydia?«

Caro schnappte überrascht nach Luft. »Was tun Sie hier?« wollte sie wissen.

»Alles in Ordnung«, beruhigte Hopi sie. Sie wußte sofort, welchen Verdacht Caro hegte, weil sie damit schon so oft konfrontiert worden war. »Ich bin eine Freundin von Lydia.«

»Oh, ich verstehe.« Caros Feindseligkeit verpuffte augenblicklich. »Ich wollte eigentlich mit ihr sprechen.«

»Sie ist nicht da.«

»Das sehe ich.« Caro, die sich mit all ihrer Kraft auf diese Begegnung vorbereitet hatte, wirkte nun verloren und orientierungslos. Tränen rannen ihr aus den Augenwinkeln. »Dann werde ich mal wieder gehen.«

»Warten Sie doch«, bat Hopi, die automatisch auf Caros Kummer reagierte. »Lassen Sie uns reingehen. Lydia legt den Schlüssel meist unter einen Stein hier an der Seite. Ich werde ihn holen. Sie wird sicherlich bald zurück sein und freut sich bestimmt über Ihren Besuch.« Hopi sprach unablässig weiter in einem Strom beruhigender Worte, während sie den Schlüssel suchte, die Haustür öffnete, Caro in den Sessel schob und dann in der Küche verschwand, um Wasser aufzusetzen. Sie hatte keine Ahnung, warum es die fremde Frau dermaßen aufwühlte, Lydia nicht anzutreffen, aber da sie nun einmal Hopi war, kümmerte sie sich sofort um sie. Gerade als Hopi die Küche wieder verließ, hörte sie Caro ängstlich aufschreien. Mal war im Türrahmen aufgetaucht.

»Wer sind Sie?« wollte Caro wissen.

Hopi grinste. »Das ist Mal, auch ein Freund von Lydia.« Und weil sie vermutete, daß Caro lieber in weiblicher Gesellschaft sein wollte, sagte sie zu ihm: »Bring doch schon mal das Holz ins Camp, Mal, dann bleibe ich hier, bis Lydia zurückkommt.«

»Holz?« fragte Caro. »Welches Holz?«

»Lydia meinte, wir könnten uns von ihr Brennholz holen, wann immer wir wollen«, erläuterte Hopi. Dann redete sie ohne nachzudenken weiter, weil ihre Stimme eine beruhigende Wirkung auf die Frau zu haben schien: »Eigentlich ist das ziemlich lustig, weil uns so ein miesepetriger alter Mann das Holz weggenommen hat, obwohl er es selber gar nicht haben wollte. Es ist irgendwie zu Lydia gelangt, die es nun uns gibt. Komisch, finden Sie nicht?«

In Caro stieg die Erinnerung daran auf, wie sie den Range Rover in einen Haufen verrottender Holzscheite gesetzt hatte. »Nein, nicht besonders«, widersprach sie aufgebracht, »denn bei dem miesepetrigen alten Mann, den Sie gerade erwähnten, handelt es sich zufälligerweise um meinen Vater.«

»Ach. Ja«, sagte Hopi. Sie mußte ein Kichern unterdrücken, weil sie dermaßen ins Fettnäpfchen getreten war. Dann fügte sie sinnloserweise hinzu: »Das ist aber schön« und wandte sich erleichtert dem Wasserkessel zu. »Es ist keine Milch da. Trinken Sie Ihren Tee auch schwarz?«

Caro fand die Situation immer lächerlicher und dachte, daß es höchste Zeit wurde, sich zusammenzureißen und etwas Sinnvolles zu tun, anstatt hier herumzujammern, doch als sie versuchte, sich aus dem Sessel zu erheben, hatte sie das Gefühl, als gäbe es in ihrem Körper weder Knochen noch Muskeln. Deshalb putzte sie sich die Nase und sagte bloß: »Ja, bitte.«

Während Hopi den Tee einschenkte, fügte sie die verschiedenen Informationen zusammen: Der miesepetrige alte Mann aus dem Wald war derselbe, der am Tag zuvor die Tür des Herrenhauses geöffnet hatte, als sie die elegante Ladendiebin nach Hause gebracht hatten. Nun glaubte sie, Caros Kummer zu verstehen: Caro mußte gehofft haben, mit Lydia über ihre Mutter sprechen zu können.

»Dann sind das Ihre Eltern, die da oben im Herrenhaus leben?«

»Das ist richtig«, bestätigte Caro ihr teilnahmslos.

»Der blaue Becher ist Ihrer. Es muß schrecklich für Sie gewesen sein, es herauszufinden.«

»Ja«, meinte Caro, die zwar nur halb zuhörte, aber vage wahrnahm, daß Hopi, trotz ihrer absonderlichen Aufmachung, eine sehr beruhigende und gelassene Person war. Obwohl Caro sich völlig erschöpft fühlte, arbeitete ihr Gehirn fieberhaft. Sie versuchte einerseits zu entscheiden, was sie als nächstes tun sollte, andererseits ging sie alle Geschehnisse der Vergangenheit bis ins letzte Detail durch und überlegte gleichzeitig auch noch, was sie mit dem Rest ihres Lebens anfangen sollte. Eigentlich nahm sie das Gespräch kaum wahr, undeutlich bemerkte sie jedoch, daß es eine überraschende Wendung genommen hatte.

»Die Mutter meiner Freundin ist einmal beim Stehlen erwischt worden«, sagte Hopi in ihrer leicht tonlosen, doch eigenartig beruhigenden Art. »Das Geschäft hat einfach Anzeige erstattet, so daß man sie strafrechtlich verfolgte, aber dann wurden psychiatrische Gutachten angefertigt, und so stellte sich heraus, daß es irgendein schreckliches, dunkles Geheimnis in ihrer Vergangenheit gab, das sich niemand hätte träumen lassen. Es war damals eine richtig dramatische Geschichte, dabei kann ich mich heute nicht einmal mehr daran erinnern, was das Geheimnis war. Da sieht man doch mal wieder, wie schlimm man etwas finden kann, und bloß ein Jahr später kann man sich schon gar nicht mehr genau daran erinnern und weiß gar nicht, was die ganze Aufregung überhaupt sollte. Aber ich kann schon nachvollziehen, daß es ein schrecklicher Schock für Sie gewesen sein muß.«

»Schock?« dachte Caro unbestimmt. »Woher weiß sie das?« Doch dann rief sie sich zur Ordnung, weil diese Frau nun wirklich nichts darüber wissen konnte. Da sie sich jedoch danach sehnte, sich bei irgendeinem Menschen auszusprechen, selbst wenn es eine Frau mit einer komischen Frisur und schrecklicher Kleidung war, war sie dankbar über die ihr entgegengebrachte Anteilnahme und sagte erschöpft: »Über manche Dinge kommt man einfach nie hinweg.«

»Hm«, stimmte Hopi ihr zweifelnd zu. »Mag sein.«

»Man muß einfach einen Weg finden, wie man damit umgehen kann.«

»Aber es gibt doch auch immer Gründe dafür«, machte Hopi Caro aufmerksam. »Wenn man die Gründe kennt, ist es wesentlich einfacher, damit umzugehen.«

»Gründe, Gründe – Ausflüchte wohl eher! Mein Gott, mir wird schon schlecht, wenn ich bloß daran denke, wie viele lachhafte Ausreden ich mir werde anhören müssen«.

»Ich finde, Sie sollten etwas mehr Verständnis aufbringen.« Hopi tat Twinks allmählich sehr leid. »Das hat sie alles wirklich sehr mitgenommen. Ich bin mir nicht einmal sicher, daß sie gewußt hat, was sie da tat.«

»Natürlich wußte sie verdammt gut, was sie tat. Lydia mag eine falsche Schlange sein, aber dumm ist sie nicht.«

»Lydia? Was hat Lydia denn damit zu tun?«

»Ich dachte ...« Caro starrte Hopi einen Moment lang an. »Ich habe geglaubt, Sie reden über Lydia.«

»Nein.«
»Über wen denn sonst?«
»Über Ihre Mutter selbstverständlich. Über Mrs. Cartwright.«
»Meine Mutter? Was um alles in der Welt hat sie denn damit zu tun?«
»Peggy hat sie gestern beim Ladendiebstahl erwischt. Ich dachte, Sie wüßten das.«
»Nein, da muß es sich um eine Verwechslung handeln.« Aber noch während Caro das sagte, erinnerte sie sich daran, wie Jim am Abend zuvor an die Badezimmertür geklopft hatte, weil Peggy am Telefon gewesen war. Da hatte sie noch in zufriedener Einfältigkeit vor sich hin gelebt. Dann hatte ein Erdbeben ihre vertraute Welt auf den Kopf gestellt, und sie hatte den Anruf völlig vergessen. »Sind Sie sich da ganz sicher?« erkundigte sie sich mit matter Stimme bei Hopi.
»Absolut. Peggy hat sie auf frischer Tat ertappt.«
»Woher wissen Sie das?«
»Ich war zufällig im Laden. Ihre Mutter wollte gerade das Geschäft verlassen, als das Innenfutter ihres Mantels riß und alles mögliche zu Boden fiel.«
»Du lieber Himmel, ich kann das gar nicht glauben.«
»Mrs. Robertson hat Peggy geraten, sich an Sie zu wenden.«
»Du lieber Gott, war denn das gesamte Dorf anwesend?«
»Nur die Lehrerin und ich. Wir mußten Ihre Mutter nach Hause bringen, weil sie zu aufgeregt war, um Auto zu fahren.«
»Meine Mutter ... Ich kann es einfach nicht fassen.«
»Ja, das ist sicherlich ein Schock. Peggy vermutet, daß sie es schon seit Monaten gemacht hat. Aber wie gesagt, ich glaube nicht, daß sie wußte, was sie da tut.«
»Nein«, meinte Caro. »Ich verstehe.« Jetzt fiel ihr auch wieder ein, daß Twinks sich am Abend zuvor »unpäßlich« gefühlt hatte und deshalb aus der Dinnerparty für sechs eine gemütli-

che Viererrunde geworden war. Wenn George und Twinks dabeigewesen wären, hätte Jim es dann riskiert, Wyndham auf seine Geschäfte anzusprechen? Hätte Wyndham so hart zurückgeschlagen? Und wünschte sie sich, das alles wäre nie geschehen, oder war es besser, es endlich zu wissen, ganz gleichgültig, wie schrecklich es auch sein mochte? Was, zum Teufel, hatte Twinks sich bloß dabei gedacht? Und wie ging es ihr wohl nun?

»Geht es Ihnen gut?« fragte Hopi. »Sie zittern ja.«

Caro antwortete: »Wenn Sie es wirklich wissen wollen: Ich glaube nicht, daß ich mich je in meinem Leben schlechter gefühlt habe. Dies ist der entsetzlichste Tag meines Lebens, und ich glaube, ich drehe gleich durch« – und nachdem sie das gesagt hatte, fühlte sie, daß es ihr schon ein wenig besser ging.

»Es tut mir leid«, sagte Hopi entschuldigend, »aber ich dachte, Sie wüßten Bescheid.«

»Nein«, sagte Caro, »ich habe nie Bescheid gewußt. Ich bin eine verdammte Idiotin gewesen.«

»Sie sollten sich keine Vorwürfe machen.«

Caro schnaubte verächtlich und meinte dann: »Die Sperenzchen meiner Mutter sind der geringste Teil meiner Sorgen. Mein Leben ist ein einziger verdammter Scherbenhaufen.« Dann kicherte sie, weil sie soviel fluchte, und Hopi lächelte ihr aufmunternd zu. Caro fühlte sich kurz versucht, dieser verständnisvollen Fremden mit dem freundlichen Lächeln und den mitfühlenden Augen ihr Herz auszuschütten. Sie wollte weinen und sich trösten lassen – hätte es nicht das kleine Hindernis der vielen Ohrringe, der befremdlichen Frisur und des zerlumpten Mantels gegeben. Deshalb riß sie sich zusammen und sagte energisch: »Hören Sie sich das nur an. Also wirklich, es ist Zeit, daß ich mit dem Jammern aufhöre und an meine arme Mutter denke. Ich frage mich, was sie sich bloß dabei gedacht hat. Sehe ich sehr schlimm aus?«

»Ihre Wimperntusche ist ein bißchen zerlaufen«, erklärte Hopi.
»Dann werde ich mich mal frisch machen. Lassen Sie nur, ich weiß, wo das Badezimmer ist. Schließlich ist das Papas Haus.«
»Ja. Tut mir leid, daß ich ihn einen miesepetrigen alten Mann genannt habe.«
Caro lächelte, und plötzlich konnte Hopi sehen, welche Liebenswürdigkeit und welch schüchterner Charme in ihr schlummerten. »Ach, lassen Sie sich davon keine schlaflosen Nächte bereiten, meine Liebe«, beruhigte Caro sie. »Das ist gar nichts im Vergleich zu dem, als was er Sie bezeichnet hat.«
»Das kann ich mir vorstellen.« Hopi lächelte traurig.
Einen Moment lang sah es beinahe so aus, als könnten die beiden Frauen Freundinnen werden, aber dann sagte Caro entschieden: »Tja, es ist wohl Zeit, mein altes Gesicht in Ordnung zu bringen und nachzusehen, was meine Mutter so treibt.« Auf einmal graute Caro davor, Lydia könnte zurückkehren, und ihr war völlig schleierhaft, weshalb sie überhaupt je mit ihr hatte sprechen wollen. Außerdem mußte sie jetzt an ihre Mutter denken. »Ich kann immer noch nicht glauben, daß sie gestohlen hat. Meinen Sie, es könnte Alzheimer sein? O Gott, ich weiß nicht, was schlimmer wäre. Vielen Dank auch für den Tee, Sie waren sehr freundlich.«
Caros übertriebene Dankbarkeit erinnerte Hopi unvermittelt an Suzie, so daß sie bereits sagen wollte: »Sie müssen Suzies Mutter sein.« In letzter Minute hielt sie sich jedoch zurück, weil Suzie ihre Besuche im Camp wahrscheinlich geheimgehalten hatte und Hopi bereits redselig genug gewesen war. Deshalb meinte sie nur: »Es hat mich gefreut, Sie kennenzulernen. Machen Sie sich keine Sorgen um das Haus, ich werde abwaschen und abschließen.«
»Das ist nett, Sie waren wirklich ein guter Samariter.«
»Ja, so bin ich«, dachte Hopi, während sie die beiden Becher

spülte, abtrocknete und in den Schrank zurückstellte. »Die Probleme anderer kann ich wunderbar lösen.«

»Worum ging es denn?«
Jim war aus seinem Arbeitszimmer getreten, während Caro telefonierte. Sie legte den Hörer auf die Gabel und ließ sich kraftlos auf die Treppe sinken. Sie hatte das Gefühl, daß sie hysterisch werden würde, wenn auch nur die winzigste Kleinigkeit hinzukam, aber weil Peggy bereits auf dem Weg war, mußte sie sich jetzt zusammenreißen, damit sie die Unterredung überstehen konnte. Tonlos erklärte sie Jim: »Mami hat aus Peggys Laden Waren mitgehen lassen, ohne zu bezahlen.«
»Twinks? Sie hat gestohlen? Bist du sicher?«
»Natürlich bin ich mir nicht sicher. Wahrscheinlich hat es etwas mit ihrem Alter zu tun, mit Vergeßlichkeit, aber es wird bestimmt unangenehm werden.«
»Arme Caro, was für ein ungünstiger Zeitpunkt.«
»Ach, ich weiß nicht.« Caro warf ihm einen verbitterten Blick zu. »Wenigstens lenkt es mich von allem anderen ab.«
Jim hatte sie noch nie in einer dermaßen hoffnungslosen und düsteren Stimmung erlebt. Mit aufrichtiger Zärtlichkeit sagte er: »Es tut mir leid, daß es gerade jetzt geschehen mußte.«
»Tja, nun …« Caro versuchte erfolglos, das Zittern in ihrer Stimme zu unterdrücken. »So ist es nun einmal.«
»Möchtest du, daß ich dir bei dem Gespräch mit Peggy beistehe?«
Caro zuckte mit den Achseln. »Warum nicht. Weiß der Himmel, was man in einer solchen Situation sagen soll. Wir müssen versuchen, sie davon zu überzeugen, daß es geheim bleibt und die Polizei nicht hinzugezogen wird.«
»Die Polizei?« Suzie hatte sich zu ihnen gesellt und riß nun

überrascht die Augen auf. »Hat Oma Probleme mit der Polizei?«
»Ach, Herr im Himmel«, fuhr Jim seine Tochter an, »kann ich nicht einmal einen Augenblick mit deiner Mutter reden, ohne daß du dich einmischst?«
»Mach dir keine Sorgen, Schatz«, beruhigte Caro Suzie, »ich nehme an, es handelt sich nur um ein Mißverständnis.«
»Wieso bist du eigentlich nicht in der Schule?« wollte Jim wissen.
»Ich habe verschlafen.«
»Es war mein Fehler«, sagte Caro. »Wegen all dieser Geschichten habe ich vergessen, sie rechtzeitig zu wecken.«
»Ach, Unsinn, sie ist schließlich kein Kind mehr. Es wird ihr doch wohl möglich sein, einmal im Leben allein aufzustehen, oder?«
»Ach, jetzt hört auf, alle beide!« heulte Suzie los. »Ich gehe jetzt, dann könnt ihr so gemein zueinander sein, wie ihr wollt!« Und mit diesen Worten verließ sie wütend mit Bumpkin im Schlepptau das Haus und knallte die Tür hinter sich zu.
»Arme Suzie«, murmelte Caro. »Alles ist ruiniert.«
»Ach, Suzie geht es gut. Aber was ist mit uns? Wir müssen miteinander reden können, ohne andauernd unterbrochen zu werden. Wir müssen – ach, verdammt.« Ein leises Klopfen an der Haustür verkündete Peggys Ankunft.
Caro warf Jim einen erschreckten Blick zu. »Sehe ich sehr schlimm aus?«
Jim betrachtete ihr aschfahles Gesicht mit den grellen Rougeflecken, die die Schatten unter ihren vom Weinen verquollenen Augen betonten, und hätte in diesem Augenblick beinahe alles darum gegeben, ihr nicht solche Schmerzen zugefügt zu haben. Er entfernte ein Haar von ihrer Schulter und berührte sie dabei, wie ihm schien, zum ersten Mal seit einer Ewigkeit. Sie zuckte leicht zusammen, wich jedoch nicht vor ihm zu-

rück. »Mach dir keine Sorgen«, beruhigte er sie, »Peggy wird glauben, daß es wegen Twinks ist.«

Suzie hatte vor, ins Tal hinunterzugehen. Sie war wütend auf ihre Eltern und wollte nie wieder auch nur einen Fuß in die Lodge setzen. Sie würde massenhaft Drogen nehmen und die schrecklichsten Dinge tun, die ihr einfielen, und das geschah ihnen nur recht, weil sie alles verdarben und sie dann auch noch wegschickten. Die beiden waren abscheulich und gemein, und sie haßte sie.

Doch die Sorge zog sie wie ein Magnet zur Lodge zurück. Sie hatte ihre Mutter noch nie so aufgeregt erlebt. Die beiden sollten sich lieber beeilen, die Sache zu klären, damit sie schnell wieder ein normales Leben führen konnten. – Aber möglicherweise würde das nie mehr geschehen. Es hatte etwas mit Lydia und Papa zu tun, soviel hatte sie verstanden, auch wenn die beiden wie üblich versuchten, alles vor ihr geheimzuhalten. Vielleicht hatte Mama Papa und Lydia dabei erwischt, wie sie sich geküßt hatten. Sie konnte sich nicht vorstellen, daß die beiden Sex miteinander gehabt hatten, dafür war Papa schon viel zu alt. Sie erinnerte sich an die Geräusche, die Rupert und das Mädchen gemacht hatten ... kein Wunder, daß Mama so aufgelöst war. Und dann würde nun auch noch Oma verhaftet werden. Kein Wunder, wenn ihre Mutter in den Nervenzusammenbruch getrieben wurde. Der Gedanke daran war so erschreckend, daß Suzie, bevor sie sich's versah, den Weg einschlug, der zur Lodge zurückführte. Sie war zwar immer noch der Meinung, daß sie Jim nie verzeihen könnte, weil er so gemein war, aber ihre Mutter brauchte offensichtlich Unterstützung, damit sie nicht zusammenbrach.

Peggy, Caro und Jim saßen um den Küchentisch herum, verstummten jedoch in dem Moment, in dem Suzie die Küche

betrat. »Und?« wollte sie wissen, »was soll jetzt mit Oma geschehen?«
Peggy warf Caro einen fragenden Blick zu, aber da mischte sich Jim ein: »Das bereden wir gerade, Suzie. Peggy muß für ihre Verluste finanziell entschädigt werden, aber sie hat zugestimmt, die Polizei nicht hineinzuziehen, wenn Oma verspricht, den Laden nicht mehr zu betreten.«
Suzie ignorierte ihren Vater. »Arme Mami, das war ein schrecklicher Schock für dich.« Dann wollte sie von Peggy wissen: »Sind Sie sicher, daß das kein Versehen war?«
»Leider nein. Aber was Mrs. Cartwright sich dabei gedacht hat, weiß nur der Himmel. Ann Robertson meinte, es könne vielleicht ein Hilferuf sein.«
»Warum sollte Omi nach Hilfe rufen?«
»Genau das müssen wir herausfinden«, sagte Jim. »Dr. Bell wird uns sagen können, ob sie psychiatrische Hilfe braucht.«
»Ist Oma verrückt?«
»Nein, sie ist nicht verrückt, mein Schatz«, widersprach Caro und fügte dann unsicher hinzu: »zumindest glaube ich das nicht.«
Suzie überlegte einen Moment lang und fragte dann: »Ist Ladendiebstahl denn oft ein Hilferuf?« Sie erinnerte sich plötzlich an den Gesichtsausdruck, mit dem Mina die gestohlene Schminke in ihre Tasche hatte gleiten lassen.
»Ann Robertson sagte, es gäbe viele verschiedene Gründe«, erklärte Peggy. »Manchmal überlegen die Leute sich bloß, wie groß ihr Risiko ist, erwischt zu werden, und beschließen dann, daß es sich lohnt. Sie meint, daß es Kinder gibt, die nicht einmal wissen, daß Diebstahl falsch ist und daß man es ihnen erst beibringen muß.«
»Oma wußte mit Sicherheit, daß das nicht richtig ist.«
»Ja, meine Mutter ist ihr Leben lang eine äußerst ehrliche und gesetzestreue Person gewesen«, stimmte Caro zu.

»Das macht die Sache ja auch so sonderbar«, meinte Peggy. »Aber da sieht man es wieder mal.« Dann fügte sie hinzu: »Aber welches Motiv sie auch gehabt haben mag, den Schaden habe ich.«
»Werdet ihr es Opa erzählen?«
»Darüber haben wir noch gar nicht nachgedacht«, gab Jim zu. »Aber wir wären Ihnen sehr dankbar, Peggy, wenn Sie die Geschichte für sich behielten. Selbstverständlich ist das Ihre Sache, aber ...«
Peggy war durch die versprochene Entschädigungssumme und den deutlich erkennbaren Kummer der Familie milde gestimmt und meinte deshalb: »Keine Sorge, ich werde es nicht weitererzählen, aber in einem so kleinen Dorf wie Briarswood ist es nicht immer leicht, etwas geheimzuhalten.«
Suzie fragte erneut: »Aber was ist jetzt mit Opa?«
Müde rieb Caro sich die Augen. »Ich weiß es nicht.«
Jim runzelte die Stirn, sagte jedoch nichts. Peggy schien sich unbehaglich zu fühlen und trank ihren Kaffee aus. In diese Stille sagte Suzie nachdrücklich: »Oma würde sterben, wenn Opa wüßte, was sie getan hat.«
Caro antwortete nach einer weiteren Stille. »Ja, Suzie, du hast recht. Wir werden ihn im dunkeln lassen müssen.«
»Er ist doch sein ganzes Leben lang im dunkeln gewesen«, murmelte Jim, was ihm sowohl böse Blicke von seiner Frau als auch seiner Tochter einbrachte.
Peggy entschied, daß es nun an der Zeit war, zu gehen.

»Ich fahre schnell ins Herrenhaus hoch, um nach Mama zu sehen«, verkündete Caro, nachdem Peggy das Haus verlassen hatte.
»Ich komme mit«, sagte Jim.
»Nein«, wies Caro ihn mit unerwarteter Entschiedenheit zurück, »ich wäre lieber mal ein Weilchen allein.«

»Ich werde dir zum Mittagessen eine Suppe kochen«, bot Suzie ihrer Mutter an. Ihr Vater konnte ruhig verhungern, aber um ihre Mutter mußte sie sich jetzt kümmern.
Jim folgte Caro in den Flur, während Suzie in der Küche herumzuhantieren begann.
»Wir müssen miteinander reden, Caro, und zwar ohne ständig unterbrochen zu werden.« Jim sprach leise, aber eindringlich auf seine Frau ein.
»Ich weiß. Später, nicht jetzt.«
»Wann?«
»Ach, irgendwann, ich weiß es nicht.«
»Mami«, ertönte Suzies Stimme aus der Küche, »was hättest du lieber, Gemüse- oder Champignoncremesuppe?«
»Entscheide du, Schatz.«
»Das ist doch verrückt. Wir müssen irgendwohin fahren, wo wir ungestört sind.«
»Oje.« Es quälte Caro, daß sie Jim so abgrundtief haßte und trotzdem ständig in seiner Nähe sein wollte. »Wohin können wir denn fahren?«
»Ich werde etwas arrangieren.«
»Und was wird aus Suzie?«
»Das organisiere ich ebenfalls. Kümmere du dich um Twinks, und ich regle alles andere.«
»Prima«, ertönte da Suzies Stimme, »es gibt noch Pastinakencremesuppe.« Sie wußte genau, daß Jim Pastinaken nicht ausstehen konnte.

Caros Stimme drang wie aus großer Ferne in Twinks' Gehirn. Twinks verstand, daß sie Peggys Laden nicht mehr betreten sollte, daß außerdem etwas Geld nötig sein würde, um die Wogen zu glätten, und daß, was in Twinks' Augen das Wichtigste war, George nichts davon erfahren würde. Außerdem wurde vage ein Arzt erwähnt.

»Es geht mir sehr gut, Caro«, sagte Twinks streng.

Caros Stimme plapperte weiter, und Twinks lächelte geduldig, hoffte jedoch, daß ihre Tochter bald fertig sein und dann endlich gehen würde. Im Laufe der Herbstmonate war ihr das Aufwachen immer schwerer gefallen, und an diesem Morgen war es ein solcher Kampf gewesen, daß Twinks sogar jetzt noch das Gefühl hatte, sie wäre noch nicht ganz wach. Der unerfreuliche Vorfall im Laden hatte sie am Abend zuvor so nervös gemacht, daß sie mehrere der kleinen Pillen genommen hatte, die ihr über die Jahre von verschiedenen netten Ärzten verschrieben worden waren. Als es Zeit gewesen war, zu Bett zu gehen, hatte sie vergessen, wie viele Schlaftabletten sie im Notfall einnehmen sollte, und hatte deshalb vorsichtshalber noch ein oder zwei weitere geschluckt. Ihre Wirkung hatte irgendwann in der Nacht nachgelassen, und sie war mit Kopfschmerzen aufgewacht. Glücklicherweise hatte sie ein paar sehr starke Kopfschmerztabletten gefunden, aber als sie nach etwas gesucht hatte, mit dem sie sie hinunterspülen konnte, war George aufgewacht und hatte wissen wollen, was sie da täte. Deshalb hatte sie sich mit einigen weiteren, recht beliebig ausgewählten Pillen zufriedengeben müssen, die sie mit einem Schluck Wasser eingenommen hatte.

Morgens hatte sie sich gar nicht wohl gefühlt und außerdem ständig Peggys anklagenden Blick vor Augen gehabt, weshalb sie mehrere der Tabletten eingenommen hatte, die ihr für nervöse Zustände verschrieben worden waren, und schließlich hatte sie noch eine kleine Flasche Rum entdeckt, die unten in ihrem Nähkorb versteckt gewesen war. Der Rum hatte die Nebelschleier, die sie umschlossen, zwar nicht auflösen können, sie aber doch zumindest erträglich gemacht.

»Fühlst du dich nicht gut, Mami?«

Twinks hörte die Frage erst, als Caro sie sehr langsam und deutlich wiederholte.

»Ach was, es geht mir ausgezeichnet. Mach dir keine Sorgen um mich.«
»Das ist genau das, was auch ich immer sage«, dachte Caro deprimiert. »Warum können wir nicht ein einziges Mal in unserem Leben ehrlich zueinander sein?« Und dann fragte sie sich, ob diese neue, fehlbare Mutter vielleicht ein Mensch war, dem sie sich anvertrauen konnte. Sie würde verrückt werden, wenn sie nicht bald jemandem ihr Herz ausschütten konnte.
Also versuchte sie es. »Mir geht es gar nicht gut, Mama. Überhaupt nicht. Ich bin in meinem ganzen Leben noch nie so unglücklich gewesen. Ich habe gerade herausgefunden, daß Jim eine Affäre hatte, als ich mit Suzie schwanger war. Ich glaube, ich werde ihn verlassen.«
Nachdem sie diese Sätze ausgesprochen hatte, war Caro dermaßen schockiert darüber, so viel preisgegeben zu haben und vor allem ihrer Mutter, daß sie die Augen abwandte und aus dem Salonfenster blickte, wo ihr Vater mit einem Sack Blumenzwiebeln in der Hand neben dem Borderterrier stand und Mr. G. beim Pflanzen überwachte. Hamish hatte seinen Kopf auf die Vorderpfoten gelegt und sah den beiden bei der Arbeit zu. Als Caro ihre Mutter wieder ansah, lächelte diese nach wie vor gütig.
»Ich hoffe, es wird Jim bald besser gehen«, sagte Twinks. »Geh jetzt, du hast sicherlich viel zu tun.«
Während Caro über irgendwelche Dinge weitergesprochen hatte, war Twinks eingefallen, daß sie erst in der Woche zuvor in weiser Voraussicht eine kleine Flasche Brandy in dem Scrabble-Säckchen untergebracht hatte, und deshalb konnte sie es kaum erwarten, endlich in Ruhe gelassen zu werden.

DREIUNDZWANZIGSTES KAPITEL

Der Novemberregen und der nahende Winter offenbarten, wie viele Nachteile das Tal als Wohnwagenplatz hatte. In besonders kalten Nächten bildete sich Nebel über dem Bach, der sich rasch über dem Boden ausbreitete, so daß die Fahrzeuge morgens in grauen Dunst eingehüllt waren. Wenn es regnete, verwandelte sich das Feld, das sich im Winter ohnehin oft voll Wasser sog, in einen einzigen Morast, und der Matsch blieb wie brauner Leim an den Stiefeln und Rädern kleben. Die Bewohner legten Bretter über die vereinzelten Grasbüschel, die längst nicht mehr grün waren, wodurch sich ein kompliziertes Wegenetz bildete, das trotzdem noch sehr glatt war. Mal verbrachte einen Großteil seiner Zeit damit, verschiedene Dränagesysteme zu entwerfen, und als sich alle aus dem ein oder anderen Grund als unpraktikabel herausstellten, begann er, seinen idealen Winterstandort zu planen. Dieser mußte nach Süden gerichtet und windgeschützt sein, mit einem porösen, sehr wasserdurchlässigen Boden. Mal wußte natürlich, daß ihnen niemand einen solchen Stellplatz anbieten würde.

Es war Freitag morgen. Nachts hatten sich die Regenwolken verzogen, und nun schien die Sonne von einem strahlend blauen Himmel herunter. Mal hatte die Tür seines Lasters weit geöffnet und gerade damit begonnen, Sauls Weihnachtsgeschenk einzupacken, als er von Kate gestört wurde. »Können wir reinkommen? Lydia braucht eine Tasse Tee, und ich habe gesehen, daß bei dir Feuer brennt.«

»Klar.«
»Danke«, sagte Kate. »Uns ist das Gas ausgegangen. Biff wird später neues besorgen.«
Mal war skeptisch, denn Kate und Biff ging ständig das Gas aus oder Batterien, Tee oder Tabak. Sie liehen sich häufig etwas und zahlten es nur selten zurück, weshalb sie ihren Nachbarn sicherlich auf die Nerven gefallen wären, wenn sie nicht so nette Gesellschaft und außerordentlich hilfsbereit gewesen wären.
»Komm rein, Lydia.« Kate klang, als wäre der Laster nach wie vor ihr Zuhause. Sie stapfte mit ihren matschigen Stiefeln die Treppe hinauf. »Laß nur, Mal, ich werde den Kessel aufsetzen. Wo bewahrst du denn den Tee auf? Dein Wagen ist neuerdings immer so ordentlich, daß ich gar nichts finden kann.«
Mal grinste. »Hallo, Lydia. Der Tee ist in einer Dose hinter den Cornflakes. Der Wagen muß aufgeräumt sein, sonst findet Saul morgens seine Sachen nicht. Wir Alleinerziehenden haben es eben auch nicht immer leicht.«
»Was packst du denn da ein?« wollte Lydia wissen.
Mal hielt ein Malbuch hoch, das »Die keltische Welt« hieß. »Es ist für Saul. Ich habe ihm auch neue Filzstifte besorgt. Ich versuche ja, ihn für die Artussage zu interessieren, aber momentan zieht er Hasen vor.«
»Hasen?«
»Ja, er liest all die Beatrix-Potter-Bücher, die Suzie ihm vorbeibringt. Er ist ganz begeistert.«
»Und warum bekommt er dann keltische Kunst geschenkt?« neckte Lydia Mal. »Hoffst du, daß aus ihm einmal ein Druide wird?«
Sie sah sofort, daß sie mit ihrer Frage nicht weit gefehlt hatte. »Wir können von den Kelten eine Menge lernen.« Mal versuchte, seinen Mißmut zu verbergen. »Die Kelten haben in

Harmonie mit ihrer Umwelt gelebt. Viele unserer heutigen Probleme lassen sich auf die Einführung des Christentums zurückführen.«

Kate war nicht besonders begierig, Mals Analyse der Ursprünge gegenwärtiger Probleme zu hören, deshalb mischte sie sich rasch ein. »Ist das Wetter nicht toll? Der viele Regen letzte Woche hat mich richtig deprimiert. Ich hatte einen schlimmen Hausanfall.«

»Was ist denn bitte ein Hausanfall?« wollte Lydia wissen.

»Den bekommt man manchmal im Camp, ich jedenfalls. Dann wünscht man sich plötzlich, man wäre zu Hause bei Mama mit einem Sofa, einem schönen Bad und einem riesigen Farbfernseher.«

»Ja, ein Bad vermisse ich auch«, meinte Mal.

»Womit wir auch schon beim Thema wären«, sagte Lydia. »Ich schulde dir für die Dachreparatur noch ein Bad, Mal, und du solltest am Wochenende Gebrauch davon machen. Warum nimmst du nicht auch eins, Kate? Ich werde Rose Cottage nämlich in einigen Tagen verlassen.«

»Du ziehst in das große Haus, was?« frage Kate, die von Hopi über Lydias Affäre informiert worden war.

Lydia schüttelte den Kopf. »Nein, das ist vorbei«, sagte sie und während sie die Worte aussprach, fragte sie sich insgeheim, wie es überhaupt je hatte anfangen können. »Ich werde Briarswood endgültig verlassen.«

»Was hast du denn vor?«

»Das weiß der Himmel. Wenn ich das Geld für den Flug zusammenbekomme, werde ich wohl nach Menorca fliegen, weil mich eine alte Freundin gebeten hat, die Wandmalereien in ihrem Restaurant zu übernehmen. Wahrscheinlich werde ich in den kommenden Monaten riesige Kalamares und Thunfische in ausgefallenen Posen malen.«

Kate seufzte. »Es muß toll sein, eine künstlerische Ader zu

haben«, sagte sie mit der aufrichtigen Bewunderung eines Menschen, für den bereits das Basteln eines Streichholzmännchens eine unmögliche Herausforderung darstellte. »Du hast Glück.«
Lydia fühlte sich gerade nicht so sehr vom Glück verfolgt. Sie hatte Schuldgefühle und war der Meinung, daß alles, was sie anfing, im Chaos endete. Deshalb sagte sie dämpfend: »Na ja, manchmal kann man davon leben. Aber es kann auch ziemlich frustrierend sein.«
»Wie denn das?« wollte Mal wissen.
»Nichts wird je so, wie man es erwartet. Man fängt mit einer glasklaren Vorstellung davon an, wie es aussehen soll, aber wenn man es das dann umsetzen will, entfernt sich das Idealbild. Es ist immer ganz knapp außer Reichweite, und irgendwann hofft man bloß noch, daß das Endprodukt nicht allzusehr von der ursprünglichen Idee abweicht. Aber es endet immer im Chaos, egal, wie sehr man sich auch bemüht.«
Während sie redete, wurde ihr bewußt, daß sie nicht allein ihr künstlerisches Versagen beschrieb. Deprimiert wie sie war, kam es ihr vor, als beschriebe sie gerade, was seit ihrer Ankunft in Briarswood geschehen war. Sie war mit der Vorstellung angekommen, daß Briarswood ein Zufluchtsort für sie sein sollte, ein leeres Blatt Papier, auf dem sie ihr Leben neu entwerfen konnte. Und jetzt reiste sie wieder ab, um sich einmal mehr auf Wanderschaft zu begeben, und in ihrem Fahrwasser blieb erneut nichts als Verwüstung zurück.

Jim mußte sich wiederholt ins Gedächtnis rufen, daß es nicht der richtige Zeitpunkt war, um ungeduldig zu werden, weil dies schließlich ein Rettungsversuch seiner Ehe werden sollte. Er hatte in einem Hotel in Devon, in dem er mit Caro einmal ein wunderschönes Wochenende verbracht hatte, für zwei Nächte ein Zimmer gebucht und danach mit einiger

Mühe Polly beschwatzt, damit sie während ihrer Abwesenheit bei Suzie blieb. Nun mußte er der Versuchung widerstehen, Caro mit brutaler Gewalt von Heim und Tochter wegzuzerren. Seine Verfehlung war immerhin so immens, daß er sich kaum vorstellen konnte, seine Frau jemals wieder für irgend etwas zu kritisieren.

Problematisch war allerdings, daß Caro sich ohne ein: »Himmeldonnerwetter noch mal, jetzt mach endlich!« nicht von ihrer jüngsten Tochter loseisen zu können schien. Und Suzie hatte nach Jims Empfinden die unglückliche Situation ihrer Eltern ausgenutzt, um bereits den dritten Tag in Folge nicht zur Schule zu gehen.

»Nimm morgen das Lamm aus der Tiefkühltruhe«, wies Caro Suzie an. »Es muß vollständig auftauen. Polly wird es dann am Sonntag zubereiten, und abends sind wir wieder zurück.«

»Ja, Mami, ich weiß.«

»Und Polly wird heute abend hier eintreffen. Oje, ich lasse dich nur ungern allein zu Hause zurück, aber sie hat versprochen herzukommen, sobald sie mit diesem Fitneßzeug fertig ist. Und denk dran, umgehend anzurufen, falls irgend etwas schiefgeht, oder falls du dir Sorgen machst, oder –«

Letztendlich war es Suzie, die Caro zum Range Rover hinausscheuchte. Es war seltsam, daß Suzie ihrer Mutter Anweisungen gab, aber momentan war nichts so wie gewöhnlich, und sie konnte es kaum erwarten, daß die beiden endlich weg waren. Ihre Fürsorglichkeit gegenüber ihrer Mutter hatte merklich nachgelassen, als Caro die von ihr zubereiteten Lekkerbissen verschmähte und sich von Suzies Bemühungen offensichtlich nicht aufheitern lassen wollte. Wenn sich einer der beiden die Mühe gemacht hätte, ihr mitzuteilen, was eigentlich los war, wäre sie wahrscheinlich mitfühlender gewesen.

Doch sie brachte ein aufmunterndes Lächeln zustande und winkte dem Range Rover hinterher, als er sich entfernte. Dann kehrte sie mit einem erleichterten Seufzer, doch schlagartig deprimiert, ins Haus zurück, wo gerade das Telefon zu läuten begann.

»Hallo?«

»Ach, Suzie, ist Papa noch da?«

»Hallo, Polly. Nein, sie sind gerade weg.«

»Verdammt. Na gut … hör zu, Suzie, es ist etwas dazwischengekommen, deshalb kann ich nicht runterkommen. Ich habe schon versucht, Emily und Kate anzuheuern, aber die haben auch Verpflichtungen. Deshalb habe ich mir überlegt, daß du bei Opa und Twinks übernachten kannst. Ich bin mir sicher, daß sie sich riesig freuen werden.«

Suzie war enttäuscht. »Ich habe eine Idee«, meinte sie dann. »Ich könnte doch auch nach London kommen und bei dir wohnen.«

»Völlig unmöglich, Süße«, lehnte Polly ab, die gerade ihre Wohnung aufräumte, weil ihr Mann Angus überraschend nach Amsterdam hatte abreisen müssen, und sie sich auf ein spontanes Wochenende mit Simon vorbereitete. »Ich würde es dir ja erklären, aber ich habe keine Zeit. Versprichst du mir, daß du Twinks anrufen wirst, sobald ich den Hörer aufgelegt habe?«

»In Ordnung, ich verspreche es.«

Nachdem sie eingehängt hatte, überlegte Suzie, ob sie es nicht lieber bleibenlassen sollte, doch dann wählte sie die Nummer des Herrenhauses. Als ihre Großmutter abnahm, erklärte Suzie ihr die Situation.

»Ich komme dann nachher zu euch«, sagte sie abschließend. Sie würde auf keinen Fall einen kostbaren schulfreien Nachmittag bei ihren Großeltern verplempern. »Wahrscheinlich zum Abendessen.«

Ihre Großmutter sagte etwas in der Art wie: »Ich weiß, Hamish, du hast dir ein Leckerchen verdient«, und legte dann auf.
»Jetzt hör dir das an, Bumps.« Suzie hielt ihm den Hörer ans Ohr, damit er das Besetztzeichen hören konnte. »Sie besitzt noch nicht einmal die Höflichkeit, auf Wiedersehen zu sagen.« Dann dachte sie darüber nach, daß ihre Mutter kurz vor einem Nervenzusammenbruch stand, ihr Vater womöglich ein Ehebrecher war und ihre Großmutter einen Hang zu kriminellem Verhalten entwickelte.
»Bei dieser Familie bekäme ich nie einen Platz auf einer guten Privatschule, oder, Bumps?«
Bumpkin wedelte mit dem Schwanz, und plötzlich durchströmte Suzie ein unerklärliches Glücksgefühl. »Ach, hol sie der Teufel«, meinte sie zu ihm. »Laß uns spazierengehen.« Vor ihr erstreckte sich ein langer Nachmittag mit Stunden der Freiheit.

»Kann man Hopi jetzt gefahrlos besuchen? Ich würde sie gerne noch einmal sehen, bevor ich abfahre.«
Kate streckte ihren Kopf aus Mals Wagen und sah sich um. »Noch kein Anzeichen von Colin«, sagte sie dann. »Der flippt aus, wenn du ihn weckst. Der blöde Idiot«, fügte sie dann mit unbekümmerter Verachtung hinzu.
»Hopi muß es dann ausbaden«, sagte Mal.
»Ich verstehe wirklich nicht, weshalb sie ihn erträgt«, meinte Lydia.
Kate, die nie besonders analytisch dachte, meinte, Hopi müsse ihn wohl mögen, doch Mal, der sich noch gut daran erinnern konnte, in welch kompliziertem Netz aus Haß, Angst und Abhängigkeit er in seiner Kindheit an seine Eltern gebunden gewesen war, meinte: »Es ist schwierig für sie. Sie will glauben, daß der sanfte, musikalische Colin der wahre Colin

ist und den bösartigen besiegen wird. Sie versteht nicht, daß beides zu ihm gehört.«
»Ich glaube, sie hat Angst vor ihm«, stellte Kate fest. »Er kann ein richtiges Schwein sein.«
Mal wirkte verblüfft. »Hopi? Angst?«
»Nur ein bißchen. Ach, da drüben ist sie.« Kate beugte sich vor und brüllte in einer Lautstärke, daß man sie vom einen Ende des Camps bis zum anderen hören konnte: »Hopi! Komm, und verabschiede dich von Lydia!«
Hopi lächelte ihnen zu und schlängelte sich dann durch den Matsch zu Mals Wagen. Als sie hörte, daß Lydia sowohl Wyndham als auch das Dorf verlassen wollte, war sie ganz traurig. »Ach, wie schade«, sagte sie, »ich habe so gerne in Haddeley Hall gearbeitet. Ich glaube nicht, daß ich jemals wieder die Möglichkeit bekommen werde, in einem solchen Haus zu arbeiten.«
»Ich auch nicht«, bestätigte Lydia ihr.
»Was ist denn schiefgelaufen? War er gemein?« fragte Kate. »Hat er dich fallenlassen?«
Lydia grinste. Sie würde Kates Direktheit beinahe ebenso sehr vermissen wie Hopis Herzlichkeit. »Man könnte sagen, daß es eine einstimmige Entscheidung war. Außerdem war er meiner Meinung nach wirklich ein bißchen gemein.«
»Typisch Mann«, urteilte Kate.
Mal, der gerade eine kunstvolle Schleife um Sauls Malbuch band, sah betroffen auf. »Wie bitte?«
»Und? Bist du traurig darüber?« wollte Hopi wissen.
»In gewisser Weise schon. Ich komme mir vor wie auf einer Berg-und-Tal-Bahn: Im einen Moment jette ich erster Klasse nach Paris zu einer Luxuswohnung, und im nächsten bin ich wieder absolut pleite und weiß nicht, was ich als nächstes tun soll.«
»Leb doch einfach bei uns«, schlug Kate vor.

»Meinst du?«
»Ja, warum nicht?«
Lydia sah durch die Tür hinaus auf das Feld, das mittlerweile an ein Schlachtfeld des Ersten Weltkriegs erinnerte. »Ich will ja nicht unhöflich sein, aber warum, um alles in der Welt, sollte ich das wollen?«
Kate zeigte sich von dieser Frage unbeeindruckt. »Aus Tausenden von Gründen.«
»Im Moment siehst du nur die Nachteile«, kam Hopi Kate zur Hilfe, »aber warte erst mal bis zum Frühling. Dann werden wir weit weg sein und an einem anderen Ort neu beginnen. Das kann wirklich toll sein.«
»Es ist harte Arbeit«, ergänzte Mal, »aber das würde dir sicherlich nichts ausmachen. Im Camp langweilt man sich fast nie.«
»Und man ist nie einsam«, fügten Hopi und Kate einstimmig hinzu und grinsten sich dann an.
Einen Moment lang war diese Vorstellung sehr verlockend. Lydia dachte, daß sie vielleicht genügend Geld für einen Gebrauchtwagen und einen alten Wohnwagen zusammenkratzen könnte, den sie in ein ungewöhnliches Heim verwandeln würde. Das hätte den Vorteil, daß sie damit all die ungelösten Fragen, nämlich wo sie jetzt leben und was sie tun sollte, mit einem Schlag lösen könnte, und zudem Freunde hätte, die ihr dabei helfen würden, sich an das neue Leben zu gewöhnen und ihr in schlechten Zeiten beistünden. Aber dann fand sie, daß es doch noch mehr im Leben geben mußte, als sich bloß irgendwie durchzuschlagen, Holz zu hacken und bei einem Becher Earl-Grey-Tee zu plaudern. Was genau das sein könnte, mußte sie noch herausfinden. Auch wenn dieser Versuch, einen Platz und einen Sinn für ihr Leben zu finden, wieder einmal schrecklich danebengegangen war, war sie noch nicht bereit, kampflos aufzugeben.

Hopi bemerkte ihr Zögern. »Du wüßtest es, wenn es das Richtige für dich wäre.«
»Ich glaube, ich bin eher eine Hausnomadin«, stellte Lydia fest. »Ich liege viel zu gerne im heißen Badewasser, als daß ich darauf verzichten könnte. Ach, ihr solltet auch das restliche Brennholz abholen, bevor ich fahre.«
»Apropos Holz: Gestern war eine Frau bei dir«, sagte Hopi. »Ich glaube, es muß Suzies Mutter gewesen sein.«
»Caro?«
»Sie wollte dich besuchen. Es ging ihr ziemlich schlecht. Zuerst dachte ich, es wäre wegen ihrer Mutter, weil sie doch in Peggys Laden geklaut hat, aber davon wußte sie noch gar nichts.«
Lydia, die von Twinks' Gesetzesbruch noch nicht gehört hatte, war sprachlos, und Kate brachte sie rasch auf den neuesten Stand. »Mrs. Psycho-Opi hat sich als diebische alte Elster entpuppt«, freute sie sich hämisch. »Wahrscheinlich unternimmt ihr Alter ebenfalls Beutezüge. Wenn man aus solch einem Haus stammt, geht man wahrscheinlich sogar bei einem Mord straflos aus.«
Mal grinste: »Vielleicht hat sie ihre Karriere ja als Fassadenkletterer begonnen.«
Kate prustete los. »Wahrscheinlich besteht die gesamte Familie aus Betrügern. Ich wette, die haben sogar ein paar verdammte Urkunden fürs Einbrechen zu Hause hängen.«
»Sei doch nicht so fies, die arme alte Dame«, rief Hopi, mußte jedoch selbst kichern.
Lydia erhob sich abrupt. »Ich gehe jetzt lieber mal.« Sie war todunglücklich. Sie kannte Twinks' Familie viel zu gut und hatte zu deren Unglück viel zu sehr beigetragen, als daß sie sich über ihre Demütigung hätte freuen können. »Ich muß noch packen und saubermachen. Sagt ihr bitte Terry und den anderen von mir auf Wiedersehen?«

Sie versprachen es fröhlich und verabschiedeten sich dann so beiläufig von ihr, daß Lydia beim Fortgehen eine gewisse Enttäuschung verspürte. Hopi und ihre Freunde waren mehr als drei Monate lang ein wichtiger Bestandteil ihres Lebens gewesen, und trotzdem verhielten sie sich so, als würde sie am nächsten Tag schon wieder zurückkehren. In den sich ständig verändernden Konstellationen ihres Lebens tauchten so häufig Menschen auf und verschwanden wieder, daß sie niemandem nachtrauerten.

Sie hörte Kate losgackern und ihre rauhe Stimme sagen: »Wartet's nur ab, sie werden Suzie auf eine Akademie für junge Taschendiebinnen stecken«, woraufhin alle loslachten.

Und dann hatte sie sich so weit entfernt, daß sie nichts mehr hören konnte.

Zumindest hatte Suzie Terry jetzt etwas Interessantes zu erzählen.

»Meine Familie bricht auseinander«, stellte sie fest.

»Ja?« fragte er und sah sie kurz an. »Das ist eine Schande.«

Er war nicht gerade wild darauf, etwas über die Sorgen von Suzies Familie zu erfahren. Er wollte lieber glauben, daß sie einer Bilderbuchfamilie entstammte oder vielleicht einem Werbefilm, in dem Papa Pfeife raucht und ständig grinst und Mama sich darum sorgt, ob sie die Flecken aus der Wäsche entfernen kann oder ob die Bratensoße gelingen wird.

Sie waren wie üblich zu Raven's Beacon hinaufgestiegen und genossen dort die letzten Sonnenstrahlen, während die Hunde sich mit dem Brombeergestrüpp beschäftigten.

»Meine Eltern sind über das Wochenende weggefahren«, erzählte Suzie weiter. »Ich glaube, das ist der letzte Versuch, ihre Ehe zu retten. Eigentlich sollte meine Schwester herkommen, aber jetzt kann sie doch nicht, und deshalb muß ich bei meinen Großeltern übernachten.« Gerade rechtzeitig fiel ihr ein, daß Twinks' Missetat geheim bleiben sollte, und daher sagte sie abschließend: »Und die haben gerade eigene Sorgen und werden mich kaum bei sich haben wollen. Es ist ein schrecklicher Schlamassel.«

Bis zu diesem Moment war ihr gar nicht bewußt gewesen, wie traurig sie war, aber jetzt merkte sie, daß ihr Tränen die Wangen hinunterliefen. Terry schien es nicht einmal zu bemerken. Sie schlang die Arme um die Knie und schniefte.

»Das war deine Oma, die im Laden geklaut hat, oder? Hopi mußte sie nach Hause fahren.« Bei diesen Worten wandte er sich ihr zu und entdeckte, daß ihr die Tränen in den Augen standen. »He, wein doch nicht.« Instinktiv legte er seinen Arm um sie. Suzie zog den Kopf ein und schmiegte ihre Wange an seine Schulter. Sie konnte den Druck und die Wärme seiner Hand spüren. In einem einzigen Augenblick hatte sich alles verändert, und sie war einfach überglücklich.

»Ich kann es immer noch nicht glauben«, sagte sie, redete jedoch eigentlich nur weiter, um das Gespräch in Gang zu halten. Man hätte ihre Großmutter jetzt sogar des Massenmords beschuldigen können, und es wäre ihr gleichgültig gewesen. Jedenfalls solange Terry sie umarmte, und ihre Wange an seiner Schulter lag.

»Omas sind schon komisch«, meinte Terry. »Meine konnte ganz schön seltsam sein, aber eigentlich war sie in Ordnung.«

»Sie muß sehr nett gewesen sein«, sagte Suzie. Seine Großmutter war das einzige Familienmitglied, über das Terry je sprach, und seine Stimme wurde stets sanfter, wenn er sie erwähnte. Suzie stellte sich eine freundliche, grauhaarige alte Dame vor, nicht so elegant wie Twinks, sondern rund und herzlich und mit einer geblümten Schürze und bequemen Hausschuhen bekleidet. Ihr gefiel der Gedanke, daß diese warmherzige alte Person der Mittelpunkt in Terrys offensichtlich höchst ungewöhnlicher Kindheit gewesen war. Auch

Terry dachte an seine Großmutter, aber die Frau, an die er sich erinnerte, hatte hüftlanges, ehemals kastanienbraunes Haar gehabt, winzige Miniröcke und hockhackige Schuhe getragen und war noch vor ihrem vierundfünfzigsten Geburtstag an Leberzirrhose gestorben. Sie hatte für den kleinen Terry stets getan, was sie konnte; doch es war nie auch nur annähernd genug gewesen.
»Sie war toll.« Terry fühlte sich langsam unwohl mit Suzie im Arm. »Durch sie bin ich auch an Misty gekommen.«
»Ich dachte, der Tierschutzverein hätte sie dir gegeben?«
»O nein, die hätten nie einem arbeitslosen Jungen ohne festen Wohnsitz einen Hund gegeben. Aber meine Oma hat gemerkt, wie gerne ich den Hund haben wollte, deshalb hat sie ihnen erzählt, der Arzt hätte ihr verordnet, wegen ihrer Gesundheit jeden Tag lange Spaziergänge zu unternehmen. Die Leute haben ihr in Windeseile aus der Hand gefressen, und sobald Misty dann bei ihr war, hat sie sie an mich weitergegeben. Am nächsten Tag mußte sie ins Krankenhaus, und ich habe sie nie wieder gesehen. Mir war gar nicht bewußt, daß sie so krank ist, weil mir niemand gesagt hatte, daß sie im Sterben lag. Und ich hatte nur Augen für Misty.«
»Wie traurig. Familien sind schon komisch, findest du nicht?«
Terry schwieg eine Weile. Die Sonne war gerade hinter dem Horizont versunken, und die Luft wurde kühl.
»Es ist irgendwie seltsam«, sagte er mit veränderter Stimme, »aber manchmal fühlt es sich gar nicht so an, als wäre meine Oma tot. Wenn ich mit Misty zusammen bin, denke ich oft, daß sie noch in der Nähe ist, so als würde sie durch den Hund ein Auge auf mich haben. Findest du, daß das verrückt klingt?«
»O nein, überhaupt nicht«, sagte Suzie rasch, obwohl sie diese Vorstellung doch ein wenig eigentümlich fand. Sie versuch-

te sich vorzustellen, wie Twinks' Seele in Bumpkins geschmeidigem Körper weiterleben würde, und mußte ein Kichern unterdrücken.
Doch schon im nächsten Moment kam Misty, beinahe als habe sie die Bedeutung von Terrys Worten verstanden, zu ihnen herübergesprungen und baute sich vor ihnen auf. Ihre Zunge hing aus dem Maul, und sie sah Terry aus ihren goldenen Augen mit einem völlig unkritischen Blick absoluter Verehrung an.

Saul rannte den größten Teil des Weges von der Schule zurück und stolzierte dann wie ein aufgeblasener Gockel mit geschwollener Brust in den Wagen.
»Guck«, befahl er Mal, »guck, was ich hier habe!«
Saul zog einen zusammengefalteten, gelben Umschlag aus der Tasche. Er strich ihn sorgfältig glatt, nahm dann ein zitronengelbes Blatt Papier mit aufgedruckten lilafarbenen Luftballons heraus und verkündete: »Eine Einladung.«
»Schön, Saul.« Da Mal gerade in der Werkzeugkiste, die er über dem Führerhaus aufbewahrte, nach einem Schraubenschlüssel suchte, wandte er sich ihm nicht sofort zu.
»Ich gehe zu Naomis Geburtstagsparty.«
»Wunderbar«, sagte Mal wieder und drehte sich um. Auf Sauls schmalem Gesicht lag ein derart glückliches und strahlendes Lächeln, daß Mal einen Moment lang eher erstaunt als froh war. In all den Monaten ihres Zusammenlebens hatte er noch nie einen derartigen Ausdruck auf dem Gesicht seines Sohnes gesehen. Mürrischkeit und Wut, Angst und Mißtrauen und eine Art stoischer Schicksalsergebenheit, ja, aber noch nie eine solch spontane, unwiderstehliche Freude. Mal spürte einen Kloß im Hals, als er sich an den traumatisierten kleinen Jungen in Angies Wohnung erinnerte. Das Kind, das jetzt vor ihm stand und den Brief umklammerte, hatte rosige Wangen

und strahlende Augen, und seine Begeisterung äußerte sich in einem unwillkürlichen, breiten Grinsen.
»Toll«, sagte Mal und setzte sich auf die Bettkante. »Das ist deine erste Einladung, Saul. Es ist ein ganz besonderer Tag.«
»Es haben nicht alle eine«, erklärte Saul, dem sehr daran gelegen war, daß sein Vater begriff, welche Ehre ihm zuteil geworden war.
»Aber du hast eine bekommen. Kann ich sie mal sehen?«
Saul gab das kostbare Stück Papier nicht aus der Hand, sondern hielt es Mal hin, damit er es sich ansehen konnte, und wies auf die wichtigen Worte: »Siehst du, da, das ist mein Name – Saul. Und das hier heißt: Du – bist – eingeladen –, und das Wort hier heißt Na-o-mi. Und hier, das ist der Tag und die Uhrzeit.« Er deutete mit dem Zeigefinger unten auf die Seite und tanzte dann, immer noch strahlend, durch den Laster.
»Ich gehe zu Naomis Party!«
Er tanzte zur Tür hinaus und die Stufen hinunter.
»He, wo willst du hin?« rief Mal ihm hinterher. »Zieh deine Schuluniform aus, bevor du spielen gehst.«
»Ich gehe zu einer Party«, sang Saul als Antwort, »und will das jetzt Hopi erzählen!«
»Warte! Geh nicht rüber!«
Colin war seit dem Aufstehen schlechter Laune gewesen, weil er festgestellt hatte, daß Hopi sich mit Mal, Kate und Lydia amüsierte. Seine Reuephase war schon wieder vorüber und von der festen Überzeugung ersetzt worden, daß Hopi nicht nur sein Leben kontrollieren, sondern ihm auch ständig ein schlechtes Gewissen machen wollte. Er war auch aufgebracht darüber, daß sie soviel Zeit mit anderen vergeudete, obwohl er ihre Zuwendung doch dringend brauchte. Daß er zudem unter einem schlimmen Kater litt, verstärkte sein Selbstmitleid nur noch. Glücklicherweise war Colin kurz zu Barney und

Flea hinübergegangen, als Saul vorbeikam, so daß Hopi allein im Wagen war. Sie hatte die Gelegenheit genutzt, um die Säume eines Hemdes aus gepunkteten und einfarbigen Flikken zu nähen, das ein Weihnachtsgeschenk für ihre Mutter werden sollte. Sie hatte festgestellt, daß es wesentlich schöner aussah, wenn sie sich bei der Stoffwahl entweder auf gleichfarbige oder ähnlich gemusterte Flicken beschränkte.
Stirnrunzelnd blickte sie von ihrer Arbeit auf, als Saul sich im Türrahmen bemerkbar machte. Sie ärgerte sich darüber, gestört zu werden, doch das legte sich sofort, als sie seinen Gesichtsausdruck betrachtete. Sie sah das glückliche Funkeln in seinen braunen Augen und dachte, daß er Mal einmal sehr ähnlich sehen und ebenso attraktiv sein würde.
»Ich gehe zu einer Party!« verkündete Saul.
»Ach, wie schön«, sagte Hopi. Ihr Gesicht spiegelte seine Freude wider. »Hast du aber ein Glück. Eine Party!«
»Zwei Partys«, korrigierte Saul sie. »Erst die Weihnachtsfeier in der Schule, und dann macht Naomi eine Party bei sich zu Hause. Es sind nicht alle zu ihrer Party eingeladen, aber ich wohl. Guck, ich hab eine Einladung.«
Nachdem Hopi das Blatt Papier ausreichend bewundert hatte, umarmte sie Saul spontan. Gewöhnlich reagierte er ablehnend auf jede Form von Körperkontakt, diesmal ließ er ihn jedoch zu. Hopi war, abgesehen von Mal, der einzige Mensch im Camp, dem Saul wirklich vertraute, und er fand ihr freundliches Gesicht wunderschön.
Saul lehnte gegen Hopis Knie, als Mal im Türrahmen erschien. Mal grinste zwar, sagte jedoch bestimmt: »Komm bitte zurück, und zieh dich um. Ich verbringe schon genügend Zeit im Waschsalon.«
»Warte eine Minute, Mal«, bat Hopi. »Ich habe hier noch etwas für Saul. Eigentlich sollte es ein Weihnachtsgeschenk sein, aber ich glaube, er wird es schon jetzt brauchen können.«

Seit sie mit ihren Patchworkarbeiten begonnen hatte, war Hopi eine regelmäßige Kundin in den Secondhandläden in Edleston. Bei ihrem letzten Streifzug hatte sie einen wunderschönen Kinderpulli in Sauls Größe entdeckt, der mit schwarz-weißen Pandas bedruckt war. Nun kramte sie ihn aus einer Plastiktüte heraus und hielt ihn Saul an.
»Perfekt«, stellte sie zufrieden fest, »genau deine Größe.«
Saul sah an sich hinunter. »Ich mag die Hunde«, sagte er.
»Das sind Pandas«, erklärte Mal ihm. »Pandas sind Bären.«
»Ich dachte, es wären Hunde«, sagte Saul, der sich nicht daran störte, verbessert worden zu sein. »Ich will ihn mal anprobieren.«
Hopi half Saul, sich aus seinem Schulpulli zu schälen, doch als sie dann den Pandabärenpulli überziehen wollten, stellten sie fest, daß er um den Hals etwas eng war.
»Halt still«, bat Mal Saul, als er hinzukam, um ihnen zu helfen. »Hopi dehnt den Halsausschnitt gerade ein bißchen.«
Saul wand sich, halb zum Scherz und halb aus tatsächlicher Panik, während Mal und Hopi lachend mit den kleinen Gliedmaßen und der unnachgiebigen Wolle kämpften.
»Keine Sorge, Saul«, meinte Hopi kichernd, als der Junge schließlich mit rotem Gesicht keuchend ans Tageslicht kam, »ich werde am Schultersaum ein paar Knöpfe annähen. Also, wenn du diesen Pulli trägst, werden dir alle zu Füßen liegen.«
»Was, zum Teufel, ist hier los?«
Colin stand zitternd vor Wut im Türrahmen, weil er sah, wie Mal und Hopi an der Seite des vergnügten Kindes hockten und sich über etwas freuten, an dem er nicht teilhatte.
Hopi errötete und sagte vermittelnd: »Sieh mal, Col, das ist der Pulli, den ich für Saul besorgt habe. Sieht er nicht toll aus?«
»Der sieht völlig bescheuert aus«, erwiderte Colin höhnisch, so daß Sauls Lächeln sofort wie weggeblasen war und sich er-

neut dieser trotzige Ausdruck breitmachte, den Mal noch zu gut aus ihren ersten gemeinsamen Tagen im Gedächtnis hatte. Mal wurde zornig.

»Komm, Saul, laß uns gehen«, sagte er. »Manche Leute verstehen einfach nichts von Mode.« Er zwang sich, ruhig zu bleiben, und wandte sich Hopi zu, um ihr Sauls Schulpulli abzunehmen.

»Verschwindet aus meinem Wagen, und wagt es nicht, noch mal herzukommen, um hier herumzuschnüffeln«, fauchte Colin.

»Aber Col«, protestierte Hopi, »es ist doch nur ein Kinderpulli.«

Saul zupfte an den Pandabären auf seiner Brust, als schäme er sich plötzlich für sie.

Beherrscht sagte Mal zu Colin: »Der Wagen gehört Hopi, Colin, und sie kann Freunde einladen, wann immer sie will.«

»Nicht, solange ich hier bin, verdammt noch mal! Macht schon, raus hier. Dalli!« Bei diesen Worten streckte er den Arm aus, um Saul gewaltsam hinauszuschieben.

»Es besteht überhaupt kein Grund, so gemein zu werden«, mischte sich Hopi ein und streckte die Hand aus, als wolle sie Saul schützen. Da schubste Colin sie beiseite und packte Saul bei den Schultern. Saul schrie empört auf. Mal spürte, wie ein weißes Licht in seinem Kopf explodierte und all die vernünftigen und versöhnlichen Dinge, die er vielleicht hätte sagen können, sofort vergessen waren. Er sprang vor und schlug auf Colins Arm ein, so daß dieser gezwungen war, den Jungen loszulassen. Überrascht schnellte Colin herum und schlug sofort zu: Er traf Mal mit der geballten Faust seitlich am Gesicht, so daß dessen Brille hinunterfiel. Schützend hob Mal die Arme, und Hopi zog Saul an sich, damit dieser nicht zwischen beiden Männern eingequetscht wurde. Dann holte Colin aus, um Mal einen zweiten Schlag zu versetzen, traf jedoch versehentlich Hopi auf den Wangenknochen, so daß sie mit einem Schmerzensschrei zurückfiel. Weiß vor Zorn brüllte Mal los und schlug dann zweimal mit solcher Wucht auf Colin ein, daß dieser angstvoll zurückwich und in Richtung Tür stolperte. Doch Mal war nun viel zu wütend, um Colin so leicht davonkommen zu lassen, deshalb schlug er so lange auf ihn ein, bis Colin das Gleichgewicht verlor und mit einem ängstlichen Aufschrei von der obersten Treppenstufe in den Schlamm fiel. Der weiche Boden dämpfte zwar seinen Aufprall, doch als er mühsam versuchte, wieder auf die Beine zu kommen, besudelte er sich von Kopf bis Fuß, was von einer beachtlichen Zuschauermenge beobachtet wurde, die bereits seinen Fall miterlebt hatte.

»Jetzt helft mir doch mal, er will mich umbringen!« schrie Colin.

»Da hast du verdammt recht.« Heftig atmend stand Mal auf der oberen Stufe und blickte voller Verachtung auf die schlammbedeckte Gestalt hinunter, die sich auf dem Boden wand.

Da erschien Hopi mit aschfahlem Gesicht hinter Mal im Türrahmen. »O Colin«, seufzte sie und wollte sich schon an Mal vorbeischieben, als dieser ihr die Hand auf den Arm legte.

»Laß ihn!« bat er sie. »Er hat es nicht anders gewollt, Hopi, laß ihn einfach.«

Hopi stieß ein schluchzendes Geräusch aus und blickte verzweifelt auf Colin hinunter. Doch sie rührte sich nicht. Mittlerweile waren auch Barney und Flea am Rande der Zuschauermenge aufgetaucht und gingen nun widerwillig zu Colin, um ihm auf die Beine zu helfen. Der schlug allerdings mit den Armen um sich und schleuderte dadurch Dreckklumpen auf sie.

»Jetzt komm schon, Hopi! Steh nicht wie angewachsen rum«, jammerte Colin, und seine großen grauen Augen füllten sich

mit Tränen. »Schmeiß den Scheißkerl raus, und hilf mir! Ich glaube, er hat mir den Kiefer gebrochen. Jetzt tu doch endlich was, du unfähige Schlampe!«
Hopi zitterte, schüttelte jedoch fast unmerklich den Kopf. »Mal hat recht«, sagte sie. »Tut mir leid, Col, aber das war's. Es ist aus!«
Überrascht drehte Mal sich zu ihr um. »Bist du sicher?« fragte er sie und verfluchte sich dann, ihr die Möglichkeit gegeben zu haben, ihre Entscheidung rückgängig zu machen. »Ich meine –«
»Ich bin mir völlig sicher!«
Als Mal ihr den Arm um die Schulter legte, war sein Grinsen dem seines Sohnes sehr ähnlich. »Gute Entscheidung, Hopi.« Dann wandte er sich mit einer Stimme an Colin, die keinen Widerspruch duldete: »Verschwinde hier. Sofort. Und nimm deine beiden Freunde mit, euch will nämlich niemand mehr hier sehen. Ihr habt es euch selbst vermasselt.«
Barney und Flea halfen Colin auf und verließen unter wüsten Beschimpfungen die nun feindselige Menge.
Saul drängelte sich zwischen Mal und Hopi und sagte anerkennend: »Toll, Papa, dem hast du aber gezeigt, was 'ne verdammte Harke ist. Das war klasse!«
»Du sollst nicht fluchen, Saul«, wiesen Mal und Hopi ihn wie aus einem Munde zurecht, während sie zusahen, wie Colin mit seinen Freunden in ihrem Wagen verschwand.
»Entschuldigung«, sagte Saul geknickt.

Kurz vor Sonnenuntergang verschwand der Bus von Barney und Flea vom Platz. Colin war bei ihnen, und niemand bedauerte, die drei gehen zu sehen. Hopi hatte sich verzogen, als Colin seine Sachen aus ihrem Wagen geholt hatte, und er war mit seinen Freunden bereits eine ganze Weile weg, als jemand Rauch aus Hopis Fenster steigen sah. Bis man Alarm geschlagen hatte und der Feuerwehrwagen von Briarswood den ausgefahrenen Feldweg zum Camp hinuntergefahren kam, war das Feuer längst außer Kontrolle, und zu allem Unglück befand sich der nächstgelegene Wasserhydrant außer Reichweite der Schläuche. Niemand wußte, ob das Feuer rein zufällig ausgebrochen oder absichtlich gelegt worden war, doch der Wagen war völlig zerstört, so daß bei Morgengrauen nicht mehr als eine verbogene Hülle übrig war. Hopis Bücher und ihr selbstgebrauter Wein, die duftende Geranie, die gehäkelte Tagesdecke und all ihre Näharbeiten waren vernichtet. Und von ihrer kostbaren Nähmaschine war gerade noch so viel übrig geblieben, um ihr vor Augen zu führen, was sie verloren hatte.

VIERUNDZWANZIGSTES KAPITEL

Langsam spazierten Terry und Suzie in der Abenddämmerung den Berg hinunter. Bumpkin, der von der Gesellschaft des jüngeren Hundes ermüdet war, trottete steifbeinig vor ihnen her, während Misty, die immer noch voller Energie steckte, ihnen vorausraste. Ihr flauschiger Schwanz wehte hinter ihr her, und in der Abendstimmung fand Suzie es gar nicht mehr so schrullig, sie sich als eine Art Schutzengel vorzustellen, der über den attraktiven jungen Mann neben ihr wachte.

Als sie sich der Straße und den ersten Häusern des Dorfes näherten, verlangsamte Suzie unbewußt ihre Schritte: Sie hatte es nicht eilig, Terrys Gesellschaft gegen die gestelzte Konversation und Förmlichkeit ihrer Großeltern einzutauschen.

»Tja«, seufzte sie schließlich und beugte sich vor, um Bumpkin die Leine anzulegen, »ich sollte jetzt mal lieber zu den alten Leutchen gehen.« Nun, da sie sich von Terry trennen mußte, war sie wieder wütend auf Jim, Caro und sogar Polly, die ihr Wochenende verplant hatten, ohne nach ihren Wünschen zu fragen. »Ich werde morgen wohl wieder hier spazierengehen. Falls es nicht regnet.«

»Dann sehen wir uns ja vielleicht«, sagte Terry. Sie waren an die Stelle gelangt, an der die kleine Landstraße auf die Hauptstraße nach Briarswood stieß, und hier trennten sich ihre Wege. Terry zog einen Strick aus der Tasche und rief nach Misty.

»Misty! Komm her, Mädchen!«

Misty war auf der anderen Straßenseite auf und ab gelaufen, doch als sie die Stimme ihres Herrchens hörte, hob sie den Kopf, wedelte mit ihrem schneeweißen Schwanz und sprang auf die Straße: Geradewegs vor einen kleinen weißen Peugeot, der in wahnsinnigem Tempo um die Kurve gerast kam.

»Misty! Nein!«

Twinks kehrte gerade vom Supermarkt aus einem der Vororte von Edleston zurück, wo sie zwei Flaschen Gin und eine Tüte gerösteter Erdnüsse gekauft hatte. Da sie Peggys Laden nicht mehr betreten durfte, war sie gezwungen gewesen, weiter weg zu fahren, um die Dinge zu besorgen, die sie brauchte, zumal Georges monatliche Weinbestellungen nicht mehr ausreichend waren. Twinks vermutete, daß er auf seine alten Tage geizig wurde: Es kam ihr nicht in den Sinn, daß vielleicht ihr eigener Bedarf kontinuierlich stieg. Jedenfalls war das ziemlich lästig, weil sie sich beim Autofahren nie völlig sicher gefühlt hatte, aber zur Abhilfe hatte sie ein paar der kleinen Pillen geschluckt, bevor sie losgefahren war. Außerdem blieb ihr, wie stets in ihrem Leben, keine andere Möglichkeit, als einfach weiterzumachen. Sie war problemlos nach Edleston gelangt, aber auf dem Heimweg bekam sie vor lauter Nervosität Herzklopfen. Sie war versucht, an den Seitenstreifen zu fahren und eine der Ginflaschen anzubrechen, entschied sich dann jedoch dagegen, weil sei wußte, daß es wahrscheinlich wesentlich schlimmere Konsequenzen haben würde, wenn man alkoholisiert Auto fuhr, als wenn man vergaß, im Dorfladen zu bezahlen. Außerdem graute ihr davor, daß sie vielleicht ihren Führerschein verlieren könnte, denn wenn sie nicht mehr allein herumfahren konnte, um sich zu besorgen, was sie brauchte, würde ihr Leben unerträglich sein. Deshalb zwang sie sich zu äußerster Konzen-

tration: Wenn sie erst wieder zu Hause war, würde sie sich zur Belohnung einen schönen Drink genehmigen. Am meisten irritierte sie bei der Rückfahrt, daß die Straße immer schlechter zu sehen war. Sie versuchte, die Windschutzscheibe mit einem kleinen Schwamm sauber zu wischen, aber das half nichts – hauptsächlich deshalb, weil sie trotz der früh einsetzenden Dämmerung vergessen hatte, die Scheinwerfer einzuschalten.
Als sie die Schnellstraße ohne Vorfälle verlassen hatte und sich Briarswood näherte, entspannte sie sich. Da sie jedoch so schnell wie möglich zu Hause sein wollte, behielt sie ihr Tempo bei. Plötzlich tauchte unvermittelt ein großer, heller Schatten vor ihr auf, von dem sie annahm, daß es ein ausgerissenes Kalb oder ein riesiges Schaf war. Rasch trat sie auf das, was sie für die Bremse hielt, wodurch der Wagen noch schneller als zuvor nach vorn schoß. Ein fester Körper stieß gegen die Kühlerhaube wie eine Welle, die sich an einem kleinen Boot bricht. Twinks zog die Füße von den Pedalen. Während sie krampfhaft versuchte, die Bremse ausfindig zu machen, verlor sie die Kontrolle über das Lenkrad, und deshalb kam der Wagen quietschend in einer Hecke zum Stehen, nur einen Meter von Suzie entfernt, die auf dem Randstreifen stand und ihre Großmutter mit unverhohlenem Entsetzen anstarrte.

»Du Wahnsinnige, du hättest uns beinahe überfahren und Misty auch!« Suzies Angst war einer rasenden Wut gewichen. Twinks öffnete den Mund, um etwas zu erwidern, aber Suzie schüttelte nur den Kopf und rannte mit Bumpkins Leine in der Hand die Straße hinunter, bis zu dem Punkt, wo Misty überraschenderweise noch aufrecht dastand. Terry hatte sich neben sie gekniet und ihr die Arme um den Hals geschlungen; Misty selbst hatte ihren Schwanz zwischen die Hinter-

beine geklemmt, und ihr Rücken wirkte eigenartig eingefallen. Sie winselte. »Ist ihr wirklich nichts passiert?« fragte Suzie Terry, aber der reagierte nicht.
Als sie auch auf ihre zweite Nachfrage keine Antwort erhielt, tastete sie Misty mit den Händen ab, so gut sie konnte, und obwohl der Hündin deutlich der Schock anzumerken war und sie große Schmerzen zu haben schien, konnte Suzie keine Verletzungen feststellen.
Terry kraulte Mistys dichtes Fell und schien kaum wahrzunehmen, daß noch jemand anwesend war. »O Misty, ich dachte, du wärest tot.«
»Wir sollten lieber nachsehen, ob sie noch laufen kann«, bemerkte Suzie, der klar wurde, daß sie die Sache in die Hand nehmen mußte. Terry ließ die Hündin los, so daß Suzie sie dazu bringen konnte, ein paar offensichtlich sehr schmerzhafte Schritte zu machen: Misty ließ die Ohren hängen, und ihr Gesäß sackte ab. Suzie bemühte sich darum, die Ruhe zu bewahren. »Wir müssen sie sofort zum Tierarzt bringen. Sie könnte sich etwas gebrochen oder eine Verletzung haben, die wir nicht sehen können.«
Sie waren beinahe einen Kilometer vom Camp entfernt, und Terry hätte das große Tier eine so lange Strecke nicht tragen können; Misty selbst konnte allerdings bestenfalls ein paar Schritte allein laufen.
Terry wischte sich die Tränen von der Wange und sagte: »Dann bleib bei ihr. Ich laufe zurück und hole Hilfe.«
»Das dauert viel zu lange«, wandte Suzie ein, und mittlerweile dachte sie, daß Misty wesentlich stärkere Verletzungen davongetragen haben mußte, als es den Anschein hatte. »Wir werden Omas Auto nehmen müssen. Wir fahren erst Oma nach Hause und von dort aus weiter.«
»Gibt es denn keinen Tierarzt in Briarswood?«
»Nein, ich glaube, der nächste ist kurz vor Edleston, aber viel-

leicht gibt es einen, der noch näher ist. Wir können vom Herrenhaus telefonieren, um sicherzustellen, daß jemand da ist. Kannst du sie zum Auto tragen?«
Mit größter Behutsamkeit hob Terry das große Tier hoch. Misty jaulte auf und leckte seine Hand, als bäte sie ihn damit, ihr nicht weh zu tun. Langsam ging Terry zum Auto, während Suzie, gefolgt von Bumpkin, Misty den Kopf streichelte und ihr versicherte, daß alles wieder gut würde. Twinks saß immer noch in der gleichen Position wie zuvor in ihrem Wagen.
»Oma, wir müssen uns dein Auto leihen, damit wir den Hund zum Tierarzt bringen können.«
»Ich weigere mich, mein Auto herzugeben!« rief Twinks.
»Aber du mußt. Du bist viel zu schnell gefahren und hättest Misty töten können. Es war dein Fehler. Du mußt uns dein Auto leihen.« Suzie öffnete die Hintertür und half Terry dabei, Misty auf den Rücksitz zu legen.
Twinks wurde sehr erregt: »Der Hund hätte einen Unfall verursachen können.«
Sehr leise, um die verletzte Hündin nicht zu beunruhigen, fuhr Terry sie an: »Sie sind eine verdammte Gefahr für den Straßenverkehr, Sie hatten ja noch nicht einmal ihre Scheinwerfer an. Sie sind ja nicht fahrtüchtig, Sie –«
»Bitte, Terry, mach es nicht noch schlimmer«, bat Suzie ihn.
Twinks hatte die Worte »nicht fahrtüchtig« verstanden, und der Teil ihres Gehirns, der noch funktionierte, wußte, daß dieser ungehobelte Junge die Wahrheit sagte. Sie sah zu Suzie hinauf, und ihre Augen füllten sich mit Tränen. »Dann ist das hier das Ende für mich«, sagte sie völlig verzweifelt.
»Ach, Herr im Himmel, Oma, jetzt werd nicht melodramatisch«, sagte Suzie, die ihre Großmutter mißverstanden hatte. »Und hör auf, immer nur an dich zu denken. Du bist doch bloß auf dem Seitenstreifen gelandet.« Dann wandte sie sich

an Terry. »Sie ist viel zu aufgelöst, um noch fahren zu können. Kannst du das übernehmen?« Und zu ihrer Großmutter meinte sie: »Komm, ich helfe dir raus. Terry wird uns nach Hause bringen.«

Glücklicherweise telefonierte George, als sie ankamen, weshalb ihm entging, daß seine Frau bereits zum zweiten Mal innerhalb von drei Tagen von einem barbarischen Fremden nach Hause gebracht wurde. Twinks ging von der Haustür schnurstracks an ihrem Mann vorbei und stieg vorsichtig die Treppe zu ihrem Zimmer hinauf. An ihrer Seite klirrte es leise in ihrer Plastiktüte.

Suzie gab ihrem Großvater durch Gesten zu verstehen, daß sie dringend das Telefon benötigte. George, der gerade mit Wyndham Sale sprach, wollte bereits aufbrausen, als er die Worte »verletzter Hund« und »Tierarzt« hörte, und das wirkte wie ein Wunder. Er wurde extrem fürsorglich, zumal er zunächst glaubte, es handele sich um Bumpkin.

»Nein«, erklärte Suzie ihm, »Bumpkin muß bei dir bleiben. Der Hund eines Freundes wurde verletzt. Ein Collie.«

»Oje«, sagte George aufrichtig besorgt, »Collies sind so schöne Tiere.«

Fünf Minuten später hatte Suzie herausgefunden, daß sich der nächste Tierarzt in einer Praxis in Arnchester befand, einem einstmals kleinen Dorf, das nun ein Vorort von Edleston war. Das würde ihnen etwa zehn Minuten Fahrtzeit ersparen.

Mit der eilig notierten Wegbeschreibung in der Hand und sehr beunruhigt darüber, daß es so lange dauerte, bis sie Hilfe für Misty bekamen, rannte Suzie zum Auto zurück. Sie hatte sich nicht die Mühe gemacht, George mitzuteilen, daß sie Twinks' Auto benutzen würden: Wenn er es nicht wußte, konnte er es auch nicht verbieten.

»Es gibt einen Mr. Davies noch vor Edleston«, erklärte sie

Terry, als sie hinten in den Wagen stieg. »Man erwartet uns bereits.«
»Sieh nur.« Terry hatte sich auf dem Fahrersitz umgedreht, und sein Gesicht war aschfahl. »Sie hat Blut am Maul.«
Suzie merkte, wie etwas in ihr zusammenbrach. Zum ersten Mal kam ihr der Gedanke, der Hund könnte vielleicht innere Verletzungen haben, doch dann sagte sie resolut: »Mach dir keine Sorgen, Terry, sie wird sich bloß die Lippe aufgeschlagen haben oder so etwas. Trotzdem, je eher wir sie zum Tierarzt bringen, desto besser. Ich habe eine Wegbeschreibung. Ich werde mich hinten zu Misty setzen und mich um sie kümmern.«
»Gut.«
»Wir müssen erst ein Stück die Schnellstraße hinunter, aber wir brauchen nicht nach Edleston reinzufahren. Halt Ausschau nach der Abfahrt bei Arnchester.«
Terry fuhr schweigend. Über dem Horizont im Westen war es noch hell, aber die Häuser und Bäume hatten sich in der Dunkelheit bereits zu schwarzen Schatten verwandelt. Panisch und unglücklich kauerte Terry über dem Lenkrad. Wie sollte er je herausfinden, welche die Abfahrt bei Arnchester war? Auf der linken Seite der Schnellstraße tauchte ein großes Schild im Scheinwerferlicht auf – ein Pfeil wies geradeaus, der andere nach links, und daneben stand jeweils etwas in schwarzer Schrift auf weißem Grund. Er bemühte sich, die Buchstaben zu entziffern, bevor sie daran vorbeigefahren waren. Unmöglich. Wie sollte er erkennen, wohin sie fahren mußten?
Suzie saß auf den Rücksitz gequetscht. Während sie den Kopf des Hundes streichelte und mit seinen Ohren spielte, murmelte sie unaufhörlich vor sich hin, um nicht nur sich selbst, sondern auch Terry und den Hund zu beruhigen.
»Ist es noch weit?« fragte Terry angespannt. »Ich will die Abfahrt nicht verpassen.«

»Du kannst das Schild gar nicht übersehen.« Suzie war über Mistys warmen Körper gebeugt.
»Halt du auch Ausschau«, bat Terry verzweifelt, »damit nichts schiefgeht.«
Suzie hörte ihm nicht zu, denn auf ihrer Hand befand sich plötzlich eine warme, klebrige Flüssigkeit. »Mach schnell, Terry, ich glaube, Misty hat sich übergeben.«
»Ich fahre doch schon so schnell, wie ich kann.«
Suzie roch an ihrer Hand. Nein, Misty hatte sich nicht übergeben, vielleicht war es Speichel. Dann unterdrückte sie einen entsetzten Aufschrei: Es war Blut. Blut rann aus Mistys Maul.
»Schon gut, Misty«, sagte sie durch Tränen. »Wir bringen dich zu jemandem, der dir helfen kann. Mach dir keine Sorgen, Misty.«
Suzie war aufgefallen, daß sie viel zu schnell fuhren, aber das war ihr egal. Nun bremste der Wagen urplötzlich, und Suzie konnte Misty gerade noch davor retten, auf den Boden geschleudert zu werden.
»Warum hast du denn angehalten?«
»Eine rote Ampel.«
»Aber ...« Suzie blickte auf und sah eine Straße, die von Geschäften, einer Autowerkstatt und einer Kneipe gesäumt war. »Aber das ist doch schon Edleston, wir sind zu weit gefahren!«
Terry fluchte und nutzte dann, als die Ampel auf grün umsprang, eine Verkehrslücke, um das Auto zu wenden und in die Richtung zurückzufahren, aus der sie gekommen waren. Suzie warf einen Blick durch die Heckscheibe und wurde von den Scheinwerfern eines riesigen Lasters geblendet, der sich ihnen, wie ein Weihnachtsbaum mit lauter Lämpchen geschmückt, laut hupend näherte.
»O Gott«, dachte Suzie, »wir werden sterben.«

Der Laster war nur noch wenige Zentimeter von ihrer Stoßstange entfernt, als Terry den Wagen vor ihnen überholen konnte, und so schossen sie plötzlich nach vorn.
»Sei doch vorsichtig!« flehte Suzie.
»Halt du lieber Ausschau nach dem Schild!« fuhr Terry sie wütend an. »Such du diesmal auch mit.«
»Okay.« Suzie gehorchte nicht nur wegen Terrys Tonfall, sondern auch, weil sie Misty auf einmal nicht mehr anschauen wollte. Das dickflüssige, warme Blut klebte ihr mittlerweile an der Hand. Mit ihrer anderen massierte sie Mistys Nakken, und sie mußte sich sehr anstrengen, um in der Dunkelheit etwas zu sehen.
»Hier!« rief sie dann. »Fahr rüber. Siehst du, Arnchester liegt rechts von uns.«
Terry schnitt einem von hinten sich nähernden Lieferwagen den Weg ab, so daß dieser einen Schlenker machen mußte, um ihnen auszuweichen. »Wohin jetzt?« fragte Terry barsch.
»Du mußt nach der Abercrombie Terrace Ausschau halten.«
»Such gefälligst mit.«
»Aber ich kann von hier nichts – oh, sieh nur, da war es. Du bist dran vorbeigefahren!«
Terry legte den Rückwärtsgang ein und bog in die Abercrombie Terrace ein. »Wo ist es?«
»Es heißt Meadowview, und man sagte mir, vor der Tür stünde ein Schild. Es ist ein großes Gebäude.« Sie beugte sich vor, um Mistys Kopf zu streicheln. »Wir sind fast da, Misty, es wird nicht mehr lange dauern. Gutes Mädchen.« Sie blickte auf. »Wieso halten wir hier? Das ist das Ärztehaus. Es muß weiter oben sein. Was ist bloß los, warum –?«
Terry schlug frustriert aufs Lenkrad. »Verdammt, sag mir einfach, wo ich hinfahren soll!«
»Da, das muß es sein, da auf der anderen Straßenseite. Gott sei Dank!«

Das Auto hielt unvermittelt. Terry sprang heraus und öffnete die Fahrzeugtür. »Wir sind da, Misty«, sagte er beruhigend. »Komm, altes Mädchen! Jetzt wird alles gut.«
Als das Licht im Auto anging, sah Suzie auf Mistys leblosen Kopf hinunter und entdeckte, daß der Sitz voller Blut war. Sie beugte sich über den Hund und weinte.
»Komm schon«, sagte Terry, »laß sie uns reinbringen.«
»Es ist zu spät«, schluchzte Suzie.
»Was meinst du damit?«
»Es ist zu spät. Sie ist ... sieh doch. O Terry!«
Terry beugte sich vor und zog Misty an sich, deren Kopf kraftlos über die Sitzkante rollte.
»Komm schon, Misty«, sagte er, »jetzt wird alles gut.«
»Aber –«
Terry beachtete Suzie nicht, sondern nahm den Hund in die Arme und ging mit ihm auf den erleuchteten Eingang von Meadowview House zu. Kurz bevor er dort angelangt war, hielt er an. Er beugte seinen Kopf vor und hob den Körper des Tiers leicht an. Seine Schultern waren krampfhaft angespannt, und Suzie beobachtete ihn mit einem Gefühl der Hilflosigkeit. Dann wandte er sich ab und ging, anstatt zum Auto zurückzukehren, ein Stück die Straße hoch, blieb dort unvermittelt stehen und stand einen Moment lang reglos da. Mistys Beine hingen schlaff über seinen Unterarmen, und ihr Kopf wackelte, als wäre ihr Hals gebrochen. Er sank auf eine niedrige Mauer, die an den Bürgersteig grenzte, und krümmte sich über den gespenstischen Leichnam, so als könne er ihn mit seiner Körperwärme ins Leben zurückholen.
Fast geräuschlos ging Suzie zu ihm hinüber und setzte sich neben ihn. Dann legte sie eine Hand auf das dichte Fell, das in der frostigen Nachtluft bereits kühler geworden zu sein schien, und sagte: »Terry, es tut mir so leid.«

Er sah nicht auf. Immer noch an den Hund geklammert, begann er, sich vor und zurück zu wiegen. »Ich bin schuld, ich bin schuld. Ich habe sie getötet.«
Suzie war entsetzt. »Nein, das bist du nicht. Du hättest nichts für sie tun können. Oma hatte ja nicht einmal die Scheinwerfer eingeschaltet. Du hast selbst gesagt, sie wäre nicht fahrtüchtig. Du mußt dir keine Vorwürfe –«
»Ich bin schuld!« unterbrach er sie wie besessen. »Wir hätten eher hier ankommen sollen.«
»Du bist so schnell gefahren, wie du konntest.«
»Wir haben uns verfahren. Es ist meine Schuld, daß wir uns verfahren haben.«
»Aber –«
Wütend wandte er sich ihr zu. »Weil ich nämlich verdammt noch mal nicht lesen kann!«
Suzie stieß langsam ihren Atem aus, wußte aber nichts darauf zu sagen. Sie war so überrascht, daß sie eine Weile brauchte, bis sie diese Neuigkeit wirklich begriffen hatte. Sie erinnerte sich an die Abzweigung nach Arnchester und das Schild an der Abercrombie Terrace. Er mußte gedacht haben, sie wolle ihn quälen.
»O Terry, es tut mir so leid, das habe ich nicht gewußt«, sagte sie schließlich.
»Niemand weiß das, weil ich es nämlich nie jemandem gesagt habe.«
Sie legte ihre Hand auf seinen Arm. »Aber weißt du, es hätte auch nichts daran geändert«, erklärte sie sanft. »Das waren nur ein paar Minuten. Bei solchen inneren Verletzungen kann auch ein Tierarzt nichts mehr machen.«
»Ich hätte rechtzeitig ankommen sollen. Ich bin nicht fähig, einen Hund zu halten.«
»Sie ist bei dir gewesen, als sie starb, Terry, und sie hat dich geliebt. Ich bin mir ganz sicher, daß sie in ihren letzten Minu-

ten lieber bei dir sein wollte, als von fremden Leuten umgeben zu sein.«

Abrupt wandte Terry seinen Blick ab. Nach einem Weilchen sagte er: »Trotzdem, danke.« Er hatte Misty nach wie vor gegen die Brust gedrückt und zitterte heftig. Suzie legte den Arm um ihn.

»Du hast getan, was du konntest.«

»Das hat bloß nicht gereicht, oder?« erwiderte er verzweifelt. Dann schob er Suzies Arm von seiner Schulter und zog seine Jacke aus, um sie über den Hund zu legen.

Auf dem Weg zurück nach Briarswood saß Suzie neben Terry, während Misty, von der khakifarbenen Jacke bedeckt, auf dem Rücksitz lag. Als wolle er wiedergutmachen, daß er auf der Hinfahrt so rücksichtslos gefahren war, fuhr Terry nun mit äußerster Vorsicht. Vielleicht lag es auch daran, daß er sich der Last bewußt war, die er da transportierte. Als handele es sich um einen Leichenwagen. Sie wechselten kein Wort miteinander, bis sie von der Schnellstraße abgefahren waren und sich Briarswood näherten. Suzie dachte an die lauten, angeberischen Jungs in der Förderklasse mit ihren Lesebüchern für Erstkläßler, und sie dachte an Misty und Terrys Großmutter. Sie hatte keine Ahnung, was in Terrys Kopf vorgehen mochte, sie wußte bloß, daß sein Gesicht im Lichtschein der entgegenkommenden Fahrzeuge sehr jung und verletzlich aussah.

»Was wirst du jetzt tun?« fragte sie ihn.

»Ich weiß es nicht.«

»Wirst du sie nach Hause ins Camp bringen?«

»Nein, ich gehe nicht wieder zurück.« Terry wußte instinktiv, daß er nicht ohne Misty in seinen leeren Wohnwagen zurückkehren konnte, weil ihm das lediglich bewußtgemacht hätte, wie groß sein Verlust war, und das ertrug er nicht. Noch nicht.

Suzie überlegte kurz und bot ihm dann an: »Willst du mit zu mir kommen? Es ist niemand da, und manchmal ist es gut, an einem fremden Ort zu sein. Morgen können wir dann überlegen, was wir mit Misty anstellen. Vielleicht kann Hopi ja eine ähnliche Trauerfeier veranstalten wie für Lydias Baby.«
Terry war ganz froh darüber, sich von Suzie sagen zu lassen, was er als nächstes tun solle. »In Ordnung«, stimmte er deshalb zu, »wenn du dir sicher bist, daß es niemanden stört.«
»Sie werden es nicht erfahren«, versicherte Suzie ihm mit überraschender Bestimmtheit.

Es gab Zeiten, in denen Caro sich beinahe selbst davon überzeugt hatte, daß sie in der ganzen Sache überreagierte. Viele Ehemänner hatten Affären – ebenso wie Frauen –, und das bedeutete nicht das Ende der Welt und auch nicht das Ende einer Ehe. Während dieser etwas ruhigeren Phasen kam es Caro sinnlos vor, sich über etwas aufzuregen, das vor fünfzehn Jahren geschehen war; es war vorbei und für ihr jetziges Zusammenleben unwichtig. Ihr Bedürfnis, ständig darüber reden zu wollen, erschien ihr irgendwie falsch, so als wäre sie einer dieser nachtragenden Menschen, die nie vergeben und vergessen konnten. Es war, als versuche sie Jim für etwas zu bestrafen, das so lange zurücklag, daß er es selbst schon längst vergessen hatte.
Aber gleichzeitig war da dieser Schmerz! Immer wenn sie gerade dachte, daß sie jetzt gelassen und rational damit umgehen könne, sprang ihr unvermittelt ein neues Bild in den Kopf. Ein schreckliches Bild davon, wie Jim Lydia berührte. Lydia, mit langen Beinen und einem schlanken Körper, völlig unbekleidet. Und dann war es, als lodere ein Feuer in ihrem Kopf auf, als würde ihr Zorn noch größer, und ein höllischer Schmerz quälte sie.
Auf der Fahrt nach Devon hatten sie endlich miteinander ge-

redet. Wie zwei Gefangene in einem Gefängniswagen, die der Schmerz zusammenkettete und die sich weder nahe sein noch einander in Ruhe lassen konnten. Sie hatten wieder und wieder an der gleichen Wunde gekratzt. Es hatte geschmerzt, aber sie hatten nicht aufhören können.

Wie lange hatte die Affäre gedauert? Nicht lange. Wie lange? Ein paar Monate, drei vielleicht. Wie hatte es angefangen? Er konnte sich nicht mehr daran erinnern, diese Dinge passierten einfach. Warum? Hatte es andere gegeben? Nein, nur Lydia, er hatte nie andere Affären gehabt. Was hatte er in ihr gesehen? Ach, sie war jung und hübsch gewesen, und er hatte sich geschmeichelt gefühlt. Midlife-crisis, eine Verirrung: heute konnte er es gar nicht mehr nachvollziehen, er mußte verrückt gewesen sein. Wie war es zu Ende gegangen? Der Affäre war einfach die Luft ausgegangen, sie hatten beide gewußt, daß es nirgendwo hinführte, er war wieder zu Verstand gekommen, Gott sei Dank. Hatten sie sich häufig geliebt? Nein, nur ein paarmal. Wo? In ihrem kleinen Apartment, an keinem anderen Ort, soweit er sich erinnern konnte. Endlose Fragen, endlose Antworten, wieder und immer wieder, und die meisten nichts als Lügen.

Jim fand den Gedanken, Caro die Wahrheit zu sagen, verlokkend, sehr verlockend sogar. Er hatte schon damals gewollt, daß sie es wußte, und hatte mehrfach kurz davor gestanden, seiner Frau alles zu beichten. Auch jetzt, nach all diesen Jahren, wünschte er sich, daß sie es wußte. Aber wie könnte er ihr die Wahrheit erzählen? Wie könnte er Caro erzählen, daß er bis zu dem Zeitpunkt, zu dem er Lydia kennengelernt hatte, gar nicht gewußt hatte, was Liebe war? Wie könnte er ihr erzählen, daß Lydia Allen ein ganzes Jahr lang sein Leben, seine Welt, sein Universum gewesen war, und das nicht nur, weil sie jung und hübsch gewesen war, obwohl das natürlich nicht unwichtig gewesen war, sondern weil er mit ihr hatte reden können. Sie hatten über Geschichte und Politik, die Fakultät und ihre jeweiligen Familien gesprochen, sie hatten über Ideen und Bücher diskutiert. Seine Untreue hatte mit Gesprächen begonnen: Der Sex hatte lediglich bestätigt, was sie beide bereits gewußt hatten. Natürlich konnte er das Caro niemals erzählen, denn er hatte sie schon tief genug verletzt, und wenn sie gewußt hätte, welche Bedeutung die Affäre für ihn gehabt hatte, wäre das der Todesstoß gewesen. Und deshalb mußte er lügen, ausweichen und die Wahrheit beschönigen. Er hatte Caro schon zu viele Schmerzen bereitet, und sie war ihm zu wichtig, als daß er ihr noch mehr hätte zufügen wollen. Er mußte sie belügen, auch wenn er sich dafür noch mehr verabscheute. Sie war die Frau, mit der er beinahe fünfunddreißig Jahre zusammengelebt hatte und mit der er den Rest seines Lebens verbringen wollte. Außerdem hatte Lydia ihn vor fünfzehn Jahren verlassen, als Caro schwanger geworden war und Jim schließlich aufgegangen war, was es bedeutete, wenn er seine Frau verließ. Damals hatte er zwar immer noch gehofft, sich befreien und mit Lydia ein neues Leben beginnen zu können, aber seine Schuldgefühle und seine Unentschiedenheit hatten Lydia angeekelt. Er hatte für sie stark und allwissend sein sollen, immer der weise Lehrer, nie der reuige Ehemann. Deshalb hatte sie ihn verlassen, und er war bei Caro geblieben und hatte sich schließlich sogar selbst davon überzeugt, daß er froh über diese Entwicklung war. Er hatte jeden Gedanken an Lydia so weit verdrängt, daß er ihr, als er sie schließlich zufällig auf der Tottenham Court Road getroffen und von ihrem Unglück erfahren hatte, ohne Zögern das Rose Cottage angeboten hatte, wie er es bei jedem ehemaligen Studenten oder Kollegen in einer ähnlichen Lage getan hätte. Er hatte sich mit dieser Entscheidung erst dann unwohl gefühlt, als Wyndham aufgetaucht war und Jim gesehen hatte, wie der jüngere Mann, ganz wie er damals, ihrem

Zauber verfiel. Wyndhams offensichtlicher Erfolg hatte ihm seine eigenen Mißerfolge überdeutlich vor Augen geführt, und das war ihm unerträglich gewesen. Er hatte Wyndham nie seinen Reichtum geneidet, sondern nur die Tatsache, daß es ihm freistand, sein Leben mit Lydia zu verbringen, und daß ihr Gesicht aufleuchtete, wenn sie in seiner Nähe war, während sie Jim gleichzeitig sosehr verachtete. Jim war eifersüchtig gewesen, weil er immer noch an Lydia hing.

Doch von all dem konnte er Caro nichts erzählen. Nie würde er einem anderen Menschen davon erzählen. Sein Schweigen war seine Strafe und seine Buße. Er log nicht um seiner selbst willen, sondern um Caros willen.

Als sie im Hotel ankamen, war es bereits dunkel. Sie meldeten sich an, gingen auf ihr Zimmer, wuschen sich und machten sich für das Abendessen fertig. Zwischen ihnen herrschte eine ungewohnte Verlegenheit, die man vielleicht sogar als Schüchternheit bezeichnen konnte. Erleichtert stellte Caro fest, daß in ihrem Zimmer Einzelbetten standen. Als sie jedoch in das kleine Badezimmer ging, um sich fürs Abendessen umzuziehen, merkte sie plötzlich, daß sie sich stärker zu Jim hingezogen fühlte als seit Monaten. Erstaunt über ihre körperlichen Bedürfnisse, kehrte sie in Unterwäsche und Unterrock ins Zimmer zurück und setzte sich neben Jim, der gerade durch die Broschüren blätterte, die auf dem Nachttisch ausgelegt waren.

»Wir könnten morgen spazierengehen«, bemerkte er, während er sich ein Heftchen ansah, das die sommerliche Heidelandschaft zeigte. »Wenn es nicht regnet.«

»Jim.«

Er wandte den Kopf, um sie anzusehen.

»Jim, halt mich bitte fest.«

»Natürlich.«

Er schlang die Arme um sie, und sie legte ihre Wange an sei-

ne, und obwohl diese Nähe seltsam war, wollte sich keiner von beiden als erster lösen. Weil Caro ihre Wünsche nie besonders deutlich hatte äußern können, dauerte es ein Weilchen, bis Jim verstand, worum sie ihn bat, und dann brauchte er noch einen Moment, bis er ihren Wunsch erfüllen konnte. Als sie sich dem Höhepunkt näherten, begann sie zu weinen.
»Was ist denn, Caro? Soll ich aufhören?«
»Nein, hör nicht auf. Bitte mach weiter, ich kann nichts dafür, ich weiß nicht, was mit mir los ist.«
»O Caro«, stöhnte er, »ich liebe dich. Ich habe immer nur dich geliebt.«
Er wußte, daß das nicht ganz der Wahrheit entsprach.

FÜNFUNDZWANZIGSTES KAPITEL

Es war bereits nach Mitternacht, als die Feuerwehr schließlich das Tal verließ und Ted Sedden nach Hause zurückkehrte. Norma wartete auf ihn und machte ihm eine Tasse Tee.

»Was für eine schreckliche Geschichte«, bemerkte sie, »aber es ist ein Glück, daß niemand verletzt wurde.«

Ted nahm seine Mütze ab und kratzte sich den Kopf. »Ich habe mit Malcolm gesprochen«, sagte er gedehnt. »Sie werden in ein, zwei Tagen abfahren.«

Norma war so überrascht, daß sie sich setzen mußte. »Oh.«

»Er meinte, sie würden keinen Ärger machen.«

»Warum sollen sie wegfahren? Wegen des Brandes?«

»Auch deswegen. Die Schläuche waren nicht lang genug, und wie hätte ich mich bloß gefühlt, wenn jemand verletzt worden wäre? Sie sind da unten nicht sicher. Aber das ist nicht der wirkliche Grund, Norma. Ich habe dir noch nichts davon erzählt, weil ich nicht wollte, daß du dir Sorgen machst, aber Sales Mitarbeiter hat Ben und Sally unter Druck gesetzt.«

»Was?«

»Ja, gestern. Ben hatte sich wegen der Verlängerung des Pachtvertrages mit ihnen in Verbindung gesetzt, und Sales Mann hat ihm ganz deutlich zu verstehen gegeben, daß er sich nicht dafür verbürgen würde, daß es klappt, wenn Ben sich nicht darum kümmert, daß wir die Hippies wegschicken.«

»Kann er so etwas denn einfach machen?«

»Ein Mann in Sales Position kann tun, was er will. Klar, wir könnten natürlich auch dagegen angehen, aber es wäre nicht richtig, Ben und Sally Probleme zu machen.«
Norma war sprachlos. Es kam ihr vor, als wäre eine Ewigkeit vergangen, seit sie sich wegen der Hippies gesorgt hatte. Alles in allem hatten sie sich als ganz netter Haufen entpuppt, und sie hatte sich über die Gesellschaft gefreut.
»Das ist nicht gerecht«, sagte sie nun.
Ted setzte seine Mütze wieder auf. »Wann ging es denn je um Gerechtigkeit?« fragte er. »Aber ich bedaure trotzdem, daß sie uns verlassen. Sales Mitarbeiter scheint ein richtiges Schwein zu sein, denn er will ihnen noch nicht einmal Zeit geben, sich etwas Neues zu suchen. Er sagt, daß sie bis Ende der Woche weg sein müssen, sonst würde Ben seinen Hof verlieren. Sale hat wohl alles höchstpersönlich in die Hand genommen.«
Norma nippte an ihrem Tee. »Das ist Erpressung«, sagte sie dann.

Da Twinks vergessen hatte, George darüber zu informieren, daß Suzie das Wochenende bei ihnen im Herrenhaus verbringen sollte, war er überhaupt nicht überrascht, als ihn seine Enkelin anrief, um ihm mitzuteilen, daß sie jetzt doch in der Lodge übernachten würde. Sie hatte ihm eigentlich erzählen wollen, daß eine Schulfreundin bei ihr wäre, aber wie sich herausstellte, war eine solche Notlüge gar nicht erforderlich.
»Dein Vater hat angerufen«, teilte George ihr mit. »Sie sind gut im Hotel angekommen. Ich verstehe ja nicht, warum sie unbedingt zu dieser Jahreszeit wegfahren müssen. Wie geht es eigentlich dem verletzten Hund?«
»Ach, Opa, Misty ist gestorben, bevor wir beim Tierarzt ankamen. Es war schrecklich.«

Am anderen Ende der Leitung herrschte kurz Stille. Dann sagte George in einem Tonfall, den Suzie noch nie an ihm gehört hatte: »Schrecklich. Bitte richte deinem Freund mein herzliches Beileid aus. Ich habe insgesamt acht Hunde gehabt und um jeden wie ein Kind geweint. Ich hab mir immer geschworen, mir nie wieder einen neuen anzuschaffen. Das ist verdammt hart. Wirklich, verdammt traurig.«

»Ja, nicht wahr? Wir werden gleich Omas Auto zurückbringen. Es könnten Blutflecke auf der Rückbank sein, aber –«

»Mach dir darüber keine Gedanken, es ist ja bloß ein Auto.«

»Ja, danke, Opa.«

Eine schroffes Brummeln am anderen Ende kündigte Suzie an, daß er auflegen wollte. Ihr wurde bewußt, daß sie sich gerade zum ersten Mal in ihrem Leben richtig mit George unterhalten hatte, und sie hatte das Gefühl, ihn in einem völlig neuen Licht zu sehen.

Sie entdeckte in der Garage einen alten Korb von Bumpkin, den sie mit einem sauberen, gefalteten Bettlaken auskleidete. Darauf bettete Terry Misty und bedeckte sie dann mit einer karierten Wolldecke. Nach kurzer Überlegung stellten sie den Korb in den Flur nahe des Telefontisches. Keiner von beiden sprach es aus, aber sie ertrugen den Gedanken nicht, Misty einfach allein irgendwo herumliegen zu lassen.

Nachdem sie den Peugeot auf dem Kiesplatz vor dem Herrenhaus abgestellt hatten, holte Suzie Bumpkin ab und erhielt weitere Beileidsbekundungen von ihrem Großvater – der Terry nicht zu Gesicht bekam, da dieser draußen im Dunkeln auf Suzie wartete –, und dann kehrten sie zu Fuß zur Lodge zurück. Suzie sagte ein-, zweimal etwas, hatte allerdings den Eindruck, daß Terry sie gar nicht hörte, weil er viel zu sehr mit seinen eigenen Gedanken beschäftigt war. Als sie die Küche betraten, meinte er unvermittelt: »Du wirst es doch niemandem verraten, oder?«

Suzie sah ihn überrascht an. »Die Sache mit Misty? Aber das wird sich doch kaum verheimlichen lassen.«
»Das mit dem Lesen.«
»Oh.« Suzie dachte einen Moment nach und folgte Terry dann in den Flur, wo er sich über den alten Korb beugte und die karierte Decke an den Seiten feststopfte. Bumpkin beschnüffelte die Erhebung vorsichtig.
»Versprich es mir, Suzie! Versprich mir, daß du niemandem etwas sagen wirst.«
»Natürlich sage ich nichts.«
»Ich würde im Boden versinken, wenn es jemand erfährt.«
»Aber du mußt dich deshalb doch nicht schämen. Wahrscheinlich hat es dir nur nie jemand vernünftig beigebracht.«
Terry wandte sein Gesicht ab. »Ich bin bloß dumm. Dumm und unnütz. Ich hätte nie einen Hund haben sollen.«
»Du darfst dir keine Vorwürfe machen. Außerdem weiß ich, daß du nicht dumm bist, das sieht doch ein Blinder. Vielleicht hast du nur eine Lesestörung.« Als Terry darauf nichts erwiderte, überlegte Suzie, was Caro in einer solchen Situation wohl getan hätte, und meinte dann: »Ich mache im Wohnzimmer Feuer. Möchtest du einen Drink?«
Wenig später saßen sie, Suzie auf dem Sofa und Terry im Sessel ihres Vaters, vor einem kläglichen Holzfeuer im Wohnzimmer. Terry hielt ein großes, kaum verdünntes Glas Whisky in den Händen, und Suzie war bei ihrem zweiten Sherry. Terry blickte stirnrunzelnd in sein Glas, und als es fast geleert war, fragte er leise: »Hilfst du mir, Suzie?«
»Wobei?«
»Beim Lesenlernen.«
»Ja, Terry, liebend gern.«
Eigentlich hätte es komisch sein müssen, neben Terry im Wohnzimmer ihrer Eltern zu sitzen und ihm dabei behilflich zu sein, das erste Kapitel von *Pippas Ponyferien* zu lesen, das

sie vom Bücherregal des Gästezimmers geholt hatten. Abgesehen von Wörtern wie »Martingal« und »Dressur«, die sie ihm ohnehin erklären mußte, konnte Terry die meisten Begriffe zusammensetzen, zumal er dank Suzies Hilfestellung und einer zweiten großzügigen Portion Whisky mutiger wurde.

»Du liest doch sehr gut«, sagte Suzie, nachdem sie Pippa sicher über die erste Hürde gebracht hatten.

»Wenn ich mir Zeit lassen kann, geht es schon«, erklärte Terry ihr. »Die Lehrer haben mich immer angebrüllt, und dann wurde aus den Wörtern ein einziger Buchstabensalat.«

»Ein bißchen Übung, und du wirst gar keine Probleme mehr haben.«

Es breitete sich schon ein Lächeln auf Terrys Gesicht aus, als ihn wieder die Verzweiflung ergriff. »Aber für Misty ist es zu spät, weil ich die Straßenschilder nicht lesen konnte. Sie hat meine Hilfe gebraucht, und ich habe sie einfach im Stich gelassen!« Seine Stimme überschlug sich, und ein hoffnungsloses Schluchzen stieg in seiner Kehle auf.

»Sag das nicht, Terry, Misty war so glücklich bei dir!«

»Aber ich hätte uns schneller hinbringen sollen«, wiederholte er unter schrecklichem Schluchzen. Suzie merkte, wie ihr selbst Tränen in die Augen stiegen, und so warf sie ihre Arme um ihn und hielt ihn ganz fest. Und dann blieben sie sehr lange, hilflos aneinandergeklammert, auf Caros Chintzsofa sitzen und weinten.

Der Nebel, der Twinks seit so vielen Monaten umgab, hatte sich verdichtet und stand nun als eine massive weiße Wand vor ihr, die ihre Zukunft verbarg. Twinks hatte sich allein in ihr Schlafzimmer zurückgezogen und dort so viel Gin getrunken, daß ihre entsetzliche Situation erträglicher wurde, aber ihre Aussichten blieben trotzdem trostlos. Da in Briarswood nichts lange geheim blieb, würden ihre Vergehen sicherlich George zu Ohren kommen, und er würde es nie verstehen können. Warum auch, wenn sie es ja nicht einmal selbst verstand. Sie wußte nur, daß ein schrecklicher Hunger sie verzehrte, eine Sehnsucht nach irgend etwas, daß die Leere füllen könnte, die sich in ihr ausgebreitet hatte, nachdem sie die Musik hatte aufgeben müssen. Es hatte immer ein Weilchen geholfen, wenn sie sich im Laden etwas gegönnt hatte, und ein kleines Schlückchen hier und da war mittlerweile unabdingbar geworden. Doch beides war ihr nun verwehrt.

Es war nichts mehr übrig außer Stille. Nicht einmal das entfernte Echo einer Tonleiter erinnerte sie noch an vergangene Momente der Zufriedenheit.

Sie hörte den Fernseher und das Telefon und dann Georges Stimme, als er mit Hamish sprach. Entfernte Geräusche, die nichts mehr zu bedeuten hatten. George hatte früher am Abend nach ihr gerufen, und sie hatte ihm mitgeteilt, daß sie Kopfschmerzen habe und sich hinlegen würde. Wie alles andere, verlor auch George bereits seine Bedeutung.

Twinks betrat ihr cremeweiß gekacheltes Badezimmer mit den rosafarbenen Tapeten und holte sich dort mehrere Fläschchen aus dem Schrank über dem Waschbecken. Zurück in ihrem Schlafzimmer beschäftigte sie sich ein Weilchen damit, die Tabletten in bunten Reihen und Mustern auf ihrem Nachttischschränkchen anzuordnen. Dann und wann probierte sie ein oder zwei und spülte sie mit einem Schluck Gin hinunter.

Nach einer Weile sah sie auf und erblickte zufällig ihr Abbild in dem ovalen Spiegel neben dem Bett. Sie war nach wie vor eine elegante Gestalt: Ihr weißes Haar war perfekt geschnitten und frisiert, sie trug eine dreireihige Perlenkette und eine gemusterte Strickjacke, die bis zum Hals geschlossen war. Aber ihre Gesichtszüge, die hellen Augen, die Nase und der

Mund, die einst sosehr bewundert worden waren, verschwammen bereits. Bald würde es keine Twinks mehr geben.
Was die Leute wohl denken würden? Wie würden sie reagieren, die Freunde und Nachbarn, die sie bereits seit ewigen Zeiten bewunderten und respektierten? O Twinks, du bist wunderbar ... eine wirkliche Dame ... Warum hat sie das bloß getan? Twinks lächelte und schob alle weißen Tabletten zu einem Haufen zusammen. Sie hatte bereits eine beachtliche Menge geschluckt, als ihre Wirbelsäule nachgab und sie zu Boden glitt. Eine Weile lag sie mit der Wange auf dem gemusterten chinesischen Teppich, und aus dieser Position blickte sie auf den Wärmflaschenverschluß, der wohl unters Bett gerollt sein mußte, ohne daß es jemand bemerkt hatte. Sie erinnerte sich, daß man Ewigkeiten danach gesucht hatte. Also wirklich, Sandra wurde immer liederlicher beim Saubermachen. Sie würde einmal mit ihr reden müssen.
Und dann sah sie gar nichts mehr.

Hopi erwachte irgendwann in der Nacht. Sie wußte, daß sie nicht in ihrem eigenen Bett lag, brauchte jedoch einige Zeit, bis sie sich wieder daran erinnerte, was geschehen war. Der Löschzug war nach Mitternacht abgefahren, und es war beinahe zwei Uhr gewesen, bevor sich alle in ihre Wagen zurückgezogen hatten, um schlafen zu gehen. Von ihrem Wohnwagen war nicht mehr als eine geschwärzte Hülle übrig geblieben, die nach wie vor qualmte. All ihre Besitztümer waren zerstört, all die Geschenke, die sie für Weihnachten besorgt hatte, und selbst das Fläschchen Notfalltropfen, das sie doch gerade jetzt gebraucht hätte. Kate, Biff, Donna und die anderen hatten sie umarmt und ihr Trost und Hilfe angeboten, aber sie hatte noch zu sehr unter Schock gestanden, um darauf zu reagieren. Dann hatte Mal ihr sein Bett zum Schlafen angeboten, und sie hatte wie betäubt angenommen.

Als sie sich zusammen hingelegt hatten, waren sie beide von den Ereignissen des Tages so erledigt gewesen, daß sie beinahe augenblicklich eingeschlafen waren. Doch nun war er weg.
»Mal?« flüsterte Hopi leise in die Dunkelheit, um Saul nicht aufzuwecken.
»Ja?«
»Kannst du nicht schlafen?«
Sie hörte ein Seufzen und eine Bewegung, und dann kam Mal im Dunkeln zum Bett und setzte sich auf die Kante. »Ich muß ständig darüber nachdenken, was passiert ist«, sagte er.
Hopi erschauerte. Sie erinnerte sich daran, daß ihr Wohnwagen von innen geleuchtet hatte wie Sauls Halloween-Kürbis, und daran, wie die Flammen durch die Fenster geschlagen waren und plötzlich überall Chaos ausgebrochen war, aber niemand etwas hatte tun können. »Ich auch«, meinte sie.
»Ich kann gar nicht glauben, daß ich Colin angegriffen habe. Ich weiß, daß alle der Meinung sind, er hätte es schon längst verdient gehabt, und ich bin ja auch froh, daß er, Barney und Flea endlich weg sind, aber ich hätte es trotzdem nicht tun sollen. Ich verabscheue Gewalt, und jetzt bin ich auch nicht besser als einer dieser Schlägertypen. Ich bin ein Rowdy. Ich bin das, was ich am meisten verabscheue.«
»Das bist du nicht, Mal. Du hast Saul verteidigt.«
»Und dich.«
»Und mich.«
Mal schwieg einen Moment, dann sagte er: »Das schlimme daran ist, daß es mir Spaß gemacht hat. Ich habe mich toll gefühlt, als ich auf ihn eingedroschen habe, und ich hätte sein Gesicht am liebsten zu Brei geschlagen. Als ich ihn im Dreck habe liegen sehen, wollte ich runterspringen und ihn ein für allemal fix und fertig machen. Dabei bin ich bislang immer ein großer Fürsprecher der Gewaltlosigkeit gewesen. Aber ich

bin bloß ein Heuchler, ein Schlägertyp, genau wie mein Vater.«
Hopi legte ihre Hand auf Mals und streichelte die zarten Knöchel seiner geballten Faust. Dann meinte sie: »Aber du versuchst wenigstens, anders zu sein, Mal, und das ist das Wichtigste. Niemand macht immer alles richtig.«
»Nun jammere ich hier herum, obwohl du diejenige bist, die gerade ihr Zuhause verloren hat.«
Sie setzte sich auf und berührte seine Schultern. Dann tastete sie sich in der Dunkelheit zu seinem Hals und seinem Kinn vor und drehte sein Gesicht zu sich. Sie küßte ihn sanft.
Mal reagierte nicht. »Ich habe mich verhalten wie ein Neandertaler. Außerdem wollte ich dich nicht beschützen, Hopi. Ich habe Colin gehaßt, weil ich eifersüchtig auf ihn war. Ich bin seit Monaten verrückt nach dir.«
»Nach mir?«
»Ja.«
»Aber warum hast du denn nichts gesagt?«
»Zuerst wegen Kate, und dann war Colin zurück.«
»Weißt du, daß ich froh war, als du ihn geschlagen hast? Ich weiß genau, wovon du sprichst. Ich habe immer geglaubt, es wäre besser, gewaltlos zu leben, aber heute wollte ich, daß du ihn verletzt. Macht uns das beide zu Neandertalern, Mal? Außerdem bin ich wirklich erleichtert, daß er weg ist, und ich verstehe gar nicht mehr, wie ich so lange mit ihm zusammensein konnte. Ich dachte, ich könnte ihn ändern, aber ich glaube, statt dessen habe ich selbst begonnen, mich zu verändern.«
»Ich wünschte bloß, ich hätte ihn zum Gehen bewegen können, ohne ihn zu verprügeln.«
Hopi küßte ihn zur Antwort erneut. Weil er immer noch nicht darauf reagierte, sagte sie: »Mach dir keine Gedanken mehr darüber, Mal. Es ist vorbei.«
»Ich liebe dich, Hopi.«

Sie schwieg.
Mal sprach weiter: »Ich meine das nicht so, wie die meisten Leute ständig von Liebe sprechen. Ich meine – ich habe mich noch nie so gefühlt. Für mich ist das die wahre Liebe, Hopi. Ich will nicht, daß wir so beiläufig zusammenkommen, uns hierhin und dorthin treiben lassen und wieder unsere eigenen Wege gehen, sobald wir genug voneinander haben. Ich weiß nämlich genau, daß ich nie genug von dir haben werde oder jemals eine andere haben will. Ich will für dich dasein und mit dir zusammen reisen. Ich will, daß wir gemeinsam etwas lernen, und eines Tages, wenn wir soweit sind, will ich Kinder mit dir bekommen. Ich liebe dich, Hopi, und werde es immer tun.«
Lange herrschte Schweigen. Mal sah auf seine Hände hinunter, und als Hopi immer noch nichts sagte, stand er auf und ging zum Holzofen hinüber, um ein Scheit nachzulegen. Es war schöner, wenn morgens beim Aufwachen das Feuer noch brannte. Außerdem hatte er so eine Beschäftigung.
Hopi saß sehr aufrecht auf dem Bett und sagte schließlich leise: »Mal, ich glaube, ich liebe dich auch.«
Mal hielt gerade ein Streichholz an das kleine Windlicht, das Saul gern brennen sah, wenn er nachts aufwachte. »Du glaubst es?« Er lächelte sie zärtlich an. »Nein, sag jetzt nichts, das ist schon in Ordnung. Ich werde mich fürs erste damit zufriedengeben.« Er kehrte zurück, setzte sich neben sie aufs Bett und legte den Arm um sie. Dann ließ er sie los und meinte: »Wir werden den Platz hier verlassen müssen. Ted hat es mir heute abend gesagt.«
»Wir müssen weg? Wieso, wegen des Brandes?«
Mal schüttelte den Kopf. »Dieser Kerl von Lydia hat ihn irgendwie unter Druck gesetzt. Ich glaube, es hat etwas mit Teds Schwiegersohn zu tun. Jedenfalls müssen wir bis zum Ende der Woche hier weg sein. Ich habe Ted gesagt, daß wir

gehen würden. Man konnte ihm ansehen, daß es ihm nicht leichtgefallen ist.«

Hopi seufzte. »O Gott, Mal, wohin können wir fahren?«

»Ach, wir werden schon etwas finden. Aber ich habe mir ein paar Gedanken gemacht: Ich will das nächste Mal keinen Stellplatz haben, wo alle Barneys, Fleas und Colins dieser Welt einfach auftauchen und alles verderben können. Ich möchte an einem Ort leben, an dem ich mir sicher sein kann, daß alle auf Saul aufpassen, so wie ich es bei ihren Kindern auch tun würde. Was meinst du?«

»Wir werden mit den anderen darüber sprechen müssen.«

»Aber was ist mit dir?«

»Ja, wahrscheinlich. Mir ist momentan nichts besonders klar.«

Mal nahm ihre Hände zwischen seine; sie waren eiskalt. »Du frierst ja«, sagte er, »Hast du etwas dagegen, wenn ich wieder zu dir ins Bett komme?«

»Ich wünschte, das würdest du endlich mal tun.«

Hopi grinste und lehnte sich gegen ihr Kopfkissen. Mal streckte sich neben ihr aus und legte seinen Kopf auf den Ellbogen. »Du bist schön, Hopi.«

Sie kicherte: »Klar, im Dunkeln vielleicht.«

»Nein, ich meine das ernst. Ich mag es, wenn du lächelst.«

»Du hörst auch nie auf zu reden, Mal, oder?«

»Ich weiß«, meinte er ernsthaft, »man sagt mir ständig –« aber da zog Hopi ihn an sich und begann, ihn leidenschaftlich zu küssen.

»Das ist jetzt egal«, sagte sie, als sie schließlich kurz zum Luftholen auftauchte, »genieß es einfach, ein Neandertaler zu sein.«

Suzie hatte das Bett im Gästezimmer gemacht und für Terry einen von Jims Pyjamas herausgesucht. Während er badete, zog sie ihr Nachthemd an. Sie hatten ziemlich viel getrunken und lediglich ein paar Käsetoasts gegessen, deshalb fühlte sie sich jetzt leicht benommen und irgendwie seltsam. Teilweise lag das daran, daß soviel geschehen war, aber der Hauptgrund war wohl der, daß sie sich Terry gegenüber völlig anders fühlte. Sie war im nähergekommen, als sie sich je hatte vorstellen können, doch gleichzeitig tat sich eine Kluft zwischen ihnen auf, die sie nie würde überbrücken können. Es lag nicht am Lesen, denn das hatte sie in vielerlei Hinsicht erst zusammengebracht: Suzie hatte sich neben Terry stets schwächlich und unzulänglich gefühlt, doch jetzt konnte sie ihm auch etwas geben. Wochenlang war er der Held ihrer Träume gewesen, und sie hatte sich Hunderte von Möglichkeiten ausgedacht, wie sie zukünftig vielleicht zusammensein könnten. Nun wußte sie allerdings, daß ihre Träume niemals wahr werden würden, und zwar nicht wegen seines familiären Hintergrundes oder seiner fehlenden Bildung, sondern wegen etwas, das tief in Terrys Persönlichkeit begründet lag. Während sie ihn auf dem Sofa fest umarmt und gemeinsam mit ihm geweint hatte, war ihr klargeworden, daß er der unnahbarste Mensch war, den sie je kennengelernt hatte.

Unterdessen lag Terry in der Badewanne und versuchte, sich vorzustellen, wie er in einem magischen See umhertrieb, in dem ihn nichts und niemand verletzen konnte. Tief in sich spürte er einen vertrauten Schmerz, aber der Whisky und die fremde Umgebung hatten dieses Gefühl gedämpft. Er hätte beinahe glauben können, daß keines der Ereignisse dieses Tages wirklich stattgefunden hatte und Misty also gar nicht unter einer karierten Decke im Flur lag, sondern zu Hause im Camp auf ihn wartete. Hier war alles unwirklich; es war nicht Terry, der da im schaumigen Wasser lag und sich anschließend mit einem riesigen Handtuch abtrocknete, es war nicht Terry, der in diesen albernen gestreiften Pyjama und den glat-

ten Bademantel mit den lilafarbenen und grünen Kringeln schlüpfte. Es war auf keinen Fall Terry, der aus dem Badezimmer kam und von diesem Mädchen mit den strahlenden Augen und dem breiten, freundlichen Lächeln in das tadellose Gästezimmer geführt wurde.
Als er sich jedoch auf die Bettkante setzte und Suzie mit den Worten: »Gute Nacht, Terry, bis morgen« zur Tür ging, stieg Panik in ihm auf. Der unwirkliche Terry löste sich auf, und der wirkliche Terry, der sich darunter befand, zersprang wie Glas in Tausende winzige Scherben.
In blinder Angst schrie er: »Geh nicht!«
Suzie blieb im Türrahmen stehen. »Ich bin doch im Nebenzimmer«, sagte sie, sah dann jedoch, wie sehr er zitterte, und kehrte deshalb zurück zum Bett, wo sie sich neben ihn setzte. »Ruhig«, sagte sie, »ich bin ja hier.«
Schweißperlen standen Terry auf der Stirn. Sie strich ihm übers Haar. Unten klingelte das Telefon, aber Suzie nahm das Geräusch kaum wahr. Sie streichelte seine Schultern, und er wich ihrer Berührung nicht aus. Dann meinte sie: »Ich kann mich zu dir legen, wenn du möchtest. Ist schon gut, Terry, ich bleibe ja hier.«
Er zitterte immer noch, als sie sich zusammen hinlegten und Suzie die Bettdecke hochzog. Die Decke roch nach dem Potpourri, das Caro so gern in ihren Wäscheschrank legte. Suzie schlang die Arme um Terry und beruhigte ihn, bis sein Zittern ein wenig nachließ. Er schmiegte sich, den Kopf gegen ihre Schulter gedrückt, an sie.
»Es ist immer so kalt«, sagte er, obwohl Suzie fühlen konnte, daß sein Körper glühte. Nach einer Weile wurde sein Atem ruhiger, und Suzie spürte, daß er eingeschlafen war.
Sie blieb reglos liegen. Das Licht auf der Treppe war noch eingeschaltet, deshalb konnte sie jedes Detail im Gästezimmer deutlich erkennen: die Karaffe mit dem darübergestülp-

ten Glas und die gemusterte Keksdose auf dem Nachttisch; die Kommode, der gespenstische Spiegel und die beiden Ölbilder mit Landschaften aus den Highlands, die ein künstlerisch begabter Vorfahr von Twinks gemalt hatte. Das Telefon klingelte erneut. Suzie kam nicht einen Moment auf die Idee, dranzugehen, sondern ärgerte sich vielmehr über das schrille Geräusch, weil sie befürchtete, es könne Misty in ihrem einsamen, friedlichen Schlaf im Flur stören.

Minas Worte kamen ihr in den Sinn: »Man teilt bloß das Bett, Suzie, das heißt doch nicht, daß man Sex haben muß.« Sex. Ihre Brüste waren schwer, und sie sehnte sich danach, Terrys Hände auf ihrer Haut zu spüren. Äußerst vorsichtig schob sie ihren Fuß ein Stück vor, damit er sein Bein berührte. Seine Haut an ihrer. Vielleicht würde er ja aufwachen und sie küssen und streicheln ... sie wußte, daß dies nie geschehen würde. Aber es war schon ein Wunder, daß sie hier nebeneinanderlagen, und sie wollte nicht einschlafen, um ja keinen Augenblick zu verpassen. Sie wünschte sich, sie dürfte ihn ewig in den Armen halten.

SECHSUNDZWANZIGSTES KAPITEL

Jim und Caro waren gerade in tiefen, erschöpften Schlaf gefallen, als das Telefon in der Dunkelheit schrillte. Jim stöhnte und griff nach dem Hörer.

»Ja?«

Es war George. Seine Stimme klang seltsam und unverständlich.

»Moment, Moment, George, ganz langsam. Sag mir nur, was passiert ist.«

Es gelang Jim, dem Wortschwall die Worte »Twinks«, »Tabletten«, »Arzt« und »Krankenhaus« zu entnehmen.

»Was ist los?« Caro riß sich mühsam aus dem Schlaf. »Ist mit Suzie alles in Ordnung?«

»Ich glaube schon«, meinte Jim und sagte dann in den Hörer: »Setz dich mit Polly in Verbindung, George, sie ist bei Suzie in der Lodge. Sie wird die Stellung halten, bis wir da sind.«

Jim schaltete das Licht an. Caro hörte ihn sagen: »Okay George, sag mir jetzt ganz langsam, in welchem Krankenhaus du bist.« Noch bevor Jim den Hörer wieder aufgelegt hatte, war Caro bereits aus dem Bett gesprungen und kleidete sich an.

Jim sah sie mit einem traurigen Lächeln an. »Deine Familie«, seufzte er. »Was sie sich nicht alles einfallen lassen, um uns daran zu hindern, mal ein Wochenende allein zu verbringen.«

Wyndham Sale stand wie üblich lange vor Sonnenaufgang auf. Er duschte, zog sich an und ging dann, wie er es häufig tat, mit einer Laterne durch Haddeley Hall. Elektrisches Licht erschien ihm zu dieser Stunde unangemessen; das Haus wirkte im flackernden Kerzenschein wesentlich heimeliger. An diesem Morgen stellte Wyndham sich das Haus so vor, als setze es sich, wie eine archäologische Ausgrabungsstätte, aus verschiedenen Schichten zusammen. Es gab die »Prä-Sale-Ära« aus dicken schokoladebraunen und dunkelgrünen Farbschichten und tiefdunklen Tapeten, darauf folgte die »Neo-Annabel-Periode« mit elegant-konventionellen Einrichtungsgegenständen und Stoffen, und schließlich gab es, in Balduins Zimmer, die frühe Lydia: Eine kühle Tünche und ein äußerst simpler, dramatischer Raum. Er versuchte zu entscheiden, ob es eine vierte Schicht geben sollte, einen späten Wyndham nämlich, oder ob es an der Zeit war, alles zu verkaufen und weiterzuziehen. Er fühlte sich unentschlossen, was an sich bereits etwas Neues war. Die Versuchung war groß, den alten Geistern zu entfliehen, aber er hatte das vage Gefühl, daß er bleiben und sich ihnen stellen mußte. Er mußte dem Haus erst seinen eigenen Stempel aufdrücken, bevor er es wieder verlassen konnte. Alles brauchte wesentlich länger, als er gedacht hatte.

Es war Annabels Geist, der ihn verfolgte, und nicht Lydias. Er wußte nun, daß Lydia lediglich der Ablenkung gedient hatte und sein Versuch gewesen war, so zu tun, als könne er seine erste Partnerin ebenso schnell ersetzen, wie sie von ihm gegangen war. Doch das stimmte nicht.

Bis er über den Verlust hinweg sein würde, brauchte er einen Fixpunkt, und Haddeley Hall eignete sich äußerst gut dafür. Wyndham entdeckte einige der Stoff- und Farbmuster, die Miranda Foley ihm dagelassen hatte. Er würde sie später anrufen.

Er hatte sich die Bibliothek immer schon gut mit Ledersesseln und botanischen Skizzen vorstellen können. Der späte Wyndham Sale mit einem Hauch Miranda Foley.

Während der schier endlosen Rückfahrt aus Devon redeten Caro und Jim viel miteinander, vermieden allerdings diesmal das Thema, das sie am Tag zuvor so beschäftigt hatte. Ohne es explizit anzusprechen, bemühten sich beide darum, wieder zu einem Team zu werden, das diese neue, von Twinks ausgelöste Krise bewältigen konnte.

»Ich habe doch noch vor zwei Tagen mit ihr gesprochen«, sagte Caro. »Sie erschien mir zwar ein bißchen abwesend, aber ich wäre nie auf die Idee gekommen, sie könnte unglücklich sein. Es hätte mir auffallen sollen, daß etwas nicht stimmte.«

»Warum denn?« fragte Jim sie. »Warum mußt du dich ständig verantwortlich fühlen?«

»Na ja, ich bin ja schließlich ihre Tochter. Ich hätte es mitbekommen sollen.«

»Sie ist immer eine sehr verschlossene Frau gewesen, Caro. Sie hat dich nie nahe an sich herangelassen.«

»Meinst du?« In diesem Licht hatte Caro das noch nie betrachtet.

Als sie hinter Exeter auf die Autobahn fuhren, redete Caro lediglich weiter, um Jim beim Wachbleiben zu helfen. Die Straßen waren fast frei, und sie wagte es nicht, auf den Tacho zu blicken.

»Ich habe dir ja noch gar nicht erzählt, daß ich vor kurzem eine von diesen Hippies kennengelernt habe. Sie war wirklich sehr nett, gar nicht so, wie ich erwartet hatte.«

Unvermittelt lächelte Jim sie an. »Sag jetzt nicht, daß du dir überlegst, auch so ein Zigeunerleben zu führen.«

»Natürlich nicht! Aber für manche Menschen ist es eben das

Richtige. Sobald das hier alles geklärt ist, werde ich mal mit Papa reden, damit er aufhört, Wyndham Sale in den Ohren zu liegen, sie rauszuschmeißen. Schließlich haben sie da unten im Tal ja niemanden gestört, oder?«

»Nicht, daß ich wüßte«, meinte Jim.

Als sie im Krankenhaus ankamen, machte sich der Arzt wesentlich mehr Sorgen um George als um dessen Frau. Twinks lag auf der Intensivstation, und man konnte nicht mehr tun, als sie durch ein Kunststoffenster anzusehen. Das Personal schien allerdings der Meinung zu sein, George könne kollabieren, wenn er nicht bald nach Hause gebracht würde und von seinem Hausarzt Medikamente erhielte.

Es war immer noch dunkel, als Jim Caro und George zurückfuhr.

»Wo ist Polly denn?« erkundigte Caro sich bei ihrem Vater. »Ich dachte, du hättest gesagt, daß du dich mit ihr in Verbindung setzen willst.«

»Polly?« George wirkte verwirrt.

»Sie übernachtet bei Suzie in der Lodge.«

»Ach ja. Ich wußte gar nicht, daß sie einen Hund hat. Anscheinend ein Collie. Eine Schande. Und jetzt auch noch das ...« George stiegen die Tränen in die Augen.

Caro legte ihm den Arm um die Schulter und führte ihn ins Haus. »Armer Papa. Wir werden bei dir bleiben, bis der Arzt da ist, und dann fahren wir zurück zur Lodge. Polly kann raufkommen und den Morgen über bei dir bleiben. Gott sei Dank, daß sie da ist. Falls Jim und ich nicht bald ein bißchen Schlaf bekommen, werden wir keinem eine Hilfe sein. Und mach dir keine Sorgen, sie haben uns im Krankenhaus gesagt, sie würden uns sofort anrufen, wenn es Neuigkeiten gibt.«

Dieser zerbrechliche, verwirrte Mann, der sich von ihr ins Schlafzimmer führen ließ, um dort auf die Ankunft des Arztes zu warten, war ein völlig neuer Vater. Sobald der Schock nachgelassen hatte, würde er zweifelsohne seine gewohnte rauhe, aber herzliche Art zurückgewinnen, doch momentan ließ er es noch zu, daß Caro ihn umsorgte, und war sogar dankbar dafür. Caro fand das Ausmaß ihrer Besorgnis seltsam, weil sie bislang stets geglaubt hatte, ihre Betreuung beschränke sich aufs Einkaufen, Kochen und darauf, immer zu viel Wirbel um nichts zu machen. Sie hatte sich nie vorgestellt, daß sie ihrem Vater einmal dabei helfen würde, die Schuhe auszuziehen, sich aufs Bett zu legen und sich zu beruhigen.

Als sie die kurze Strecke zur Lodge zurückfuhren, wurde der Himmel im Osten bereits hell.

»Glaubst du, daß Mama durchkommen wird?«

Jim runzelte die Stirn. »Ich weiß es wirklich nicht. Die Ärzte schienen der Meinung zu sein, daß sie es schaffen könnte, aber es besteht die Gefahr eines Nierenschadens. Ihr Alter spricht gegen sie.«

»Ich will jetzt bei ihr sein. Laß uns ins Krankenhaus fahren.«

»Später, Caro. Ruh dich erst ein paar Stunden aus, und dann fahren wir hin. Im Moment kannst du ohnehin nichts tun.«

»Diese Untätigkeit macht es so schrecklich. Dabei hätte ich sie vorher sehr wohl unterstützen können, wenn ich nur gewußt hätte, wie unglücklich sie ist.«

»Es besteht ja immer noch die Möglichkeit, daß es ein Unfall war«, sagte Jim, doch er klang nicht sehr überzeugt. Schließlich hatte Twinks nicht nur Tabletten geschluckt, sondern obendrein auch noch Alkohol getrunken.

»Wieder zu Hause«, sagte Caro, als sie vor der Lodge anhielten. »Gott sei Dank.«

Sie war viel zu erschöpft, um zu bemerken, daß Pollys Auto nicht in der Garage stand. Als sie die Haustür aufschloß und in den Flur stolperte, begrüßte Bumpkin sie freudig.

»Hallo, alter Kerl«, sagte Caro sanft, »hast du uns vermißt?

Du liebe Güte, was macht denn der alte Korb hier? Und was um alles in der Welt –«

Als sie die karierte Decke zurückschlug und Mistys helle, von dunklem Blut verkrustete Schnauze freilegte, schrie sie entsetzt auf. Jim, der ihr gefolgt war, ließ den Koffer fallen und legte den Arm um sie.

»Was ist denn los?«

Dann sah auch er hinunter.

»Ach, Jim, er ist tot! Was macht denn der in unserem Flur? O nein!«

»Stimmt, dein Vater hat doch etwas über Polly und einen Hund gesagt, aber ich dachte, er würde nur phantasieren.« Jim beugte sich vor und schlug die Decke erneut über den weißen Schädel. »Ich habe dieses Tier noch nie zuvor gesehen. Woher kommt es wohl?«

»Wir werden Polly fragen müssen«, sagte Caro, die sich von dem Schreck erholt hatte. »Setz bitte den Kessel auf, Jim, ich gehe Polly aufwecken. Sie wird wohl wieder im Gästezimmer übernachten.«

Bumpkin folgte Jim in die Küche, während Caro die Treppe hinaufstieg. Überrascht stellt Jim fest, daß er mit einem Mal recht fröhlich war. Das Drama, das Caros Eltern verursacht hatten, ließen seine eigenen Verfehlungen verblassen – nicht in einem solchen Maße, daß sie unbedeutend wurden, das wäre schließlich auch zuviel verlangt –, aber doch bis zu einem Punkt, wo man mit ihnen umgehen konnte. Diese neue Krise gab ihm die Möglichkeit, Caro beizustehen und ihr seine Solidarität unter Beweis zu stellen; trotzdem würde der Neuanfang natürlich seine Zeit brauchen.

Diesmal schrie Caro laut und durchdringend. Ihr Schrei gellte durchs Haus und wollte gar nicht mehr aufhören. Dann hörte er außer Caros nicht enden wollendem, hysterischem Kreischen weitere Stimmen und ein Schluchzen. Im Nu war

Jim die Treppe hochgerannt. Eine dunkelhaarige Gestalt, ein junger Mann, der anscheinend mit Jims Pyjama bekleidet war, flitzte an ihm vorbei ins Badezimmer, und Caro stand im Gästezimmer, wo sie nach wie vor ihre Tochter anschrie. Suzie saß zusammengekauert im Nachthemd auf dem Bett und redete schluchzend und beschwörend auf ihre Mutter ein, aber was sie sagte, ergab keinen Sinn.

Jim erfaßte die Situation augenblicklich, und bei dem Gedanken daran, daß seine jüngste Tochter sie hinterging, kaum daß sie ihr den Rücken zugekehrt hatten, überkam ihn Ekel. Rasch betrat er das Zimmer und packte Caro bei den Schultern.

»Halt den Mund!« rief er. »Du bist hysterisch und machst alles nur noch schlimmer.«

Dann ohrfeigte er sie, was dazu führte, daß Suzie noch lauter heulte und ihr Gesicht aufs Kissen warf, aber wenigstens hörte Caro auf zu schreien. Sie erzählte Jim: »Er war im Bett, dieser Halbaffe war bei Suzie im Bett.«

Suzie sah sie entsetzt an. »Es ist nicht so, wie ihr denkt!« heulte sie.

Ihre Eltern standen nebeneinander und starrten sie ungläubig an.

»Wo ist Polly?« wollte Jim wissen.

»Sie konnte nicht kommen.«

»Dann hast du Opa und Twinks also angelogen! Wie konntest du nur?«

Ganz urplötzlich versiegten Suzies Tränen. Sie spürte, wie ihr Innerstes ganz kalt und hart wurde. Sie stieg aus dem Bett. »Ach, es hat ja sowieso keinen Sinn, ihr werdet mir ja doch nicht glauben, egal, was ich sage.« Dann stürmte sie an ihnen vorbei.

»Wohin willst du?«

»Darf ich mich vielleicht anziehen gehen?«

In diesem Moment verließ Terry das Badezimmer, und er wirkte benommen und verängstigt. Er trug jetzt wieder seine eigene Kleidung und warf Suzie einen kurzen Blick zu. »Danke, daß du mir mit Misty geholfen hast.«
Als Jim auf ihn zuging, flüchtete Terry die Treppe hinunter, und dann hörten sie die Haustür zuknallen. Suzie wollte ihm bereits hinterherrennen, da erwischte Jim sie am Arm.
»O nein, das wirst du nicht!« donnerte er.
»Laß mich los!« Suzie wand sich aus seinem Griff und wollte die Treppe hinunterlaufen, als die Stimme ihrer Mutter sie zurückhielt.
»Bitte, Suzie! Twinks hat eine Überdosis Schlaftabletten genommen und wird vielleicht sterben. Bitte tu mir das jetzt nicht auch noch an.«
Langsam drehte Suzie sich um. »Oma?«
Jim nickte. Er hatte inzwischen die Nase voll von diesem Zirkus und sagte deshalb: »Zieh dich an, Suzie, und komm runter, dann erzählen wir dir, was passiert ist. Und vielleicht möchtest du uns ja auch anvertrauen, was hier eigentlich los war.«
»Ich dachte, das wäre ganz offensichtlich«, sagte Caro, die von dem Bild verfolgt wurde, wie die beiden Köpfe, ein blonder und ein dunkler, nebeneinander auf dem Kopfkissen gelegen hatten.
Als Suzie sich angezogen hatte und die Treppe hinunterkam, hörte sie Jim zu Caro sagen, daß er die Polizei rufen wolle.
»Die Polizei?« rief sie, »was hat die denn damit zu tun?«
Jim hatte bereits den Telefonhörer abgenommen. Suzie bemerkte, daß der Korb im Flur leer war und nur ein gefaltetes Bettlaken mit einigen Blutflecken übriggeblieben war. »Tut mir leid, Suzie«, sagte Jim, und sie konnte sehen, daß er es ehrlich meinte, »aber dein junger Freund hat gerade den Range Rover gestohlen.«

Ihr Auto wurde noch am Nachmittag desselben Tages etwa zweihundert Kilometer nördlich von Briarswood gefunden. Offensichtlich war der Sprit ausgegangen. Man hatte einen jungen Mann, der Terrys Beschreibung entsprach, an einer Landstraße trampen sehen, und noch in derselben Woche entdeckte ein Bauer in der Nähe den Leichnam eines großen weißen Hundes, der mit Farnkraut und Ästen bedeckt war. Aber von dem Hundebesitzer fehlte jede Spur.
Wann immer sie zu einem größeren Festival fuhr, hielt Hopi Ausschau nach Terry, doch sie entdeckte ihn nie. Sie sah die wenigen Papiere durch, die er zurückgelassen hatte und ging ein, zwei Hinweisen nach, aber sie führten zu keinem Ergebnis. Und als Suzie einmal ein paar Tage in London bei ihrer Schwester verbrachte, entwischte sie ihr, sobald sie konnte, und suchte unter den Obdachlosen nach ihm, doch auch sie fand ihn nie.

Für Hopi und Mal war das Schlimmste daran, das Tal verlassen zu müssen, daß sie es Saul sagen mußten. Der Junge weigerte sich anfangs, zu glauben, daß Jason Lawrence nun an seiner Stelle die Rolle des Wirtes spielen sollte. Er hatte soviel Arbeit hineingesteckt, daß er sich nicht vorstellen konnte, wie das Krippenspiel ohne ihn auskommen könnte. Ebensowenig konnte er sich mit der Tatsache abfinden, daß seine zitronengelbe Einladung nun nichtig geworden war. Er war völlig am Boden zerstört.
Mal litt mit seinem Sohn. Wenn Saul wenigstens offen getrauert hätte, wäre es nicht so schlimm gewesen, aber was Mal zu schaffen machte, war die Art, wie sich sein Sohn erneut in seinen Panzer zurückzog und so grantig und verstockt wurde wie bei ihrer ersten Begegnung in Angies Wohnung. Die Fortschritte, die er in diesen Herbstmonaten gemacht hatte, schienen wie weggeblasen.

Ann Robertson versuchte alles, um Saul diesen Schicksalsschlag zu erleichtern. Sie hatte überrascht festgestellt, wie sehr ihr der schwierige kleine Junge in der kurzen Zeit ans Herz gewachsen war; vielleicht lag es daran, daß sie ihn als einen ihrer Erfolge betrachtete. Aber Saul war trotz all ihrer Bemühungen untröstlich.

Doch in dem Tumult, die Fahrzeuge wieder fahrtauglich zu bekommen, war schließlich sogar Sauls Kummer vergessen. Einen halben Tag lang wurden alle zu Fahrzeugmechanikern, als die Räder im Schlamm durchdrehten, Motoren gestartet und Batterien aufgeladen, ausgetauscht und weggeworfen wurden. Man debattierte darüber, was mit Terrys Wohnwagen geschehen sollte. Die meisten waren der Auffassung, daß Terry früher oder später wieder zu ihnen stoßen würde, weshalb Kate sich dazu bereit erklärte, den Wagen zu ihrem nächsten Stellplatz zu fahren.

Ted Sedden, der nach wie vor sehr bedauerte, daß die jungen Leute nun wieder gehen mußten, half, wo er nur konnte, und Norma backte unzählige Bleche Scones als Proviant. Sie stand auf dem Hof, als die seltsame Karawane vorbeizog: Laster und Lieferwagen, Autos und Wohnwagen, ein Gefährt klappriger als das andere. Sie winkte und lächelte allen zu; doch so sehr sie es bedauerte, die jungen Leute wegfahren zu sehen, war sie auch ein wenig erleichtert.

Biff in seinem lila-grünen Bus verließ als letzter das Feld. Weil er der beste Mechaniker des Camps war, hatte er abgewartet, bis sich alle in Bewegung gesetzt hatten, damit er zur Stelle sein konnte, falls jemand in letzter Minute seine Hilfe brauchte. Als er über den Feldweg an der Farm vorbeiholperte, wandte er sich Norma zu, schenkte ihr ein breites Grinsen und hielt den Daumen in die Höhe.

Und dann waren sie verschwunden.

Lydia wartete auf das Taxi, das sie zum Bahnhof bringen würde. Ihre Eltern hatten sich einverstanden erklärt, ihr ein paar hundert Pfund zu leihen, damit sie nach Menorca fliegen konnte; sie hatte versprochen, das Geld von ihrem Lohn zurückzuzahlen. Sie freute sich auf ihre Arbeit an Charlottes Wandgemälde und hatte bereits einige Skizzen von eleganten Kalamares und geheimnisvollen Thunfischen angefertigt, die ausgelassen zwischen Seetang und Korallen herumtollten. In den einsamen Stunden, in denen sie Rose Cottage aufgeräumt und sich auf die Abfahrt vorbereitet hatte, war Lydia reichlich Zeit geblieben, über Wyndhams Analyse ihrer Persönlichkeit nachzudenken, und sie war zu dem Schluß gekommen, daß es stimmte: Im Verlassen war sie eine Meisterin. Sie freute sich auch jetzt auf das, was vor ihr lag. Was sie allerdings an seiner Analyse für falsch hielt, war seine Annahme, sie ginge immer dann fort, wenn ihr derzeitiger Freund sie enttäuscht hätte. Wyndham dachte, daß sie von ihren Partnern Perfektion erwartete, aber die verlangte sie nur von sich selbst. Sie hatte eine ganz klare Vorstellung davon, was für ein Mensch sie sein wollte. Vielleicht war das Malen von Wandgemälden im sonnigen Süden ja das, wonach sie all die Zeit gesucht hatte.
Sie warf einen Blick auf ihre Uhr. Nun, warum nicht? Ein letztes Mal. Im Ausland würde es schwierig werden, das Programm zu empfangen.
Gordons Stimme: »... ihrer Meinung nach.«
Und dann ertönte eine Stimme, die deutlich nach Suzie klang: »Aber sie geben mir das Gefühl, schlecht zu sein. Und jedesmal, wenn ich versuche, ihnen zu erklären, was passiert ist, sagen sie, daß es das nur schlimmer macht, weil ich lüge, und dann werde ich so wütend, aber ich kann nicht –«
Lydia schaltete aus. Das konnte nicht Suzie sein. Es ergab keinen Sinn, daß Suzie bei dem aalglatten Dr. Gordon Fairchild

anrief. Und falls es doch Suzie war, wollte Lydia definitiv nichts darüber wissen. In Gedanken hatte sie Briarswood bereits weit hinter sich gelassen.

Es dauerte zwei Tage, bis die Ärzte im Krankenhaus den Angehörigen versichern konnten, daß Twinks durchkommen würde. Ihre Nieren hatten einen leichten Schaden davongetragen, was eventuell später Probleme nach sich ziehen könnte, aber im allgemeinen waren alle der Auffassung, daß sie Glück gehabt hatte. Caro hatte ihre Sorgen einem sympathischen jungen Doktor anvertraut, und weil dieser der festen Überzeugung war, daß Patienten und Angehörige immer die Wahrheit wissen sollten, erklärte er George, daß seine Frau nicht nur depressiv, sondern wahrscheinlich auch Alkoholikerin und möglicherweise Kleptomanin war. George behielt diese Informationen so lange für sich, wie er konnte, und drehte sie dann so, daß ein angenehmeres Bild entstand. Seine Frau hatte unter starkem Druck gestanden. Es ging ihr nicht gut. Selbstverständlich würde er alles tun, um ihr zu helfen, aber sie war eine zu große Last für ihn.
Die Tage von Twinks' Klinikaufenthalt verschwammen zu einer endlosen Familienkonferenz. Caros Bruder William kam mit seiner Frau Laura aus London angereist, und Polly erschien recht kleinlaut mit dem grimmig blickenden Angus im Schlepptau. Kate und Emily wurden herbestellt. Anscheinend konnte George keine Entscheidung treffen, und Jim war wesentlich mehr daran gelegen, seine Ehe zu retten, als daß er irgend etwas vorzuschlagen gewagt hätte, an das Caro nicht bereits gedacht hatte. William schließlich hatte von allem so wenig Ahnung, daß seine Bemerkungen grundsätzlich ignoriert wurden. In den Gedanken aller hatte sich Twinks bereits in eine Invalidin verwandelt, weshalb sie nie wieder eine Entscheidung würde treffen müssen. Daher erwarteten alle, zu

Caros größter Überraschung, daß sie in dieser Situation die Führung übernahm. Und deshalb tat sie es auch.

Während eines besonders langen, whiskyreichen Gesprächs mit ihrem Bruder und ihrer Schwägerin vertraute Caro William schließlich einige ihrer eigenen Sorgen an.

»Warum schickst du Suzie denn nicht auf eine Privatschule?« fragte Laura.

»Das können wir uns nicht leisten«, erwiderte Caro geradeheraus.

Als es Mitternacht wurde, hatte William zum ersten Mal in seinem Leben eine Vorstellung von der finanziellen Lage seiner Schwester. Nach einer kurzen Diskussion mit Laura, die die Idee, eventuell Verantwortung für die Eltern ihres Mannes übernehmen zu müssen, dermaßen schockierte, daß sie ihren gewöhnlich vorherrschenden Geiz vergaß, entschied er, daß die Lodge auf Caro überschrieben werden und George fortan für die Arbeit, die seiner Tochter durch Twinks' Pflege entstand, bezahlen sollte. Da William wußte, daß er mit dieser Regelung immer noch glimpflich davonkam, bot er an, die Kosten für Suzies Privatschule bis zum Abitur zu übernehmen. Er bezahlte ohnehin für so viele Kinder das Schulgeld, daß ein weiteres nun auch keinen großen Unterschied mehr machen würde. Als man Jim den Vorschlag unterbreitete, stimmte er gern zu, da er über jedes Arrangement froh war, mit dem Caro entlastet würde. Suzie selbst wurde nicht gefragt.

Caro fand es in dieser Zeit außerordentlich schwierig, mit Suzie zu reden. Jedesmal, wenn sie ihre Jüngste sah, tauchte vor ihren Augen das Bild zweier schlafender Köpfe auf einem weißen Kissen auf, und dann spürte sie ein Gefühl des Verlusts und des Betrugs, das mindestens ebenso schmerzhaft war wie alles, was sie mit Jim durchgemacht hatte.

»Aber, Mami«, wiederholte Suzie, »es ist doch nichts passiert.

Er war bloß unglücklich, weil sein Hund gestorben ist, und ich habe ihn getröstet.«
Sie fuhren gerade nach einem kurzen Besuch bei Twinks zur Lodge zurück. Twinks sollte am kommenden Tag heimkehren.
Caro warf ihrer Tochter einen kurzen Blick zu: Suzie war stets ein so ehrliches Kind gewesen, aber trotzdem ...
»Es kommt mir doch sehr seltsam vor«, sagte Caro zweifelnd, »daß zwei junge Leute sich ein Bett teilen sollten und nicht –«
Dann hielt sie sich gerade noch rechtzeitig zurück, bevor sie ihren Satz mit »miteinander schlafen« beendete.
»Tja. Vielleicht war das früher so, aber Mina und ihre Freunde tun das ständig. Man teilt sich bloß das Bett, und das heißt nicht, daß man Sex hat oder so was.«
»Na gut, Suzie. Wenn du es sagst, glaube ich dir natürlich.«
Da begann Suzie zu weinen. »Er war so unglücklich«, schluchzte sie, während sie aus dem Fenster sah und ihr die Tränen über die Wangen strömten, »und ich habe ihn so geliebt. Ich werde nie wieder jemanden so sehr lieben, wie ich ihn geliebt habe. Dabei wußte ich genau, daß nie etwas daraus werden würde. Ich wollte so gern, daß er mit mir schläft, aber ich wußte, daß er es nicht tun würde.«
»O Suzie.« Caro fuhr an den Straßenrand und hielt, um ihre Tochter besser trösten zu können, merkte dann jedoch, daß sie ebenfalls weinen mußte. In den letzten Tagen hatte es weiß Gott genug Anlaß dazu gegeben. Schließlich sagte sie: »Ich weiß, daß das jetzt sehr weh tut, Suzie, aber du wirst darüber hinwegkommen. Glaub mir, man kann über alles hinwegkommen.«
Das zumindest hatte sie aus bitterer Erfahrung gelernt.
Noch während sie weinte, wurde Suzie bewußt, wieviel Wahres in der Aussage ihrer Mutter steckte, was ihren Kummer jedoch nur verstärkte. Sie wußte, daß sie »erst fünfzehn« war

und daß sie später einmal Witze über die Geschehnisse der vergangenen Tage machen würde, doch genau davor graute es ihr. Sie überlegte noch, wie sie ihrer Mutter diese Gedanken erklären könnte, als sie ein Rumpeln und Dröhnen hörte und der erste der Hippie-Wagen vorbeifuhr.

»Sieh nur«, sagte Hopi, »ist das nicht Suzie mit ihrer Mutter?«

Mal sah auf die Leute im Range Rover hinunter. »Glaubst du, ihr Wagen ist liegengeblieben?«

»Also, wir können jetzt nicht anhalten, um ihnen zu helfen«, meinte Hopi. »Wir würden damit bloß alle anderen aufhalten.«

Saul saß zwischen ihnen. Sein Gesicht leuchtete auf, als er Suzie entdeckte, und er winkte ihr mit dem Buch zu, das er im Schoß gehalten hatte. Dann grinste er, als ihm das Mädchen zulächelte und zurückwinkte. Und schon waren sie an ihnen vorbeigefahren.

Mal warf seinem Sohn einen Blick zu. »Es scheint dir ja schon besser zu gehen, oder?« fragte er ihn.

»Ja«, erwiderte Saul.

»Wir werden unsere eigene Party feiern, sobald wir einen neuen Stellplatz gefunden haben«, bot Hopi an. »Wir besorgen Luftballons und Wackelpudding, alles, was dazu gehört.«

»Ach, ist mir gleich«, sagte Saul, und so war es auch. Naomi und die anderen Kinder würden zwar vielleicht eine tolle Party feiern, aber sie waren auch immer an Briarswood gefesselt und besaßen nicht ein so tolles Zuhause, mit dem man frei wie ein Vogel durchs Land ziehen konnte. Hopi und Mal hatten sich so bemüht, die Nachteile ihres Umzugs vor Saul zu beschönigen, daß er mittlerweile davon überzeugt war, sie würden in eine bessere Zukunft aufbrechen. Er trug seinen orangefarbenen Pandapulli, hatte eine Tüte Chips in der Hand, und er besaß all die Bücher über Hasen, kleine fette Bären und Schweinchen, die Suzie ihm geschenkt hatte. Hoch oben in seinem Laster-Zuhause, eingezwängt zwischen Hopi und seinen Vater, war Saul so zufrieden wie ein König in seinem fahrenden Reich.

»Auf Wiedersehen, Briarswood!« sagten Hopi und Mal wie aus einem Munde, als sie das Dorf hinter sich ließen und auf die Schnellstraße fuhren.

»Auf Wiedersehen, Briarswood«, fiel Saul ein, und er schmiegte sich noch enger zwischen die beiden Erwachsenen. »Und wohin fahren wir jetzt?«

Knaur

Facetten der Liebe

(60305)

(60298)

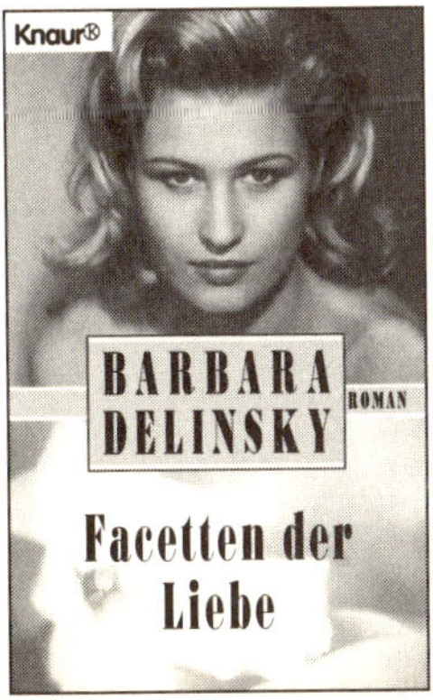

(60306)

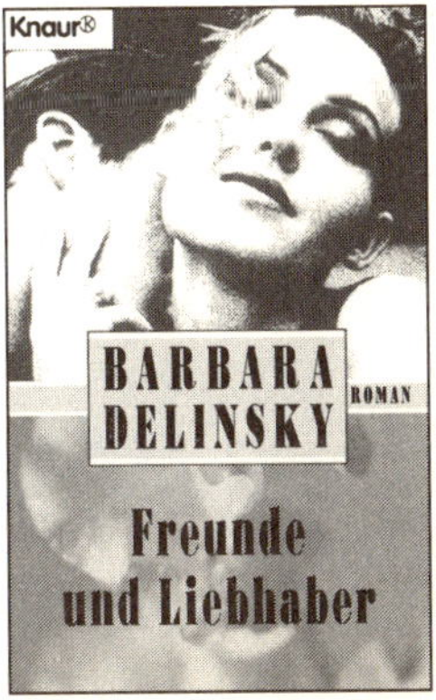

(60297)